Jörg von Bargen

Alsterrausch

Bibliografische Information der Deutschen Nationalbibliothek

Die Deutsche Nationalbibliothek verzeichnet diese Publikation in der Deutschen Nationalbibliografie; detaillierte bibliographische Daten sind im Internet über http://dnb.ddb.de abrufbar.

ISBN 978-3-89969-127-6

www.principal.de
Umschlagfoto: © Carmen Steiner - Fotolia.com

Printed in Germany

Jörg von Bargen

Alsterrausch

PRINCIPAL VERLAG

Jörg von Bargen

Der promovierte Diplom-Kaufmann studierte in Hamburg Betriebswirtschaft und Soziologie. Zuletzt arbeitete er als Pressesprecher einer Konzernholding, bevor er sich als Unternehmensberater selbstständig machte. Heute lebt er mit seiner Familie in Buchholz in der Nordheide.

Meinen Eltern,

die das Buch leider nicht mehr in die Hand nehmen können.

Zum Buch

Fabian Hilpert hatte sich seinen Start bei der Hamburger Mordkommission ruhiger vorgestellt. Nach einem längeren Aufenthalt im Kosovo stolpert der Hauptkommissar bereits am ersten Abend auf dem Kiez über einen Mord. Das Opfer: ein Student aus der besseren Hamburger Gesellschaft.

Schon bald zeigt sich, dass sich das Bild des angepassten Bildungsbürgers nicht halten lässt. Vielmehr ist der Tote in Drogengeschäfte mit der ortsansässigen Mafia verwickelt. Weitere Morde folgen. Hilpert und seine Kollegin Alexandra Roeder stoßen auf junge Menschen, die ausschließlich für ihren Egoismus leben. Sie treffen auf eine junge Frau, die durch ihre Eltern mit vierzehn Jahren zu einer Abtreibung gezwungen wird. Vor allem aber müssen sie begreifen, dass nichts so ist, wie es scheint. Freund und Feind speisen sie mit Halbwahrheiten ab. Je weiter sie in ihrer Ermittlungsarbeit vorankommen, desto weniger Fragen werden beantwortet.

Hilperts Arbeit wird belastet durch Mitglieder einer Gruppierung aus dem Kosovo, die das Ziel verfolgen, ihn zu töten. Was war auf dem Balkan geschehen, dass man sein Leben selbst noch in Hamburg bedroht?

Prolog

Die ehrwürdige Jugendstilvilla in Hamburg-Othmarschen wirkte wie ein Relikt aus besseren, längst vergangenen Zeiten. Säulen im Eingangsbereich, eine sorgfältig restaurierte Putzfassade, Sprossenfenster aus Holz, ein penibel aufgeräumtes Grundstück, auf dem man sich verlaufen konnte, signalisierten, dass die Eigentümer nicht darüber nachdenken mussten, ob ihr Einkommen demnächst an den Lebenshaltungskostenindex angepasst würde. Vermutlich sah man mehr auf den DAX und freute sich über jeden Sprung nach oben. Wer in diesem Umfeld lebte, hatte es finanziell und gesellschaftlich geschafft. Er stand auf der Sonnenseite des Lebens.

Gleichwohl fügte sich das Gebäude harmonisch in die Nachbarschaftsbebauung ein. In dieser Straße hatte man architektonische Prunkstücke der Vergangenheit erhalten und war weitgehend der Idee entgegengetreten, durch Bagger neue Realitäten zu schaffen. Selbst Neubauten fingen deren Charme ein. Schließlich hielt man sich in einer der besseren Gegenden Hamburgs auf. Und es war durchaus gelungen, Geld und Ästhetik kongenial miteinander zu verbinden. Soweit man die Autos nicht vor dem neugierigen Blick unbedarfter Passanten in ihren Garagen versteckt hatte, dominierten die Edelmarken aus deutscher und gelegentlich italienischer oder britischer Fertigung.

Näherte man sich an diesem Abend dem Haus, empfingen einen brummende Bässe und das schrille Kreischen jugendlicher Stimmen. Diese Geräuschkulisse wollte so gar nicht zu dem stilvollen Ambiente passen, das auf den flüchtigen Betrachter eher Ehrfurcht gebietend eindrang. Wie sich zeigte, waren die Eigentümer geflüchtet und die Bediensteten hatten Ausgang bekommen. Der Sohn des Hauses hielt mit seinen Freunden das Ruder fest in der Hand und sie würden es erst in den frühen Morgenstunden wieder abgeben. Dies galt allerdings nur für das Souterrain. Die Verbindung in die oberen Geschosse war wohlweislich gekappt worden. Die Erfahrungen mit früheren Partys ließen dies offensichtlich angeraten erscheinen. Junge Leute ließen es gern mal krachen. Im alkoholisierten Zustand verabschiedete sich der Respekt vor unwiederbringlichen Werten schon mal.

Die Stimmung in der Kellerbar drohte überzubrodeln wie das Wasser in einem Kessel, den man auf der heißen Herdplatte vergessen hatte. Die Meute, die dort Party machte, verzichtete mittlerweile darauf, ihre Getränke aus den Gläsern zu trinken. Sie setzten die Wodka- und Weinflaschen an den Mund und tranken in hastigen Zügen, als befürchteten sie, man wolle ihnen etwas wegnehmen. Ineinander verkrallte Paare beließen es beileibe nicht nur bei unbedeutenden Liebkosungen. Man ging zur Sache. Ihre Zuschauer störten sie nicht, vermutlich, weil niemand sich für sie interessierte. Die kreischende Musik durchpflügte den Raum wie eine Tsunamiwelle. Die ersten Betrunkenen hingen in ihren Sitzen, kaum noch fähig, eine sinnvolle Bemerkung von sich zu geben. Sie stierten mit glanzlosen Augen in die Runde. War ihnen das Schicksal gnädig, überstanden sie die Party ohne Alkoholvergiftung. Eine junge Frau hatte sich übergeben und blickte entsetzt auf ihren Mageninhalt, der den Fliesenboden zierte. Eine Freundin wankte mit unsicheren Schritten auf sie zu und drückte ihr eine Rolle Haushaltspapier in die Hand. Andere kifften, als sei es das Selbstverständlichste der Welt. In einem der Nachbarräume gönnten sich zwei Gäste mithilfe eines zusammengerollten 50 Euroscheins eine Ladung Koks. Man merkte ihnen an, dass sie diesem Hobby nicht zum ersten Mal frönten. Aufgekratzt gesellten sie sich wieder zu ihren Freunden. Der hoffnungsfrohe Nachwuchs aus der sogenannten besseren Hamburger Gesellschaft ließ nichts aus. Man feierte, als stünde die Apokalypse vor der Haustür und verlange polternd Einlass.

Einem der jungen Mädchen sah man an, dass es zum ersten Mal an solch einer ausgelassenen Feier teilnahm. Verloren stand es an der Theke, unsicher darüber, wie es sich verhalten sollte. Gequält lachend griff sie nach der angebotenen Weinflasche und nahm einen vorsichtigen Schluck daraus, ängstlich darauf bedacht, nicht als Spielverderber zu gelten. Ein hoch aufgeschossener, breitschultriger Heranwachsender gesellte sich zu ihr. Lässig sprach er sie an.

»Na, gefällt es dir bei mir?«

Sie nickte ihm mit großen Augen zu. Damit hatte sie nicht gerechnet, dass sich der Gastgeber speziell für sie interessieren würde. Selbstbewusst nahm er sie in den Arm und griff nach einer geöffneten Champagnerflasche und zwei Gläsern.

»Komm, gehen wir nach nebenan. Da sind wir für uns. Hier wieseln mir zu viele Leute rum.«

Die Tür zu seinem Privatbereich hatte er vorsorglich abgesperrt. Wenn die Party ihren Höhepunkt erreichte, war es angebracht, sein Refugium vor betrunkenen und bekifften Gästen zu bewahren. Da reichte der Aufstand, der im Partykeller veranstaltet wurde. Er schloss auf und ließ sie eintreten. In diesem Augenblick wäre sie mit ihm in Turnschuhen zum Nordpol gegangen. Und ihr war sehr wohl bewusst, was er von ihr erwartete. Sie war zu allem bereit. Schließlich gehörte sie nun dazu. Da durfte man nicht die Landpomeranze spielen, die auf ihre Tugend bedacht war.

Alles, was sie erlebte, war für sie das erste Mal. Ein gnädigeres Schicksal hätte ihr gegönnt, sich später positiv daran zu erinnern. Es sollte anders kommen. An diesem Abend lernte sie eine weitere Lektion für ihr Leben. Nahm man, was einem geboten wurde, hatte man die Konsequenzen seines Tuns zu akzeptieren. Zu diesem Zeitpunkt regierten die Schmetterlinge in ihrem Bauch. Und sie ließ ihnen freien Lauf. Sie würden nicht lange überleben. Wochen danach war die Ausgelassenheit der Party längst vergessen. Deren Spuren waren beseitigt. Geblieben war ein Stück Erinnerung und vor allem die bittere Realität des Alltags. Diese stellte sich gnadenlos gegen das junge Mädchen.

* * *

Es war einer dieser grausigen Spätherbsttage, an denen man sich vorzugsweise innerhalb seiner vier Wände verkroch und nur hinausging, wenn es sich nicht vermeiden ließ. Vermutlich gab es in Hamburg an solchen Tagen mehr Suizide als Geburten. Der Wind schien gleichzeitig von allen Seiten zu wehen und den wenigen Passanten auf den Straßen den Regen mit hämischer Lust ins Gesicht zu peitschen. Wer auf die verwegene Idee kam, einen Schirm aufzuspannen, durfte sich des Geräts nicht lange erfreuen. Die verbleibenden Fetzen und das metallene Gerippe waren anschließend gerade noch abfalleimertauglich. Es herrschte Hamburger Schmuddelwetter at its best. Wieder verrichtete ein Tiefdruckgebiet über dem Atlantik sein Werk und vergaß auch diesmal nicht, die Hansestadt mit einem Ausläufer zu bedenken. Wer sich mit dieser Witterung auskannte, hatte sich damit arrangiert oder war auf dem Absprung in angenehmere Gefilde.

Das aufgewirbelte Laub, abgebrochene Äste und die flüchtigen Teile eines umgestürzten Abfallcontainers, die durch die Luft gewirbelt wurden, bildeten den geeigneten Rahmen für die unansehnlichen Mietkasernen in Hamburg-Rahlstedt, die einander lieblos gegenüberstanden. Sie ergänzten die ungepflegten Außenanlagen, die Rasenflächen vor den Gebäuden mit den unzähligen kahlen Stellen, die unaufgeräumten Hinterhöfe, die kippeligen Gehwegplatten, die längst hätten erneuert werden müssen. Wie viele Blutergüsse und sonstige Blessuren hier wohl im Jahr zu beklagen waren? Ein paar mäßig begabte Sprayer hatten sich auf der Putzfassade der Häuser verewigt. Wie oft war vergeblich versucht worden, die Spuren jugendlicher Frustration zu entfernen? Ab wann hatte man den Kampf dagegen aufgegeben? Mittlerweile interessierte sich niemand mehr für die Antworten auf diese Fragen, weil niemand sie mehr stellte.

Die äußeren Bedingungen passten sich nahtlos an das Gespräch an, das lauthals in einer der Wohnungen geführt wurde. Wie Raubtiere vor dem Sprung saß das Elternpaar vor seiner Tochter. Sie blickte mit rot geweinten Augen auf den fleckigen Teppich. Die Luft war rauchgeschwängert. Auf dem zerkratzten Couchtisch lagen mehrere zerknüllte Zigarettenpackungen. Der Aschenbecher quoll über vor Kippen.

Auf die Idee, ihn zu leeren, kam man anscheinend erst, wenn absolut nichts mehr hineinging.

Das Mädchen mochte etwa vierzehn Jahre alt sein. Ihr kleines Gesicht mit den dominanten braunen Augen drückte alle Empfindungen aus, die sie in diesem Augenblick beherrschten. Hilflos schaute sie sich um und fuhr mit zittrigen Fingern durch ihre langen dunklen Haare. Sie musste ihre Sache durchstehen, allein, ohne jegliche Unterstützung. Die Hände ihrer Mutter waren voller Wut zu Fäusten geballt. Ihr Vater musste an sich halten, um nicht auf sie einzuschlagen. Dieses Tribunal entschied über ihr künftiges Leben. Ihre Eltern verkörperten Kläger und Richter. Sie würden auch die Funktion des Henkers übernehmen. Auf einen Verteidiger für sie hatte man geflissentlich verzichtet. Erklärungen ihrerseits waren unerwünscht. Entnervt sprang der Vater auf und schlurfte in die Küche. Dreckiges Geschirr stand in der Spüle. Essensreste klebten auf dem Küchentisch. Das Geschirr vom Mittagessen war noch nicht abgeräumt worden, obwohl es bereits nach 17 Uhr war. Er blieb davon unberührt, ging an den Eisschrank, entnahm zwei Flaschen Bier und öffnete sie mit seinem Einwegfeuerzeug. Nach einem Flaschenöffner zu fahnden war ihm vermutlich zu aufwendig. Er gönnte sich einen tiefen Schluck und rülpste kräftig. Offensichtlich ging es ihm danach besser. Anschließend begab er sich zurück ins Wohnzimmer und reichte seiner Frau die volle Flasche. Gläser wurden keine benötigt. Die würde man nur spülen müssen. Sie setzte ebenfalls die Flasche an den Mund und trank hastig. Vorsichtig, als habe sie Angst, die Tischplatte zu beschädigen, stellte sie sie danach ab. Wenig damenhaft wischte sie sich mit dem Handrücken über die Lippen.

Wütend herrschte sie ihre Tochter an: »Dr. Heinrich hat uns die ganze Wahrheit erzählt! Du bist schwanger! Wie konntest du uns das nur antun? Wir haben wirklich Probleme genug. Nenn uns augenblicklich den Namen dieses Kerls, der das verbrochen hat!«

Das Mädchen presste die Lippen fest aufeinander, als sei dies ein probates Mittel, auf diesem Weg die Wahrheit für sich zu behalten. Wieder mischte sich der Vater ein. Er beugte sich zu ihr herüber, packte sie mit beiden Händen an den Schultern und schüttelte sie.

»Sag uns, wer das Schwein war, oder ich prügel es aus dir heraus!«

Für einen kleinen Moment schienen sich bei der Mutter Gefühle für ihr Kind zu regen. Sie legte eine Hand auf seinen Arm und bedeutete ihm resolut, sich zurückzuhalten. Die hagere Frau war kräftiger, als man auf den ersten Blick vermuten mochte. Trotz der unerwarteten Hilfe hielt das Mädchen ihren Widerstand gegen ihre Eltern nicht lange durch. Sie war eine zarte Person. Erste weibliche Formen deuteten sich gerade mal an. Dicke Tränen liefen ihr übers Gesicht. Schniefend, mit bebender Stimme, kam sie der Aufforderung ihres Vaters nach.

»Sein Name ist Bartels, Tom Bartels.«

»Und wie ist die Adresse?«

Er pfiff voller Erstaunen, als sie ihm diese nannte. »Alle Achtung, ein Haus in Othmarschen in bester Gegend. Das muss man dir lassen. Da hast du dich ja anscheinend in die feine Hamburger Gesellschaft hineingebumst. Und das mit gerade vierzehn Jahren. Meinen Glückwunsch. Das hast du großartig hingekriegt! Das schafft nicht jede! Viele sind in deinem Alter noch nicht mal schwanger!«

Seine Stimme war zunehmend angeschwollen. Er holte mit der flachen Hand aus, ließ sie dann aber sinken. Er wusste, seine Frau würde es auch diesmal nicht zulassen, dass er seine Tochter schlug. Er griff stattdessen nach seiner Flasche und leerte sie mit einem weiteren Schluck. Mit offensichtlichem Bedauern schob er sie von sich weg.

»Na, mit diesen Herrschaften werde ich wohl reden müssen«, setzte er erneut an.

Sie sah ihm an, dass er etwas im Schilde führte. »Papa, bitte, ich ...«

»Du hältst gefälligst den Mund!«, unterbrach er sie unwirsch. »Du hast genug Mist angestellt! Mal sehen, wie wir den Schaden begrenzen können.«

»Ab ins Bett!«, wies ihre Mutter sie an. Auch sie hatte sich ihre Gedanken gemacht. »Wir müssen uns besprechen.«

Mit einer barschen Handbewegung wischten die beiden ihren Versuch, sich zu äußern, beiseite. Sie erhob sich wie eine alte Frau. In diesem Zustand war es unmöglich, sich mit ihren Eltern auseinanderzusetzen. Sie wusste, dass ihre Meinung nicht zählte. Stumm verließ sie das Wohnzimmer. Seit Jahren war es für sie das Sinnbild für die Spießigkeit ihrer Eltern. Sie hasste deren lallende Sprache und die aufgedunsenen Gesichter, wenn sie Alkohol tranken.

Diese steckten die Köpfe zusammen. Leise unterhielten sie sich, ohne dass ein Laut zu ihrem Kind ins Nebenzimmer herübergedrungen wäre. Die Stimmung begann sich zu drehen. Die Wut verflüchtigte sich und machte einer geradezu euphorischen Stimmung Platz. Das Ehepaar glaubte die Lösung des Problems oder das, was sie dafür hielten, gefunden zu haben. Zufrieden suchten sie kurz darauf ihr Schlafzimmer auf. Der Schluchzen ihrer Tochter, das von nebenan zu ihnen herüberdrang, berührte sie nicht wirklich. Eher störte es ihre Tagträume. Vor ihren Augen tanzten Geldscheine, die jegliche Ansätze von Mitgefühl oder Liebe im Keim erstickten. Der pralle Egoismus hatte sich in Teilen der kleinen Familie breitgemacht. Dazu bedurfte es allerdings keiner sonderlichen Anstrengungen.

Nur langsam fand sie ihren Schlaf. Ständig gingen ihr die Gedanken durch den Kopf, wie sie Tom kennengelernt hatte. Er hatte sie auf dem Schulhof angesprochen und zu einer Party bei sich zu Hause eingeladen. Er gefiel ihr. Außerdem schmeichelte es ihr, dass einer aus der Oberstufe sie zur Kenntnis nahm. Also sagte sie zu. Das Bild der imposanten Villa drang auf sie ein, der riesige Partykeller, sein Schlafzimmer mit der gewaltigen Stereoanlage. Anfangs fühlte sie sich an dem Tag wie im Märchen. Alles, woran es ihr bei den Eltern mangelte, war dort wie selbstverständlich. Und sie durfte daran teilhaben. Bartels musste keine sonderlichen Verführungskünste aufwenden, um sie dorthin zu bekommen, wo er sie hin haben wollte. Zwar hatte sie Alkohol getrunken, eigentlich aber wollte sie ihm gefallen. Sie duldete seine direkte Annäherung, spürte bis heute das leichte Zittern, als er mit der Hand unter ihren Slip fuhr. Und dabei blieb es nicht. Es hatte nicht einmal Spaß gebracht. Man konnte kaum behaupten, dass ihn ihre Bedürfnisse interessierten. Alles, was man ihr vom ersten Mal erzählt hatte, schien gelogen. Er brach unsensibel in sie ein. Ihre Schmerzen waren ihm gleichgültig. Es schien, als benutze er sie nur, um sich abzureagieren. Zu ihrem Glück kam er schnell zu einem Ende. Anschließend reichte es gerade noch für ein Handtuch, mit dem sie die Spuren ihrer Entjungferung beseitigen konnte und einen dummen Spruch. An diesem Abend benutzte er sie ein weiteres Mal. Dabei ging es erneut nur um ihn, um seine Lust. Sie befriedigte ihn, wie er es ihr auftrug, mit dem Mund. Sie vermeinte sein Stöhnen zu hören, als er kam. Danach verflüchtigte sich sein Interesse an ihr vollends. Er überließ sie sich selber, alberte mit seinen Freunden herum und ignorierte sie wie eine Fremde. Irgendwann verschwand er abermals nach nebenan. Diesmal mit einem anderen Mädchen. Sie war schon im Verlauf des ersten Abends Geschichte für ihn. Das begriff sie allerdings erst, als einer seiner Freunde versuchte, ebenfalls mit ihr das Zimmer aufzusuchen. Da setzte bereits wieder ihr Verstand ein und sie lehnte ab. Nach zwei Uhr morgens fuhr sie mit einer Freundin im Taxi zu ihr nach Hause. Deren Eltern waren auf einem Kurzurlaub, sodass sie die Wohnung für sich hatten.

Für eine weitere Einladung wurde sie nicht mehr für wert befunden. Sie war sich darüber unsicher, ob sie dort nochmals hätte feiern wollen.

Nun war sie schwanger. Wie ein dummes Kleinkind, das an den Klapperstorch glaubte, war sie in die Falle getapst. Wütend auf sich und die Welt hatte sie vor ihren Eltern gesessen. Sie kannte die beiden. Vor allem ihr Vater würde alles daransetzen, seinen persönlichen Vorteil aus dieser Situation zu ziehen. Sie hatte dies hinzunehmen. Ihre Meinung war nicht gefragt. Und Tom? Vermutlich hatte der längst ihren Namen vergessen. Sie strich sich über den Bauch. Noch war kaum etwas zu sehen oder zu spüren. Sie wollte es behalten, ihr Baby, wollte sich besser darum kümmern, als man es bei ihr getan hatte. Sie war das einzige Kind in der Familie und fühlte sich wie ein Störenfried, den man allenfalls duldete.

In der ungepflegten Wohnung erhielten ihre Eltern wenige Tage später Besuch von einer Frau in mittlerem Alter. Es bedurfte keiner psychologischen Kompetenz, um festzustellen, dass sie sich in dieser Umgebung unwohl fühlte. Ihr Outfit, ihre Sprache passten nicht zu ihren Gesprächspartnern. Zu Hause würde sie sich vermutlich sofort unter die Dusche stellen und ihre Kleidung in die Reinigung geben oder anderweitig entsorgen. Die Eheleute bemühten sich um sie, verzichteten sogar auf ihr traditionelles Bier. Allerdings mit mäßigem Erfolg. Das zerschlissene Mobiliar, die Glasränder auf dem Mahagonitisch, die Flecken auf dem Teppich stießen die Dame ab wie eine eiternde Wunde. Kalter Rauch hing in den Räumen, als habe er die Funktion, ihre Verweildauer auf ein absolutes Minimum zu reduzieren. Sie wollte so schnell wie möglich diese Welt der Unordnung und Mittellosigkeit wieder verlassen. Also unterließ sie jedes Wort, das nach so etwas wie Interesse für ihre Gesprächspartner klingen mochte. Sie lehnte das angebotene Getränk ab und sprach hastig und kurz angebunden. Worauf hatte sich ihr Sohn da nur eingelassen? Besaß er keine Augen im Kopf? Nervös zog sie an ihrer Zigarette, die nicht auszugehen schien. Wenigstens dieses Laster verband sie mit dem Ehepaar. Damit hatten sich alle Gemeinsamkeiten verbraucht.

»Kann ich mich darauf verlassen, dass das Problem mit 20.000 Euro aus der Welt ist?!«, fragte sie mit gehetztem Unterton.

»Absolut«, versprach der Mann.

Sie griff in ihre Handtasche. »Abgemacht, die Hälfte jetzt, der Rest, wenn Sie Vollzug gemeldet haben.« Mit diesen Worten warf sie einen prall gefüllten Briefumschlag auf den Wohnzimmertisch. »Es erübrigt sich nachzuzählen.«

Gleichzeitig erhob sie sich und verließ die Wohnung, ohne

sich umzublicken oder zu verabschieden. Es reichte gerade zu einem angedeuteten Nicken. Das Ehepaar schaute ihr überrascht hinterher. Für solch einen gewichtigen Vorgang empfanden sie das Intermezzo für unangemessen kurz. Andererseits bekamen sie, was sie forderten, ohne weitere Diskussionen und Gefeilsche. Der Hausherr griff nach dem Umschlag und öffnete ihn mit zittrigen Fingern. Noch nie in seinem Leben hatte er solch ein dickes Bündel an Banknoten auf einem Haufen gesehen, geschweige denn besessen. Gierig zählte er nach.

»10.000 Euro, sie hat die Wahrheit gesagt. Es fehlt kein Cent.«

»Die hat es nicht nötig, uns zu bescheißen«, bemerkte seine Frau wie unbeteiligt.

Mit einem Anflug von Nachdenklichkeit wedelte er mit den Scheinen. »Wer weiß, vielleicht hätte die wesentlich mehr ausgespuckt. So wie die aussah, muss die in der Kohle nur so schwimmen.«

Seine Frau hielt ihm eine geöffnete Hand entgegen. »Was wir haben, kann uns niemand mehr nehmen. Her mit dem Geld! Ich bewahre es auf. Du verprasst es nur für unnötige Sachen.«

Für einen Augenblick schien er zu zögern. Dann entschied bei ihm eher unerwartet die Vernunft. Seine Frau kannte ihn besser als er sich. Er entnahm dem Umschlag einen Hunderter und reichte ihr den Rest.

»Du hast recht. Mir zerrinnt das Geld zwischen den Fingern. Aber den Schein hier versauf ich mit meinen Kumpels. Das steht mir zu.«

»Tu, was du nicht lassen kannst«, antwortete sie resigniert. »Wenn du schlau bist, teilst du es dir ein. Mehr gibt es nicht!«

Er nickte zustimmend. In den nächsten Tagen würden sie alle erforderlichen Vorbereitungen treffen, um sich das restliche Geld zu verdienen.

Ihre Besucherin hastete die Treppe hinunter, als befürchtete sie, von den beiden verfolgt zu werden. Vor der Haustür atmete sie tief durch. Die frische Luft tat ihr gut. Sie strich ihren Rock glatt und bewegte sich auf eine Limousine zu, die auf sie wartete. Als sie näher trat, stieg ein Mann etwa in ihrem Alter aus, ging um den Wagen herum und öffnete ihr die Beifahrertür.

»Na, wie war es?«, fragte er interessiert.

Entnervt winkte sie ab. »Unglaublich, wie manche Menschen hausen. Und der Gestank in der Wohnung. Die lüften wahrscheinlich nur, wenn sie zu ersticken drohen.« Sie schüttelte sich. »Tom muss sich die Menschen, mit denen er umgeht, wirklich näher ansehen. Du hättest die schrecklichen Leute erleben sollen.«

»Du wolltest mit ihnen allein reden.«

»Ich weiß. Jetzt könnte ich einen großen Cognac vertragen.«

»Da musst du dich ein wenig gedulden«, erwiderte er gereizt und startete den Motor. »Noch haben wir keine Bar im Auto.«

Eine dreiviertel Stunde später hatte sie ihre hochhackigen Schuhe abgestreift, sich in einen Sessel gesetzt und die Füße hochgelegt. Sie hielt das gewünschte Glas in Händen und nahm einen kräftigen Schluck. Es würde an diesem Tag nicht der letzte bleiben. Wieder kamen ihr die Eltern des schwangeren Mädchens und deren Lebensumstände in den Sinn. Ihr wurde übel, wenn sie nur an die unaufgeräumte Wohnung und den Geruch dachte. Dass ihr Sohn eine Vierzehnjährige geschwängert hatte, schien sie weniger zu berühren. Für sie galt es nur, sich ein Problem vom Hals zu schaffen.

* * *

Sie hatten ihre Tochter fest in die Mitte genommen, als wollten sie verhindern, dass sie weglief. Mit tränengeröteten Augen blickte sie starr geradeaus. Ihre Schritte hallten durch den langen schlauchartigen Flur. Sterilität und Schlichtheit sprang ihnen entgegen. Es hatte nicht einmal für ein Kalenderblatt an der Wand gereicht. Wen es hierher verschlug, den hielt es nicht lange an diesem Ort. Die Schilder an den

Türen der Räume, die sie auf beiden Seiten passierten, trugen fremdländische Bezeichnungen. Dennoch ließen sie sich nach kurzer Überlegung gut entziffern. Sie gingen direkt auf eine Flügeltür zu, die sich automatisch vor ihnen öffnete, als sie für einen Moment ihren Schritt verlangsamten. Eine stämmige, mittelgroße Frau mit kurzen hellblonden Haaren trat ihnen entgegen. Sie trug einen weißen Kittel und sprach sie in gut verständlichem Deutsch an.

»Sie sind Familie Teichmann aus Hamburg? Wenn Sie mir bitte folgen wollen. Das Zimmer ist vorbereitet.«

Vergeblich sträubte sich das Mädchen ein letztes Mal gegen den festen Griff ihrer Eltern.

Ihre Mutter zischte sie an: »Du hast es nicht besser gewollt. Jetzt gibt es kein Zurück.«

»Aber ...«

»Halt die Klappe und mach kein Theater, sonst bekommst du den größten Ärger deines Lebens!«, fuhr der Vater seiner Tochter über den Mund. »Sei froh, dass du so gut davonkommst. Dein ganzes Leben hättest du dir versaut!«

Ihre Kraft für weiteren Widerstand schien verbraucht. Ergeben nahm sie für den Augenblick ihr Schicksal hin. Man hatte den Eingriff gleich für den nächsten Morgen vorgesehen. Ihre Eltern verabschiedeten sich von ihr mit wenigen Worten. Wie Racheengel schritten sie von dannen, mit der inneren Überzeugung, das Richtige für sich und ihre Tochter veranlasst zu haben. Sie würden in dieser Nacht in ihrem Hotel den Schlaf der Gerechten schlafen. Wen interessierten die Gefühle des jungen Menschen, den sie allein zurückließen? Auf sie warteten nochmals 10.000 Euro und damit die weitere Lösung manches finanziellen Problems.

Fünfeinhalb Jahre später irgendwo auf dem Balkan ...

Der Arzt nahm ihm das verletzte Mädchen aus den Armen. Stirnrunzelnd betrachtete er das kleine Gesicht. Er nickte seinem Gegenüber zu.

»Schauen wir, was wir machen können. Was tun Menschen nur einander an?!«

Er verzichtete auf eine Antwort, sondern trug die Elfjährige vorsichtig zu dem wartenden Helikopter. Die beiden verschwitzten Männer sahen ihm hinterher, wie er darin mit dem Kind verschwand. Noch wirkte die Spritze. Die Schmerzen würden ohne Ankündigung wiederkehren und ebenso die Erinnerung an den Brandanschlag. Wenig später verließ sie das knatternde und pfeifende Fluggerät. Nun mussten andere helfen. Was sie tun konnten, hatten sie getan. Eigentlich sogar mehr als das.

Sie benötigten eine dreiviertel Stunde, um die knapp dreißig Kilometer zu diesem relativ sicheren Landeplatz zurückzulegen. Glücklicherweise hatte ein Arzt der Verletzten vor Ort Erste Hilfe leisten können, sodass es von der Fahrt auf den holprigen Straßen ebenso wenig mitbekam wie von der kurzen Schießerei an einer hastig errichteten Straßensperre. Der Polizist aus Deutschland und sein einheimischer Kollege waren exzellente Schützen. Mit ihren modernen Schnellfeuergewehren verschafften sie sich schnell Respekt. Offensichtlich hatten sie es mit schlecht ausgebildeten Freischärlern zu tun, weniger mit erfahrenen Kämpfern. Vermutlich rettete das ihr Leben.

»Du solltest zurückfahren, Fabian«, sprach einer der beiden seinen Gefährten an. Sein Akzent war kaum herauszuhören. Er hatte viele Jahre im Ruhrgebiet gelebt.

»Wie das?«

»Ich gehe heute noch in die Berge.«

»Ist es dafür nicht zu dunkel?«

»Mag sein, ich kenn mich aus. Dort oben warten ein paar Leute, die abgestraft werden müssen.«

»Du weißt, wo sich die Attentäter aufhalten?«

»Sieht so aus.«

»Wie bist du an deren Aufenthaltsort herangekommen?«

»Jemand aus dem Ort hat es mir gesteckt.«

»So einfach aus freien Stücken?«

»Das kann man nicht behaupten.«

»Und wenn es eine Falle ist?«

»Das Risiko muss ich eingehen. Aber wer lügt schon mit einem Messer an der Kehle?«

»Egal, ich begleite dich.«

»Du hast bereits so viel für unsere Leute getan, Fabian. Niemand erwartet das von dir.«

»Ich muss mitkommen! Ich kann die verkohlten Kinderleichen nicht vergessen!«

»Dann sei es so. Wir können noch zehn Kilometer mit dem Geländewagen zurücklegen. Danach steht eine kleine Bergwanderung an.«

Sie munitionierten ihre Waffen auf und fuhren weiter. Zwei Polizisten auf einer gnadenlosen Vergeltungstour. Der Marsch durch die Berge berührte sie nicht weiter, sie waren gut durchtrainiert. Sie sollten die Attentäter treffen. Sie fühlten einen tiefen Hass in sich. Der Geruch der verbrannten Leichen wollte ihnen ebenso wenig aus dem Kopf gehen wie die Trauer der betroffenen Verwandten und Freunde. In dieser Nacht hatten sie nicht die Absicht, Gefangene zu machen. Der Deutsche war Teil einer Auseinandersetzung im Kosovo geworden, die nach offizieller Lesart längst geregelt sein sollte. Er sollte helfen, Ordnung zu schaffen, und hatte nun die Rolle des Rächers übernommen. Dafür war er eigentlich nicht ausgewählt und trainiert worden. In diesem Augenblick war es ihm gleichgültig. Der Kater würde früh genug kommen. Er war kein Rambo, der vermeinte, hinter jedem Busch einen Bösewicht bekämpfen zu müssen. Dieser Tag sollte sein Leben verändern.

1

Das sanfte Rütteln des Zuges ließ ihn schläfrig werden. Er war seit dem frühen Morgen unterwegs. Es schien ihm, als wollte die Fahrt kein Ende nehmen. Seine interessierten Blicke nach draußen auf die vorbeihuschende Landschaft wurden spärlicher. Die windschiefen Häuser, die einfach gekleideten Menschen auf den Bahnhöfen verloren für ihn ihre Faszination. Fabian Hilpert hatte sich die Fähigkeit der Jugend erhalten, in nahezu allen Situationen einzuschlafen, obwohl man ihn mit seinen 32 Jahren nicht mehr zu den Twens rechnen durfte. Der unregelmäßige Polizeidienst zwang ihn, den Schlaf zu suchen, wenn sich die Gelegenheit dazu anbot. Momentan verfügte er über alle Zeit der Welt. Nach seinem Aufenthalt auf dem Balkan war er auf dem Weg nach Hause, zu alten Freunden und zu neuen beruflichen Herausforderungen. Der Zug war relativ pünktlich abgefahren. Er würde wohl fahrplanmäßig gegen 21 Uhr in Hamburg ankommen. Seine Schläfen pochten. Der Abschied, den er von seinen Kameraden gefeiert hatte, war nicht nur fröhlich sondern vor allem auch feucht gewesen. Als mäßiger Trinker reichten bei ihm einige wenige Gläser, um sich von den Beschwerden noch am nächsten Tag begleiten zu lassen. Sein Frühstück, das er sich vorsichtshalber hatte einpacken lassen, schlummerte in seinem Seesack. Vermutlich war es angesagt, es zu seinem Mittagessen umzufunktionieren. Der Gedanke an feste Nahrung bereitete ihm Übelkeit. Ihm sollte es recht sein. So schnell verhungerte man nicht. Und irgendwann würde sich der Hunger bei ihm einstellen. Dafür kannte er sich zu gut.

Als er einige Stunden später aufwachte, verriet ihm der relativ ordentliche Zustand der Gebäude entlang der Strecke, dass er wieder in heimatlichen Gefilden gelandet war. Dies, obwohl auch in Deutschland die Bahntrassen nicht gerade von preiswürdiger Architektur gesäumt wurden. Bis dahin hätte er sich kaum träumen lassen, Gefallen an einigermaßen gut erhaltene Fassaden oder halbwegs gepflegten Gärten zu finden. Selbst aufgeräumte Hinterhöfe begannen ihn zu faszinieren. Dort wo er herkam, galt es andere Probleme zu lösen, als eine Straße zu fegen oder Fensterläden zu streichen. Eigentlich ging ihm in der Vergangenheit der Blick für solche Feinheiten ab. Nach der ereignisreichen Zeit in einem vom Bürgerkrieg gezeichneten Land hatte sich nicht nur seine Wahrnehmung, sondern vor allem seine Wertewelt gewandelt.

Deutschland, man wertschätzte und vermisste das Land erst, wenn man es längere Zeit hinter sich gelassen hatte. Er sehnte sich nach funktionierenden Strukturen, nach einer berechenbaren Ordnung, nach halbwegs sauberen Straßen. Er wollte nichts mehr hören von Improvisation und Chaos, wollte ohne die Hand an der durchgeladenen Waffe nachts durch die Straßen seiner Stadt gehen können.

Die schlimmsten Kopfschmerzen hatten sich verflüchtigt und langsam verriet ihm sein Magenknurren, dass er an diesem Tag bislang nichts zu sich genommen hatte. Er ließ sich von dem IC-Schaffner einen Kaffee bringen und trank ihn in aller Ruhe aus. Dabei verzehrte er seine Brotstullen in einer Geschwindigkeit, als habe man ihn einen Monat lang auf halbe Kost gesetzt. Die belebende Wirkung des Koffeins hielt sich bei ihm in engen Grenzen. Erneut übermannte ihn der Schlaf. Die Beine weit von sich gestreckt, die Arme vor der Brust verschränkt, gab er aus halb geöffnetem Mund leise Schnarchgeräusche von sich. Als er wieder erwachte, vermeinte er, bereits die Elbe zu riechen. Es war allerdings ein Trugschluss. Die nächste Station verdeutlichte ihm, dass er diese Hoffnung noch ein paar Stunden konservieren musste. Es war gerade mal 15 Uhr durch. Ob er letztendlich die Elbe wirklich roch, blieb dahingestellt. Zumindest aber erblickte er einige Stunden später kurz vor dem Hamburger Hauptbahnhof die ihm wohlbekannten Hafenbecken. Das reichte ihm allemal. Er war zurück in seiner Stadt.

Auf dem Bahnsteig reckte er sich genüsslich. Mit Schwung hievte er den Seesack über die Schulter und schaute sich neugierig um. Der Bahnhof war im Wesentlichen der alte geblieben. Menschen in Eile umkurvten ihn. Ruhig abwartende

Fahrgäste standen vor den ausgehängten Fahrplänen oder langweilten sich auf den Ruhebänken. Irgendwie ähnelten sich die Bahnhöfe dieser Welt. Sie unterschieden sich allenfalls durch ihre Größe und die unterschiedliche Modelle der Züge, die einliefen oder davonfuhren. Ihr gemeinsames Merkmal waren eine durchgängige Hektik, Lärm, Gedränge und ein ultra-kurzfristiges Interesse der Menschen an dieser Umgebung.

Als er Hamburg verließ, hatte er die Wandelhalle als kulinarische Stätte gerade mal wahrgenommen. Es gehörte eher nicht zu seinen Gewohnheiten, hier seine Freizeit zu verbringen. Nun nutzte er deren Angebotsvielfalt und genehmigte sich an einem der zahlreichen Verkaufsstände ein Fischbrötchen. Erst jetzt realisierte er, wie gut der zarte Matjes, großzügig mit Zwiebelscheiben belegt, schmeckte. Früher hatte er ihn in sich hineingestopft, wenn ihm der Sinn danach stand. Jetzt genoss er ihn. Er ließ ein Brötchen mit Nordseekrabben folgen. Diese Delikatessen wurden ihnen auf dem Balkan eher selten kredenzt, wenn er richtig überlegte, eigentlich nie. Trotzdem musste es bereits ein paar Tage her sein, als sich die niedlichen Tierchen noch in der Nordsee herumtummelten. Er nahm es hin. Hätte es ihn nach Belle Cuisine verlangt, wäre das Hotel Atlantik vielleicht die geeignetere Adresse gewesen. Seine Laune blieb trotzdem im oberen Drittel. Abschließend genehmigte er sich ein Bier. Seltsamerweise kam es aus Bayern und schmeckte besser als jeder Champagner. Genüsslich leerte er das Glas. Er war mit sich und der Welt zufrieden. Angestrengt überlegte er seine nächsten Schritte. Nichts trieb ihn. Er entschied sich dagegen, mit einem Vorortszug nach Buchholz in der Nordheide zu fahren. Seine Eltern würden ihn mit offenen Armen empfangen und vermutlich am nächsten Tag die gesamte Verwandtschaft und die halbe Nachbarschaft zu sich einladen. Um die Rolle des heimgekehrten Sohnes zu spielen, fehlte ihm an diesem Abend die rechte Lust. Er wollte etwas erleben. Das hatte er sich verdient. Auf dem Balkan standen die hübschen Mädchen nicht gerade Schlange, um sich um ihn und seine Bedürfnisse zu kümmern. Dafür fand er in Hamburg garantiert die besseren Alternativen. Er entschied sich für einen Bummel über den Kiez. Entschlossen verstaute er sein Gepäck in einem Schließfach und winkte wenig später nach einem Taxi, bereit, die Dinge auf sich zukommen zu lassen, wie sie sich ergeben würden. Im Prinzip war er für alles offen.

* * *

Die Reeperbahn hatte ihr Gesicht in den letzten Jahren mächtig verändert. Wie Lindwürmer fraßen sich neu erbaute Wohn- und Geschäftshäuser in die alte Bausubstanz hinein und verdrängten sie wie unliebsames Gesindel. Restaurationsbetriebe in den Erdgeschossen sorgten dafür, dass sich das Publikum deutlich verändert hatte. Teuer gekleidete junge Leute, auf dem Weg in ihre bevorzugten Diskotheken, mischten sich mit normalen Durchschnittsbürgern, die nach dem Musicalbesuch im Operettenhaus einen Absacker trinken wollten. Selbstverständlich fehlten ebenso wenig die viel zu jungen Prostituierten, bettelnde Drogensüchtige und schwankende Betrunkene beiderlei Geschlechts. Wo waren die Freier geblieben, die für teuer Geld ihr kurzfristiges Vergnügen suchten? Gab es sie noch? Sie fanden insbesondere in den Nebenstraßen, in denen die älteren Strukturen angesagt waren, ihr Vergnügen. Doch selbst hier setzte die Neuzeit an. Teuer renovierte Wohnungen verdrängten zunehmend die früheren Einwohner und sorgten für den Zuzug von Menschen, die um diese Gegend vor fünfzehn Jahren einen weiten Bogen geschlagen hätten. In nicht allzu ferner Zukunft würde man sich fragen, wer dieser Hans Albers überhaupt war, nach dem man sogar einen Platz benannt hatte. Möglicherweise ein bekannter Städteplaner oder ehemaliger Politiker? Wie hieß eigentlich der erste Bundespräsident?

Im Verlauf des Abends hatte sich Fabian Hilpert eine Currywurst mit Pommes und ein paar Biere geleistet. Den lautstarken Einladungen der Türsteher war er weiträumig ausgewichen. Sollten sie die unbedarften Touristen und Kegelbrüder abkassieren, die von ihren Erlebnissen zu Hause berichten wollten. Ihn konnte man mit dem Angebot nicht reizen. Er streifte mehr oder minder ziellos umher. Vor einem kleinen Laden mit Dessous, Handschellen und künstlichen Penissen jeglicher Couleur blieb er stehen und fragte sich, ob sich mit solch einem Angebot in heutiger Zeit noch Geld verdienen ließ. Vielleicht war er in seinen sexuellen Bedürfnissen einfach nur zu anspruchslos. Suchend blickte er sich in einer der vielen Gassen nach einer ganz bestimmten Kneipe um, deren Name ihm leider entsprungen war. In jungen Jahren waren sie dort einmal versackt. Er erinnerte sich an den Spaß, den sie damals hatten. Hier wollte er bei einem weiteren Bier, umgeben von den schrillsten Typen des Viertels, darüber nachdenken, wo und mit wem er die nächsten Stunden verbringen würde. Sein Auslandsaufenthalt hatte zumindest dafür gesorgt, dass er in der Zeit den größten Teil seines Einkommens sparen konnte. Am nötigen Kleingeld würde es also nicht scheitern.

Die ersehnte Lokalität entdeckte er nicht, wohl aber eine kleine Gruppe jüngerer Leute, die wild gestikulierend vor zwei Männern standen, die sie offensichtlich zu bedrohen schienen. In deren Händen vermeinte er blinkendes Metall zu erkennen. Schlagringe, Messer, ein vernickelter Revolver? Mit großen Schritten eilte er auf sie zu und griff instinktiv an seine Seite. Doch er war wieder in Hamburg. Hier trug man gemeinhin keine großkalibrigen Waffen am Mann. Da half nur ein Bluff.

»Polizei!«, schrie er aus Leibeskräften. »Lassen Sie die Waffen fallen!«

Die Angreifer stutzten einen kurzen Moment. Dann wandten sie sich ab und liefen auf eine dunkle Limousine zu, die wenige Meter hinter ihnen stand und auf sie wartete. Als er die kleine Gruppe erreichte, entfernte sich das Fluchtfahrzeug bereits aus seinem Blickfeld. Schnell verschwand das rote Band der Rücklichter. Alles war zu überraschend gekommen, als dass er sich Wagentyp oder Nummernschild hätte merken können. Vermutlich hätte es eh nichts gebracht. Wer fuhr schon im eigenen Auto zu einem Raubüberfall?

Den jungen Leuten sah man den Schrecken nach dem versuchten Überfall an. Trotz des schwachen Lichts erkannte er, dass sie kreidebleich waren und sich erst sammeln mussten, bevor sie in der Lage waren, sich zu äußern. Hilpert griff zum Handy und informierte seine Kollegen. Wenige Minuten später standen ihnen drei Uniformierte von der Davidswache gegenüber, die nur wenige Hundert Meter entfernt ihr berühmtes Dasein fristete. Professionell notierten sie die Personalien der Betroffenen und stellten Fragen zum Tathergang.

»Es ging alles so schnell«, antwortete einer der Männer. »Ich habe niemanden erkannt. Eigentlich ist mir sogar unklar, was die von uns wollten. Es lohnt sich doch nicht, uns die paar Kröten, die wir dabeihaben, abzunehmen.«

Hilpert betrachtete die jungen Leute etwas eingehender. Tom Bartels, offensichtlich ihr Wortführer, hatte als Erster seine Fassung zurückgewonnen. Es schien sogar, als habe ihm das kurze Erlebnis Spaß bereitet. Der gut aussehende, groß gewachsene Mann trat selbstbewusst auf und sprach mit fester Stimme. Seine teure Kleidung ließ ein wohlhabendes Umfeld vermuten. Dies galt allerdings gleichermaßen für seine Begleiter, einen weiteren Mann und zwei Frauen. Er schätzte alle auf Mitte zwanzig. Er kannte diesen Typus Mensch, deren unverhohlene Arroganz aus seiner Schulzeit, die er in Hamburg verbracht hatte. Wer finanziell nicht mithalten konnte, mit achtzehn kein Cabrio sein Eigen nannte, gehörte nicht dazu. Der durfte maximal als Lückenfüller dienen. Manche dieser Kinder aus gutem Haus wurden irgendwann zwangsweise ausgesondert und durften auf ausgewählten Internaten im In- und Ausland ihren Abschluss machen. Lieblingsadresse Südengland. Ob mit großer Freude, blieb dahingestellt. Zumindest bekamen manche von ihnen, neben einem Abschluss, eine qualifizierte Einführung ins Kiffen, wenn sie diesem Hobby nicht schon früher frönten.

Die vier outeten sich als Studenten und waren nach eigener Aussage auf dem Weg zu den Docks. In der bekannten Diskothek startete man selten vor dem späten Abend und blieb entsprechend länger.

Der zweite Mann unterstrich die Worte des Freundes. »Keine Ahnung, warum die gerade auf uns gekommen sind.«

Einer der Polizisten wandte sich an Hilpert. »Das muss man Ihnen lassen, Herr Kollege, völlig unbewaffnet auf die Typen loszugehen, dazu gehört Mut.«

»Nur bedingt«, beteuerte er. »Da war ich noch in Gedanken im Kosovo. Ich hab erst mit Verspätung realisiert, dass man in Deutschland nur im Dienst eine Pistole trägt. Da war ich bereits in die Gänge gekommen.«

»Sie sind als Polizist auf dem Balkan tätig gewesen?«, interessierte sich eines der Mädels. »Da ist es sicherlich heiß hergegangen.«

»Eigentlich hoffte ich, hier etwas ruhiger starten zu können«, erwiderte er ungerührt. »Wie man sich irren kann. Nun gut, wo steht geschrieben, dass in Hamburg nichts los ist?«

»Trotzdem sind wir Ihnen zu Dank verpflichtet. Wer weiß, was die vorhatten. Ich bin Silke Volkert.«

Nun stellten sich auch die anderen vor. »Stephan Schlage, das ist Christina Werner, meine Verlobte.«

Alle reichten ihm die Hand, um sich bei ihm zu bedanken.

Kurzfristig eingeleitete Fahndungsmaßnahmen führten wie erwartet zu keinen greifbaren Ergebnissen. Vermutlich hatten sich die Angreifer längst von dem Auto getrennt und liefen wie normale Passanten durch die Gegend. Der Streifenführer schaute auf seine Armbanduhr.

»In Anbetracht der späten Zeit schlage ich vor, Sie kommen morgen im Verlauf des Tages zu uns aufs Revier und unterschreiben dort die Protokolle. Vielleicht ist es für heute besser, Sie brechen den Abend ab und fahren nach Hause.«

Niemand kam auf die Idee, ihm zu widersprechen. Stephan Schlage winkte einem Taxi zu, das langsam um die Ecke schlich, auf emsiger Suche nach potenter Beute, mit möglichst langem Fahrweg.

»Komm, Christina, fahren wir.«

»Mein Wagen steht um die Ecke«, erklärte Silke Volkert. Dabei schaute sie sich hilflos um.

Hilpert lächelte sie an. »Ich begleite Sie dorthin.«

Erleichtert blickte sie zu ihm hoch. »Das finde ich nett von Ihnen.«

»Was ist mit Ihnen, Herr Bartels, wie kommen Sie zurück?«, fragte ihn einer der Uniformierten mit ernster Stimme. »Sollen wir Sie irgendwohin begleiten oder nehmen Sie ebenfalls ein Taxi?«

»Nein, ich will nur zum Parkhaus in der nächsten Straße. Das sollte ich allein schaffen. Den Wagen muss ich unbedingt mitnehmen, er gehört meinem Stiefvater. Er sieht es nicht so gern, wenn ich den Jaguar über Nacht in der Fremde stehen lasse. Es ist ein Klassiker, der gelegentlich sogar fahrbereit ist.« Er verabschiedete sich von seiner Freundin mit einem sanften Kuss auf die Wange. »Wir sehen uns morgen.«

2

Auf dem Weg zu ihrem Wagen hakte sich Silke Volkert haltsuchend bei Hilpert ein.

»Irgendwie geben Sie mir Kraft. Ich muss gestehen, ich hatte einen Höllenschiss. Mein Herz pocht noch immer wie wild.« Sie fasste in ihre Magengegend. »Mir ist richtig übel.«

»Wen wundert's?«, versuchte er sie zu beruhigen. »Schließlich wird man nicht jeden Tag auf offener Straße überfallen. Ich gehe davon aus, dass sich die Angreifer längst verzogen haben. Sind wahrscheinlich auf der Suche nach neuer fetter Beute.«

»Ihre Nerven möchte ich haben. Für Sie muss das ja wohl eher Alltagsgeschäft gewesen sein.«

»Keine Angst, auch auf dem Balkan ist es ruhiger geworden. Nicht jede Woche versucht jemand, seinen Nachbarn aus dem Weg zu räumen.«

»Trotzdem. Man hört doch, dass dort laufend was passiert.«

»Klar, es ist eine andere Welt. Der Bürgerkrieg hat in die Seelen der Menschen tiefe Rillen gefräst. Die wachsen nicht so ohne Weiteres zu. Aber dies liegt hinter mir. Ich freue mich auf ein Stück Normalität.«

»Sie meinen Normalität wie heute Abend?«

»Nicht wirklich. Buchen wir ihn einfach unter Abnormität ab. Ist ja nicht so, als sei die Kriminalität in Deutschland ausgestorben. Sonst wäre ich ja arbeitslos.«

»Das kann niemand wollen«, erwiderte sie schon gelöster.

Kurz darauf standen sie vor einem Käfer-Cabrio. Mit Kennermiene registrierte Hilpert, dass es sich um ein getuntes Modell handeln musste.

»Tolles Gerät. Geht bestimmt ab wie Schmidts Katze.«

»Ja, auf der Autobahn muss man manchmal die Lichthupe einsetzen, bis die Vorderleute begreifen, mit wem sie es zu tun haben. Wollen Sie fahren?«

Verlockend hielt sie ihm den Schlüssel vor die Nase. Er konnte nicht widerstehen und griff zu, bevor sie es sich anders überlegte.

»Von mir aus. Wo soll's hingehen?«

»Keine Ahnung. Ich bin für alles offen. Die Nacht ist lang.«

Er zündete den Motor, dessen Geblubber seine Kraft gerade mal andeutete. Einmal im Leerlauf das Gaspedal durchzutreten, verriet ihm dagegen mehr.

»Gut, fahr'n wir zum Hauptbahnhof«, entschied er. »Ich muss meine Klamotten aus dem Schließfach holen.«

»Einverstanden«, entgegnete sie knapp.

Ihm schien, als würde sie über ein Problem nachgrübeln, während er mit dem Gas spielte. Die Straßen waren relativ frei. Im Handumdrehen stand die Tachonadel im Bereich von hundert Kilometern. Spätestens an der nächsten Ampel wurde er sich bewusst, dass er möglicherweise ein Bier zu viel getrunken hatte. Es war tunlichst angesagt, seine Kollegen von der Verkehrspolizei nicht auf sich aufmerksam zu machen. Kripobeamte wurden gern abkassiert. Im gemäßigteren Tempo erreichten sie den Hauptbahnhof. Auch dort war es mittlerweile ruhiger geworden. Kurz darauf lag sein Seesack auf dem Rücksitz des Fahrzeugs.

»Wo wirst du eigentlich wohnen?«, fragte sie ihn neugierig, als sie wieder nebeneinandersaßen. Ohne es weiter zu thematisieren, war sie auf das vertrauliche Du umgeschwenkt.

»Ich nehm mir für diese Nacht ein Hotelzimmer.«

»Und wo kommst du später unter? Ein Hotel kann doch wohl nur eine Zwischenlösung bedeuten.«

»Ich werde mir in Hamburg 'ne Wohnung suchen und solange bei meinen Eltern in der Nordheide wohnen. Die haben Platz genug und Muttern wird es freuen.«

»Vielleicht hätte ich was für dich. Was hältst du von einer Bleibe in Harvestehude, mit Blick auf die Außenalster?«

Er lachte lauthals auf und schlug sich auf die Schenkel. »Sollte dir entgangen sein, dass ich ein kleiner Hauptkommissar bin und leider in den vergangenen Jahren vergessen habe, das große Los zu ziehen? Bei der letzten bedeutenden Erbschaft bin ich ebenfalls leer ausgegangen.«

»Wart es ab, bei mir im Haus ist was frei.«

»Bei dir? Suchst du einen Untermieter?«

»Bist du des Teufels? Nein, so was führt nur zu Problemen. Wir würden uns schneller hassen, als wir uns kennengelernt haben. Ich brauche meinen Freiraum und du garantiert auch. Es gibt da eine bessere Alternative. Lass dich überraschen.«

Er fuhr den Wagen die Kennedybrücke hoch und bog an der Eisenbahnunterführung Richtung Außenalster ab. Er wagte einen kurzen Blick nach rechts zum anderen Ufer herüber. Die weiße Fassade des Hotel Atlantik strahlte ihn an. An ein Verweilen dort war nicht zu denken. Dazu fehlten ihm die Mittel. Tatsächlich hätte ihn das Hotel gar nicht gereizt. Es lag jenseits von seinen Bedürfnissen. Leider konnten sie den direkten Weg vorbei am amerikanischen Konsulat nicht nehmen. Der 11. September und internationaler Terrorismus hatten den Autoverkehr von einem Teil des Alsterufers verbannt. Also nahmen sie den Weg über Mittelweg und Alte Rabenstraße, um an ihr Ziel zu gelangen. Die Alsternähe machte eine Adresse am Harvestehuder Weg für Normalsterbliche unbezahlbar. Trotzdem dirigierte sie ihn vor ein schmiedeeisernes Tor in Blickweite des künstlichen Binnengewässers und bat ihn, davor anzuhalten. Ein Druck auf die Fernbedienung und er fuhr auf das Wertvollste, das man sich in dieser Gegend neben einer Wohnung leisten konnte: einen eigenen Parkplatz, der einem exklusiv zur Verfügung stand, den kein Unbefugter nutzen durfte. Dahinter erhob sich majestätisch die helle Fassade eines Mehrfamilienhauses aus der Gründerzeit. Es strahlte ihn an, als sei es extra für seinen Besuch frisch renoviert worden.

»Ich wohne im zweiten Stock. Direkt neben mir ist eine 75 Quadratmeterwohnung frei. Die ist zu mieten. Sie ist übrigens möbliert. Es ist alles da, Bettwäsche, Handtücher. Du kannst so einziehen.«

»Und was soll sie kosten?«

»Mach mir einen Vorschlag. Ich kenne den Eigentümer gut. Der akzeptiert jeden Preis.«

»Erzähl keinen Scheiß! In dieser Welt hat niemand etwas zu verschenken.«

»Okay, 650 Euro einschließlich Nebenkosten.«

»Meinst du das wirklich ernst?«

»Bitterernst.«

»Und was sagt der Eigentümer?«

»Er hat gerade genickt. Die Bude gehört mir.«

Dieses Angebot konnte er unmöglich ablehnen. Selbst im Hamburger Speckgürtel wäre er kaum günstiger davongekommen. Er musste lediglich seine Zahnbürste und seinen Rasierapparat ins Bad legen und den Seesack auspacken. Schon war er eingezogen. Sein Verstand benötigte eine kurze Weile, um zu begreifen, dass er bis auf Weiteres an der Alster wohnen würde. Er fühlte sich, als habe man ihm einen Ferrari zum Geburtstag geschenkt und würde an ihn das Benzin zum halben Preis abgeben. Also hieß es, Gas zu geben.

Mit seinem sparsamen Gepäck kam er sich irgendwie deplatziert vor, als er das Appartement betrat. Doch die großzügige Ausstattung drückte all seine Bedenken zur Seite. Es fehlte an nichts. Er fand eine moderne Einbauküche vor, bei der man vergeblich nach Gebrauchsspuren fahnden durfte. Die hatte sie mit Sicherheit nicht für kleines Geld bei Ikea erworben. Die gesamte Einrichtung war geschmackvoll ausgewählt worden. Selbst an Lithografien an den Wänden hatte man gedacht. Wenn ihn überhaupt etwas störte, so war es die Farbgebung der Wände. Durch einen Hauch Rosé erschien sie ihm eine Spur zu feminin. Vielleicht war er auch nur zu konservativ in seinem Geschmack. Und die Farbgebung einer Zimmerwand hatte bislang noch nicht die sexuellen Prioritäten eines Mannes verändert. Zumindest hoffte er es. Vorsichtig setzte er sich in einen der hellen Ledersessel mit einem Edelstahlgestell und wippte leicht darauf. Er bestand die Probe mit Bravour. Abermals ließ er den Blick schweifen. Was er wahrnahm, gefiel ihm ebenfalls ausgesprochen gut. Hier war mit sicherem Geschmack Geld in die Hand genommen worden. Hier konnte man längere Zeit leben, ohne das Bedürfnis zu entwickeln, sich verändern zu wollen.

Sie war ihm gefolgt. Ihr schien sein irritierter Blick aufgefallen zu sein.

»Früher hab ich selbst hierin gewohnt. Meine Eltern nebenan. Die hat es von der Alster an die Elbe verschlagen. Seitdem bewohne ich deren Appartement. Von mir aus kannst du gerne Veränderungen vornehmen. Hauptsache du verzichtest darauf, den Parkettboden im Kamin zu verfeuern.«

Er winkte ab. »Das lassen wir alles, wie es ist. Wer weiß, wie lange du es mit mir als Mieter aushältst. Bei dem angesagten Kurs stehen morgen die Mietinteressenten vor deiner Tür Schlange.«

»Das lass mal meine Sorge sein. Sobald du ausgepackt hast, kommst du zu mir nach nebenan. Ich gebe ein Glas Schampus aus. Deinen Eisschrank musst du jedenfalls auffüllen. Heute und morgen kommst du über die Runden. Mit Sicherheit gibt es bei mir etwas zu essen für dich.«

Wer mit kleinem Gepäck reiste, benötigte wenig Zeit sich einzurichten. Keine zehn Minuten später stand er vor ihrer Wohnungstür. Der Eindruck seines Appartements setzte sich nebenan nahtlos fort, sah man davon ab, dass die Dimensionen sich halt verändert hatten. Silke lebte gewiss auf 140 bis 150 Quadratmetern. Er dachte an das Reihenhaus seiner Eltern, das es auf wenig mehr als die Hälfte der Fläche brachte, allerdings über zwei Ebenen. Sein Zimmer war in dem ausgebauten Keller eingerichtet worden. Die Ungerechtigkeit war konstitutives Element des Systems, in das er hineingeboren war. Aber er hatte keine Veranlassung, sich zu beschweren. Für ihn fiel genug vom gedeckten Tisch der Gesellschaft herunter, um seine Bedürfnisse hervorragend zu befriedigen. Neidgefühle kannte er nicht. Es gab an allen Ecken Menschen, die über mehr verfügten, als man selbst sein Eigen nannte. Für ihn definierte sich Zufriedenheit beileibe nicht nur materiell. Dem Skipper wünschte man stets eine Handbreit Wasser unter dem Kiel. Ihm ging es ähnlich. Als er sich nach dem Abitur für den Beruf des Polizisten entschied, war ihm durchaus bewusst, dass er sich damit wohl kaum in den Klub der Porschefahrer einreihen würde.

Endlich nahm er sich die Zeit, einen interessierten Blick auf seine Gastgeberin zu werfen. Ihr zartes hübsches Gesicht wurde durch eine lange blonde Mähne eingerahmt. Obwohl sie durchaus über erkennbare weibliche Formen verfügte, war sie ihm einen Tick zu schlank. Er schätzte ihre Größe auf gut 1,70 m. Damit war sie einen halben Kopf kleiner als er. Besonders gefielen ihm ihre langen schlanken Finger mit den gepflegten Fingernägeln. Ob die echt waren, tat er ebenso mit einem Schulterzucken ab wie die Frage nach der Farbe ihrer Haare. Alles in allem stand ihm eine attraktive Frau von vermutlich fünfundzwanzig Jahren gegenüber, die er gerne unter anderen Umständen kennengelernt hätte.

Aus dem geplanten Glas wurde letztlich eine ganze Flasche. Überraschend bewies sie ein besseres Stehvermögen als er. Zufrieden lehnte er sich zurück. Unterm Strich konnte er sich über seine ersten Stunden in Hamburg nicht beschweren. Auf so kurzem Wege lösten sich seine Probleme bislang selten. Das angebotene Essen lehnte er ab. Das Fastfood-Angebot vom Kiez wirkte nach. Die Currywurst mit Pommes und Mayo leisteten ganze Arbeit.

Gegen halb eins lag er in seinem Bett, das er mit wenigen Handgriffen frisch bezogen hatte. Solche Dinge lernte man als Erstes, wenn es einen in die Diaspora verschlug. Wäsche waschen, Hemden bügeln oder Knöpfe annähen, verrichtete er im Vorbeigehen. So gesehen war er für jede Zweierbeziehung fast schon überqualifiziert. Diese Gedanken beschäftigten ihn allerdings nicht weiter. Er war müde. Augenblicke später vernahm man seine gleichmäßigen Atemzüge. Schweißgebadet schreckte er gegen drei Uhr hoch. Wie eine lästige Fliege versuchte er mit der Hand die Bilder zu vertreiben, die ihn während seines Schlafs heimgesucht hatten. Sein Herz pochte in schnellem Stakkato. Er benötigte einige Sekunden, sich in der neuen Umgebung zurechtzufinden. Nur zögernd gewann die Müdigkeit das Spiel und er schlief wieder ein.

Am nächsten Morgen entdeckte er in den Tiefen seines Seesacks ein Set frischer Unterwäsche und ein halbwegs glattes sauberes Oberhemd. Seine sonstigen Privatsachen lagen bei seinen Eltern. Im Kosovo war tagaus, tagein Uniform angesagt. Der Bedarf an Privatkleidung hielt sich daher in Grenzen. Mit zunehmend schlechtem Gewissen warf er einen Blick aufs Handy. Er würde sich melden müssen, wollte er es sich nicht mit seiner Mutter vollständig verderben. Entschlossen griff er nach dem Gerät. Was schnell erledigt wurde, konnte nicht in Vergessenheit geraten.

»Junge, du hast bereits eine Wohnung in Hamburg gemietet?«, vernahm er die enttäuschte Stimme seiner Mutter. Vermutlich hätte sie ihn gerne nach der langen Abwesenheit umsorgt. Er war Einzelkind und musste sich vehement ihrer ungebremsten Liebe erwehren. Ausweichmöglichkeiten durch Enkelkinder hatte er bislang keine geschaffen. Vielleicht war das ein Fehler gewesen. Nur, ohne Partnerin gab es keine brauchbare Lösung für das Problem. Er versprach hoch und heilig, kurzfristig vorbeizuschauen und beendete das Gespräch, bevor er zu allen Versäumnissen der letzten Zeit Stellung beziehen musste. Zu wenige Briefe, zu wenige Telefonate. Er kannte seine Mutter. Dies würde sie spätestens bei seinem ersten Besuch in aller Epik nachholen. Da konnte er nur auf die Unterstützung seines Vaters hoffen, der war in diesen Dingen gelassener, zumal sich der frei gewordene Raum im Keller gut für seine eigenen Interessen nutzen ließ. Vor allem aber konnte er dorthin ausweichen, wenn es ihm oben zu bunt wurde. Und das sollte ihm auch weiterhin gegönnt sein.

* * *

Bevor er dazu kam, mit der Polizei einen Termin fürs Protokoll zu vereinbaren, erreichte diese ihn. Allerdings meldete sich nicht die Davidswache, sondern die Mordkommission 3.

»Tja, Herr Kollege, inzwischen ist aus einem versuchten Überfall ein Mord geworden«, informierte ihn der Beamte. »Tom Bartels wurde in dem Parkhaus erschossen aufgefunden, in dem er seinen Wagen geparkt hatte.«

»Verdammt, wie konnte das geschehen?«

»Deshalb möchten wir Sie gerne befragen. Könnten Sie in etwa einer Stunde bei uns sein?«

»Klar, ich bringe die Freundin des Ermordeten gleich mit.«

»Hervorragend, da nehmen Sie uns einen Anruf ab. Danke.«

Hilpert legte sein Handy zur Seite. Nach kurzem Nachdenken hielt er es für die bessere Idee, Silke die schreckliche Nachricht persönlich mitzuteilen. Entschlossen stand er auf und verließ seine Wohnung. Nachdem er mehrmals kräftig an ihrer Eingangstür geklingelt hatte, vernahm er schlurfende Geräusche. Schließlich verdunkelte sich der Spion in ihrer Tür. Entnervt öffnete sie sie einen Spalt.

»Weißt du, wie spät es ist?«, fuhr sie ihn an. »Ich hab Semesterferien. Das bedeutet für mich, so lange im Bett zu liegen, bis der Hunger mich heraustreibt.«

»Lass mich rein!«, reagierte er unwirsch auf ihre Vorhaltungen. »Was ich dir zu sagen habe, sollte nicht zwischen Tür und Angel geschehen.«

Mit einer leichten Bewegung der Schulter drückte sie die

Tür zu. Er vernahm, wie sie die Kette löste. Zögernd öffnete sich die Tür, sodass er durch den breiter werdenden Spalt huschen konnte. Sie trug statt eines Nachthemdes ein XL-Shirt, das nur einen schwachen Hauch ihrer Oberschenkel bedeckte. Ihre Figur zeichnete sich unter dem dünnen Stoff stärker ab, als ihm in dieser Situation lieb gewesen wäre. Er registrierte, dass sie mehr zu bieten hatte, als er bei seiner ersten flüchtigen Begutachtung vermutet hätte. Andere Umstände und er hätte alles auf eine Karte gesetzt. So beließ er es bei seinen Gedanken und einer ungeplanten Reaktion im Lendenbereich, die glücklicherweise durch die Jeans konsequent unterdrückt wurde.

Ihr Gesicht verzog sich voller Entsetzen, als er ihr die Neuigkeit mitteilte. Überraschenderweise reagierte sie, wie ihm schien, eher verängstigt als traurig. Er nahm sie in den Arm und fuhr ihr sanft über die Haare. In diesem Moment war sie keine sexuelle Herausforderung mehr, sondern ein junges Mädchen, dem er versuchte, Trost zu spenden. Dies war eine schwierige Aufgabe. Während seines Aufenthalts auf dem Balkan wurde ihm klar, wie unzulänglich man ausgestattet war, wenn es darum ging, Trauernde über den Verlust Angehöriger oder enger Freunde hinwegzuhelfen. Der Schmerz nach einer Verletzung ließ irgendwann nach. Verlor man dagegen einen Menschen, den man liebte, blieb einem der Kummer oft genug bis ans Ende der eigenen Existenz erhalten.

Sie löste sich mit hektischem Blick von ihm. »Ich mach mich schnell fertig. Dann können wir zur Polizei fahren.«

Eines musste er lernen: Seine Vermieterin verband mit dem Begriff ›schnell‹ andere Vorstellungen als er. Eine knappe Stunde musste er warten, bis sie in Jeans und einer eng anliegenden Bluse vor ihm stand. Er fragte sich, womit sie die ganze Zeit verbracht haben mochte? Sein Erfahrungshorizont endete weit vor Make-up, Wimpern und kunstvoll nachgezogenen Lippen. Bis die Haare richtig saßen, bedurfte es manch geschickten Handgriffs. In diesem Bereich hatte er noch manches nachzuholen. Nie wäre es ihm in den Sinn gekommen, dass allein die Auswahl des richtigen Shirts schon mal zwanzig Minuten und länger dauern konnte. Er besaß keine sonderlichen Erfahrungen im Umgang mit den Untiefen der weiblichen Seele. Man konnte ihn wahrlich nicht als Spezialist für die Motive weiblichen Handelns ausmachen. Vielleicht hätte er in der Vergangenheit die eine oder andere Beziehung über den Augenblick hinaus pflegen sollen. Trotzdem ließ er es nicht an der erforderlichen sozialen Intelligenz mangeln, als er darauf verzichtete, Verständnisfragen über den Verbleib der letzten 60 Minuten zu stellen. Seine Intuition riet ihm, den Mund zu halten. Gelegentlich traf man halt auch als Mann die richtige Entscheidung.

3

Seine Kollegen verstanden, dass er nicht mehr zu erzählen hatte als in der vergangenen Nacht. Entsprechend zügig beendeten sie die Befragung.

Der für den Fall zuständige Hauptkommissar Schäfer nahm ihn anschließend zur Seite und redete mit leiser Stimme auf ihn ein: »Ich hab erfahren, dass Sie sich neben Silke Volkert eingemietet haben. Es grummelt in meiner Magengegend. Meine Nase sagt mir, die weiß mehr, als sie bisher zugegeben hat. Sie würden mir einen Gefallen tun, schauten Sie ein wenig hinter ihre hübsche Fassade.«

»Mal sehen, was sich da machen lässt«, versprach Hilpert. »Wenn ihr mit ihr durch seid, gebt Bescheid. Sie ist momentan meine Mitfahrgelegenheit.«

Schäfer schlug ihm lachend auf die Schulter. »Wissen Sie eigentlich, mit wem Sie es da zu tun haben? Alte Hamburger Arztfamilie. So ungefähr in der hundertsten Generation. Ihr Vater leitet eine eigene Klinik. Dort lässt sich alles, was Geld, Rang und Namen hat, behandeln.«

Hilpert grinste zurück. »Ich muss Sie leider enttäuschen. Ich kenne das Mädchen keinen Tag. Da läuft nichts zwischen uns.«

»Ich muss nicht jedes Detail wissen. Behalten Sie Ihre privaten Erlebnisse für sich. Ich bin nicht neugierig.«

Hilpert verzichtete auf eine Erwiderung. Jedes Dementi hätte seine Position weiter verschlechtert. Sie reichten einander die Hand.

»Übrigens, der Chef des Dezernats wünscht Sie zu sprechen. Wenn Sie es einrichten könnten?«

»Ich kann.«

»Da wär ich jetzt nicht drauf gekommen.«

Kriminaloberrat Weber empfing Hilpert freundlich. Mit einer knappen Handbewegung forderte er ihn auf, sich zu setzen.

»Sie haben sich Ihren Start in Deutschland vermutlich geruhsamer vorgestellt.«

»Wem sagen Sie das? Doch wo steht geschrieben, dass sich die Bösen nur auf dem Balkan austoben?«

»Freut mich, dass Sie es mit Humor nehmen. Ich hab die Gelegenheit beim Schopf gepackt und mich etwas eingehender mit Ihrer Personalakte beschäftigt. Was man da so liest, gefällt mir. Sie zucken nicht gleich zusammen, wenn es mal bum macht, und sind trotzdem kein Draufgänger, der in Konkurrenz zu Rambo treten möchte. Wir suchen nach Verstärkung in der Mordkommission 3. Hätten Sie Lust, bei uns zu beginnen?«

»Warum nicht? Ihr Angebot kommt für mich einerseits überraschend, andererseits könnte ich mir solch eine Aufgabe durchaus vorstellen.«

»Sie waren vorher bei der Drogenfahndung. Aber mal über den Puttenrand zu schauen, sollte auch für Ihre weitere Entwicklung von Vorteil sein.«

»Ich kann mich nur wiederholen, es reizt mich, in der Mordkommission tätig zu werden.«

»Sehr schön, es gibt da nur ein Problem.«

»Und das wäre?«

»Sie müssten Ihren Urlaub verschieben. Der Mordfall Bartels schlägt ziemlich hohe Wellen. Direkt und indirekt sind eine Reihe an Familien betroffen, die im Rathaus offensichtlich ein und aus gehen. Der eine kennt einen Staatsrat, der andere eine Senatorin, der dritte kennt alle. Mein Telefon läuft bereits heiß. Ich würde Sie gerne mit einer Kollegin als Partnerin direkt an den Fall setzen.«

»Vergessen Sie den Urlaub. Ich bin dabei.«

»Ausgezeichnet. Wie mir Schäfer mitteilte, haben Sie eine spezielle Beziehung zur Freundin des Ermordeten. Er meint, Sie säßen möglicherweise an einem wichtigen Hebel.«

»Ich verstehe. Haben Sie eine besondere Vermutung?«

Der Chef der Mordkommission nickte bedächtig. »Die Ausführung der Tat stinkt nach organisiertem Verbrechen. Ein Schuss, Exitus, keinerlei Zeugen. Da war ein Profi am Werk. Das hat garantiert nichts mit Beschaffungskriminalität zu tun.«

Nachdenklich kratzte sich Hilpert am Kopf. »Was hat ein Sohn aus bestem Haus mit solchen Elementen zu tun?« Er beantwortete seine Frage selbst. »Da muss in seinem direkten Umfeld gegraben werden. Und Silke gehört eindeutig dazu. Ich bin dabei.«

»Großartig. Um die Formalitäten kümmere ich mich. Wie man hört, sind Sie gemeinsam mit Silke Volkert zu uns gekommen. Sie sollten mit ihr den Rest des Tages nutzen.«

»Da werde ich ihr wohl Familienanschluss offerieren müssen. Ich muss unbedingt nach Buchholz zu meinen Eltern. Die warten darauf, mich in ihre Arme schließen zu können. Das gilt vor allem für meine Mutter. Außerdem muss ich mir zusätzliche Klamotten besorgen.«

»Hervorragende Idee, sie mitzunehmen. Je enger der Kontakt zu der jungen Frau ist, desto mehr werden Sie herausbekommen.«

So ganz wollte er die Euphorie seines Vorgesetzten nicht teilen. Als Mitglied einer kriminellen Vereinigung sah er seine Vermieterin nun wirklich nicht. Und es wollte bei ihm keine rechte Freude darüber aufkommen, seine großzügige Vermieterin zu bespitzeln. Mit einem schlechten Gefühl in der Magengegend verließ er seinen zukünftigen Vorgesetzten. Er begab sich in dessen Vorzimmer und harrte der Dinge, die da kommen mochten. Seine Sekretärin lächelte ihm freundlich zu. Das Telefon unterbrach seine Gedanken. Weber ließ ihn informieren, dass seine Partnerin auf dem Weg zu ihm sei.

Neugierig blickte er zur Tür. Die Frau, die eintrat, war ihm aus seiner Zeit im Rauschgiftdezernat nachhaltig in Erinnerung geblieben. Es gab damals durchaus Augenblicke, da hätte er die gut gebaute, groß gewachsene Kommissarin liebend gern nicht nur mit den Augen vernascht. Doch Alexandra Roeder verstand es, um sich eine Aura der Unnahbarkeit zu verbreiten, ohne damit gleich die Kollegialität zu gefährden. Folglich hatte sich zwischen ihnen ein freundschaftliches Miteinander entwickelt, nicht mehr und nicht weniger. Er belästigte sie nicht mit feurigen Gedichten. Sie hatte keinerlei Veranlassung, ihm über den Mund zu fahren oder nach seinen Händen zu schlagen, weil er glaubte, ihr Hinterteil näher untersuchen zu müssen. Erfreut erhob er sich von seinem Sitz und ging auf sie zu. Die Frage, ob er sie in den Arm nehmen oder sich zurückhalten sollte, beantwortete sie für ihn. Sie schlang ihre Arme um seinen Hals und gab ihm auf jede Wange einen Kuss. Sie war ein spürbares Stück von der Idealfigur der abgemagerten Frauenszene entfernt, die über die Fernseher geisterten oder die Modeszene in den Illustrierten dominierte. Gerade deshalb konnte er sich ihrer sinnlichen Ausstrahlung nicht entziehen. Vermutlich entsprach sie nicht dem Schönheitsideal der meisten jungen Mädchen unter 15. Aber ihm war sie gerade recht. Alles, worüber sie ein wenig zu viel verfügte, erschien ihm verlockend.

In kurzer Zeit war dies bereits die zweite Begegnung mit dem weiblichen Geschlecht, wo er gerne nachgehakt hätte und ihm leider die Hände gebunden waren. Er begab sich demütig in sein Schicksal. Was blieb ihm auch anderes übrig? So war das Leben, hart, aber ungerecht.

»Schön, dass du es geschafft hast, gesund von großer Feindfahrt zurückzukehren«, begrüßte sie ihn. »Ich hab des Öfteren an dich gedacht, wenn dort mal wieder geschossen wurde oder eine Mine hochgegangen ist.«

Bevor er etwas erwidern konnte, betrat ihr gemeinsamer Chef den Raum. Weber rieb sich innerlich die Hände. Er spürte, dass sich die beiden verstanden. Dieses gemischte Team würde ihm keine Probleme bereiten.

»Also, Herrschaften, bis auf Weiteres berichten Sie direkt an mich. Trotzdem hoffe ich, Sie arbeiten mit den Kollegen konstruktiv zusammen. Frau Roeder, wenn Sie dem Hauptkommissar Ihr gemeinsames Büro zeigen. Er benötigt außerdem eine Waffe und einen neuen Ausweis. Sie kennen sich ja aus.«

Man hatte ihnen ein kleines Zimmer mit Blick auf den Parkplatz reserviert. Ihre Schreibtische standen einander gegenüber. Sie ließ ihn als Ersten eintreten.

»Da hat sich der Balkan wenigstens für deine Karriere gerechnet«, sprach sie ihn von der Seite an. »So schnell wird man zu Hause nicht zum Hauptkommissar befördert.«

»Du weißt doch«, erwiderte er, »ich war schon immer der größte Ehrgeizling der Hamburger Polizei und hab mich furchtbar angestrengt.«

»Warst du nicht, du Spinner.«

Schnell fanden sie zu einem sachlichen Gespräch zurück.

»Wie hast du es geschafft, gleich bei deiner Ankunft in einen Mordfall verwickelt zu werden?«, erkundigte sie sich.

Ohne weitere Umstände teilte er ihr sein spärliches Wissen mit.

»So, so, da hat dir eine der Beteiligten bereits Unterschlupf gewährt. Tolle Adresse. Da musst du ja mächtig abkassiert haben auf deiner Auslandstour.«

»Du machst Witze. Die Konditionen bei Auslandseinsätzen sollten selbst dir bekannt sein. Tatsächlich bekomme ich die Wohnung für 'nen Appel und 'n Ei.«

Sie wollte ihm nicht glauben, als er ihr die Zahlen nannte. Nachdenklich kräuselte sie ihre Stirn. »Vielleicht bist du ihr Typ und musst die Differenz in Naturalien abbezahlen.«

»Blödsinn, wir haben uns erst vor wenigen Stunden kennengelernt. Ich denke, es ist eher ihre Art, sich dankbar zu zeigen. Davon abgesehen muss die sich keinen Lover kaufen, sexy wie die ist.«

Ungläubig schüttelte sie den Kopf. »Dahinter steckt mehr. Würde mich nicht wundern, wenn sie eine Art Beschützer in dir sieht.«

Diesmal nickte er zu ihren Worten. »Daraus könnte schon eher ein Schuh werden. Schäfer meinte ebenfalls, dass Silke Volkert mehr weiß, als sie bislang erzählt hat.«

»Dann mal los«, grinste ihn Alexandra Roeder an. »Setz deinen unnachahmlichen spröden norddeutschen Charme ein. Das dürfte dir doch nicht schwerfallen.«

»Was ihr mir nicht so alles zutraut«, erwiderte er eine Spur verlegen. »Zumindest bei dir hat er nicht gewirkt. Wenn ich mich recht erinnere, warst du eher auf Ärzte spezialisiert.«

»Das ist nur bedingt richtig«, antwortete sie mit erhobenem Zeigefinger. »Ich hätte durchaus einen anderen Beruf akzeptiert. Sagen wir mal Notar oder erfolgreicher Unternehmer, Hauptsache kein unterbezahlter Beamter.« Sie wies auf einen funkelnden Brillantring an ihrer linken Hand. »Außerdem werden wir in drei Wochen heiraten.«

»Das heißt, es macht keinen Sinn, sich bei dir ins Zeug zu legen.«

»Also, soweit ich mich erinnere, hast du nicht einmal versucht, bei mir zu landen, weder mit Worten noch mit Taten.«

»Du solltest mal in den Spiegel schauen, wenn du die balzenden Hähne abgewimmelt hast. Mit deinen eiskalten Augen vernichtest du jede Form von Selbstbewusstsein. Sich da trauen und auf eine Chance hoffen? Nein, danke. Blamieren kann ich mich ebenso gut zu Hause.«

Herausfordernd grinste sie ihn an. »Sieh mal einer an, feige bist du auch.«

»Wohl wahr. Lieber in der hinteren Reihe verkümmern, als in vorderster Front weggeschossen zu werden.«

Energisch warf sie ihre halblangen dunklen Haare zurück. »Ich sag doch, du bist ein Feigling. Wer weiß, vielleicht hätte ich bei dir eine Ausnahme gemacht. Stramme Schenkel hast du ja.«

Sie winkte ab. »Nun ist der Zug abgefahren.«

Lachend verabredeten sie sich für den nächsten Tag. Alexandra versprach, sich bis dahin um die administrativen Erfordernisse zu kümmern, die unabwendbar auf ihn zuzukommen drohten. Hilpert begab sich auf die Suche nach seiner Vermieterin. Wie sie wohl dazu gestanden hätte, erführe sie von seinem Auftrag, bei ihr als fünfte Kolonne tätig zu werden? Er hielt besser den Mund darüber. Sollten sie einander näherkommen, hoffte er, nicht im Schlaf zu sprechen. Bislang war er diesem Phänomen bei sich zwar noch nicht begegnet, aber man konnte nie wissen. Schließlich veränderten sich Menschen. Er grinste bei seinen Überlegungen. Zusehends ließ er sich von seinen Kollegen anstecken.

Silke Volkert war die Erleichterung anzumerken, als er das Vernehmungszimmer betrat. Gleiches galt für Schäfer. Das Gespräch war für beide Seiten alles andere als befriedigend verlaufen. Krampfhaft versuchte er seinem Kaffee, der im Becher vor ihm dampfte, so etwas wie Geschmack abzugewinnen. Doch dieses Erfolgserlebnis wollte sich bei ihm nicht einstellen. Seinem Gesichtsausdruck ließ sich unschwer entnehmen, dass er diesen Kampf ebenso verlieren würde wie all die anderen zuvor. Hilpert fragte sich, weshalb ein Mensch sich Tag für Tag solch ein Getränk zumutete, das ihm offensichtlich zuwider war. Schimmerte dort eine verdeckte Form von Masochismus durch? Oder hoffte er nur auf bessere Zeiten? Das Angebot, es seinem Kollegen gleichzutun, lehnte er dankend ab. Silke langweilte sich nach wie vor mit ihrem unberührten Glas Mineralwasser, obwohl man damit wenig verkehrt machen konnte. Hilpert spürte eine leicht gereizte Stimmung in dem Raum, unterließ es allerdings, darauf einzugehen.

»Benötigen Sie die Zeugin noch oder darf ich sie ins bürgerliche Leben zurückführen?«, richtete er das Wort an Schäfer.

Entnervt stand sein Kollege auf. Mit einer energischen Bewegung stützte er sich dabei von seinem Tisch ab. Sein Stuhl drohte umzukippen, hielt aber im letzten Moment die Balance.

»Ich habe vorerst keine weiteren Fragen. Sie können gehen, Frau Volkert. Bitte halten Sie sich bis auf Weiteres zu unserer Verfügung. Ich hoffe, Sie haben in absehbarer Zeit keine Auslandsreisen geplant.«

Verneinend schüttelte sie den Kopf. Bereits im Flur beschwerte sie sich über die Vernehmung. »Die behandeln mich, als hätte ich etwas mit dem Mord zu tun.«

»Das ist deren Job«, versuchte er sie zu beruhigen. »Im Zweifelsfall ist erst mal jeder verdächtig. Da machen die bei dir keine Ausnahme. Sei froh, dass die Folter abgeschafft wurde. Es soll unheimlich schmerzhaft sein auf der Streckbank.«

Wütend funkelte sie ihn an. Wirklich überzeugen konnte er sie nicht. »Ist ja wohl ein Selbstgänger, dass du deinen Kumpel in Schutz nimmst.«

Verwirrt verließ er mit ihr das Polizeigebäude. Ihm schien es, als regte sie sich stärker über die Vernehmung auf, als dass der Tod des Freundes sie belastete. Vielleicht missverstand er auch nur die Art, ihre Trauer zu zeigen. Zu gegebener Zeit würde er darauf zurückkommen.

4

Auf dem Weg zu ihrem Cabrio hatte sich ihre schlechte Laune verflüchtigt. »Was unternehmen wir jetzt?«, erkundigte sie sich abenteuerlustig.

»Ich weiß nicht, was du vorhast, ich muss zu meinen Eltern in die Nordheide. Könnte 'ne Idee sein, wenigstens Ersatzklamotten zu organisieren. Außerdem schreit meine Mutter nach mir.«

»Was, du willst Hamburg verlassen?«

»Höchstens für einige Stunden. Solltest du Lust haben, kannst du ja mitkommen. Meine Eltern sind liebe Leute.«

»Einverstanden«, stimmte sie spontan zu. Sie öffnete die Fahrertür, verzichtete aber darauf einzusteigen. Vielmehr ging sie ums Auto herum und reichte ihm die Schlüssel. »Du fährst doch gerne. Außerdem kennst du den Weg.«

Die Autobahn meinte es an diesem Tag gut mit ihnen. Spätestens hinter dem Maschener Kreuz hatten sie die A1 ziemlich für sich allein, zumindest für wenige Kilometer. Mit Wohlgefallen registrierte er, wie problemlos das Fahrzeug trotz des offenen Verdecks die 200 Stundenkilometer, die er fuhr, verkraftete. Silke hatte sich entspannt zurückgelehnt und schien die Fahrt zu genießen. Der Wind verfing sich in ihrem Haar, als wollte er damit spielen. Mit geschlossenen Augen ließ sie ihn gewähren. Einige Kilometer vor der Abfahrt Dibbersen ging er vom Gas.

Seine Eltern lebten in einer kleinen Reihenhausanlage im Herzen der Heidestadt. Es war mit dem traditionellen roten Verblendstein verklinkert, der in den Siebzigerjahren, als das Haus gebaut wurde, gerne verarbeitet wurde. Mittlerweile traute man sich in der Nordheide durchaus auch zu anderen Farbkompositionen. In den Randgebieten entdeckte man sogar Einfamilienhäuser im mediterranen Stil mit heller Putzfassade. Die Rückkehr ins Elternhaus verlief für Hilpert wie befürchtet. Seine Mutter schnäuzte sich eine Viertelstunde lang die Nase, bis sie entsetzt feststellte, dass ihr einziger Sohn viel zu schmal geworden war. Ein kritischer Seitenblick auf seine Begleiterin machte deutlich, dass dies für sie gleichermaßen galt. Ihre rundliche Figur, ihr stattlicher Busen wiesen eindringlich darauf hin, dass sie ihre eigenen Ernährungsvorschläge wohlweislich befolgte. Sein Vater hatte längst aufgegeben, über die Idealfigur nachzudenken. Er ließ sich mit Wonne von seiner Frau bekochen in der Hoffnung, keine nennenswerten Probleme mit Cholesterin oder dem Blutzucker zu bekommen.

Sie erhielten beide keine Chance und mussten kräftig hinlangen. Rinderbraten, Schweinebraten, eine herrliche dunkle Soße dazu. Da konnte man getrost auf die Kartoffeln und das Gemüse verzichten, obwohl seine Mutter davon ebenfalls Unmengen auf den Tisch gestellt hatte. Am Abend würde es vermutlich Bratkartoffeln mit Spiegeleiern geben. Soweit es möglich war, ließ man keine Lebensmittel umkommen.

Hilpert hatte viel zu lange auf ihre Kochkünste verzichten müssen. An diesem Tag holte er einiges nach. Zufrieden nahm sie zur Kenntnis, wie es ihrem Filius schmeckte. Selbst Silke langte für ihre Verhältnisse ordentlich zu. Man konnte abends ja getrost auf Karotten und Radieschen umsteigen und am nächsten Morgen das Frühstück ausfallen lassen. Selbstverständlich lagen mit dem Mittagessen bei Weitem nicht alle Anschläge auf ihre Taillen hinter ihnen. Die eigentliche Herausforderung war noch zu meistern. Kurz nach drei stand der selbst gebackene Pflaumenkuchen auf dem Tisch, der mit einem ordentlichen Schlag süßer Sahne seiner unausweichlichen Vernichtung entgegenblickte. Für Hilpert stellten drei reichlich geschnittene Stücke kein sonderliches Problem dar. Zu seinem Erstaunen musste er feststellen, dass sich Silke, ohne nennenswerten Widerstand zu leisten, ein zweites Stück nachlegen ließ. Irgendwie war sie entweder über ihren Schatten gesprungen oder hatte entschieden, sich gehen zu lassen. Nur auf die Sahne verzichtete sie im Gegensatz zu ihm. Hier versagten selbst die überzeugendsten Überredungsversuche seiner Mutter. Das Argument mit der Nervennahrung wurde zu ihrem Leidwesen nicht akzeptiert. Sie trennten sich nach 18 Uhr. Den Verlockungen eines nahrhaften Abendessens widerstanden sie mutig. Sie waren einfach nur satt. Wären sie geblieben, hätten sie sich vermutlich zurückrollen lassen müssen.

Als sie endlich wieder auf der Autobahn Richtung Hamburg fuhren, war der Wagen nicht nur mit diversen Koffern bestückt, vielmehr fand sich auch noch Platz für ein wohldimensioniertes Kuchenpaket. Er musste sich eingestehen, dass die Küche seiner Mutter kaum zu überbieten war. Hausmannskost, unter Hintanstellung neumodischer Überlegungen hinsichtlich Cholesterin und ausgewogenen Nährstoffen, war ihre Stärke. Vielleicht wurde man bei solch einer Ernährung keine hundert Jahre alt. Aber es mundete zumindest. Und man starb fröhlich. Vergegenwärtigte er sich seinen Vater, so machte der beileibe nicht den Eindruck, als würde er kurzfristig das Zeitliche segnen müssen. Seine Hose saß zwar stramm, aber als wirklich fett konnte man ihn nicht bezeichnen. Er verlor einen Teil seiner Kalorien im Garten, auf ausgedehnten Spaziergängen und mit dem Fahrrad bis hin zum Wilseder Berg, wo die Heide am schönsten war. Es gab Zeiten, da diente diese Gegend den Filmemachern aus den Bendestorfer Studios als Kulisse für Dutzende Heideschnulzen. Diese lagen allerdings weit hinter ihnen. Heideromantik war nicht mehr angesagt. Die damaligen Akteure hatten längst das Zeitliche gesegnet. Heutzutage fuhr man auf Traumschiffen, tummelte sich in den Bergen oder der Karibik. Und all das nicht mehr im Kino, sondern im Fernsehen.

Silke saß auf der Rückfahrt ruhig neben ihm. Irgendetwas brütete in ihr. Schließlich brach es aus ihr heraus: »Was sind deine Eltern für bezaubernde Menschen. Deine Mutter hat in der Zeit, die du im Ausland verbracht hast, vermutlich keine Nacht durchgeschlafen, sondern musste ständig an dich denken. Außerdem sind die beiden sicherlich mächtig stolz auf dich. Du musst ein guter Sohn sein.«

Erschrocken wandte er ihr sein Gesicht zu. »Du sprichst von mir. Das war ein vorzüglicher Witz.«

»Du verstehst nicht, wie ich das meine. So seid ihr halt, ihr Männer. Unsensibel und ignorant. Wie alt warst du, als du dein Abitur gemacht hast?«

»Neunzehn.«

»Und wo hast du es gemacht?«

»Na, hier am Gymnasium.«

»Fein, und wie oft hattest du Besuch von der Polizei wegen deiner Kifferei?«

»Ich und kiffen?«

»Und hast du mit deinen Freunden Automaten geknackt oder Autoradios geklaut?«

»Wie kommst du auf solchen Scheiß?«

»Na, siehst du, das meinte ich. Wie ich dich einschätze, bist du immer Nichtraucher gewesen. Und vom Stadtfest musste man dich garantiert nicht nach Hause tragen, weil du zu viel getrunken hast.«

Auch wenn er die letzte Bemerkung nicht mittragen konnte, begann er zu verstehen. Veränderte Reichtum tatsächlich Normalität? War man als Ableger reicher Eltern gezwungen, sich und anderen Menschen das Leben schwer zu machen? Andererseits besuchte er sonntags nicht die Kirche und wusste schon frühzeitig mit den Mädchen mehr anzufangen, als nur Händchen zu halten. Und er hatte sich selten mutig verhalten, wenn es darum ging, sich von einer Freundin zu trennen. Sie waren beileibe keine Sonntagsschüler. Aber sie waren berechenbar, sah man davon ab, dass ihm und seinen Freunden einfach das Geld fehlte, regelmäßig über die Stränge zu schlagen.

Im Rahmen seiner Ausbildung hatte er sich mehr oder weniger gezwungen gesehen, sich wenigstens ansatzweise mit psychologischen Fragestellungen auseinanderzusetzen. Er meinte sich zu erinnern, dass Aspekte der Verwahrlosung mit all ihren negativen Auswirkungen auch in Familien der Oberschicht registriert wurden. Die Erziehung der jungen Menschen oblag Fremden ohne echte Emotionen für die Schutzbefohlenen. Selbst nahm man sich nicht die Zeit, sich um die eigenen Sprösslinge in der Intensität zu kümmern, die ihnen zugestanden hätte. Diesen jungen Leuten fiel es nur leichter, sich Drogen zu verschaffen, weil sie über das erforderliche Kleingeld verfügten. Alkohol fand sich vermutlich im elterlichen Barschrank in ausreichender Menge an. Sie kifften halt in Designerjeans oder erbrachen sich darauf.

»Wie war das denn bei dir?«, drehte er den Spieß um.

»Ganz einfach, das Abitur habe ich mit beinahe zweiundzwanzig auf einem englischen Internat in der Nähe von London gemacht. Dem Analphabetentum konnte ich somit erfolgreich entrinnen. Ich studiere jetzt im dritten Jahr Sprachen und werde wohl dem Vordiplom wiederum ausweichen. Ein Attest meines alten Herrn und alles ist geritzt.«

»Und wie ist das mit Drogen, mit Alkohol?«

»Das liegt hinter mir.«

»Und wie ist das Verhältnis zu deinen Eltern?«

»Oh, hervorragend. Wann immer ein untergeordnetes

Problem auftauchte, ist stets ausreichend Kohle vorhanden gewesen, um es aus der Welt zu schaffen. Ich glaube nicht, dass meine Mutter jemals in ihrem Leben um mich geweint hat. Deine Mutter umsorgt dich. Sie kocht, sie backt für dich einen Kuchen. Sie denkt an dich, wenn du nicht da bist. Meine quakt rum, wenn ich ein Kilo zugenommen habe.«

Verlegen kratzte er sich am Kopf. »Schon seltsam, was bei mir oft genug als zu viel an Zuwendung angekommen ist, fehlt dir in deiner Familie. Kann es sein, dass man prinzipiell das für sich beansprucht, was andere im Überfluss besitzen?«

»Du kennst meine Erzeugerin nicht«, erwiderte sie ungerührt. »Danach wüsstest du erst, was für eine großartige Mutter du hast.«

Hilpert nutzte die Gelegenheit, das Thema zu wechseln. »Tom Bartels, was war das für ein Typ?«

Eine steile Falte meldete sich für einen kurzen Augenblick über ihrer Nasenwurzel. »Gute Frage. Wir kannten uns flüchtig von der Grundschule. Er ging eine Klasse über mir. Mein Vater war viele Jahre der Hausarzt der Familie, bis er sich in eine Klinik einkaufte. Zufälligerweise trafen wir uns vor zwei Jahren in irgendeiner Bar wieder. Wie sich zeigte, hatte er ebenfalls in England seinen Schulabschluss nachgeholt.« Ihr Mund verzog sich zu einem leichten Lächeln. »Bei ihm war alles eine Stufe krasser als bei uns anderen. Und wir waren schon gut drauf.«

»Wie hat sich das gezeigt?«

Erneut bildete sich die steile Falte zwischen den Augen. »Kann es sein, dass du gerade dabei bist, ein nettes Verhör mit mir zu veranstalten?«

»Und wenn es so wäre? Ich bin nun mal Polizist.«

»Klar, ich verstehe. Na gut, ich will ebenso, dass der Mord aufgeklärt wird.«

Sie lehnte sich zurück, als würde sie über seine Frage nachdenken. Ihm schien es eher, als wollte sie genau abwägen, was sie ihm erzählen durfte und was sie besser für sich behielt.

»Tranken andere ein Glas, stürzte er eine Flasche hinunter. Nahmen sie einen Joint, war's bei ihm Koks. Verstehst du, er musste immer einen draufsetzen.«

»Ihr seid die letzten zwei Jahre ein Paar gewesen?«

»Bist du verrückt?«, fauchte sie ihn an. »Wir waren Freunde, nicht mehr. Mit Tom intim befreundet gewesen zu sein, hätte zur Folge, von ihm hinuntergezogen zu werden in seine Welt. Wäre man bei ihm unten angelangt, hätte es bedeutet, alleine dazustehen. Er kannte keine Loyalität, vielmehr war er der Erfinder des Egoismus. Dachte er über andere nach, dann vielleicht, wie er ihnen schaden konnte. Nein, danke, es ging mir so schon beschissen genug.«

»Wieso?«

»Willst du das wirklich wissen?«

»Würde ich sonst fragen?«

»Ich feiere bald meinen fünfundzwanzigsten Geburtstag und habe nirgendwo Fuß gefasst. Keine feste Beziehung. Keine echten Freunde. Mein Studium plätschert dahin. Was mir hilft, ist ein gewisses Talent für romanische Sprachen. Das erleichtert manches.«

»Richtig, du studierst Sprachen.«

»Du sagst es, Französisch und Italienisch.«

Sie wurde einsilbiger. Er verzichtete darauf, weiter bei ihr vorzudringen. Sie war der Typ, der von allein kommen musste. Da galt es, sich vorsichtig vorwärtszubewegen, wollte man verhindern, dass sie sich ihm gänzlich verschloss. Zumindest aber hielt er fest, dass der Ermordete mit Drogen zu tun hatte. Da lagen Verbindungen zu kriminellen Gruppen auf der Hand. Das Zeug erwarb man nicht im Supermarkt um die Ecke. Hatte er vielleicht Schulden? Konnte er seinen Kokainkonsum nicht mehr finanzieren? Wurde an ihm ein Exempel statuiert? Die Branche war brutal. Sie wurde von Leuten beherrscht, für die ein Menschenleben keine Bedeutung hatte. Da kannte er sich nach wie vor gut aus. Er musste unbedingt mit der Familie des Toten sprechen. Wusste die etwas über seine Vorlieben?

»Wie gut kennst du seine Eltern?«, setzte er neu an.

»Nun, seine Mutter ist vor wenigen Jahren nach längerer Krankheit gestorben. Ich meine, sie hatte Krebs. Sein Vater ist Geschäftsmann. Hat irgendwas mit Finanzen zu tun. 'n netter Mensch. Wir sind gut miteinander ausgekommen, wenn wir uns gesehen haben. Das kam allerdings selten genug vor. Er und mein alter Herr sind dick miteinander. Meine Mutter hätte eine feste Verbindung zwischen Tom und mir gern gesehen. Nach dem Motto: Geld kommt zu Geld.«

»Was ist denn dein Vater für ein Typ?«

»Eigentlich ist er in Ordnung. Aber der verschwindet am Morgen in der Klinik. Willst du etwas mit ihm besprechen, musst du langfristig terminieren. Er hat vor allem seine Patienten und deren Krankheiten im Kopf. Außerdem arbeitet er an einem wissenschaftlichen Buch. Frag mich nicht, welches Thema er aufgespießt hat. Ich vermute, er strebt eine Professur an. Macht sich gut auf der Visitenkarte.« Sie atmete tief durch, bevor sie weiterredete. »Zu Hause hält er sich heraus. Das liegt alles in Händen meiner Mutter. Die regelt das zwischen Shopping und Golfklub.«

»Deine Mutter spielt Golf?«

»Und ob. Zwar nicht gut, dafür gern. Gelegentlich zerrt sie meinen alten Herrn mit auf den Platz, der gerade mal die Platzreife hat. Sie ist dagegen im stolzen Besitz irgendeines Handicaps. Keine Ahnung, wie hoch oder niedrig es ist.«

»Ich habe selbst lange Jahre Golf gespielt«, antwortete er für sie überraschend.

»Du?! Ich dachte bislang, das sei in Deutschland das Spiel der reichen Leute.«

»Ist es auch. Ich hab mir nebenbei Geld als Caddy verdient. Und gelegentlich durfte ich selbst ran. Zeitweise galt ich als hoffnungsfrohes Talent. Ich kann es eigentlich bis heute ganz ordentlich. Allerdings fehlt inzwischen die Zeit. Und irgendwo hat sich bei mir der Bazillus verflüchtigt.«

»Bei euch in der tiefen Provinz gibt es einen Golfplatz?«

»Was denkst denn du? Direkt nach Einführung des aufrechten Gangs hat man den erforderlichen Rasen eingesät und die Sandbunker angelegt.«

»Na klasse, da kannst du ja meine Mutter in nächster Zeit fordern.«

»Mit dem größten Vergnügen.«

»Aber du darfst ihr gegenüber keine Gnade walten lassen.«

»Mit noch größerem Vergnügen.«

Es reizte ihn wenig, wieder einen Schläger in die Hand zu nehmen, um es gegen Silkes Mutter aufzunehmen. Vielleicht konnte er so etwas über den Toten in Erfahrung bringen. Ansonsten sah er dem Ganzen gleichmütig entgegen. Er war ein gutes Dutzend Jahre Polizist. Da ließ er sich von einer komplizierten Frau aus den sogenannten besseren Verhältnissen nicht aus dem Rhythmus bringen, sondern begegnete ihr gelassen.

Das Vergnügen, Silkes Familie kennenzulernen, sollte ihn früher ereilen, als er erahnt hätte. Hilpert stand mit dem letzten Koffer in der Hand neben dem Cabrio, als ein klassischer, etwa 40 Jahre alter Ferrari im traditionellen Tiefrot auf ihn zurollte. Ein Paar um die fünfzig stieg aus. Zu viele Abmagerungskuren und zu intensives Training mit den Laufmaschinen und Hanteln hatten der Frau nahezu jegliche weibliche Form genommen. Ihre Haut war durch zu viele Gänge unter die Sonnenbank verwittert. Ihr Outfit war eine Spur zu jugendlich. Ihr Rock hätte besser die knochigen Knie bedeckt. Der grauhaarige Mann neben ihr verriet den Gourmet. Mit Sicherheit trug er zwanzig Kilo an Mehrgewicht mit sich herum. Vermutlich trank er gerne Wein und war auch einer guten Zigarre gegenüber aufgeschlossen.

»Sie müssen dieser Polizist sein, von dem mir meine Tochter heute Morgen erzählte«, begrüßte ihn Dr. Volkert. »Wir sind Silkes Eltern.«

»Freut mich, Sie kennenzulernen.« Hilpert nickte ihnen zu und griff nach dem Koffer, den er abgestellt hatte. »Wenn Sie mich entschuldigen wollen, meine Wohnungstür steht offen.«

Verstört schaute die Mutter ihm hinterher. »Na, großes Interesse bringt der nicht gerade für uns auf«, merkte sie pikiert an.

»Offensichtlich hat der augenblicklich andere Probleme, als mit uns große Kennenlerngespräche auf dem Parkplatz zu führen«, erwiderte ihr Ehemann ungerührt. »Soviel ich verstanden habe, wird von einer Eheschließung vorerst abgesehen.«

»Trotzdem könnte er ein wenig verbindlicher sein.«

»So sind sie halt, die modernen Leute. Zumindest zeigt unsere Tochter einen ausgezeichneten Geschmack. Der junge Mann sieht ausgesprochen gut aus. Und ordentlich gewachsen scheint er auch zu sein.«

Seine Frau verzichtete darauf zu widersprechen. Dies kam einer Zustimmung gleich. Er war froh, diesmal einer ausgiebigen Diskussion ausgewichen zu sein. Kein Thema war unbedeutend genug, dass man darüber nicht mit seiner Frau diskutieren konnte. Sie ließ nicht locker, wenn sie sich erst einmal eingeschossen hatte.

Hilpert räumte seine Kleidung in die Einbauschränke ein. Schnell begriff er, dass Platz genug vorhanden war, um manches Fachgeschäft leer zu kaufen. Mehr Zeit nahm er sich mit seiner CD-Sammlung, die er sorgfältig ordnete. Ein Test mit einer Santana Live-CD verdeutlichte ihm ohne weiteres Nachdenken, dass er seine eigene Anlage in Buchholz getrost einmotten konnte. Silkes technische Ausstattung war um Klassen besser. Ihn überkam beinahe das Gefühl, als würde der Latino-Rocker vor ihm stehen und in die Saiten hauen. Wäre er nicht bereits vorher Fan gewesen, er wäre es umgehend geworden. Er setzte sich in einen Sessel und schloss genüsslich die Augen. So gut hatte er sich lange nicht mehr gefühlt. Er war in Hamburg angekommen. Zur Feier des Tages wäre ihm ein Cognac lieb gewesen. Aber in dem Barschrank herrschte gähnende Leere. Dieses Manko verzieh er sich gütlich. Schon bald wäre dieser Schwachpunkt beseitigt.

5

Silke Volkert hätte vermutlich gern mit ihm getauscht. Im Gegensatz zu ihm musste sie sich mit ihrer Mutter auseinandersetzen.

»Da kennst du einen Menschen gerade einen Tag und sofort zieht er bei dir ein!«, empörte sie sich. »Vermutlich weißt du nichts über ihn, seine Herkunft, seine Verhältnisse, in denen er lebt.«

»Er ist mein Mieter, Mutter, nicht mein neuer Freund! Er lebt nicht bei mir, sondern nebenan. Außerdem bin ich seinen Eltern bereits begegnet. Sie sind ganz bezaubernd.«

»Da kannst du mir viel erzählen. Trotz deines mehr als eigenwilligen Lebenswandels treibst du dich doch normalerweise nicht auf St. Pauli herum, um deine Wohnung bestmöglich an den Mann zu bringen. Dafür gibt es Makler oder man setzt eine Anzeige ins Abendblatt oder ins Internet.«

Silke winkte entnervt ab. »Gut, ich will nicht bestreiten, dass er mir gefällt. Bist du nun zufrieden?«

Zu gewissen Zeiten war jede Antwort falsch. Heute war solch ein Tag. Sigrid Volkert ließ nicht locker. Wie eine Löwin, die ihr Opfer zu fassen bekommen hatte, verbiss sie sich weiter in das Thema und weigerte sich loszulassen.

»Der Mann ist Polizist. Was kann der dir bieten? Überall liest man in den Zeitungen, dass der Beruf gefährlich ist und dass die viel zu wenig verdienen. Was willst du mit solch einem Kandidaten anfangen?«

Diesmal öffnete sie ihrer Tochter das richtige Ausfalltor.

»Meinst du das wirklich ehrlich? Hast du dir mal seine Figur näher angeschaut? Offensichtlich nicht, sonst würdest du darauf verzichten, unpassende Ratschläge von dir zu geben. Oder bist du schon jenseits von Gut und Böse, dass dich diese Dinge kaltlassen? Geld ist nicht alles im Leben. Das kannst du mir gerne glauben.«

Sie erwischte den seltenen Moment, ihre Mutter kurzzeitig sprachlos zu erleben. Diese bemühte sich um einen ehrenvollen Rückzug, indem sie die einzige Karte zog, die im Spiel verblieben war. Sie ignorierte die letzten Worte ihrer Tochter und versuchte ihren Ehegatten auf ihre Seite zu ziehen.

»Wolfgang, nun sag du etwas dazu.«

Volkert hatte den Dialog bislang genüsslich verfolgt. Er

wusste seine Frau besser auszukontern als jeder andere auf der Welt.

»Ich soll dir erklären, was meine Tochter mit diesem groß gewachsenen, gut aussehenden Mann anstellen kann? Ist das tatsächlich dein Ernst? Silke wird fünfundzwanzig Jahre alt.«

Sie warf ihm einen wütenden Blick zu. Trotzdem gab sie nicht auf. »Immer stellst du dich auf ihre Seite. Aber das ist ja keine neue Erfahrung. Wenigstens möchte ich diesen Herrn kennenlernen. Würdest du ihn zu uns herüberbitten, Wolfgang?«

»Ich? Was soll ich ihm denn sagen?«

»Da wird dir sicherlich was einfallen. Schließlich bist du Akademiker.«

»Legst du Wert auf seinen Ariernachweis, seinen Gesundheitspass? Oder reichen Kurzlebensläufe von ihm und seiner Familie? Soll ich vorab seine Zähne anschauen?«

»Geh endlich!«, bellte sie ihn an.

Ergeben erhob er sich. Er hasste Streitigkeiten mit seiner Frau. Prinzipiell gerieten sie zu unbedeutenden Kleinigkeiten aneinander. Große Probleme gab es nach knapp dreißig Jahren Ehe keine mehr zu diskutieren. Da hatten sie ihre Claims abgesteckt. In der wenigen Freizeit, die ihm verblieb, wollte er seine Ruhe. Er ignorierte das hastige Abwinken seiner Tochter und verließ die Wohnung. Im Hausflur atmete er tief durch. Was tat er sich da eigentlich an?

Erst nach dem dritten Anlauf vernahm Hilpert das stürmische Klingeln an der Haustür. Überrascht erblickte er Silkes Vater, als er öffnete.

»Sie, Dr. Volkert? Was kann ich für Sie tun?«

»Ach, Sie hören Santana. Sind Sie dafür nicht etwas zu jung?«

»Für Samba Pa Ti ist man nie zu jung.«

Volkert stimmte ihm zu. »Auch wieder wahr. Diese Musik wird ewig halten.«

»Hab ich die Anlage zu weit aufgedreht?«

»Nein, bloß das nicht. Eigentlich wollte ich Sie für einen Moment zu uns herüberbitten.«

»Gerne, ich stelle nur die Musik aus. Worum geht es denn?«

»Um meine Frau. Sie ist ganz wild darauf, Sie kennenzulernen.«

Hilpert tippte mit einer Hand auf sich. »Mich?! Wie komme ich zu dieser Ehre?«

»Wenn Sie mir einen Gefallen tun wollen, verzichten Sie bitte auf weitergehende Fragen. Spielen Sie ein paar Minuten mit. Sie beißt nicht. Und ich stehe Ihnen zur Seite, sollte es enger werden. Versprochen.«

Achselzuckend gab Hilpert es auf, die Einladung nach nebenan verstehen zu wollen. Ansonsten funktionierte das Prinzip der Solidarität unter Männern. Silkes Vater war nett. Warum sollte er ihm nicht diesen kleinen Gefallen erweisen? Er würde es überleben.

»Am besten setzen Sie sich neben meine Tochter«, empfing ihn Sigrid Volkert. Ihr resoluter Ton schloss jegliche andere Sitzgelegenheit rigoros aus.

Verwundert folgte Hilpert ihrer Aufforderung. Er fühlte sich wie in einem Theaterstück, wo es der Regisseur versäumt hatte, ihm ein Textbuch zu überlassen, aber auf seinen Monolog wartete. Neugierig blickte er sich um. Silke ruckte unruhig auf ihrem Sitz hin und her. Sie wirkte nicht wirklich glücklich auf ihn. Jetzt jemandem etwas zu trinken anzubieten, war ihr zu riskant. Sie wollte jedes Wort mitbekommen, das ihre Mutter fallen ließ, um sofort reagieren zu können, sollte die Tonlage nicht stimmen. Sie sollte keine Chance bekommen.

»Kleines, würdest du uns etwas zu trinken besorgen? Für Kaffee ist es wohl zu spät.«

Sie einigten sich auf ein Glas Rotwein. Eilfertig erhob sich Silke. »Fabian, hilf mir bitte die Flasche zu öffnen!«, rief sie ihm hastig aus der Küche zu. »Der Korken steckt so fest.«

Bevor ihre Mutter reagieren konnte, stand er auf und folgte ihr. Ohne Silkes Geleitschutz fühlte er sich unwohl wie ein schlecht vorbereiteter Student bei einer mündlichen Prüfung. Und mit Weinflaschen kannte er sich aus. In der Küche griff er nach dem Korkenzieher, der auf einer Anrichte lag und setzte ihn fachmännisch an.

»Du musst mir helfen«, zischte sie ihm zu. »Meine Mutter glaubt, du bist mein neuer Liebhaber.«

Mit einem zarten Plopp verrichtete er sein Werk.

»Das kriegen wir schon hin«, flüsterte er ihr zu. »Soll ich mir 'ne tolle Geschichte über 'ne geile Liebesnacht ausdenken? Vielleicht will sie hören, wie gut du warst. Du müsstest mich natürlich auch loben. Also drei Runden kannst du mir zugestehen.«

»Untersteh dich! Bleib einfach bei der Wahrheit.«

»Mal ganz was Neues, warum nicht? Aber ich fürchte, das wird furchtbar langweilig und unter Umständen sogar unglaubwürdig. Manchmal funktioniert eine gut formulierte Lüge besser.«

Sie griff nach der Flasche und winkte ihm zu. »Die Gläser stehen auf dem Tisch. Wenn du die mitnehmen würdest?! Gehen wir zurück in die Höhle des Löwen.«

»Du meinst, der Löwin.«

»Sie scheinen ein rasantes Leben zu führen«, eröffnete Sigrid Volkert das Gespräch, nachdem sie wieder vereint zusammensaßen. »Ein Überfall, ein Mord, eine neue Wohnung, eine neue Liebschaft. Das alles innerhalb eines Tages. Das finde ich sehr beachtlich.«

»Ach, wissen Sie, gnädige Frau, oftmals geht das Schicksal mit einem seltsame Wege. Die Zeit auf dem Balkan war sehr ereignisreich. Trotzdem muss ich zugeben, die letzten Stunden in Hamburg waren spektakulär und wirken noch nach.«

»Und wie sind Ihre weiteren Pläne?«

»Meinen Sie jetzt beruflich?«

»Das auch. Aber vor allem die mit Silke.«

Breit grinsend lehnte er sich auf dem Sofa zurück. »Was wollen Sie hören? Dass ich meinen Job bei der Polizei aufgebe, Ihre Tochter eheliche und künftig auf Ihre Kosten leben werde?«

Empört richtete sich Frau Volkert auf. »Also wirklich, mit diesem frechen Ton werden Sie bei uns nicht punkten!«

Diesmal mischte sich der Ehemann ein. Die Verbindlichkeit in seiner Stimme wich einem energischen Ton. »Was verlangst du von dem jungen Mann? Er kennt Silke erst seit wenigen Stunden und du beginnst mit einer hochnotpeinlichen Befragung. Am besten informierst du dich noch über seine Eltern und findest heraus, ob sie mit Messer und Gabel essen können.«

Anscheinend kannte sie diesen Ton. Zumindest wurde sie ungleich umgänglicher. »Offensichtlich ist meine Fantasie mit mir durchgegangen. Meine Tochter erzählte mir, Sie hätten schon mal Golf gespielt. Wir würden Sie gerne an diesem Wochenende in unseren Klub einladen und vielleicht ein paar Löcher spielen. Über die Platzreife verfügen Sie hoffentlich?«

Mit einem Kopfnicken nahm er die Einladung an. Eine halbe Stunde später begab er sich mit einer knappen Entschuldigung zurück in seine Wohnung. Es schüttelte ihn, als er sich vorstellte, diese Frau regelmäßig um sich zu haben. Er verstand Silke inzwischen eindeutig besser. Der Vater gefiel ihm dagegen. Er machte einen unkomplizierten Eindruck. Trotzdem blieb die Frage offen, weshalb er diese Wohnung so günstig angeboten bekommen hatte. Insoweit verstand er Silkes Mutter. Sie konnte sich nur eine Erklärung vorstellen: Sex. Er wusste hingegen, dass diese Annahme ins Leere ging. Es musste einen anderen Grund geben. Hierüber wollte er sich mit seiner charmanten Vermieterin gelegentlich unterhalten. Eines hatte dieser unfreiwillige Aufenthalt bei Silke bewirkt. Seine euphorische Laune hatte sich verflüchtigt. Sie war einer nachdenklichen Stimmung gewichen.

Dieser Tag war mit seinen überraschenden Wendungen längst nicht abgeschlossen. Im Teletext informierte er sich über die aktuellen Geschehnisse, als es an seiner Tür erneut läutete. Doch diesmal stand der Gast draußen vor dem Haus. Es war seine Kollegin, Alexandra Roeder, die in das Auge der Kamera im Eingangsbereich blickte.

»Ich hatte in der Gegend zu tun und wollte mir deine Prachtwohnung anschauen«, ließ sie ihn über die Gegensprechanlage wissen.

Statt einer Antwort ertönte das Summen des Türöffners. Das Klackern im Treppenhaus verriet ihm, dass sie auf den Fahrstuhl verzichtete. Kurz darauf stand sie vor ihm. Sie trug ein luftiges Kleid, ganz der Hitze des Tages angemessen, mit einem Ausschnitt, der ihren beachtlichen Busen mehr als nur erahnen ließ. Hochhackige Sandalen rundeten das Bild der Herausforderung an einen gesunden Mann ab. Hilpert musste kräftig schlucken. Bereits in Jeans und Shirt gefiel sie ihm. In diesem Outfit war es ungleich besser für beide, er hielt sich ihr gegenüber auf Distanz. Er würde für nichts garantieren können, wenn sie ihm zu nahe kam.

»Immer rein in die gute Stube«, lud er sie ein. Ihm schien, als würde sie sich bewusst eng an ihm vorbeibewegen. Zumindest streifte ihr Busen einen Wimpernschlag lang seinen Oberarm. Wie elektrisiert reagierte er darauf. Sein Pulsschlag kam auf Touren. Ihre Wirkung auf ihn schien sie dagegen völlig kalt zu lassen. Vielmehr inspizierte sie neugierig die Räume.

»Du hast es wirklich hübsch hier«, stellte sie mit Kennermiene fest.

Im Wohnzimmer setzte sie sich auf die Couch und schlug die wohlgeformten Beine übereinander. Sehr viel gab es für das relativ kurze Kleid nicht mehr zu verdecken. Es schien sie wenig zu kümmern. Sie war die Provokation pur. Ihre Zeichen erreichten ihn, als habe Amor ein Schnellfeuergewehr eingesetzt.

»Was stehst du herum?«, pflaumte sie ihn belustigt an. »Biete mir was zu trinken an, leg romantische Musik auf und setz dich zu mir.«

Bei Getränken musste er passen. Was die Musik betraf, genügte ein Knopfdruck und die Gitarre von Carlos Santana erfüllte abermals den Raum. Wenig später saß er neben ihr, unschlüssig darüber, was er tun sollte. In Ermangelung einer besseren Alternative legte er den Arm um ihre Schultern. Entweder würde sie ihn kalt abservieren oder ...

Sie kuschelte sich an ihn und drehte ihm ihr Gesicht zu.

»Du bist seit damals ein wenig mutiger geworden, Fabian. Du hättest es ruhig schon früher versuchen sollen. Bei dir hätte ich es mir überlegt.«

Sie gab ihm einen flüchtigen Kuss auf den Mund, öffnete dabei die Knöpfe seines Oberhemdes und fuhr mit der Hand über seine Brust. Sein Atem ging stockend.

»Versprich, dass wir nur ein bisschen schmusen«, flüsterte sie ihm ins Ohr.

Er fühlte ihre warmen Lippen auf seinen. Ihre Zungen trafen sich bereits energisch. Mit der linken Hand hatte er eine Hälfte ihres Busens in die Freiheit entlassen. Ob sich das mit ihrer Vorstellung von Schmusen vereinbaren ließ? Zumindest traf er auf keinen Widerstrand. Er beugte sich herunter und liebkoste ihre Brüste mit dem Mund. Es schien ihr zu gefallen. Er spürte ihre Hand auf seinem Oberschenkel. Schnell verschwand sie zwischen seinen Beinen. Er hatte keine Einwände. Ganz im Gegenteil, er genoss es. Trotzdem fragte er sich, wohin das führen sollte?

»Warte«, hielt sie ihn auf, löste sich aus seiner Umarmung, stand auf und zog den Reißverschluss ihres Kleides herunter. Achtlos ließ sie es zu Boden sinken. Der BH folgte ungefragt. Sie setzte sich wieder neben ihn und schlang ihre Arme um seinen Hals.

»Seit unserem Gespräch heute Vormittag kann ich ausschließlich daran denken«, flüsterte sie ihm ins Ohr.

Er löste sich sanft von ihr und zog Shirt und Jeans aus. Sie schaute ihn neugierig an und riss ihm mit einer raschen Bewegung die Boxershorts herunter. Damit hatte sie ihre letzte Chance vertan, den Abend unbeschadet zu überstehen.

»Du sagtest doch ...«

Sie unterbrach ihn abrupt: »Ich darf das. Ich bin ein Mädchen.«

Er spürte, wie sie ihn mit der Hand ergriff und kräftig

zudrückte. Gierig küsste er ihre Brüste. Zielstrebig wanderte seine Hand zwischen ihre Oberschenkel. Sie dachte nicht daran, ihn abzuwehren. Vielmehr spreizte sie die Beine. Er vernahm nur noch ihr Stöhnen, als er sein Ziel erreichte.

»Egal«, murmelte sie, »es ist alles egal.« Sie entzog sich seinen flinken Fingern und schob ihren Slip vollends herunter. »Ich will nicht länger vernünftig sein.«

Mit diesen Worten hockte sie sich auf ihn und nahm ihn langsam auf. Sanft glitt er in sie hinein.

»Es wäre eh so weit gekommen«, flüsterte sie ihm zu.

Im Unterbewusstsein nahm er wahr, wie sie sich auf ihm bewegte. Er hielt so gut es ging dagegen. Mit einem Schrei sank ihr Oberkörper auf seinen, als er sich in kräftigen Stößen entlud. Er wusste nicht, wessen Atem lauter ging, seiner oder ihrer. Die Arme um seinen Hals geschlungen, drückte sie sich an ihn. Nur langsam begann sich ihr Pulsschlag zu beruhigen. Minutenlang lagen sie danach miteinander verbunden auf der Couch, ohne ein Wort zu sagen. Endlich brach sie das Schweigen.

»Ich wollte gemeinsam mit dir wirklich nur ein wenig naschen. Nun haben wir das ganze Hauptgericht genommen. Und es in großen Bissen hinuntergestürzt.«

Sie stützte sich mit einer Hand auf der Couch ab und schien sich von ihm lösen zu wollen.

»Ich bin noch hungrig«, beharrte er und drückte sie sanft wieder zu sich herunter.

Sie spürte, wie er in ihr wuchs. Vorsichtig drehte er sich, sodass er zuoberst kam. Sie krallte ihre Finger in seinen Rücken und drückte seinen Kopf zwischen ihre Brüste, als er das Kommando übernahm.

»Du hast wohl viel Energie auf dem Balkan speichern können.«

Für weitere Bemerkungen gaben sie einander keine Chance. Im Kosovo standen die Mädchen in den vergangenen Monaten tatsächlich nicht Schlange.

Als er ihr kurz darauf ins Badezimmer folgte, wusste sie, dieser Abend war längst nicht beendet. Sie drehte sich ihm zu und fuhr ihm mit einer Hand durch sein dickes Haar. Sie griff nach seinem Penis, der sich in ihrer Hand aufzubäumen schien. Sie war zu allem bereit. Ohne voneinander zu lassen, bugsierte er sie ins Schlafzimmer. Dort ließ sie sich aufs Bett fallen und erwartete ihn mit gespreizten Beinen. Er sollte sie nicht enttäuschen. Weit nach Mitternacht suchte sie ihre Kleidung zusammen und zog sich an. Ihr Gesichtsausdruck signalisierte ihm, als läge ihr etwas auf dem Herzen.

»Du machst es mir ausgesprochen schwer, demnächst zu heiraten.«

»Dann verzichte darauf.«

»Das sagst du so in deiner Einfalt«, antwortete sie leicht verstimmt. »Das Leben ist komplizierter, als man auf einen Blick annehmen mag. Neben der Kür gibt es die Pflicht. Und vor allem gibt es stets ein Morgen.«

»Du musst es ja wissen.«

»Worauf du dich verlassen kannst. Vor allem weiß ich, was ich will.«

Sie ließ einen Menschen zurück, dem unklar war, ob er das große Los gezogen oder gerade alles verloren hatte. Er entschied sich vorerst dafür, die angenehme Erinnerung zu konservieren. So manches Mal hatte er sich ausgemalt, wie es mit Alexandra sein könnte. Nun wusste er es.

Offensichtlich gab es noch jemanden, der sich seine Gedanken über diesen Abend machte. Silke rief ihn auf seinem Handy an.

»Ich habe genau mitbekommen, wie oft ihr es zusammen getrieben habt. Du musst gut gewesen sein. Oder die Frau war 'ne großartige Schauspielerin. Beim nächsten Mal gebt vorher Bescheid, damit ich mir ein paar Gäste einlade. Das wäre eine hervorragende Gelegenheit, mein Taschengeld aufzubessern.«

»Das ist eine meiner leichtesten Übungen«, amüsierte er sich.

Mit einem interessierten Publikum hatte er nicht gerechnet. In dieser Nacht würde er endlich einmal durchschlafen können, ohne sich mit den Bildern seiner jüngsten Vergangenheit auseinandersetzen zu müssen. Er war geschafft.

Tief befriedigt fuhr Alexandra Roeder zurück in ihre Wohnung. Bei ihrer unregelmäßigen Arbeitszeit fiel es kaum auf, wenn sie gelegentlich erst nach Mitternacht zu Hause war. Wieder einmal zeigte sich, wie klug es war, die eigene Wohnung zu behalten und nicht mit Rolf, ihrem Zukünftigen, zusammenzuziehen. Das Erlebnis mit Fabian Hilpert hatte sie tiefer beeindruckt, als ihr lieb war. Mit dieser Macht war sie nie zuvor geliebt worden. Sie kannte sich genügend, um zu wissen, dass sie ihn in keinem Fall aufgeben würde. Dies ebenso wenig wie die Ehe mit dem wohlhabenden Zahnarzt aus reichem Haus, der ihr materiell mehr zu bieten wusste als ein Hauptkommissar bei der Kriminalpolizei. Sie wollte alles und zwar gleichzeitig. Die Stirn in Falten gelegt schaute sie in den Spiegel.

»Du bist eine Egoistin«, flüsterte sie sich zu. »Aber manchmal bringt das Spaß.«

Sie schloss die Augen und ließ den Abend nachwirken. Sie fühlte sich gut, obwohl Hilpert der erste Liebhaber war, mit dem sie ihren künftigen Mann betrogen hatte. Eigentlich lag sie mit dieser Beziehung neben der Spur, die sie bislang gelegt hatte. Ihr war klar, sie würden es immer wieder tun. Sie hatte von der süßen Frucht gekostet und festgestellt, sie schmeckte unvergleichlich gut. Und Fabian war ebenfalls ein Genießer.

6

Administration und Formalitäten dominierten den nächsten Tag von Anbeginn an. Hätte Hilpert letzte Zweifel gehegt, nun wusste er es definitiv. Er war zurück in Deutschland. Das Wiehern des Amtsschimmels hallte durch alle Gänge, als wollte er demonstrieren, das mit Abstand einflussreichste Pferd von der Elbe bis zur Isar zu sein.

Er erhielt einen neuen Ausweis, durfte sich vom Amtsarzt untersuchen lassen und versäumte nicht, am Schießstand zu beweisen, dass er nach wie vor mit der Dienstwaffe umzugehen verstand. Vor und nach jeder Station galt es ständig neue Formulare auszufüllen und zu unterschreiben. Von Alexandra bekam er für kurze Zeit einen Rockzipfel zu sehen. Ihm schien, als habe sie ihm knapp zugewinkt, war sich allerdings nicht völlig sicher. Wich sie ihm möglicherweise aus? Bereute sie den gestrigen Abend? Viel Zeit verblieb ihm nicht, sich mit solchen Gedanken zu belasten. Gegen 18 Uhr hatte er das letzte Häkchen gemacht. Im Flur traf er seinen Kollegen Schäfer, von dem er sich gerne auf ein Bier in die Kneipe um die Ecke einladen ließ. Sie nutzten die Zeit, sich gegenseitig auf dem Laufenden zu halten. Großartige Neuigkeiten kamen dabei nicht auf den Tisch. Es gab keine. Also ließen sie ihre Gläser mehrmals nachfüllen und diskutierten die wirklich weltbewegenden Probleme im Bereich Sport und Politik. Zum Schluss landeten sie bei ihrer ureigenen Situation im öffentlichen Dienst. Diese Sorgen lagen bei Hilpert nach seinem Auslandsaufenthalt noch nicht auf der Poleposition. Aber sie würden es wie bei den anderen Kollegen schon schaffen, sich nach vorne zu drängen. Auch er wurde älter und würde sich mit Dingen wie Beförderungsstau und unbedeutenden Gehaltserhöhungen auseinandersetzen müssen. Gegen elf trennten sie sich. Hilpert fühlte sich nüchtern genug, um sich am nächsten Morgen keine Sorgen wegen des Aufstehens zu machen. Und beschwipst genug, um Alexandra kurzfristig aus seinem Kopf zu verbannen. Es war von Zeit zu Zeit durchaus eine Herausforderung, Mensch mit all seinen Emotionen zu sein.

Er gönnte sich ausnahmsweise ein Taxi. An diesem Abend hatte er kein Interesse an quälendem Gedränge in unpünktlichen öffentlichen Verkehrsmitteln. Herzhaft gähnend bezahlte er zehn Minuten später den Fahrer. Mit schnellen Schritten ging er auf das Haus zu. Seine Gedanken waren voll auf sein Bett orientiert. Er wollte die Pforte mit seinem Schlüssel öffnen. Verwundert musste er feststellen, dass er nicht mehr passte. Im schwachen Licht der Straßenbeleuchtung erahnte er, dass an dem Schloss manipuliert worden war. Er rüttelte an der Pforte. Wie durch magische Kräfte beeinflusst, schwang sie von allein auf. Vorsichtig blickte er sich um, als er langsam auf die Hauseingangstür zuging. Diese war nur angelehnt. Soweit sich eine Spur von Trunkenheit in seinem Kopf breitgemacht hatte, war diese ebenso verschwunden wie seine Müdigkeit. Vorsichtshalber fasste er an die Seite und spürte seine Pistole. Er setzte einen Schritt ins Treppenhaus, als ihn eine kräftige Stimme aus dem Dunkel erreichte.

»Was suchen Sie hier?«

»Sie machen wohl Scherze«, antwortete er. »Ich wohne in diesem Haus und möchte eigentlich ins Bett.«

»Das ist zurzeit unmöglich. Es handelt sich um einen Notfall. Versuchen Sie es nochmals in etwa einer halben Stunde. Bis dahin sind alle Probleme beseitigt.«

»Probleme? Welche Probleme?«

»Darauf kann ich jetzt nicht eingehen«, blockte der unsichtbare Mann ab.

Endlich hatte Hilpert den Schalter für das Treppenhauslicht erreicht und drückte ihn. Jetzt konnte er erkennen, mit wem er es zu tun hatte. Wenige Meter vor ihm stand ein breitschultriger mittelgroßer Mann. Bedrohlich stellte er sich ihm in den Weg mit vor der Brust verschränkten Armen. Mangelndes Selbstbewusstsein zeichnete ihn nicht aus.

»Ich hab Ihnen doch gesagt, Sie können jetzt nicht in Ihre Wohnung. Gehen Sie ein paar Schritte an die Alster und genießen den milden Abend. Wer weiß, morgen regnet es vielleicht schon wieder.«

Scheinbar empört griff Hilpert in die Hosentasche nach seinem Handy. »Das wollen wir mal sehen. Mir den Zugang zu meiner Wohnung zu verwehren. Ich werde Anzeige bei der Polizei erstatten.«

»Halt, mach keinen Scheiß!«, tönte der Breitschultrige. Mit ungeahnter Geschwindigkeit ging er einen Schritt auf Hilpert zu, eine Hand ausgestreckt. Dies war exakt der Fehler, auf den er gewartet hatte. Er ließ das Handy fallen, packte die vorgestreckte Hand und riss sie zu sich. Mit diesem doppelten Schwung hatte der Angreifer nicht gerechnet. Er taumelte nach vorne, ein kräftiger Tritt gegen seine Beine und er lag am Boden.

»Bleib liegen!«, knurrte Hilpert den vor Schmerz stöhnenden Mann an. »Hätte ich erwähnen sollen, dass ich bereits die Polizei bin? Man ist manchmal so vergesslich.« Er zog seine Waffe und hielt sie ihm in den Nacken. »Spreiz die Arme schön weit ab.«

Er schaute sich suchend um. Sein Blick verweilte auf dem Holm der nach oben sanft geschwungenen Treppe.

»Du robbst zur Treppe hin und hältst dabei die Schnauze. Ein Ton und ich muss dich in Notwehr erschießen.«

Der Eindringling gehorchte Hilperts Anweisungen widerspruchslos wie ein wohlerzogener Hund. Der unerwartete Sturz auf den Boden hatte offensichtlich jeglichen Widerstandswillen in ihm gebrochen.

»Jetzt umschlingst du den Holm mit deinen Armen, damit ich dir diese hübschen Armbänder anlegen kann.«

Die Handschellen klickten. In Ermangelung besserer Alternativen schlug er ihm mit der Pistole einmal kräftig in den Nacken.

»So, das reicht für die nächsten Minuten, Blödmann.«

»He, was machst du da unten für einen Krach?«, vernahm er eine leise Stimme aus dem Obergeschoss.

»Ich bin versehentlich gegen was gestoßen«, flüsterte Hilpert.

»Wieso ist das Licht an? Mach es sofort aus!«

»Okay«, erwiderte er kaum vernehmbar. »Ich kümmer mich drum.«

Er rüttelte kurz an dem Holm der Treppe. Der war massiv und würde nicht so ohne Weiteres wegzubrechen sein, sollte sein Gegner wieder erwachen. In diesem Haus hatten qualifizierte Handwerker anständige Materialien verarbeitet und dafür finanziell vermutlich ordentlich zugeschlagen. Er hob sein Handy auf und untersuchte es oberflächlich. Es hatte den Fall auf den Marmorboden allem Anschein nach gut überstanden und schien weiterhin zu funktionieren. Inzwischen war das Licht im Treppenhaus erloschen. Er begann die Tatsache zu schätzen, am Morgen Turnschuhe angezogen zu haben. Lautlos huschte er die Treppe hinauf. Wie befürchtet, stand er kurz darauf vor Silkes ebenfalls nur angelehnter Wohnungstür. Der Besuch der Unbekannten galt ihr. Er drückte vorsichtig mit der Hand dagegen. Sie glitt sanft nach innen. Als er den Flur betrat, vernahm er leise Stimmen. Silke schluchzte.

»Spuck's aus, Mädchen! Wo ist der Stoff gelandet oder reich uns die Kohle rüber! Niemand hat was gegen dich. Es geht rein ums Geschäft.«

»Ich habe nichts damit zu tun«, vernahm er ihre zittrige Antwort. »Das ist Toms Ding gewesen. Ich hatte ihn nur begleitet.«

»Tom wurde leider ermordet, wie man den Nachrichten entnehmen kann«, erklang die fremde Stimme. »Du hast mit ihm als Partner zusammengearbeitet. Du schuldest uns ebenso wie er den Zaster oder den Stoff. Und wenn du nicht endlich die Schnauze aufmachst, müssen wir unangenehm werden. Glaub mir, das würde uns keine Freude machen.«

»Was wollt ihr denn anstellen, ihr Pfeifen?«, fuhr Hilpert im Rücken der beiden Männer dazwischen. »Wollt ihr das Mädel umlegen wie Bartels?«

Einer der Eindringlinge drehte sich vorsichtig um. »Du hier, Hilpert? Ich denk, die reißen dir im Kosovo den Arsch auf?«

»Nun hast du mich wieder in Hamburg, Kober. Was machst du nur für einen Scheiß? Seit wann übernimmst du für andere die Drecksarbeit?«, höhnte er mit ernstem Unterton. »Jetzt bedrohst du schon Mädchen. Du entwickelst dich noch zum Kinderschreck.«

»Du weißt selber, von irgendwas muss der Mensch ja leben«, knurrte der Angesprochene ungerührt. »Und manchmal muss man Sachen tun, die einem nicht so gefallen. Das ist der Job. Niemand verschenkt heutzutage sein Geld.«

Er war groß gewachsen, schmal gebaut und wirkte asketisch wie ein Jesuit. Man lief leicht Gefahr, ihn zu unterschätzen. Diesen Fehler würde man nicht zweimal machen können, weil er einem dafür keine Chance gab. Er legte seine Hand auf den Arm seines Partners, der offensichtlich nach einer Waffe greifen wollte.

»Keine unüberlegten Sachen! Hilpert schafft mindestens einen von uns. Der schießt wie Jesse James. Den kenn ich noch aus alten Zeiten. Da, wo der herkommt, wird erst geschossen und dann gefragt.« Beherrscht sprach er auf den Kripomann ein. »Wir drehen uns langsam um. Unsere Waffen bleiben stecken, wo sie sind.«

»Man immer zu«, antwortete Hilpert. »Hier sind die Schlüssel für die Handschellen. Euer Kumpel liegt unten an der Treppe. Er wird kurzfristig vielleicht über Kopfschmerzen klagen. Ansonsten ist er unversehrt geblieben. Lasst die Dinger am Treppenabsatz liegen. Ich hol sie mir später ab. Um den Rest kümmere ich mich.«

»Du weißt, wir sind nur ein kleines Rädchen im Getriebe. Da gibt es andere, die sich kein X für ein U vormachen lassen«, mahnte Kober unaufgeregt. »Der Tote schuldet meinen Auftraggebern 120.000 Euro oder den Stoff.« Er wies mit dem Zeigefinger auf Hilperts Vermieterin. »Und sie hat sich verbürgt. Die lassen sich nicht vorführen. Die greifen sich ihre Sachen. Zieht man uns aus dem Geschäft, erledigen es andere für die.«

»Ich verstehe. Ruf mich die Tage im Präsidium an. Mal sehen, ob es nicht eine Lösung gibt, bei der man Mädchen zufriedenlässt. Deine Bosse wollen für 120.000 Eier bestimmt keinen Krieg mit der Polizei anfangen.«

»Kann schon sein.« Er wandte sich seinem Kumpan zu. »Raus jetzt!«

»Aber ...«

»Halt die Schnauze und tu, was ich sage!«

Die beiden Eindringlinge verließen überstürzt die Wohnung. Zügig verhallten ihre Schritte im Treppenhaus. Hilpert trat auf den Balkon. Die drei Gestalten verschwanden von dem Grundstück, als seien ihnen Kampfhunde auf der Spur. Trotzdem ging er mit gezogener Waffe die Treppen hinunter. Neben dem Geländer fand er seine Handschellen. Der

Schlüssel steckte. Er nahm sie an sich und begab sich zur Haustür. Sorgfältig verschloss er sie. Unsicher darüber, ob diese Maßnahme wirklich gegen Profis fruchten würde, kehrte er in die Wohnung seiner Vermieterin zurück.

Silke fiel ihm schluchzend in die Arme. Ihr gesamter Oberkörper schien zu beben. Nur widerwillig gestattete sie ihm, ihre Arme von seinem Hals zu lösen. Schließlich stand sie wie ein Häufchen Elend vor ihm.

»Na, Süße, die sind ja wohl nicht gekommen, weil du einem Kind den Lutscher abgezwackt hast. Was halten wir von einer Beichte erster Klasse?«, versuchte er vorsichtig auf sie einzuwirken.

Wütend gestikulierte sie mit den Händen. »Da gibt es wenig zu erzählen. Anfang des Monats kam Tom zu mir und bat mich, ihn zu einem Treffen zu begleiten. Seine Gesprächspartner wollten von mir wissen, wer ich sei und wer meine Eltern sind. Sie sagten, er solle auf dem Rückweg in seinen Kofferraum schauen. Ja, das war's.«

»Und was war in dem Kofferraum?«

»Keine Ahnung. Da drin lagen mehrere Päckchen.«

»Dein bezaubernder Freund hat dich offensichtlich als Bürgen mitgenommen. Ich vermute, es drehte sich um Kokain.«

»Richtig, das erzählte mir Tom. Er meinte, er wollte für uns etwas Kleingeld hinzuverdienen.«

Besorgt schaute er sie an. »Und du, nimmst du dieses Scheißzeug?«

»Bist du des Teufels? Tom und ich haben oft genug darüber gestritten. Dope ist nicht mein Ding. Ich habe zu viele Leute gekannt, die damit untergegangen sind.«

»Da wollen wir mal hoffen, dass du die Wahrheit gesagt hast.«

Klein und bedrückt stand sie vor ihm. Schützend legte er seinen Arm um ihre Schultern. »Ich pass schon auf dich auf.«

Sie schmiegte sich an ihn und begann zu weinen.

Eine Viertelstunde später stand er in seiner Wohnung. Es war nach eins. Er hatte keine Lust mehr, sich unter die Dusche zu stellen. Er spritzte sein Gesicht mit kaltem Wasser ab und putzte die Zähne, als ihn ein Klopfen an der Wohnungstür unterbrach. Vor ihm stand Silke.

»Ich hab Angst, so allein in meiner Wohnung. Darf ich heute Nacht bei dir schlafen? Ich mach mich auch ganz klein.«

Er zuckte mit den Schultern. Das Bett war breit genug. »Komm rein, du kennst dich ja aus.«

Sie drückte sich kurz darauf eng an ihn. Er spürte ihren Körper und seine Reaktion darauf. Bald vernahm er ihre regelmäßigen Atemzüge. Er dagegen benötigte etwas länger, sich in der ungewohnten Situation zurechtzufinden. Schließlich war er auch nur ein Mann, der von seinen Gelüsten getrieben wurde. Mit einer gewissen Verzögerung fand er trotz partieller Versteifung seinen Schlaf.

Zum Frühstück backte sie in ihrer Wohnung tiefgefrorene Brötchen auf und briet ihm Unmengen an Eiern und Speck. Ihr Eisschrank war deutlich besser mit Lebensmitteln bestückt als seiner. Er nutzte die Gelegenheit weidlich und genoss den seltenen Umstand, fürstlich versorgt zu werden. Diesen Service kannte er ansonsten nur aus seinem Elternhaus. Um den heute noch regelmäßig in Anspruch zu nehmen, war er eindeutig zu alt. So gesehen vermochte sie sich für die Ereignisse der vorangegangenen Nacht anständig zu revanchieren. Sorgfältig nahm er das Eigelb mit einem Brötchenrest auf und brachte es genüsslich in seinem Mund unter. Mit der Beseitigung des letzten Bissens kam bei ihm der Polizist durch. Während er mit der Zunge nach letzten Speisenresten zwischen den Zähnen fahndete, wies er alles andere als höflich mit der Gabel auf sie.

»Spuck's aus! Du hast mir die Wohnung aufs Auge gedrückt, weil du mit solch einem ungebetenen Besuch gerechnet hast.«

Verunsichert durch seine direkte Ansprache druckste sie herum und spielte nervös mit ihren Fingern.

»Und wenn's so gewesen wäre? Mein Gefühl hat mir gesagt, du seiest der richtige Mieter für mich. Gibst du jetzt die Wohnung auf, weil es bei mir zu gefährlich ist?«

»Warum sollte ich? Ich wollte nur wissen, woran ich bin. Bis auf Weiteres muss ich mich eh um dich kümmern. Wer bietet mir außerdem ein so gehaltvolles Frühstück?«

Sie grinste schief zu ihm herüber. »Womit wieder einmal der Beweis erbracht wurde, dass in jedem Menschen etwas Gutes steckt.«

»Du sagst es«, antwortete er ihr kauend. Eine Scheibe Schinken war unvorsichtigerweise in sein Blickfeld geraten. »Wer es versteht, solch ein vortreffliches Frühstück zuzubereiten, kann nicht vollkommen schlecht sein.«

»Du bist problemlos zu überzeugen«, erwiderte sie sichtlich erleichtert.

»Das ist so die Art von uns Jungs aus der Nordheide. Wir sind leicht zu beeindrucken und noch leichter zufriedenzustellen.«

»Gut, dass ich keinen aus den Elbdörfern erwischt habe. Mit dem würde ich vermutlich um die letzte Grapefruithälfte streiten.«

Beifällig bestätigte er ihre Worte. »Sag ich doch. Soll bloß mal jemand was gegen uns Heidjer sagen. Essen können wir alle gut, sieht man von der Front der magersüchtigen jungen Frauen ab. Die hat uns ebenfalls erreicht. Aber diese Modetrends kommen und gehen.«

7

Alexandra hörte sich ruhig seine Geschichte an. Sie trug ein Shirt, das sittlich am Hals geschlossen war. Kombiniert mit den Jeans und den Turnschuhen erinnerte wenig an das herausfordernde Outfit ihres abendlichen Besuchs. Sie saß ihm sachlich gegenüber, als hätten sie in jener Nacht gemeinsam das kyrillische Alphabet geübt. Und trotzdem konnte er sich ihrer Ausstrahlung nicht entziehen. Er hatte anfangs Schwierigkeiten, sich an diesen Stil zu gewöhnen. Doch er war lernfähig.

»Da könnte man natürlich schnell ein Motiv für den Mord finden«, fasste sie seinen Bericht zusammen. »Aber irgendwie scheint es mir unlogisch. Silkes Eltern oder der Vater des Ermordeten würden sicherlich wegen solch einer für sie relativ unbedeutenden Summe keine weiteren Risiken eingegangen sein und gezahlt haben.«

»Du kennst dich ja im Finanzgebaren der höheren Kreise aus«, erwiderte er spitz.

Sie konterte ungerührt: »Allerdings. Da kannst du dich ganz auf mein sachverständiges Urteil verlassen.«

Als hätte es nur ihrer Antwort bedurft, fand er ebenfalls zu seiner Gelassenheit zurück. »Hm, dieser Kober ist kein Killer. Ich kenne ihn, seit ich bei der Polizei bin. Der schlägt mal zu, ohne zu fragen, ist sich für kein Drogengeschäft zu schade. Aber ein Killer? Nein, da müsste ich mich sehr irren.«

»Er muss nicht zwangsläufig der Mörder sein«, gab sie zu bedenken. »Das haben vermutlich andere gerichtet. Die sind unter Umständen längst wieder in der Ukraine oder wer weiß wo.« Sie lachte ihn herausfordernd an. »Vielleicht sogar im Kosovo.«

»Ja, ja, immer die bösen Jungs aus dem Osten. Das hat man von der Öffnung der Grenzen.«

»Und du meinst, wir sollten die Geschichte ansonsten auf sich beruhen lassen?«, fragte Alexandra skeptisch, ohne auf seine letzte Bemerkung einzugehen.

»Momentan laufen wir Gefahr, alles komplizierter zu machen. Kober und Anhang bekommen wir jederzeit zu fassen. Die verdienen hier in Hamburg ihr Geld. Davon abgesehen wird er über seine Hintermänner unter Garantie kein Wort verlieren. Der ist doch nicht lebensmüde. Und Toms Stiefvater wird ebenso dichtmachen wie Silkes Eltern, sollten sie die Gefahr wittern, dass da strafrechtlich was gegen ihren Nachwuchs zu erwarten ist. Selbst wenn es nur posthum wäre. So etwas passt nicht zu den feinen Leuten.«

Sie stimmte ihm zu. »Da ist was dran. Man möchte meinen, du kennst dich ebenfalls in diesen Kreisen aus.«

»Ich lerne schnell, wie du vielleicht weißt. Wir müssen

dennoch mit den Eltern reden«, ergänzte er. »Fangen wir mit Bartels an. Schließlich ist sein Sohn direkt in die Drogengeschäfte involviert gewesen.«

Hilpert hatte kaum ausgesprochen, da griff er bereits zum Hörer. Sie hatten Glück, der Vater des Ermordeten war bereit, sich mit ihnen am späten Vormittag zu treffen.

Bald darauf saßen sie im Wagen. Bartels hatte ein Büro in der Hallerstraße angemietet. Sie benötigten dorthin keine Viertelstunde. Nach kurzem Suchen fanden sie am Mittelweg sogar einen Parkplatz. Lothar Bartels empfing die beiden Kriminalbeamten mit erkennbarem Unmut. Trotzdem lud er sie beinahe höflich ein, sich ihm gegenüber an seinen Schreibtisch zu setzen. Hilpert blickte sich überrascht um. Er hätte mehr erwartet als dieses relativ kleine Büro. Im winzigen Vorzimmer saß eine ältere Mitarbeiterin, die sie zu Bartels geführt hatte. Von großen Apparaten und Luxus um sich herum schien er wenig zu halten.

»Wenn es sonst nichts mehr zu erledigen gibt, Herr Bartels, mache ich jetzt Feierabend«, verabschiedete sich seine Sekretärin.

Ihr Chef nickte. Anscheinend arbeitete sie keine vollen Tage für ihn. Als sähe er sich in der Pflicht, sich zu erklären, bestätigte er diesen Eindruck.

»Frau Prott ist nur halbtags für mich tätig«, erläuterte er den Kriminalbeamten. »Das reicht völlig für meine Bedürfnisse. Die moderne EDV macht einen weitgehend autark. Und im Zweifelsfall bin ich durchaus in der Lage, selbst einen Kaffee zu kochen. Apropos, wenn ich Ihnen damit dienen kann, davon ist reichlich vorhanden. Oder wünschen Sie lieber ein Kaltgetränk?«

Die beiden lehnten einstimmig ab. Alexandra stellte allerdings im Gegensatz zu ihrem Kollegen mit Kennerblick fest, dass an der Einrichtung nicht an Geld gespart wurde. Die Hamburgensien an den Wänden hatte er mit Sicherheit nicht auf dem letzten Flohmarkt erworben. Das Mobiliar schien original Englisch zu sein. Mit Geld wurde in Hamburg eher selten geprotzt. Man besaß es und gab sich bescheiden, ohne wirklich schlecht zu leben. Diesen Trick beherrschte man in der Hansestadt bis zur Perfektion. Da zeigte man in Düsseldorf oder München schon mehr von dem, was man hatte und legte Wert darauf, dass es die Umwelt registrierte.

»Also womit kann ich dienen? Was haben Ihre Kollegen versäumt zu fragen?«, wollte Bartels übergangslos wissen. Offensichtlich bestand sein Hauptinteresse vornehmlich darin, den Besuch schnellstens wieder loszuwerden. Man spürte, dass er sich gestört fühlte.

Hilpert übernahm das Wort und berichtete in kurzen Zügen über seine Erlebnisse des Vorabends.

Empört erhob Bartels die Stimme. »Mein Sohn und Drogenhandel! Sie belieben zu scherzen! Er verfügte über reichlich Geld. Solche kriminellen Machenschaften hatte er nicht nötig.«

»Trotzdem ist die Beweislage eindeutig«, widersprach Hilpert gelassen. »Seine Freundin, Silke Volkert, hat bereits ausgesagt. Es gibt hieran kaum was zu deuteln.«

Betroffen lehnte sich Bartels zurück. »Klar, weshalb sollten Sie sich diese Vorwürfe ausdenken? Nur, wie kommt man auf solch dumme Gedanken?«

Hilpert zuckte mit den Achseln. »Was weiß ich? Nennen Sie es Abenteuerlust. Möglicherweise ist Ihrem Sohn sein bürgerliches Leben zu langweilig geworden?«

Bartels beugte sich in seinem Sessel nach vorne und stützte seinen Kopf mit beiden Händen ab. Seine Ellbogen drückten in seine Oberschenkel.

»Irgendwie passte das sogar zu ihm. Wissen Sie, er musste um nichts kämpfen. Man nahm ihm selbst das Träumen ab. Sie wurden nämlich noch vor dem Zubettgehen erfüllt. Seine Mutter konnte ihm zu Lebzeiten keinen Wunsch ausschlagen.«

Hilpert dachte sich sein Teil. Wieder kam ihm seine eigene Schulzeit in den Sinn. Er hatte diese Typen zur Genüge erlebt. Sie feierten in den luxuriösen Partykellern ihrer Eltern wilde Feten. Aus den unteren Einkommensschichten wurde man allenfalls geduldet, wenn man weiblichen Geschlechts und bereit war, auf deren Spielchen einzugehen. Dort fand sich dann durchaus mal eine Verkäuferin von Benetton ein. Allerdings mit begrenzter Verweildauer. Daneben gehörte das Kiffen zum guten Ton. Irgendwann kam Kokain hinzu. Sie nahmen die Drogen, als handelte es sich um das Selbstverständlichste von der Welt. Die Eltern bekamen wenig davon mit oder sahen bewusst zur Seite. Sie gingen in ihren beruflichen und gesellschaftlichen Verpflichtungen auf. Überließen Erziehungsfragen Dritten. Ihre Therapie hieß im Bedarfsfall Geld. Sie funktionierte zwar nur begrenzt, befreite sie zumindest vom schlechten Gewissen, soweit sie hierzu überhaupt fähig waren. Man hatte sich im System positioniert. Man gestattete auch den eigenen Kindern nicht, das infrage zu stellen. Da entsorgte man sie lieber über irgendwelche Internate und redete sich ein, sie hierdurch besser fürs Leben zu wappnen.

Bartels senior musste sich nicht weiter outen. Seine Gestik und Mimik verrieten genug zu diesem Thema.

»Als meine verstorbene Frau und ich vor zehn Jahren heirateten, gab es nur ihn. Ich hatte keine Kinder. Für ein gemeinsames weiteres Kind fühlten wir uns damals zu alt. Also wurde alles in Tom hineingesteckt. Seine Fehler überdeckte man mit dem Mantel der Liebe und des Verstehens. Im Zweifelsfall wurden anstehende Probleme finanziell geregelt. Seien es die Schule oder Frauengeschichten. Er hat in England seine Hochschulreife in einem Alter erlangt, wo andere bereits über ihre Rente nachdachten.« Es schien, als kramte er in Schubladen seines Gedächtnisses, die lange verschlossen geblieben waren. »Dabei war er hochintelligent, verfügte über Talente, von denen andere gerade mal träumten. Ich behaupte, er hat manche Klausur nur deshalb in den Sand gesetzt, weil er sich weigerte, sie zu bestehen. Eine Schande, was er aus sich gemacht hat. Und wir hielten ihm die Steigbügel.«

Für einen Augenblick herrschte Ruhe in dem Raum, bevor er mit belegter Stimme fortfuhr: »Sehen Sie, drei Jahre nach unserer Eheschließung erkrankte meine Frau schwer. Für Tom bedeutete es, dass seine Ampeln nur noch auf Grün standen. Seine Mutter kannte ausschließlich das Wort Ja, wenn er Wünsche äußerte. Das Wort Nein strich sie aus ihrem

Sprachschatz. Um mit seinem Widerspruch klarzukommen, war sie zu schwach. Sein Verhalten wurde in keiner Form mehr kritisch hinterfragt. Und ich als sein Adoptivvater, was hätte ich dem entgegensetzen sollen? Meine Mahnungen waren in Erziehungsfragen eine Ware ohne Wert, gleichermaßen unbedeutend für Mutter und Sohn. Also hab ich mich da fast völlig ausgeklinkt.«

Für eine kurze Weile hätte man abermals eine Stecknadel auf den Boden fallen hören können. Dann fasste Hilpert den Mut, das Gespräch fortzusetzen. »Würden Sie uns erlauben, das Zimmer Ihres Sohnes zu durchsuchen?«

»Und was wäre der Zweck dieser Übung?«, fragte Bartels leicht verschnupft.

»Es geht um das Kokaingeschäft. Ihr Sohn soll irgendwelchen zwielichtigen Gestalten 120.000 Euro schulden. Für so viel Geld kann man durch Auftragskiller beinahe eine mittlere Kleinstadt auslöschen lassen.«

Bartels pfiff leise durch die Zähne. »Das ist mehr als eine Kleinigkeit. Was hoffen Sie denn zu finden?«

»Den Stoff. Er hat ihn vor wenigen Wochen erhalten. Solch eine Menge verdreht man nicht so einfach im Vorbeigehen im Freundeskreis.«

»Ich verstehe und Sie meinen ...?«

Hilpert setzte nach: »Es wäre zumindest einen Versuch wert.«

»Ich bin einverstanden. Am besten, wir treffen uns gegen 18 Uhr vor meinem Haus. Die Adresse haben Sie? Wenn Sie mich nun entschuldigen wollen. Auch mein Geld verdient sich nicht von allein.«

»Selbstverständlich. Vielen Dank für Ihre Kooperation.«

Der antiquierte Fahrstuhl ruckelte, als sie nach unten fuhren. Alexandra schaute verunsichert hinauf, als befürchtete sie, dass er nicht durchhalten würde.

Durchaus stilvoll, dachte Hilpert, als sie das Jugendstilhaus verließen. Klein, aber fein.

Sie hatten am Mittelweg, Ecke Hallerstraße geparkt und schlenderten gelassen dorthin. Sie bedachten das Tennisstadion nur mit einem flüchtigen Blick. Das ehedem renommierte Turnier befand sich zu seinem Bedauern im freien Fall. Es fehlten die deutschen Spieler, an denen man sich orientieren konnte. Becker und Stich saßen sportlich längst auf ihrem Altenteil. Ihre Nachfolger hatten im Höchstfall Bezirksliganiveau. Bei den Damen sah es nach Steffi Graf ähnlich grauslich aus, wenngleich sich dort ein Silberstreifen am Horizont abzeichnete.

Vor ihrem Dienstfahrzeug tippte Alexandra mit dem Zeigefinger gegen seine Brust. »Ich fand es interessant, dass bei dem Ermordeten schon in jüngeren Jahren der Bedarf bestand, Probleme mit Geld zu regeln. Was er wohl mit Frauengeschichten meinte?«

»Du legst den Finger auf die Wunde. Man müsste sich ehemalige Freunde aus der Schulzeit greifen«, unterstützte Hilpert ihren Gedankengang. »Da fällt mir ein, bei dem Überfall war neben Silke ein weiteres Paar dabei. Vielleicht können die uns weiterhelfen.«

Alexandra hatte sofort das Handy ergriffen. »Lassen wir uns deren Adresse und Telefonnummern durchgeben.« Anschließend blinzelte sie in seine Richtung. »Was ist mit deiner bezaubernden Vermieterin? Ob die was weiß?«

»Unwahrscheinlich«, winkte er ab. »Die sind erst seit zwei Jahren wieder miteinander im direkten Kontakt gewesen.«

»Du hast die Kleine bereits interviewt?«

»Was denkst denn du?!«

In diesem Augenblick unterbrach das Handy ihre Unterhaltung. Eifrig notierte sie, was man ihr durchgab.

»Ich hab die Telefonnummern und Adresse der beiden. Sie wohnen in Wellingsbüttel. Melden wir uns bei denen an.«

Sie sollten kein Glück haben. Zu ihnen sprach der Anrufbeantworter. Alexandra blieb nur übrig, eine kurze Meldung auf die Mailbox zu sprechen. Hilflos zuckte sie mit den Achseln. »Hoffentlich rufen die zurück.«

Hilpert ging seine Notizen durch. »Versuchen wir es bei dem Anwalt des Ermordeten. Mag sein, dass der die eine oder andere Information für uns hat.«

»Du meinst, der erzählt uns etwas ohne richterliche Verfügung?«

»Keine Ahnung. Nur der hat hier ganz in der Nähe seine Kanzlei. Ich ruf ihn an.« Er kramte in seiner Hosentasche, bis er einen kleinen Notizblock fand. »Ich hatte mir vorsorglich seinen Namen und die Adresse notiert. Da haben wir ihn. Dr. Warncke. Mehr als Nein sagen kann der nicht.«

Zu ihrem Erstaunen akzeptierte der Jurist den kurzfristig anberaumten Termin völlig unkompliziert. »Kommen Sie gerne vorbei. Ich hab in den nächsten zwei Stunden ausreichend Luft im Kalender. Wir sind schließlich alle an der Lösung des Mordfalls interessiert.«

Hilpert schätzte den Mann auf Mitte dreißig, der vor ihnen an einem modernen Schreibtisch saß, bei dem matt glänzender Edelstahl und Glas dominierten. Er war mittelgroß. Sein leicht gewelltes, gegeltes Haar reichte bis über den Hemdkragen. Er strahlte die Lässigkeit des erfolgreichen Juristen aus und gab sich auskunftsfreudig.

»Tom war lebenslustig und er hatte gerne Freunde um sich herum.«

Hilpert fing diesen Ball geschickt auf. »Dann haben Sie auch an seinen denkwürdigen Partys teilgenommen?«

Warncke winkte ab. »In den letzten Jahren eher selten. Ich denke darüber nach zu heiraten. Meine Verlobte hätte dafür wenig Verständnis aufgebracht. Unabhängig davon waren mir die Anwesenden zuletzt einen Tick zu jung. Sie wissen selbst, Mädchen, bei denen unklar ist, ob sie das fünfzehnte Lebensjahr hinter sich gebracht haben, stellen ein gewisses Risiko dar. Da muss man sich insbesondere als Anwalt vorsehen. Davon abgesehen bevorzuge ich erwachsene Frauen, keine Heranwachsenden, die nicht einschätzen können, was sie tun.«

»Und Tom?«

»Der war nach allen Seiten hin offen. Der hat alles zwischen 15 und 50 genommen. Es kam halt darauf an, was sich ihm geboten hat.«

»Ich verstehe. Was können Sie uns noch über den Ermordeten erzählen, das über, sagen wir mal, die Normalität des Lebens eines durchschnittlichen Bürgers hinausgeht?«

Man meinte, mit den Händen greifen zu können, wie sich das Gesprächsklima veränderte.

»Keine Ahnung, worauf Sie hinauswollen.«

»Nun, man munkelt von Drogengeschäften Ihres ehemaligen Klienten.«

»Sie denken doch nicht etwa an die kleinen Kokaintüten, die er gerne an den Mann brachte?«

»Genau die.«

»Also mir kam das eher wie ein Dummejungenstreich vor, den ich nicht weiter ernst genommen habe. Ein bisschen Abenteuer, um sich wichtig machen. Unter Drogenhandel stelle ich mir andere Dimensionen vor.«

»Nun, es ging zuletzt immerhin um einen Warenwert von 120.000 Euro. Und zwar für eine Lieferung.«

Überrascht hob der Anwalt den Kopf. »So viel? Ich muss zugeben, das habe ich unterschätzt«, erwiderte er sichtlich erstaunt. »Da gebe ich Ihnen recht, das kann man wohl kaum als Lappalie abtun.«

»Wie sah es in der Familie aus?«, mischte sich Alexandra ein.

»Wenig Aufregendes. Er kam mit seinem Stiefvater einigermaßen hin. Weder lagen sie sich täglich in den Armen, noch gab es regelmäßig Streit.«

»Können Sie sonst etwas zu Bartels senior sagen?«, fuhr sie fort.

»Er scheint ein hervorragender Finanzmann zu sein. Das respektierte selbst Tom. Er meinte mal, dass Bartels das Vermögen seiner Mutter vervielfacht hätte. Er soll eine gute Nase für Bewegungen an der Börse besitzen. Ich selbst habe vor Jahren Geld über ihn angelegt und bin damit hervorragend gefahren.«

»Und wie sind Sie über die Finanzkrise gekommen?«

»Lehmann, ich hör dir trapsen«, lachte er auf. »Nein, da hab ich Glück gehabt. Meine Zukünftige und ich haben uns vor geraumer Zeit ein Appartement in Blankenese gegönnt. Da ist jeder Cent hineingeflossen. Denn dass die Seifenblase mit dieser Wucht platzen würde, konnte selbst der cleverste Finanzanalyst nicht vorhersehen.«

Als habe man Luft aus einem Reifen gelassen, begann das Gespräch dahinzuplätschern. Zwanzig Minuten später standen die beiden Beamten vor dem Geschäftshaus.

»Richtig weitergebracht hat uns der Herr Anwalt nicht«, meinte Hilpert desillusioniert. »Da ist wenig bei herumgekommen. Was machen wir nun, Alexandra? Hast du eine Idee?«

»Ich schwitze unerträglich und rieche bald wie ein Moschusochse. Am liebsten würde ich zu Hause vorbeifahren und mich umziehen. Wenn du versprichst, artig zu sein, darfst du mich begleiten.«

Dies war an diesem Tag das erste Mal, dass sie ihn durch die Blume auf den gemeinsamen Abend ansprach.

»Schlimmer als vorletzte Nacht wird es kaum werden«, strahlte er sie an.

»Untersteh dich!«, drohte sie ihm mit erhobenem Zeigefinger. »Wir haben uns gegen jegliche Vernunft gehen lassen. Denk dran, ich will in wenigen Wochen heiraten.«

Er versuchte, sie zu beruhigen. »Keine Angst, ich werde dir schon nichts tun.«

»Und wer garantiert für mich?«

»Ich bleibe eisern, versprochen. Du kannst versuchen, was du willst.«

Sie blickte skeptisch in seine Richtung. »Wer's glaubt. Du wärst der erste Bär, der einen Topf Honig unberührt stehen lässt.«

Scheinbar empört klopfte er sich gegen die Brust. »Ich bin ein Ehrenmann. Dein plötzliches Misstrauen ist mir unverständlich.«

»Menschenkenntnis, man nennt das Menschenkenntnis, mein Bester. Und mir schmeckt Honig ebenso gut wie dir. Dessen Genuss ist beileibe nicht das Privileg des Mannes.«

Wie wollte er da nach ihrem Beisammensein widersprechen?

Ihre Wohnung war recht günstig an der Rothenbaumchaussee zum Dammtorbahnhof hin gelegen, sodass sie privat eher selten ein Auto benötigte. Der Neubau besaß zwar nicht den Charme seiner Wohnung. Dafür gab es keine über drei Meter hohe stuckverzierte Decken und somit Heizkosten, für die man Sonderschichten einlegen musste. Ansonsten war alles sachlich und zweckmäßig eingerichtet. Das begann bei den modernen Grafiken an den Wänden und endete bei der schmalen Zweimanncouch inmitten des Wohnzimmers. Offensichtlich verweilte sein Blick eine Spur zu lang auf dem Möbelstück.

»Einen Fünfer für deine Gedanken.«

»Ich hab mir gerade überlegt, ob das Teil nur zum Sitzen geeignet ist.«

»Wie darf ich das verstehen?«

»Mach dir deinen eigenen Reim aus meinen Worten. Um erwachsene Frauen auch noch über Bienen und Blüten aufzuklären, fühl ich mich gänzlich ungeeignet.«

Sie trat dicht an ihn heran und griff in sein Haar. »Du bist schrecklich.«

Sie zog seinen Kopf zu sich herunter und küsste ihn. Er legte einen Arm um ihre Taille, mit der freien Hand fuhr er ihr sanft durchs Gesicht.

»Du eiserner Heinrich«, flüsterte sie ihm zu. »Auf dich kann man sich in allen Lebenslagen voll verlassen. Vor allem, wenn es um Sex geht.«

Seiner Antwort gab es wenig hinzuzufügen. »Ich hab dich angelogen. Meine Absichten sind durch und durch unseriös.« Sie spürte, wie er ihren Hals liebkoste. »Wie wird das mit uns weitergehen?«, fragte er unvermittelt.

»Keine Ahnung, aber ich bin bald eine wohlerzogene Ehefrau. Dazu gibt es keine Alternative.«

Er schwieg zu ihren Worten. Was hätte er von ihr anderes erwarten wollen?

Sie spürte seine Betroffenheit. »Du musst mich verstehen. Rolf, mein Zukünftiger, eröffnet mir Möglichkeiten zu leben, die mir mein Beamtendasein niemals böte. Selbst ein zweites

Einkommen würde daran wenig verändern. Urlaub in der Südsee, Weihnachten in der Karibik, ein Haus in Othmarschen, ein Porsche Cabrio. Das sind Beigaben des guten Lebens, an die man sich gewöhnen kann. Und die man ungern aufgeben möchte. Und irgendwo mag ich ihn auch.«

Sie fuhr mit der Hand über seine Brust. Ihre Worte schienen ihn nicht zu schrecken. »Du siehst mich an und ich denke nur noch an das eine. Und ich spüre, dir geht es ebenso.«

Als wollte sie ihre Worte unterstreichen, streifte sie durch sein Haar. Er spürte, wie er auf diese scheinbar unbedeutende Geste reagiert. Wie in Trance drückte er sie an sich, bereit, jeglichen Anflug von Vernunft abermals über Bord zu werfen. In diesem Moment war ihm Alexandras Kaltschnäuzigkeit ihm und ihrem künftigen Ehemann gegenüber völlig gleichgültig. Er akzeptierte ihre kalte Rationalität, war nur auf eines orientiert. Und er spürte, dass sie wie Wachs in seinen Händen war. Herausfordernd rieb sie sich an ihm. Ihr leicht geöffneter Mund verhieß ihm alles, was ihm in den Sinn kommen mochte, auch wenn sie kein Wort sprach. Mit flinken Fingern begann sie, sein Hemd aufzuknöpfen. Er war bereits mit einer Hand unter ihrer Bluse. Trotzdem sollte es nicht ihr Tag werden. Als sei es durch jemanden beauftragt worden, übernahm das Handy für sie die Funktion des Sittenwächters. Stephan Schlage, der Freund von Tom Bartels, stand mit seiner Freundin zu einem Gespräch zur Verfügung. Alexandra drückte ihn mit Bedauern sanft von sich und verschwand im Schlafzimmer. Wenig später stand sie mit frischer Bluse vor ihm. Er musste nur sein Hemd zuknöpfen und es ordentlich in die Hose stecken. Sie würden wieder aufeinander zukommen.

»Machen wir unseren Job!«, ermahnte sie ihn. »Schließlich werden wir dafür bezahlt.«

Er wusste ihrer Logik nichts entgegenzusetzen.

Welche Lehren zog er aus diesem kurzen Intermezzo? Eigentlich lag die Antwort auf der Hand. Er musste diese Situation verändern, wollte er auf Dauer nicht daran ersticken. Seine Hoffnung auf eine gemeinsame Beziehung, die über ein gelegentliches Zusammentreffen im Bett hinausging, blieb unerfüllt. Alexandras Entscheidung war unumstößlich. Sie sah keine Chance für ein gemeinsames Miteinander. Und sie ließ ihn darüber keine Sekunde im Unklaren. Manch einer seiner Kollegen hätte seine künftige Pension in den Ring geworfen, wäre er an seiner Stelle. Und ein Vorteil lag auf der Hand. Sie entband ihn von jeglicher Verantwortung ihr gegenüber. Und ein schlechtes Gewissen einem Mann gegenüber zu empfinden, den er nicht kannte, ging ihm ab. Trotzdem fühlte er sich als Verlierer. Auf dem Weg zum Auto versuchte er, seine trüben Gedanken beiseitezuschieben. Schon die alten Römer gaben den klugen Rat, den Augenblick zu genießen. Er würde versuchen, sich daran zu halten und vorerst das Spiel mitspielen. Sein Kopf empfand diese Idee als brillant. Dumm nur, dass seine Gefühle schlechter zu lenken waren. Ihn band an Alexandra mehr als der gemeinsame Sex. Sie dagegen gestattete keine anderen Gedanken. Fragen der Moral gingen ihr gleich ganz ab.

8

Das Paar hatte sich in Wellingsbüttel in einer Doppelhaushälfte eingerichtet. Bei den Preisen, die in der Gegend aufgerufen wurden, repräsentierte das Objekt trotz des relativ kleinen Grundstücks und des wenig spektakulären Hauses vermutlich eine stattliche Investition von mehreren Hunderttausend Euro. Mit Sicherheit würde Hilpert sich als Staatsbediensteter in dieser Gegend wohl kaum leisten können, seine Abdrücke zu hinterlassen.

Trotzdem waren sie andere Wege als ihre Freunde gegangen. Im Gegensatz zu ihnen schloss Christina Werner nicht nur mit 19 Jahren das Abitur in Hamburg ab, vielmehr gehörte sie zu den Jahrgangsbesten. Inzwischen lag sie in den letzten Zügen ihres zweiten juristischen Staatsexamens und würde auch dort selbstverständlich im oberen Viertel rangieren. Trotz einer hübschen Figur besaß sie nicht die sinnliche Ausstrahlung von Silke Volkert, sondern überzeugte eher durch ihren wachen Geist. Ihre streng nach hinten gekämmten Haare schienen dies unterstreichen zu wollen. Schnell übernahm sie die Führung des Gesprächs und sollte diese bis zum Ende nicht mehr abgeben. Ihr Freund hörte gelassen zu. Offensichtlich war er an ihre Dominanz gewöhnt und hatte sich damit eingerichtet.

»Ja, diese Partys bei Tom waren berüchtigt«, gestand sie offen ein. »Ich durfte es etwas ruhiger angehen lassen, da Stephan und ich zu der Zeit bereits eng befreundet waren. Diese Bäumchen-wechsle-dich-Spielchen waren nicht so unser Ding. Wir sind da eher konservativ.«

»Wurden Drogen genommen?«, hakte Hilpert nach.

»Nun, wenn Sie Alkohol dazuzählen, dann in rauen Mengen. Ansonsten wurde wohl vereinzelt gekifft.«

»Und Kokain, wie sah es damit aus?«

Mit gekräuselter Stirn dachte sie über Alexandra Roeders Frage nach. »Ich habe während der Schulzeit davon nichts mitbekommen. Mit härteren Drogen ist Tom vermutlich erst in England in Berührung gekommen.«

»Und Sie?« Hilpert wandte sich direkt an das Pärchen. »Sind Sie damit konfrontiert worden?«

Für alle überraschend reagierte Schlage diesmal schneller als seine Freundin. »Na klar, aber wir hatten uns beide unabhängig voneinander dagegen entschieden. Als Nichtraucher haben wir uns nicht am Kiffen beteiligt. Und wie dumm muss man sein, Rauschgift zu sich zu nehmen?«

»Der Ermordete hingegen war dafür offen?«

»Kann man so sehen«, antwortete sie wieder, diesmal schon vorsichtiger.

»War es bei ihm Ausdruck seiner Dummheit?«

Entschieden schüttelte sie den Kopf. »Tom war alles andere als dumm. Er war eher übersättigt. Ihn schien alles zu langweilen. Und irgendwo kannte er wohl seine Grenzen beim Drogenkonsum.« Sie starrte fragend zu ihrem Freund herüber, als sollte er ihr bei ihrer Antwort behilflich sein. Aber von ihm kam nichts. »Ich glaube nicht, dass er süchtig war. Andererseits hatten wir die letzten Jahre nur gelegentliche Kontakte. Stephan studierte Chemie und sitzt an seiner Dissertation. Ich stecke mitten im zweiten Staatsexamen. Da wird man gefordert. Die Erwartungen an einen sind hoch und wir sind sehr ehrgeizig. Da verbleibt für Feiern und Abhängen in der Disco wenig Zeit. Und ich gebe zu, es fehlt einfach an der Lust dafür.«

»Trotzdem sind Sie beide mit Bartels eng befreundet gewesen?«

»Das ist so, vermutlich, weil wir so unterschiedlich waren.«

Wieder hakte Alexandra ein: »Haben Sie mitbekommen, dass Ihr Freund mit Kokain handelte?«

»Nein, allerdings wurde uns so etwas gelegentlich zugeflüstert. Wir haben ihn daraufhin zur Rede gestellt. Er hat das vehement bestritten. Wir glaubten ihm, und das war's. Wir sehen uns nicht als die Sittenwächter für eine drogenfreie Stadt.«

Hilpert nickte. »Ich verstehe, es ist tatsächlich einfacher, dem Freund zu glauben, als der unangenehmen Wahrheit hinterherzujagen. Würde mir wahrscheinlich kaum anders gehen.«

Er wartete die Wirkung seiner Worte ab, bevor er auf eine andere Thematik zu sprechen kam. Die beiden lehnten sich relaxt zurück und ließen ihn kommen.

»Nochmals zurück zu den früheren Feten.«

»Ja?« Angespannt beugte sie sich vor.

»Wurde jemals über die Stränge geschlagen? Ich denke an Sex und Gewalt. Haben Sie darüber etwas gehört?«

Christina Werner lachte hell auf, als hätte sie eine andere Frage erwartet. »Nein, das hatten die wirklich nicht nötig. Viele Mädels fühlten sich geehrt, wenn sie in den Partykeller eingeladen wurden. Dafür hat die eine oder andere gerne mal Ja gesagt. Mag sein, dass die am nächsten Tag einen dicken Kopf hatten und das Geschehene lieber rückgängig gemacht hätten. Zum Teil waren die Mädchen wohl auch zu jung. Aber das waren wir alle. Zumeist sind die wiedergekommen, wenn sie gerufen wurden. Machten dort weiter, wo sie aufgehört hatten. Und wachten am nächsten Tag vermutlich erneut mit dickem Kopf auf.«

»Wir haben da was läuten hören, dass nicht alles komplikationsfrei abgelaufen sein soll«, klopfte Alexandra auf den Busch, ohne konkret zu werden.

»Ach, Sie denken sicherlich an den Schwangerschaftsabbruch dieses Mädchens aus Rahlstedt. Mein Gott, das liegt doch mindestens sechs Jahre zurück. Soviel mir bekannt ist, haben Toms Eltern die Abtreibungskosten übernommen und eine ordentliche Abfindung obendrauf gelegt.«

»Das ist aber großzügig gewesen.«

»Na ja, das Mädchen war gerade mal vierzehn Jahre alt, wenn ich nicht irre«, ergänzte Schlage.

Alexandra zückte ihren Block. »Hätten Sie einen Namen, eine Adresse für mich?«

»Da müssen wir leider passen«, stellte Christina Werner die alte Ordnung wieder her. »Fragen Sie einfach Toms Vater. Der kennt mit Gewissheit die Details. Die Sache hatte in unserem engeren Umfeld für kurze Zeit mächtig Staub aufgewirbelt.«

»Und Tom, wie hat der sich dazu geäußert?«

»Schwer zu sagen, ob es ihn berührt hat. Eigentlich passte es nicht zu ihm, sich darüber einen Kopf zu machen.«

Auf der Rückfahrt diskutierten sie das Gespräch mit dem Pärchen. Alexandra stellte mit einer Spur Häme fest: »Hier haben wir also die andere Abteilung der Kinder wohlhabender Leute kennengelernt, die strebsamen, die motivierten.«

»Ja, die gibt es ebenfalls«, stimmte Hilpert ihr zu. »Nur ein Teil der Nachkommen der oberen Schichten ist drogengefährdet oder dekadent. Christina Werner wird mit Sicherheit ihren Weg gehen.«

»Er ist der typische trockene Naturwissenschaftler«, bemerkte sie. »In unserem Bekanntenkreis gibt es einige davon. Man unterschätzt sie leicht, weil sie eher introvertiert erscheinen. Tatsächlich äußern sie sich nur, wenn sie glauben, etwas zur Diskussion beitragen zu können. Dann treffen sie zumeist den Punkt.«

»Richtig, du verkehrst ja in diesen Kreisen«, hielt er ihr entgegen. Er musste aufpassen, dass er nicht Gefahr lief, ihre Beziehung auf dem Altar der Eifersucht zu opfern. Sie war klug genug, auf diese Spitze nicht zu reagieren.

»Dieser Tom Bartels scheint ein richtiges Schwein gewesen zu sein«, fuhr sie unbeirrt fort. »Man möchte fast meinen, dass der Tod den Richtigen erwischt hat.«

»Sehe ich genauso. Nur unser Rechtssystem sieht den Passus ausgleichende Gerechtigkeit im Strafgesetzbuch leider nicht vor«, merkte Hilpert bedauernd an.

Anschließend zog er es vor zu schweigen. Eifersüchteleien waren das Letzte, das sie in ihrer gemeinsamen Ermittlungsarbeit gebrauchen konnten. Er hatte die Regeln, die sie vorgegeben hatte, widerspruchslos akzeptiert. Nachkobern gestattete sie nicht.

Bartels empfing sie an der Gartenpforte seiner Villa in Othmarschen. Das Haus zählte mindestens neunzig Jahre, war allerdings in einem fantastischen Zustand. Das Grundstück verfügte über einen alten Baumbestand. Es war ausgedehnt genug, dass ausreichend Sonne die Terrasse erreichte. Der Eindruck von Solidität und Wohlstand setzte sich innen fort. Edles Mobiliar aus Nussbaum und Mahagoni bestimmte die Szene. Vermutlich handelte es sich ausschließlich um echte Stücke, die ihren Blick gefangen nahmen oder der perfekten Illusion von deren Originalität. Der eindrucksvolle Konzertflügel durfte selbstredend nicht fehlen. Es hätte Hilpert nicht gewundert, würde ein zwölfjähriges Mädchen im Rüschenkleid den Raum betreten und auf dem Musikinstrument das Gebet einer Jungfrau intonieren. Glücklicherweise blieb ihnen das erspart. Der Hausherr bat sie in eine Art Esszimmer. Dort empfing sie eine groß gewachsene schlanke Frau um die vierzig.

»Frau Lorenz, meine Lebensgefährtin.« Er wies mit der Hand auf die Kriminalbeamten. »Die Herrschaften sind von der Polizei. Sie haben mich darum gebeten, nochmals Toms Zimmer durchsuchen zu dürfen.«

Sie nickte den beiden zu und verließ mit feuchten Augen den Raum. Erstmals meinten sie jemanden zu treffen, der um den Ermordeten trauerte.

»Bevor wir uns um das Zimmer kümmern, hätten wir eine Frage an Sie.«

»Ja, Herr Hilpert?«

»Name und Adresse des Mädchens, das Ihr Sohn geschwängert haben soll.«

»Oh Gott, diese alte Geschichte. Glauben Sie, die könnte etwas mit seiner Ermordung zu tun haben? Solch ein junges Ding? Die dürfte heute knapp zwanzig Jahre alt sein.«

»Man kann nie wissen«, erwiderte Alexandra.

»Ich verstehe. Selbstverständlich suche ich die Unterlagen heraus. Sie können die nachher mitnehmen.«

Das Zimmer entpuppte sich als Souterrainwohnung im ausgebauten Kellergeschoss mit eigenem Zugang. Es verfügte über zwei ineinander übergehende Räume. Großzügig freigelegte Fenster sorgten für eine angenehme Belichtung und Belüftung. Der Schlafraum war recht spärlich eingerichtet. Eine riesige Doppelcouch, durchaus auch für vier Personen geeignet, stand mitten im Raum, direkt auf einen Flachbildschirm ausgerichtet, der wie ein großes rechteckiges Bild von der Decke herabhing. Neben dem Bett stand eine Musikanlage, die jeder Diskothek gerecht geworden wäre. In einem breiten, mehrstufigen Regal fand sich eine beachtliche Sammlung an CDs, DVDs und Videobändern an. Zu ihrem Erstaunen entdeckten sie eine gewaltige Sammlung an Schallplatten mit der Musik der Sechziger- und Siebzigerjahre.

Der Raum daneben schien eher der Besinnung zu dienen. Die Wände wurden von prall gefüllten Bücherborden beherrscht. In einer Ecke stand ein Lehnstuhl. Daneben hatte man einen Beistelltisch platziert, auf dem mehrere Bücher gestapelt lagen. Offensichtlich war Tom Bartels ein Bücherwurm. Der Tote überraschte einmal mehr durch seine besonderen Interessen.

Sein Stiefvater hatte sich zu ihnen gesellt. Er interpretierte ihre erstaunten Blicke richtig.

»Tom war ein hochintelligenter Mensch und außerdem sehr gebildet. Diese Eigenschaften liefen seinem sonstigen Leben leider diametral entgegen. Sein BWL-Studium hat er am Rande mitgenommen. Die Klausuren schrieb er mit links. Und das mit ordentlichen Ergebnissen. Er wollte im nächsten Semester mit seiner Bachelorarbeit beginnen.« Er schüttelte den Kopf. »Irgendwo stand sich der Junge immer wieder selbst im Weg. Er hat seine Talente verschleudert wie der Händler auf dem Fischmarkt seine Bananen.«

»Es ist schon erstaunlich, dass er mit seinen fast fünfundzwanzig Jahren noch zu Hause wohnte«, wunderte sich Hilpert.

»Das hat einen anderen Grund. Nach Abschluss seines Studiums wollte er Deutschland den Rücken zukehren. Er dachte darüber nach, entweder in die USA oder nach Australien auszuwandern.«

»Geht das denn so einfach?«, interessierte sich Alexandra.

»Das ist ausschließlich eine Frage des Kleingeldes.«

Sie verzichteten auf eine Antwort. Trotzdem führte sie ihre Suche nicht zu dem gewünschten Ergebnis. Sie fanden weder Drogen noch Geld. Gleiches galt für die riesige Kellerbar, die im Stil einer Disco eingerichtet war. Sie entdeckten Batterien an alkoholischen Getränken, moderne Kühl- und Klimaschränke, als sei es Usus, zweimal die Woche die Nachbarschaft auf einen Umtrunk einzuladen.

Zum Abschluss sprach Hilpert abermals Bartels an: »Es ist nicht auszuschließen, dass die Lieferanten des Stoffes sich an Sie wegen der Bezahlung wenden werden. Sollte es so kommen, wäre ich über einen Hinweis dankbar.«

»Sie sagten, es dreht sich um 120.000 Euro?«

»Genau.«

»Für solch einen lächerlichen Betrag soll ich mich mit Drogendealern anlegen? Sie belieben zu scherzen. Nein, danke! Ich möchte abends mit dem Hund spazieren gehen können, ohne mit der Möglichkeit rechnen zu müssen, die Finger gebrochen zu bekommen. Und meine Nase gefällt mir so, wie sie ist.«

»Möglicherweise haben wir es mit den Mördern Ihres Sohnes zu tun«, gab Hilpert zu bedenken.

»Ich überleg es mir. Letztlich reden wir über ungelegte Eier. Zumindest hat mich bislang keine Anfrage dieser Herrschaften erreicht.« Er reichte Alexandra einen Zettel. »Sie wollten doch die Adresse der Eltern des Mädchens haben, das von Tom ein Kind erwartete.«

Damit war Bartels' letzter Vorrat an Kooperationsbereitschaft an diesem Tag aufgebraucht. Die Beamten begriffen es ohne weitere Diskussionen und verabschiedeten sich.

Kurz vor sieben saßen sie im Auto. Alexandra warf einen Blick auf die Uhr. »Verdammt, ich muss mich sputen. Ich bin um acht mit Rolf im Atlantik verabredet. Das schaff ich nie. Ich muss mich noch umziehen.«

Er fühlte einen dicken Kloß in der Halsgegend, verzichtete allerdings auf einen Kommentar.

»Ich fahre dich nach Hause. Um den Wagen kümmere ich mich.«

»Danke.«

Diesmal vermied sie es, ihn in ihre Wohnung zu bitten. Sie verabschiedeten sich knapp wie zwei Kollegen, die nur durch die gemeinsame Arbeit verbunden waren. In ihm stieg wieder das Gefühl der Eifersucht auf. Er ärgerte sich darüber. Es machte ihn schwach, drückte ihn in die zweite Reihe ihres Miteinanders. Er hasste diesen Gemütszustand. In der Schlange zu stehen, machte nur Freude, wenn man sie anführte. Und wer sich einmal vorne aufgehalten hatte, verspürte keinerlei Interesse, sich nach hinten durchreichen zu lassen. Er verzichtete darauf, ihr hinterherzublicken, legte den Gang ein und fuhr an. Und er wusste, sie würde keinen Gedanken mehr an ihn verschwenden, sondern nur darauf bedacht sein, pünktlich zu ihrem Termin zu erscheinen.

9

Als er seine Wohnung betrat, fühlte er sich wie ein Rehkitz, das verlassen und hungrig in seiner Mulde im Weizenfeld lag und sich vor der hereinbrechenden Dunkelheit fürchtete. Zu allem Unglück hatte er es versäumt, seinen Eisschrank zu füllen. Eine angebrochene Flasche Cola und ein paar Eier reichten nicht für seine angegriffenen Magennerven. Missmutig suchte er in seinem Telefonbuch nach der Nummer eines Pizzaservice. Das Klopfen an seiner Wohnungstür hielt ihn davon ab, eine Bestellung aufzugeben. Vor ihm stand Silke in einem verwegen kurzen Rock. Darüber trug sie eine Bluse, die von gerade zwei Knöpfen geschlossen wurde. Ohne Zweifel trug sie darunter keinen BH.

»Wie ich dich kenne, hast du vergessen einzukaufen. Komm rüber zu mir, ich lade dich auf ein Abendessen ein.«

Er ließ sich nicht zweimal bitten. Ihre Auswahl an Aufschnitt und kleinen Leckereien schlug jede Pizza. Das Ganze gepaart mit frischem Brot ermöglichte es ihm, im wahrsten Sinne des Wortes, seine Frustration hinunterschlucken. Selbst an ein kaltes Bier hatte sie gedacht. Später lehnte er sich gut gesättigt in seinen Sessel zurück. Ihm kam das Gespräch mit Toms Stiefvater wieder in den Sinn.

»Herr Bartels erzählte mir, Tom habe darüber nachgedacht auszuwandern?«

»Das ist eines seiner Lieblingsthemen gewesen. Vor allem mit Geschichten aus dem australischen Busch hat er uns ständig genervt.«

»Nach dem Ende seines Studiums sollte es losgehen?«

»Ich kann schlecht beurteilen, ob es ihm mit seinen Träumen wirklich so ernst war. Aber er hätte sich wohl kaum von so einer unbedeutenden Sache wie einem Hochschulabschluss in seinem Vorhaben beeinflussen lassen. Ich hab es eher als eine Spinnerei von ihm abgetan.«

»Von irgendetwas müsste er schließlich drüben überleben.«

»Ich meine, mit seinem fünfundzwanzigsten Geburtstag wäre ihm eine größere Summe Geldes zugefallen. Geld, das ihm seine Mutter vermacht hatte. Davon abgesehen war er ein cleverer Typ. Der hätte sich durchgeboxt.«

»Das sieht man, wie professionell er das Drogengeschäft aufgezogen hat«, erwiderte Hilpert ironisch.

»Du unterschätzt seine Fähigkeiten«, maßregelte sie ihn. »Tom war mit normalen bürgerlichen Maßstäben nicht zu erfassen. Die Dealerei empfand er als großes Spiel, als Zeitvertreib, um nicht in der Langeweile des Alltäglichen abzusinken. Es war für ihn kein Mittel zum Broterwerb.«

»Ich werde mir mal seine Bankunterlagen näher anschauen. Dann wissen wir, wo er bis zu seinem Tod finanziell gestanden hat.«

Sie rieb ein Bein gegen seines. »Du bist immer bei deiner Arbeit. Gibt es denn nichts anderes in deinem Leben?«

Er grinste zu ihr herüber. »Du weißt es doch besser.«

»Ja, leider ist die Dame fest liiert, wie mir ein Vögelchen gezwitschert hat.«

»Du scheinst dich gut auszukennen. Kann man auf deine Diskretion hoffen?«

Sie streckte drei Finger theatralisch in die Luft. »Ich schwöre es bei meinem Leben oder besser bei deinem.« Provozierend rückte sie näher an ihn heran. »Wenn sie einen Lover hat, steht dir das gleiche Recht zu. So was nennt man ausgleichende Gerechtigkeit.«

»Und du würdest dich mit dieser Ersatzrolle abfinden?«

»In keinem Fall. Aber für mich spielt neben den Umständen die Zeit.«

Er griff nach ihren Händen und tätschelte sie väterlich. »Ich denke eher, du siehst in mir etwas Besonderes, weil ich dir in letzter Zeit behilflich sein konnte. Das flacht schnell wieder ab, glaub mir.«

»Falsche Antwort, Fabian. Wenn du eine Andeutung gemacht hättest, wäre es bereits am ersten Abend was mit uns geworden. Meine Mutter hat das sofort gespürt.«

»Ach richtig, deine Mutter. Ich sollte mich mit deinen Eltern unterhalten. Ich gehe davon aus, dass sich die Drogendealer wegen des Geldes ebenso an sie wenden werden. Es ist besser, du schenkst ihnen reinen Wein ein.«

»Schon geschehen.«

»Und?«

»Zum ersten Mal seit langer Zeit hat mich das Gefühl beschlichen, dass sich die beiden so etwas wie Sorgen um mich machen. Das gilt insbesondere für meine Mutter. Sie sind dir sehr dankbar und wollen sich revanchieren.«

»Das kommt nicht in die Tüte. Der Staat bezahlt mich für meinen Job. Man wird damit zwar nicht reich, zumindest aber satt und muss nicht in Sack und Asche durch die Gegend laufen.«

»Tatsächlich?! Wenn ich dich so anschaue, hab ich das Gefühl, als langt es bei dir gerade zu einer Jeans und einer begrenzten Anzahl Shirts.«

Er grinste sie frech an. »Ich bin sogar stolzer Besitzer eines sehr ordentlichen Jacketts.«

Sie klatschte Beifall. »Na großartig. Aus dir wird noch ein Dressman.«

Er warf einen Blick auf die Uhr und machte Anstalten aufzustehen.

»Bleibst du diese Nacht bei mir?«, bat sie mit kleiner Stimme. »Ich fühl mich in deiner Nähe wohl, auch wenn du mich als Frau ignorierst. Zum Ausgleich winkt morgen früh ein reichhaltiges Frühstück.«

»Nimm's mir nicht übel«, lehnte er ihre Einladung ab, »wir sollten nichts beginnen, was keine Zukunft hat und unsere freundschaftliche Beziehung nur belastet.«

Sie versuchte zu retten, was zu retten war. »Wer sagt, dass meine Absichten unlauter wären?«

Sanft tätschelte er ihre Wange. »Es geht da mehr um mich als um dich. Eins, zwei, drei stehen wir da, wo wir nicht hinwollen. Jeder Nacht folgt ein Morgen. Ich mag dich als Freundin. Wir sollten es dabei belassen und die Hintertüren für mehr geschlossen halten.«

»Aber ...«

»Kein Aber! Meine augenblicklichen Beziehungsprobleme reichen mir voll und ganz. Lass uns darauf verzichten, diese zu vergrößern.«

»Sag bloß, du bist ein monogamer Mann?«

Er nahm ihre Hand und küsste sie zärtlich. »Es sieht so aus. Zumindest nehme ich nicht alles mit, was sich mir bietet.«

»Etwa aus religiösen Gründen?«

Er lachte erheitert auf. »Erzähl noch 'ne Geschichte. Nein, ich bin halt so.«

»Weiß eigentlich deine Kommissarin, was sie an dir hat?«

Er gähnte demonstrativ. »Frag mich was Leichteres. Ich bin müde. Ich geh jetzt rüber und leg mich schlafen.«

»Wie du meinst, mein starker, sensibler Freund. Zum Frühstück bist du trotzdem willkommen.«

»Einladung angenommen.«

Er winkte ihr knapp zu und verließ ihr Appartement. Als er in seinem Wohnzimmer stand, musste er heftig durchatmen. Silkes Attacken waren keineswegs spurlos an ihm vorübergegangen. Weshalb hatte er abgelehnt? Wegen Alexandra? Keineswegs. Da schon eher wegen seines Auftrags. Es war eine eherne Regel, direkt oder indirekt Betroffene in einem Verbrechen nicht zu dicht an sich herankommen zu lassen. Eine gewisse Distanz war da unerlässlich, auch wenn er durch die Nähe zu ihr vermutlich besser an wichtige Informationen gelangen würde. Davon abgesehen reichte ihm das Verhältnis mit seiner Kollegin voll und ganz. Er hatte keine Lust, den Ersatzmann für frustrierte Frauen zu spielen. Er fühlte sich wie bei einem Konditor, der ihm erlaubte, nach Belieben zu schlemmen, ohne dafür zahlen zu müssen. Zu viel Süßes war ungesund und schmeckte nur eine gewisse Zeit. Danach war man von dieser Droge zwar geheilt, durfte sich allerdings mit Übergewicht und Zahnproblemen herumärgern. Weder stand ihm der Sinn danach, noch wollte er darauf verzichten, sich das Vergnügen zu gönnen, gelegentlich zu naschen. Nach einem Schnelldurchlauf durchs Bad legte er sich schlafen.

Am nächsten Morgen stand er fröhlich pfeifend unter der Dusche. Er war zufrieden mit seinem Verhalten vom gestrigen Abend. Es würde keine peinlichen Blicke zur Seite geben oder den Versuch, irgendetwas klarzustellen. Zeitig stand er vor Silkes Eingangstür. Daran klebte ein Zettel von ihr. Sie war auf dem Weg zum Bäcker und zum Schlachter. Der Schlüssel läge unter ihrer Matte. Entgegen ihrer sonstigen Schlafgewohnheiten war sie früh aufgestanden. Ihm sollte es recht sein. Er betrat ihre Wohnung und warf einen interessierten Blick aus dem Fenster. Er verhieß einen weiteren heißen Sommertag. Er fragte sich, wie die Natur mit diesem seit Wochen andauernden Wasserentzug umging? Das verbrannte Gras würde regenerieren. Doch zusehends ließen die prächtigsten Bäume traurig die Blätter hängen und das Laub verdorrte. Manch einer von ihnen würde auf Dauer keine Zukunft haben. Andererseits, welche Stadt in der Welt wollte es bei diesem Wetter mit Hamburg aufnehmen?

Als Silke in der Tür stand, hatte er schon den Kaffee aufgesetzt. Die Brötchen, die sie auf den Tisch stellte, waren knusprig und dennoch weich, das Mett roch frisch. Wie sich zeigte, war es hervorragend gewürzt. Er ließ es sich schmecken. Ein wohliges Gefühl durchflutete ihn. Er hätte diesen Augenblick gerne verlängert. So machte das Leben Spaß. Fröhlich plauderten sie miteinander.

»Tom war vor dir mein letzter Gast, mit dem ich hier zusammengesessen habe«, erklärte sie ihm ohne Scheu.

»Er hat bei dir gelegentlich übernachtet?«

»Ja, aber nicht so, wie du denkst. Ich sagte dir bereits, dass wir lediglich befreundet waren. Er hat mal Andeutungen darüber gemacht, ein Verhältnis mit einer älteren Frau zu haben. Das war mir letztlich gleichgültig. Das galt ebenso für seine anderen Weibergeschichten. Er hat wie du die Nachbarwohnung genutzt. Allerdings mit dem Unterschied, dass er keine Einladung von mir erhalten hat, die Nacht mit mir zu verbringen. Die hast du ja wohlweislich ausgeschlagen.« Sie blickte ihn mit halb geschlossenen Augen an. »Der Herr verfügt ja über bessere Alternativen.«

Er ignorierte ihren versteckten Vorwurf, sondern konzentrierte sich weiter auf seine Fragen. »Und ist er dort auch mit dieser Freundin gewesen?«

»Nein, er hat nebenan ausschließlich allein übernachtet.«

»Das finde ich seltsam. Er verfügte über eine eigene Bleibe in derselben Stadt. Und das in bester Lage. Was suchte er in dieser Wohnung, wenn nicht dich?«

»Er hat sich dort nur selten aufgehalten.«

»Trotzdem. Da ist was faul. Komm, gehen wir mal gemeinsam rüber.«

Systematisch begann er die Wohnung zu durchsuchen. Doch ähnlich wie in Tom Bartels' Elternhaus fand sich nichts an.

Sie legte ihre Hand auf seinen Arm. »Warte, wenn er etwas versteckt hat, dann weiß ich wo.«

Sie ging vorweg ins Schlafzimmer und öffnete den mittleren Wandschrank. Mit sachkundigem Griff ließ sich ein Teil der Rückwand verschieben. Sie griff in eine Vertiefung.

»Hier ist etwas.«

Zu seinem Erstaunen beförderte sie mehrere Bündel Geldscheine ans Tageslicht. Hilpert nahm sie ihr ab. Ein Gummiband hielt jeweils einen dickeren Stapel an Scheinen zusammen. Es handelte sich im Wesentlichen um 100- und 200-Euro-Noten.

»Und ist dort auch der Stoff drin?«

»Nein«, antwortete sie. »Das Platzangebot hält sich in Grenzen. Damals, als die beiden Wohnungen getrennt wurden und eine massive Zwischenwand gezogen wurde, hat man auf meine Bitte hin nur einen Stein für dieses kleine Versteck ausgespart.« Sie tastete abermals mit ihren Fingern in den Hohlraum. »Hier sind ein paar Blätter Papier.«

Kurz darauf hielt er zwei eng beschriebene Seiten in der Hand. Es handelte sich um eine Adressliste mit Telefonnummern. Er fand gut fünfzig Namen darauf. Er hockte sich neben sie und fasste selbst in den Hohlraum. Er war leer.

»Weitere Verstecke gibt es keine?«

»Da muss ich dich enttäuschen. Auf Geheimgänge und Verließe wurde verzichtet. Die Kosten wären uns ansonsten aus dem Ruder gelaufen.«

Sie saßen nebeneinander, ihr Rock war hochgerutscht, ihr

knappes Top verdeckte wenig, zu wenig. Er spürte, wie er schwankte. Er nahm ihren Kopf zwischen beide Hände und gab ihr zwei zärtliche Küsse auf die Wangen. Danach stand er auf und half ihr ebenfalls hoch.

»Ich muss ins Büro. Ich bin spät dran.«

Sie lächelte ihn an. »Du weißt gar nicht, was du dir entgehen lässt.«

»Wenn du meinst. Manchmal ist es besser zu verzichten.«

10

An diesem Morgen erschien er erst gegen halb zehn zu seinem Dienst. Alexandra saß ihm leicht verschnupft gegenüber. Mit leiser Stimme redete sie auf ihn ein. Ihr Ton war an Schärfe kaum zu überbieten.

»Ich hab versucht, dich gestern Abend auf deinem Handy zu erreichen. Aber der Herr hatte offensichtlich Besseres zu tun.«

Er griff in seine Tasche und zog das Gerät heraus. Es war auf stumm gestellt. Das war das Dilemma. Kaum kam eine Frau ins Spiel, schon vergaß man die wichtigsten Dinge des Lebens.

»Was ist mir durch die Lappen gegangen?«

Ihre Antwort kam schnippisch: »Ich hätte Zeit für dich gehabt. Rolf hat heute Morgen eine schwierige Kieferoperation und musste früh zurück.«

Zynisch erwiderte er: »Am besten, er gibt mir seinen Terminkalender, dann weiß ich wenigstens, wann ich mit dir rechnen kann und wann ich mich anderweitig orientieren muss.«

Wütend wandte sie ihren Kopf ab und presste die Lippen zusammen. Was erwartete sie? Einen treusorgenden Liebhaber, der aufmerksam wie ein dressierter Hund auf ihr Handzeichen wartete? Sie spürte ein neues Selbstbewusstsein bei ihm. Dafür staute sich in ihr ein schleichendes Gefühl von Eifersucht auf. Sie weigerte sich, den einen aufzugeben und wollte gleichzeitig den anderen mit niemandem teilen. Vielleicht hätte sie dies mit Hilpert abstimmen sollen. Sie hasste ihre eigene Unlogik und konnte sich ihr trotzdem nicht entziehen. Weitere Diskussionen unterblieben glücklicherweise, da Weber mit Schäfer und Hilpert eine Dienstbesprechung anberaumt hatte.

Der Kriminaloberrat sprach eindringlich auf sie ein. Er blieb dabei ruhig. Unaufgeregtheit war sein Markenzeichen.

»Es liegt mir eine Beschwerde von Herrn Bartels vor, Herr Hilpert. Er fühlte sich von Ihnen und Ihrer Kollegin überrollt. Ich fordere Sie auf, solche Vernehmungen ab sofort mit mir abzustimmen. Der Mann kann uns mit seinen vielfältigen Kontakten richtig Ärger bereiten.«

»Selbstverständlich beuge ich mich Ihren Anordnungen, Herr Oberrat. Welche Kriterien setzen Sie bei unserer Ermittlungstätigkeit grundsätzlich an?«, fragte Hilpert mit unterdrücktem Zorn.

»Wie darf ich das verstehen?«

»Das ist ganz einfach. Müssen Ermittlungen mit Ihnen nach Einkommen, Vermögen oder sozialer Stellung des potenziellen Zeugen abgestimmt werden? Werden Akademiker anders behandelt als Handwerker? Muss parteipolitischen Mitgliedschaften Rechnung getragen werden? Ich empfehle, darüber eine Checkliste herauszugeben. Nicht dass wir Gefahr laufen, einen Hartz-IV-Empfänger wie einen normalen Steuerzahler zu behandeln. Was sollen die Leute dazu sagen? Und dann erst die Presse!«

Schäfer haute in die gleiche Kerbe. »Wie ist es mit geschlechtsspezifischen Merkmalen? Werden Männer anders behandelt als Frauen? Unterscheiden Sie nach Rassen oder Religionen? Haben Sie was gegen Neger?«

Weber saß mit offenem Mund da, unfähig zu einer konstruktiven Reaktion. Nur langsam erholte er sich von dem Widerspruch, der ihm von den beiden Männern entgegengebracht wurde. Er bequemte sich schließlich zu einer staatsmännischen Antwort.

»Ich respektiere Ihre Kritik, meine Herren. Tun Sie, was Sie für richtig halten. Nur so viel: Machen Sie sich auf Gegenwind gefasst, wenn Sie gewissen Herrschaften zu sehr auf die Füße treten. Deren Rache ist meist fürchterlich. Rechnen Sie nicht mit Unterstützung von anderer Seite, sollte es so weit kommen. In Zeiten wie diesen ist sich jeder selbst der Nächste.«

»Damit kann ich leben«, erwiderte Hilpert ungerührt. Ein Blick auf den Kollegen an seiner Seite überzeugte ihn davon, dass der ähnlich zu denken schien. Endlich konnte er mit seinem Bericht beginnen. Als er fertig war, sahen sich die drei Männer vielsagend an.

»Wie viel Geld haben Sie gefunden?«, brach Schäfer das Schweigen.

»Knapp 20.000 Euro.«

»Und wo ist die Kohle jetzt?«

»Bei Silke Volkert. Es gibt keinen Beweis dafür, dass es sich um Drogengeld handelt. Ich sah daher keine Handhabung, es zu beschlagnahmen und habe es zurückgelegt.«

»Sie hielten es für eine korrekte Entscheidung, diesen Kober mit seinen Kumpanen laufen zu lassen?«, fasste Weber nach.

»Unter den gegebenen Bedingungen, ja. Er wird uns in Freiheit eher zu seinen Hintermännern führen als im Untersuchungsgefängnis.«

»Wenn Sie meinen. Hoffentlich liegen Sie richtig. Fallen die Karten schlecht, wird man das gegen Sie verwenden.«

»Wo ist das Problem?«, begehrte Hilpert auf. »Kober geht uns mit Sicherheit nicht durch die Lappen, sollten wir ihn uns greifen wollen.«

Weber winkte halbwegs überzeugt ab. »Darum geht es nicht. Drei Männer bedrohen eine Frau. Ein Kriminalbeamter stellt sie und lässt sie ohne Not wieder laufen. Das kommt nicht gut, wenn es nach draußen dringt. Doch egal, wie geht's weiter?«

Schäfer antwortete besonnen: »Die Gruppe Hilpert konzentriert sich auf das Umfeld der Familie des Toten. Meine Leute und ich übernehmen die Drogenhändler.«

Der Oberrat erhob sich von seinem Sitz und beendete damit das Gespräch. »Viel Glück, meine Herren. Das können Sie gebrauchen. Und geben Sie auf sich acht.«

Auf dem Weg zurück schlug Schäfer seinem jüngeren Kollegen anerkennend auf die Schultern. »Sie haben es dem Alten ordentlich gegeben. Nur weiter so.« Er streckte ihm die rechte Hand entgegen. »Ich heiße Gerd.«

Weber sah den beiden Beamten nachdenklich hinterher. Wollte er seine Leute wirklich so haben, selbstbewusst und mutig? Stellten sie nicht sein Machtmonopol infrage? Er entschloss sich zur Gelassenheit. Das Schlimmste, was ihm passieren konnte, waren Beschwerden aus dem Rathaus. Sie nervten, zogen aber vorbei wie der frühe Frost im November. Politiker kamen und gingen. Beamte blieben dagegen üblicherweise bis zu ihrer Pensionierung. Sie waren das konstituierende Element in diesem System.

Alexandra empfing ihren Kollegen mit gebremster Neugier. Sie kannte die Gespräche mit höheren Vorgesetzten zur Genüge. Sie brachten selten neue Erkenntnisse, waren zumeist unergiebig und kosteten in jedem Fall wertvolle Zeit. Über ihnen regierten Beamte, die Gefahr liefen, im Wechselspiel wirtschaftlicher und politischer Interessen zerschlissen zu werden. Die sich permanent gegenüber einer besserwisserischen und gnadenlosen Boulevardpresse rechtfertigen mussten. Auf einem dünnen Drahtseil versuchten sie, ihre Karriere über die Runden zu bringen. Meist mit wechselhaftem Erfolg. Da hatten sie es mit Weber noch gut getroffen. Er war ein Mann, der hinter seinen Leuten stand. Ohne Umschweife berichtete Hilpert über das Gespräch.

»Und gibt es eine neue Idee, wo wir ansetzen könnten?«, fragte sie eher gelangweilt.

»Du weißt doch selber, was bei solchen Meetings herauskommt. Wir müssen mit dem weitermachen, was wir haben.«

»Und das wäre?«

»Nun, zum Beispiel die Geschichte mit dem Schwangerschaftsabbruch. Wir sollten den Eltern einen Besuch abstatten.

Mal sehen, ob das Mädchen noch bei ihnen wohnt. Die dürfte heute knapp zwanzig sein.«

Sie erhob sich und winkte ihm zu. »Dann mal ran an die Buletten. Ich hab grad nichts Besseres zu tun.«

Die Wohnanlage in Rahlstedt, die sie aufsuchten, hatte ebenso wie die meisten seiner Bewohner keine wirklich guten Tage gesehen. Sie war vermutlich in den frühen Fünfzigerjahren entstanden und versprühte architektonisch den Charme eines Warzenschweins. Auf einem winzigen Rasenstück vor dem Haus spielte eine Gruppe Jugendlicher Fußball. Möglicherweise standen sie vor der letzten Keimzelle Hamburger Straßenfußballer. Allerdings waren keine Späher vom HSV oder St. Pauli zu beobachten. Die lungerten vermutlich im benachbarten Ausland oder in Brasilien herum.

Die Außenanlagen erweckten den Eindruck, als würde der zuständige Hausmeister um sie herum ständig einen großen Bogen machen. Der Putz der Gebäude war augenscheinlich renovierungsbedürftig. Den Fenstern wäre ein neuer Anstrich ebenfalls gut bekommen. Die Klingelschilder im Eingangsbereich hätten einen Austausch hervorragend vertragen. Trotzdem konnten sie den gesuchten Namen einigermaßen entziffern. Familie Teichmann wohnte im dritten Stock. In Ermangelung eines Aufzugs mussten sie die Treppen nehmen. Ein muffiger Geruch nach schimmeliger Bausubstanz und Dreck schlug ihnen entgegen. Die Wohnungstür passte sich nahtlos in das Bild von mangelhafter Pflege ein. Wenigstens funktionierte die Klingel. Sie hörten ein Schlurfen, dann wurde die Tür geöffnet. Überrascht blickte die Frau des Hauses auf ihre Ausweise.

»Hat Susi was angestellt?«, fragte sie unumwunden.

Bevor sie antworten konnten, dröhnte eine männliche Stimme aus dem Wohnzimmer. »Gerda, wer ist da?«

»Die Polizei!«, rief sie über die Schulter nach hinten. Sie trat einen Schritt zurück und öffnete die Tür vollends. »Bitte kommen Sie rein.«

Ihr Ehemann hatte sich inzwischen bequemt, nachzuschauen, wer sie mit ihrer Anwesenheit beehrte, und war ihr in den Flur gefolgt. »Da schlagen gleich zwei Beamte auf? Was ist denn passiert?«

»Wir müssen uns nicht hier im Flur unterhalten«, unterbrach ihn seine Frau. »Bitte gehen Sie ins Wohnzimmer durch.«

Die Einrichtung war relativ neu und offensichtlich gepflegt. Wie überhaupt die gesamte Wohnung aufgeräumt und ordentlich wirkte. Die Kriminalbeamten setzten sich nebeneinander auf die Couch. Ein Getränk lehnten sie ab. Sie blickten in die ausgemergelten Gesichter von zwei Menschen, die in ihrem Leben zu viel Alkohol getrunken hatten. Ihre graue Haut signalisierte, dass sie weniger rauchen sollten.

Alexandra eröffnete das Gespräch ohne Umschweife: »Es geht um Ihre Tochter, besser um die damalige Abtreibung.«

Die Mutter starrte sie an, als habe man sie mit Schlägen bedroht. Sie schluckte mehrmals, bevor sie auf sie einging. Ihr Gatte schwieg, die Mundwinkel heruntergezogen. Offensichtlich behagte ihm das Thema ebenso wenig wie seiner Frau.

»Ich verstehe nicht«, versuchte sie auf Zeit zu spielen.

»Kommen Sie, stellen Sie sich nicht dumm«, ermunterte Hilpert sie. »Wir haben bereits mit Herrn Bartels gesprochen.«

»Mit der Schwangerschaft brach das Leid über unsere Familie«, antwortete sie schließlich mit kleiner Stimme. »Zuerst schien alles klar. Die Mutter dieses Toms erklärte sich bereit, die Abtreibung in Holland zu bezahlen. Außerdem überließ sie uns einen gewissen Betrag zur freien Verwendung. Sozusagen, um unsere materielle Not ein wenig zu mindern.« Sie wies ins Rund. »So konnten wir uns unter anderem neu einrichten. Das war doch nicht verboten, oder?«

Unverhofft mischte sich der Ehemann ein. »Ich möchte darauf hinweisen, dass wir für uns keinen Cent gefordert haben. Diese Dame brachte das Gespräch von allein darauf. Stimmt's, Mutter?!«

»Genau, obwohl wir damals das Geld gut gebrauchen konnten.«

»Richtig. Einen Tag nach meinem vierzigsten Geburtstag war ich entlassen worden. Nach fast zwanzigjähriger Betriebszugehörigkeit. Als Nachtwächter muss ich mich seitdem über die Runden quälen. Nicht mal einen ordentlichen Fernseher hätten wir uns leisten können. Geschweige denn ein anständiges Auto.« Mit zusammengekniffenen Augen sah er zu den beiden Polizisten herüber. »Oder behauptet sie jetzt was anderes?«

»Niemand unterstellt Ihnen etwas«, ging Hilpert auf die Worte des korpulenten Mannes ein. »Also, als Ihre Tochter schwanger wurde, ist Familie Bartels in die Bresche gesprungen.«

»Kann man so sagen«, bestätigte ihn seine Frau. »Nur Susi ist damit nicht zurechtgekommen. Sie ist eine andere Person geworden.«

»Wie darf man das verstehen?«, hakte Alexandra ein.

Die Mutter zögerte kurz. »Sie begann sich rumzutreiben und mied ihr Elternhaus. Sie ist richtig auf die schiefe Bahn geraten.«

»Und wo ist sie jetzt, wenn sie nicht mehr bei Ihnen lebt?«

»Nun, Frau Kommissarin, sie arbeitet in einem gewissen Etablissement. Ihre Eltern besucht sie seit Jahren nicht mehr. Wir sind Luft für die werte Dame geworden.«

»Hätten Sie eine Adresse?«

»Club Helena in Wandsbek.«

»Danke, die genaue Adresse werden wir schon rausfinden.«

Vor dem Haus blieben die beiden Kriminalbeamten stehen, nachdem sie das Paar verlassen hatten.

»Da ist mehr passiert, als die Eltern uns glauben machen wollen«, stellte Alexandra ungerührt fest. Sie warf einen Blick auf ihre Armbanduhr. »Ist wohl noch etwas zu früh für einen Bordellbesuch. Ich schätze vor neun, zehn Uhr heute Abend macht das keinen Sinn.«

»Du kennst dich anscheinend aus«, flachste er sie an.

»Ein kompetenter Kriminalist ist über die wichtigen Dinge des täglichen Lebens informiert«, erwiderte sie grinsend.

»Ich kümmere mich drum«, bot er sich an.

»Ach, reichen dir deine Liebschaften nicht mehr?«, fragte sie schnippisch.

»Wenn du meinst«, entgegnete er unbeeindruckt, »dann übernimm du den Job.«

Sie ließ nicht locker. »Wer hat denn dein Herz erreicht? Deine fesche Vermieterin? Ist die nicht etwas zu dünn für deinen Geschmack?«

»Ich muss dich enttäuschen«, trumpfte er auf. »Es ist bei ihr alles in ausreichender Menge am rechten Platz.«

Wütend fasste sie unter ihre Brüste und hob sie an. »Du willst mir erzählen, sie kann damit dienen?«

Er verzichtete auf eine Antwort. Auf eine Auseinandersetzung mit ihr war er nicht vorbereitet. Eigentlich fühlte er sich eher für Eifersuchtsdramen zuständig. Ihr Verhältnis nagte an beiden. Irgendwann würden sie ihre Gelassenheit vollends verlieren. Sie atmete tief durch und ließ ihre Arme sinken.

»Entschuldige, ich bin dumm.«

»Bist du nicht. Es ist unsere Beziehung. Sie wird uns auffressen, wenn wir sie fortsetzen. Es ist besser, wir beenden sie.«

»Hast du genug von mir?«, fragte sie traurig.

»Ganz im Gegenteil. Aber je öfter wir zusammen sind, desto schwieriger wird es für uns. Und ich bin keineswegs der Typ, der gerne teilt. Unsere Heimlichkeiten widern mich an.«

»Was heißt das für uns?«

»Vielleicht ist es besser, ich verlasse Hamburg.«

»Und wohin willst du? Nach Niedersachsen? In deiner Heimatstadt wurde doch vor einigen Jahren eine Mordkommission errichtet.«

»Nein, das wäre mir zu dicht. Ich denke darüber nach, wieder ins Ausland zu gehen. Die Welt hat sich verändert. Internationale Polizeieinsätze sind kein Novum mehr.«

Sie griff nach seinem Arm und verkrallte ihre Finger darin. »Bitte keine übereilten Handlungen. Lass uns gemeinsam über eine bessere Lösung nachdenken. Diese Einsätze sind gefährlich.«

»Wenn du meinst, ich finde meinen Ansatz durchaus passabel.«

»Nein, ist er nicht!«, widersprach sie vehement. »Es ist vielmehr eine Scheißidee!«

Die Rückfahrt verlief relativ einsilbig. Sie starrte stur geradeaus. Er verzichtete darauf, ein neues Thema anzuschneiden. Vor ihrer Wohnung setzte er sie ab. Grußlos verschwand sie aus seinem Blickwinkel. Machten sie so weiter, waren sie bald nicht mehr in der Lage zusammenzuarbeiten.

Hilpert betrat nach 22 Uhr die schlecht beleuchtete Bar. Leise Musik versuchte ihn einzufangen. Allerdings ohne zählbaren Erfolg. ›Modern Talking‹ lag nur bedingt auf seiner Wellenlänge. Offensichtlich animierte sie auch niemanden der spärlichen Gäste, ein Tänzchen aufs Parkett zu legen. Diese erzählten lieber den grell geschminkten jüngeren Frauen am Tresen oder in den Nischen ihre Lebensgeschichte. Oder führten nutzlose Preisgespräche. Am Ende würden sie eh draufzahlen. Scheinbar gelangweilt setzte er sich an den Tresen und bestellte ein Bier. Wie aus dem Nichts kommend setzte sich neben ihn eine leicht geschürzte Frau. Er schätzte sie auf Mitte zwanzig. Erwartungsvoll schnurrte sie ihn an.

»Na, Süßer, woll'n wir zusammen ein Gläschen trinken?«

Er warf ihr einen ausdruckslosen Blick zu. »Wie heißt du?«

»Rebecca.«

»Da haben sich deine Eltern aber einen feinen Namen ausgedacht. Trotzdem fürchte ich, du bist nicht mein Typ.« Frustriert wollte sie aufstehen. »Was soll die Hektik? Du bist zu schnell.«

»Was willst du denn noch?«

Er griff in seine Jackentasche und zog einen zerknüllten Zwanziger heraus. »Wenn du mir Susi besorgen kannst, gehört der dir. Ganz ohne Gegenleistung.«

»Für einen popligen Zwanziger soll ich mir den Arsch aufreißen?«

»Ich kann genauso gut deine Kollegin hinterm Tresen fragen. Wetten, die erweist mir diesen Gefallen völlig kostenfrei?«

Sie griff zu und ließ den Geldschein in ihrer kleinen Faust verschwinden.

»Sie ist gleich bei dir.«

Tatsächlich setzte sich einen Augenblick später ein Mädchen neben ihn, dem es trotz dick aufgetragener Schminke und unstetem Lebenswandel nicht gelungen war, ihre Jugend vollständig zu verleugnen. Ansonsten passte sie vom Outfit hervorragend in die Lokalität.

»Rebecca meinte, du willst zu mir?«

»Kann man so sagen. Ich hoffe, du bist nicht vergeben.«

»Selbst wenn, so hübsche Jungs wie du besuchen uns eher selten. Da mach ich gern 'ne Ausnahme.«

»Klasse, setzen wir uns an den Tisch.«

»Da ist aber Gedeckzwang«, wandte sie ein.

»Na und? Ich trinke Bier, weil ich es mag, nicht weil es das Einzige ist, was ich mir leisten kann.«

»Solche Freier lob ich mir. Die meisten wollen nur handeln.«

Sie gingen über die kleine Tanzfläche und setzten sich nebeneinander auf eine Plüschcouch in eine der hinteren Nischen des Etablissements. Kaum dass sie saßen, stand vor ihnen eine grell geschminkte Blondine in einem Minirock, dem es nicht gelang, ihre strammen Schenkel vorteilhaft in Szene zu setzen. Dafür verhieß ihr Ausschnitt einiges an Einblick. Er vermutete, dass dabei kräftig nachgeholfen wurde. Auch Schönheitschirurgen mussten leben. Gelangweilt spielte sie mit einem Kaugummi im Mund, als sie die Getränkewünsche aufnahm. Ohne mit der Wimper zu zucken, orderte er eine Flasche Hausmarke. Susi nickte anerkennend zu seiner Auswahl, die Bedienung zog befriedigt ab. Es gab Schlimmeres auf dieser Welt als zahlungskräftige Kunden.

»Pass auf«, eröffnete er das Gespräch, »ich bin weniger hier, um dich zu beglücken. Vielmehr hab ich ein paar Fragen an dich. Geht alles in meinem Sinn über die Bühne, kriegst du einen Fünfziger von mir und kannst in zehn Minuten deine Kohle anderweitig verdienen.«

»Sag bloß, du bist 'n Bulle.«

»Richtig geraten.«

Furchtlos taxierte sie ihn von oben bis unten. »Scheiße, ich dachte schon, es könnte ein netter Abend werden. Was willst du wissen? Spuck's aus. Aber eines ist klar: Ich verpfeife niemanden.«

»Ach ja, was könntest du mir denn verraten?«

Sie merkte, einen Fehler gemacht zu haben. »Nichts, rein gar nichts.«

Er grinste sie an und fuhr leise fort: »Keine Angst, es geht eher um dich.«

Überrascht blickte sie auf. Trotz des schlechten Lichts erkannte er ein hübsches Gesicht und eine ansehnliche Figur.

»Um mich? Was wirft man mir vor?«

»Gar nichts. Ich gehöre zur Mordkommission. Für die Sitte sind andere zuständig.«

»Mordkommission?«, wiederholte sie verständnislos. »Wer wurde umgelegt?«

»Tom Bartels, sagt dir der Name noch was?«

Wie auf Befehl ballte sie ihre Hände zu Fäusten. Ihr kleines hübsches Gesicht verwandelte sich in eine unattraktive Fratze.

»Sie machen Scherze, dieses Schwein werde ich nie in meinem Leben vergessen!«

»Hat er dich vergewaltigt?«

»Wie nennt man das, wenn man eine Vierzehnjährige zu sich nach Hause einlädt, sie einlullt und danach kräftig durchbumst? Verführung?«

Er schüttelte den Kopf, sagte aber nichts. Als habe er ein Fass angestochen, sprudelte es aus ihr heraus: »Meine liebenswerten Eltern haben dann mit seiner Mutter ein Geschäft gemacht. Wie über ein Stück Vieh wurde über mich und mein ungeborenes Kind verhandelt. Das waren Schweine!«

Ihr Gespräch wurde kurz von der eifrigen Bedienung unterbrochen. So wie es sich für ein 3-Sterne-Lokal geziemte, war die Flasche bereits geöffnet. Mit geübter Hand schenkte sie Susi ein. Er winkte für sich ab. Ihm reichte sein Bier.

Traurig rührte sie mit einem Strohhalm ihren Schaumwein um, den man in diesem Etablissement Champagner nannte. Überraschend fasste sie nach seiner Hand.

»Es ist doch eine Sünde, ein Kind zu töten. Oder?«

Sanft strich er ihr über die Hand. »Du armes Mädchen, was hat man dir angetan?«

Überrascht zog sie ihre Hand zurück. Offensichtlich hatte sie ihn zu dicht an sich herangelassen. Das galt es umgehend zu korrigieren.

»Seit wann interessieren sich Bullen für Nutten?«

Er verzichtete darauf zu antworten und kam auf sein Anliegen zurück. »Bartels ist tot, er wurde erschossen.«

»Erschossen!« Ihre Stimme klang zufrieden. »Es gibt also tatsächlich Gerechtigkeit. Hoffentlich hat er gelitten.«

»Du hast nichts darüber gehört? Es stand in allen Zeitungen.«

Ungerührt nahm sie einen Schluck. »Nein, das ist an mir vorbeigegangen. Nachrichten interessieren mich nicht. Ich hätte ansonsten ein Freudenfeuerwerk angezündet.«

Er spürte, dass sie etwas ergänzen wollte. Und dann brach es aus ihr heraus: »Das Problem war nicht so sehr, dass wir miteinander gebumst und nicht aufgepasst haben. Irgendwie wollte ich es auch. Aber er hat mich danach behandelt wie ein Stück Dreck. Dabei war es für mich das erste Mal. Fehlte nur noch, dass er mir die Reinigungskosten für die Couch umgehängt hätte.«

Hilpert entschied sich, vorerst nicht weiter in sie zu drängen. Er zog den versprochenen Geldschein aus der Hosentasche und reichte ihn ihr unauffällig. Geschickt verschwand der Schein in ihrem mageren Dekolleté.

»Was hältst du davon, du legst einen drauf und wir treiben es 'ne Stunde miteinander. Bei dir würde ich sogar aufn Gummi verzichten. Keine Angst, ich bin sauber.« Sie stand auf. »Aber bei dir stoß ich wohl auf taube Ohren?!«, nahm sie ihm die Antwort ab.

Mit einer kurzen Handbewegung hielt er sie zurück. »Kann ich dich wieder ansprechen, wenn ich weitere Fragen habe?«

»Von mir aus. Normalerweise muss ich mich für meine Kohle mehr ins Zeug legen. Die sind nicht alle so nett wie Sie.«

Er zahlte und verließ den Laden. In der Tür winkte er ihr nochmals zu. War er überhaupt weitergekommen? Oder hatte er nur sein Geld zum Fenster rausgeworfen? Unsicher ging er zum Wagen. Das junge Mädel bestrafte seine Eltern konsequent mit seinem Lebenswandel. Konnte es da eine Alternative sein, den eigentlichen Verursacher ihrer Leiden zu ermorden? Oder ermorden zu lassen? Aus dem Milieu, in dem sie sich aufhielt, würde sie sicherlich jemanden beschaffen können, der für sie diesen Job erledigt hätte. Gegen Geld gab es alles. Andererseits, warum erst nach sechs Jahren? Brauchte sie so lange, um die richtigen Kontakte aufzubauen? Es klang wenig logisch. Er drehte den Zündschlüssel um und fuhr an. Was war möglich, was an den Haaren herbeigezogen? Ihm kam keine zündende Idee.

Jetzt nach Mitternacht hatte sich die Armada der Kraftfahrzeuge in Hamburg weitgehend zurückgezogen. Zügig erreichte er das Alsterufer und freute sich über einen kurzen Blick auf die Außenalster. Früher wäre er geradeaus an dem amerikanischen Konsulat vorbeigefahren, das strahlend einen Hauch vom Weißen Haus vermittelte. Heute musste man davor abbiegen. Manch einer seiner Kollegen durfte dieses Gebäude zu dieser späten Stunde bewachen. Die Welt hatte sich verändert. Inzwischen war es nicht nur am Balkan gefährlich oder im Irak. Bedrohlich war es allerorten. Er dachte über die damalige Harmonie während der Fußballweltmeisterschaft in Deutschland nach. Es ging auch anders. Das bewies vier Jahre später das Turnier in Südafrika. Wenn Menschen wollten, kamen sie durchaus miteinander aus. Doch diesem Frieden traute so recht niemand in Hamburg und anderswo, zumindest nicht auf Dauer. Vermutlich zu Recht. Die Ungebetenen kamen mit Vorliebe, wenn die Tür nur angelehnt war. Und sie hatten ein Auge dafür.

11

Leise ging er die Treppe hoch und schloss vorsichtig seine Wohnungstür auf. Durchschnittliche Bürger schliefen mitten in der Woche nach Mitternacht und fanden wenig Gefallen daran, von Nachtschwärmern geweckt zu werden. Sein Magen knurrte. Er klaubte die letzten Essensreste aus seinem Eisschrank und war sich unsicher darüber, ob er damit nicht Gefahr lief, seine Gesundheit zu gefährden. Andererseits war er hungrig und die Erfahrung hatte ihn gelehrt, dass man so schnell nicht am Genuss abgelaufener Lebensmitteln erkrankte. Selbst an Gammelfleisch war noch niemand in Deutschland gestorben. Zumindest gab es darüber keine seriösen Berichte. Silke tat ihm diesmal nicht den Gefallen, ihn reichlich zu bewirten. Gegen Viertel vor eins schlief vermutlich selbst sie. Hier sollte er irren. Im Halbschlaf registrierte er, wie sich der Schlüssel in ihrem Türschloss drehte. Es ging auf vier Uhr zu. Eine Studentin in den Semesterferien nahm es bequem mit einem Kriminalbeamten auf. Vermutlich unterschied man sich nur beim Thema der Verwendung des knappen Faktors Zeit. Mit dem Namen Silke verband er eine Bemerkung, die sie ihm gegenüber gemacht hatte. Er bekam sie nicht mehr zusammen. Wie eine Nebelwelle nahm ihm die Müdigkeit die letzte Möglichkeit des sinnvollen Nachdenkens und er schlief ein.

Kurz vor sieben stand er bereits unter der Dusche. Bis auf einen Kaffee verzichtete er darauf seine körperliche Belastungsfähigkeit gegen verschimmeltes Brot zu testen. Vielmehr entsorgte er diese Reste im Abfalleimer. Wozu gab es Kantinen? Eine Stunde später saß er hinter seinem Schreibtisch und hielt das Gespräch mit Susi im PC fest. Zwei mit Käse und Salami belegte Brötchen warteten darauf, von ihm ins Schattenland befördert zu werden. Sie sollten nicht enttäuscht werden. Tatsächlich aber dachte er weiterhin über die Bemerkung von Silke nach, die ihm entglitten war. Sollte er sie anrufen? Ein Blick auf seine Armbanduhr unterband sein frevelhaftes Vorhaben. Vor elf traute er sich nicht. Zu dieser Zeit drehte sie sich vermutlich auf die andere Seite. Gegen halb neun betrat Alexandra das Büro.

»Na, wie war's im Puff?«, begrüßte sie ihn wenig damenhaft.

»Nun, ich musste mich des Angriffs einer durchaus attraktiven Zwanzigjährigen erwehren. Ein Schein mehr und ich wäre zum Zug gekommen.«

»Siehst du, sei ein intelligenter Mensch, verzichte auf jegliche Scheine und treib es lieber mit älteren Semestern, wie ich eines bin.«

Wie von der Tarantel gestochen sprang er auf. Seine Kollegin hatte ihm das fehlende Versatzstück geliefert. Wie Silke ihm erzählte, sollte Tom Bartels ein Verhältnis mit einer älteren Frau gehabt haben. Da musste man ansetzen. Und er glaubte auch zu wissen, wo. Unkonzentriert berichtete er über das Gespräch mit Susi.

»Tu mir einen Gefallen, Alexandra. Schau in den PC. Ich hab da meine Gedanken festgehalten. Ich sollte schleunigst einen Termin mit einer gewissen Dame machen. Wie war noch ihr Name?«

»Du hast es mit den Frauen, das muss man dir lassen.« Sie trat dicht an ihn heran und streichelte ihm über die Wangen. »Wir sehen uns privat zu selten.«

»Wolltest du nicht demnächst heiraten?«, fragte er zerstreut.

»Das lass man meine Sorge sein.«

An diesem Morgen dominierten ihn andere Gedanken. Der Jäger in ihm hatte die Führung übernommen. Er begann hektisch in seinen handgeschriebenen Unterlagen zu kramen. Endlich fand er, wonach er suchte. Die Frau hieß Lorenz. So hatte Bartels seine Lebensgefährtin vorgestellt. Sie wirkte bei seinem letzten Besuch so traurig auf ihn. Bei ihr würde er jetzt wohl nach neun anrufen können. Er hatte Glück und bekam sie kurz darauf ans Telefon.

»Sie haben noch Fragen zu Tom? Selbstverständlich, kommen Sie gern bei mir vorbei. Ich hätte jetzt Zeit.«

Erstaunt über seine Aktivität am frühen Morgen blickte Alexandra vom Bildschirm hoch.

»Du fährst ohne mich, willst mich hier allein zurücklassen?«

Lächelnd warf er sein Jackett über seine Schulter und winkte ihr zu. »Du kannst auf mich am Abend verzichten. Mir geht es so am frühen Tag.«

»Das werden wir sehen«, blitzte sie ihn an. »Heute hätte ich sehr viel Zeit für dich. Selbst am Abend.«

Sie schaute anzüglich zu ihm herüber und bewegte herausfordernd ihre Zunge von einem Mundwinkel zum anderen. Er entfernte sich schleunigst. Es schien ihm, als sei ihr kleiner Streit vom Vorabend von ihr in der Tiefe eines der vielen Hamburger Fleete entsorgt worden. Sie hatte wieder ihre Normalposition erreicht. Er sollte sich an ihr ein Beispiel nehmen.

Er zwang sich dazu, Alexandras letzte Bemerkung aus seinem Kopf zu verbannen. Sie hatte eine Art, sich in seine Gefühlswelt zu zwängen, die ihn angreifbar machte. Und er hatte dem nach wie vor wenig entgegenzusetzen. Er wusste, dass sie es wusste. Wenn sie rief, würde er wieder mit ihr im Bett landen. Er hasste sich für seine Schwäche. Wütend auf sich setzte er sich hinters Lenkrad und machte sich auf den Weg nach Othmarschen.

An der hochherrschaftlichen Haustür empfing ihn eine Art Hausdame. Die Säulen links und rechts von ihm trugen einen Balkon, der gleichzeitig als Überdachung des Eingangsbereiches diente. Bei Regenwetter durfte man bequem nach seinem Haustürschlüssel kramen, der stets in der falschen Tasche steckte, ohne nass zu werden.

Er meinte, einen leichten französischen Akzent herauszuhören, als er angesprochen wurde. »Frau Lorenz erwartet Sie bereits. Wenn Sie mir bitte folgen wollen.«

Diesmal nahm sich Hilpert mehr Zeit, die Frau in Augenschein zu nehmen. Sie hatte ihre mittellangen blonden Haare streng nach hinten gekämmt. Ihre fraulichen Formen wurden durch ein hochgeschlossenes Kleid versteckt. Sie schaute ihn mit ihren wasserblauen Augen traurig an.

»Was kann ich für Sie tun, Herr Hilpert? Ich schätze, es gibt einen Grund dafür, weshalb Sie mich allein sprechen wollen.«

»Ja, das kann man so sehen.«

Erwartungsvoll saß sie vor ihm, die Hände im Schoß gefaltet. Sie ließ ihn kommen, verzichtete auf jegliche Anmerkung oder Frage. Hilpert nahm es gelassen hin. Als Meister der direkten Ansprache schoss er seine Fragen ohne Rücksicht auf Verluste ab.

»Wie man hört, soll der Ermordete eine Beziehung zu einer älteren, besser, reiferen Frau gehabt haben. Könnte es sich um Sie gehandelt haben?«

Er spürte, wie sich ihre Gelassenheit verflüchtigte. Vielleicht hätte er doch Alexandra mitnehmen sollen. Mit zittriger Hand wischte sie sich die Tränen aus den Augen. Spürbar rang sie nach Fassung.

»Was soll ich drum herumreden? Es stimmt. Wir hatten seit gut einem Jahr ein Verhältnis. Ich hab mich lange dagegen gewehrt. Aber Tom ließ nicht locker. Schließlich hab ich nachgegeben. Es war eine gute Entscheidung.«

»Und Ihr Lebensgefährte?«

Zusehends wurde sie ruhiger. Ihre Stimme klang fester. »Gehen Sie davon aus, dass wir darauf verzichtet haben, es vor seinen Augen miteinander zu treiben. Ich kann Ihnen allerdings nicht sagen, ob er etwas mitbekommen hat.« Sie starrte traurig in seine Richtung. »Eigentlich war es mir gleichgültig. Für mich zählte nur Tom. Ich weiß nicht, ob Sie mich verstehen. Ich liebte ihn. Der Altersunterschied war mir egal. Emotionen haben immer oder nie Konjunktur.«

»Und er, wie stand er zu Ihnen?«

»Auch darüber gab ich mich keinen Illusionen hin. Ich wusste zu viel über ihn, als dass ich an seine tiefen Gefühle glaubte, die er mir gegenüber weiszumachen versuchte. Irgendwann wäre ich auf der Strecke geblieben.« Sie winkte ab. »Das war's mir wert. Wir hatten eine gute Zeit.«

Hilpert wollte gerade zu einer neuen Frage ansetzen, als sie weitersprach: »Ich bin trotzdem davon überzeugt, dass er mich auf seine Art mochte.«

»Ich verstehe. Und wie geht es weiter?«

»Ihr Besuch beweist doch, dass alles nach oben gespült wird. Nichts bleibt im Verborgenen. Lothar kann davor wohl kaum seine Augen verschließen. Also mache ich es ihm leicht und werde nach Toms Beerdigung gehen.«

»Und was haben Sie vor?«

»Ich betreibe seit einigen Jahren in Poppenbüttel einen recht erfolgreichen Kosmetiksalon. Mich muss niemand aushalten. Meinen Lebensunterhalt verdiene ich mir bequem allein.«

»Tom soll mit Drogen, vornehmlich mit Kokain gehandelt haben. Ist Ihnen darüber etwas bekannt?«

Energisch schüttelte sie den Kopf. »Ich hatte nie das Gefühl, dass er solch ein Zeug nahm. Ob er damit sein Geld verdient hat? Was weiß ich?«

Hilpert blieb unschlüssig sitzen. In seinem Gesicht arbeitete es.

»Haben Sie weitere Fragen?«, unterbrach sie das Schweigen.

»Eigentlich nur eine. Darf ich Herrn Bartels auf Ihr Verhältnis ansprechen?«

Entschlossen straffte sie ihren Körper. »Ich will Toms Mörder winseln hören. Sie dürfen niemanden schonen. Das müssen Sie mir versprechen!«

Langsam erhob er sich und reichte ihr die Hand. »Worauf Sie sich verlassen können.«

Er war im Begriff zu gehen, als sie ihn zurückrief. »Sie sagten Kokain?«

»Ja?!«

»Warten Sie hier auf mich. Möglicherweise hab ich was für Sie.«

Ohne ein weiteres Wort zu verlieren, verließ sie den Raum. Wenige Augenblicke später stand sie wieder vor ihm.

»Tom bat mich vor geraumer Zeit, für ihn diese beiden Päckchen aufzubewahren. Keine Ahnung, was darin ist.«

»Es hat sie nicht interessiert, zu erfahren, was er Ihnen in die Hand gedrückt hat?«

»Kein Stück, das Vorurteil der neugierigen Frau können Sie sich bei mir schenken. Ich bin loyal.«

Hilpert riss eine Ecke auf und entdeckte einen Beutel mit einer weißen pulverigen Masse. Niemand musste ihm erzählen, was er in Händen hielt. Offensichtlich war es der gesuchte Stoff.

»Ich werde es in Gewahrsam nehmen. Ich hätte eine weitere Frage. Was wissen Sie über das Mädchen, das der Familie eine Abtreibung verdankte?«

»Wenig, sehr wenig. Das liegt einige Jahre vor meiner Zeit. Damals lebte Toms Mutter noch. Sie hat meines Wissens alles mit der Familie des Mädchens geregelt. Erst in letzter Zeit sprach er mit mir darüber. Irgendwie ist es ihm wohl an die Nieren gegangen. Schließlich war es sein Kind, das abgetrieben wurde. Er erzählte mir, dass die junge Frau danach vollkommen abgerutscht sei. Sie soll hier in Hamburg in einem Bordell arbeiten. Mehr weiß ich darüber nicht.«

Zufrieden verließ er das Haus. Er war erfolgreicher gewesen, als er sich erträumt hätte. Vor der Tür blieb er stehen. Woher wusste der Ermordete, was aus dem Mädchen geworden war, das er geschwängert hatte? War er doch an ihrem Schicksal interessiert? War er facettenreicher, als man auf den ersten Blick vermeinte? Musste er an dessen Bild feilen? Oder wusste er immer noch zu wenig? Vermutlich lag dort der Hund begraben.

12

Von seinem Auto aus versuchte Hilpert, einen Termin mit Bartels senior zu vereinbaren. Zu seiner Überraschung stimmte dieser einem gemeinsamen Treffen vor dem Mittagessen zu. Er empfing ihn in seinem Büro unerwartet freundlich.

»Ich habe über meine Beschwerde bei Ihrem Vorgesetzten nachgedacht. Ich bin ein wenig übers Ziel hinausgeschossen und bitte dafür um Entschuldigung. Frau Lorenz teilte mir mit, wie diskret und dennoch zielorientiert Sie Ihre Ermittlungen führen. Das ist ganz in meinem Interesse. Es ist keinesfalls meine Absicht, Sie in Ihren Bemühungen zu behindern.«

Er nahm das Lob gelassen hin. Morgen würde er vielleicht schon wieder auf ihn einschlagen.

»Sie wissen, dass Ihre Lebensgefährtin nach der Beerdigung Ihr Haus zu verlassen gedenkt?«

»Nein, das ist mir neu. Und es ist nicht erforderlich. Das Verhältnis mit meinem Stiefsohn ist mir keineswegs entgangen. Ich habe es hingenommen.«

»Es müsste Sie doch gestört haben.«

»Schwer zu sagen. Ich gebe zu, anfangs ging es mir gegen den Strich. Dann habe ich mich damit arrangiert.«

»Etwa nach dem Motto, es bleibt ja in der Familie?«

Bartels konnte sich ein schmales Lächeln nicht verkneifen. »Ihr jungen Leute meint, die Gelassenheit gepachtet zu haben. Ihr irrt.« Er tippte sich mit dem Zeigefinger gegen die Stirn. »Es geht immer wieder ums Gleiche, ums Geschäft. Da ist es gelegentlich angeraten, als Paar aufzutreten oder gemeinsam einen Empfang zu geben. Singles sind verdächtig. Das versteht sie vorzüglich. Sie ist attraktiv, sie ist perfekt im Small Talk. Sie drängt sich nicht vor. Was wollte ich mehr? Ansonsten bleiben mir alle Freiräume, zu tun und zu lassen, was mir gefällt. Das können Sie mir beruhigt abnehmen. Es hat einiges für sich.«

Schmunzelnd griff er nach einer Zigarre, knipste sie ab und zündete sie genüsslich an. »Ich konnte verstehen, dass ihr ein Mittzwanziger mehr zu bieten hatte als ein Mittfünfziger. So ist der Lauf der Welt. Da muss man durch. Ich war selbst mal jung und habe mitgenommen, was sich mir bot. Damals mussten andere leiden. Jetzt bin ich an der Reihe. Es gibt Situationen im Leben, die sich ständig wiederholen. Die Jugend stürmt nach vorne und lässt das Alter hinter sich. So etwas nennt man Naturgesetz.«

Gemächlich blies er den Rauch der Zwanzig-Euro-Zigarre in die Luft. »Der liebe Gott ist gerecht. Ihr werdet alle alt.

Es sei denn, es kommt etwas dazwischen wie bei Tom. So gesehen, muss man diese Entwicklung akzeptieren und nicht versuchen, dagegen anzugehen. Man bleibt zweiter Sieger.«

»Sie haben von dem Rauschgift gehört?«

»Ja. Leider kann ich Ihnen dazu kaum etwas sagen. Ich wäre Ihnen aufrichtig verbunden, wenn Sie diesen Fund nicht an die große Glocke hängen.«

»Das bekomme ich geregelt.«

»Großartig, soweit Ihnen neue Fragen einfallen, sind Sie jederzeit herzlich hier oder in meinem Haus willkommen.«

»Das ist sehr hilfreich, danke. Mit neuen Fakten ergeben sich neue Fragen.«

Auf der Fahrt zurück ins Präsidium hörte er sich die Nachrichten an. Er erwischte sich dabei, sie als unbedeutend abzutun, weil sich an diesem Tag offensichtlich nichts Spektakuläres ereignet hatte. Keine nennenswerte Anzahl an Toten im Irak oder in Afghanistan. Kein aufsehenerregender Mord im Land, kein Erdbeben in China, kein Vulkanausbruch in Indonesien. Keine zusammenbrechende Großbank. Wo waren sie mit ihren Erwartungshaltungen geblieben? Die Normalität des Lebens bewirkte in bewegten Zeiten keinerlei Spannung mehr. Was hatte die Mediengesellschaft aus ihnen gemacht? Oder wühlte sie nur Verhaltensweisen an die Oberfläche, die tief in ihnen schlummerten?

Er konzentrierte sich wieder auf den Augenblick. Vermutlich wartete Alexandra im gemeinsamen Büro neugierig auf seine Ermittlungsergebnisse. In diesen wenigen Stunden war er durchaus ein Stück weitergekommen. Ein Anruf von Silke unterbrach seine Gedanken.

»Wir haben uns eineinhalb Tage nicht gesehen«, beschwerte sie sich. »Gestern Abend war ich bei Freunden eingeladen und hätte dich gern mitgenommen. Es war sehr lustig.«

»Tut mir leid, ich musste einen wichtigen Termin in einem Bordell wahrnehmen.«

Er vermeinte sie schlucken zu hören. »Du musst doch nicht ins Puff gehen. Ein Hinweis hätte genügt.«

»Woran du schon wieder denkst. Ich musste dort arbeiten.«

»Wer's glaubt.«

Er hatte keine Lust, sich zu rechtfertigen. Also versuchte er sich mit der simpelsten Strategie, die ihm einfiel: Er wechselte das Thema. Schnell zeigte sich, dass sie trotz ihrer Bedenken mit einem gemeinsamen Abendessen einverstanden war und erklärte sich sogar bereit, die Bestände in seinem Eisschrank aufzufrischen. Dieses Mädchen hatte ihm der Himmel geschickt. Schaffte er es, das letzte Stück Distanz zwischen ihnen zu erhalten, würde es eine befruchtende Freundschaft für sie werden, die lang andauern dürfte. Ein leichtes Lächeln umspielte seine Lippen. Wenigstens für ihn. Silke bewegten vermutlich andere Vorstellungen.

Alexandra empfing ihn hinter ihrem Schreibtisch. Entnervt fuhr sie sich mit einer Hand durch ihr dickes Haar. Mit der anderen wies sie auf eine Liste und das Telefon.

»Das ist wirklich eine Arbeit für Blöde.«

Hilflos schob sie die Aufstellung von sich weg, die Silke aus dem kleinen Versteck in seiner Wohnung hervorgezaubert hatte.

»Mit diesen Namen lässt sich herzlich wenig anfangen«, erklärte sie ernüchtert. »Überwiegend handelt es sich um Leute zwischen zwanzig und dreißig. Sie stammen allesamt aus dem Bekanntenkreis des Ermordeten. Sie bestreiten jeglichen Umgang mit Kokain. Im Kern geben sie gerade noch zu, ihn gekannt zu haben. Die meisten gehören zur feinen Gesellschaft dieser Stadt. Zumindest gilt das für deren Eltern.«

»Und haben sie dir eine Erklärung dafür gegeben, weshalb sie auf der Liste gelandet sind?«

»Oh, die reichen von Theaterkarten bis zu einer Einladung zu einer Party. Manche schenken sich den Versuch einer Erklärung. Andere legen einfach auf oder drohen gleich mit ihren Anwälten. Das einzige durchgängige Erscheinungsbild ist eine deutlich spürbare Nervosität. Wer weiß, wie lange die anhält?«

»Vermutlich haben die nichts mit seinem Tod zu tun«, mutmaßte Hilpert. »Er hat ihnen das Zeugs besorgt. Sie haben bezahlt. Die sollen sich ihre Gesundheit selber kaputt machen. Wir sind nicht deren Therapeuten, sondern haben einen Mord aufzuklären.«

Er hievte die beiden Beutel aus dem Päckchen auf den Tisch.

»Hier haben wir das Corpus Delicti. Die Drogenfahndung wird sich freuen.«

»Wie bist du an den Stoff gekommen?«

Aufmerksam ließ sie sich über den ereignisreichen Vormittag berichten.

»Toll, was du aus einer Bemerkung deiner hübschen Vermieterin herausgehört hast. Und ich befürchtete schon, ihr würdet nur an das eine denken.«

»Danke für das Kompliment. Aber zu deiner Information, ich bin Polizist.«

»Richtig, da wär ich von allein gar nicht draufgekommen.« Mit gekonntem Augenaufschlag fuhr sie fort: »Nun sei nicht gleich beleidigt. Los, gehen wir in die Kantine. Lass uns was essen. Ich habe Hunger.«

Zumindest in diesem Punkt herrschte zwischen ihnen Einigkeit.

»Und wie geht es weiter?«, fragte sie ihn bei Kartoffelpüree und Kalbsleber mit viel Zwiebeln und Apfelmus.

Hungrig schlang er sein Essen hinunter und übernahm noch Teile ihres Gerichts. Sie wollte auf ein paar Pfunde für ihr Brautkleid verzichten.

»Keine Ahnung«, antwortete er, mit vollen Backen kauend. »Telefonieren wir gemeinsam die Liste ab. Danach können wir entscheiden, ob wir den einen oder anderen persönlich aufsuchen.«

Alexandra stocherte mittlerweile lustlos in ihrem Salat herum. Abnehmen bedeutete Verzicht und führte zwangsläufig zu einem Knurren in der Magengegend. Wütend auf sich und auf ihn schaute sie zu, wie er den Rest ihrer Portion ebenfalls in seinem Mund verschwinden ließ. Sie durfte nicht regelmäßig mit ihm essen gehen. Die Lust, mit der er zulangte, war ansteckend. Dann würde ihr nichts anderes verbleiben, als ihr Kleid ändern zu lassen.

»Ich hätte da möglicherweise eine andere Idee«, fand sie zu ihrem Thema zurück. »Wir bestellen die nacheinander ins Präsidium ein. Bei uns werden die vermutlich eher weich.«

»Von mir aus. Ich habe nur wenig Bock darauf, mich mit deren Anwälten herumzuschlagen.«

Achtlos ließ sie die Gabel fallen. »Ich werde mir heute Abend etwas Besseres gönnen. Rolf und ich haben eine Einladung zu einer Ausstellungseröffnung.«

»Ach ja. Heute Vormittag hattest du noch ganz andere Ideen.«

»Ja, manchmal muss man seine Pläne umstoßen.«

»Ich kann mich auch nicht beschweren«, erwiderte er scheinbar ungerührt. »Ich bin ebenfalls verabredet.«

»Mit deiner Vermieterin?«, fragte sie spitz.

»Du sagst es.«

»Da fällt mir ein, Rolf kennt ihren Vater flüchtig. Er leitet eine Privatklinik für betuchte Herrschaften. Wie man hört läuft der Laden ausgesprochen gut.«

»Ja, wenn man es als Arzt richtig macht, liegt noch ordentlich Kohle in deren Geschäft. Ist dein Zukünftiger nicht Schönheitschirurg?«

»Du sprichst es aus, als würden diese Ärzte illegal mit Organen handeln. Davon abgesehen ist er Zahnarzt. Er sorgt für schöne Zähne und ist Spezialist für Implantate. Hinzu kommt, er wurde reich geboren. Das wär doch sicherlich deine nächste Frage gewesen.«

»Jetzt spielst du die beleidigte Leberwurst. Aber du hast natürlich recht. Wir reden keineswegs über unseriöse Berufe. Zu erben ist ebenso kein Verbrechen.«

Spöttisch lächelnd erhob sie sich von ihrem Stuhl und griff nach ihrem Tablett. »Es lebt sich allein von seinem Job schon gut. Insoweit tust du - machen wir - das Falsche.«

Er tat es ihr nach und folgte ihr zu dem Container mit dem dreckigen Geschirr. »Ich tue gern, was ich tue«, entgegnete er ungerührt.

Sie blieb stehen und schaute ihn mit gekrauster Stirn an. »Willst du ein Leben lang die Kontoauszüge durchblättern, wenn du einkaufen gehst? In der Holzklasse reisen, wenn es in den Urlaub geht?« Sie setzten ihren Weg fort. »Nein, danke. Die beste Sicht gibt es vorne. Also muss man sehen, dass man dort landet.« Sie blickte ihn unverwandt an. »Und dort bleibt.«

Er verstand sie. Gleichzeitig beschränkte sie ihre Sehnsüchte auf Dinge, die für sein Leben nicht so furchtbar wichtig waren. Er erinnerte sich an Campingurlaube mit Freunden an der Nordsee, die vom ersten bis zum letzten Tag nur erlebnisreich waren. An manchen Tagen erübrigte es sich, den Zeltplatz zu verlassen. Das Geld war knapp, aber sie sprühten über vor Ideen.

Im Büro nahm sie der Alltag in Empfang. Alexandras Erfahrungen mit dem sperrigen Verhalten der Angerufenen von der Liste setzten sich fort. Neue Erkenntnisse drängten sich ihnen keine auf. Nach siebzehn Uhr diskutierten sie mit den anderen Kollegen, ob sie die Zügel straffer ziehen sollten. Schäfer riet letztlich davon ab. Er vermutete die Täter woanders. Außerdem sah er die Situation gelassen. Die Leute auf der Liste hatten ihre beruflichen und privaten Schwerpunkte in Hamburg. Die würden der Hansestadt so schnell nicht den Rücken zukehren. Dafür hatten sie dort viel zu viel zu verlieren. Ihre Idee, die Personen von der Liste ins Präsidium vorzuladen, gaben sie vorerst auf. Hierauf konnten sie jederzeit wieder zugreifen, wenn es sich ergab.

* * *

Silke öffnete ihm überrascht die Tür. »Ist diesmal kein Bordellbesuch angesagt?«, empfing sie ihn mit sorgenumwölkter Stirn. »Warum hast du dich dort rumgetrieben?«

Offensichtlich bewegte sie dieses Thema. Mit einer Handbewegung deutete sie ihm an, einzutreten. Gemeinsam gingen sie in ihr Wohnzimmer. Er setzte sich in einen der vielen Sessel, die den großen Raum bevölkerten. An dessen Stirnseite hing ein Flachbildschirm mit fast überirdischen Ausmaßen. Sich darauf ein Fußballspiel anzuschauen, musste schon ein besonderes Erlebnis sein. Er würde sich bei Gelegenheit dazu einladen. Hoffentlich sagte ihr die Bundesliga zu.

»Ich hatte dort im Rahmen meiner Ermittlungen zu tun«, versuchte er sich mit einer Erklärung.

Sie lächelte ihn wissend an. »Du hast das Mädchen besucht, das damals abgetrieben hatte, stimmt's?«

»Richtig geraten. Ich hörte, diese Entwicklung ging Tom sehr nahe?«

»Kann man so sagen. Er sprach mit mir ein-, zweimal darüber. Er dachte sogar darüber nach, ihr zu helfen. Aber die Idee hat er schnell wieder fallen lassen.«

»Wie passt das zu diesem egoistischen, eher gleichgültigen Menschen?«, wollte er wissen.

»Er hatte zwei Gesichter. Er pendelte zuweilen zwischen Emotionslosigkeit und Warmherzigkeit. Letztere Gefühlsausbrüche traten bei ihm allerdings nur in Ausnahmesituationen zum Vorschein. Etwa in Schaltjahren oder wenn die Alster zugefroren war.«

»Das Ganze wegen eines Mädchens, das seinetwegen auf dem Strich gelandet ist?«

Sie winkte ab. »Wo denkst du hin? Nein, es muss ihm etwas anderes untergekommen sein.«

»Hast du eine Idee, worum es sich gedreht haben könnte?«

»Nein, nur Mutmaßungen. Mag sein, es drehte sich um das abgetriebene Kind. Ein Stück von ihm wurde so, mir nichts, dir nichts, vernichtet. Vielleicht gab es andere Beweggründe. Weißt du, so gut kannten wir einander nun wieder nicht, dass man dem anderen tiefe Einstiege in sein Herz gewährt hätte.«

Er ließ seinen Blick auf ihr ruhen. »Dafür zeigst du mir deines. Oder zumindest die hübsche Hülle davon.«

Tatsächlich trug sie ein Shirt, dessen Ausschnitt etwa bei ihrem Bauchnabel endete.

Sie reagierte pikiert. »Sollte ich deine ethisch-moralischen Gefühle verletzt haben?« Sie strich mit den Händen herausfordernd an ihrem kurzen Rock herunter. »Hoffentlich hält der deinem kritischen Blick stand?«

Unaufgefordert setzte sie sich auf seinen Schoß und knabberte an seinem Ohrläppchen herum. »Bist du sehr hungrig? Oder möchte du einen Appetitanreger?«

»Gib mir etwas zu essen, das meine Magennerven beruhigt«, erwiderte er standhaft. Sie erhob sich und griff nach seiner Hand. »Komm, hilf mir in der Küche. Schade, dass du gelegentlich so langweilig bist. Du kannst das Wasser für die Nudeln aufsetzen.«

Es wurde ein langer Abend, den sie mit einem hervorragenden italienischen Barolo zu adeln verstand, den sie aus dem Weinkeller ihres Vater organisiert hatte. Und sie würden es nicht bei einer Flasche belassen. Silke hatte einen untrüglichen Blick für Qualität. Irgendwo erinnerte sie ihn an Alexandra.

Beides Luxusgeschöpfe, dachte er. Früher hätte er sich als eingefleischten Biertrinker geoutet. Doch bei dem vorzüglichen Angebot ließ er sich gerne umdrehen. An diesen Wein konnte man sich gewöhnen. Fragte sich nur, ob er auch noch so ausgezeichnet schmeckte, wenn man ihn selber bezahlen musste.

13

Trotz der diversen Gläser, die Hilpert am Vorabend geleert hatte, fuhr er den Tag darauf zeitig ins Präsidium. Auf die Gummibrötchen der Kantine konnte er an diesem Morgen verzichten. Silke hatte seinen Eisschrank reichlich aufgefüllt. Unabhängig davon hätte er es bequem mit den Resten des gemeinsamen Abendbrots bis zum Wochenende ausgehalten. Gelangweilt nahm er die Anrufliste in die Hand und überlegte, ob es Sinn machen konnte, die Restanten davon wenigstens abzutelefonieren, wollte man sie nicht ins Präsidium laden. Seine Hand zuckte vom Telefon zurück, als er einen Blick auf die Uhr an der Wand warf. So kurz vor halb neun würde er sich vermutlich keine neuen Freunde schaffen. Eine Viertelstunde später traf Alexandra ein. Ihre fahrigen Bewegungen und ihre roten Augen verrieten, dass sie am Vorabend nicht nur den guten Speisen zugesprochen hatte. Sie gähnte unverhohlen und schaffte es gerade noch, die Hand vor den Mund zu bekommen.

»Soll ich dir ein Alka Selzer besorgen?«, fragte er mitfühlend.

Entnervt winkte sie ab. »Liegt alles hinter mir. Ich muss zugeben, die Getränke gestern waren nicht von schlechten Eltern. Nur hätte ich früher auf Mineralwasser umsteigen sollen. Jetzt ist es zu spät. Ich benötige wohl ein zweites Leben, um vernünftig zu werden.« Da er auf eine Antwort verzichtete, fuhr sie fort. »Und wie war dein Abend?«

»Danke der Nachfrage. So gesehen hab ich es dir gleichgetan.«

»Du trinkst doch sowieso kaum Höherprozentiges.«

»Richtig. Außerdem weiß ich, wann es angebracht ist, aufzuhören.«

»Ja, ja, schimpf nur mit mir. Ich hab es nicht anders verdient.«

Wie ein Häufchen Elend saß sie an ihrem Platz und versuchte sich durch Massieren der Schläfen fit zu machen. Das allerdings ohne nennenswerte Effekte. Irgendwann erbarmte sich Hilpert. Er stand auf, ging um die Schreibtische herum und stellte sich hinter sie.

»Komm schon, zieh deine Jacke aus.« Gehorsam folgte sie seinen Anweisungen. »Und jetzt öffne die oberen Knöpfe deiner Bluse.«

»Was hast du mit mir vor? Und das hier im Büro, wo man uns jederzeit sehen könnte.«

»Schweig still! Tu, was ich dir sage!«

Ohne weiteren Widerspruch gab sie nach. Er begann mit

seiner Massage im Bereich der Schultern, dann im Nacken- und Halsbereich. Schließlich bearbeitete er ihren Kopf. Anfangs stöhnte sie vor Schmerzen. Schnell wandelte sich das Gefühl. Nach einer Viertelstunde war sie beileibe nicht durch mit ihrem Kater, zumindest ging es ihr deutlich besser. Den Kopf nach hinten gelehnt, öffnete sie langsam die Augen.

»Das war beinahe das Größte, was ich bisher erlebt habe. Wo hast du das gelernt? Das war genial. Nur der Sex mit dir ist besser.«

»Ich hatte wenig Gelegenheit in letzter Zeit, die Sau rauszulassen. Also habe ich mir das angeeignet.«

»Na, für dein enthaltsames Leben wirst du inzwischen ja wohl reichlich entlohnt.«

»Kann man so sagen. Vielleicht ist es besser, du schließt jetzt deine Bluse wieder. Die Therapie ist abgeschlossen.«

»Wegen der Kollegen?«

»Nein, eher meinetwegen. Irgendwie macht mich das an.«

»Dein Wille sei mir Befehl. Wie geht es weiter, Herr Hauptkommissar?«

»Eigentlich hätte ich gehofft, du würdest mit der zündenden Idee hier aufkreuzen. Aber davon muss ich dich heute wohl entbinden.«

»Du bist so gut zu mir.«

In Ermangelung besserer Alternativen durchforsteten sie ihr bisheriges Material. Die große Erleuchtung wollte sich nicht einstellen. Gegen elf erreichte Hilpert ein seltsamer Anruf aus der Zentrale. Erst nach näherem Hinhören erkannte er die Stimme von Kober, dem Kleinkriminellen, den er aus Silkes Wohnung entfernen musste.

»Man hat mich gebeten, einen Termin mit einem Auftraggeber von mir mit dir zu vereinbaren. Er meinte, ich soll dir mitteilen, dass er lange Jahre im Kosovo verbracht habe und dich gerne kennenlernen möchte.«

»Einverstanden. Wann und wo?«

»Hier auf dem Kiez, in der Cobra Bar. Soll ich dir beschreiben, wo sie liegt?«

»Nicht nötig, die kenne ich.«

»Das hab ich mir schon gedacht.«

»Um wie viel Uhr?«

»Er meinte gegen 21 Uhr. Zu dem Zeitpunkt ist es relativ ruhig in dem Schuppen. Da könnt ihr euch ungestört unterhalten.«

»Okay, ich werde pünktlich sein. Hast du eine Ahnung, was er von mir will?«

»So tiefgründig unterhält sich mein Boss nicht mit mir, dass er mir erklärt, was Sache ist. Er ordnet an, ich führe aus.«

»Klares Prinzip.«

Alexandra hatte mitgehört und aufgeregt den Zeigefinger gehoben. Er nickte ihr zu und sprach erneut ins Telefon. »Ich werde eine Kollegin mitbringen.«

»Okay.«

»Hoffentlich bist du bis dahin halbwegs fit«, pflaumte Hilpert sie an, nachdem er das Telefonat beendet hatte.

»War das dieser Kober, der ...?«

»Genau der.«

»Na fein, beten wir, dass dies keine Falle ist.«

»Noch kannst du zurück.«

»Das könnte dir so passen. Wenn's interessant wird, soll ich aussteigen? Den Teufel werde ich.«

Die Neugier und die Spannung schienen ihr gut zu bekommen. Das Thema Kopfschmerzen starb vollends mit der Erwartung auf ein anregendes Gespräch.

Nach dem Mittagessen sah Alexandra beinahe wieder wie das blühende Leben aus. Ob sie ihren Schwur auf Dauer halten würde, in Zukunft abstinent zu leben, musste bezweifelt werden. Zumindest für diesen Tag hielt sie sich daran und blieb bei gesunden Getränken. Nach einem durchzechten Abend war das keine besondere Leistung, sah man davon ab, dass die Gefahr, im Büro geistige Getränke zu sich zu nehmen, extrem gering war. Der Teufel lauerte auf einen, wenn man es verlassen hatte. Ansonsten plätscherten die Stunden ereignislos dahin. Unter anderen Umständen hätten sie früh Feierabend machen können. So nutzten sie die Gelegenheit, sich auf dem Kiez ein ordentliches Abendessen zu gönnen. Alternativen gab es dafür reichlich.

Pünktlich um neun standen sie vor der Bar, in der man die Gäste zu dieser Zeit noch einzeln mit Handschlag begrüßen konnte, ohne sich sonderlich anstrengen zu müssen. Kober saß am Tresen und erhob sich, als die beiden das Lokal betraten. Interessiert schauten sie sich um. Die Einrichtung war offensichtlich nicht mehr auf den Standardgast ausgerichtet, der sich später am Abend für kurze Zeit mit einem Mädchen amüsieren wollte. Die moderne Kühle stand eher für jüngere Geschäftsleute, die ihren Drink perfekt gemixt haben wollten und ihr Geld lieber für edle Drinks und teure Zigarren im separaten Raucherzimmer ausgaben als für grell geschminkte Mädchen.

»Nette Dame, die du da mitgebracht hast, Hilpert. Das muss der Neid dir lassen, du hast einen ausgezeichneten Geschmack.« Alexandra zugewandt, meinte er: »Solltest du keinen Bock mehr auf das bürgerliche Einerlei haben, ich wüsste, wo du sehr erfolgreich arbeiten könntest. Dein Typ ist gefragt.«

»Und du Wichser wirst mich dann auf Schritt und Tritt vor der bösen Welt beschützen«, erwiderte sie ungerührt.

»Sieh da, die Dame kennt sich aus«, antwortete er, ohne weiter auf sie einzugehen. Er verzichtete darauf, sie mit Handschlag zu begrüßen, sondern forderte das Paar auf, ihm zu folgen. Er führte sie an einen Tisch, an dem einsam ein Mann saß und gedankenverloren mit einem Bierdeckel spielte. Kober zog sich ohne ein weiteres Wort zu sagen zurück und setzte sich wieder an die Theke. Er hob eine Hand. Kurz darauf stand ein großer Milchkaffee vor ihm. Er wusste, was von ihm erwartet wurde. Alkohol war offensichtlich auch in seiner Dienstzeit verpönt. So gesehen konnte man selbst in seinem Gewerbe von der Polizei lernen. Vorsichtig pustete er in seine Tasse, bevor er einen ersten Schluck nahm. Scheinbar gelangweilt blickte er in die Runde. Tatsächlich aber ließ er die drei nicht aus den Augen und beobachtete ansonsten angestrengt den Eingang. Garantiert war er nicht der Einzige, der auf die Gesundheit seines Bosses zu achten hatte.

Alexandra und Hilpert setzten sich zu dem Mann an den Tisch, ohne von ihm dazu aufgefordert worden zu sein.

»Sie sind sehr mutig, Sie beide«, eröffnete der Fremde übergangslos das Gespräch. Er nickte der Kommissarin zu. »Und das als Frau, da kann man nur den Hut ziehen. In den Bau des Drachens wagen sich nur die Tapferen ohne Begleitschutz. Von Ihnen habe ich es allerdings erwartet, Herr Hauptkommissar.«

»Woher wissen Sie, dass nicht vor der Eingangstür ein MEK über uns wacht?«, warf Hilpert ein.

»Ich weiß es.«

Sein Akzent war unüberhörbar, obwohl er hervorragend Deutsch sprach. Hilpert meinte, ihn in der Gegend vernommen zu haben, in der er sich aufgehalten hatte. Viele Menschen konnten sich dort mit ihm auf Deutsch verständigen, weil sie irgendwann einmal als Gastarbeiter oder aus anderen Gründen in Deutschland tätig waren. Der Mann an dem Tisch war ihm unbekannt. Trotzdem gab es keine Zweifel für ihn, wie er seinen Lebensunterhalt in der Hansestadt bestritt. Breite Schultern und eine Narbe auf der Wange, die vermutlich von einer Messerattacke stammte, ließen jemanden vermuten, dessen Vita nicht durch die Arbeit am Schreibtisch oder die Auseinandersetzung mit den schönen Künsten geprägt wurde.

»Stimmt es«, sprach er Hilpert an, »Ihr Vorname ist Fabian?«

»Sie sagen es.«

»Und Sie sind bis vor Kurzem im Kosovo tätig gewesen?« Das Nicken des Kriminalbeamten reichte ihm als Antwort. »Wissen Sie eigentlich, dass vor wenigen Tagen ein neugeborenes Kind nach Ihnen benannt wurde?«

Hilpert schüttelte nachdenklich den Kopf. »Ich erinnere mich an eine schwangere Frau. Geht es ihr gut?«

»Allerdings.«

»Und ihrer Tochter?«

»Ebenso. Sie kann wieder laufen.«

»Das ist schön.«

»Ich soll Ihnen das hier geben.« Er reichte ihm ein Foto über den Tisch.

Hilpert warf einen Blick auf eine Gruppe von gut einem halben Dutzend Kindern. Ihm war die innere Bewegung anzusehen.

Er äußerte sich mit schwerer Stimme: »Sie sehen fröhlich aus. Ich hoffe, sie bleiben es für lange Zeit.« Sorgfältig steckte er das Foto weg. »Danke, Sie haben mir damit eine große Freude gemacht.«

Der Unbekannte nickte zu seinen Worten. Dann nahm er abermals das Wort auf. »Nun, Sie sind nicht gekommen, um mit Ihrer Vergangenheit konfrontiert zu werden. Und sei sie noch so aufregend gewesen. Ich glaube jedoch, ich bin Ihnen einen Gefallen schuldig. Stellen Sie Ihre Fragen.«

»Tom Bartels, der Name sagt Ihnen etwas?«

»Vielleicht, was wollen Sie wissen?«

»War er jemand, mit dem man Geschäfte machen konnte?«

»Es gab keinerlei Anlass zu Beschwerden. Er bekam die Ware. Innerhalb von vier Wochen zahlte er, meist in zwei, drei Raten. Gelegentlich dauerte es ein paar Tage länger. Aber wir sind keine Unmenschen.«

»Ist es in Ihrer Branche üblich, Zahlungsziele einzuräumen?«

»Wohl kaum. In seinem Fall stimmten die Bürgen.«

»Ich vermute, dass ich eine erste Rate von ihm gefunden habe.«

Er reichte ihm einen Umschlag mit den Geldbündeln herüber, die er in dem Versteck entdeckt hatte. »Das sind exakt 20.000 Euro.«

»Ich danke Ihnen. Was wird mit dem Rest?«

»Die verbliebene Ware ist von der Polizei konfisziert worden. Die kann Ihnen niemand erstatten. Zumindest nicht auf legalem Wege.«

»Ich verstehe. Wir werden darüber nachdenken müssen, wie wir mit den Bürgen verfahren.«

»Wie viel Zeit bleibt?«

»Zwei Wochen.«

»Das ist großzügig.«

»Ich stehe in Ihrer Schuld. Sie haben Ihr Leben für unsere Kinder eingesetzt. Wissen Sie, mit Ihrer Tat haben Sie mehr für das Image Ihres Landes getan als bislang die gesamte Politik.«

»Eigentlich wollte ich nur ein paar jungen Menschen helfen. Ich konnte sie schließlich nicht verbrennen lassen.«

»Kleine Ursache, große Wirkung. So sagt man doch in Deutschland.« Für einen Augenblick schwieg er. »Nur so viel, wir können trotzdem nicht auf das Geld verzichten. Sie verstehen, es geht ums Prinzip.« Er reichte ihm die Hand. »Selbst ich bin nur eine Nummer in diesem Spiel. Niemand darf die Strukturen infrage stellen. Das würde das Gleichgewicht unseres Systems empfindlich stören. Wenn Sie mich jetzt entschuldigen wollen?«

Der Mann ohne Namen erhob sich, nickte Ihnen zu und verließ das Lokal. Mit seinen breiten Schultern schien er gerade so durch die Tür zu passen. Hilpert verstand sehr wohl. Betroffen saßen die beiden Kriminalbeamten einander gegenüber.

»Was bedeutet das?«, fragte ihn Alexandra.

»Ganz einfach. Wenn die hunderttausend Euro nicht fließen, wird es fürchterlich.«

Sie schüttelte ihn an den Schultern. »Aber wir sind die Polizei! Wir sind es, die solches verhindern müssen!«

»Hast du eine Idee, wie wir das bewerkstelligen könnten, Alexandra? Personenschutz für Familie Bartels, für Silke, für ihre Eltern? Für entfernte Verwandte? Wie lange halten wir das durch? Eine Woche, einen Monat, ein Jahr? An dem Tag, an dem wir abziehen, sind die fällig. Vielleicht sogar schon früher. So lauten die Regeln.«

»Sind wir in unserem Land bereits so weit, dass wir unsere Bürger nicht mehr vor der Gewalt der Straße schützen können?«, hielt sie ihm erbost entgegen.

»Das ist nicht mein Problem. Vor wem sollen wir die Betroffenen schützen? Hast du Namen parat, Adressen? Es hat ein informelles Gespräch stattgefunden. Und das einzig und allein, weil sich in einem anderen Land Ereignisse abgespielt haben, die uns zufällig in die Karten spielen.«

»Ach richtig, darauf wollte ich dich ebenfalls angesprochen haben. Du hast Kindern das Leben gerettet?«

»Kann man so sagen. Es gab einen Brandanschlag auf eine Schule. Ich befand mich zufällig zum richtigen Zeitpunkt an der richtigen Stelle.«

Sie spürte, dass er sich dazu nicht weiter äußern wollte, und beließ es bei seiner kurzen Erklärung. Über den Rest musste sie in Ruhe nachdenken.

»Wollen wir los? Es geht auf elf Uhr zu.«

»Wie blöd, da hab ich völlig die Zeit vergessen. Eigentlich wollte ich das Wochenende bei Rolf verbringen.«

»Ich fahr dich nach Hause.«

In einem kurzen Telefonat klärte sie den Rest. Dr. Kahnenbley, ihr Verlobter, hatte sich mit ihrem Job arrangiert und erwartete sie spät am Abend.

»Schade, heute hätte ich gerne etwas mehr Zeit mit dir verbracht«, gestand sie Hilpert ungerührt ein, als sie losfuhren.

»Wer weiß, wozu es gut ist«, stichelte er scheinbar gefasst. »Du willst in vierzehn Tagen heiraten. Es könnte da eine Idee sein, sich langsam wieder auf die Monogamie zu konzentrieren. Oder wie siehst du das?«

»Wenn du meinst«, erwiderte sie beleidigt. »Normalerweise nehmt ihr Männer es mit der Treue doch nicht so genau.«

»Hol mich bloß aus dem Topf der Einheitstypen heraus, in den du mich offensichtlich gepackt hast!«, stieß er wütend hervor. »Ich liebe klare Verhältnisse.«

Direkt vor ihrer Haustür fand er keinen Parkplatz. Er fuhr einige Meter weiter, bis er eine Lücke fand. Sie griff in seinen Haarschopf und zog seinen Kopf zu sich herunter. Ihre Lippen trafen sich. Seine guten Vorsätze waren dahin, kaum, dass er sie formuliert hatte. Sie griff zwischen seine Beine und massierte ihn herausfordernd. Als seine Hand bei ihr den gleichen Weg suchte, hielt sie inne. Mit einem herausfordernden Lächeln schaute sie ihn an, öffnete die Beifahrertür und stieg aus. Ohne zurückzublicken, schaute sie in beide Fahrtrichtungen und überquerte die Straße. Er musste mehrmals durchatmen, ohne damit einen Effekt zu erzielen. In wenigen Sekunden hatte sie ihm bewiesen, was seine Selbstverpflichtungen wert waren. Sie mussten aufpassen, dass ihre private Beziehung nicht ihre Arbeit beeinträchtigte und womöglich ihre Sicherheit gefährdete. Es war ihm gleichgültig. Fluchend stieg er ebenfalls aus und folgte ihr. Vor der Haustür hatte er sie erreicht. Er griff nach ihrem Oberarm und zog sie dicht an sich heran. Sie spürte ihn. Mit zittrigen Fingern öffnete sie die Tür und sie traten ein. Wie ausgehungert fielen sie kurz darauf in ihrem Wohnzimmer übereinander her. Ihrem Verstand gaben sie in ihrem Miteinander keine Chance.

14

Wie verhielt sich Alexandra ihrem künftigen Mann gegenüber?, fragte er sich später, als er die Treppen zu seiner Wohnung hochstieg. Was erzählte sie ihm nach einem ereignisreichen Abend wie diesem? Wie ging sie damit um, wenn er sein Recht reklamierte? Migräne? Stress bei der Arbeit? Oder machte sie mit ihm weiter, als sei nichts geschehen und spielte die sinnliche Frau? Und er, wie fühlte er sich? Wie wollte er sich künftig Silke gegenüber verhalten? Sollte er es Alexandra nachmachen und mitnehmen, was sich ihm bot? Einfacher als jetzt würde er es nie mehr bekommen.

An diesem Abend ergaben sich für ihn keine Erklärungszwänge. Seine Vermieterin war mit einer Freundin unterwegs. Er musste nur mit dem Finger schnipsen, schon hätte er eine Beziehung mit einer attraktiven, vor allem aber ungebundenen jungen Frau. So spielte das Leben. Was einem ohne großen Aufwand angeboten wurde, fand keine Wertschätzung. Lieber stieß man sich die Nase an undurchdringlichen Scheiben platt und beklagte sein Leben.

Zu Hause gönnte er sich eine ausgiebige Dusche. Danach ging es ihm ungleich besser. Er hatte die richtige Bettschwere erlangt. Am Einschlafen hinderte ihn sein Handy. Er vernahm Silkes Stimme. »Ich bin morgen mit meinen Eltern zu Mittag verabredet. Würdest du mitkommen? Soweit ich mich erinnere, wolltest du ihnen einige Fragen stellen.«

»Gute Idee, ich bin dabei.«

Entspannt drehte er sich auf die Seite, schlief durch, ohne störende Bilder aus seiner jüngeren Vergangenheit.

»Klasse, dass du mich zu meinen Eltern begleitest«, freute sich Silke am nächsten Tag während der Fahrt zum Restaurant. »Du wirst sehen, meine Mutter ist inzwischen ganz begeistert von dir.«

»Erzähl noch einen. Unter ein paar Millionen Vermögen und einem ordentlichen Einkommen läuft bei der nichts ab, wollen wir wetten?! Porsche und Villa in Othmarschen oder direkt an der Elbe gehören doch nach ihrer Auffassung zur Grundausstattung des erfolgreichen Mannes. Wer damit nicht dienen kann, ist in ihren Augen ein Niemand.«

Silke zog es vor, ihm nicht zu widersprechen. Sie kannte die hochnäsige Art ihrer Mutter, für die Herkunft, Einkommen und Vermögen die Dreieinigkeit ihrer Vorstellungswelt bildeten. Hilpert passte da nicht hinein. Und trotzdem trat er mit einem Selbstbewusstsein an, das sich über die Arroganz der Reichen und Satten erhob.

»Scheißegal«, erwiderte sie wenig damenhaft. »Meine Mutter hat sich in den letzten Jahren kaum um mich Gedanken gemacht. Wen interessieren da ihre Ansichten?«

»Davon abgesehen möchte ich tatsächlich ein paar Fragen loswerden«, ergänzte Hilpert. »Vielleicht können mir deine Eltern ein Stück weiterhelfen.«

Er sah dem Treffen gelassen entgegen. Er hatte keineswegs die Absicht, Silkes Eltern um die Hand ihrer Tochter zu bitten. Ihm kamen seine eigenen Eltern in den Sinn. Ihre finanziellen Mittel waren begrenzt. Ihr ganzes Vermögen steckte in dem kleinen Haus in Buchholz, das sie erst vor wenigen Jahren abgezahlt hatten. Seine Mutter nervte gelegentlich mit ihrer Fürsorge, aber sie besaß ein großes Herz. Er stand als Kind nie allein da. Musste nie ohne Unterstützung über unlösbare Probleme brüten. Trost war eine Selbstverständlichkeit, wenn er traurig war. Lob wurde bereits für kleine Gefälligkeiten reichlich ausgeteilt. Und sein Vater war der Fels in der Brandung, auf den er sich stets verlassen konnte, wenn es dicke kam. Das konnten Elbblick und Porsche nicht ausgleichen.

Silke bog mit ihrem Cabrio in eine breite Einfahrt ein und stellte es auf dem Parkplatz ab. Das hatte ihm gerade noch zu seinem Glück gefehlt, in einem der edlen Golfklubs dieser Stadt zu dinieren. Ob er mit seinem Outfit richtig lag? Aber an einem Wochenende im Sommer würden selbst die größten Snobs wohl ihre Smokings und Lackschuhe zu Hause gelassen haben. In dieser Hinsicht sollte er richtig liegen. Ihre Eltern empfingen sie in teurer, dennoch sportlicher Golfkleidung. Unzweifelhaft hatten sie ein paar Löcher hinter sich gebracht.

»Wir sind recht fleißig gewesen«, begrüßte sie ihr Vater freundlich. »Trotzdem hatte ich gegen Mama wie immer keine Chance«, wandte er sich direkt an seine Tochter.

»Du musst mehr trainieren«, belehrte ihn seine Frau. »Stattdessen treibst du dich lieber in der Klinik herum oder schreibst an einem Buch, das eh keiner lesen wird. Schick die Jungen an die Front. Du hast dich längst bewiesen. Schon verfügst du über alle Zeit der Welt, um auf dem Platz eine bessere Figur abzugeben.«

Lächelnd tätschelte er ihre Hand. »Es gibt Wichtigeres als Golf. Vor zwanzig Jahren sollte ich noch Boris Becker beim Tennis übertrumpfen. Daran bin ich ebenfalls gescheitert. Außerdem muss irgendjemand schließlich für das Kleingeld sorgen, mein Liebling, damit du es gleich wieder auf den Kopf hauen kannst.«

»Das mochte damals gegolten haben, als du in deiner Praxis

tätig warst«, konterte sie. »Heute ist deine Klinik deine Fluchtburg.«

Er verzichtete auf Widerspruch. Seine Frau lag durchaus richtig. Erst jetzt erinnerte er sich seines Gastes, der das kleine Geplänkel der Eheleute amüsiert aufgenommen hatte.

»Wissen Sie, Herr Hilpert, meine Frau könnte man am Montagmorgen auf den Golfplatz stellen und am Ende der Woche einsammeln. Sie wäre glücklich. Mir reicht das Wochenende. Wie steht es mit Ihnen? Sie kennen sich ja bestens aus. Sie spielen ja selber.«

»Es gab tatsächlich eine Zeit, da fand man mich nur auf dem Platz. Eigentlich wurde es erst weniger, als ich zur Polizei ging. Da wurden andere Sportarten für mich wichtiger. In den letzten Jahren habe ich wenig Zeit auf dem Grün zugebracht. Ich muss es zu meiner Schande gestehen.«

»Und wie haben Sie es finanziell geschafft? Golf ist, wie man weiß, ein teurer Sport«, fragte Silkes Mutter spitz.

»Caddy nennt man das, außerdem habe ich Bälle auf dem Abschlagplatz eingesammelt.«

»Davon wollen Sie Ihr Hobby finanziert haben?«

»Natürlich nicht. Der Verein hat mich nebenbei unterstützt.«

»Der Verein?«, fragte sie ungläubig.

Diesmal antwortete er mit einer Spur Arroganz: »Gute Spieler werden nicht nur im Fußball gefördert.«

»Vielleicht hätten Sie Profi werden sollen«, erwiderte sie mit ironischem Unterton. »So einer für Arme.«

»Sie werden erstaunt sein. Ich hab tatsächlich darüber zeitweise nachgedacht.«

»Ach wirklich?« Der Zweifel in ihrer Stimme war nicht zu überhören. Ein Polizist als Golfprofi passte absolut nicht in ihr Weltbild. Ihn interessierte ihre Skepsis nicht. Das fehlte ihm noch zu seinem Glück, sich gegenüber dieser Frau beweisen zu müssen. Silke fühlte sich spürbar unwohl. Ihr behagte die Diskussion nicht. Das Verhalten ihrer Mutter war ihr peinlich. Mehrfach versuchte sie einen Themenwechsel. Allerdings ohne Chance. Das Geplänkel hätte unter Umständen an Schärfe gewonnen, würde sich nicht in ihrem Rücken eine Stimme mit englischem Akzent eingemischt haben.

»Fabian, wie kommst du hierher?«

Hilpert drehte seinen Kopf in Richtung der Stimme.

»John Stark, du in diesem erlauchten hanseatischen Klub? Muss man da nicht einen drei Meter langen Stammbaum vorweisen können und 18 Bürgen mitbringen?«

»Woher willst du meine Urahnen oder meine Bürgen kennen?«

Lachend fielen sich die beiden Männer in die Arme. Der Golftrainer aus England trat einen Schritt zurück. »Gut siehst du aus. Hat dich der Bazillus wieder erreicht, du Abtrünniger?«

»Nein, nein, ich bin hier nur mit Familie Volkert zum Essen verabredet.«

»Da haben Sie eine gute Auswahl getroffen, Frau Volkert«, wandte er sich an Silkes Mutter. »Gehen Sie mit dem jungen Mann nach dem Lunch auf den Platz. Er wird Ihnen eine Menge beibringen können.«

»Die Herren kennen sich?«, fragte sie verwirrt.

»Und ob«, antwortete Stark. »Fabian hat auf dem Golfplatz in jungen Jahren schon gezeigt, was 'ne Harke ist. Er war ein Supertalent. Und verlässt uns für die Polizei. Unglaublich, aber wahr.« Er schlug Hilpert freundschaftlich auf die Schulter. »Ich hoffe wir sehen uns nachher an der Bar.«

»Worauf du einen lassen kannst, John.«

Die vorherige Diskussion hatte nach dem kurzen Intermezzo kein Futter mehr. Silkes Mutter stellte die Strategie aus vollem Lauf auf honigsüß um. Ganz nach dem Motto, ein guter Golfer konnte im Kern kein schlechter Mensch sein, auch wenn er nebenbei kein Herrenreiter war.

»Wollten wir nicht gemeinsam essen gehen?«, fragte sie in einem Ton, als habe sie den ganzen Tag nur an dieses Ereignis gedacht.

Beim Aperitif gelang es Hilpert endlich, das Gespräch auf seine Themen zu lenken. Noch hielt der Bonus, den ihm der Golflehrer verschafft hatte.

»Hat Ihnen Silke von dem Drogengeschäft erzählt, das Bartels abgeschlossen hat?«

Wolfgang Volkert nickte ernst. »Ja, allerdings verstehe ich davon nur die Hälfte.«

»Das ist ganz einfach«, begann Hilpert zu erläutern. »Tom hat Ihre Tochter als Bürgen benannt. Man hat bereits versucht, das Geld bei ihr einzutreiben. Möglicherweise kommt man auch auf Sie zu.«

»Es geht um 100.000 Euro, stimmt's?«

»Diese Zahl steht im Raum.«

»Was empfehlen Sie als Kriminalbeamter?«

»Die Frage dürfen Sie mir in dieser Form nicht stellen. Da gibt es nur eine Antwort.«

»Und als Privatmann?«

»Da gibt es nur die gegenteilige Antwort.«

»Kapiert, schönen Dank für den Ratschlag.«

Verständnislos hatte Sigrid Volkert das Gespräch verfolgt. »Ich verstehe ausschließlich Bahnhof. Würden mich die Herren vielleicht aufklären?«

»Ganz einfach, Mama«, mischte sich Silke ein. »Fabian empfiehlt als Mensch zu zahlen, sollte man sich mit Forderungen an euch wenden.«

Empört wandte sie sich an ihren Mann. »Wolfgang, verstehe ich es richtig? Wir sollen für Verpflichtungen aufkommen, für die weder wir noch unsere Tochter verantwortlich sind?«

»Du sagst es.«

»Kannst du das so ohne Weiteres akzeptieren?«

»Nicht akzeptieren, aber die Argumentationslinie leuchtet mir ein.«

»Das heißt, du würdest zahlen.«

»Ja, ohne weitere Diskussion.«

»Das geht mir gegen den Strich«, widersprach sie energisch. »Lieber spende ich das Geld ans Rote Kreuz.«

Erstmals an diesem Tag brachte Hilpert der Frau so etwas wie Sympathie entgegen, auch wenn er anderer Meinung war. Als sie ihn allerdings gegen großzügiges Entgelt als Trainer engagieren wollte, hatte sie diesen Bonus schnell wieder aufgebraucht. Mit größtem Geschick bewegte er sich aus dieser Falle heraus. Glücklicherweise gesellte sich nach dem Mittagessen Stark zu ihnen. Gegen 17 Uhr sahen Silkes Eltern ein, den jüngeren Leuten ihren Spaß zu lassen und zogen es vor, in ihrer Luxuskarosse von dannen zu ziehen. Volkerts Vorschlag, die Rechnung zu übernehmen, lehnte Hilpert großspurig ab. Erst als sie ihm präsentiert wurde, begriff er, dass es unter Umständen besser gewesen wäre, einen Sponsor in Form von Silkes Vater zur Seite gehabt zu haben. Die Preise in Golfklubs der gehobenen Art waren denkbar ungeeignet für die Brieftasche eines Kriminalbeamten. Selbst wenn sie sich im gehobenen Dienst bewegten und keine hungrige Familie zu versorgen hatten. Und trotzdem hielt sich sein Verlust in Grenzen. Silkes Vater hatte zu seinem Glück das Mittagessen bezahlt. Nach wie vor vertrug Hilpert keine größeren Mengen an Alkohol. Im Handumdrehen war er in den Nebel der Trunkenheit eingetaucht. Einen Vorteil hatte sein Zustand wenigstens. Er verschmerzte den finanziellen Aderlass besser, als er es in nüchternem Zustand getan hätte. Erst die Abrechnung der Kreditkarte würde ihn in einigen Wochen ins reale Leben zurückholen.

Sie verließen den Klub am frühen Abend. Silke, die sich als Autofahrerin schnell auf alkoholfreie Getränke umorientiert hatte, musste enttäuscht zur Kenntnis nehmen, dass ihre Vorstellungen, den Samstagabend abzuschließen, keine Berücksichtigung fanden. Sie geleitete ihn in seine Wohnung und war ihm dabei behilflich, ins Bett zu gelangen. Für sie reichte es anschließend gerade noch zu einer halben Flasche Wein. Sie prostete sich selber zu und beschloss, den Abend nicht zu lang werden zu lassen. Der nächste Tag würde mit hoffentlich besseren Optionen für sie aufwarten.

15

Der Start in die neue Woche wurde für das gemischte Team durch zähe Recherchen vom Schreibtisch aus geprägt. Den Namen ihres Gesprächspartners auf dem Kiez ermittelten sie bereits am Vormittag. Sie hatten sich mit Ivo Pristic unterhalten. Er galt seit Kurzem als einer der führenden Köpfe der Rauschgiftszene in Hamburg. Bislang war es der Drogenfahndung nicht gelungen, Beweise gegen ihn zu sammeln. Man hielt ihn zumindest für überaus gefährlich. In einer stillen Minute strich Alexandra Hilpert über den Schenkel.

»Wenn ich an unser letztes Beisammensein denke, werde ich ganz schwach.«

Er verzichtete darauf, sie mit seinen Bedenken zu konfrontieren. Es war sicher angeraten, ihr privat weiträumig aus dem Weg zu gehen. Dies war in ihrer momentanen Situation von ihm zwar richtig gedacht, allerdings schlecht umsetzbar. Insbesondere weil Alexandra keinen Gedanken mehr darauf zu verschwenden schien, ihre Beziehung kritisch zu hinterfragen. Wenn sie loslegte, gab es für sie kein Halten. Wenn sie etwas wollte, musste es alles sein. Es kam halt nur auf die Gelegenheit an. In gewisser Hinsicht legte sie ein Verhalten an den Tag, das man eher Männern unterstellte. Diesmal musste er über sich grinsen. Die Grenzen geschlechtsspezifischen Verhaltens hatten sich längst verwischt. Da galt es wohl, an sich zu arbeiten.

Am Nachmittag fand die Beisetzung von Tom Bartels statt. Hilpert musste sich der ungestümen Aufmerksamkeit von Silkes Mutter stellen, ohne ihre Attacken der Sympathie abwehren zu können. Offensichtlich war ein ordentliches Handicap beim Golf die Eintrittskarte für Seiteneinsteiger in ihr Herz. So kam es, wie es kommen musste. Am nächsten Wochenende wurde er für eine Partie verplant. Ihrem Ehemann schien dagegen beides gleichgültig zu sein, seine Einkommensverhältnisse wie sein Handicap. Mit jeder Begegnung wurde er Hilpert sympathischer.

Der Trauerredner gab sich redliche Mühe, das Leben des Getöteten ins rechte Licht zu rücken. Viel blieb davon bei ihm nicht haften, bis auf den Begriff Lebenslust. Was wollte man auch über das kurze Leben eines Fünfundzwanzigjährigen sagen? Über das Leben eines Menschen, bei dem auch bei näherem Hinsehen nichts Positives zu berichten war. Echte Trauer kam bei dieser Beerdigung zumindest keine auf, sah man von Bartels' ehemaliger Geliebten ab, die mit tränengeröteten Augen auf ihrem Platz saß. Die jungen Leute taten alles mit einer gehörigen Portion Gleichgültigkeit ab. Den meisten älteren Anwesenden war der Tote relativ fremd geblieben. Wahre Freunde hatte er sich in seinem Leben anscheinend nicht gemacht. So gesehen spiegelten die fehlenden Emotionen sein Leben wider, das unter dem Zeichen der Befriedigung des eigenen Egoismus stand. Nach dem Begräbnis trat Bartels senior auf die beiden Beamten zu und lud sie zum traditionellen Kaffee und Kuchen ein.

»Glauben Sie wirklich, dass zwei Ermittler in dieser Runde gern gesehen wären?«, meldete Hilpert Zweifel an. »Da ist mancher bei, dem wir unangenehme Fragen stellen mussten.«

»Das ist mir gleichgültig. Vielleicht ergeben sich für Sie in dieser Runde interessante Hinweise.«

Tatsächlich saßen sie später zwischen den Gästen und führten belanglose Gespräche. Silke schaute gelegentlich zu ihnen herüber und verzog ihr Gesicht zu seltsamen Grimassen. Spätestens als alkoholische Getränke gereicht wurden, zogen sie es vor, die Trauergesellschaft zu verlassen. Im Gehen vernahm Hilpert das erste leise Lachen. Offensichtlich hielt es jemand für angebracht, einen Witz zum Besten zu geben. Auch diese Beerdigung würde enden wie viele zuvor. Mit mehr trunkenem Kichern als überzeugten Tränen.

Bei Alexandra machte sich zusehends die Nervosität wegen der bevorstehenden Hochzeit bemerkbar. Sie verzichtete den nächsten Tag auf ihr Mittagessen und suchte lieber ihre Schneiderin auf, um sich um ihr Hochzeitskleid zu kümmern. Er sollte sie an diesem Tag nicht mehr wiedersehen. Gespräche mit dem Partyservice standen am Nachmittag an, die geplante Sitzordnung bei der Feier drohte zu einem Fiasko zu werden. Man musste nur eine größere private Feier initiieren. Schon bekam man einen vorzüglichen Einblick in die Befindlichkeiten von Familien. So manche Hochzeit endete mit einem Paukenschlag, bevor die Veranstaltung richtig begonnen hatte. Hilpert konnte an diesem Tag auf seine Kollegin gut verzichten. Es fanden sich einfach keine neuen Fakten an. Die Liste mit den vermeintlichen Kokainabnehmern war abtelefoniert. Sie blieben vorerst bei ihrer Entscheidung, keinen stärkeren Druck aufzubauen. Er vermutete dort auch weiterhin keine professionellen Killer. Irgendwann nach fünf gab er auf und entschied sich, zeitig Feierabend zu machen. Die langen Abende mit den üblichen Überstunden würden unweigerlich zurückkehren. Sie waren anhänglich wie eine Klette. In der S-Bahn dachte er darüber nach, was er mit dem späten Nachmittag anfangen sollte. Vor dem Dammtorbahnhof stand er unschlüssig, als ihn eine männliche Stimme erreichte.

»Nun, Herr Hauptkommissar, was halten Sie von einem gemeinsamen Bier?«

Er drehte sich um und erblickte einen etwa dreißigjährigen Mann. Er trug den unvermeidlichen Dreitagebart, eine Jeans und darüber ein buntes Hemd mit undefinierbaren Motiven. Hilpert ging einen Schritt auf ihn zu.

»Sollten wir uns kennen?«

»Eher nicht«, entgegnete der Fremde. Er hielt ihm die Hand hin. Zögernd griff Hilpert zu. »Mein Name ist Paul Frank, ich bin freier Journalist und arbeite für die größeren Blätter dieser Stadt.«

»Aha, was kann ich für Sie tun?«

»Kommen Sie, gehen wir in den Bahnhof zurück und trinken einen.«

Da ihm kein Ablehnungsgrund einfiel, stimmte er zu.

Hilpert wischte sich den Schaum des frisch gezapften Biers vom Mund ab. »Also, womit kann ich dienen?«

Der Journalist stellte sein Glas ab. »Pristic, was haben Sie mit diesem Kriminellen zu tun?«

»Aha, daher weht der Wind. Würden Sie mir glauben, wenn ich Ihnen erzählte, diesen Mann vor wenigen Tagen zum ersten Mal in meinem Leben getroffen zu haben?«

Zu seinem Erstaunen widersprach sein Gesprächspartner

nicht. »Das hab ich mir bereits gedacht. Denn der Knabe ist zu einem Zeitpunkt in der Szene aufgetaucht, als Sie den Balkan unsicher gemacht haben. Mich interessiert vielmehr, weshalb er Sie empfangen hat. Mit Bullen trifft er sich nur, wenn sie auf seiner Payrole stehen.«

»Fragen Sie ihn das doch selber«, antwortete Hilpert unwirsch. Langsam begann er zu bereuen, sich mit dem Journalisten an den Tresen gesetzt zu haben.

»Tja, das würde ich ja gerne tun, aber leider lehnt er es ab, mit mir zu sprechen. Und ihn gegen seinen Willen aufzusuchen, ist mir zu gefährlich.« Er grinste verlegen. »Jeder hat nur ein Leben.«

In Ermangelung besserer Alternativen traktierte Hilpert mit dem Zeigefinger einen Bierdeckel, bis er ihn damit durchstieß.

»Wer hat Ihnen überhaupt geflüstert, dass ich mich mit Pristic unterhalten habe?«

»Kontakte, nennen Sie es Kontakte. Davon lebe ich. Glauben Sie mir, es ist ein hartes Geschäft, die Medien exklusiv zu bedienen. Da muss man seine Zuträger haben. Sonst kann man gleich einpacken. Jeder ist in dieser Gesellschaft ersetzbar. Und freie Mitarbeiter stehen ganz oben auf dieser Liste.«

»Ich verstehe. Das gilt vermutlich verstärkt im Zeitalter des Internets.«

»Womit Sie absolut richtig liegen. Kommen wir zurück zu Pristic. Weshalb unterhält sich dieser Mensch mit Ihnen? Soweit ich gehört habe, gehören Sie zu den sauberen Bullen. Ihre Partnerin heiratet bald einen wohlhabenden Arzt. Von der Seite kann man das Thema Korruption vermutlich ebenso knicken.«

»Danke für die Lorbeeren.«

So sehr sich Frank auch bemühte, er bekam aus Hilpert nicht die Spur einer interessanten Aussage heraus. Nach einer halben Stunde gab er auf. Bevor dieser seine Brieftasche gezückt hatte, bezahlte Hilpert die Zeche.

»Da müssen Dinge im Kosovo gelaufen sein, die ich momentan nicht zusammenbekomme«, verabschiedete sich der

Journalist. »Aber glauben Sie mir, ich komme Ihnen auf die Schliche! Die eine oder andere Zeitung wird mit Sicherheit auf solch eine Geschichte gespannt sein. Wie Sie dabei herauskommen, liegt ganz in Ihrer Hand. Denken Sie drüber nach. Jeder sollte seine Zukunft im Auge behalten.« Scheinbar gedankenverloren drehte Frank sein Glas. »Sie sind entweder der Held und bekommen die Prinzessin oder der dumme August, der sich am Tag darauf nicht mehr nach draußen wagt.«

Mit diesen Worten erhob er sich und ließ den Kriminalbeamten am Tresen stehen. Hilpert zuckte mit den Schultern.

»Du willst mir drohen?«, murmelte er vor sich hin. »Weißt du eigentlich, wo ich herkomme? Kannst du dir vorstellen, was ich aushalte?«

Seine Erlebnisse gehörten ihm hier in Deutschland allein. Die Menschen, die diese mit ihm teilten, lebten in ausreichender Distanz zu ihm und das war gut so. In der Öffentlichkeit hatten sie nichts zu suchen. Unabhängig davon, wer interessierte sich für ihn? War er ein berühmter Sportler oder Schauspieler? Er konnte nicht einmal Gitarre spielen. Er war ein ganz normaler Polizist und fühlte sich in dieser Rolle wohl. Über ihn wollte niemand etwas in der Zeitung lesen. Damit hakte er für sich das Gespräch mit dem Journalisten ab. Er sollte sich in seiner Einschätzung irren. Auch ihn drohte die eigene Geschichte einzuholen. Und es gab ausreichend Interessenten dafür.

Da er nach wie vor gut in der Zeit lag, ging er durch den Bahnhof Richtung Kongresszentrum. Vielleicht bot das Cinemaxx auf der gegenüberliegenden Straßenseite einen anständigen Film. Ein paar Minuten abschalten würde ihm guttun. Er sollte recht behalten. Ein unrealistischer Action-Streifen mit schwachem Drehbuch, einer Unmenge an zerstörten Autos und einer ausreichenden Anzahl an Toten brachte ihn auf andere Gedanken. Ein spätes Bier rundete schließlich einen geruhsamen Abend ab. Zufrieden mit sich und der Welt orientierte er sich Richtung Mittelweg. Der Fußmarsch tat ihm gut. Er schaffte es tatsächlich, kurz vor Mitternacht ins Bett zu kommen. Den Journalisten hatte er längst ad acta gelegt. Dies änderte wenig daran, dass er nach wie vor ganz oben auf dessen Liste stand. Und der lebte davon, nichts und niemanden zu vergessen. Er hatte keinen Anspruch auf eine Pension und musste bis ins Alter sein Einkommen Tag für Tag neu generieren. Das machte ihn unberechenbar. Und Hilpert hatte ihn abfahren lassen wie einen dummen Jungen. Das machte ihn gefährlich, da er ein nachtragender Mensch war.

16

Maria Neubauer ging erstaunt auf das geöffnete Tor der Zufahrt zu. Eigentlich musste ihr Chef, Dr. Volkert, das Haus längst verlassen haben. Und sie wusste, dass er akribisch darauf achtete, das Tor zu schließen, wenn er wegfuhr. Unsicher blieb sie stehen. Konnte es sein, dass er an diesem Tag gegen seine Gewohnheiten verstoßen hatte und zu Hause geblieben war? Aber weshalb stand dann das Tor offen? Sollte sie weitergehen oder vorerst abwarten? Volkert hasste es, bereits am frühen Morgen von Fremden umgeben zu sein. Nach dem Aufstehen kam er gerade noch mit sich zurecht. Selbst seine Frau hatte dies in den langen Jahren des Zusammenlebens begreifen müssen und ließ ihn bis nach dem Frühstück zufrieden. Erst wenn er nach seinem Aktenkoffer griff und ihr einen Kuss auf die Wange drückte, war er ansprechbar. Nur half ihr das wenig. Andere würden von seiner verbesserten Stimmung profitieren. Eine langjährige Ehe hielt das aus. Eine Putzhilfe musste sich das nicht antun. Daher kam sie, wenn er gegangen war.

Sie sammelte allen Mut zusammen, setzte schließlich vorsichtig einen Fuß vor den anderen und bewegte sich auf die Eingangstür neben der Garage zu. Am unteren Ende der Rampe erblickte sie den Daimler ihres Arbeitgebers. Seltsamerweise lief der Motor. Zögernd wagte sie sich die wenigen Schritte hinunter. Die Seitenscheibe auf der Fahrerseite war heruntergelassen. Neugierig warf sie einen Blick hinein. Dr. Volkert hing hinter dem Steuerrad, sein Kopf war seitlich abgeknickt, sein Mund weit geöffnet, als wollte er sein Leid in alle Welt hinausschreien. Er war offensichtlich tot. Ein hässliches Loch in der Stirn wies auf die vermutliche Todesursache hin. Schreiend lief sie zur Haustür. Wie sich zeigte, war diese nur angelehnt. Sie wollte sie vollständig öffnen. Das gelang ihr allerdings nur etwa bis zur Hälfte. Auch hier war die Ursache klar. Ein bewegungsloser menschlicher Körper drückte von innen dagegen. Sie warf einen Blick auf die Tote und verließ weiterhin schreiend und schluchzend das Grundstück. Zwei Tote am Morgen. Wer wollte das so ohne Weiteres verkraften?

Hätte man sie später gefragt, wie es ihr gelang, trotz aller Hysterie die Polizei zu rufen, wäre sie sicherlich die Antwort schuldig geblieben. Trotzdem wimmelte es eine halbe Stunde später in der gesamten Umgebung vor Uniformierten und Beamten in Zivil. Akribisch suchten sie nach Spuren oder Zeugen des Geschehens, ohne auf wirklich Erhellendes zu stoßen. Der Tathergang ließ sich problemlos nachvollziehen. Der Täter musste sich mit den Gewohnheiten des Hausherrn gut ausgekannt haben. Als sich das Tor automatisch öffnete, war er auf das Grundstück gehuscht und die Rampe hinuntergelaufen. Er musste nur noch darauf warten, dass Volkert mit dem Wagen aus der Tiefgarage kam. Da die Automatik auf P stand, war es ihm anscheinend gelungen, den Arzt aufzuhalten. Dieser betätigte allem Anschein nach die elektrischen Fensterheber, vielleicht um ihn anzusprechen. Er wurde offensichtlich ohne viel Federlesens erschossen. Kannte er den Täter? Anschließend hatte der Mörder mit ziemlicher Sicherheit an der Haustür geläutet und die Frau getötet, nachdem sie geöffnet hatte. Alles roch nach der Tat eines professionellen Mörders, der sich durch nichts aus der Ruhe bringen ließ. Sollte sich solch ein Typ im Bekanntenkreis der Volkerts aufhalten? Hilpert hielt es für unwahrscheinlich. Da mussten sie wohl nach anderen Verbindungslinien fahnden.

Der Anruf hatte ihn erreicht, kurz nachdem er in seinem

Büro angelangt war. Ohne auf Alexandra zu warten, folgte er der Spurensicherung. In einer stillen Minute fragte sich Hilpert bei der Untersuchung des Tatorts, weshalb er an einen Mann als Täter dachte und eine Frau ausschloss? Lag es an der gnadenlosen professionellen Ausführung der Morde? Der Schütze hatte keine Minute aufgewendet und vermutlich kein Wort von sich gegeben. Sie zogen sich die Latex-Handschuhe über und nahmen das Haus in Augenschein. Die Einrichtung war, wie Hilpert sie sich vorgestellt hatte. Teures Mobiliar, wertvolle Accessoires. Von allem etwas zu viel, wie es seiner Vorstellung von Silkes Mutter entsprach. Sah man etwas genauer hin, so waren selbst die Bilder und Drucke an den Wänden farblich zur Einrichtung gewählt worden. Ob sie sich auch nur mit einem der Künstler auseinandergesetzt hatten? Die weitere Besichtigung der Räumlichkeiten konnten sie sich vorerst schenken. Der Täter hatte diese keinen Fußbreit betreten. Es ging ihm ausschließlich um die Ermordung des Ehepaares. Ihr Geld und ihre Preziosen interessierten ihn nicht. Schon bald brachen sie ihre Untersuchung am Tatort ab. Er vermeinte alles Wichtige gesehen und gehört zu haben und fuhr zurück ins Präsidium. Die einzige Hoffnung, die ihnen verblieb, waren die Nachbarn. Um die kümmerten sich die Kollegen.

Silke hatte man eine Psychologin zur Seite gestellt, die sich die nächsten Stunden um sie kümmern würde. Den ganzen Tag über bekam er sie nicht zu Gesicht. Abends sollte eine Cousine zu ihr stoßen, die versprochen hatte, die Nacht bei ihr zu verbringen. Die Polizei setzte all ihre Ermittlungsroutine ein. Wie die Heuschrecken fielen die Ermittler über die Menschen her, die in der Umgebung des Tatorts lebten, in der Hoffnung auf brauchbare Zeugenaussagen. Verwertbares sollte dabei nicht herauskommen. Dem Anschein nach hatte die gesamte Aktion den Mörder extrem kurze Zeit gekostet. Und so früh am Morgen waren die Leute mit sich selber beschäftigt. Um sich hinter die Gardine zu stellen und zu beobachten, was nebenan geschah, war es für die meisten noch zu früh. Niemand erinnerte sich an einen Unbekannten, der sich in ihrer Gegend aufgehalten hatte. Ihnen kamen keine verwertbaren Spuren unter. Kommissar Zufall machte offensichtlich Urlaub. Sie standen vor schwierigen Ermittlungen. Hilpert lehnte sich zurück. Wollten sie in diesem Fall weiterkommen, mussten sie ans Tatmotiv heran.

Im Verlauf des Nachmittags rief Weber seine Mitarbeiter zusammen.

»Also, Herrschaften, dieser Fall hat Dimensionen angenommen, die uns zu verschlingen drohen. Dagegen müssen wir mit anderen Mitteln vorgehen. Wir werden eine Sonderkommission einsetzen. Man vermutet Verbindungen zum organisierten Verbrechen, die sich zwangsläufig aus den Rauschgiftgeschäften von Bartels junior und der Tochter der Ermordeten ergeben. Die Art der Ermordung weist eindeutig auf einen Profi hin.«

Er hüstelte und überprüfte mit einem kurzen Blick in die Runde die Wirkung seiner Worte. Schließlich fuhr er überraschend ironisch fort: »Alles läuft nach dem Motto: Wehret den Anfängen! Es ist ein Unding, dass das organisierte Verbrechen den Frieden der Oberschicht stört. Der Polizeipräsident ist bereits vorstellig geworden. Über weitere Einzelheiten unterhalten wir uns später.«

Hilpert schüttelte nachdenklich den Kopf. »Ich glaub nicht an die Täterschaft der Kosovo-Albaner, die in unserer Gegend den Daumen auf die Drogengeschäfte halten. Die Aussagen dieses Pristic waren zu eindeutig und zu plausibel.«

Weber widersprach: »Wer weiß, unter Umständen wollte der euch nur in Sicherheit wiegen.«

»Kann sein«, stimmte ihm Hilpert zögernd zu. »Nur, für die geht es um kleine Fische. Dafür sollten die den ganzen Rummel auf sich nehmen und drei Morde begehen? Das leuchtet mir nicht ein. 100.000 Euro konnten die Ermordeten garantiert aus der Portokasse berappen. Und ich bin sicher, sie hätten es getan.«

Weber würgte die Diskussion ab. »Über das Stadium von

Mutmaßungen sind wir bislang nicht hinausgekommen. Ich vermute, mit verstärkter Manpower kommen wir schneller weiter. Meine Damen, meine Herren, man erwartet von uns Ergebnisse. Also ran an den Speck! Der Innensenator hat mich einbestellt. Mit Sicherheit sind die im Rathaus schon ganz nervös.«

Hilpert hielt vorsorglich den Mund. Sein Chef hatte sich eine Meinung gebildet, der er nur mit einer Gegenmeinung begegnen konnte. Das würde niemanden wirklich weiterbringen. Keiner von ihnen konnte neue Fakten für seine These vortragen.

Beim Hinausgehen nahm ihn Schäfer zur Seite. »Richtig überzeugt scheinst du mir nicht zu sein.«

»Da kannst du einen drauf lassen. Nur die große Erleuchtung will mir ebenfalls nicht kommen. Ich hab keine Ahnung, wo man ansetzen könnte. Warten wir es ab.«

Als er an diesem Abend seine Wohnung betrat, überlegte er kurz, ob er Silke aufsuchen sollte. Letztlich entschied er sich dagegen. Mit seinen Eltern unzufrieden zu sein oder sie durch Mord zu verlieren, dazwischen lagen Welten. Wie sollte er sie trösten? Sie musste zu sich finden. Ob mit oder ohne seine Unterstützung sollte der nächste Tag entscheiden.

An diesem Morgen genehmigte er sich gerade mal eine Tasse Kaffee und eine trockene Scheibe Toastbrot. Kurz nach acht saß er bereits in seinem Büro. Akribisch ging er die spärlichen Protokolle durch, die sich am Vortag angesammelt hatten und ihm in Kopie auf den Tisch gelegt worden waren. Keinem der Nachbarn war etwas aufgefallen. Nirgendwo hatte sich jemand die Nummer eines verdächtigen unbekannten Autos notiert. Niemand hatte Schüsse gehört. Vermutlich war ein Schalldämpfer verwendet worden. Die Vorgehensweise deutete tatsächlich auf Profis hin. So gesehen konnte er die Argumentation seines Vorgesetzten nachvollziehen. Gegen die vorliegenden Fakten vermochte er sich nicht zu wehren. Und trotzdem saßen in ihm weiterhin tiefe Zweifel. Den Morden fehlte die letzte Plausibilität.

Auf dem Weg ins Präsidium hatte er sich mit mehreren Tageszeitungen eingedeckt. Aufmerksam las er die Berichterstattung über den Doppelmord. Der Tenor der Blätter war im Prinzip der gleiche. Sie unterschieden sich allenfalls im Stil, in den Überschriften und der Länge der Artikel. Der Polizei wurde vorgeworfen, zu lasch mit dem organisierten Verbrechen umzugehen. Zitate der Verantwortlichen wurden wenig prominent untergebracht und zumeist bissig kommentiert. Hellhörig wurde er, als man in einem bekannten Boulevardblatt von einem Mitarbeiter der Mordkommission berichtete, dem Kontakte zur Drogenszene nachgesagt wurde. Der Autor mutmaßte wenig konkret über geheimnisvolle Geschehnisse, die diesen Beamten während seiner Tätigkeit auf dem Balkan begleitet haben sollten. Damit konnte nur er gemeint sein. Ob sein neuer Journalistenfreund bereits mit der Retourkutsche beschäftigt war? Mit einem Achselzucken nahm er dies zur Kenntnis. Er hatte sich nichts vorzuwerfen. Und die Ereignisse im Kosovo hatten mit Drogen gleich gar nichts zu tun.

Gegen zehn beorderte ihn Weber zu sich.

»Da braut sich eine gepflegte Kampagne gegen uns zusammen. Jemand hat mir geflüstert, dass man dabei ist, Sie in deren Zentrum zu stellen. Glauben Sie mir das eine, morgen lesen Sie Ihren Namen in gewissen Blättern. Die hauen erst mit unbewiesenen Vermutungen rein und ignorieren später die Wahrheit. Die interessiert ausschließlich, wie sie die Spannung des Lesers erhöhen können. Die lassen sich durch nichts von ihrer vorgefassten Meinung abbringen, am allerwenigsten durch Fakten. Wir reden über Auflagen, nicht über Moral.«

Erstaunt horchte Hilpert auf. »Sie machen Scherze! Wer interessiert sich für einen unbedeutenden Beamten wie mich?«

»Das sehe ich anders. Korrupte Polizisten sind immer ein Thema. Denken Sie nach. Kann es sein, dass Sie in den Medien einen Intimfeind haben? Sind Sie mal jemandem auf die

Füße getreten? Plötzlich stehen Sie im Rampenlicht. Und alle zeigen mit den Fingern auf Sie. Gibt es Geschehnisse, die gegen Sie sprechen? Ein Stück Ihrer Vergangenheit liegt für alle im Dunkeln. Da lassen sich gute Geschichten draus fabrizieren. Schwer zu beweisen, noch schwerer zu widerlegen. Und sie bleiben an einem haften, als sei Sekundenkleber verwendet worden. Glauben Sie mir, da kenn ich mich bestens aus. Dieser Tanz hat gerade erst begonnen.«

»Und welche Konsequenzen kann ich daraus ziehen?«

»Sie keine. Aber ich. Wir ziehen Sie vorerst aus der Schusslinie. Soll heißen, Sie sind raus aus dem Fall.«

»Ich?«

»Genau. Wir werfen Sie den Wölfen zum Fraß vor. So kann wenigstens der Rest des Teams in Ruhe weiterarbeiten.«

»Heißt das, ich soll Urlaub machen?«

»Das könnte Ihnen so passen. Sie werden exklusiv als Personenschutz für Silke Volkert abgestellt. Faktisch wohnen Sie ja mit ihr zusammen.«

»Sie meinen, sie ist gefährdet?«

»Worauf Sie sich verlassen können. Hängen die drei Morde zusammen, nimmt das Mädchen eine Schlüsselrolle ein. Sie ist das Verbindungsglied zu den Drogengeschäften.«

»Ich verstehe. Trotzdem wird das auf Dauer ein wenig langweilig für mich.«

»Haben Sie keine anderen Probleme? Mann, halten Sie uns den Rücken frei und kümmern Sie sich um die Gesundheit von Silke Volkert!« Der Oberrat beugte sich vor und blickte ihm ernsthaft ins Gesicht. »Wir müssen diesen Fall in den Griff bekommen. Ansonsten wird es bitter für alle Beteiligten.«

»Was wird mit Alexandra Roeder?«

»Die ist sowieso bald im Honeymoon. Bis dahin wird sie in die Gruppe Schäfer integriert.«

»Ich verstehe.« Er nahm seinen Vorgesetzten gefasst ins Visier. »Sie sind der Chef und ich verstehe Ihre Bedenken. Trotzdem, Frau Roeder und ich sind enger am Fall dran, als es den Anschein hat.«

»Das mag so sein«, verzichtete der Kriminaloberrat überraschend auf Widerspruch. »Nur politisch hab ich keine andere Wahl. Und«, ruhig begegnete er dem Blick seines Mitarbeiters, »Sie sind beileibe nicht aus dem Fall raus. Was ich in Ihren Berichten gelesen habe, hört sich intelligent an. Machen Sie irgendwie weiter. Aber dem Mädchen darf nichts passieren.«

Betroffen ging Hilpert den Flur hinunter. In seinem Arbeitszimmer traf er Alexandra. Er sah ihr an, dass sie bereits informiert war. Wütend riss er die Schubladen seines Schreibtisches auf und entnahm seine wenigen persönlichen Sachen. Achtlos steckte er sie in eine Plastiktüte.

Die Hände vor der Brust verschränkt beobachtete sie sein Tun. »Du musst doch nicht gleich ausrasten, nur weil man dich von einem Fall abgezogen hat. Glaub mir, das geschieht auch zu deinem Schutz.«

»Darum geht's mir gar nicht in erster Linie«, antwortete er lauter als geplant.

Sie ignorierte seinen Tonfall, sondern ging auf seine Worte ein. »Wie darf man das verstehen?«

»Niemand kann mir erzählen, dass Tom Bartels' relativ unbedeutende Drogengeschäfte das Motiv für diese Morde bildeten. Silkes Eltern hätten am Ende gezahlt. Dahinter stecken andere Interessen!«

»Und die wären?«

»Keine Ahnung. Das hätte ich gerne mit dir herausgefunden.«

Sie grinste ihn freudlos an. »Nimm es von der angenehmen Seite. So kannst du wenigstens deine kleine Gespielin vernaschen, wann immer du willst.«

»Im Augenblick hab ich andere Probleme, als über mein Sexualleben nachzudenken.«

Sie stupste ihn in die Seite. »Nun sei nicht so empfindlich. Komm, nehmen wir einen Happen zu uns. Die Sonderkommission ruft erst heute Nachmittag nach mir.«

Trotz Alexandras Nähe wurde es ein eher freudloses Essen, obwohl sich die Küche an diesem Tag übertroffen hatte.

Das Gulasch konnte man durchaus weiterempfehlen. Selbst die Nudeln hatten Biss. Gemeinsam gingen sie anschließend in sein ehemaliges Büro. Alexandra verabschiedete sich von ihm, weil über das Hochzeitsmenü befunden werden musste. Er wollte mit niemandem reden und entschied sich für einen zeitigen Feierabend. Im Präsidium hatte er vorerst keine Heimstatt mehr. Entnervt fuhr er zu seiner Wohnung. Er hatte einen neuen Job und musste sich damit abfinden. Es war bei der Polizei eher unüblich, nach dem Motto zu verfahren: Wie hätten Sie's denn gerne? Und Webers Motive waren nachzuvollziehen. Ob er wollte oder nicht, er konnte ihnen etwas abgewinnen. Also akzeptierte er diese Entwicklung für sich. Außerdem hatte Alexandra recht. Es gab Schlimmeres, als für eine attraktive Frau den Bodyguard zu spielen. Es hätte auch ein schrumpeliger älterer Herr sein können.

17

Er schätzte die stämmige Frau, die ihm die Tür öffnete, auf etwa vierzig Jahre. Ihre kräftige Stimme dröhnte ihm entgegen. Trotzdem blickte er in gutmütige Augen. Er war sich sicher, in ihr die richtige Betreuerin für Silke zu haben. Sie verkörperte ein Gemisch aus Durchsetzungsfähigkeit und mütterlicher Freundin.

»Ach, Sie sind dieser Polizist, der nebenan wohnt«, empfing sie ihn. »Wird wirklich langsam Zeit, dass Sie sich um die Kleine kümmern.«

»Eigentlich wollte ich sie zur Ruhe kommen lassen und nicht gleich mit Fragen belästigen.«

»Sie können Silke mit Ihrer Anwesenheit nicht belästigen.«

»Was erzählst du da, Lisa?«, ertönte Silkes Stimme aus dem Wohnzimmer.

»Bleib du, wo du bist, wir sind gleich bei dir!«, kommandierte die resolute Cousine.

Sie lag auf dem Sofa wie ein Häufchen Elend. Eine Welle des Mitleids erfasste ihn, als er in ihr schmales Gesicht sah.

»War's so schlimm?«

»Schlimmer«, entgegnete sie ihm. »Weißt du, ich glaubte immer, meine Eltern seien mir ziemlich gleichgültig. Das ist unwahr. Ich habe sie auf meine Art geliebt.« Ihre Augen wurden feucht, ihre Stimme wurde leiser. »Ich vermisse die beiden. Aber sie werden nie mehr wiederkommen.« Sie schüttelte den Kopf. »Es ist so endgültig. Ihr Tod ist so unsinnig. Wie man mir erzählt hat, wurde nichts gestohlen. Man hat sie nur umgebracht. Einfach so abgeschlachtet.«

Er beugte sich zu ihr herunter und streichelte ihre Wangen. »Du bist ein armer Wurm.«

Sie griff mit beiden Händen nach seiner Hand, als wollte sie diese nie mehr loslassen. »Kannst du etwas bleiben oder hast du heute noch einen Abendtermin?«

»Oh, in nächster Zeit wirst du viel von mir haben. Ich bin zu deinem Schutz abgestellt worden.«

»Zu meinem Schutz?«, wiederholte sie seine letzten Worte. »Hält man mich ebenfalls für gefährdet?«

»Sieht ganz so aus. Unten vor der Tür steht ein weiterer Kollege von mir.«

»Glaubt man, es hängt alles mit den Drogengeschäften zusammen?« Statt einer Antwort nickte er. Sie rutschte ein Stück zur Seite. »Komm, setz dich zu mir. Dann will ich die Situation auch genießen.«

Er kam ihrem Wunsch nach. Sie legte ihren Kopf auf seinen Oberschenkel. Er streichelte ihr Gesicht. Ein sanftes Lächeln umspielte ihre Lippen. »Das könnte ich eine ganze Zeit so aushalten.«

Wenig später verabschiedete sich ihre Cousine. »Ich bin morgen Vormittag wieder bei dir. Jetzt muss ich mich um meinen Mann und die Kinder kümmern. Wenn ich euch beide so anschaue, wisst ihr selbst, was zu tun ist.«

Silke drehte sich auf den Bauch und stützte das Kinn mit einer Hand ab. Mit der anderen fuhr sie zwischen seine Schenkel. »Vielleicht klingt es unsensibel, aber ich hätte jetzt Lust, mit dir zu schlafen.«

Sie setzte sich neben ihn und öffnete ohne Scheu seine Hose. Er war unsicher, wie er reagieren sollte, entschloss sich letztlich, ihr Tun zu genießen. All seine guten Vorsätze, sich ihr gegenüber ausschließlich als ihr Beschützer zu geben, zerflossen zwischen ihren Fingern.

Er legte einen Arm um ihre Schultern und zog sie näher an sich heran. Mit der freien Hand schob er ihren Rock hoch.

»Warte.«

Sie ließ von ihm ab, erhob sich und zog ihr knappes Shirt aus. Rock und Slip folgten. Er tat es ihr nach und ließ seine Kleidung achtlos fallen. Irgendwie sollte Alexandra mit ihrer Behauptung recht behalten, dass er sich nun jederzeit um Silke kümmern konnte. Ob das seitens seines Vorgesetzten so geplant war? Ihm war es in diesem Augenblick gleichgültig und sie machte sich eh keine Gedanken darüber.

In den nächsten Tagen konnte er der neuen Situation einiges abgewinnen. Er spürte, dass seine Nähe einen beruhigenden Einfluss auf Silke hatte. Und er gestand sich ein, sie gerne um sich zu haben. Gleichwohl gab das Leben der jungen Frau gnadenlos seinen Takt auf. Es begann mit der Erkenntnis, Alleinerbin des gesamten Familienvermögens zu sein. Noch wurden die Kontoauszüge von der Sonderkommission unter Verschluss gehalten. Trotzdem würde sie sich um ihre finanziellen Belange kümmern müssen. Egal, ob Hilpert sich sträubte oder stillhielt. Sie bestand darauf, dass er bei allen Terminen mit dem Notar und dem Vermögensverwalter zugegen war. Die bisherigen Kollegen ihres ermordeten Vaters in der Klinik eröffneten ihr ein faires Angebot für das Objekt. Sie versprach, darüber nachzudenken. Dagegen lehnte sie es ab, das Haus in Blankenese zu besuchen. Hilpert gab ihr den Rat, es über einen Makler zum Verkauf anzubieten.

Fraglos war sie über Nacht zu einer wohlhabenden Frau geworden, obwohl auf dem Haus wie auf der Klinik hohe Darlehen lasteten.

Gegen Ende der Woche unterhielt sie sich mit Hilpert über die Fahrzeuge ihrer Eltern.

»Du hast keine Lust auf einen Mercedes der S-Klasse mit allen Extras, die die Stuttgarter sich haben einfallen lassen?«

»Ich und einen dicken Mercedes? Bitte denk dir künftig bessere Witze aus.«

»Dann werde ich ihn wohl verkaufen müssen.«

In Ermangelung einer interessanteren Tätigkeit hatte er sich in den letzten Tagen mit ihrer Vermögensaufstellung befasst. Lächelnd hob er eine Unterlage hoch.

»Schau her. Dies ist die letzte Bilanz der Klinik. Die Luxuslimousine gehört zum Betriebsvermögen. Mit dem Verkauf des Objektes bist du das Auto von allein los. Da dürfen sich die Käufer drüber freuen.«

Das Porsche Cabrio der Mutter fiel ins Privatvermögen der Ermordeten. Dafür musste sie sich eine andere Lösung ausdenken.

»Ich behalte das Auto. Dann hast du ebenfalls einen fahrbaren Untersatz.«

»Was hältst du davon, wenn ich dir den Käfer abkaufe«, fiel ihm bei dem Gespräch ein.

»Meinen Käfer willst du haben? Da wird nichts draus. Nein, der Porsche ist für dich. Mir ist der viel zu prollig.«

»Ach ja, aber zu mir passt er?!«

»Männer stehen doch auf diese Kisten.«

»Wenn ich mich nicht irre, gehörte dieses Luxusauto deiner Mutter.«

Sie starrte ihn an und erwiderte kurz angebunden: »Sie ist tot, dennoch war sie prollig. Das weißt du besser als ich.«

Er ließ sich auf diese Wendung in der Diskussion nicht ein. »Ein Porsche ist kein Fahrzeug für meine Brieftasche. Einmal tanken und ich muss auf meinen nächsten Urlaub verzichten. Eine Inspektion und ich kann einen Zusatzjob als Nachtwächter aufnehmen. Das wird bei uns gar nicht gern gesehen.«

»Der Porsche oder der Nachtwächterjob?«

»Beides.«

»Blödsinn! Das Auto ist nun mal da und ich werde es behalten. Und du kannst damit fahren. Die Inspektionen kann ich mir erlauben. Und die Benzinkosten sind erträglich. Der Wagen ist sparsamer, als man meint.«

»Was ist mit dem Ferrari?«

»Den hab ich bereits Bekannten zum Kauf angeboten. Die waren immer schon heiß darauf.« Unruhig trommelten ihre langen Fingernägel auf der Tischplatte. »Ich habe ein anderes Problem. Es liegt ausreichend Bargeld auf den Konten meiner Eltern. Ich könnte jetzt ohne Probleme die Schulden an diesen Albaner bezahlen. Dann hätte ich für alle Zeiten Ruhe vor ihm.«

Ohne nachzudenken, stimmte er ihr zu. »Ich mache einen Termin mit ihm und wickle das Ding für dich ab.«

Sie griff nach seiner Hand. »Aber sei vorsichtig!«

Interessiert blätterte er die weiteren Unterlagen durch. »Hm, die Klinik gehörte deinem alten Herrn seit ziemlich genau fünf Jahren.«

Sie dachte einen Augenblick nach. »Das ist richtig. Um diese Zeit sind sie auch nach Blankenese gezogen und haben mir die Wohnung überlassen. Ich musste damals zum Notar und die ganzen Formalitäten abwickeln. Ich erinnere mich, weil das so genervt hatte. Der Notar hat mir seitenlang Dinge vorgelesen, von denen ich nichts verstand. Die Situation war voll krass.«

Er schob die Unterlagen von sich weg. »Das ist für sich betrachtet recht interessant, aber ich finde nichts darin, was uns weiterhilft.«

Sie setzte sich dicht neben ihn und fuhr durch sein Haar. »Du denkst immer nur an deine Arbeit. Komm, genießen wir unser Miteinander. Wer weiß, was morgen ist?«

Gern ließ er sich von ihr ablenken. Eigentlich hätte er Weber eine Dankeskarte schicken müssen.

* * *

Nach mehreren Telefonaten mit dem Präsidium hielt Hilpert am Vormittag des folgenden Tages Kobers Telefonnummer in Händen. Gegen Mittag stand ein Termin mit Pristic. Sie wollten sich an der Außenalster treffen.

Hilpert gönnte sich ein ausgiebiges Frühstück, das ihm

Silke gewohnt liebevoll zubereitet hatte. Die Kreation war geradezu perfekt. Der Kaffee war nicht zu stark, trotzdem konnte man nicht hindurchsehen. Sie hatte die Eier exakt so weich gekocht, wie er sie liebte. Vor allem hatte er keine Probleme, die Schale abzuklopfen, da sie sie kurz unter kaltem Wasser abgeschreckt hatte. Er fühlte sich für einen kleinen Augenblick so unbeschwert wie lange nicht mehr. Vor ihm lagen mehrere aktuelle Zeitungen, die er sich im Interconti besorgt hatte. Die Boulevardblätter wärmten den Doppelmord abermals auf. Die Giftigkeit der indirekten Angriffe in seine Richtung hatte sich spürbar verbraucht. Man konnte beinahe von einer sachlichen Berichterstattung sprechen. Weber würde es zu schätzen wissen. Silke hatte sich gefangen. Allerdings wusste er aus leidvoller Erfahrung, dass spätestens bei der Beerdigung die geballte Trauer wieder hochkommen und den kleinen Damm des Verdrängens einreißen würde.

Es war einer dieser heißen Tage, an denen für den Durchschnittsbürger der tiefste Punkt im Keller der geeignetste Platz im Haus war. Hilpert genoss den Vorzug einer Klimaanlage, die ihn mit sanfter Kühle verwöhnte. Entsprechend brutal stürzte sich die heiße Luft auf ihn, als er das Haus verließ. Er befürchtete beinahe, sie wolle ihm den Atem nehmen. Wie eine massive Wand schien sie ihn zurückdrängen zu wollen. Selbst die Alster verzichtete auf kühlende Winde. Er benötigte einige Augenblicke, um sich den veränderten Temperaturen anzupassen. Trotzdem weigerte er sich, in das allgemeine Stöhnen mit einzustimmen. Er hatte zu viele Hochsommertage um die 18 Grad erlebt, in denen der Regen das Geschehen bestimmte und die Kirschernte im alten Land gefährdete. Erstaunt registrierte er, jetzt an einem Wochentag beileibe nicht der einzige Besucher des Alsterparks zu sein. Überall auf den Rasenflächen lagen Menschen auf ihren Decken und genossen das gute Wetter. Die Intelligenten hatten vorsorglich an einen Sonnenschirm gedacht, die anderen wollten den Kampf mit den Sonnenstrahlen nur durch eine Creme geschützt aufnehmen. Wer nicht auf einer der Rasenflächen lag, hatte sich auf das Wasser verzogen. Kanus, Ruderboote und vor allem Segelboote beherrschten die Szenerie. Er vermisste die Hunde, die gerne auf diesen Flächen herumtollten. Vermutlich lagen sie im Schatten der Büsche und Bäume, die die Anlage prägten, und schliefen.

Hilpert stellte sich direkt ans Wasser und beobachtete die weißen Dreiecke der Segelboote. Nicht weit entfernt von ihm trainierte ein Achter wohl für die nächste Olympiade. Die Anfeuerungsrufe des Steuermannes schallten zu ihm herüber. Er überlegte, wie weit er wohl spucken könnte. Bevor er die Probe aufs Exempel machen konnte, kam von der Seite ein groß gewachsener Mann mit ausladenden Schritten auf ihn zu und stellte sich neben ihn. Leicht außer Atem sprach er ihn mit unverkennbarem Akzent an: »Bewegen Sie sich Richtung Binnenalster.«

Er nickte und folgte der Anweisung. Sein leichtes Shirt klebte an seinem Körper, als habe es jemand mit einem Sekundenkleber behandelt. Der große Mann folgte ihm in langsamem Schritt. Sie gingen auf einen kleinen Steg zu. Hilpert erkannte den Mann, der ans Geländer gelehnt in seine Richtung blickte. Es war Pristic. Sie begrüßten sich mit einem kurzen Nicken.

»Nun, Herr Hauptkommissar, was kann ich für Sie tun?«

»Ich habe mit der Tochter des ermordeten Ehepaars gesprochen. Sie ist bereit, das fehlende Geld zu zahlen. Ich würde es Ihnen übergeben, wenn es recht ist.«

»Es wäre. Aber vorher eine Frage. Glauben Sie, dass wir die beiden umgebracht haben?«

»Nein, wir hatten eine Vereinbarung. Außerdem müsstet ihr bescheuert sein, euch für so kleines Geld so viele Läuse in den Pelz zu setzen. Da gibt es einfachere, trotzdem wirksame Methoden.«

»Aha, Sie kennen sich anscheinend in meinem Geschäft blendend aus.«

»Oh, bedenken Sie, ich bin ein gutes Dutzend Jahre bei der Polizei. Da bekommt man einiges mit.«

Schweigend gingen sie einige Schritte weiter, bis der Albaner wieder das Wort ergriff. »Silke Volkert schuldet uns keinen Cent mehr. Man hat die Rechnung bereits letzte Woche ausgeglichen.«

»Tatsächlich?«, fragte Hilpert erstaunt nach. »War es Bartels?«

»Keine Namen.«

»Natürlich.«

»Diese Information hätte ich Ihnen auch anderweitig geben können, Herr Hilpert. Ich hab aus einem anderen Grund einem Gespräch mit Ihnen zugestimmt. Ich sehe beispielsweise, dass Sie unbewaffnet sind.«

»Nun, bei diesem Wetter stört eine Pistole nur. Und hier in der Gegend wird traditionell selten herumgeballert.«

»Das ist falsch gedacht. Es gibt einige Leute aus meiner Heimat, die sich zum Ziel gesetzt haben, Sie zu töten. Nach meiner Information sollen mehrere Männer unterwegs sein. Sie werden Ihnen keine Gelegenheit geben, Ihre Waffe aus dem Safe zu holen. Und Sie wissen selbst, man erhält nur selten eine zweite Chance. Einmal tot, immer tot.«

Hilpert reagierte übernatürlich ruhig. »Damit war zu rechnen. Danke für den Hinweis. Was ist mit meinem ehemaligen Partner?«

»Er ist in guten Händen. Zu Hause wird man zu verhindern wissen, dass ihm etwas geschieht.«

»Das beruhigt mich. Grüßen Sie ihn von mir, sollten Sie ihn sprechen.«

»Das werde ich tun. Im Übrigen soll ich Ihnen das hier geben. Er meint, er kennt nur wenige, die damit besser umgehen als Sie.«

Pristic reichte ihm ein kleines Kästchen aus Ebenholz. Hilpert öffnete es und warf einen kurzen Blick hinein. Es war ein scharfes, relativ kurzes Kampfmesser. Eine tödliche Waffe in den richtigen Händen. Im Kosovo trug er solch ein Modell stets bei sich. Er zog es heraus und wog es in den Händen.

»Schönes Teil.«

»Und dies hier ist von einer Mutter, die Sie nicht vergessen hat«, fuhr Pristic fort.

Hilpert griff nach einem Farbfoto, auf dem ihn ein etwa achtjähriges Mädchen anstrahlte. Er blieb stehen. Seine Augen verweilten auf dem Foto. Mit belegter Stimme meinte er: »Das ist ein schönes Geschenk. Sie ist ebenfalls vollständig genesen?«

»Ja. Sie geht sogar wieder zur Schule.«

Hilpert konnte seine Augen nicht von dem Kind lassen. Pristic reichte ihm einen Umschlag. »Für das Bild.«

Vorsichtig steckte Hilpert das Foto hinein und gab anschließend dem Mann aus dem Kosovo die Hand.

»Danke. Bitte grüßen Sie jeden von mir. Vor allem vergessen Sie meinen Freund nicht. Sagen Sie ihm, ich werde das Messer stets bei mir tragen und dabei an ihn denken.«

»Er macht sich große Sorgen um Sie.«

»Ich kann auf mich aufpassen.«

»Wie man sieht, vertrauen Sie vor allem auf Ihre Fäuste. Jedermann weiß, dass sie die beste Art der Verteidigung gegen Schusswaffen darstellen, insbesondere auf größere Distanz«, widersprach der Mann aus dem Kosovo ironisch.

»Ich werde mich bessern.«

»Das hoffen alle Beteiligten.«

Sie gingen ein paar Schritte nebeneinander her. Schließlich reichten sie einander abermals die Hand. Diesmal um sich zu verabschiedeten. Pristic setzte sich auf eine Bank und richtete sein Gesicht der Sonne entgegen. Er erweckte auf einen unbeteiligten Betrachter den Eindruck, als würde er den warmen Sommertag an der Alster genießen. Hilpert kehrte um und ging zurück zu seiner Wohnung. Auf dem Weg dorthin machte sich bei ihm der Gedanke breit, ob er wirklich der geeignete Mann war, Silke zu bewachen. Lief er nicht vielmehr Gefahr, sie zusätzlich zu gefährden? Die Bedrohung aus dem Kosovo nahm er bitterernst. Pristic war kein Spinner, der hinter jeder Hausecke einen Bösewicht vermutete. Vielmehr war er Realist. Er kannte seine Landsleute. Also griff er zum Telefon und ließ sich mit Weber verbinden.

Er meinte förmlich zu spüren, wie sein Vorgesetzter auf seinem Sessel einzufrieren begann.

»Sie werden bedroht und wollen sich dazu nicht weiter äußern?«, brüllte er entgegen seinem ansonsten zurückhaltenden Wesen ins Telefon. »In spätestens einer Stunde erwarte ich Sie zum Rapport bei mir. Silke Volkert bekommt eine zusätzliche Wache in die Wohnung gesetzt.«

Hilpert fragte sich, ob er den richtigen Zeitpunkt gewählt hatte, sich mit seinen Problemen zu outen. Andererseits durfte er seine charmante Vermieterin unter keinen Umständen gefährden. Sie verließ sich auf ihn. Er war ihr Beschützer.

18

Es passte Silke spürbar nicht ins Konzept, als man Hilpert gegen eine Oberkommissarin aus dem Präsidium ersetzte. Trotzdem gab sie klein bei. Großzügig reichte sie Hilpert einen Wagenschlüssel.

»Du musst irgendwie zu deiner Dienststelle kommen. Keine Angst, es ist nicht der Porsche.«

Er zog sie sanft zu sich heran und drückte sie an sich. »Du bist zu gut zu mir. Demnächst erhalte ich von dir ein Taschengeld?«

»Blödmann! Pass auf dich auf! Wenn es dich auch nicht mehr gibt, hab ich keine Lust mehr zu leben.«

»Hör auf damit, solch dummes Zeug zu faseln!«, schimpfte er mit ihr. »Es geht für uns weiter nach vorne. In unserem Alter muss man sich mit den Widerständen des Lebens arrangieren.«

»Sieh mal einer an, unser Bulle beginnt zu philosophieren. Gib bloß acht, dass man dich nicht während solch einer Denkpause aus dem Weg räumt.«

Statt einer Antwort bedachte er sie mit einem verlegenen Grinsen. Silke sah die Dinge realistischer, als er ihr zugetraut hätte. Und er musste sich eingestehen, dass er die Bedrohung außerordentlich ernst nahm. Er hatte ausreichend Gelegenheit gehabt, diesen Menschenschlag kennenzulernen. Sie waren impulsiv und fühlten sich in weiten Teilen des Landes einer Tradition verbunden, der man in Norddeutschland längst abgeschworen hatte. Er überlegte. Kannten die alten Sachsen, die diese Gegend vor langer Zeit unsicher gemacht hatten und sich insbesondere mit den Franken manchen Strauß geliefert hatten, das Prinzip der Blutrache? Er wollte darüber nachlesen. Vielleicht fand sich etwas im Internet. Vermutlich aber war es so. Silke blickte ihm sorgenvoll hinterher, als er sie verließ. Offensichtlich hatte sie einen Einstieg hinter seiner Fassade der Gleichmut entdeckt. Was sie sah, schien sie zu verunsichern.

Kriminaloberrat Weber ließ ihn nicht lange warten, als er dessen Vorzimmer betrat. Aufgeregt gab er Hilpert die Hand.

»Nun reden Sie, was ist auf dem Balkan passiert, dass man Sie bis nach Deutschland verfolgt?«

Der Hauptkommissar wand sich wie ein Aal. »Ich möchte mich dazu eigentlich nicht äußern. Ich bin dort einigen Leuten auf die Füße getreten. Dafür wollen sie sich augenscheinlich rächen. Das ist dort so Sitte.«

»Auf die Füße getreten? Mann, halten Sie mich für blöd? Dahinter steckt doch mehr! Oder wollen Sie mir einreden, dass im Kosovo laufend Leute umgelegt werden, weil sie vergessen haben, ihre Nachbarn zu grüßen?«

»Natürlich handelte es sich um eine größere Geschichte. Aber ich muss damit erst mal alleine fertig werden, bevor darüber diskutiert wird.«

»Dieses Thema können wir leider nicht zurückstellen. Sie werden auch gleich wissen, warum. Allerdings beschäftigt mich vorab eine andere Frage. Woher haben Sie Ihr Insiderwissen über den bevorstehenden Anschlag auf Sie?«

»Oh, aus erster Hand. Herr Pristic war so aufmerksam.«

Überrascht sprang Weber aus seinem Sessel. »Sie haben den Kontakt zu einem der Hauptverdächtigen in einer Mordserie aufgenommen?«

»Kann man so sagen.«

»Sind Sie des Teufels? Die Sonderkommission versucht ihn ganz vorsichtig auszuspähen und Sie treffen sich mit ihm?«

»Dann müssten die Jungs unser Gespräch mitbekommen haben.«

»Richtig. Ich werde mich umgehend erkundigen.«

Er griff zum Hörer und sprach einige Worte hinein. Die Antwort schien ihn eher zu belustigen. »Diese Idioten! Jetzt stehen Sie auf der Liste der Verdächtigten ganz oben.«

Hilpert lachte laut auf. »Da kann mir ja kaum was passieren, wenn mir ab sofort ein halbes Dutzend Leute auf den Hacken stehen. Nur, ob wir so zu unserem Mörder gelangen?«

Weber schüttelte ungläubig den Kopf. »Machen Sie sich nur lustig. Das ist der Fluch, wenn zu viele Leute an den Ermittlungen beteiligt sind. Dann ist jeder bestrebt, seinen eigenen Anteil am Erfolg beizusteuern. Dieser Scheißbeförderungsstau macht uns alle fertig.« So schnell, wie er sich ereiferte, regte er sich wieder ab. »Also, ich möchte nochmals auf Ihre Erlebnisse im Kosovo zu sprechen kommen. Was ist damals geschehen, außer dass Sie es sich mit einigen Einheimischen verscherzt haben?«

»Bitte, ich ...«

»Kommen Sie, ich habe eine Mail aus Berlin vorliegen. Man will Ihnen einen hohen Orden verleihen.« Er reichte ihm einen Ausdruck.

Hilpert winkte sichtlich erschrocken ab. »Oh Gott, bloß das nicht!«

»Dem werden Sie sich kaum entgegenstemmen können«, widersprach Weber. »Nur, was erzähle ich den Berlinern? Die haben keine Ahnung, was Sie im Kosovo veranstaltet haben, dass die dortige Regierung Sie so mit Ehren überhäufen will. Die erwarten von mir eine lückenlose Aufklärung.«

»Kommen Sie, Chef, biegen Sie das ab.«

Unsicher spielte Weber mit seinem Brieföffner. »Das dürfte recht schwierig werden. Versuchen wir, auf Zeit zu spielen. Ich lass die Mail erst mal ganz unten im Korb verschwinden.«

»Danke. Sie erweisen mir damit einen großen Gefallen.« Hilpert atmete tief durch.

»Es ist ziemlich schwierig, Sie zu durchschauen.«

Er verzichtete darauf, auf die Bemerkung seines Vorgesetzten einzugehen. »Ich hätte da eine Bitte.«

»Ja?«

»Ich würde mir gerne die Kontoauszüge des ermordeten Ehepaares anschauen dürfen. Das dauert mir zu lange, bis die Unterlagen freigegeben werden.«

»Und was ist der Zweck der Übung?«

»Nun, Pristic behauptet das gesamte Drogengeld erhalten zu haben. Da bleiben wenige Alternativen übrig, was den Absender betrifft. Entweder hat Bartels oder das Ehepaar Volkert gezahlt.«

»Das würde die Verdachtsmomente gegenüber den Drogenhändlern auf schwache Beine stellen.«

»Das ist richtig. Ich halte eh nicht viel davon.«

»Nach welchem Betrag müssen wir suchen?«

»Etwa 100.000 Euro, eine Barabhebung. Entweder von einem Spar- oder Girokonto.«

»Darum sollen sich Ihre Kollegen kümmern. Wir müssen uns weiter über Ihre bedrohliche Situation unterhalten.«

»Das bekomme ich schon hin. Nur wenn ich zusätzlich auf Silke achten muss, bindet das meine Kraft über meine Möglichkeiten hinaus. Es wäre mir am liebsten, man nähme sie einige Tage in Schutzhaft.«

»Sind Sie sicher, dass die junge Frau da mitspielt?«

»Schlecht zu sagen. Ich werde mit ihr reden.«

Zehn Minuten später lagen die Fakten auf dem Tisch. Vom Privatkonto der Mutter waren einen Tag vor ihrem Tod exakt 110.000 Euro in bar abgehoben worden.

Weber lief wie ein nervöser Tiger im Käfig auf und ab. »Verdammt, das wirft unsere ganze These über den Haufen! Für die Albaner gab es keinerlei Grund mehr, die beiden umbringen zu lassen. Ganz im Gegenteil. Damit stehen wir wieder am Anfang unserer Ermittlungen.«

Erbost setzte er sich an seinen Schreibtisch und griff nach dem Telefon. »Frau Wetzel, ich will die gesamte Sonderkommission um vierzehn Uhr im großen Konferenzraum sehen. Sie stoßen dazu, Hilpert.«

Pünktlich betrat Hilpert den nüchternen Raum. Trotzdem waren seine Kollegen bereits anwesend. Wie auf einen unhörbaren Befehl hin brach das sanfte Murmeln ab. Ihm schien, als würden sie ihm erwartungsvoll entgegenfiebern. Offensichtlich hatte Weber sie zuvor auf das Kommende eingestimmt.

Die Polizisten sahen einander betroffen an, als ihnen Hilpert seine Ergebnisse mitteilte. Einer der jüngeren Fahnder richtete sein Wort direkt an ihn: »Wie kommt es, dass Sie über solch vorzügliche Kontakte zu den albanischen Drogenhändlern verfügen? Sie werden von denen behandelt, als würde man sich aus der Sandkiste kennen.«

Diesmal musste er sich keine Ausrede ausdenken. Weber griff ihm unter die Arme. »Diese Frage hat sich geklärt. Einzelheiten erfahren Sie zum geeigneten Zeitpunkt. Jetzt geht es um neue Ideen. Also nochmals ran an die Unterlagen, die uns vorliegen. Ohne Hauptkommissar Hilpert wäre uns nicht einmal diese hohe Abbuchung aufgefallen, geschweige denn hätten wir eine Erklärung dafür.«

Trotz aller Bemühungen sollten sie in der nächsten Stunde keinen Schritt weiterkommen. Hilpert beschlich das Gefühl, als sei jegliche Fantasie und Kreativität verloren gegangen, nachdem die bösen Leute aus dem Balkan vorerst aus dem Spiel herausgenommen worden waren. Ohne spürbare Ergebnisse trennten sie sich.

Im Flur nahm ihn Alexandra beiseite. »Lange nicht gesehen. Und dann kommst du mal eben vorbei und zündest eine Bombe. Du bist mir einer.«

»Glaub mir, es wär mir lieber, die Dinge liefen ihren normalen Weg.«

»Und«, begann sie nachzuhaken, »hättest du Lust, mit mir den heutigen Abend zu verbringen?«

»An sich sehr gerne. Ich fürchte nur, es wäre für dich nicht so berauschend.«

»Wie kommst du darauf? Davon abgesehen, würde ich lieber zu einer eigenen Einschätzung kommen.«

Er schüttelte den Kopf. »Nein, ich würde dich nur gefährden. Es ist in nächster Zeit aus gesundheitlichen Gründen besser, man hält sich nicht in meiner Nähe auf.«

»Und warum, wenn man fragen darf?«

»Offensichtlich sind ein paar unfreundliche Herren von meiner alten Wirkungsstätte auf dem Weg, mir ihre Aufwartung zu machen.«

»Warum redest du so geschwollen? Sag an, was ist Sache?«

»Es ist ganz simpel, man will mich umlegen.«

»Ich verstehe. Da sind also ein paar Killer aus dem Kosovo auf dem Weg zu dir nach Hamburg.«

»Du hast es erfasst.«

»Und wieso dieses? Soweit ich diesen Pristic richtig verstanden habe, hast du mehreren Kindern das Leben gerettet.«

»Das stimmt. Nur manchmal kommt man dabei irgendwelchen Leuten ins Gehege. Dort unten ist man in solchen Dingen ausgesprochen nachtragend.«

»Aha, und da stehst du so ruhig hier herum. Hat man dir keinen Personenschutz gestellt?«

»Bloß das nicht. Das regle ich besser allein. Da muss ich auf niemanden Rücksicht nehmen.«

»Und was ist mit deiner Silke?«

»Die darf sich bereits über meine Ablösung freuen. Ich gehe davon aus, dass sie noch heute woanders untergebracht wird.«

»Bei ihr geht ihr auf Nummer sicher.« Besorgt zog sie ihre Stirn in Falten. »Und du drückst die Risikotaste, wenn es um dich geht. Das kann ja wohl nicht wahr sein! Oder wird hier nur etwas aufgebauscht?«

»Hältst du mich für einen Wichtigtuer?«

»Nein, eher für das Gegenteil. Ich fände es besser, man stellt dir ein paar gute Leute zur Seite. Wie steht Weber dazu?«

»Er hat sich meine Überlegungen zu eigen gemacht.«

Sie trommelte in einem Anflug der Verzweiflung mit den Fäusten auf ihn ein. »Sei ehrlich, ihr habt gar nicht darüber gesprochen. Du willst Rambo spielen. Allein hast du gegen solche Leute keine Chance! Oder hast du Augen im Hinterkopf?«

»Das sehe ich anders. Mein Vorteil ist, ich bin darauf vorbereitet. Ich muss nur zusehen, dass ich den Ort der Auseinandersetzung bestimme. Das ist wie mit dem Heimrecht beim Fußball.«

»Du spinnst. Fußball ist ein Spiel. Hier geht es um dein Leben. Außerdem gehen auch Heimspiele verloren. Das müsstest du doch vom HSV kennen.« Abrupt wandte sie sich von ihm ab und blickte im Weggehen zurück. »Ich werde mit Weber darüber reden. Das kann nicht das letzte Wort gewesen sein. Da planen irgendwelche Idioten ein Attentat gegen dich und wir behalten die Hände in den Hosentaschen und schauen zu?! Das will mir nicht in den Kopf.«

Wütend auf sich selber schaute er ihr hinterher. Warum hatte er sich keine glaubhafte Ausrede einfallen lassen? Manchmal war die Wahrheit überaus störend und behinderte die eigenen Entfaltungsmöglichkeiten.

19

Zusehends leerte sich der Flur. Erst jetzt begriff er, keine Heimstatt mehr im Präsidium zu haben. In seinem ehemaligen Zimmer saßen ihm unbekannte Leute von der Sonderkommission. Sie waren aus anderen Dezernaten zusammengezogen worden. Sie zeigten kein sonderliches Interesse an ihm, wie er sich nicht um sie bemühte. Ihn beschlich das Gefühl, als habe man sich auf diesem Weg von ihm elegant getrennt, allerdings ohne Kündigung und vor allem ohne goldene Uhr zum Abschied. Soweit er sich erinnerte, nannte man das Mobbing. Oder war er nur zu empfindlich geworden? Die Hände in die Hosentaschen versenkt, überlegte er seine nächsten Schritte. Seine Überlegungen unterbrach der Amtsarzt, Dr. Käßler. Freundlich lächelnd kam er auf ihn zu und reichte ihm die Hand.

»Hallo, Hauptkommissar, was macht der Mordfall an dem Ehepaar Volkert? Gibt es inzwischen erste Verdächtige?«

»Na, so schnell funktionieren die Wunder in unserer Mordkommission nun auch wieder nicht.«

»Ja, das ist schon sehr merkwürdig. Die Morde waren nicht alltäglich. Dr. Volkert ist geradezu hingerichtet worden. Es erinnert an die Einsatzgruppen der SS während des Russlandfeldzugs. Auf dem Balkan sind auf diese Art und Weise ebenso viele Menschen ums Leben gekommen. Der Mörder ist unbarmherzig, der denkt keine Sekunde nach, wenn er sein Opfer im Visier hat. Auf jeden Fall ist er ein vorzüglicher Schütze. Er hat pro Opfer einen Schuss abgegeben. Das waren unter Garantie nicht seine ersten Morde.«

Hilpert ließ sich die Worte des Mediziners auf der Zunge zergehen. Sollte tatsächlich die Vermutung stimmen, dass sie es mit Tätern zu tun hatten, die auf diese Art des Tötens gedrillt waren? Das hieße, es kam niemand aus dem erweiterten Verwandten- oder Bekanntenkreis als Todesschütze infrage. Oder hatten sie es mit einem gedungenen Mörder zu tun? Das Stichwort Balkan bewegte ihn erneut in eine Richtung, die er für sich eigentlich abgehakt hatte. Sie liefen im Kreis und trafen ständig auf die gleichen Spuren. Vielleicht sollten sie die Richtung ändern.

Kopfschüttelnd ging er weiter. Ihm kam das Gespräch mit Alexandra in den Sinn. Sie hatte ihn nicht wirklich für die Gefahr sensibilisiert, die ihm drohte. Er durfte sich lang genug in einer Gegend aufhalten, wo man nie sichergehen konnte, welche Überraschung einem der nächste Tag präsentierte. Blieben die Menschen ruhig, gab es immer noch versteckte Minen, deren Splitter sich gerne in die Glieder von Mensch und Tier hineinfrästen, wenn man auf sie trat. So schnell jagte man ihm keine Angst ein.

Dies galt allerdings auch für seine Gegner. Die Leute, die sich auf den Weg zu ihm gemacht hatten, würden zügig und konsequent handeln und nicht erst lange diskutieren. Sie konnten jederzeit zuschlagen. Wollte er sich eine reale Überlebenschance ausrechnen, musste er versuchen, den Zeitpunkt und den Ort des gegen ihn geplanten Angriffs vorherzubestimmen. Die Attentäter würden sich vermutlich nicht sofort wie eine hungrige Wolfsmeute auf ihn stürzen. Sie mussten erst einmal ihn und seine Gewohnheiten ausspähen. Er überlegte. Eigentlich hatte er keine. Folglich galt es, welche zu entwickeln und zwar schleunigst. Er konnte unmöglich Tag für Tag mit einem weitreichenden Gewehr und einer kugelsicheren Weste durch die Lande ziehen. Also musste er sie so dicht wie möglich an sich herankommen lassen. Auf Distanz verblieb ihm keine Chance. Sein Ziel war, eine Art Waffengleichheit herzustellen. Das funktionierte am besten, wenn es draußen dunkel war.

Die Hände in den Hosentaschen vergraben stand er auf dem Flur und überlegte. In ihm entwickelte sich das Fragment eines Plans. Er spielte den Köder, musste sich in die eigene Falle setzen, in der Hoffnung, dass der Notausgang funktionierte. Wo sollte er sie aufbauen? Gedankenversunken ging er weiter. Er fuhr mit dem Aufzug in die Kantine und organisierte sich einen starken Kaffee. Bewusst setzte er sich an einen leeren Tisch, um ungestört seinen Überlegungen nachhängen zu können. Er nahm einen kräftigen Schluck und hätte sich beinahe den Mund verbrannt. Ein heißer Kaffee wollte mit voller Konzentration getrunken sein. Eine weise Erfahrung, die er machte. Er musste sich voll auf die Attentäter konzentrieren.

Den Zeitpunkt des Anschlags konnte er mit etwas Geschick selbst bestimmen. Fehlte nach wie vor der Ort. Als habe er den Stein der Weisen gefunden, schlug er sich mit der flachen Hand gegen die Stirn. Der Anschlag musste an der Alster in den späten Abendstunden stattfinden. Dort würde man kaum Unbeteiligte gefährden. Und er hätte einen nicht zu unterschätzenden Standortvorteil unweit entfernt von seiner Wohnung. Vermutlich würde man auf ihn schießen. Er besaß kein Auto, das man in die Luft sprengen konnte. Es war kaum zu erwarten, dass man ihn mit dem blanken Messer attackierte. Ihnen war bekannt, dass er über eine Schusswaffe verfügte und diese einzusetzen verstand. Langsam verfestigte sich sein Plan. Um ihn erfolgreich umsetzen zu können, benötigte er Webers Mithilfe. Mit kurzen Schlucken trank er aus und wollte sich aus seinem Sitz erheben, um seinen Vorgesetzten aufzusuchen. Das Vorhaben ergab sich von selbst.

Als habe er ihn zu sich bestellt, nahm der Oberrat direkt Kurs auf ihn.

»Erfreulich, dass ich Sie noch treffe, Hilpert. Ihre Kollegin hat mir die Augen geöffnet. Wir können Sie unmöglich allein den Geiern zum Fraß vorwerfen. Das muss ins Auge gehen.«

»Das trifft sich gut«, erwiderte Hilpert ruhig. »Ich hätte da eine Bitte an Sie. Ich benötige ein paar Ausrüstungsgegenstände und einen Fahrer, der mich regelmäßig aus meiner Wohnung abholt und zurückbringt.«

»Ein ausgezeichneter Gedanke. Ich hab schon befürchtet, Sie würden sich der Idee widersetzen.«

»Und wenn Sie mir wieder einen Arbeitsplatz im Präsidium organisieren könnten. Ich möchte in Ruhe das Material aufarbeiten, ohne ständig über meine Schulter blicken zu müssen.«

»Meinen Sie tatsächlich, darin den Schlüssel für die Morde zu finden? Sollten wir etwas übersehen haben?«

»Keine Ahnung, aber bis zur einbrechenden Dunkelheit würde ich mich in nächster Zeit gerne im Schutz meiner Kollegen damit beschäftigen. In unseren Räumlichkeiten oder vor dem Haupteingang wird mich wohl kaum jemand umlegen.«

»Brillant. Da bin ich ausnahmsweise mal ganz Ihrer Meinung. Sammeln Sie auf unsere Kosten Kraft im Präsidium. Ich organisiere Ihnen einen Raum und einen Schreibtisch. Erwarten Sie bitte keine Suite. Die sind alle ausgebucht.«

Auf der Fahrt nach Hause überdachte er seinen Plan. Der Erfolg hing im Wesentlichen davon ab, mit wie vielen Gegnern er es zu tun bekam. Bei einem direkten Angriff würden sie es von unterschiedlichen Positionen aus versuchen. Solche Leute planten stets Verluste ein. Also war es wichtig, sie möglichst weit auseinanderzuziehen. Er rechnete mit drei bis fünf Angreifern. Wie viel Zeit benötigten sie, seinen Tagesablauf auszuforschen? Zwei Tage, drei Tage? Wann würden sie auftauchen, heute, morgen, nächste Woche? Waren sie bereits in Hamburg? Er zuckte mit den Achseln. Mit den verbleibenden Unwägbarkeiten musste er leben. Entscheidend war, ob sie der Fährte folgten, die er ihnen legen wollte.

Später stand er in Silkes Wohnung. So allein kam er sich verlassen vor. Aber es war angeraten, sie vorerst aus der Schusslinie zu halten. Auch wenn er sich gegen diesen Eindruck stemmte. Er vermisste sie. Auf dem Tisch lagen die Unterlagen für den Verkauf des Hauses und der Klinik. Die wichtigsten Papiere hatte sie aus dem Schließfach ihres Vaters genommen. In Ermangelung einer besseren Idee ging er sie kurz durch. Den Grundbuchauszügen und Kreditverträgen entnahm er, dass auf beiden Objekten Verbindlichkeiten in nennenswerter Größenordnung lasteten. Das galt selbst für Silkes Wohnungen. Hierauf lagen neben der normalen Finanzierung zusätzlich hohe Sicherungshypotheken. Sie würde sich anstrengen müssen, wollte sie nach den Verkäufen aller Liegenschaften ausreichend Geld für sich übrig behalten. Dafür waren die Zeiten zu ungewiss und die Banken zu zögerlich mit Krediten. Bei den Wohnungen sah er dennoch nicht das eigentliche Problem. Attraktive Objekte waren gesucht. Die Preise, die momentan gezahlt wurden, waren nicht von schlechten Eltern. Bauchschmerzen bereitete ihm die Klinik. Wie bezifferte man deren Wert? Er hatte keine Ahnung und keine Idee. Sicherlich gab es ein übliches Schema, nach dem man vorgehen konnte. Nur, wer konnte ihn darüber schlaumachen? Sorgfältig legte er die Dokumente aufeinander. Er warf einen flüchtigen Blick in eine dünne Aktenmappe. Darin fand er die Kreditverträge, die Volkert bei Erwerb der Klinik abgeschlossen hatte. Er blätterte sie oberflächlich durch. Da kam ebenfalls einiges zusammen. Er legte die Mappe zu den Unterlagen. Unschlüssig schaute er sich um. Schließlich stand er auf und ging in seine Wohnung. Auch hier stürmte das Gefühl der Einsamkeit auf ihn ein. So mochte ein Heuler empfinden, wenn es von der Mutter allein gelassen auf der Sandbank nach ihr rief. Wie schnell man sich an einen Menschen gewöhnen konnte, seine Nähe genoss, seine Abwesenheit bedauerte.

Er schwankte zwischen TV und Musik, als ihn gegen neun Uhr die Glocke an seiner Wohnungstür aufschreckte. Vor ihm stand Alexandra, die Herausforderung in Person. Allein der tiefe Ausschnitt ihres Kleides brachte sie vermutlich hinter Gitter, traute sie sich damit am Tag durch die Mönkebergstraße. Erstaunt starrte er sie an. Sie ließ ihn gar nicht erst zu Wort kommen.

»Ich habe gerade entschieden, dass mit den bösen Menschen frühestens ab morgen zu rechnen ist. Wir sollten uns einen letzten netten gemeinsamen Abend gönnen.«

Sie war da. Es hätte keinen Sinn gemacht, sie vor der Tür stehen zu lassen. Aller Wahrscheinlichkeit nach lag sie mit ihrer Vermutung richtig. Seinen Plan, joggen zu gehen, gab er auf. Ihre blitzenden Augen verrieten ihm, dass sie nicht gekommen war, um sich mit ihm auf Arte einen Bericht über die Schneeleoparden im Himalaja anzuschauen.

Sie verzichteten darauf, übereinander herzufallen, wie sie es vor Kurzem noch getan hätten. Sie nahmen sich diesmal etwas mehr Zeit füreinander und genossen es umso mehr. Sie forderte von ihm alles, im Bett ebenso wie unter der Dusche. War dies ihr vorgezogener Junggesellinnenabschied? In den nächsten Stunden wechselten sie kaum ein Wort. Ihre Kommunikation bedurfte keiner Sprache.

Kurz nach Mitternacht lag er allein mit offenen Augen im Bett und überdachte seine Situation. Er fragte sich zum wiederholten Mal, wie er zu ihr stand. Begehrte er sie ausschließlich körperlich oder gingen seine Gefühle für sie tiefer? Und Silke? Welche Rolle nahm sie in dieser Dreiecksbeziehung ein? Er kannte die Antworten auf seine Fragen, weigerte sich allerdings, die bittere Realität anzunehmen. Spätestens mit Alexandras Eheschließung war seine große Liebe für ihn verloren.

Bald schon konzentrierten sich seine Gedanken wieder auf seinen simplen Plan zur Abwehr der potenziellen Angreifer. Überlebenswille schlug Gefühle. Das hatte die Schöpfung sehr weise eingerichtet. Er wollte ab sofort als Jogger in der Dunkelheit eine geeignete Zielscheibe abgeben. In der

Hoffnung, schneller zu sein als sie und vor allem besser. Trotz aller Risiken sah er keine geeigneteren Alternativen. Er konnte weder ständig davonlaufen, noch den Rest seines Daseins mit einer Handvoll Leibwächter fristen. Irgendwann würde es ihn treffen. Er musste die Latte für seine Feinde so hoch wie möglich legen. Es galt, ihre Risiken zu maximieren und damit seine zu reduzieren.

Alexandra hatte ihn ungern verlassen. Auf dem Weg zu ihrer Wohnung fragte sie sich zum ersten Mal, ob sie wirklich den richtigen Mann ehelichen würde. Wütend auf sich trat sie aufs Gas. Sie hatte sich entschieden, es gab kein Zurück. Sie weigerte sich, künftig mit einem gebrauchten Fiat 500 durch die Gegend zu fahren.

* * *

Pünktlich um acht Uhr fünfzehn fuhr sein Kollege Garbrecht am nächsten Morgen vor.

»Mensch, Hilpert«, begrüßte er ihn, »hast du irgendwann mal irgendeinem Heini von der Presse in die Suppe gespuckt?«

»Keine Ahnung. Warum fragst du?«

»Greif mal nach hinten, da liegt eine Zeitung. Ich hab die entsprechende Seite aufgeschlagen.«

Er las die in dicken Lettern geschriebene Schlagzeile eines Artikels ›Kontakte zu Kriminellen aus dem Kosovo?‹ und starrte auf ein Foto, das ihn im Gespräch mit einem der Leute von Pristic an der Alster zeigte. Ansonsten las er über die seltsamen Verbindungen eines Hamburger Hauptkommissars zur Drogenszene in der Hansestadt. Zum Schluss wurde der letzte Pfeil in seine Richtung abgeschossen. *Offensichtlich ist Hauptkommissar H. der Aufenthalt im Kosovo schlecht bekommen. Wie aus gut informierten Quellen zu hören war, soll er dort bereits enge Kontakte zu undurchsichtigen Kreisen gepflegt haben. Nach Aussage eines nicht genannten ehemaligen Kollegen ...*

Mit der Drohung, als kritischer Journalist die Geschichte zu verfolgen, endete der Artikel. Hilpert warf die Zeitung hinter sich auf die Rückbank und schwieg einen Moment.

Dann wurde ihm klar, dass Garbrecht vermutlich einen Kommentar erwartete.

»Alles Blödsinn, was der Schreiberling darin zusammenschwafelt. Den hätte ich gerne mit auf Streife genommen. Vermutlich wäre dem gleich am ersten Tag der Arsch auf Grundeis gegangen.«

Sein Journalistenfreund hatte zugeschlagen. Er musste mit dieser weiteren Retourkutsche leben. Für große Erklärungen war es nun zu spät.

Wieder einmal traf Hilpert sich mit Weber, der ihn starr über seine Lesebrille hinweg anblickte.

»Ich will darauf verzichten, in Sie zu dringen. Nur müssen wir aufpassen, dass die Polizei nicht in Verruf gerät. Auf korrupte Bullen wartet das Land.«

»Und halten Sie mich für korrupt?«

»Wie käme ich dazu? Bevor Sie bei uns aufgekreuzt sind, war bereits Ihr Kommandeur vorstellig geworden und hat Sie uns ans Herz gelegt. Das tut man nur für die Guten. Und was Sie bisher gezeigt haben, belegt dessen Einschätzung.«

»Wie geht es weiter?«

»Ich vermute, Bürgermeister und Innensenator werden in den nächsten Stunden ihre Referenten auf mich hetzen. Der Oberstaatsanwalt erscheint garantiert persönlich bei mir. Sie sind auf dem Weg zu einem Politikum. Bald stehen die Bürgerschaftswahlen an. Da neigen diese Herrschaften leicht zur Hysterie.« Er legte die Lesebrille auf seine Schreibtischunterlage und rieb sich die Augen. »Ich versuche, die Leute auf Distanz zu halten. Alles Weitere sollte sich zeigen. Sie gehen besser auf Tauchstation. Geben Sie bloß keine Interviews.«

»Keine Angst, eher beiße ich mir die Zunge ab.«

»Ich weiß, man kann Sie nicht gerade als mediengeil bezeichnen.«

Nachdem Hilpert gegangen war, griff Weber lächelnd in den Ablagekorb. »Ein Ass haben wir noch im Ärmel, meine Herrschaften von der schreibenden Zunft. Wo man ihm doch einen hohen Orden verleihen will. Wer drischt schon auf einen Helden ein?!«

Eine Idee begann sich in seinem Kopf festzusetzen. Er musste diese Verleihungszeremonie beschleunigen. Nur so würde es ihnen gelingen, die Medien ruhigzustellen. Hilpert hatte da mitzumachen, auch wenn es ihm gegen den Strich ging. Diesmal würde er ihn nicht fragen.

Auf dem Weg in sein vorläufig neues Zimmer klingelte Hilperts Handy. Der Anrufer verzichtete darauf, sich vorzustellen.

»Die Gäste von außerhalb sind angekommen. Seien Sie auf der Hut. Die fackeln nicht lange.«

Er konnte sich kurz bedanken, bevor die Verbindung gekappt wurde. Die Schonzeit war vorbei. Ab sofort wurde scharf geschossen. Er war darauf vorbereitet. Als er seinen Raum betrat, wäre er beinahe über den Schreibtisch gestolpert. Wollte er hier seine Beine ausstrecken, musste er die Tür geöffnet halten. Offensichtlich hatte man für ihn eine ehemalige Besenkammer freigeräumt. Ihm war es gleich. Ein Blick nach vorne beruhigte ihn. Der Raum besaß ein Fenster. Er verfügte über eine Örtlichkeit für sich. Er gehörte weiterhin dazu. Nur das zählte.

Entnervt warf er eine knappe Woche später einen Blick in den Spiegel. Die Barthaare am Halsansatz würden auch diesen Morgen den Angriff seines Elektrorasierers überleben. Vielleicht sollte er über einen Dreitagebart nachdenken oder alternativ über eine Nassrasur. In beiden Fällen hätte er dieses Problem gelöst. Tatsächlich gingen wichtigere Überlegungen durch seinen Kopf. Seine abendlichen Joggingrunden entlang der Alster brachten ihn kein Stück weiter, sah man davon ab, dass sie eine gewisse Ergänzung für sein Fitnesstraining darstellten, das in letzter Zeit zu kurz gekommen war. Niemand versuchte, ihm in böser Absicht auf den Pelz zu rücken. Traf er auf Leute, grüßten sie ihm freundlich zu oder ignorierten ihn.

Lustlos kaute er auf einer Scheibe Brot herum. Wie so häufig seit seiner Rückkehr nach Hamburg hatte er vergessen, einkaufen zu gehen. Er würde wohl oder übel wieder der Kantine seine Aufwartung machen müssen. Silke fehlte an allen Ecken. Er schaute auf die Uhr. Sein Kollege Garbrecht war an diesem Tag bereits zehn Minuten zu spät dran. Ein nervöses Hupen vor der Haustür schreckte ihn hoch. Er trat auf den Balkon, blickte hinunter und erkannte den Wagen des Kollegen. Normalerweise meldete er sich vorher per Handy. Hatte er es vergessen oder war der Akku leer? Ganz wollte er daran nicht glauben. Garbrecht war zuverlässig, vor allem aber ein Gewohnheitsmensch. Seltsamerweise verzichtete er darauf, wie sonst auszusteigen und ihm zuzuwinken. Hilpert wollte sich gerade abwenden. Aus den Augenwinkeln erhaschte er einen Blick auf einen Passat, der langsam heranrollte und auf der anderen Straßenseite zum Stehen kam. Das waren an diesem Morgen zu viele Ungereimtheiten auf einem Haufen. Er spürte seinen Pulsschlag, der sich innerhalb der letzten Sekunden verdoppelt haben durfte. Sah er inzwischen Gespenster oder musste er sich auf einen Angriff gefasst machen? Er trat zurück ins Wohnzimmer. Ohne Hast griff er nach seiner Pistole, lud sie durch und spannte den Hahn. Vorsorglich steckte er Ersatzmagazine in die Jackettasche. Er schob die entsicherte Waffe in die rechte Hosentasche und ließ die Hand folgen. Ein rascher Blick vor dem Spiegel überzeugte ihn davon, dass es einem flüchtigen Betrachter nicht weiter auffallen durfte. Stand tatsächlich ein Attentat gegen ihn bevor, musste sich Garbrecht in den Händen seiner Angreifer befinden. Mit Sicherheit lag dann wenigstens ein Mann hinter ihm auf der Rückbank, um ihn gebührend in Empfang zu nehmen. Im Passat saßen garantiert die Ersatzleute, sah man davon ab, dass er vermutlich als Fluchtwagen genutzt werden sollte.

Da baute er eine filigrane Falle auf und seine Gegner entschieden sich offensichtlich für einen eigenen Plan. Die Welt war schlecht. Nicht einmal auf Attentäter konnte man sich verlassen. Er atmete tief durch und verließ seine Wohnung.

Vorsichtig stieg er die Treppe hinunter. Das fehlte ihm noch, sich in aller Hektik in den Oberschenkel zu schießen.

Er überquerte die Stellplätze vor dem Haus in wenigen schnellen Schritten. Anschließend öffnete er die kleine Fußgängerpforte mit der linken Hand und ging auf das Dienstfahrzeug zu. Lässig verschwand auch die linke Hand in seiner Hosentasche. Am Wagen war auf den ersten Blick nichts Verdächtiges zu entdecken. Hinten hing eine Jacke, sodass er dort unmöglich etwas zu erkennen vermochte. Aus dem Passat auf der gegenüberliegenden Seite entstiegen gleichzeitig zwei Männer. Mit unverkennbarer Hast kamen sie auf ihn zu. Ohne zu zögern zog er die Pistole aus der Tasche und schoss zweimal durch die Scheibe in den Fond des Wagens. Ein Schrei bestätigte seinen Verdacht. Die ihm entgegenkommenden beiden Angreifer rissen plötzlich langläufige Waffen hoch und legten auf ihn an.

Pistolen mit Schalldämpfer, dachte Hilpert und gab abermals mehrere Schüsse ab. Danach kehrte Stille ein. Die Angreifer lagen auf der Straße. Er musste nicht nachschauen, um zu begreifen, dass sie tot waren. In einer engen Situation wie dieser nahm man den Tod des anderen bewusst in Kauf. Der edle Sheriff schoss nur in Hollywood-Western dem Gegner die Waffe aus der Hand. Langsam gewahrte er schreiende Menschen und quietschende Autoreifen. Wie hypnotisiert drückte er die Tasten seines Handys und benachrichtigte seine Kollegen im Präsidium. Garbrecht stieg an der Fahrerseite des Fahrzeugs aus und warf einen Blick auf das Geschehen.

»Mensch, Fabian, du musst das zweite Gesicht haben. Wo hast du so schießen gelernt?«

»Übung, Gerd, reine Übung.«

»Gut, dass du mein Hupen richtig gedeutet hast.«

»Ich muss dich enttäuschen«, antwortete er unnatürlich ruhig. »Es war letztlich der zweite Wagen, der mich stutzig machte und die Jacke im Fond gab mir letzte Gewissheit.«

Jetzt endlich erinnerte er sich an den dritten Mann auf dem Rücksitz des Autos. Vorsichtig die Waffe nach vorne gerichtet öffnete er die Tür. Das zerschossene Fensterglas hatte sich wie eine glitzernde Decke auf dem Körper des Mannes verteilt. Sein heftiges Wimmern verriet, dass er noch leben musste. Er wollte sich in den Wagen beugen, als er wenige Schritte von sich entfernt einen jüngeren Mann gewahrte. Es war nicht die Waffe in seiner Hand, die ihn irritierte, sondern der in Stein gemeißelte Gesichtsausdruck. Es war für ihn zu spät zu reagieren. Für einen kurzen Augenblick schien es ihm die Luft zu nehmen, als ihn zwei Schüsse in die Brust trafen. Wie in Zeitlupe sackte er auf die Knie. Er hatte die alte Regel verletzt, sich zu orientieren, ob tatsächlich jeder potenzielle Angreifer ausgeschaltet war. Noch war Leben in ihm. Der Schütze trat näher und richtete die Waffe auf seinen Kopf. Instinktiv schloss er die Augen. Wie durch einen Stöpsel, den er sich in seine Gehörgänge gelegt hatte, vernahm er zwei weitere sanft gedämpfte Schüsse. Wie ein gefällter Baum brach der Angreifer zusammen. Garbrecht hatte sich eine der Waffen der Killer vom Boden gegriffen und geschossen.

Hilpert erhob sich mit schmerzverzerrtem Gesicht. Die kugelsichere Weste hatte gehalten, was die Werbung versprach. Bis auf erträgliche Schmerzen im Brustkorb ging es ihm leidlich. Unsicher wankte er auf Garbrecht zu.

»Du hast mir gerade das Leben gerettet, Gerd. Kugelsichere Kopfwesten wurden leider nicht mitgeliefert.«

»Der Herr belieben zu scherzen. Was glaubst du wohl, wäre mit mir geschehen, hätten sie dich erwischt. Ich verdanke dir mein Leben.«

»Dann sind wir quitt«, meinte Hilpert mit einem müden Lächeln. »Unentschieden, wie das letzte Heimspiel des HSV.«

Erleichtert umarmten sie einander.

Nahezu zeitgleich mit ihren Kollegen und den Sanitätsfahrzeugen traf die Presse ein. Zwanzig Minuten danach gab sich das Fernsehen mit Übertragungswagen die Ehre. Der verantwortliche Staatsanwalt, der ebenfalls erschienen war, versuchte vergeblich, die interessierten Medienvertreter auf sich zu konzentrieren. Schließlich winkte er den beiden Polizisten zu.

»Meine Herren, bitte geben Sie den Damen und Herren von der Presse die Gelegenheit, Ihnen ein paar Fragen zu stellen. Sonst stehen wir hier noch morgen herum.«

»So gut wie in einer uns allen bekannten Zeitung behauptet wurde, scheinen Sie sich mit den Herren vom Balkan nicht gerade zu verstehen«, sprach ihn ein Vertreter von dpa an.

»Sie müssen nicht alles glauben, was in der Zeitung steht«, hielt ihm Hilpert sarkastisch vor. »Sie kennen sich doch aus.«

Ruhig äußerte er sich zu den weiteren Fragen, bis man ihn in die moralische Ecke zu stoßen suchte.

»Belastet Sie der Tod dieser Männer?«

Seine Antwort kam klar und undiplomatisch: »Nein, ich muss zugeben, dass es mich eher gestört hätte, wenn ich jetzt auf der Straße läge oder mein Kollege.«

Der Fragesteller ließ nicht locker. »Nochmals, wie fühlt man sich danach?«

»Erleichtert«, räumte Hilpert unbeeindruckt ein. »Wir haben mehrere brutale Killer getötet, die es auf mich abgesehen hatten. Die zumindest können bei uns oder an anderer Stelle niemanden mehr umbringen.«

»Trotzdem müssen sich Emotionen in Ihnen bewegen.«

»Ich gebe Ihnen einen Tipp«, erwiderte er ungerührt. »Lassen Sie auf sich schießen und befragen anschließend Ihr Gemüt, soweit Sie es überlebt haben. Vielleicht verstehen Sie mich dann besser. Man möge mir nachsehen, dass ich nichts Ehrenrühriges dabei empfinde, mein Leben zu verteidigen und kein Mitleid für Mörder verspüre.«

Die Stimmung drohte zu kippen. Der medienerfahrene Staatsanwalt nahm die beiden Kriminalbeamten aus dem Spiel. Erleichtert traten sie den Rückzug an. Hilpert zog seinen Kollegen am Jackett.

»Komm, Gerd, gehen wir hinauf in meine Wohnung und genehmigen uns einen Schnaps. Den haben wir uns verdient. So was schmeckt erfahrungsgemäß am frühen Morgen am besten.«

Ohne sich umzuschauen, entfernten sie sich von dem Ort des Anschlags. Sie ließen ein gutes Dutzend Journalisten zurück, die sich schwer damit taten, sich eine abschließende Meinung zu den Ereignissen und vor allem zu den Beamten zu bilden. Es war deren Privileg, eigene Einstellungen zum Thema Moral zu bilden und sich dazu zu äußern. Und das Fernsehen würde ihnen noch an diesem Abend die ersten Beiträge frei Haus liefern.

Später stieß Weber zu ihnen. »Den Umgang mit den Medien müssen Sie unbedingt üben, lieber Hauptkommissar. Man hat gefälligst zerknirscht zu sein, wenn man Menschen getötet hat.«

»Das mag für das relativ ruhige Hamburg gelten. Wenn man sich an anderen Ecken dieses Kontinents aufgehalten hat, freut man sich über jeden Tag, den man gesund überlebt. Diese Typen töten ohne Ansehen von Personen. Geschlecht, Alter ist denen völlig gleichgültig. Die hätten unter Umständen auch Passanten mitgenommen. Seien wir froh, dass sie keine Handgranaten dabeihatten.«

»Mir müssen Sie das nicht erklären. Nur die Leute mit den Kugelschreibern können das nicht immer nachvollziehen.«

»Das bleibt dann deren Problem.« Er blickte zu seinem Chef herüber. »Ich bin nicht Jesse James und töte Menschen um meines Vorteils wegen. Aber ich hab gelernt, mich zu verteidigen, wenn man mich oder einen Kollegen attackiert.«

»Ist schon gut, ich bin heilfroh, dass ihr noch lebt.« Der Oberrat fand zur Sachlichkeit zurück. »Also, Garbrecht, wie haben die Albaner Sie erwischt?«

Seine Geschichte war schnell erzählt. Sie lauerten ihm vor seiner Haustür auf. Als er in den Wagen steigen wollte, stieß man ihm eine Waffe ins Kreuz. Einer der Angreifer setzte sich hinter ihn und befahl ihm, in nahezu akzentfreiem Deutsch, loszufahren. Er wusste genau, wo es hinzugehen hatte. »Ich konnte nur hoffen, dass Fabian mein Hupen auffallen würde.«

Weber erhob sich von seinem Sitz. »Ihr macht Feierabend, besauft euch, tut, was ihr wollt. Das Protokoll kann warten.

Wir stellen mehrere Leute vom MEK vor der Haustür ab. Heute nur keine Journalistengespräche mehr.«

Hilpert grinste erschöpft. Kurzfristig sah er keine Probleme. Seine Gegner würden an diesem Tag keine Hundertschaft schicken, um ihn aus dem Weg zu räumen. Die mussten sich erst einmal sammeln, bevor sie erneut zuschlagen konnten. Er vermeinte sie zu kennen. Sie würden wiederkommen. Jetzt, nachdem es weitere Verluste zu beklagen gab, erst recht. Er fragte sich, welche Seite über den längeren Atem verfügte. Er kratzte sich nachdenklich am Kopf. Der reine Optimismus wollte sich bei ihm nicht einstellen.

20

Ein erschreckter Anruf von Silke riss ihn aus seinem Mittagsschlaf. Im Gegensatz zu seinen sonstigen Gewohnheiten hatte er sich mit Garbrecht an diesem Vormittag mindestens ein Glas zu viel gegönnt. Der Journalist hätte ihn besser gefragt, ob er Angst um sein Leben oder das des Kollegen gehabt hatte. Auf feste Nahrung verzichteten sie weitgehend, sodass der Alkohol ungehindert seinen verheerenden Einfluss geltend machen konnte. Garbrecht verschwand nach eins in mäßiger Verfassung mit einem Taxi. Hilpert hatte sich vollständig bekleidet auf seine Couch im Wohnzimmer fallen lassen und war ohne Vorankündigung eingeschlafen.

»Ich hab dich gerade im Fernsehen gesehen«, vernahm er ihre aufgeregte Stimme. »Was ist vor unserer Haustür geschehen? Das klang voll nach Wilder Westen.«

Es wurde für ihn ein zäher Prozess, seinen Denkapparat auf das Gespräch zu konzentrieren und den vergeblichen Versuch zu unternehmen, die Geschehnisse zu verniedlichen. Offensichtlich hatten die Verantwortlichen vom NDR alles darangesetzt, über den Anschlag in epischer Breite in den Regionalnachrichten zu berichten. Als Beigabe kamen die entsprechenden Kommentare. Das beliebte Wort Terrorismus wurde zur Genüge strapaziert. Dafür kamen er und sein

Kollege in den Kommentaren glimpflich davon. Man sah ihnen die fehlenden Tränen für die Getöteten nach.

Seine Ausflüchte stießen ins Leere. Die einzige Chance, die Silke ihm gab, war, ihr zu versprechen, sie am selben Tag zu besuchen. Erst später fiel ihm ein, dass ihm ihr Aufenthaltsort unbekannt war. Er würde sich bei Weber erkundigen müssen. Nachdem er das Telefonat beendet hatte, gab er dem Bedürfnis nach, weiterzuschlafen. Nur so hoffte er, den Kopfschmerzen zu entgehen, die sich anmeldeten.

Am frühen Abend fühlte er sich halbwegs wieder in der Lage, sich unter Menschen zu wagen. Er sprang unter die Dusche und zog sich um. Danach telefonierte er mit Weber, der ihm versprach, kurzfristig einen Wagen zu schicken, der ihn zu Silke bringen sollte. Davor musste er allerdings noch mit dem Anruf seiner Eltern fertig werden. Seine Mutter brachte außer einem heftigen Schluchzen keinen vollständigen Satz zustande. Selbst seinem Vater, der seine Emotionen eigentlich besser im Griff hatte, war anzumerken, dass ihm der Mordanschlag ebenfalls an die Nieren gegangen war. Er schwor feierliche Eide, die beiden kurzfristig aufzusuchen und wusste, er würde sein Versprechen brechen. Die Nordheide durfte warten.

Irgendwo hinter Pinneberg bog das Fahrzeug in eine ruhige von stattlichen Laubbäumen eingerahmte Sackgasse ein. Ältere, einfach ausgestattete Einfamilienhäuser aus den Sechzigerjahren prägten das Bild. Die Grundstücke waren zugewachsen. Dichte Büsche verwehrten den Blick des flüchtigen Betrachters auf die Gärten hinter den Häusern. Vermutlich wurde dort noch Gemüse angebaut, konnte man unbehandelte Tomaten genießen. Zu dieser Zeit mussten an und für sich die Erbsen reif sein. Als Kind hatte er sie gern aus den Schoten gepult und roh gegessen. Eigentlich müsste man frische Erbsen im Supermarkt kaufen können. Vielleicht dachte er gelegentlich daran. Die Erinnerung ließ ihm das Wasser im Mund zusammenlaufen. Dort, wo man ihn hinbrachte, hatte man vermutlich andere Probleme, als Erbsen anzubauen. Am Ende der Straße bogen sie in eine enge Zufahrt ein. Silke musste ihn bereits vom Fenster aus erspäht haben. Sie begrüßte ihn an der Haustür, als habe man sich jahrelang aus den Augen verloren. Nur mühsam konnte er sich aus ihrer Umklammerung befreien.

»Was veranstaltest du nur für Sachen?«, erklang ihre vorwurfsvolle Stimme. »Kann man dich keinen Augenblick alleine lassen?«

»Ganz offensichtlich. Es wird Zeit, dass du wiederkommst, um auf mich zu achten. Außerdem verhungere ich.«

»Gerne, wenn es nach mir ginge, könntest du mich gleich mitnehmen.«

»Abgelehnt, Euer Ehren!«, widersprach er ihr in einem Ton, der nichts an Deutlichkeit vermissen ließ. »Solange du in Gefahr bist, bleibst du hier.«

Schmollend ließ sie sich in einen der Sessel in dem relativ kleinen Wohnzimmer fallen. Sie zog ihre Beine an und umklammerte sie mit den Armen. Er blickte sich flüchtig um. Bei wohlwollender Betrachtung mochte die Einrichtung aus den Siebzigerjahren des vorigen Jahrhunderts stammen. Sie war unmodern, aber gepflegt.

Wie war man wohl an diese Liegenschaft gelangt?, fragte er sich. Geerbt, gab er sich gleich die Antwort. Eine andere Möglichkeit sah er nicht. Starb man ohne Erben, durfte sich der Staat freuen.

Von ihren Bewachern hatte er bislang nichts mitbekommen. Sie hatten sich diskret zurückgezogen.

»Setz dich zu mir«, bat sie ihn, bereits wieder auf Harmonie gestimmt. »Ich muss dich um einen Gefallen bitten. Ich möchte die Verkäufe des Hauses und der Klinik vorantreiben. Ich hab dir eine Vollmacht ausstellen lassen, sodass du in meinem Namen handeln kannst.«

»Ich bin alles andere als der große Spezialist für solche Transaktionen.«

»Ach das wirst du bestimmt schaffen«, wischte sie seine Bedenken zur Seite. »Besser als ich wirst du allemal sein. Außerdem wird man sich in Acht nehmen, dich zu betrügen. Wer lässt sich schon gerne erschießen?«

»Danke für die Blumen. Ich will versuchen, deine Interessen anständig zu vertreten. Ob ich dafür wirklich der Richtige bin, wage ich nach wie vor zu bezweifeln. Davon abgesehen habe ich einen Blick auf die Unterlagen geworfen. Wie viel da für dich übrig bleibt, steht in den Sternen.«

Verwirrt starrte sie ihn an. »Wie darf ich das verstehen?«

»Nun, es lasten dicke Schulden auf den Objekten.«

Sie streichelte seine Hand und meinte optimistisch: »Die sind doch viel mehr wert. Du wirst es sicherlich richten. Außerdem hab ich in der Zeitung gelesen, dass gut erhaltene Luxusimmobilien Konjunktur haben.«

Haben sie auch, fuhr es ihm durch den Kopf. Aber wenn sie dick beliehen sind, wird das schwer.

Er wollte sie nicht weiter belasten, also schwieg er still. Die Realität würde sich früh genug bemerkbar machen. Ansonsten blieb ihnen keine Gelegenheit, die Situation für sich zu nutzen und sich einander zu nähern. Silkes Bewacher waren unsichtbar, dennoch waren sie präsent. Für eine kleine Sondervorstellung waren sie nicht aufgelegt. Eine Stunde später verließ er sie. Rechte Freude kam bei ihm nicht auf, als er zurückfuhr. Er dachte angestrengt darüber nach, wie er sich wieder stärker in den Fall einbringen konnte. Silkes Verkaufsinteressen rangierten für ihn dagegen hintan. Er würde da nach Alternativen Ausschau halten müssen. Sie benötigten hierfür einen kompetenten Berater, keinen gebildeten Laien wie ihn.

Pünktlich erschien Hilpert am nächsten Morgen an seinem Arbeitsplatz. Trotz des ereignisreichen Vortages langweilte er sich, sah man davon ab, dass ständig irgendwelche Kollegen bei ihm auftauchten, neugierig darauf bedacht, letzte Einzelheiten zu den gestrigen Geschehnissen von ihm zu erfahren. Unter anderen Bedingungen hätte er Eintritt verlangen können. Sein Kollege Garbrecht hatte das einzig Vernünftige getan und sich einige Tage Urlaub gegönnt. Gegen 11 Uhr traf er sich mit seinem Chef. Dieser machte einen ungewohnt nervösen Eindruck.

»Mensch, Hilpert, ich bin völlig verunsichert, was wir mit Ihnen anfangen sollen. Irgendwelche dunklen Typen lauern Ihnen auf und wollen Ihnen ans Leder. Gleichzeitig häufen sich die Hinweise, dass einige Presseleute dabei sind, sich gegen Sie zusammenzurotten.«

»Das ist doch nichts Neues. Die Bedrohung ist nicht wegzudiskutieren. Und seit ich in Hamburg bin, versuchen mir die Medien ständig was anzuhängen. Ich kann damit leben.«

»Ginge es nur um Sie, wäre alles relativ einfach. Aber es geht um uns. Es ist besser, wir können in Ruhe arbeiten. Wir haben so schon genug Aufmerksamkeit in den Medien.« Entnervt beugte er sich vor und blickte ihm unverwandt ins Gesicht. »Das fehlte mir, dass einer meiner Männer getötet würde. Dann hätten wir alles zusammen.«

Hilpert antwortete ungerührt: »Ich gebe zu, ein paar Jahre möchte ich gern noch leben.«

Weber grinste verlegen. »Das war ja nicht so gemeint. Aber wir kommen mit diesem Scheißfall keinen Millimeter weiter. Drei ermordete Hamburger Bürger, drei erschossene und ein verletzter Albaner, einige Kilogramm Kokain. Und die Polizei tappt im Dunkeln. Sie stimmen mir hoffentlich zu, dass das gleichermaßen spektakulär wie unbefriedigend ist!«

»Wem erzählen Sie das?«, brauste Hilpert auf. »Ich zermartere mir das Gehirn, worauf man sich konzentrieren sollte. Die Drogenszene? Irgendwelche hoch seriösen Abnehmer? Den Weihnachtsmann? Alle gleichzeitig?« Er atmete heftig durch. »Oder liegen wir völlig falsch und müssen in eine ganz andere Richtung ermitteln? Nur in welche?«

Weber stieß ins gleiche Horn. »Sie sagen es. Ihre alte Idee hat Charme, dass wir uns von den scheinbar so plausiblen Lösungen trennen müssen. Umdenken ist angesagt.«

Aufmerksam hörte Hilpert zu. Weber schien sich tatsächlich mit den Ermittlungsergebnissen seiner Leute intensiv zu beschäftigen.

»Nur erkenne ich da keinen einzigen Ansatzpunkt«, bemerkte er pessimistisch.

»Das sehe ich ein wenig anders«, widersprach Weber. »Ich

denke an diese Susi Teichmann, die seit einigen Jahren im horizontalen Gewerbe tätig ist. Die hat doch laufend mit Kriminellen zu tun. Wer weiß, vielleicht geht da was in Richtung Rache oder Erpressung ab. Was halten Sie davon, an der Stelle nochmals nachzubohren?«

Hilpert nickte beifällig. »Gute Idee. Ich werde mich drum kümmern. Die könnte unter Garantie einen professionellen Killer organisiert haben. Fragt sich nur, weshalb sie im gleichen Atemzug das Arztehepaar hätte liquidieren sollen?«

»Vielleicht haben die mit der Polizei gedroht«, bemerkte Weber zweifelnd.

»Weshalb?«, fragte Hilpert genervt. »Welches Geheimnis trägt Susi mit sich herum, das sie veranlassen könnte, die beiden umbringen zu lassen? Ich kann Bartels' Ermordung nachvollziehen. Warum aber kommt sie darauf erst nach sechs Jahren? Und der Doppelmord passt hinten und vorne nicht.«

»Vielleicht macht sie ihn für ihr Scheißleben verantwortlich?«

»Führt sie aus ihrer Sicht wirklich solch ein furchtbares Leben? Ich bezweifle das.«

Weber grinste hilflos in seine Richtung. »Tja, Herr Hauptkommissar, ein paar Rätsel müssen wir zuvor lösen. Mörder oder deren Auftraggeber haben die Unart, ihre Motive im Dunkeln zu belassen. Unser Job ist es, da Licht reinzubringen.«

»Wir werden sehen, Chef, ob uns diese Spur weiterbringt. Zumindest kümmere ich mich um das Mädchen. Irgendwie kommen wir schon voran. Wissen Sie, in diesem Fall verfügen wir über eine große Anzahl an Papierschnitzeln, aus denen wir ein Dokument zusammenfügen sollen. Was wir bisher haben, reicht halt noch nicht.«

Er nickte zu den Worten seines Mitarbeiters. Hilpert war aufgeschlossen und kreativ. Weber hasste es, Menschen durch Anordnungen zum Handeln bewegen zu müssen. Lieber überzeugte er sie oder gab kleine Kurskorrekturen auf.

Nervös trommelte er mit den Fingern auf seiner Tischplatte. Dann hatte er sich entschieden. »Sie benötigen Unterstützung. Schließlich müssen Sie auch künftig Ihren Rücken freihaben. Frau Roeder fällt wegen ihrer bevorstehenden Eheschließung aus. Ich könnte Ihnen Oberkommissar Tätzler aus der Sonderkommission abstellen. Er hat Interesse signalisiert, in kleiner Besatzung zu agieren. Die schwerfälligen Entscheidungs- und Abstimmungsprozesse in einer größeren Gruppe sind wohl nicht so sein Ding. Der dürfte zu Ihnen passen.«

Hilpert kannte den Kollegen flüchtig und hatte keine Einwände. »Einverstanden.«

»Gut, und Sie sind der Meinung, dass wir ein paar Tage Luft haben, bis sich Ihre Freunde aus dem Kosovo neu formiert haben?«

»Garantiert. Die können nicht jeden Tag ein Mordkommando zusammenstellen und nach Deutschland schicken. Dazu benötigt man die richtigen Leute mit entsprechenden Orts- und Sprachkenntnissen. Davon abgesehen würde man mich mit Sicherheit wieder vorwarnen, sollte ein neuer Trupp auf mich angesetzt werden. Dort sitzen glücklicherweise nicht nur Feinde von mir rum.«

»Ihr Wort in Gottes Gehörgang. Sollten wir uns täuschen, machen Sie den Abflug und ich darf mich bis zur Pensionierung um die Fachbibliothek kümmern. Eine herausfordernde Aufgabe. Sie wissen, wie gern ich lese.« Mit zusammengekniffenen Augen fixierte er Hilpert. »Mein Schicksal wäre immerhin die bessere Alternative zu Ihrem. Ich hätte Sie gern noch etwas länger um mich. Irgendwann müssen Sie mir erzählen, weshalb man Sie bis nach Deutschland verfolgt und zur Strecke bringen möchte. Gleichzeitig will man Ihnen einen Orden umhängen. Irgendwie passt das nicht zusammen.«

Hilpert spielte den coolen Youngster, den nichts anhaben konnte. Er hätte die scheinbare Unlogik problemlos klären können. Aber ihm stand nicht der Sinn danach. Die Erlebnisse im Kosovo hatte er in seiner Erinnerung vergraben. Und dort wollte er sie belassen. Trotzdem holte ihn die Realität ein. Er durfte seine Gegner nicht unterschätzen. Sie waren furchtlos und von ihrer Mission überzeugt. Ihm war durchaus bewusst, dass er unter anderen Umständen in der Kühlbox gelandet wäre. Glücklicherweise hatte der Attentäter darauf verzichtet, mit den ersten Schüssen auf seinen Kopf zu zielen.

»Sehen Sie, Chef, so muss jeder sein Päckchen mit sich rumschleppen«, erwiderte er lapidar.

Weber war unsicher, ob er über die Worte seines selbstbewussten Mitarbeiters lachen oder darüber erzürnt sein sollte. Er entschied sich für die entspannte Option.

»Machen Sie sich nur lustig über mich. Ich werde Tätzler zu Ihnen schicken. Passen Sie auf, dass der junge Mann nicht in den Armen einer dieser Damen verschwindet, wenn Sie diese Susi aufsuchen.«

»Ich versuche mein Bestes, obwohl ich mich nicht zum Sittenwächter eigne.«

Weber schaute ihn von oben bis unten an. »Na großartig. Mir scheint manchmal, als würde ich den Bock zum Gärtner machen. Verschwinden Sie bloß, bevor ich es mir anders überlege und Sie ins Kriminalmuseum versetze.«

»Wie sieht es mit einem größeren Zimmer aus? Wenn wir zusammenarbeiten, sollten wir in einem Raum sitzen.«

»Keine Angst, ich hab bereits vorgesorgt. Sie dürfen abermals umziehen. Neben Ihrem alten Zimmer können Sie sich fest einrichten. Ihre Schreibtische sind schon auf dem Weg dorthin. Sie sollten weiterhin den Kontakt zur Sonderkommission suchen. Die verfügt über alle Mittel, die Sie gegebenenfalls benötigen.«

Nachdem Hilpert gegangen war, griff er zum Telefonhörer. Tätzler gewann der Vorstellung, gemeinsam mit Hilpert zu ermitteln, einiges ab. Er war jung und ließ sich von den Risiken dieser Zusammenarbeit nicht beeindrucken.

»Gute Idee, Herr Oberrat. Endlich kommt man wieder mehr nach draußen. In der Kommission jagt eine Konferenz die andere. Alles wird zerredet. Das Ergebnis ist stets das gleiche. Wir kommen keinen Millimeter weiter. Niemand hat 'nen anständigen Einfall, der uns weiterhilft. Jeder will sich beweisen.«

Nach dem Telefonat verließ er sein Zimmer, um Hilpert einen Besuch abzustatten. Dieser begrüßte ihn freundlich.

Zum einen gefiel ihm der etwa gleichaltrige Kollege, zum anderen lief er diesmal nicht Gefahr, sich in seinen Partner zu verlieben. Dem konnte er eine ganze Menge abgewinnen. Mittags gönnten sie sich in der Innenstadt eine Currywurst mit Pommes frites, perfekt kombiniert mit Mayonnaise und ergänzt um eine Cola. Das Gericht wurde auch unter dem Namen ›Hanseatische Belle Cuisine‹ geführt. Gut, dass der Besuch französischer Kollegen nicht anstand. Sie hätten alle Vorurteile gegen die germanische Küche wiedererwecken können. Und trotzdem ließen sie es sich schmecken. Es ging nichts über eine ordentlich zubereitete Currywurst und knackige Pommes.

Sein neuer Partner bewies, dass er die Akten eingehend studiert hatte. »Was halten Sie von der Idee, vorher die Eltern des jungen Mädels aufzusuchen? Irgendwie kamen mir die Gesprächsergebnisse reichlich dünn vor. Man möchte meinen, die haben Ihnen so einiges verschwiegen.«

»Das könnte hinkommen. Wie ich die einschätze, sind die eh zu Hause«, stimmte Hilpert dem Vorschlag zu. »Das Bier aus dem Discounter ist immer noch am billigsten. Da erübrigt sich 'ne Voranmeldung.« Er reichte Tätzler die Hand. »Ich denke, wir sollten Du zueinander sagen.«

»Gute Idee.«

21

Die Wohnanlage hatte nichts von ihrem morbiden Charme eingebüßt. Wer hier aufgewachsen war, wollte entweder schleunigst weg oder hatte sich damit arrangiert, zum qualifizierten Bodensatz dieser Gesellschaft zu gehören. Die Umgebung verfügte über eine gefährliche Sogwirkung, die einen nach unten zog.

Erstaunt öffnete Teichmann die Tür. »Sie schon wieder, Herr Kommissar.« Er warf einen Blick über Hilperts Schulter. »Diesmal ohne die attraktive Kollegin?«

»Tut mir leid, zur Abwechslung müssen Sie mit einem weiteren Mann vorlieb nehmen.«

Ohne sich bitten zu lassen, traten die Beamten ein. Geändert hatte sich seit dem letzten Besuch wenig, sah man davon ab, dass zwei geöffnete Bierflaschen auf dem Tisch standen. Die Ehefrau trat aus der Küche hinzu, eine brennende Zigarette in der Hand. Ihr unsicherer Gang verriet, dass die Flasche auf dem Tisch an diesem Tag nicht die erste gewesen war und nicht die letzte bleiben würde.

»Oh, die Polizei«, begrüßte sie die Männer ungezwungen. »Kommen Sie, setzen Sie sich zu uns. So viel Besuch bekommen wir nicht mehr, seitdem Susi aus dem Haus ist.«

Ein Bier lehnten sie ab. Hilpert fühlte sich in der Wohnung unwohl. Und es hatte wenig mit der Einrichtung zu tun. Über Geschmack ließ sich trefflich streiten, sah man davon ab, dass die edlen Dinge des Lebens die meisten Brieftaschen überstrapazierten. Vielmehr lag es an dem Ehepaar, das ihm bereits physisch unsympathisch war. Insbesondere auf den Hausherrn hätte er mit einem wollüstigen Verlangen stundenlang einschlagen mögen. Er entschied, mit dem Gespräch keine Zeit zu verschwenden. Ungerührt brachte er sein Anliegen vor.

»Es geht noch einmal um die Abtreibung. Das Geld dafür, wer hat es Ihnen gegeben?«

Das Paar verhielt sich, als habe man es dabei erwischt, wie es einen Automaten knackte.

»Nun mal ran«, ermunterte Hilpert die beiden. »Wir kommen nicht vom Finanzamt.«

»Also, die Mutter des jungen Mannes war bei uns vorbeigekommen und hat alles geregelt. Sie drückte uns das Geld bar in die Hand«, bequemte sich der Ehemann zu einer Antwort.

Erstaunt fragte Hilpert nach: »Begleitete sie niemand? Ist sie ganz allein mit so viel Geld bei Ihnen aufgeschlagen?«

»Muss ja wohl. Wir hatten uns vorher verabredet und sie kam wie versprochen mit der Kohle. Vielleicht saß unten jemand im Wagen. Keine Ahnung.«

»Sie behaupten, das Geld von Frau Bartels in cash bekommen zu haben, Herr Teichmann?«

»Genau so ist es gewesen.«

Hilpert spürte, wie sich in ihm Wut aufstaute. Wut gegen Eltern, die das Leid ihrer Tochter für sich selber unbarmherzig ausnutzten. Mühsam beherrscht fragte er weiter: »Und Frau Bartels, welchen Eindruck machte die auf Sie?«

»Das kann ich Ihnen genau sagen«, brach es aus der Ehefrau heraus. »Sie war sich zu fein für unsere Wohnung. War ihr wohl zu einfach bei uns. Da waren wir ja auch noch nicht neu eingerichtet. Die wollte sich keine Sekunde länger bei uns aufhalten als erforderlich. Mit der Nase gerümpft hat sie. Selbst eine Tasse Kaffee hat sie abgelehnt.«

»Und sonst? Sah sie schlecht aus, hatte sie Atembeschwerden? Zitterten ihre Hände?«

»Angemalt war sie, Stöckelschuhe hat sie getragen. Und sie war dünn, viel zu dünn«, beanstandete diesmal ihr Ehemann. »Aber in der feinen Gesellschaft ist es ja unschicklich, zu viele Pfunde auf die Waage zu bringen. Ach richtig, sie hat geraucht wie ein Schlot. Mehr als wir.«

»Hat sie Ihnen Vorgaben gemacht, was mit dem Geld zu geschehen hat?«

»N... nein«, stotterte er. »Wir sollten davon nur die Abtreibung bezahlen.«

Das erklärte schlechte Gewissen saß vor den Beamten. Nervös fuhr sich Teichmann durchs Haar.

»Raus damit!«, fuhr Hilpert die beiden an. »Wie viel sollte Ihre Tochter abbekommen?«

Mit zittriger Hand griff die Mutter nach der Flasche und nahm einen Schluck, bevor sie murmelte: »5.000 Euro.«

Sie schien geradezu erleichtert, nachdem die Wahrheit draußen war.

»Und besitzen Sie dieses Geld noch?«

Teichmann antwortete mit hoch erhobenem Kopf: »Allerdings. Aber ich bestehe darauf, dass sie es hier in ihrem Elternhaus abholt. Egal, was man uns vorwerfen mag, unsere Tochter würden wir nie betrügen.«

Hilpert erhob sich und deutete dem Kollegen an, es ihm gleichzutun. »Ich werde es ihr erzählen, wenn ich sie heute Abend treffe.«

»Gönnen wir uns ein kleines Abendessen, bevor wir das nette Etablissement aufsuchen«, schlug Hilpert vor.

Sie entschieden sich diesmal für ein Rundstück.

»Jetzt ein schönes Bier dazu und ich könnte den Tag selig abschließen«, outete sich Tätzler.

»Keine Chance, du musst meinen Rückzug abdecken. Das bedeutet, wir trinken Wasser und genehmigen uns anschließend einen Kaffee.«

»Ja, ja, ist man bei der Polizei, kommen die guten Dinge im Leben zu kurz. Und wie siehst du meine Rolle in dem Spielchen?«

»Du setzt dich an den Tresen in der Nähe der Tür. Siehst du mich auf dich zukommen, verlässt du den Laden nach mir. Vergewisser dich, ob mir jemand folgt.«

»Und sonst?«

»Vermisst du mich über Gebühr, musst du improvisieren.«

»Toller Plan. Sich den auszudenken, muss ja Sekunden gedauert haben.«

»Du sagst es, weiser Knabe.«

Leicht affektiert fuhr sich Tätzler mit einer Hand durch die Haare. »Es ist alles eine Frage des IQ.«

»Dann man zu, Professor, wird schon schiefgehen.«

Sie zahlten und verließen das Restaurant.

»Sieh mal einer an, der nette Bulle!«, rief Susi Teichmann ihm durch den Raum entgegen, als er die Bar betrat.

Herausfordernd schlenderte sie auf ihn zu und blieb einen halben Schritt vor ihm stehen. Ihr Outfit entsprach mitteleuropäischem Standard, Netzstrümpfe, hochhackige Schuhe, ultrakurzer Rock, die Bluse vor dem Bauch verknotet. Keck hakte sie sich bei ihm unter.

»Du willst doch bestimmt wieder zu mir.« Sie verzichtete auf eine Antwort von ihm, da er nicht widersprach. »Setzen wir uns an unseren Stammtisch?«

»Von mir aus«, erwiderte er ungerührt.

Provozierend dicht rückte sie an ihn heran. »Wenn man es richtig nimmt, hast du einen gut bei mir«, redete sie gut gelaunt auf ihn ein.

»Ist geschenkt.«

Er nickte zur unausweichlichen Hausmarke. In Gedanken rechnete er sich durch, wie viel privates Geld ihn seine Ermittlungen bereits gekostet hatten und noch kosten würden. Auf Dauer müsste er an seine Reserven herangehen. Was man nicht alles für die Wahrheit tat.

»Also«, setzte er an, »deine Eltern erzählen, sie hätten das Geld für die Abtreibung und für ihr Schweigen in bar direkt von Bartels' Mutter erhalten.«

Sie nickte zu seinen Worten. »Das stimmt so. Diese Frau ist einmal bei denen aufgekreuzt. Ich stand an dem Tag in der Küche und hab alles mitbekommen.«

»Es waren weder Sohn noch Ehemann dabei?«

»Du sagst es.«

»Und wie war das mit der Kohle?«

»Mir stand eigentlich die Hälfte zu, umgerechnet so um die 10.000 Euro.«

»Hast du deinen Anteil bekommen?«

»Keinen Cent.«

»Dein Vater meint, du könntest es dir jederzeit bei ihm abholen. Allerdings sprach er von 5.000 Euro.«

Wütend erhob sie ihre Stimme. »So, meint er das, dieser abgefuckte Lügner?!«

Von einem Augenblick auf den anderen verlor sie ihre Fassung. Ihr hübsches Gesicht verzerrte sich zu einer Fratze. Wütend schlug sie mit der Faust auf den Tisch und schrie: »Nie, nie mehr in meinem Leben betrete ich deren Bruchbude! Eher sterbe ich. Und das Geld sollen sie sich irgendwo hinschmieren! Ich brauch die nicht! Ich komm allein zurecht.«

Sie hielt die Hände vors Gesicht und begann hemmungslos zu weinen. Hilflos saß Hilpert neben ihr, unsicher, wie er helfen könnte. Gegenüber weinenden Frauen fühlte er sich vollkommen hilflos. Glücklicherweise führten die Männer die Kriminalitätsstatistik an, sodass dieses Manko nur begrenzten Einfluss auf seine Arbeit nahm.

Wie aus dem Boden gestampft stand plötzlich ein breitschultriger mittelgroßer Mann vor ihnen. Er trug ein kurzärmeliges Hemd, sodass man seine Muskelstränge bewundern konnte. Tätowierungen auf beiden Unterarmen rundeten die Komposition eines unangenehmen Zeitgenossen ab. Mit tiefer Stimme schnauzte er: »He, was stellst du da mit der Kleinen an? Ist wohl besser, du verpisst dich! Oder möchtest du, dass ich richtig böse werde?«

Er trat einen weiteren Schritt auf sie zu und streckte seine Hand bedrohlich nach Hilperts Jackett aus. Dieser blickte ihn gelangweilt an. »Mensch, dich kenne ich doch. Du bist Manuel Pöhlemann. Früher hast du nur in Drogen gemacht. Heute spielst du dich als Beschützer junger Frauen auf, welch seltsame Wandlung. Hattest du eine Erscheinung? Gehörst du seit Neuestem einer Sekte an?«

»Wer bist du? Woher kennst du mich?«, fragte der Angesprochene erstaunt und ließ seinen ausgestreckten Arm langsam sinken.

»Ihr solltet nicht so am Strom sparen«, empörte sich Hilpert mit ironischem Unterton.

»Hilpert, Hauptkommissar Hilpert.« Pöhlemann schien diesen Namen geradezu auszuspucken. Feindselig fuhr er fort: »So allein in einer Gegend, in der sich so viele böse Menschen rumtreiben?! Sie sind sehr mutig.«

»Allein? Wie kommst du darauf, dass ich allein bin? Vielleicht steht ein Einsatzkommando vor der Haustür und wartet nur auf mein Zeichen, um diesen Laden auseinanderzunehmen? Vielleicht ziele ich unter dem Tisch mit meiner Waffe direkt auf deinen Bauch.« Er beugte sich vor. »Meine Kollegen sehen es überhaupt nicht gern, wenn ein Hauptkommissar der Mordkommission bedroht wird.«

Hastig wich Pöhlemann einen Schritt zurück. »Bedrohen! Wen sollte ich bedrohen wollen?«

»Fein, dann verstehen wir uns ja und du hast wirklich nichts mehr mit Drogen am Hut?«

Ergeben hob er die Schwurhand. »Durchsuchen Sie mich. Ich bin sauber wie ein neugeborenes Kind. Das ist in alten Zeiten nur ein Irrtum gewesen. So was wie 'ne Jugendsünde.«

»Na großartig und was suchst du hier?«

Stolz drückte er seinen Rücken durch. »Ich bin Mitinhaber dieses Ladens und sorge hier für Ruhe und Ordnung. Und da Susi weinte, dachte ich ...«

Ungläubig schüttelte Hilpert den Kopf. »Wer hätte das gedacht, dass du noch mal einer halbwegs seriösen Tätigkeit nachgehen würdest.«

»Seh'n Sie, in jedem Menschen steckt ein guter Kern. Wenn Sie mich jetzt entschuldigen wollen. Die Getränke gehen selbstverständlich auf meine Rechnung.«

Hilpert schaute ihm spöttisch hinterher. »Das ist also dein Chef«, bemerkte er Susi gegenüber, die das Gespräch aufmerksam verfolgt und ihre Wut und Trauer offensichtlich heruntergeschluckt hatte. Auf ihrem Gesicht zeigte sich bereits die Andeutung eines Lächelns.

»Er ist nicht nur mein Chef, sondern auch mein fester Freund«, betonte sie mit einem Anflug von Stolz.

»Aha, ich verstehe. Meinst du, der ist der richtige Umgang für dich?«

»Ich kann mich auf ihn verlassen, das reicht. Aber vor dir hatte er Respekt. Ist ja kein Wunder. Ich hab in der Zeitung gelesen, dass du ein paar Killer vom Balkan umgelegt hast.« Hastig trank sie einen Schluck. »Nun mal ehrlich, das mit dem Einsatzkommando war ebenso ein Bluff wie der Spruch mit der Pistole unterm Tisch?!«

»Auf dieser Welt ist alles denkbar«, antwortete er vage. »War für deinen Freund unter Umständen besser, das nicht ausgetestet zu haben. Wer weiß, was passiert wäre.«

Unsicher blickte sie sich um. Jederzeit auf dem Sprung, sich vor der Übermacht der Polizei in Sicherheit zu bringen. Erst sein breites Grinsen beruhigte sie. Langsam stellte sich wieder das bisherige gute Einvernehmen zwischen ihnen ein.

»Tom Bartels«, wechselte er das Thema. »Was kannst du noch zu ihm sagen?«

»Ich steh zu allem, was ich über ihn geäußert habe. Er ist das größte Schwein, das ich kenne.«

»Dr. Volkert, was sagt dir dieser Name?«

Erstaunt blickte sie hoch. »Den Namen hab ich vor Kurzem

im Fernsehen, auf N3 gehört. Ist der nicht mit seiner Frau erschossen worden?«

»Genau.«

»Ja, mehr weiß ich nicht darüber. Was sollte ich mit den Leuten zu tun haben? Hier in diesem Laden ist der nie aufgekreuzt.«

Er verkniff sich die Frage, ob sie einen Mörder auf das Paar gehetzt hatte. Er wäre sich zu dumm vorgekommen. Sie gruben an der falschen Stelle. Ihr Gespräch begann zu versanden. Schließlich stand er auf und blickte sich nach der Kellnerin um.

»Du musst nichts bezahlen«, erklärte ihm Susi. »Manuel hat dich eingeladen.«

»Und unser Gespräch?«

»Ich hab mich gern mit dir unterhalten. Es kommen heute genug Freier. Mach dir keine Gedanken. Ich schlag mich schon durch.«

Wenig später verließ Hilpert die gastliche Stätte. Tätzler folgte ihm neugierig.

»Und?«, fragte er interessiert. »Was Neues dazugekommen?«

Hilpert fuhr sich nachdenklich durchs Haar. »Bei dem Mädel stehe ich am gleichen Punkt wie nach unserem ersten Gespräch.« Er stockte. »Falsch, ich rede Blödsinn! Manchmal erkennt man die deutlichsten Anzeichen nicht, als trüge man eine falsche Brille auf der Nase. Dieser Hass, den sie gegen ihre Eltern hegt, ist neu. Dahinter steckt weitaus mehr als ein Generationenkonflikt. Und sie hätte einen hervorragend geeigneten Kumpan in diesem Pöhlemann. Den sollten wir uns näher anschauen. Der war schon zu meiner Zeit bei der Drogenfahndung ein harter Brocken. Der ist mehr als ein Kleinganove.« Ironisch setzte er nach: »Der hat Potenzial für größere Aufgaben.«

»Pöhlemann? Nie gehört.«

»Wie denn auch, du kommst ja nicht aus dieser Gegend. Er ist Geschäftsführer in dem Laden und ihr Beschützer. Außerdem hat der lange Jahre mit Rauschgift gedealt. Und ich spreche nicht von Haschisch. Über den hätte sie es allemal drehen können. Aber warum?«

»Du meinst, die Albaner stehen nicht hinter allem?«

»Schwer zu sagen. Eigentlich hatte ich die nie direkt im Fokus. Mag sein, die arbeiten zusammen. Wer weiß?«

»Trotzdem kommt es mir ziemlich weit hergeholt vor.«

Hilpert wischte sich in einem Anflug von Verzweiflung über die Stirn. »Wem sagst du das? Ich fühle mich wie eine Maus in einem Käsekeller. An allen Stellen nagen wir herum, schlagen uns die Bäuche voll. Immer, wenn wir glauben, einen Ansatzpunkt gefunden zu haben, findet sich ein neuer Käse. Es ist zum Verzweifeln. Welcher ist nun der richtige? Woran überfressen wir uns momentan?«

Tätzler öffnete die Fahrertür ihres Fahrzeugs und setzte sich ans Steuer. Sie fuhren unbefriedigt zurück. Dieser Fall gab ihnen weiterhin Rätsel auf. Egal, wie sehr sie sich bemühten, Lösungen wurden keine geliefert.

22

Tätzler besuchte am nächsten Vormittag die Kollegen bei der Sitte und beim Rauschgiftdezernat, um weitere Informationen über Pöhlemann einzuholen. In Ermangelung einer besseren Idee vertiefte sich Hilpert in seine Unterlagen und dachte darüber nach, die Zuordnung der Aufzeichnungen zu verändern. Er fand jegliche angefallene Information aufgeführt, wichtige ebenso wie belanglose. Sein Gefühl sagte ihm, dass sie neue Ordnungsprinzipien benötigten. Ihm fehlten die Verknüpfungen, soweit es welche gab. Er lehnte sich in seinem Stuhl zurück. Er lief Gefahr, objektive Daten mit richtigen oder falschen Annahmen zu verbinden. Was hatten albanische Drogenhändler, ein Arztehepaar, ein verwöhnter Junge aus gutem Haus, dessen Freunde, eine jugendliche Prostituierte oder deren Eltern miteinander zu tun, dass sich daraus ein plausibles Gerüst ergab? Wie passte da mit Pöhlemann ein zu Gewalt neigender Drogenhändler hinein? Würde der tatsächlich einen Killer auf den ehemaligen Freund seiner Lieblingsprostituierten hetzen? Pöhlemann war kein Intellektueller. Aber unter Garantie war Gewalt für ihn ein Mittel zum Zweck und kein Selbstzweck. Man vertrieb sich nicht die Freizeit mit einem Mord. Hilpert kam zu keiner Gesamtkonzeption. Er beließ alles, wie es war. Entnervt beendete er sein Programm im PC.

Die Hände in den Hosentaschen vergraben, erhob er sich. Er blickte auf seinen von Papieren und Aktenmappen übersäten Schreibtisch. Seine Gedanken befassten sich weiterhin mit den Morden. Worum ging es dabei? Die unbedeutenden Drogenmengen, die im Spiel waren, lieferten unmöglich den Schlüssel für die Motive. Insbesondere, wenn man bedachte, dass die Rechnung beglichen worden war. Der Mord an dem Ehepaar Volkert passte hinten und vorne nicht. Vielmehr kam es ihm vor, als handelte es sich um unterschiedliche Taten, die nichts miteinander zu tun hatten. Dagegen sprach, dass definitiv dieselbe Waffe verwendet wurde. Die Faktenlage gab vor: eine Waffe, ein Mörder, ein Motiv. Leider sprach die Logik dagegen. Es fehlten die Verknüpfungen.

Klarheit ergab sich stattdessen aus seiner persönlichen Situation. Ihm musste niemand erklären, weshalb man ihn umbringen wollte. Hier gab es über die Täter, beziehungsweise deren Auftraggeber, keine unterschiedliche Meinung. Dies galt gleichermaßen für das Motiv.

Er trat ans Fenster und schaute hinunter. Diverse Stockwerke unter sich entdeckte er die kreisenden Blaulichter mehrerer Dienstfahrzeuge, die mit vermutlich quietschenden Reifen zu einem Einsatz unterwegs waren. Er hörte sie nicht. Dafür waren die Fenster zu gut isoliert. Irgendwie beneidete er die Kollegen. Sie hatten einen begrenzten Auftrag und konnten aktiv werden. Und sei es nur ein Auffahrunfall vor dem Elbtunnel oder ein Gullideckel, mit dem man vorzugsweise die Schaufenster von Juwelieren traktierte. Die hielten wenigstens im Gegensatz zu ihm etwas Konkretes in Händen. Wurde es komplizierter, reichten sie es an die Kripo weiter.

Kurz vor Mittag stieß Tätzler wieder zu ihm. »Das waren ergebnisreiche Gespräche. Diesen Pöhlemann sollten wir im Auge behalten. Auf den passt alles. Man munkelt, er soll sogar einen Auftragsmord übernommen haben. Etwas Konkretes liegt allerdings nicht gegen ihn vor. Nach wie vor scheint er sehr aktiv im Drogenhandel sein. Das Bordell gilt als eine seiner Drehscheiben. Tatsächlich ist er für seine Verhältnisse ziemlich weit auf dem Weg nach oben gekommen.«

»Interessant, wirklich interessant«, murmelte Hilpert.

»Keine Angst, es kommt noch besser. Nach anfänglichen Auseinandersetzungen mit den Albanern soll er mit denen seit etwa zwei Jahren kooperieren. Zumindest haben sie keinen Stress mehr miteinander. Sie haben ihre Claims abgesteckt.«

»Klasse, Heinz. Am besten reichst du deine Informationen an die Sonderkommission weiter. Vielleicht lohnt sich in dem Laden eine Razzia oder man beschattet den netten Mitmenschen.« Er schaute auf die Uhr. »Gehen wir in die Kantine. Die Kollegen können warten.«

Während des Essens setzte sich Schäfer zu ihnen an den Tisch. Aufmerksam hörte er sich Tätzlers Rechercheergebnisse an. Mit Messer und Gabel die Scholle sezierend, die vor ihm auf dem Teller lag, nickte er ihm zu.

»Das könnte 'ne saubere Idee sein, jemanden auf den netten Herrn anzusetzen.«

»Passt bloß auf«, riet ihm Hilpert, »dass der Knabe nichts davon mitbekommt. Dann mimt der in den nächsten Tagen Mamas Liebling und ihr vergeudet nur eure Zeit.«

»Keine Sorge, das kriegen wir geregelt. Ich setz ein paar alte Hasen ran.«

In Ruhe leerte Schäfer seinen Teller und besorgte sich danach wie seine Kollegen einen Kaffee.

»Wie sieht das eigentlich mit euch aus? Alexandra feiert am Donnerstag Polterabend und hat alle Kollegen unserer Mordkommission eingeladen. Kommt ihr vorbei?«

Bevor Hilpert etwas erwidern konnte, antwortete bereits Tätzler: »Da sind wir zurzeit recht flexibel. Der Abend sollte unser sein.« Er knuffte Hilpert in die Seite. »Das lassen wir uns nicht entgehen! Man munkelt, es soll ganz groß aufgefahren werden. Alexandra hat es wohl richtig gut getroffen.«

»Klar doch«, stimmte Hilpert dem Kollegen mit geringer innerer Überzeugung zu. Dieses Thema hatte er bislang aufgrund der aktuellen Ereignisse verdrängen können. Nun stand es vor der Haustür und würde sich nicht abweisen lassen. Er musste sich eingestehen, in den letzten Tagen wenig an Alexandra gedacht zu haben. Dennoch belastete ihn der Gedanke an die bevorstehende Hochzeit.

* * *

Er hatte bis zuletzt mit sich gehadert, ob er sich den Polterabend tatsächlich antun sollte. Seine Gefühle zu Alexandra hatten sich keineswegs abgekühlt. Trotzdem würde diese Ehe unabhängig von seiner Befindlichkeit geschlossen werden. Das Brautpaar würde mit und ohne ihn die Glasscherben auffegen, die Glückwünsche und die Geschenke in Empfang nehmen und die Nacht miteinander verbringen. Diese Fakten hatten Bestand. Sie galten selbst dann, wenn es ihm gelänge, einen Handstand auf den Zeigefingern hinzulegen. Eigentlich wollte er sich dieses Procedere nicht antun. Sein Dilemma war, egal, wie er es drehte und wendete, es gab keine glaubhafte Ausrede für ihn, weshalb er der Feier fernbleiben sollte. Eine plötzliche Krankheit hätte ihm keiner seiner Kollegen abgekauft. Ein Problem innerhalb der Familie war ebenso unglaubwürdig. Verblieb ihm also, jedem die Wahrheit über sein Gefühlsleben zu verraten. Das wiederum konnte er weder sich noch ihr antun. So gesehen nicht einmal dem Bräutigam, selbst wenn er dem keinerlei Emotionen entgegenbrachte, weder Hass noch Wohlwollen. Somit blieb ihm nichts anderes übrig, als es den Kollegen gleichzutun, die wie er keinen Dienst hatten und ihnen zum Poltern zu folgen. Um ein Geschenk musste er sich zum Glück nicht sorgen. Eine ihrer Sekretärinnen war mit einem Klingelbeutel durch die Räumlichkeiten gezogen und hatte Geld gesammelt. Was es für das Paar werden würde, hatte ihn nicht interessiert. Hoffentlich war es keine Tischdecke.

Die Feierlichkeit fand in einem Ausflugslokal im Sachsenwald statt. Die Parkplätze lagen etwa hundert Meter von dem Restaurant entfernt. Er stellte Silkes Käfer ab und begab sich zu dem hell erleuchteten traditionellen Niedersachsenhaus. Das weiße Fachwerk funkelte ihm entgegen. Das Haus war vorzüglich in Schuss gehalten worden. Vorsichtig ging er den unwegsamen Pfad hoch, der Parkplatz und Restaurant miteinander verband. Vor der Eingangstür empfingen ihn bereits das Hallo der Gäste und das Klirren der Gläser, die erbarmungslos gegen eine extra installierte Holzwand geworfen wurden. Erst jetzt bemerkte er, die entsprechende Munition vergessen zu haben. Er würde damit leben müssen. Er konnte ja ein paar Schüsse in die Luft abgeben, bis ihm einfiel, die Waffe zu Hause eingeschlossen zu haben. Das Paar ließ sich feiern und sorgte dafür, dass die polternden Gäste reichlich mit Alkohol versorgt wurden.

Alexandra erblickte ihn und kam schnurstracks auf ihn zu. Sie trug ein halblanges, figurbetontes Kleid mit provokativem Ausschnitt. Sie wirkte auf ihn herausfordernd wie eh und je.

»Schön, dass du gekommen bist. Am besten folgst du mir, ich stelle dir meinen Zukünftigen vor.«

Mit diesen Worten hakte sie sich bei ihm unter und dirigierte ihn zu ihrem Bräutigam. Er konnte gerade noch einem Schnapsbecher ausweichen und griff lieber nach einem Glas Orangensaft. Die Spur Sekt, mit dem er vermischt war, ließ sich verkraften. Alexandra schien dagegen den geistigen Getränken reichlich zugesprochen zu haben. Ihre Wangen glühten. Fröhlich winkte sie den Gästen zu. Erstmals lernte er ihren künftigen Ehegatten kennen. Der knapp vierzigjährige Mann hatte ein schmales Gesicht und eine hohe Stirn. Er trug eine feine Metallbrille mit kreisrunden Gläsern und strahlte Intellektualität aus. Was Hilpert am meisten störte, war, dass er offensichtlich ein lebensfroher sympathischer Typ war, mit dem er sich möglicherweise unter anderen Umständen gut verstanden hätte. Mehr als ein Hallo und ein gemurmelter Glückwunsch, der im Lärm der Gäste unterging, kam nicht zustande. Alexandra brütete bereits eine Idee aus.

»Los, Fabian, du bist mir einen Tanz schuldig.«

Sie zog ihn am Arm und dirigierte ihn ins Lokal hinein. Zögernd folgte er ihr. Er war stocknüchtern, gerade erst angekommen und sollte nun tanzen. Aber wer wollte der Braut an diesem Tag widersprechen? In dem Saal hielten sich mindestens 200 Menschen auf. Auf ihn stürmten nicht zu definierende Stimmfetzen, klirrende Gläser und eine Musik ein, bei der er zweimal hinhören musste, um sie zu identifizieren. Die Geladenen saßen an langen Holztischen, aßen, tranken und unterhielten sich. Eine Traube an Gästen sprach den reichlich fließenden Getränken an einer Biertheke zu. Der Rest tanzte nach der Musik eines Discjockeys, der es professionell verstand, die unterschiedlichen Musikwünsche unter einen Hut zu bringen, eine Kunst, die nur wenige beherrschten. Alexandra ging schnurstracks auf ihn zu und verlieh ihrem Geschmack Ausdruck. Wer die Musik bezahlte, durfte den Taktstock schwingen. Entsprechend wurde für spärlicheres Licht und für langsame Rhythmen Sorge getragen.

Alexandra schmiegte sich an ihn, als würden sie sich allein in einer Bar bewegen. »Am liebsten würde ich mit dir hinter die Büsche verschwinden«, flüsterte sie ihm ins Ohr und strich herausfordernd über sein Hinterteil.

»Bist du des Teufels?«, herrschte er sie mit zusammengebissenen Zähnen an. »Wir feiern heute deinen Polterabend. Wie mir scheint, bereitest du eher alles für deine anstehende Scheidung vor.«

»Blödsinn! Rolf merkt eh nichts. Der ist mit seinen Gedanken bereits auf seinem Junggesellenabschied. Frag ihn, vielleicht nimmt er dich mit.« Sie boxte ihm freundschaftlich gegen das Brustbein. »Eine gut gebaute Stripperin sollte doch auf deiner Linie liegen.«

Glücklicherweise errettete ihn ein Freund der Familie, der darauf bestand, mit der Braut tanzen zu dürfen, und sie gegen ihren Protest abklatschte. Hilpert floh in Richtung des Tresens, wo er einige Kollegen traf, mit denen er sich ein Bier gönnte. Dies sollte ihn allerdings nicht vor Alexandras Attacken bewahren, die schon bald wieder neben ihm stand und sich besitzergreifend bei ihm einhakte. Er war sich unsicher darüber, wie sportlich ihr Bräutigam die weitere Entwicklung betrachten würde. Also entzog er sich ihrem Griff und suchte die Toilette auf. In diesen Tabubereich konnte sie ihm nicht folgen. Zum Ausgleich dafür hielt er es dort nicht allzu lange aus. Gegen die Rebellion seiner Nase kannte er kein Gegenmittel. Auf dem Weg zurück bemerkte er, dass sich das Brautpaar stritt. Er sah sich als Verursacher dieser Auseinandersetzung und beschloss, so bald wie möglich den Polterabend zu verlassen. Es ging ihm nicht gut. Die Hochzeitsfeierlichkeiten waren für ihn ein konsequenter Schlussstrich unter seinen Träumen mit Alexandra. Sie würde es im nüchternen Zustand zu schätzen wissen. Die Gäste feierten ohne ihn garantiert ausgelassen weiter. Sie ließen sich durch seine Abwesenheit nicht stören. Und er konnte sein Bier auch allein zu Hause trinken. Dort bekam wenigstens niemand mit, wenn er vor Selbstmitleid zerfloss.

Vor der Eingangstür hatte es sich inzwischen beruhigt. Die letzten verspäteten Ankömmlinge waren ihr Altporzellan losgeworden und hatten sich ins Getümmel gestürzt. Ein Paar stand ineinander verkrallt neben ihm und würde mit Sicherheit bald hinter einer der Hausecken verschwinden. Er vermeinte, einen Kollegen von der Sitte erkannt zu haben. War der nicht verheiratet? Er wollte darüber nicht weiter nachdenken.

Es war immer noch angenehm warm. Die Musik aus dem Inneren des Gebäudes begab sich in einen Widerstreit zum Rauschen der Bäume. Er atmete tief durch und blickte kurz nach links und rechts. Doch bemerkte er niemanden, der ihn nach dem Grund seines frühen Abgangs hätte befragen können. Also machte er sich auf den Weg zum Parkplatz, froh darüber, sich keine Ausrede einfallen lassen zu müssen. Der Lärm in seinem Rücken ebbte mit jedem Schritt, den er tat, ab. Die Geräusche des Waldes übernahmen die Herrschaft. Er genoss es. Nach wenigen Metern blieb er wie angewurzelt stehen. Hinter ihm bewegte sich jemand in seinem Laufrhythmus. Langsam ging er weiter und fasste automatisch an seine Seite. Der vertraute Druck fehlte. Die Pistole lag warm und trocken in seiner Wohnung. Er hielt sie nicht angebracht für einen Polterabend. Hätte er den Bräutigam erschießen sollen? Was ihm blieb, war das Messer, das ihm der Freund aus Albanien geschenkt hatte, das er stets bei sich trug. Vorsichtig trat er auf, darauf bedacht, möglichst wenige Geräusche zu verursachen. Ihm war unklar, ob er die Bewegungen seines Verfolgers akustisch oder eher instinktiv wahrnahm. Für einen Moment befürchtete er, einer Sinnestäuschung zu unterliegen. Doch dann vernahm er den keuchenden Atem des unbekannten Verfolgers. Ihm schien, als käme er stetig näher. Automatisch beschleunigte er seinen Schritt, bis er vor sich das schwache Licht der Pollerleuchten wahrnahm, die den Parkplatz in ein diffuses Licht tauchten. Fast vermeinte er, dass sich die tiefen Schatten der Bäume auf ihn stürzen wollten. Doch von der Seite drohte ihm keine Gefahr. Plötzlich wurde ihm klar, worauf alles hinauslaufen würde. Sein Verfolger benötigte ohne Zweifel für einen Angriff mehr Licht. Hilpert wurde wieder langsamer. Krampfhaft suchte er nach einer Lösung für sein Problem. Er fasste in die Jackentasche und fühlte den Griff des Messers. Als wollte er sich beruhigen, zog er es heraus. Er musste weg vom Licht und vor allem versuchen, in den Rücken seines Gegners zu gelangen. Schaffte er es nicht, konnte es problematisch werden. Dieser verfügte mit Sicherheit über eine Schusswaffe und wusste damit umzugehen. Er durfte kein Risiko eingehen und weiter darüber sinnieren, ob sein Leben gefährdet oder er einem Trugbild aufgesessen war. Dafür war in letzter Zeit zu viel passiert. Ansatzlos wandte er sich nach links und begann so schnell, wie es ihm die Umgebung gestattete, zu laufen. Er gelangte tiefer in den kleinen Wald. Mit einem Sprung hechtete er in eine Mulde und hielt eine Hand vor den Mund, um seine hastigen Atemgeräusche zu unterdrücken. Durch das Überraschungsmoment hatte er ein paar Sekunden gewonnen. Ob sie reichten?

Wenig später zeigte sich, dass es sich keineswegs um ein Phantom handelte. Eine mittelgroße Person bewegte sich eilig vor ihm auf dem schmalen Weg. Sie trug einen länglichen Gegenstand vor sich her. Kaum hatte sie ihn passiert, sprang Hilpert hoch. Sein Verfolger vernahm das Geräusch und drehte sich ihm zu. Trotzdem konnte er nicht mehr verhindern, vom Messer in der rechten Brustseite getroffen zu werden. Etwas Schweres plumpste zu Boden. Hilpert vermeinte, die Stimme eines Mannes wahrzunehmen. Dieser schien nur einen Wimperschlag lang von dem überraschenden Angriff beeindruckt zu sein. Sofort ging er zur Gegenattacke über. Die Verletzung berührte ihn offensichtlich nicht weiter. Dessen linke Faust schrammte an Hilperts Kopf vorbei. Seine ruckhafte Seitwärtsbewegung ließ ihn leicht ins Taumeln geraten. Dies reichte dem Mann, sein Heil in der Flucht zu suchen. Schwer atmend blieb Hilpert stehen. Er verzichtete auf eine Verfolgung. Vielmehr nahm er sein Handy und rief Tätzler an. Kurz darauf stand der Kollege neben ihm, Kriminaloberrat Weber im Schlepptau.

»Was machen Sie schon wieder für einen Scheiß?«, pflaumte er Hilpert besorgt an.

»Ich befürchte, jemand wollte mich umlegen. Sollte ich mit meiner Vermutung richtig liegen, muss die Waffe hier irgendwo im Umkreis von ein, zwei Metern liegen.«

Wie auf einen Befehl hin, begannen sie sich umzuschauen. Tätzler informierte per Handy die Spurensicherung im Präsidium.

Plötzlich schrie Weber auf. »Ich bin mit dem Fuß gegen etwas Hartes gestoßen.« Er bückte sich. »Mir scheint, ich habe gefunden, was wir gesucht haben.«

In Ermangelung besserer Alternativen nahm er ein Papiertaschentuch in die Hand, hob den Gegenstand auf und leuchtete auf ihn mit seiner Taschenlampe im Handy.

»Eine belgische FN«, erläuterte er. »Neun Millimeter. Das ist das gleiche Kaliber wie bei den Morden an den Volkerts und Tom Bartels. Wer weiß, was ich da in Händen halte.«

Eine knappe Stunde später übergab er sie der Spurensicherung. Weber ließ sich den Vorfall minutiös von Hilpert schildern. Energisch fasste er dann zusammen. »Bei allem Verständnis für Ihre Argumente, das stinkt doch nach den Albanern. Das war kein Amateur, der sich auf dem Kiez eine Waffe organisiert hat. Das war ein Profi!«

»Kann man so sehen, Chef«, stimmte ihm Hilpert zu. »Wir müssen fraglos weiter in diese Richtung bohren.«

Tätzler zündete sich eine Zigarette an, nahm einen tiefen Zug und starrte anschließend auf die Glut. »Ich meine, nach wie vor liegt der Schlüssel bei diesem Tom Bartels. Er ist der Auslöser dieser Gewalttaten.«

»Du vermutest also, diese Albaner, die den Anschlag auf mich verübt hatten, stehen mit den Drogenhändlern in Verbindung?«, fragte Hilpert nach.

»Genau. Und diese Warnungen waren nichts weiter als eine Finte. Vielmehr haben die dir die Mörder auf den Hals geschickt, weil du denen zu dicht auf den Pelz gerückt bist.«

»Ich kapiere.«

»Ich ebenso«, mischte sich Weber ein. »Wir werden uns mit Hochtouren auf diese Herrschaften stürzen. Das war ein Fehler, deren Unschuldsbeteuerungen zu glauben.«

In Hilpert baute sich Euphorie auf. Er war wieder Bestandteil des Falls. Den Mordanschlag hatte er mittlerweile verdaut. Noch funktionierten seine Reflexe.

»Gut, ich stürze mich erneut auf Bartels' Stiefvater und vor allem auf dessen trauernde Lebensgefährtin. Wer weiß, ob die uns nicht doch was zu erzählen haben?«

Wie die Musketiere trennten sie sich in bester Laune. Der Polterabend war für sie nebensächlich geworden. Keinen von ihnen zog es zu den Feiernden zurück. Hilpert nahm die Geschichte mit den Albanern gerne zur Kenntnis. Er wusste, die Attentäter waren keineswegs wegen irgendwelcher Drogengeschäfte auf ihn angesetzt worden. Tätzlers Theorie klang zwar plausibel, sie litt jedoch unter dessen mangelndem

Wissen um die Umstände des Anschlags auf ihn. Letztlich war es ihm gleichgültig. Wichtig war, er durfte wieder offiziell mitmischen.

Alexandra musste hinnehmen, dass ein Teil ihrer Kollegen verschwand, ohne sich groß zu verabschieden. Bei dieser Feier kam es auf ein paar Gäste mehr oder weniger nicht an. Sie verzichteten darauf, sie über den Anschlag auf Hilpert zu informieren. Sie sollte ihren Polterabend genießen.

23

Hilpert unterbrach seinen Schlaf am nächsten Morgen abrupt. Hektisch zog er sich an. Gegen halb sieben war er bereits auf dem Weg ins Präsidium. Dort erwartete ihn Tätzler, der kurz vor ihm eingetroffen war. Weber stand gegen halb acht in seinem Zimmer.

»Nun, meine Herren, schauen wir uns den ballistischen Bericht an.«

»Er liegt schon vor? Das finde ich unglaublich«, erklang sein beeindruckter Kommentar.

»Das ist der Einfluss der Politik«, klärte ihn sein Vorgesetzter auf. »Überall schreit man nach Aufklärung der Morde. Da will man an keiner Stelle kleckern. Niemand von denen hat das Verlangen, sich von der Presse Untätigkeit vorwerfen zu lassen.«

Interessiert überflogen sie die Testergebnisse.

»Verdammt!«, stöhnte Hilpert auf. »Es handelt sich eindeutig um die Tatwaffe. Ich bin über den Mörder gestolpert.«

»Wir haben mehr von ihm«, ergänzte Weber. »An Ihrem Messer klebte ausreichend Blut, sodass wir seine DNA bestimmen können. Mit etwas Glück haben wir ihn in unseren Akten stehen.«

Gegen Mittag wurde ihre Euphorie gebremst. Wenigstens wussten sie nun, es mit einem Täter männlichen Geschlechts zu tun zu haben. Aktenkundig war er bislang nicht geworden.

»Was erwarten wir?«, ließ sich Schäfer vernehmen. »Wenn er direkt aus dem Kosovo eingeflogen ist, muss es nicht weiter verwundern.«

Hilpert kratzte sich mit Sorgenmiene am Kopf. »Eigentlich stört mich eines.«

»Und das wäre?«

»Nun, der Waffentyp. Eine FN Pistole im Kosovo?«

Weber unterbrach ihn. »Meinen Sie tatsächlich, die Täter sind so nationalistisch eingestellt, dass man die jeweils eingesetzten Waffen landsmannschaftlich zuordnen kann?«

»Nein, da verstehen Sie mich falsch. Üblicherweise gebraucht man die Waffen, an die man problemlos gelangt. Ob das dort unten gerade für belgische Erzeugnisse gilt, wage ich zu bezweifeln.«

»Das verstehe ich zwar, aber Zufälle spielen im Leben ebenfalls eine Rolle. Oder er hat bewusst dieses Fabrikat gewählt, um von seiner Herkunft abzulenken. Außerdem ist das Waffengeschäft international und macht nicht vor Ländergrenzen halt.«

»Es gibt eine andere Erklärung«, wandte Schäfer ein. »Vielleicht ist er mit dem Flieger gekommen und hat sich erst in Hamburg eine Waffe besorgt.«

»Das könnte 'ne Erklärung sein«, stimmte Hilpert ihm zu. Garantiert gab es in der Hansestadt den einen oder anderen Gesinnungsgenossen, der ihn entsprechend ausstatten würde. Trotzdem blieb er verunsichert. Der Waffentyp passte nicht ins Konzept.

Kurz nach vierzehn Uhr verließ er sein Büro. Bartels' Lebensgefährtin stand für ein weiteres Gespräch zur Verfügung. Sie begrüßte ihn ausgesprochen freundlich. In ihrem dunklen Outfit strahlte sie durchaus Attraktivität auf ihn aus, auch wenn sie mindestens zehn Jahre älter war als er. Er verstand den Ermordeten durchaus.

»Übrigens, Herr Bartels wird in etwa zwanzig Minuten hinzustoßen, wenn Sie damit einverstanden sind.«

»Selbstverständlich. Eigentlich wollte ich ein peinliches

Miteinander vermeiden. Ich hätte ihn ansonsten später versucht zu erreichen.«

»Danke, Sie sind ein Gentleman. Aber in unserer Beziehung sehen wir die Dinge gelassen. Es gibt keine Geheimnisse zwischen uns.«

»Umso besser. Sagen Sie, Frau Lorenz, mich beschäftigen nochmals Toms Drogengeschäfte. Es gibt nach wie vor Anlass zu vermuten, dass die Hintermänner der Morde aus diesem Milieu stammen.«

»Ich verstehe, dieser Mordanschlag an der Alster auf Sie. Da liegt der Verdacht nahe.«

»Nicht nur deshalb.«

»Ach ja?« Aus ihrem Tonfall konnte man die Neugier auf weitere Informationen durchaus heraushören.

Hilpert unterließ es, auf die ungestellte Frage weiter einzugehen. »Haben Sie eine Ahnung, wie Tom an diese Kontakte gelangt ist? Man lernt ja nicht so ohne Weiteres Mitglieder einer Verteilerorganisation kennen. Die schalten bekanntermaßen keine Werbefilme im Fernsehen oder sprechen einen auf der Straße an.«

Nachdenklich kräuselte sie ihre Stirn. »Nein, da habe ich wirklich keinen Schimmer. Auf die Gefahr hin, mich zu wiederholen, Tom und ich haben dieses Thema links liegen lassen. Er wusste, wie sehr ich gegen dieses schreckliche Zeug bin. Eigentlich machte er von seinem ganzen Auftreten her nicht den Eindruck eines Drogenabhängigen.«

In diesem Moment betrat Bartels das Zimmer. Freundlich ging er auf Hilpert zu und begrüßte ihn mit Handschlag. Seine Lebensgefährtin erhielt einen Kuss auf die Wange. Sie band ihn sofort ins Gespräch mit ein.

»Herr Hilpert fragte gerade danach, wie Tom an die Drogenkontakte gelangt sei. Hast du eine Ahnung?«

Er schüttelte lächelnd den Kopf. »Wie sollte ich? So gut haben wir uns nicht verstanden, dass er mir solche Geheimnisse anvertraut hätte.«

»Wie sieht es mit seinem Freundeskreis aus?«, fragte Hilpert nach.

»Schwer zu sagen. Der hat sich mit den Jahren mächtig ausgedünnt. Silke kennen Sie ja selber, Dr. Warncke, sein Anwalt. Beide kann man nach meiner Einschätzung ausschließen. Mit Cristina Werner und Stephan Schlage haben Sie gesprochen. Die kommen meines Erachtens ebenso wenig infrage.« Mit einem Ächzen erhob er sich, ging an die Anrichte und schenkte sich einen Sherry ein.

»Oh, ich bin unhöflich. Helga, möchtest du ein Glas? Wie sieht es mit Ihnen aus, Herr Hilpert?« Beide lehnten ab. »Etwas anderes vielleicht?«

»Frau Henin bringt uns Kaffee, danke.«

Er nahm das Glas in die Hand und setzte sich neben seine Lebensgefährtin. »Viel mehr Namen fallen mir nicht ein.«

Er nippte an seinem Getränk und fuhr fort: »Wenn ich nochmals auf Christina und Stephan zu sprechen kommen darf. Beide sind ausgesprochen strebsam. Sie kommen aus eher kleinbürgerlichen Verhältnissen. Über das große Geld haben die nie verfügt. Denen gehen andere Probleme durch den Kopf als Rauschgiftgeschäfte, die Tom betrieben hat. Davon abgesehen ist kaum anzunehmen, dass sie selbst das Zeug konsumiert haben. Das sind beherrschte Typen. Eher ein wenig langweilig.«

Bartels' letzte Worte rüttelten ihn auf. Obwohl die Unterhaltung nur dahinplätscherte, musste er eine Anstandsviertelstunde draufgeben. Unruhig rutschte er auf seinem Stuhl. Er saß wie auf heißen Kohlen. Am liebsten wäre er aufgesprungen und hätte sich auf den Weg zu dem Pärchen gemacht. Sie stammten aus ganz normalen finanziellen Verhältnissen. Dieser Satz geisterte durch seinen Kopf. Hier war von ihrer Seite geschlurrt worden. Niemand war auf die Idee gekommen, tiefer zu recherchieren. Wie kamen die als Studenten zu einem teuren Haus in Wellingsbüttel, wenn seitens der Familie keine Zuschüsse zu erwarten waren? Dankend lehnte er eine weitere Tasse Kaffee ab. Fast schon im Gehen fiel ihm Silkes Bitte ein, ihr bei der Veräußerung der geerbten Immobilien behilflich zu sein. Vor ihm saß ein Spezialist, der solch eine

Aufgabe im Vorübergehen lösen konnte. Er fasste sich ein Herz und brachte seine Bitte vor.

»Bevor ich gehe, Herr Bartels, könnten Sie sich vorstellen, Silke beim Verkauf der Klinik und des Hauses in Blankenese behilflich zu sein? Sie hat mich um Unterstützung gebeten. Aber ich kenne mich hiermit nicht sonderlich gut aus. Der Anwalt Ihres verstorbenen Sohnes hat Ihre diesbezüglichen Fähigkeiten über den grünen Klee gelobt.«

»Was für eine Frage. Selbstverständlich stehe ich jederzeit zur Verfügung. Stellen Sie mir die Unterlagen zusammen. Den Rest erledige ich gerne.«

»Und wie sieht es mit Ihrem Honorar aus?«

»Ich nehme den gleichen Satz wie Sie.«

»Wie ich?! Ich bekomme kein Geld für meine Bemühungen.«

»Sehen Sie. Das hab ich mir doch gedacht. Unter Freunden ist man einander behilflich, ohne etwas dafür zu fordern.«

Gut gelaunt gingen sie auseinander. Hilpert war durch Bartels' Hilfsbereitschaft ein gewaltiger Stein vom Herzen gefallen. Gegenüber Silke musste er kein schlechtes Gewissen mehr mit sich herumtragen. Er konnte sich weiter voll auf den Fall konzentrieren. Da fühlte er sich kompetent, auch wenn die Aufklärung der Hintergründe der Morde auf sich warten ließ.

Nachdenklich hockte er kurz darauf hinter dem Lenkrad seines Dienstwagens. Da passte einiges nicht zusammen. Ein Pärchen steckt mitten in der Ausbildung. Deren Eltern sind alles andere als wohlhabend. Und dann besitzen sie eine Doppelhaushälfte in Wellingsbüttel, einer der besseren Gegenden Hamburgs mit einer Ausstattung, die meilenweit vom Ikea-Standard entfernt ist. So viel Geld verdiente man nicht nebenbei mit Ferienjobs, Praktika oder Nachhilfestunden. Dafür benötigte man ein ordentliches Einkommen oder ein entsprechendes Vermögen. Er sah einige offene Fragen, die er den beiden stellen wollte. Schon jetzt war er auf deren Antworten gespannt.

Er wählte sein Büro an und unterhielt sich kurz mit Tätzler. »Versuch mal, über einen Notar Einblick in das Grundbuch zu erhalten. Ich will wissen, wie hoch das Objekt der zwei belastet ist. Ich komme und hol dich ab. Bis ich bei dir bin, erwarte ich Ergebnisse.«

Glücklicherweise gehörten die Zeiten der Vergangenheit an, in denen Grundbücher in mühseliger Kleinarbeit von Hand durchsortiert werden mussten. Das erledigte inzwischen Gevatter Computer im Vorbeigehen.

Tätzler erwartete ihn auf dem Parkplatz des Präsidiums. Triumphierend wedelte er mit einem Stück Papier.

»Auf dem Schuppen liegen knapp 200.000 Euro Schulden«, informierte er Hilpert. »Zumindest haben die vor zwei Jahren eine Grundschuld in dieser Größenordnung eintragen lassen.«

»Dann haben die mindestens noch mal den gleichen Betrag vorgestreckt, eher mehr. Tolles Ergebnis für Studenten mit wenig begüterten Eltern. Ich schätze, wir sollten den netten Menschen das Wort gönnen.«

Christina Werner wirkte weit zurückhaltender auf Hilpert als beim ersten Treffen. Sie begrüßte die Beamten eher wortkarg und versuchte, sie bereits an der Haustür abzufertigen.

»Eigentlich kommen Sie ausgesprochen ungelegen. Mein Verlobter und ich wollten gerade zur Uni fahren. Sollten wir nicht besser einen Termin vereinbaren, zu dem wir mehr Zeit haben?«

»Auf eine Viertelstunde wird es Ihnen sicherlich nicht ankommen. Oder ist es Ihnen lieber, wir treffen uns im Präsidium?«

»Nein, natürlich nicht.« Eher widerwillig ließ sie die Beamten herein. »Also, meine Herren, womit kann ich Ihnen dienen?«, fragte sie schnippisch.

»Als Erstes mit Ihrem Verlobten«, erwiderte Hilpert in gleicher Tonlage.

»Er muss gleich herunterkommen. Er ist im Bad.« Mit erhobener Stimme rief sie hinauf: »Stephan, kommst du bitte ins Wohnzimmer? Wir haben Besuch von der Polizei.«

Sie vernahmen das Klacken einer Tür. Wenig später hörten sie, wie jemand die Treppe herunterkam. Kurz darauf betrat Schlage den Raum. Er nickte den Beamten zu und setzte sich zu Christina Werner auf die Couch.

Die junge Frau begann abermals zu drängen. »Nun, meine Herren, Ihr Wunsch wurde erfüllt, schießen Sie los, wir sind tatsächlich in Eile.«

Hilpert schaute sich um. »Nett haben Sie's hier.«

Wiederum sprach nur sie. »Ja, es gefällt uns ebenfalls. Wir fühlen uns sehr wohl in unseren eigenen vier Wänden. Sind Sie zu uns gekommen, nur um das in Erfahrung zu bringen?«

Ein kurzer Blick auf Schlage strafte ihre um Souveränität bemühte Antwort Lügen. Der Mann rieb unruhig seine Hände aneinander. Kalter Schweiß bildete sich auf seiner Stirn. Er schien zu erahnen, was ihnen bevorstand.

»Nun, Herr Schlage«, richtete Tätzler das Wort an ihn, »uns interessiert insbesondere, woher das Geld für Ihr schönes Haus und die Einrichtung stammt.«

Wie aus einem Wachtraum schreckte der Angesprochene hoch. »Es musste ja so kommen.«

»Schweig still!«, herrschte sie ihn an. »Du redest dich um Kopf und Kragen!«

Er reagierte ruhig, vor allem aber ungewohnt konsequent. »Es ist vorbei, Christina. Und ich bin erleichtert.« Dann wandte er sich an die Kriminalbeamten. »Wissen Sie, jahrelang durften wir zusehen, wie unsere Freunde alles hatten, während wir uns jede Kleinigkeit vom Munde absparen mussten.« Mit zittrigen Fingern öffnete er eine silberne Dose, die vor ihm auf dem Tisch stand. Er entnahm ihr eine Zigarette und zündete sie an. »Man ließ uns teilhaben«, fuhr er fort. »Aber eigentlich nur, weil Tom und ich uns vom Sport her kannten. Nach den rauschenden Festen mussten wir zurück in unser miefiges Umfeld bei unseren Eltern. Und das jahrein, jahraus.«

»Ist das nicht das Schicksal der meisten Menschen, wenig begütert zu sein?«, unterbrach ihn Hilpert.

»Natürlich. Nur die wenigsten bekommen hautnah mit,

wie es sich lebt, wenn man reich ist. Es hat uns beinahe zerrissen.«

»Und dann haben Sie die Lösung Ihres Problems gefunden?«, fasste Tätzler nach.

»Kann man so sagen. Mehr per Zufall trafen wir auf dem Kiez jemanden, der uns die richtigen Kontakte in die Drogenszene eröffnete. Man war an uns interessiert, da wir in den entsprechenden Kreisen verkehrten. Tja, daraus entwickelte sich dann eine Art Zusammenarbeit.«

Christina hielt die Hände vor ihre Augen und begann zu weinen. Er dagegen sprach ungerührt weiter: »Das lief eine ganze Zeit rund. Bis urplötzlich Tom mitzumischen begann. Er meinte, wir würden allein durch seinen Bekanntenkreis unsere Abnehmer finden.« Achtlos drückte er seine Zigarette aus. »Irgendwo stimmte das ja auch. Also begannen wir damit, den Kuchen aufzuteilen. Ihm ging es um den Nervenkitzel. Wir sicherten damit unseren Lebensstandard.«

Wütend ballte sie ihre Hände zu Fäusten, während er ergänzte: »Er hielt sich an keine Vereinbarung. Von Tag zu Tag schmolz unsere Abnehmergruppe zusammen.«

Christina hatte sich wieder beruhigt. Sie begriff, dass sie in der Falle steckten. Schließlich sprudelte es aus ihr heraus: »Worauf wir uns eingelassen hatten, begriffen wir erst, nachdem Tom erschossen wurde. Wir haben Angst die nächsten Opfer zu werden. Bitte helfen Sie uns! Wir sind mit unseren Nerven völlig am Ende.«

»Wir sollten das Gespräch im Präsidium fortführen und protokollieren«, schlug Hilpert vor. »Letztendlich reden wir nicht über Mundraub.«

Die beiden nickten und standen auf. Die Termine an der Uni hatten an Bedeutung verloren. Und das würde sich auf absehbare Zeit kaum ändern.

Hilpert war sich im Unklaren darüber, wie er die beiden einschätzen sollte. Hatte er es mit kleinen Drogendealern zu tun, die sich zu spät über ihr Handeln Gedanken machten? Oder verfuhren sie nach der alten Salamitaktik, das Unbedeutende zu gestehen und das Entscheidende zu verschweigen?

Das würden die weiteren Vernehmungen ergeben. Zumindest zeigten sie ihnen bereitwillig ihr Versteck, in dem für etwa 30.000 Euro Kokain lag, hübsch handlich in kleine Tüten verpackt. Widerstandslos folgte ihnen das Paar. Sie konnten darauf verzichten, ihnen Handschellen anzulegen. Wohin sollten sie sich absetzen? Man konnte für sie nur hoffen, dass sie ihre Zulieferer bezahlt hatten. Ansonsten standen ihnen schwere Zeiten bevor. Für ihr Vergehen war keine hohe Strafe zu erwarten. Sie waren nicht vorbestraft und geständig. Aber spätestens danach erfolgte die Abrechnung. Hilpert gab sich keinen Illusionen hin, die Polizei könnte sie auf Dauer nicht schützen. Kopfschüttelnd dachte er über das Paar nach. Wie konnten sich diese intelligenten Menschen nur so tief nach unten begeben? Mit ihren Talenten hätten sie es garantiert auch auf dem geraden Weg geschafft. Es hätte nur länger gedauert. Der war ihnen vorerst verbaut.

24

Am späten Nachmittag verabschiedete sich Hilpert aus den getrennten Verhören der beiden Verhafteten. Jede Frage war mindestens fünfmal gestellt worden. Jede Antwort kam in gleicher Präzision. Die beiden mochten als Amateurgangster gescheitert sein, aber ihr Intellekt reichte allemal aus, die Verhörtaktik der Kriminalbeamten zu durchschauen und ins Leere laufen zu lassen. Das altbekannte Spiel ›guter Cop, böser Cop‹ prallte an ihnen ab wie der Regen an einem Ostfriesennerz. Die zu erwartende Strafe als solche war für Christina Werner das kleinere Übel. Für sie stellte sich bereits ihre Verhaftung als mittlere Katastrophe dar. Die Laufbahn als Juristin musste sie mit Sicherheit neu überdenken. Eine Anstellung im Staatsdienst hatte sie sich zumindest verscherzt.

Auf dem Flur begegnete er Tätzler. Sein Partner hielt ihn am Ärmel fest. »Fabian, einen Augenblick bitte. Ich kaue da auf einem Problem herum. Dieses schnelle Geständnis von Schlage will mir nicht aus dem Kopf. Kaum hast du die erste

Frage gestellt, schon sprudelt es aus ihm heraus wie aus einem Wasserfall.«

»Richtig, jetzt wo du's ansprichst, kommt es mir ebenfalls ungewöhnlich vor. Und das Ganze von ihm, der allem Anschein nach die zweite Geige in der Beziehung spielt. Ohne ihre Zustimmung hat der bislang gerade mal Guten Tag gesagt. Dahinter steckt mehr.«

»Du meinst, sie haben mit den Morden zu tun?«

»Keine Ahnung, ob sie die Auftraggeber sind. Mit Sicherheit sind sie keine Killer. Fakt ist, sie waren in Drogengeschäfte verstrickt und Bartels hatte ihre Kreise empfindlich gestört. Trotzdem passt zu denen kein Mord.« Er schlug Tätzler freundschaftlich auf die Schultern. »Denk weiter über die beiden Turteltäubchen nach. Ich mach jetzt Feierabend.«

Hilpert verzichtete in seinem Büro darauf, seinen Schreibtisch aufzuräumen. Das gestaltete sich in der Zeit der Zusammenarbeit mit Alexandra weitaus schwieriger. Sie war stets auf Ordnung bedacht und ließ aufgeschlagene Ordner oder angenagte Kekse nicht zu. Tätzler scherte dies dagegen wenig. Somit konnte er seiner Unordnung freien Lauf lassen. Er hatte bereits die Türklinke in der Hand, als sich sein Telefon meldete. Ohne große Lust ging er zurück und griff nach dem Hörer.

»Frank hier, Paul Frank«, meldete sich am anderen Ende der Journalist, der vor geraumer Zeit versucht hatte, mehr über seine Erlebnisse im Kosovo in Erfahrung zu bringen. »Nun, wie haben Ihnen meine Artikel gefallen, Herr Hauptkommissar?«

Hilpert antwortete lapidar: »Ich hab keine Ahnung, welche Artikel Sie meinen. Es ist in letzter Zeit so viel geschrieben worden. Da ist es schwierig jeden einzelnen auseinanderzuhalten. Davon abgesehen lese ich nur selten die Zeitung. Da steht ja eh immer dasselbe drin. Wozu gibt es das Internet?«

»Nun tun Sie doch nicht so. Eigentlich wollte ich etwas Nettes über Sie zu Papier bringen. Wie man hört, sollen Sie einen Orden verliehen bekommen.«

»Ach ja? Das ist bis zu Ihnen durchgedrungen? Da bin ich eher hanseatisch geprägt. Es gibt Wichtigeres auf dieser Welt. Eine Auszeichnung macht noch keinen guten Menschen.«

»Wie steht es um Ihre Freunde aus dem Kosovo? Ich meine die, die Ihnen ans Leder wollen?«

»Gute Frage. Ich hab keine Ahnung. Aber die haben mich garantiert nicht vergessen.«

»Sie meinen also, die werden weiterhin versuchen, Sie zu töten?«

»Darauf können Sie nicht nur einen lassen.«

Er hörte ihn tief durchatmen, als wollte er zu einem großen Schlag ausholen. Bevor Frank nachlegen konnte, beendete er das Gespräch und ignorierte das erneute Läuten. Diesmal verließ er seine Wirkungsstätte. Die geplante Ordensverleihung hatte er völlig verdrängt. Wenn bereits die Journaille damit kam, musste er sich langsam auf das Ereignis einstellen. Mit einem Schulterzucken ging er Richtung Fahrstuhl. Diesen Abend wollte er sich das Freitagsspiel des HSV anschauen. Über Freunde war er an eine Karte gelangt. Das würde ihn auf andere Gedanken bringen. Heute war die standesamtliche Trauung von Alexandra gewesen. So richtig berühren wollte ihn dieses Ereignis nicht mehr. Mit Tatsachen hatte man sich abzufinden. Darüber zu klagen, beschädigte nur die eigene Lebensqualität. Er hatte in der jüngsten Vergangenheit zu viel gesehen und miterlebt, als dass er sein eigenes kleines Schicksal zu ernst nahm. Und er fragte sich, was er mit einer Frau anfangen sollte, die es mit der Treue nicht so genau nahm und so stark materiell ausgerichtet war wie Alexandra. Am Ende wäre der Leidensdruck höher als zurzeit.

* * *

Unruhig bewegte er sich in seinem Zimmer. In seine Wohnung hatte er sich nicht getraut. Hier fühlte er sich einigermaßen sicher. In dem anonymen großen Hotel interessierte sich niemand für ihn. Er hatte für zwei Tage im Voraus bar bezahlt. Vorsichtig fasste er sich an die verletzte Schulter. Sein Verband, den er sich angelegt hatte, saß fest. Da hatte er wenigstens bei den Legionären etwas gelernt, das ihm nun weiterhalf. Wer konnte ahnen, dass der verdammte Bulle auf einen Polterabend ein Kampfmesser mitnehmen würde?! Was suchte solch ein Profi bei der Hamburger Polizei? Weshalb hatte man ihn nicht vorgewarnt? Warum hatte er nicht besser aufgepasst? Die Wunde pochte und schmerzte unsäglich. Er wusste aus bitterer Erfahrung, dass dies kein gutes Zeichen war. Er benötigte so schnell wie möglich Antibiotika. Ansonsten konnte es bitter für ihn werden. Ein kalter Schauer lief über seinen Rücken. Er blickte sich um, griff nach der Bettdecke und hängte sie über seine Schultern. Er brauchte außerdem ein Schmerzmittel. Schwer atmend setzte er sich in seinen Sessel und warf einen kurzen Blick auf die Uhr. Es ging auf Mitternacht zu. Er schreckte hoch, als er ein leises Klopfen vernahm. Vorsichtig schlich er zur Tür und fragte in gebrochenem Englisch: »Wer ist da?«

»Ich bin's«, hörte er eine vertraute Stimme.

Erleichtert öffnete er die Tür. »Endlich bist du da. Konntest du etwas gegen die Schmerzen besorgen?«

Die Person trat ein und warf einen prüfenden Blick ins Zimmer. »Knöpf dein Hemd auf. Ich hab ein entsprechendes Mittel organisieren können. Es hilft schnell und nachhaltig. Ich spritze es dir in eine Falte deines Bauchs. Da wirkt es am schnellsten. Ich geb dir eine ordentliche Dosis. Die hält bis morgen früh.«

Anschließend ließ er sich ein Schlafmittel verabreichen. Er schluckte die Tablette mit einem Glas Wasser herunter. Hilfe suchend schaute er seinen Gast an. »Ich brauche dringend einen Arzt. Ich bekomme sonst große Probleme.«

»Keine Angst, ich erledige das. Morgen früh bin ich zurück. Bis dahin musst du durchhalten. Verhalt dich so lange ruhig. Ich lass dir ein paar Tabletten da, solltest du zwischendurch aufwachen.«

»Das bekomm ich bis morgen gebacken.« Er nickte dankbar. »Du kannst dich darauf verlassen. Wenn ich fit bin, schnapp ich mir diesen lausigen Polizisten.«

»Okay, das ist jetzt nicht so wichtig. Du musst erst gesund werden. Bis später.«

Kurz darauf hielt er sich wieder allein in seinem Zimmer auf. Gewaltige Schwindelanfälle packten ihn übergangslos. Kalter Schweiß bildete sich auf seiner Stirn. Gleichzeitig begann er wie Espenlaub zu zittern. Tatsächlich verspürte er nun kaum Schmerzen. Eine bleierne Müdigkeit erfasste ihn. Erfolglos versuchte er, sich zum Bett zu schleppen. Die Kraft in seinen Beinen schwand dahin und er brach zusammen. Er versuchte sich bemerkbar zu machen und trampelte mit den Beinen auf den Boden, doch brachte er nur ein schwaches Stakkato zustande. Sein angesetzter Schrei verkam zu einem Röcheln. Seine Bewegungen wurden spärlicher. Das erneute Klopfen an der Tür vernahm er, als habe man ihm Stöpsel ins Ohr gedrückt. Als endlich ein Hotelmitarbeiter vorsichtig das Zimmer betrat, war kaum noch Bewegung in dem Körper des Mannes. Er war in ein tiefes Koma gefallen und würde den neuen Tag gerade um fünf Minuten überleben. Gegen die riesige Portion Insulin, die man ihm verpasst hatte, fand er kein Mittel.

* * *

Hilpert musste leiden. Da schaffte er es erstmals seit drei Jahren, ins Stadion zu gehen, und dem HSV gelang es in seinem Heimspiel nicht, gegen einen Gegner aus dem unteren Tabellendrittel zu punkten. Sie stürmten zwar wie die Geisteskranken gegen das gegnerische Tor an, versagten aber in der Nähe des Strafraums kläglich. Der gegnerische Keeper hatte darüber hinaus einen Tag erwischt, an dem ihm der FC Barcelona einen Stammplatz angeboten hätte. Zwei schnelle Konter und die alte Fußballregel kam wieder zum Tragen. Feldüberlegenheit nutzte nur, wenn man ins Tor traf. Das Bier wollte ihm anschließend nicht so recht schmecken. Also verließ er das Stadion vollkommen nüchtern, vor allem aber desillusioniert. Irgendetwas lief bei seinem Lieblingsverein seit Jahr und Tag unrund. Es gelang einfach nicht, sich unter den ersten drei Mannschaften festzubeißen. Hielt man sich in der Nähe der Tabellenspitze auf, sorgte eine Negativserie dafür, dass niemand in Hamburg übermütig wurde. Seine Träume von der Meisterschaft oder über den Gewinn eines internationalen Wettbewerbs ließ er eh seit Längerem nicht mehr zu. Zu Hause verzichtete er darauf, sich Kommentare zum Spiel anzuhören. Rundfunk und Fernsehen blieben auf Stand-by. Unter der Dusche wollte sich bereits wieder der alte Optimismus einstellen, der ihn stets in die Arme seines Lieblingsvereins zurücktrieb. Nach dem Motto, erst mal schauen, was die direkten Verfolger am Samstag und Sonntag beschicken, trocknete er sich ab und lag wenig später in seinem Bett.

Er schlief keine Stunde, als er kurz vor eins aus den Federn geklingelt wurde. Er erkannte Schäfers Stimme am Telefon. »Hallo Fabian. Ich hoffe, du hast nicht zu fest geschlafen. Möglicherweise haben wir unseren Mörder gefunden.«

»Was?«, schrie er auf. Er saß aufrecht im Bett, das Handy ans Ohr gepresst. »Ich komme! Wo kann ich euch treffen?«

Eine Handvoll Wasser reichte zur Erfrischung. Im Rekordtempo zog er sich an. Er fuhr mit den Händen durch die Haare. Anstelle der Zahnbürste hatte ein Kaugummi herzuhalten. Eine dreiviertel Stunde später erreichte er das Hotel in der Innenstadt. Ein uniformierter Polizist im Foyer verwies ihn in die dritte Etage. Er begrüßte die Kollegen stumm. Nach ein Uhr morgens stand niemandem der Sinn nach überflüssiger Kommunikation.

»Der Tote ist Belgier. Sein Name Jean Robert, 48 Jahre alt. Er war so nett und trug seine Papiere bei sich. Du erinnerst dich an die FN Pistole?«

»Blöde Frage.«

»Jetzt kommt's.«

Wie der Weihnachtsmann, der die Spannung der Kinder bis zum Schluss erhalten wollte, trat Schäfer auf den Toten zu und schob dessen Jackett zur Seite. Das Oberhemd war aufgeknöpft.

»Schau her, ein Verband an der rechten Schulter. Der Doc meint, es handele sich eindeutig um eine Stichwunde.«

»Ist er etwa daran gestorben?«, fragte Hilpert konsterniert.

»Das ist eher unwahrscheinlich. Nein, er wurde eindeutig vergiftet.«

Hilpert betrachtete das verzerrte Gesicht des Toten. »Kein schöner Tod oder?«

»Kann man so sehen.«

Er reichte Hilpert ein durchsichtiges Plastiktütchen mit einem Zettel darin. »Es steht deine Adresse darauf. Offensichtlich war der noch nicht durch mit dir.«

»Da hab ich ja wohl Glück gehabt.«

Die Befragung des Hotelpersonals und diverser Gäste wollte sie nicht weiterbringen. Selbst der Gast, der sich über den Lärm in dem Zimmer des Belgiers beschwert hatte, konnte ihnen keine näheren Angaben machen. Sie gaben die Daten des Toten an Europol weiter. Robert war kein unbeschriebenes Blatt. Er galt als Auftragskiller. Nach zwölf Jahren Fremdenlegion versagte er auf ganzer Linie, ins bürgerliche Leben zurückzufinden. Also verdiente er sein Geld weiterhin mit dem, was er gelernt hatte. Mit dem Töten von Menschen. Seine Klientel war international. Wer in der Lage war zu zahlen, durfte sich seiner Dienstleistung erfreuen. Offensichtlich hatte er keine politischen Vorlieben. Er tötete Rechte wie Linke, Israelis wie Araber.

Sie diskutierten miteinander bis in den frühen Morgen im Präsidium. Wen hatte Robert so dicht an sich herankommen lassen, dass man ihm Gift verabreichen konnte? Seine Auftraggeber? Irgendwelche Kollegen? Leute wie er galten als misstrauisch. Ihre Vorsicht garantierte ein unbeschwertes Dasein. Leichtsinn gefährdete dagegen ihr Leben. Nur was wollte man in einer fremden Stadt schwer verletzt ohne Hilfe anstellen?

»Sieht beinahe so aus, als sei ein Profi von einem anderen Profi aus dem Weg geräumt worden«, meinte Schäfer ohne eine Spur von Mitleid.

Hilpert ließ Skepsis anklingen. »Seltsam, das alles. Diese Typen greifen gemeinhin nicht zu Gift, um sich jemanden vom Hals zu halten. Ist viel zu kompliziert, jemandem das einzutrichtern.«

Schäfer gähnte herzhaft, bevor er entgegnete: »Stellt sich überhaupt die Frage, weshalb man ihn ermordete.«

»Das ist wohl offensichtlich«, übernahm Tätzler die Antwort. »Wahrscheinlich liegt es an der Wunde, die Fabian ihm zugefügt hat. Ohne Arzt ist da wenig zu machen. Die scheint mir ziemlich tief gewesen zu sein.« Er ließ seinen Blick zwischen beiden Kollegen hin und her wandern. »Der wurde zur Bedrohung für seine eigenen Leute.«

»Klar, ich verstehe. Wenn mir nur einer sagen könnte, wer dahintersteht«, fügte Hilpert nachdenklich hinzu.

Die drei Männer blickten einander ratlos an.

»Gift und Frauen, da könnte ein Schuh draus werden«, warf Schäfer ein.

»Wir werden doch am frühen Morgen kein Vorurteil auslassen«, erwiderte Hilpert prompt, »obwohl wir genügend Frauen im Kreis der Verdächtigen haben.« Er überlegte, bevor er weitersprach: »Tatsächlich ist Gift das ideale Mordwerkzeug, wenn man beispielsweise in einem Hotel keinen Lärm verursachen will. Man verabreicht es und verzieht sich danach. Setzt die Wirkung ein, ist man weit genug vom Tatort entfernt. So gesehen ist es für jedes Geschlecht ideal. In Zeiten des Kalten Krieges wurde es meines Wissens in vielfältigster Variation gern vom KGB genutzt.«

»Vorzugsweise von Frauen?«

»Eher nicht.«

Schäfer gähnte erneut. Er reckte dabei demonstrativ die Arme. »Das Problem diskutieren wir später. Ich will schlafen gehen. Uns verbleibt wenig Zeit, bis wir wieder im Büro aufschlagen dürfen. Hier stören wir eh nur die Spusi.«

Zu diesem Vorschlag fand sich kein Widerspruch ein. Sie hatten alle dasselbe Bedürfnis. Ihre Körper forderten ihren Tribut.

Im Gehen wandte sich Hilpert an seinen Partner. »Ich

denke, wir können für Silke Volkert grünes Licht geben. Der Mörder ihrer Eltern ist tot. Ich sehe keine konkrete Bedrohung mehr für sie. Sie kann zurück in ihre Wohnung.«

»Ich werde mich drum kümmern.«

Die Männer trennten sich und einigten sich darauf, nicht vor zehn Uhr das Präsidium zu betreten. Es war zwar Wochenende, aber Mordermittlungen ließen sich davon nicht beeindrucken. Solange die Spuren noch warm waren, konnte man sie am besten verwerten.

25

Zu Hause schaffte es Hilpert kaum, sich seiner Hose zu entledigen. Müde und erschöpft warf er sich auf die Couch in seinem Wohnzimmer und war sofort eingeschlafen. Gut, dass sie darauf verzichtet hatten, sich mit Kaffee vollzupumpen.

Ein schrilles Geräusch in seinen Ohren bohrte sich gnadenlos in seinen Kopf hinein. Verschlafen öffnete er die Augen. Er hätte die Vorhänge zuziehen sollen. So stach ihm die Sonne erbarmungslos ins Gesicht, als wollte sie sich mit ihm anlegen. Blinzelnd versuchte er sich zu orientieren. Das durchdringende Geräusch blieb ihm allerdings erhalten. Hatte er versehentlich den Wecker eingeschaltet? Nein. Langsam dämmerte ihm, dass er aus Richtung der Wohnungstür malträtiert wurde. Jemand verlangte Einlass. Er fühlte sich wie ein alternder Playboy nach einer wilden Party, ausgelaugt und müde. Es fehlte neben ihm nur eine nachgebaute Blondine, mit der er nichts anzufangen wüsste. Auf staksigen Beinen schlurfte er zur Tür. Durch den Spion erblickte er Silke, die frisch und ausgeschlafen davorstand. Erstaunt öffnete er ihr.

»Die haben sich aber beeilt, dich wieder loszuwerden«, empfing er sie. »Es ist gerade neun Uhr durch.«

»Du siehst abgespannt aus«, erwiderte sie in gleicher Tonlage. »Hast du 'ne Schicht am Hafen dazwischengeschoben, um dein Taschengeld aufzubessern?«

»Da kommst du der Wahrheit ziemlich nahe.« Müde wandte er sich ab und winkte ihr zu. »Was stehst du da draußen rum wie eine Bürstenverkäuferin? Komm rein und schließ die Tür hinter dir. Du weißt, es treibt sich viel Gesindel in der Gegend rum.«

»Eigentlich wollte ich dich zum Frühstück einladen«, versuchte sie ihn zu ködern.

Schnell erkannte sie, dass in seiner persönlichen Bedürfnispyramide Schlafen ganz oben stand, ihn keine Banane aus diesem Dschungel locken würde. Sichtlich enttäuscht folgte sie ihm ins Schlafzimmer. Dort warf er sich aufs Bett. Sie betrachtete ihn eingehend und begriff, augenblicklich keine realistische Chance zu haben, ihn zu etwas anderem zu bewegen. Der Tag war noch lang. Sie würde zurückkommen. Sie hauchte ihm einen Kuss auf die Wange und ging in ihre Wohnung, nicht ohne sich vorsorglich seinen Wohnungsschlüssel zu greifen. Hilpert bekam davon nichts mehr mit. Seine gleichmäßigen Atemzüge wiesen darauf hin, dass er abermals fest eingeschlafen war.

Gegen zehn stand sie wieder neben ihm und rüttelte an seinen Schultern. Zögerlich öffnete er die Augen und musste sich offensichtlich sammeln, bevor er begriff, was um ihn herum geschah.

»Sieh da, hab ich doch nicht geträumt. Du bist tatsächlich hier. Du stehst dort, als habe man vergessen, dich abzuholen. Komm, leg dich zu mir.«

Sie begriff, er war auf einer neuen Bedürfnisstufe angelangt und beschloss, den Augenblick zu nutzen. Als sie endlich zum Frühstücken kamen, hätten sie auch gleich ein Mittagessen daraus machen können.

Gegen 12 Uhr gab er ihr einen zärtlichen Kuss auf die Lippen und verabschiedete sich. »Die Pflicht ruft, ich bin viel zu spät dran.«

Es sollte sich allerdings zeigen, dass es seinen Kollegen ähnlich ging. Nur langsam füllte sich ihre Gruppe auf, als er in seinem Büro auftauchte. Selbst Mitarbeiter der Hamburger Mordkommission nahmen für sich in Anspruch, Menschen zu sein. Bei der mäßigen Besoldung stand ihnen das durchaus zu.

Über den Toten lagen kaum mehr Informationen vor als am frühen Morgen. Man legte ihm ein halbes Dutzend Morde zur Last. Letzte Spuren hatte er vor einem Vierteljahr in Brüssel hinterlassen, wo er eine alte Freundin besucht haben sollte. Mit diesem Hinweis bewegte man sich bereits im Bereich der Spekulation. Wo er sich tatsächlich aufgehalten hatte, vermochte niemand mit Gewissheit nachzuweisen. Die belgische Polizei versprach, weiter zu recherchieren.

Tätzler warf Hilpert einen dünnen Aktendeckel zu. »Darin findest du den Rest über den werten Herrn. Glaubt man den Gerüchten, so soll sich eine gute Freundin von ihm in Deutschland aufhalten. Leider hat man versäumt, ihren Namen in Erfahrung zu bringen, von einer Adresse ganz zu schweigen.«

»Steht was darüber, ob er Kontakte zu Drogenhändlern hatte?«

»Fehlanzeige. Es ist nicht einmal eine vage Verbindung nach Hamburg dokumentiert. Gesicherte Erkenntnisse gibt es nur hinsichtlich seines Namens, seines Geschlechts und seiner früheren Tätigkeit in der Fremdenlegion. Der Kerl hat es trefflich verstanden, alle sonstigen Spuren hinter sich zu verwischen. Selbst das Bildmaterial, das uns gemailt wurde, ist mehrere Jahre alt.«

Entnervt ließ Hilpert den Aktendeckel fallen. »In diesem Fall drehen wir uns prinzipiell im Kreis. Und keiner hat 'ne Idee, wie wir dort herauskommen.« Aufgebracht schaute er in die Runde. »Was sucht ein ehemaliger belgischer Fremdenlegionär als Auftragsmörder in Hamburg? Wie kommt man an solch einen Mann heran?«

»Unsere Freunde aus dem Kosovo?«, versuchte sich Tätzler mit einer Antwort.

»Davon haben die genug zu Hause. In dem Land herrschte Bürgerkrieg. Das Töten ist dort Alltag gewesen. Die haben es nicht nötig, in Brüssel anzurufen, um für teuer Geld einen

Killer einzukaufen. Die treffen sie in ihrer Heimat für kleines Geld an jeder Straßenecke. Nein, der Hammer hängt woanders.«

Am frühen Nachmittag erreichte ihn ein Anruf von Bartels auf dem Handy.

»Ich sollte Ihnen doch bei dem Verkauf von Silkes Liegenschaften behilflich sein. Können wir loslegen?«

Hilpert schlug sich mit der flachen Hand gegen die Stirn. Das hatte er total vergessen. Jetzt kam es auf ein paar Tage nicht an. Also entschied er sich für eine kleine Notlüge. »Es fehlen noch ein paar Unterlagen. Die werden erst Mitte nächster Woche nachgereicht. Ich hoffe, Sie können so lange warten.«

»Kein Problem, kommen Sie damit bei mir vorbei, wenn alles beisammen ist.«

Ihre schleppenden Ermittlungsergebnisse nagten an Hilpert wie Termiten an der Substanz eines Hauses. Er saß mit Tätzler zusammen. Gemeinsam diskutierten sie ihre kargen Ergebnisse, ohne schlauer zu werden. Erstaunt blickte er auf, als der Kriminaldirektor kurz vor Feierabend sein Zimmer betrat.

»Welch seltener Glanz in meiner Hütte, ein oberer Dienstgrad besucht einen seiner Vasallen.«

»Ja, ja, dreschen Sie nur auf mich ein«, erwiderte Weber. »Vergessen Sie dabei nicht, Leute wie ich sind nachtragend. Sollten Sie in absehbarer Zeit in schmucker Uniform den Verkehr regeln, wissen Sie wenigstens warum. Das Dunkelblau sollte Sie kleiden.« Er hüstelte verlegen, als benötigte er Zeit, sich zu sammeln. »Ich hab eine Reihe schlechter Nachrichten für Sie. Die erste, Ihnen wird tatsächlich ein Orden umgehängt. Die zweite, das Ganze findet im Rathaus statt. Und das Schlimmste für Sie ist, Absagen in jeglicher Form sind inakzeptabel. Die Sache hat sich zu einem Politikum ersten Ranges entwickelt. Fehlt nur noch der Außenminister als Redner. Aber da haben Sie Glück, er ist dem Vernehmen nach verhindert. Man munkelt, er eröffnet eine Boutique.«

Hilpert wusste nicht, ob er lachen oder weinen sollte. »Es gibt keine Möglichkeit, da rauszukommen?«

»Nein, sollten Sie an Freitod denken, wirft man Ihnen das Ding ins Grab nach und hält die Reden auf dem Friedhof.«

Er führte ein vergebliches Rückzugsgefecht. »Ich glaubte bislang, Hamburger nehmen keine Orden an?«

»Sie sind kein Hamburger. Bekanntlich kommen Sie aus der Nordheide. Die gehört zu Niedersachsen. Schon vergessen? Sie haben doch Abitur und sollten das wissen.«

»Danke für den Heimatkundeunterricht.« Er war Realist und begriff, dass sich all seine Gegenargumente verbraucht hatten. Resigniert gab er auf. »Dann man zu. Wann geht es los?«

Weber gelang es nur unzulänglich, ein befriedigtes Grinsen zu vermeiden. »Nächste Woche Donnerstag. Lassen Sie sich bis dahin ein paar Worte des Dankes einfallen. Sie wissen ja, so was kommt immer gut an. Denken Sie dran, wir können eine gute Presse gebrauchen. Ansonsten wünsche ich einen angenehmen Abend und einen fröhlichen Sonntag.«

Entnervt schaute er dem Chef der Mordkommission hinterher. Trotzdem konnte er ihm keinen Vorwurf machen. Die Dinge hatten sich so entwickelt und niemand gab ihm die Chance, sich dort herauszulavieren.

Tätzler starrte ihn mit großen Augen an. »Nun mal raus damit, Alter, was hast du im Kosovo angestellt, dass man dir einen Orden verpassen und gleichzeitig die Eier abschießen will? Ich komm mir vor wie im Kino.«

Sein Partner musste sich mit einer unzulänglichen Ausrede zufriedengeben. Er war jung genug, es gelassen zur Kenntnis zu nehmen, und alt genug, um wieder drauf zurückzukommen. Kurz darauf verließ er ihn. Der Tag war lang genug gewesen.

Hilpert war im Begriff, ebenfalls zu gehen und den Feierabend einzuläuten, als sich ihm Schäfer in den Weg stellte. »Was sagt eigentlich deine Frau dazu, dass du dich Tag und Nacht überwiegend mit Männern rumtreibst?«, quakte ihn Hilpert von der Seite an.

»Oh, das ist furchtbar einfach. Sie ist vor einigen Jahren mit einem Anwalt durchgebrannt. Wenigstens war sie so nett und hat auf Unterhalt verzichtet. Ich schätze, das Geld hätte gerade gereicht, das Benzin für ihren Sportwagen zu bezahlen, den er ihr zum letzten Hochzeitstag geschenkt hat.«

Hilpert schaute sich seinen Kollegen näher an. Seine Mundfalten waren tief eingekerbt, als hätte jemand sein neues Taschenmesser an seinen Gesichtszügen versucht, seine Stirn war faltendurchzogen. Schäfer war knapp fünfzehn Jahre älter als er und trotzdem wirkte er auf ihn wie ein Mann, der es aufgegeben hatte, sich dem Prozess des Älterwerdens entgegenzustemmen. Mit siebzig würde man ihn vermutlich mit Methusalem verwechseln, vorausgesetzt, er erreichte dieses Alter.

Resigniert fuhr Schäfer fort: »Wenigstens darf ich an zwei Wochenenden im Monat unseren gemeinsamen Sohn sehen. Aber eigentlich bin ich nicht gekommen, um mit dir über das Trauma meiner verflossenen Ehe zu reden. Ich hab was für dich.« Er reichte ihm einen Umschlag. »Alles aktuelle Fotos vom heutigen Tag. Aufgenommen am Gänsemarkt. Wie du weißt, überwachen wir diesen Pöhlemann.«

Hilpert glaubte zu träumen. Trotzdem musste er sich dem Diktat der gestochen scharfen Fotos beugen. Silke und Pöhlemann beim Austausch von Umschlägen. Mit Sicherheit befanden sich darin keine romantischen Gedichte. Er fluchte laut vor sich hin. Einmal mehr durfte er seinen Fall mit nach Hause tragen. Verärgert steckte er die Fotos ein. Nahm es denn kein Ende mit den Lügen und Halbwahrheiten? Er fühlte sich hintergangen. Mit Sicherheit musste er stärker als bisher darauf achten, sich emotional nicht zu tief in den Fall zu verstricken. Der durchschnittliche Zeuge oder Verdächtige sah es als sein Recht an, die Informationen von sich zu geben, die er für dienlich hielt. Was erwartete er? Voller Wut auf sich und sein Umfeld setzte er sich an seinen Schreibtisch und atmete tief durch. Er räumte eher gedankenverloren oberflächlich auf und verließ anschließend den Raum. Mit einem gehörigen Druck in der Magengegend machte er sich auf den Weg in seine Wohnung. Er musste Silke sprechen und wenn der ganze Schnee verbrannte.

* * *

Sie fing ihn bereits im Treppenhaus ab und lud ihn zum traditionellen Abendbrot ein. Doch diesmal wollte zwischen ihnen keine rechte Stimmung aufkommen. Das vorzügliche Gericht rettete ebenso wenig die Stimmung wie ihr gewagtes Outfit. Sie verstand sich zu kleiden, blieb sexy, ohne ordinär zu wirken.

»Was ist mit dir?«, fragte sie ihn genervt. »Du kommst mir vor wie ein Ehemann, der nach zwanzig Jahren Ehe keine Worte mehr für sein Gegenüber findet. Ich streng mich an, dir zu gefallen. Du brummelst vor dich hin, als würde ich böse Bemerkungen über deine Eltern gemacht haben.«

»Wenn du's genau wissen willst. Ich denke über dich nach, vor allem über deine Kontakte zu gewissen Leuten.«

»Wie darf ich das verstehen?«

»Ganz einfach, was sagt dir der Name Pöhlemann?«

»Woher weißt du?«

»Er wird von uns überwacht. Ich gehöre zu den Bullen. Schon vergessen? Wir haben ein paar Morde aufzuklären.«

»Ich verstehe. Und da ist euch Pöhlemann untergekommen. Da macht es wohl wenig Sinn, um den heißen Brei herumzureden.«

Sie stand auf und ging ins Nebenzimmer. Kurz darauf stand sie wieder vor ihm, einen Umschlag in der Hand.

»Hier, er hat mich mit diesen Fotos erpresst.«

Er öffnete den Umschlag und entnahm ihm einen Packen Bilder. Er fand Silke im trauten Liebesspiel mit Susi Teichmann. Die Aufnahmen waren aus zwei unterschiedlichen Blickwinkeln gemacht worden. Trotzdem wiederholten sich die Motive. Er war versucht, einen Teil der Bilder ungesehen zurückzulegen, als er einen anderen Schnappschuss in der Hand hielt. Er erkannte unzweideutig Tom Bartels, der das

Schauspiel unbekleidet angeregt verfolgte. Vor ihm hockte ein ebenfalls nacktes Mädchen, das sich intensiv um seine Genitalien kümmerte. Silke hatte sich weggedreht, als er die Fotos betrachtete. Als er sie zurück in den Umschlag steckte, wandte sie sich ihm zu.

»Verstehst du, er erpresst mich damit.«

»Wie viel hast du bisher abgedrückt?«

»5.000 Euro. Er fordert den gleichen Betrag nochmals von mir.«

»Und weshalb kümmern dich diese Aufnahmen? Du bist ungebunden, hast keine Ambitionen in die Politik zu gehen.«

Beschämt blickte sie zu Boden. »Es ist deinetwegen. Ich wollte verhindern, dass du diese Fotos in die Hand bekommst und mich verachtest.«

»Dich verachten?« Er griff nach ihrer Hand und zog sie sanft zu sich heran. »Was glaubst du, habe ich in den letzten Jahren alles erlebt. Da schrecken mich solche Fotos nicht ab. Du bist jung. Es ist dir unbenommen, neben der Spur zu leben.«

Hastig zog sie ihre Hand zurück. »Vielleicht ist es die Gleichgültigkeit, mit der du das aufgenommen hast, vor der ich mich am meisten gefürchtet habe.«

Er erhob sich von seinem Stuhl und trat dicht an sie heran. »Lass uns bitte nicht über meine Gefühlswelt diskutieren. Du bist mir alles andere als gleichgültig.«

Sie wischte verstohlen ein paar verlorene Tränen aus ihrem Gesicht. Hilpert drängte sie, sich mit ihm an den Tisch zu setzen.

»Du bist noch nicht fertig mit deinem Abendessen. Ich bin noch nicht fertig mit meinen Fragen.«

»Ich vermute, die Fotos wurden in dem Bordell geschossen, an dem Pöhlemann beteiligt ist. Wie seid ihr in dieser Absteige gelandet?«

»Es war Pöhlemann, der uns dorthin einlud.«

»Klar, der hat euch den Stoff besorgt.«

»Mir scheint, du weißt alles.«

»Und Susi, wie kommt die ins Spiel?«

Erstaunt horchte sie auf. »Woher kennst du Susi?«

»Nun, sie ist das Mädchen, das man damals zur Abtreibung gezwungen hatte.«

»Susi hat mit Bartels im Partykeller und ..., oh mein Gott! Ich will das nicht glauben.«

Beruhigend tätschelte er ihre Hände. »Wie seid ihr denn auf die Idee für das Fotoshooting gekommen?«

»Fotoshooting? Du hast eine Art, dich auszudrücken.« Hilflos zuckte sie die Achseln. »Ich meine, es war Pöhlemann, der uns nach hinten einlud. Plötzlich standen die Mädels da und dann, na ja. Ich war ziemlich angetrunken an dem Abend. Außerdem haben wir eine große Show veranstaltet. Im Grunde haben mich immer schon große Jungs mehr interessiert als kleine Mädels. Und Susi ist ebenfalls hetero.«

»Und wie war es mit Bartels? Der muss doch irgendwie reagiert haben.«

»Ach der, der war ja völlig zugedröhnt«, erwiderte sie zynisch. »Der beobachtete uns und ließ sich dabei einen blasen. Eigentlich war er der Perverse.«

»Und Pöhlemann?«

Sie dachte angestrengt nach. »Genau, der war plötzlich verschwunden. Später gab es noch Ärger, weil Tom über 2.000 Euro blechen sollte. Das war selbst ihm, der er nicht auf den Euro schaute, zu viel.«

»Hat er gezahlt?«

»Was denkst denn du?! Hast du dir diesen Kerl mal von Nahem angesehen? Der besteht ausschließlich aus Muskelmasse. Der musste keine großen Überredungskünste anwenden, um an sein Geld zu kommen.«

Er lachte gehässig auf. »Ja, wenn es um Geld geht, kennen die Jungs kein Pardon.«

Zusehends fanden sie zu anderen Themen zurück. Im Wohnzimmer setzten sie sich nebeneinander auf die Couch.

»Ach übrigens«, bemerkte sie, »was ist mit den geplanten Verkäufen des Hauses und der Klinik? Bist du da ein Stück weitergekommen?«

»Wie man's nimmt. Ich bin mit Toms Vater nächste Woche verabredet. Der wird uns behilflich sein. Der kennt sich besser aus als wir beide zusammen.«

»Gute Idee. Hauptsache, ihr kümmert euch darum. Ich fühle mich damit überfordert.«

»Ich fürchte nur, die Ergebnisse werden dich enttäuschen. Auf den Objekten liegen Hypotheken. In der Klinik stecken ebenso dicke Kredite.«

»Du meinst, da bleibt nichts übrig für mich?«

Als müsse er sich entschuldigen, hob er seine Hände. »Keine Ahnung. Das musst du mit Bartels besprechen. Ich fürchte nur, es wird deutlich weniger, als du vielleicht erhofft hättest.«

»Wir werden sehen. Vorerst komme ich über die Runden. Meine Mutter hat mir gut Hunderttausend vermacht. Meiner Meinung nach stecken in den Immobilien einige Reserven. Gerade bei der Villa und der großen Wohnung hab ich ein gutes Gefühl. Man hat mir erzählt, dass solche Objekte gesucht sind.«

Er hätte einiges einwenden könnten, verzichtete aber darauf. So abrupt wollte er ihre Träume nicht zerstören. Sie musste schon genug unter ihm leiden. Mit der Realität durfte sie sich früh genug auseinandersetzen.

Sie trennten sich relativ zeitig. Jeder zog es vor, sich allein im eigenen Bett breitzumachen. Fraglos hatten die Fotos ein Stück Spannung aus ihrer Beziehung genommen. Sie führte ein Leben, das sich von seinen Idealvorstellungen ein ganzes Stück weit entfernte. Er fragte sich, ob er nicht doch ein wenig zu bürgerlich sei. In Gedanken nickte er dazu. Er konnte sich den Werten, die ihm sein Elternhaus mitgegeben hatte, nicht entziehen. Sie hingen an ihm wie eine Zecke. Ob er es in diesem Leben noch mal schaffte, eine Frau kennenzulernen, die ungebunden und ohne problematische Charaktereigenschaften ihr Dasein fristete? Oder musste er weiter mit seinen komplizierten Beziehungen leben? Er verbrachte den Sonntag weitgehend auf dem Balkon. Silke traute sich offensichtlich nicht zu ihm herüber. Sein Bedürfnis, sie zu sehen, hielt sich in Grenzen. Auch wenn er etwas anderes behauptete, hatten ihn die Fotos gestört.

26

Der Wochenanfang war durch Betriebsamkeit geprägt. Tätzler nahm Hilperts Bericht über das Gespräch mit Silke auf wie ein Löschpapierblatt die feuchte Tinte. Eifrig nickte er zu seinen Worten.

»Da bekommen wir endlich mal ein paar Verbindungsstellen in die Hand, nach denen wir bislang so intensiv gesucht haben. Irgendwie hängen sie alle aneinander«, stellte er zufrieden fest. »Fragt sich nur, wie die Morde da hineinpassen. Aber das wird sich zeigen.«

Wenig später stieß Schäfer zu ihnen. Interessiert ließ er sich aufklären.

»Da sollten wir nichts anbrennen lassen. Ich schlage vor, wir bringen ein wenig Leben in die Bude.«

Hilpert versuchte die Euphorie zu dämpfen. »Nicht so hektisch. Mich beschäftigt die Frage, was Susi bewogen hat, sich mit Silke vor Bartels zu produzieren? Also vor dem Mann, der für ihr Schicksal verantwortlich war. Den sie wie die Pest hasste.« Seine Finger spielten nervös auf der Schreibtischplatte. »Stellen wir sie in dem Bordell, macht die unter Garantie dicht. Die ist doch nicht lebensmüde.«

»Was schlägst du vor, wie wir vorgehen sollten?«, wollte Schäfer wissen.

»Ganz einfach. Ihr sucht den Laden heim, während ich mich um die Kleine kümmere. Ich komm ganz gut mit ihr zurecht.«

»Nur, was sollen wir in dem Puff anstellen? Die Qualität der Dienstleistung prüfen?«

»Wenn's euch Freude macht, man immer zu. Nur dachte ich eher an illegale Prostituierte oder an Rauschgift. Irgendetwas werdet ihr schon finden. Es wäre nachgerade ideal, wenn es gelänge, Pöhlemann für eine gewisse Zeit außer Betrieb zu setzen.«

»Einverstanden.«

»Fehlt nur ihre Adresse.«

»Keine Angst, die liegt uns vor. Wenn die Sondereinheit

arbeitet, arbeitet sie sorgfältig. Sie lebt mit Pöhlemann zusammen. Er verlässt die gemeinsame Wohnung meist gegen acht. Sie gut eine Stunde später.«

Schäfer ließ sich ihre Adresse geben und reichte sie Hilpert herüber. »Sieh da, man hat sich in Wandsbek niedergelassen. Dort lässt es sich wahrlich gut leben. Ich kenne die Gegend. So ist es halt, wenn beide Partner berufstätig sind. Da kann man sich was erlauben. Man muss nur drauf achten, dass nicht zu früh Kinder kommen.«

»Dann schau dir erst sein Auto an. Da bleibt kein Auge trocken. Alles vom Feinsten.«

Desillusioniert winkte Hilpert ab. »Wir machen irgendetwas falsch. Vielleicht fehlt uns eine geeignete Strategie für unser Privatleben. Vielleicht sollte man sich tatsächlich auf finanzkräftige Frauen spezialisieren. Alexandra hat es uns doch vorgemacht, nur umgekehrt.«

Schäfer grinste ihn herausfordernd an. »Du wirst heute Abend ausreichend Gelegenheit erhalten, dich eingehend zu informieren. Die süße Susi steht dir sicherlich gern mit Rat und Tat zur Verfügung. Unter Umständen bittet sie dich, ihr zur Seite zu treten, sollte Pöhlemann ausfallen.« Er grinste ihn an. »Selbstverständlich gegen ein ordentliches Entgelt.«

»Brillante Idee. Da muss ich mir nur einen repräsentativen Jogginganzug und das passende Schuhzeug organisieren.«

»Ich helf dir gern bei der Auswahl«, frotzelte Schäfer zurück. »Was hältst du von einem ordentlichen Baseballschläger?«

Alexandra kam ihm wieder in den Sinn. Diese Frau würde ihn lange beschäftigen. Ob sie sich auch dann gegen ihn entschieden hätte, würde er über ausreichend Kleingeld verfügen? Würde er mit solch einer Frau eigentlich zusammenleben wollen? Er schüttelte den Kopf. Zweisamkeit definierte er anders. Vermutlich lebte er in der falschen Vorstellungswelt. Die Romantik des 18. Jahrhunderts hätte garantiert besser zu ihm gepasst. Irgendwo schwebten vor seinem geistigen Auge Begriffe wie Zusammenhalten und Liebe. Sie hatten ihren Wert in einer Zeit, in der man noch keine Telefone mit sich herumtrug, die man gleichzeitig als PC, TV-Gerät und Kamera verwenden konnte. Waren diese Werte Opfer des technologischen Wandels geworden? Oder machte er sich einfach etwas vor? Die Ehe als Versorgungsinstitution hatte nichts mit Mikroprozessoren zu tun. Die gab es schon zu Zeiten, als man sich noch mit Pferd und Wagen durch die Gegend bewegte.

Das Mehrfamilienhaus, das er gegen Abend betrat, hätte mit Sicherheit Geschichten aus der Kaiserzeit erzählen können. Er ließ den Blick durch ein sorgfältig restauriertes Treppenhaus schweifen, das an den Seiten auf gut zwei Meter hochgefliest war. Er schritt über einen Boden aus Marmorplatten auf dem man vergeblich nach Gebrauchsspuren fahndete. Die Stufen der Holztreppe, die er hinaufging, mussten erst vor Kurzem völlig runderneuert worden sein. Am liebsten wäre er auf Händen hinaufgegangen, um nichts zu beschädigen. Das Geländer, die Wohnungstüren, alles befand sich in bestem Zustand und signalisierte, dass die Bewohner des Hauses es nicht nötig hatten, auf den Cent zu achten. Ein Aufzug mit schmiedeeisernen Gittern hätte den Eindruck perfekt gemacht. Hierauf musste man allerdings verzichten. Die Erbauer des Hauses hatten ebenso wenig daran gedacht wie an eine Tiefgarage. Man konnte nicht alles haben.

Im dritten Stock entdeckte er das gesuchte Namensschild. Kräftig drückte er den Klingelknopf. Leichte Schritte im Flur bestätigten ihm, dass jemand zu Hause war. Durch die Tür vernahm er Susis Stimme. Er gab sich zu erkennen. Das Fallen einer Kette und das Drehen des Schlüssels im Schloss bewiesen, dass sie keine Probleme damit hatte, ihn hereinzubitten.

Sie öffnete die Tür zur Hälfte und bedachte ihn mit einem erstaunten Blick. »Kannst du es nicht abwarten, bis du mich in der Bar siehst? Musst du mich jetzt schon in meiner Wohnung aufsuchen? Jemand hat dir wohl geflüstert, dass ich noch nicht vollständig angezogen bin. Komm rein.«

Erst jetzt realisierte er, dass sie bis auf ein leger umgehängtes Badelaken unbekleidet war. Sie zupfte an einer Ecke, prompt fiel die klägliche Verhüllung herunter. Reaktionsschnell hob er das Tuch auf und reichte es ihr.

»Es wäre mir lieber, du bist wenigstens andeutungsweise angezogen, wenn wir uns unterhalten.«

»Du bist zurückhaltend wie ein Pfadfinder«, neckte sie ihn.

Verunsichert stand er vor ihr, darauf bedacht, ihr das Tuch wieder umzuhängen. Sie machte keinerlei Anstalten, ihn zu unterstützen.

»Scheiß der Hund drauf«, stieß er hervor und ließ los. Sie stand nackt vor ihm, ein kleiner fester Busen stierte ihn erwartungsvoll an. Eine schmale Taille und lange schlanke Beine rundeten das Bild der Herausforderung ab.

»Was ist?«, fragte sie ihn provokativ. Dabei ging sie einen Schritt auf ihn zu. Sie legte einen Arm um seine Taille. »Nimm dir, so viel du willst. Es ist genug da. Es darf auch gern etwas mehr sein. Ich räum dir einen großzügigen Rabatt ein.« Sie öffnete den Mund und bleckte die Zähne. »Nun, was hältst du von meinem Angebot?«

Er drückte die Wohnungstür hinter sich zu. Dann bückte er sich und hob das Tuch erneut auf.

»Eigentlich wollte ich nur ein paar Fragen loswerden und dich vor einer Nacht im Kahn bewahren«, erwiderte er ungerührt.

Diese Sprache verstand sie besser als seine hilflosen Verteidigungsanstrengungen.

»Warum sollte man mich einbuchten wollen?«, fragte sie ihn eher neugierig als ängstlich. »Mir kann niemand was vorwerfen.« Diesmal griff sie nach dem Tuch. Verzichtete allerdings weiter darauf, damit ihre Blöße zu bedecken.

»Umso besser. Dann gib mir die richtigen Antworten und gönn dir 'nen freien Abend.«

Sie drückte sich an ihn und fuhr ihm sanft durchs Haar. »Warum bist du so zögerlich?«

»Ganz einfach. Es ist dein Job, damit Geld zu verdienen. Und du bist zu teuer für mich. So ein kleiner Beamter wie ich muss da passen.«

Sie lachte heiser auf. »Wer spricht davon, dass du dafür löhnen musst? Ich biete es dir nur so zum Spaß an.«

»Sag bloß, du hast dich seit meinen letzten Besuchen in mich verliebt?«

»Du meinst, ich sei unfähig zu lieben?«

»Das nicht, aber gerade mich, einen Bullen?«

»Du bist so herrlich sperrig. Irgendwie reizt mich das. Manch anderer Kollege von dir hätte längst zugegriffen und einen Nachschlag verlangt.«

»Das ist nicht meine Art.«

»Ich weiß, du bist ein anständiger Kerl.«

»Wer hat dir das erzählt?«

»Na, wer wohl? Pöhlemann.«

»Der?!«, stieß er hervor. Fast verschlug es ihm die Sprache.

»Ja, einerseits hasst er dich und würde dich am liebsten in der Elbe versenken, andererseits respektiert er dich, weil du an das glaubst, was du tust. Das wird selbst in unserem Geschäft anerkannt.«

Er verzichtete darauf, auf das Gesagte einzugehen. Mit dem Respekt, das einem von der falschen Seite erwiesen wurde, war das so 'ne Sache.

»Wie eng seid ihr zusammen?«

»Er ist mein Freund. Er hält mir andere vom Leib. Er lässt mir meine Mäuse.«

»Und wem gehört die hübsche Wohnung?«

»Die gehört ihm. Die wäre mir eine Nummer zu groß. Irgendwann hab ich genug Kohle beisammen und verschwinde sowieso von hier irgendwohin, wo es wärmer ist.«

Er ließ sie nicht zur Ruhe kommen, sondern drosch mit seinen Fragen geradezu auf sie ein. »Bist du an den Erpressungen von Pöhlemann beteiligt?«

»Pöhlemann, ein Erpresser?!« Offensichtlich hatte er sie auf dem falschen Fuß erwischt. »Unmöglich, da musst du schon andere Geschichten auftischen.«

»Das sieht Silke Volkert völlig anders.«

Ihre Stimme wurde leiser. »Silke? Er hat sie erpresst?«

»Ja, die ersten Scheine sind bereits geflossen.«

»Dieses Schwein!«, stöhnte sie auf. »Auf Bartels hatten wir es abgesehen. Silke ist 'ne Nette, die hat uns nie etwas getan. Aber wie hat er sie denn erpresst?«

»Es gibt Fotos von eurem kleinen Techtelmechtel.«

»Blödsinn, das war doch nur Spielerei.«

Er ließ ihre Bemerkung im Raum stehen. »Wie bist du auf Tom Bartels gestoßen? Ich glaubte bislang, du würdest ihn verabscheut haben.«

»Tu ich auch. Das ergab sich per Zufall. Er machte mit Pöhlemann Geschäfte. Da hab ich ihn nach Jahren wiedergesehen und sofort erkannt. Manuel ist immer offen für Nebeneinkünfte. Die schlugen mit Silke bei uns auf und wollten eine kleine Show. Sie haben sie bekommen. Das war mehr als harmlos.«

»Du weißt, dass er ihn mit Koks bedient hat?«

»Was heißt wissen? Ich hab mir eins und eins zusammengezählt. Meinst du, ich leb auf dem Mond und krieg vom eigentlichen Leben nichts mit?«

»Hatte Pöhlemann denn keine Angst, vielleicht seine Kohle von ihm nicht zu bekommen? Bartels ist wohl kaum das gewesen, was man als professionellen Dealer bezeichnen kann.«

»Wo war das Problem? Schließlich gehörte ihm die schicke Villa an der Elbe. Die hat ihm damals seine verstorbene Mutter vererbt.«

»Woher weißt du denn das?«

»Von Pöhlemann. Er hatte einen Notar beauftragt, sich schlauzumachen.«

»Nette Geschichten, die du mir erzählst. Wo bekam Pöhlemann denn seinen Stoff her?«

Sie tippte mit dem Zeigefinger gegen ihre Stirn. »Denkst du, ich bin lebensmüde und erzähl dir alles, was du hören willst? Nein, danke.«

»Ich schätze, es waren die Kosovo-Albaner.«

»Was laberst du mich zu, wenn du selbst meinst, alles zu wissen? Es hat mich nie interessiert, von wo er den Koks bezogen hat. Das sind Leute, denen man am besten weiträumig aus dem Weg geht, wenn man an seiner Gesundheit hängt. Selbst Pöhlemann hat Respekt vor denen. Was du nicht weißt, kann dir niemand aus der Nase ziehen. So wie jetzt.«

Dies reichte ihm als Antwort. Langsam aber sicher schloss sich der Kreis. Interessiert blickte er sich um und war erstaunt über die bürgerliche Einrichtung der Wohnung. Die mächtige Schrankwand fehlte ebenso wenig wie das Ölgemälde an der Wand, made by Karstadt. Fehlten nur die betenden Hände von Dürer. Vielleicht hingen sie nebenan. Susi war aufgestanden und hatte eine CD aufgelegt, Chansons von Patricia Kaas.

»Du magst französisches Liedgut?«

»Die Sprache hat mich schon in der Schule angemacht. Ich nutze jede freie Minute, um sie besser zu erlernen.«

»Willst du irgendwann nach Frankreich auswandern?«

»Nein, nach Martinique, dort ist die Sprache sehr hilfreich.« Sie setzte sich unvermittelt auf seinen Schoß und fuhr ihm mit den Händen durchs Haar. »Du gefällst mir wirklich. Was hältst du von einem kleinen Kuss?«

Vorsichtig schob er sie zurück. »Du machst mich fertig. Ich kann nicht mitten in einem Fall mit einer potenziellen Zeugin rumturteln. Wer weiß, vielleicht bist du sogar tatverdächtig.«

Empört stand sie auf. »Ich soll jemanden umgelegt haben? Der Herr belieben zu scherzen.«

»Das sagst du so in deiner unbedarften Art. Man muss nicht gleich selber schießen, wenn einem das Gesicht eines anderen missfällt.«

Wütend blickte sie zu ihm herüber. »Du tickst nicht ganz sauber! Irgendwo hat dich dein Job kaputt gemacht.«

Er erhob sich ungerührt von der Couch und blickte auf die Uhr. »Jetzt müsste das MEK zuschlagen.«

»MEK? Wo?«, fragte sie erstaunt.

»An deinem Arbeitsplatz. Man interessiert sich vor allem für deinen Lover.«

Erst jetzt verstand sie, dass er ihr auf seine Art behilflich gewesen war. »Danke, dass du mich da rausgehalten hast.« Sie reichte ihm die Hand. »Also abgemacht, wenn der Fall abgeschlossen ist, verbringen wir eine ganze Nacht miteinander.«

»Na, ob du dann noch mit mir ins Bett hüpfen möchtest?«

Statt ihm zu antworten, ging sie nach nebenan. Kurz darauf kam sie zurück, bekleidet mit einer Jeans und einem leichten Top.

»Und was geschieht jetzt?«, fragte sie ihn unschlüssig.

»Das hängt ganz davon ab, was meine Kollegen in eurem Schuppen finden.«

»Aha.« Sie setzte sich in einen Sessel.

»Lassen wir uns überraschen.«

Zwanzig Minuten später meldete sich sein Handy. Es war Tätzler.

»Pöhlemann, der Idiot, hat belastendes Bildmaterial in seinem Büro gehabt. Allem Anschein nach hat er sein Erpressergeschäft so ganz nebenbei betrieben. Er ist vorläufig festgenommen.«

»Was unternehmt ihr nun?«

»Die Kollegen von der Spurensicherung sind fleißig dabei zu suchen. Die werden auch in seiner Wohnung aufschlagen. Sei darauf vorbereitet.«

»Alles klar.« Er kappte die Verbindung.

Susi sah ihn neugierig an. »Und wie geht es weiter?«

»Die kommen hier ebenfalls vorbei.«

»Ihr erwartet doch nicht ernsthaft, in unserer Wohnung Drogen zu finden?«

»Mal sehen. Wer hätte vermutet, dass er Erpresserfotos in der Schublade seines Schreibtisches aufbewahrt?«

»Hat er?«

»So wahr ich hier stehe.«

»Und was passiert jetzt?«

»Dein Vermieter wird bis auf Weiteres seinen Standort wechseln«, erwiderte er ungerührt. Er warf einen Blick auf seine Uhr. »Ich erwarte demnächst die Spurensicherung. Die wollen sich ein wenig umschauen.«

»Von mir aus. Mir gehören nur einige Klamotten, ein paar

Bücher und CDs. Ich komm alleine durch. Ich brauch keinen Menschen.«

Ein Klingeln an der Tür unterbrach ihre Worte. Sie grinste breit, als die Polizisten zwei Stunden später ohne nennenswerte Ergebnisse abzogen. Sie hätten sich den Schlüsselbund näher anschauen sollen, den sie vorsorglich an sich genommen hatte. Sie kannte sich glücklicherweise aus. Gleich morgen würde sie die Filiale der Commerzbank aufsuchen und sich über den Inhalt des Schließfaches hermachen. Vielleicht winkte ihr die Chance ihres Lebens. Pöhlemann war ein sparsamer Mensch. Er musste einiges an Geld zurückgelegt haben. Zumindest prahlte er ständig damit, wenn er mit ihr über ein anderes Leben spann. Zum Glück verfügte sie über eine Vollmacht für das Fach. Und nun hielt sie den Schlüssel in der Hand. Unter normalen Umständen hätte sie sich nie getraut, ihn an sich zu nehmen.

Die ganze Nacht durch versuchten die Beamten, Pöhlemann mürbe zu machen. Abwechselnd nahmen sie ihn in die Zange. Doch mit den Morden an Bartels und dem Arztehepaar ließ er sich nicht in Verbindung bringen.

»Mann, bei Ihren Vorstrafen werden Sie erst in einigen Jahren damit rechnen können, wieder in die Freiheit entlassen zu werden«, versuchte Schäfer auf ihn einzuwirken. »Selbst wenn wir die Morde nicht nachweisen können. Erpressung ist eine heikle Kiste.«

»Ihr könnt mich alle!«, erwiderte er, ganz professioneller Gangster. »Ich rede nur noch, wenn mein Anwalt neben mir sitzt.«

Die Beine ausgestreckt lehnte er sich in seinem Stuhl zurück und schwieg sich aus. Schäfer spürte, so nicht weiterzukommen. Also gab er nach und erlaubte ihm ein Telefonat mit seinem Rechtsbeistand. Dieser legte sich ins Zeug, seinen Mandanten auf Kaution freizubekommen. Ohne Erfolg. Der Haftrichter lehnte ab. Vorerst musste er im Untersuchungsgefängnis bleiben, was bei der Latte an Vorstrafen kein weiteres Thema war.

Am nächsten Tag erschien Pöhlemanns Anwalt überraschend bei Pristic. »Mein Mandant hat mich gebeten, Ihnen mitzuteilen, dass er Ihre Unterstützung benötigt. Vielleicht sollte man der Hauptbelastungszeugin klarmachen, welches Risiko sie mit ihren haltlosen Anschuldigungen eingeht.«

»Sind Sie des Teufels, Herr Anwalt? Wissen Sie, wer der persönliche Freund und Aufpasser der werten Dame ist? Keine Chance. Wie ist dieser Idiot nur darauf gekommen, die Kleine mit den Fotos zu erpressen? Wir reden letztlich über kleines Geld.«

Achselzuckend verließ ihn der Jurist. Sein Mandant würde sich warm anziehen müssen. Mittlerweile war die Steuerfahndung eingeschaltet worden. Diese interessierte sich insbesondere dafür, wie er den Kaufpreis für seinen Anteil am Bordell aufgebracht hatte und woher das Geld für die Wohnung gekommen war. Diese Herrschaften waren zumindest ebenso gefährlich wie Silke Volkert als Zeugin. Vermutlich sogar gefährlicher. Susi würde sich sputen müssen, wollte sie vor ihnen sein Schließfach räumen.

Pristic blieb ruhig in seinem Sessel sitzen, nachdem der Anwalt gegangen war. Pöhlemann begann sich zum Schwachpunkt zu mausern. Wer wusste, was der für ein paar Jahre Hafterleichterung anstellen würde? Das musste unterbunden werden. Durch die geschlossene Tür rief er nach Kober. Sie mussten kurzfristig aktiv werden. Er konnte keinen Kronzeugen gegen sich und andere gebrauchen.

Tatsächlich überlebte Pöhlemann seine Verhaftung gerade 48 Stunden. Ein selbst gebasteltes Messer in falschen Händen während des Freigangs sollte ihm den Garaus machen. Die Polizei bekam drei Verdächtige zu fassen. Doch die gaben kein Sterbenswörtchen von sich. Sein Anwalt ging in Lichtgeschwindigkeit auf Tauchstation. Von ihm würde man nicht einmal seinen Vornamen in Erfahrung bringen. Er kannte sich in dem Geschäft aus. Keiner musste ihm erklären, wer Pristic war. Wie konsequent er vorging, hatte er soeben bewiesen.

Niemand trauerte dem Ermordeten hinterher. Selbst Susi nahm seinen Tod mit Fassung hin. Das Umfeld, in dem sie sich bewegte, ließ wenig Raum für tiefer gehende Emotionen. Diese Lektion war ihr mit ihren gerade mal 20 Jahren gnadenlos eingebläut worden. Vielmehr musste sie tief durchatmen, als sie den Inhalt des Schließfaches in Augenschein nahm. Sie hielt gut 250.000 Euro in bar und Wertpapiere in etwa der gleichen Größenordnung in Händen. Sie stand ganz dicht davor, ihre Träume zu verwirklichen. Sie musste nur Ruhe bewahren und durfte nicht durch übertriebene Hektik auffallen. Hilpert könnte am ehesten eins und eins zusammenzählen. Den galt es auf Distanz zu halten. Sie räumte alles leer und deponierte es an anderer Stelle. Ihren Job im Bordell konnte sie getrost aufgeben. Sie würde ihre Zukunft ab sofort anders gestalten. Sie musste ihre nächsten Schritte nur sorgfältig planen. Ihr durften keine Fehler unterlaufen.

Pöhlemanns Tod verursachte einigen Wirbel im Polizeipräsidium. In der Sonderkommission wurden heftige Debatten über die Frage geführt, ob sie den Ermordeten unter besonderen Sicherheitsbedingungen hätten inhaftieren müssen. Letztlich war es müßig, sich mit Selbstvorwürfen zu quälen. Nichts konnte mehr rückgängig gemacht werden. Hilpert war maßlos verärgert, weil der Tote das einzige Verbindungsglied zu den Opfern wie zu den vermeintlichen Tätern darstellte. Wem hätte er gefährlich werden können? Die Antwort lag mit den Albanern auf der Hand. Langsam bekamen sie den Status von Dauerverdächtigen. Polizeiführung und Politik kündigten große Untersuchungen und unnachgiebige Konsequenzen für die Verantwortlichen an. Diese waren schnell gefunden, zwei Oberwachtmeister durften sich über eine Versetzung freuen. Der Kreis schloss sich. Die Kleinen baumelten am Galgen. Die Großen durften weiterhin große Reden schwingen und in Champagner baden. Nette Prinzipien, nach denen die Demokratie funktioniert.

In der Mittagspause gesellte sich Weber zu Tätzler und Hilpert in der Kantine. Wütend berichtete er über die Ergebnisse der Gesprächsrunden auf hoher Ebene, die nicht abzureißen drohten.

»Es wird so getan, als sei es eine neue Erkenntnis, dass sich der Drogenhandel in unserer Stadt professionell organisiert hat!«, schimpfte er. »Wollen wir diese Leute besser in den Griff bekommen, heißt es aufzurüsten bei der Polizei. Endlose Palaver beruhigen allenfalls die Seelen der Teilnehmer, führen aber mit traumhafter Sicherheit an der Lösung der anstehenden Probleme vorbei.«

Hilpert winkte resigniert ab. »Alles wird bleiben, wie es immer war. Niemand tastet die Problemstrukturen an und wir schippern weiterhin auf dem Meer unserer eigenen Unzulänglichkeit. Vor den Wahlen wird geredet, danach ist alles vergessen.«

Als bedurfte es einer Bestätigung seiner pessimistischen Grundeinstellung, klingelte Webers Handy und rief ihn in eine neue Unterredung. Abermals hieß es, wertvolle Zeit für ergebnislose Diskussionen zu opfern. Eines war den beiden Kommissaren klar: In solch eine Situation würden sie sich nicht hineinbefördern lassen. Ihnen reichte es, Opfer des staatlich verordneten Dilettantismus zu sein. Sich hieran auch noch aktiv zu beteiligen, hätte ihr letztes Stück an Motivation gekostet.

Hilpert vereinbarte am Nachmittag ein weiteres Verhör mit dem Paar aus Wellingsbüttel. Es war längst wieder auf Kaution freigekommen. Flucht- oder Verdunklungsgefahr bestand keine. Trotz des schwebenden Verfahrens erklärten sie sich zu einem weiteren Gespräch ohne anwaltliche Unterstützung bereit. Ihr selbstbewusstes Verhalten am Rande zur Arroganz war einer beinahe besinnlichen Stimmung gewichen.

»Es stimmt«, bestätigte ihm Stephan Schlage. »Pöhlemann hat damals den Kontakt hergestellt und den Stoff besorgt.«

»Haben Sie sonst niemanden während Ihrer Drogenkarriere aus diesem Umfeld getroffen?«

»Nein, mich beschlich gelegentlich das Gefühl, dass wir beobachtet wurden, wenn die Übergabe stattfand. Ich vermute, er ist auf Nummer sicher gegangen und hat seinen Rückzug abgedeckt. Nur welche Gefahr sollte von uns ausgehen?«

»Ist Ihnen niemand in seiner Nähe aufgefallen?«

»Nein. Wir hatten bei der Übergabe stets die Hosen voll. Wir waren froh, wenn alles seinen geregelten Gang ging und wir uns mit dem Zeug absetzen konnten.«

Hilflos blickte Christina ihn an. »Sicherlich haben wir kriminell gehandelt. Dessen waren wir uns durchaus bewusst. Doch wir waren weit davon entfernt, uns als Kriminelle zu fühlen.«

»Und wie war die Zusammenarbeit mit dem Verstorbenen?«

Schlage antwortete unaufgeregt: »Es wurde zunehmend schwieriger. Nie war er mit den erzielten Resultaten zufrieden. Wir sollten ständig unseren Abnehmerstamm vergrößern. Einmal hat er Christina an sich gerissen und gemein betatscht. Er drohte, sie in seine, wie er sagte, gute Stube mitzunehmen und dort einzuarbeiten. Nach dem Motto, dann müsse sie ihr Kleingeld halt auf anderem Weg verdienen.«

»Tolle Geschäftsbeziehung.«

»Das kann man wohl sagen. In den letzten Monaten fühlten wir uns von ihm unterschwellig bedroht. Wir wären gerne ausgestiegen. Aber das hätte er nie zugelassen.« Entnervt blickte er den Ermittler an. »Anfangs hielten wir es für eine gute Idee, Tom mit einzubeziehen. Schnell zeigte sich, dass wir uns damit ins eigene Knie geschossen hatten. Unsere Kunden waren seine Kunden. Zu vielen von ihnen verfügte er über den besseren Draht. Ich meine, man nennt so etwas Verdrängungswettbewerb. Und er hat gnadenlos versucht, uns an den Rand zu drängen.«

»Bislang glaubte ich, Sie seien Freunde gewesen?«

»Freunde, pah, drauf geschissen hat er! Tom kannte und liebte nur einen Menschen: sich selber.«

Hilpert begriff ohne weitere Erklärungen. Die ökonomischen Prinzipien galten ebenfalls für Drogengeschäfte. War der Kundenstamm zu klein, musste er erweitert werden. Neue Abnehmer ließen sich in der Branche allerdings schlecht über Callcenter anwerben. Und in St. Georg durch die Straßen zu ziehen, um direkt an neue potenzielle Interessenten heranzutreten, war nicht unbedingt deren Stil, sah man davon ab, dass selbst dort die Reviere abgesteckt waren. Da lief man schnell Gefahr, mit einem Messer an der Kehle Bekanntschaft zu machen. Er beendete das Gespräch. Man sah dem Paar die Erleichterung an, als es ihn verlassen durfte. Wirklich auskunftsfreudig waren sie auch diesmal nicht.

Er ordnete seinen Schreibtisch und verließ sein Büro. Er musste unbedingt einkaufen gehen. Auf der Rückfahrt erreichte ihn ein dringender Anruf von Tätzler.

»Am besten, du schaust nochmals bei uns vorbei. Es gibt interessante Neuigkeiten zu dem Ermordeten aus Belgien.«

»Du meinst diesen Robert?«

»Genau.«

»Wir sehen uns in zwanzig Minuten.«

Ohne großes Aufheben zu machen, reichte ihm sein Partner den umfänglichen Obduktionsbericht über den toten Killer. »Interessant ist nur das letzte Kapitel. Den Rest kannst du dir schenken.«

»Das hat allerdings Gesicht. Unser Freund hat gekokst«, stellte Hilpert emotionslos fest. »Das nenne ich eine aufschlussreiche Nachricht.«

»Das ist längst nicht alles. Sie haben seine Wohnung im Schanzenviertel gefunden. Er hatte sich einen kleinen Vorrat angelegt. Und jetzt kommt's. Das Kokain stammt zweifelsfrei aus der Partie von Bartels.«

»Sieh mal einer an. Da hat er seinen Mörder nicht nur gekannt, sondern sogar beliefert. Es wird immer vertrackter.«

Er warf den Bericht auf den Schreibtisch und nahm sich einen Becher Kaffee, den ihnen eine treue Seele gekocht hatte.

»Wie sind die zueinander gekommen? Hast du 'ne Idee?«

»Ich behaupte, es war Pöhlemann. Der passt als Verbindungsmann.«

Hilpert murmelte wie selbstvergessen den Namen des ermordeten Bordellbesitzers. »Pöhlemann und dieser Killer aus Belgien. Sollte er ihn nach Hamburg beordert haben?« Nachdenklich fuhr er sich durchs Haar. »Wenn ja, wen sollte er hier erledigen?«

»Vielleicht einen von den Albanern?«, schlug Tätzler vor.

»Glaub ich nicht, eher einen für die Albaner«, erwiderte Hilpert bestimmt. »Mach dich mal schlau, ob in der Szene jemand vermisst wird.«

»Kein Problem, ich kümmer mich darum.«

Hilpert griff sich ein Foto des Ermordeten. »Man sollte der niedlichen Susi erneut einen Besuch abstatten. Bin mal gespannt, ob sie den Knaben kennt. Mach du das Gleiche mit den Freunden von Bartels junior.«

»Das heißt, du nimmst dir wieder die kleine Nutte vor?«

»Wenn du willst, können wir tauschen. Ich will da kein Gewohnheitsrecht geltend machen.«

»Lass man, das ist in Ordnung so«, winkte Tätzler entschieden ab. Hilpert hatte ihm von den Avancen erzählt, die ihm die junge Frau gemacht hatte. Er hatte eine feste Freundin und wollte gar nicht erst in Versuchung geraten. Er gähnte vernehmlich. »Da erwartet uns morgen ein strammes Programm.«

Ihre Recherchen sollten sie nicht weiterführen. Weder das Paar aus Wellingsbüttel noch Susi erinnerten sich an den Mann. Bartels und seine Lebensgefährtin mussten ebenfalls passen. Bei Susi fiel Hilpert allerdings auf, dass von ihrer kessen Lippe wenig übrig geblieben war. Diesmal verzichtete sie gänzlich darauf, ihm schöne Augen zu machen. Ob sie an ihrem ehemaligen Freund stärker gehangen hatte, als ihm anfänglich schien? Er unterließ es, weiter zu insistieren. Jeder schleppte sein Päckchen mit sich herum. Die wenigsten interessierte es, sich darüber lang und breit auszulassen. Man gestattete nur ungern einem Fremden den Einlass in die eigene Gefühlswelt. Das machte einen verletzlich. Damit kannte er sich bestens aus.

»Ich suche mir übrigens eine andere Wohnung«, gestand sie ihm ein. »Bei dieser hat sich eine Erbin gemeldet, eine Schwester von ihm. Die erwartet eine Heidenmiete. Das wird mir zu teuer. Außerdem hab ich beschlossen, aus dem Geschäft auszusteigen.«

Dies teilte sie ihm mit, als er bereits im Gehen war. Er drehte sich ihr zu.

»Ich wünsch dir viel Glück auf deinem weiteren Weg. Ruf mich an, wenn du was Neues gefunden hast. Halt dich weiter für uns zur Verfügung. Vor allem aber pass auf dich auf. In deinem Business kündigt man nicht so einfach und kann seiner Wege gehen.«

Bevor er sich endlich auf den Weg zu seiner Wohnung machen konnte, erreichte ihn Weber telefonisch.

»Denken Sie an den nächsten Donnerstag. Wir erhalten hohen Besuch. Man wird Ihnen im Rahmen einer kleinen Feierlichkeit den hochwichtigen Orden verleihen. Da kommt sogar irgendein Ministerialdirigent aus Berlin.«

»Bitte, lässt sich das nicht verhindern?«, bat er entsetzt.

»Wohl kaum. Man strengt sich richtig an, um es Ihnen so nett wie möglich zu machen. Lassen Sie vorsorglich Ihre Uniform aufbügeln. Das macht sich gut in der Presse.«

»Uniform«, flüsterte er. Seit seiner Rückkehr aus dem Kosovo hatte er sich längst wieder an seine Zivilkleidung gewöhnt. Selbst das tief dunkle Blau wollte ihn nicht sonderlich motivieren.

Einen kleinen Erfolg erzielte Tätzler bei seinen Recherchen. Tatsächlich wurde in der Drogenszene jemand vermisst. Es handelte sich um einen Österreicher, der wohl den Albanern in die Quere gekommen war. Zählte man eins und eins zusammen, gab es durchaus einen Grund für den Belgier, nach Hamburg zu kommen. Nur weshalb war er geblieben?

27

Glaubte er bislang, dass seine eigentliche Arbeit ihn in Atem halten würde, so sollte er sich mächtig täuschen. Mehrere Tage hatte er sich ohne große Vorwarnung auf diesen einen Termin im Rathaus vorzubereiten. Seine Uniform aufarbeiten zu lassen, stellte dabei das geringste Problem dar. Er musste sich mit diversen Behördenvertretern besprechen und vor allem unendlich vielen Leuten die Hände schütteln. Elegant gelang es ihm, so wenig wie möglich zu den Ereignissen im Kosovo aus sich herausholen zu lassen. Aber man wollte Reden auf ihn halten. Das funktionierte nur mit geeigneten Informationen. So gut es ging, versuchte er seine Rolle bei der Rettung der Kinder herunterzuspielen. Doch seine Gesprächspartner wollten davon nichts hören. Die Polizei gierte nach Pöhlemanns Tod im Untersuchungsgefängnis geradezu danach, durch eine gewogene Presse wieder Land zu gewinnen. Die allgemeine Politik konnte national wie international nicht genug Helden finden, die für das Renommee ihres Vaterlandes sorgten. Für ein paar Stunden sollte er dafür herhalten. Passte er nicht auf, lief er Gefahr, der Held diverser Fernsehshows zu werden. Die ersten Anfragen konnte er gerade noch über die Pressestelle der Polizei abbiegen. Er war erstaunt, wie viele Gesprächsrunden allein die öffentlich-rechtlichen Rundfunkanstalten anboten. Fehlte nur, dass man ihn aufforderte, dabei seine Lieblingsspeise zu kochen. Schließlich waren Kochsendungen der absolute Hit. Fragte sich nur, wie lange er sich gegen das Interesse der Medien behaupten konnte. Als Einzige blieb Silke in seinem Umfeld gelassen. Sie begriff schnell, dass er über die damaligen Ereignisse nur ungern redete. Also ließ sie ihn zufrieden. Sie sorgte sich weiter um sein leibliches Wohl und wimmelte halbwegs gekonnt die Neugierigen ab, die ihn nach Feierabend zu erreichen suchten. Zeitweise fühlte er sich wie Knut, der kleine Eisbär im Berliner Zoo, der sich vermutlich ebenfalls über das ungewohnte Interesse an ihm gewundert haben dürfte. Selbst das weiße Wollknäuel hatte den Bedürfnissen anderer Rechnung zu tragen. Der Zoo, die Politik, jeder versuchte, an seiner Popularität anzudocken. Später im Erwachsenenalter hatte er ausgedient, war ein normaler Eisbär geworden, und funktionierte am Rande gerade noch als Objekt der Einkommensinteressen zweier Tierparks. Das Schicksal war nicht auf seiner Seite. Ähnlich wie sein Ziehvater verstarb er früh. Im Tod richteten sich letztmals die Scheinwerfer auf ihn. Gerüchten zufolge dachte man darüber nach, ihn auszustopfen.

Auch diese Nacht wurde kürzer als erhofft. Gegen drei wachte er von Träumen geplagt auf. Alle verdrängten Bilder tauchten wieder aus der Versenkung auf und weigerten sich vehement, ihn zu verlassen. Egal, wie er es anzustellen suchte, der Schlaf wollte sich nicht mehr einstellen. Geradezu gut gelaunt nahm er irgendwann das Rattern seines Weckers wahr. Endlich durfte er aufstehen. Wie gerädert ging er unter die Dusche und hoffte, den Tag anständig über die Runden bringen zu können.

Er fühlte sich auf dem Weg zum Festsaal des Hamburger Rathauses physisch unwohl. Öffentliche Auftritte waren nicht seine Abteilung. Die gediegene hanseatische Atmosphäre belastete ihn mehr, als dass sie ihn anregte. Die junge Republik vom Balkan wollte ihn ehren. Die Bundesrepublik sah dies voller Genugtuung. Seine Vorgesetzten ebenso, die nach wie vor um jeden Zipfel guter Presse kämpften. Vor dem Eingang trat der hohe Beamte aus Berlin auf ihn zu. Professionell gönnte er ihm ein paar anerkennende Worte, während er ihm die Hand schüttelte. Er erwartete keine große Erwiderung, sondern begnügte sich mit seinem Kopfnicken und dem spärlichen Dank.

Hilpert atmete einmal tief durch, als sie den Saal betraten. Erstaunt erblickte er einige Dutzend gefüllte Stuhlreihen vor sich. Bislang hatte sich für ihn in Hamburg kaum jemand interessiert, sah man von der Presse nach dem Anschlag auf ihn ab. Rechts vom Eingang war ein Rednerpult aufgebaut.

Die Krawatte passend zur Uniform drückte ihn am Hals. Den Schweiß auf seiner Stirn konnte man nur als Angstschweiß bezeichnen. In seiner Magengegend rumorte es. Passte er nicht auf, würde er den erst jüngst gereinigten Teppich verunzieren. Er wollte so schnell wie möglich wieder hinaus. Ein heller Aufschrei ließ ihn innehalten. Er kannte die etwa dreißigjährige Frau, die aufgesprungen war und nun auf ihn zustürmte, nur zu gut. Weinend griff sie nach seiner Hand und küsste sie. Für einen Moment vergaß er alles um sich. Er zog vorsichtig seine Hand zurück und nahm sie in den Arm.

»Es geht Maria gut?«

Der Frau gelang es, gerade mal schwach zu nicken. Der Rest ging in einem Schluchzen unter. Er nahm sie in den Arm und führte sie an ihren Platz zurück. Dort erblickte er Oberfeldarzt Dr. Berthold, der in einer Notoperation das Kind retten konnte, das schwere Brandverletzungen erlitten hatte. Auf seiner Brust prangte bereits ein Orden. Er reichte ihm die Hand.

»Du bist nicht nur ein großartiger Arzt, Doc, sondern ein fantastischer Künstler. Ich habe ein Bild von Maria gesehen. Sie sieht beinahe wie neu aus.«

Sie setzten sich links und rechts von der Mutter, die jeweils eine Hand der Männer hielt. Erst jetzt realisierte Hilpert, dass die letzten Minuten in einem Blitzlichtorkan stattgefunden hatten. Die Reden bekam er nur am Rande mit. Die Mutter erholte sich langsam und gab ihre Hände frei. Gegen Ende der Veranstaltung öffnete sich die hohe doppelflügelige Tür und acht Kinder im Alter zwischen sieben und zehn traten ein. Vorneweg ging ein Mädchen mit langen dunklen Haaren. Sie erblickte Hilpert und begann, auf ihn zuzulaufen. Er erhob sich und machte einen Schritt nach vorne. Sie sprang ihm in die Arme. Er nahm sie hoch und drückte sie fest an sich.

»Ich spreche jetzt deine Sprache«, flüsterte sie ihm in gebrochenem Deutsch ins Ohr.

Er gab ihr einen dicken Kuss auf die Wange und setzte sie vorsichtig ab. Sie gesellte sich zu dem Arzt, der sie ebenfalls umarmte. Die anderen Kinder traten zurückhaltender, aber freundlich auf ihn zu. Vorsichtig streckten sie ihm nacheinander ihre Hände entgegen. In die fröhlichen Gesichter zu sehen, lenkte ihn für Augenblicke von seinen Sorgen und Befürchtungen ab. Langsam war es an der Zeit, sich einen prächtigen Orden an seine Brust heften zu lassen. Erst mit einer gewissen Verzögerung begriff er, dass man von ihm ebenfalls Weltbewegendes erwartete. Er atmete einmal tief durch und hatte keine Mühe, Worte zu finden.

»... Die Kinder sind gesund. Das macht mich glücklich. Trotzdem verfolgen mich in meinen Träumen die Bilder derjenigen, die es nicht geschafft haben. Die dafür Verantwortlichen mögen verdammt sein bis ans Ende der Zeit.«

Mit Tränen in den Augen ging er zu seinem Platz zurück, ohne auf die Reaktion der Menschen zu achten, die seine Worte mit unterschiedlichen Gefühlen aufnahmen. Er sah die verkohlten Leichen der Opfer vor sich, denen er nicht hatte helfen können. Marias Mutter war aufgestanden und nahm ihn in den Arm. Gemeinsam betrauerten sie den Tod von neun Kindern. Sie verstand jedes seiner Worte. Anschließend strich sie ihm mit beiden Händen über die Wangen.

»Komm zu uns. Wir können dich besser beschützen.«

»Ich muss es allein schaffen. Verstehst du? Ich will es so.«

Sie antwortete leise, aber bestimmt: »Deine Feinde werden sich anstrengen müssen. Gott ist auf deiner Seite. Das fühle ich.«

Es folgten weitere unverzichtbare Reden, mehr oder minder von Menschen gehalten, die weder von den Ereignissen betroffen noch ausgiebig darüber informiert waren. Der Redner aus Berlin drohte ihm eine weitere Ehrung an.

Beim darauffolgenden Empfang gesellte sich sein Kollege Schäfer zu ihm. »Nun erzähl mir eines, Fabian, weshalb versuchen ein paar Albaner dich umzulegen? Wenn ich alles richtig verstehe, bist du dort unten so etwas wie ein Held. Und soweit ich es nachvollziehen kann, zu Recht.«

»Siehst du«, wich Hilpert vorsichtig aus, »so ist das, wenn du dich im Ausland aufhältst. Manche Dinge werden dort unterschiedlich gewichtet. Und die Menschen in deinem eigenen Land bringen dafür wenig Verständnis auf. Bürgerkrieg bedeutete, dass sich zwei Parteien einer Region einander gegenüberstehen. Nimmt man Partei für eine Seite, stellt man sich damit automatisch gegen die andere.«

»Dann behalt dein Wissen für dich. Prost.« Er hob sein Glas und trank es in einem Zug aus. Er sollte nicht der Einzige bleiben, der von Hilpert die ganze Wahrheit erwartete, ohne diese zu erfahren. Er schaute auf seinen Orden an der linken Brustseite. Ob er ihn wirklich verdient hatte?

Gegen Mittag löste sich die Versammlung auf. Die Gäste aus dem Kosovo wurden unter strenger Bewachung zum Flugplatz gebracht. Die Redner hatten sich längst wieder zu anderen Terminen begeben. Paul Frank, Hilperts besonderer Journalistenfreund, trat auf ihn zu.

»Mal 'ne blöde Frage, Herr Hauptkommissar. Weshalb hetzt man einem Mann Killer auf den Hals, der unter Einsatz seines Lebens mehreren Kindern das Leben rettet?«

»Gute Frage, ich werde über die Antwort nachdenken.«

Er spürte den verärgerten Blick des Journalisten in seinem Rücken, als er sich von ihm abwandte und zu den letzten Kollegen hinüber ging.

»Ich kriege dich, du arroganter Arsch«, flüsterte ihm Frank hinterher. »Jetzt bist du der Held, morgen habe ich dir die Maske des Biedermannes heruntergerissen.«

Weber empfing Hilpert mit einem säuerlichen Grinsen. »Wollte er die gesamte Wahrheit wissen?«

»Kann man so sagen.«

»Und?«

»Er wird sich weiterhin darüber den Kopf zermartern dürfen.«

Weber verschränkte die Arme vor seiner Brust. »Das mag für ihn, aber nicht für mich, gelten. Spucken Sie's aus. Erzählen Sie die ganze Geschichte. Ich nehme Sie mit ins Präsidium.«

Zögerlich begann Hilpert eine halbe Stunde danach mit dem zweiten Teil seiner Geschichte. »Der Helikopter, der die Kleine mit den schweren Brandverletzungen abholen sollte, bekam in unserer Gegend keine Landeerlaubnis. War dort zu gefährlich. Also haben wir einen Treffpunkt etwa 30 Kilometer von dem Ort entfernt vereinbart.«

»Und?«

»Mein Kollege und ich sind mit unserem Fahrzeug losgefahren. An zwei Stellen mussten wir unseren Weg freischießen.«

»Aha. Ist das der vollständige Rest der Geschichte?«

Hilpert atmete tief durch. In seinen Augen bildeten sich Tränen. »Nun, neun Kinder haben es nicht geschafft. Haben Sie schon mal verbrannte Kinderleichen und die verzweifelten Eltern gesehen?«

Weber schüttelte den Kopf.

»Glauben Sie mir, Herr Weber, diese Bilder verliert man nie mehr aus seinem Gedächtnis. Mein Partner fand heraus, wer hinter dem Brandanschlag auf die Grundschule stand. Die Täter hatten sich in die Berge abgesetzt.«

»Ich verstehe. Sie haben die verfolgt.«

»Und wir haben die Schweine zu fassen bekommen.«

»Was geschah dann?«

»Wir haben die vier Täter erschossen.«

»Und deren Verwandte wollen sich wiederum an Ihnen rächen?«

»So sagt man.«

»Ging es Ihnen danach besser?«

»Wo denken Sie hin? Rache lindert keinen Schmerz. Aber zu dem Zeitpunkt hätte ich jeden Verantwortlichen für die toten Kinder mit den eigenen Händen umgebracht.« Hilpert erhob sich von seinem Sitz. »Es ist vielleicht besser, ich nehme meinen Abschied.«

»Einen Scheißdreck werden Sie tun! Ich kann und darf Ihre Tat nicht gutheißen. Trotzdem verstehe ich Sie. Außerdem war dies kein offizielles Gespräch. Ich werde mit niemandem darüber reden, sondern bedanke mich für Ihre Offenheit. Seien Sie künftig noch vorsichtiger. Für mich sind Sie nach wie vor ein hervorragender Polizist. Und ich möchte nicht nur, dass Sie bleiben, ich will, dass Sie weiter Karriere machen. Von Ihnen gibt es keine Handvoll in unserem Laden. Hoffentlich leben Sie lange genug.«

Als Hilpert gegangen war, griff er nach einem Standardschreiben. Er beantragte die Beförderung dieses Mannes zum ersten Hauptkommissar. Er sollte eine Sonderkommission oder eine Mordkommission übernehmen. Er war mutig, konsequent und zeigte Gewissen. Was erwartete man mehr in ihrem Geschäft?

Silke empfing Hilpert mit einer guten Flasche Rotwein. Auf NDR war bereits die Zeremonie übertragen worden. Die Bilder der Frau und des Mädchens, die nicht von ihm loslassen wollten, gingen ihr nicht aus dem Kopf.

»Erzähl mir von den Kindern, bitte.«

»Das ist eine lange Geschichte.«

Er hatte sich freigesprochen. Sanft nahm sie ihn später in den Arm.

»Und du bist trotz allem ein Held und zudem ein guter Mensch. Schön, dass ich dich kennenlernen durfte.«

Er lehnte beides für sich ab. Aber ihre Zuwendung tat ihm gut. Diese Nacht schlief er erstmals seit Langem wieder durch, obwohl er immer noch letzte Rudimente der absoluten Wahrheit mit sich herumtrug.

Den kommenden Vormittag musste er sich am Telefon eine lange Litanei von seiner Mutter anhören. »Wir sind stolz auf dich, Junge, weil du so mutig bist. Und wir sind enttäuscht, weil wir gerne bei der Ordensverleihung dabei gewesen wären. Oder hättest du dich für uns geschämt?«

Er war sich unsicher, ob sie ihm seine spontane Ausrede abnahm. Sie war schlecht. Selbstverständlich hätte er seine Eltern zu dem Festakt einladen können. Sich selber durfte er die Wahrheit eingestehen. Er hatte einfach vergessen, an sie zu denken. Eigentlich wollte er diesen Orden nicht. Dass diese Verleihung für die beiden eine große Stunde in ihrem Leben bedeutet hätte, war ihm keine Sekunde in den Sinn gekommen. Nun war es zu spät dafür. Einmal mehr durfte er sich ihretwegen mit einem schlechten Gewissen herumplagen. Glücklicherweise hatte er für sie eine weitere Verleihung in Aussicht. Da würde er sie mitnehmen.

28

Zu Beginn der folgenden Woche wurden die Leichen von Silkes Eltern freigegeben. Sie entschied sich für eine schnelle Beerdigung Mitte der Woche. Große Vorbereitungen waren nicht zu treffen. Die wichtigsten organisatorischen Fragen waren längst geregelt. Der zu ladende Verwandten- und Freundeskreis hielt sich in überschaubaren Grenzen. Man isolierte sich automatisch, wenn man seine gesamte Kraft für den beruflichen und persönlichen Erfolg bemühte. Ihre Mutter hatte vermutlich Legionen an Menschen vor den Kopf gestoßen. Interessierte es einen, wenn man selbst in den Sarg gelegt wurde? Wohl kaum. Dann hatte man solch unbedeutende Probleme längst hinter sich gelassen. Was kam danach, wenn man zusehends zu Staub und Knochen wurde? Er verdrängte diese Gedanken. Noch hatte ihn keine Todessehnsucht erreicht. Das Leben nach dem Tod würde ihn früh genug erreichen.

Hilpert saß als einsamer Beobachter in einer der hinteren Reihen der kleinen Kapelle. Am Grab blieb er ebenfalls im Hintergrund. Er empfand für die Ermordeten keine besonderen Emotionen. Dies trotz seiner Beziehung zu deren Tochter. Er stand dort in seiner Funktion als einer der ermittelnden Beamten. Auch wenn sie den vermutlichen Täter kannten, lagen die Motive für die Tat weiterhin im Verborgenen.

Tätzler bewegte sich in einem größeren Radius um die Grabstelle herum. Es ereignete sich nichts, das ihren Einsatz gerechtfertigt hätte. Keine verdächtigen Figuren beobachteten die dunkel gekleideten Menschen oder strolchten über den Friedhof. Silke versuchte nach der Trauerfeier, ihn dazu zu bewegen, am Leichenschmaus teilzunehmen. Aus dieser Schlinge wand er sich mit fadenscheinigen Argumenten heraus. Wollte er wenigstens ein Stück Distanz zu ihr aufrechterhalten? Wahrscheinlich verhielt es sich so.

Etwas abseits entdeckte er Bartels. Siedend heiß fiel ihm ein, dass er ihm schon vor einer Woche Silkes Immobilienunterlagen übergeben haben wollte. Mit schuldbewusster Miene trat er auf ihn zu und versuchte sich zu erklären. Bartels winkte ab.

»Ich konnte der Zeitung entnehmen, dass Sie mit dieser Ordensverleihung zu tun hatten. Ich ging davon aus, dass Sie bei Bedarf auf mich zukommen würden.«

»Danke für Ihr Entgegenkommen.«

»Es ist zwar wenig pietätvoll, Sie das gerade jetzt während der Beerdigung zu fragen. Aber könnten Sie sich vorstellen, dass Silke Einwände hätte, mir das Haus an der Elbe zu verkaufen?«

»Warum sollte sie? Diese Immobilie belastet sie emotional wie finanziell. Machen Sie einen anständigen Preis, dann können Sie mit ihr nächste Woche zum Notar gehen.«

»Das werde ich tun. Ich dachte nur, in dieser Zeit, der Tod ihrer Eltern, wenn Sie verstehen.«

»Sicher, nur, Silke muss den Nachlass regeln. Das Haus ist ein paar Nummern zu groß für sie. Sie hat keinerlei Interesse, dort zu leben. Über die Klinik müssen wir gleich gar nicht diskutieren.«

»Dafür müssen wir uns was einfallen lassen«, gab Bartels zu bedenken. »Sollte sie da plus/minus null rauskommen, hat sie bereits gewonnen.«

Auf dem Weg zu seinem Wagen war er froh, dem Butterkuchen und dem Kaffee mit und ohne Cognac ausgewichen zu sein. Dass er so ganz nebenbei einen Teil von Silkes finanzpolitischen Problemen geregelt bekam, ohne sich selbst groß bemühen zu müssen, hob seine Stimmung. Er überlegte, ob es Sinn machte, ins Büro zu fahren. Das Läuten seines Handys nahm ihm diese Entscheidung ab. Überrascht vernahm er Alexandras Stimme.

»Ich bin zurück aus der Karibik. Mein Mann ist auf dem Weg zu einem Kongress in Stuttgart. Hättest du Lust, mit mir heute Abend essen zu gehen?«

»Klar doch, wo wollen wir uns treffen?«

»Ich habe noch einiges in meiner Wohnung zu regeln. Was hältst du davon, mich dort gegen sechs Uhr abzuholen?«

»Ist geritzt. Ich freu mich, dich wiederzusehen.«

»Das geht mir ebenso.«

Drei Wochen in einem First-Class-Hotel, dachte er. Langusten, Champagner, Partys auf luxuriösen Jachten. Es hatte schon seine Vorteile, sich einen wohlhabenden Ehepartner auszusuchen.

Inzwischen war der emotionale Abstand zu Alexandra so groß geworden, dass bei ihm kein Anflug von Eifersucht oder Traurigkeit zurückgeblieben war. Er hatte sie sexuell begehrt, seit er sie kannte. Aber er vermisste sie nicht, sobald sie sich woanders aufhielt. Er ertrug es von Tag zu Tag besser, sie in den Armen eines anderen Mannes zu wissen. Die Erkenntnis um die Unabänderlichkeit ihrer Entscheidung gab ihm ein Stück seiner Gelassenheit zurück. Es lag ihm fern, sich weiter in Trauer und Selbstmitleid zu ergehen. Und ihr Materialismus würde garantiert ständig zwischen ihnen stehen. Da war die Distanz zwischen ihnen die beste Medizin für ihn. Und warum sollte man sich nicht gelegentlich treffen?

Pünktlich wie vereinbart klingelte er an ihrer Wohnungstür. Sie stand braun gebrannt und gut erholt vor ihm, als sie die Tür öffnete. Der Ausschnitt ihrer Bluse, die sie trug, ließ sich als sittsam bezeichnen. Trotzdem sendete sie ihm Signale aus, die er möglichst ignorieren wollte. Spontan fiel sie ihm in die Arme. Er drückte sie an sich. Automatisch wanderten seine Hände hinunter zu ihrem Hinterteil. Sie zog sanft an seinen Haaren.

»Wir wollen essen und nicht miteinander ins Bett gehen.«

Gehorsam löste er sich von ihr. »Entschuldige, die alten Gewohnheiten. Du siehst gut aus.«

»Danke«, entgegnete sie mit leiser Stimme. »Gehen wir, bevor ich schwach werde.«

»Das kann niemand von uns wollen.«

»Ach wirklich? Sollten wir uns in den letzten drei Wochen so geändert haben?«

Sie setzten sich in ein kleines italienisches Restaurant am Mittelweg. Alexandra ließ es bei einem Salat bewenden, während er nach dem größten Steak und gigantischen Mengen an Nudeln verlangte. Dazu gönnten sie sich einen ordentlichen Garvi. Manchmal konnte das Leben schön sein. Spätestens beim Cappuccino spürte er ihre Hand auf seinem Oberschenkel.

»Ich will ein Dessert«, flüsterte sie ihm zu.

»Ich werde die Karte ordern«, antwortete er naiv.

»Was ich will, steht auf keiner Karte. Komm, lass uns zahlen und zu mir fahren. Ich ärgere mich die ganze Zeit, dass ich vorhin so charakterfest gewesen bin.«

Für einen Widerspruch fielen ihm keine Argumente ein. Also orderte er die Rechnung und zahlte. In seinem Wagen drückte sie sich bereits an ihn. Die sanfte Massage zwischen seinen Beinen ließ die Fahrt zu ihrer Wohnung zu einem Abenteuer der besonderen Art werden. Dass er nicht auf ein Fahrzeug auffuhr, musste man schon als glückliche Fügung betrachten.

Kaum hatten sie ihre Wohnung betreten, zog er sie an sich. Seine Hände wanderten die Oberschenkel hinunter. In geübter Manier schob er ihren Rock hoch. Sie nestelte erfolgreich an seiner Hose und zog sie konsequent herunter. In Blitzgeschwindigkeit kamen sie auf der unbequemen Couch zueinander. Hatten sie Sex miteinander oder fielen sie über einander her? Wäre ihnen diese Frage gestellt worden, sie hätten sie kaum beantworten können.

Ihr Atem beruhigte sich nur zögerlich. Sie knöpfte sein Hemd vollständig auf und strich über seine Brust.

»Ich hab dich so vermisst. Komm, lass uns nach nebenan ins Schlafzimmer gehen. Auf der Couch ist es auf Dauer zu ungemütlich. Nicht wahr, du bleibst die Nacht?!«

»Und dein Mann?«

»Ist auf dem Kongress.« Sie warf einen Blick auf die Uhr. »Jetzt zieht er sich vermutlich um und wird mit einigen Kollegen die Bar aufsuchen.«

Er war viel zu schwach, diese Einladung abzulehnen. Er musste sich allerdings eingestehen, darüber keine Sekunde nachgedacht zu haben. Sie kam ihm vor wie ausgehungert, nicht wie eine Frau, die gerade drei Wochen Honeymoon erlebt hatte. Und er? Es war ihm unmöglich, sich ihrer sinnlichen Ausstrahlung zu entziehen. Und eigentlich wollte er es auch nicht.

Am nächsten Morgen hatte er gerade seine Wohnung betreten, als es an seiner Tür läutete. Im Spion erblickte er Silke, einem Racheengel durchaus vergleichbar. Mit schlechtem Gewissen öffnete er die Tür.

»Du bist die ganze Nacht fort gewesen«, überfiel sie ihn noch im Hausflur.

»Das stimmt.«

»Ist sie wieder zurück?«

»Das stimmt ebenfalls.«

Da stand sie vor ihm. Schmal und unendlich traurig. Er fühlte sich in die Defensive gedrängt. Hatte sie das Recht, ihm ein schlechtes Gewissen einzuflößen? Durfte er sich ihr gegenüber frei von jeglicher Verantwortung fühlen? Ihre Lippen zitterten, ihre Augen füllten sich mit Tränen.

»Wer bin ich, dass ich um ein wenig Zuwendung und Mitgefühl bitte?«

Er atmete tief durch, bevor er sich eine Antwort zutraute. »Wenn ich dir mit meinem Verhalten wehtue, ist es vielleicht besser, ich schaue mich nach einer anderen Bleibe um.«

Sie schüttelte den Kopf. »Du verstehst gar nichts. Wie solltest du auch?«

Sie drehte sich um und ging in ihre Wohnung zurück. Was verlangte sie von einem Mann, von dem sie nicht mal wusste, ob er sie zumindest sympathisch fand.

Hilpert zog sich saubere Kleidung an. Um allen Diskussionen aus dem Weg zu gehen, entschied er sich, mit öffentlichen Verkehrsmitteln ins Büro zu fahren. Er würde sich demnächst nach einem eigenen Auto umsehen.

Der Tag verlief unspektakulär. Am Nachmittag eröffnete ihnen Weber, dass sich die Sonderkommission noch stärker als bisher auf die Albaner konzentrieren wolle. Dann sollte ihnen das Glück in die Karten spielen. Sie fanden in der Zelle eines Untersuchungshäftlings Crack in größeren Mengen und 2.500 Euro. Lange hielt er das Verhör nicht durch. Er gestand den Mord an Pöhlemann. Den Auftrag wollte er über seinen Anwalt erhalten haben. Dieser wiederum bestritt die Vorwürfe, bis man auf mehreren Geldscheinen und dem Verpackungsmaterial für die Drogen seine Fingerabdrücke fand. Am frühen Abend wurden beide in einen Hochsicherheitstrakt außerhalb der Hansestadt gebracht. Die Polizei eröffnete die Fahndung nach Pristic, der von dem Anwalt schwer belastet wurde. Es reichte gerade für die Verhaftung einer seiner Gefolgsleute. Der Gesuchte selbst konnte sich zeitig absetzen.

Weber rieb sich die Hände, als er in kleiner Runde zu den Ereignissen Stellung nahm.

»Damit sollte der Bock fett sein, meine Herren. Mit Pristic haben wir den Verantwortlichen auch für die Morde, die der Belgier ausgeführt hat. Dafür nehme ich jede Wette an.«

Ernsthafter Widerspruch wollte sich keiner breitmachen.

Hilpert gönnte sich an diesem Abend auf dem Weg zu seiner Wohnung wieder einmal ein Bier im Dammtorbahnhof. Sollte Weber mit seinen Vermutungen richtig liegen, so konnte er sich in aller Ruhe auf die Lösung seiner privaten Problemchen stürzen. Er musste die flüchtigen Begegnungen mit Alexandra, die anschließend im Bett landeten, beenden. Sie zerrissen seinen emotionellen Schutzwall wie eine Jahrhundertflut. Und sie verhinderten, dass er sich selber um eine feste Beziehung bemühen konnte. Und er musste seine Gefühle zu Silke ordnen. Er genoss es, sie um sich zu haben. Er vermisste sie, wenn er sie längere Zeit nicht gesehen hatte. Und trotzdem würde er nicken, träte Alexandra in diesem Moment auf ihn zu, ihren Wohnungsschlüssel in der Hand. Er begann, sich mit seinen Gedanken im Kreis zu drehen, als sein Handy ihn aus diesem Dilemma erlöste. Der Anrufer musste sich nicht weiter vorstellen. Hilpert erkannte ihn sofort an seinem Akzent. Er sprach eindeutig mit Pristic.

»Leider muss ich mich vorläufig von Ihnen verabschieden. Die letzte Aktion war spontan geplant und ist mehr oder minder danebengegangen. Nur so viel: Ändern Sie bis auf Weiteres nicht Ihre Handynummer und halten Sie das Gerät ständig in Betrieb. Nach wie vor will man Ihnen an den Kragen. Irgendwann sind neue Killer auf dem Weg nach Hamburg. Bleiben Sie wachsam. Soweit wir können, werden wir uns um Ihren Schutz kümmern. Aber da sind uns derzeit die Hände weitgehend gebunden. Sie kennen die Gründe so gut wie ich.«

Pristic gab ihm keine Gelegenheit zu antworten. Das Gespräch war beendet. Hilpert blieb reglos sitzen. Für kurze Zeit hatte er die Gefahr aus dieser Richtung verdrängt. Nun war er dafür wieder sensibilisiert. Er leerte sein Glas und bezahlte seine Rechnung. Den warmen Spätsommertag wollte er genießen und entschloss sich, den restlichen Weg zu Fuß zurückzulegen. Je näher er seiner Wohnung kam, desto intensiver dachte er an Silke. Ihm kam Bartels in den Sinn, der sich um ihre finanziellen Belange kümmern wollte. Er musste sich zumindest von ihr die Unterlagen geben lassen und einmal hineinschauen. Schließlich galt sein Versprechen, sich um diese Angelegenheit zu kümmern, weiterhin.

29

Auf sein Läuten hin öffnete ihm Silke die Tür. »Was willst du?«, fragte sie ihn kurz angebunden.

»Deine Unterlagen. Ich will einen Blick hineinwerfen, bevor wir Bartels aufsuchen.«

»Ach die«, antwortete sie gleichgültig. »Ist das denn überhaupt erforderlich?«

»Es geht nicht gerade um ein paar unbedeutende Kleinigkeiten«, entgegnete er entnervt. »Überlass mir die Papiere, schon bist du mich los.«

Ohne ein Wort zu sagen oder ihn hereinzubitten, drehte sie sich um. Kurz darauf erschien sie mit einer umfänglichen Mappe und reichte sie ihm.

»Dann wünsch ich dir viel Vergnügen beim Studium. Vielleicht ist dir deine Kollegin mit den dicken Titten dabei behilflich.«

Er verzichtete auf eine Erwiderung und ging zurück zu seiner Wohnung. Sorgfältig arbeitete er die Dokumente durch. Den Notarurkunden entnahm er, dass Dr. Volkert und seine Frau jeweils zu gleichen Teilen Eigentümer der Immobilien waren. Die eingetragenen Hypothekendarlehen bestätigten, dass sie sich bei deren Erwerb hoch verschuldet hatten. Die Klinik und die Villa wurden faktisch gleichzeitig erworben. Offensichtlich hatte man keine Lust, auf etwas zu verzichten. Jeder erfüllte sich auf seine Art seinen Traum. Vermutlich hatte Silkes Mutter einen Höllendruck aufgebaut, um endlich zu einer standesgemäßen Bleibe zu kommen, während ihr Vater den Erwerb der Klinik durchsetzte. Zumindest was ihn betraf, konnte man von einer ordentlichen Geschäftsidee sprechen.

Er überflog den Briefwechsel mit den finanzierenden Banken. Diese forderten zu dem Zeitpunkt höhere Eigenmittel und zusätzliche Sicherheiten. Dies insbesondere für die Klinik. Soweit er die Dinge richtig verstand, wurde diesem entsprochen. Kurzfristig floss eine weitere Million Euro Eigengeld in den Erwerb der Klink. Gleichzeitig brachten sie eine zusätzliche Bürgschaft über fünf Millionen bei. Hilpert stutzte. Tatsächlich war es Bartels, der für das Ehepaar mit unterschrieben hatte.

Großzügige Geste, dachte er.

Offensichtlich lief die Klinik in den folgenden Jahren recht erfolgreich, sodass die Bürgschaft aufgrund von Sondertilgungen im Vorjahr um eine Million reduziert wurde. Wieder blickte er hoch. Weshalb zeigte Bartels diese Großzügigkeit? Den Unterlagen konnte er nicht entnehmen, ob Volkert ihm hierfür eine Entschädigung zahlte. Davon abgesehen war er kein Wirtschaftsprüfer. Eigentlich interessierten ihn diese Fragen nur am Rande. Er packte die Papiere in einen Aktenkoffer und rief Silke an.

»Von mir aus können wir mit Bartels unverzüglich einen Termin machen.«

»Einverstanden«, erwiderte sie kurz angebunden und beendete das Gespräch.

Er legte sein Telefon zur Seite und grinste verlegen. Der letzte Stich, den er ihr versetzt hatte, ging voll ins Zentrum. Er würde kurzfristig wohl nach einer neuen Unterkunft Ausschau halten müssen. Diese Form des Miteinanders ging zumindest ihm gegen den Strich. Vor allem aber durfte er Silke nicht mehr zumuten, Wand an Wand mit ihm zu leben. Sie hatte nicht verdient, wie er mit ihr umging.

Bereits am nächsten Nachmittag stand ihnen Bartels zur Verfügung. Er empfing sie in seinem Büro in aufgeräumter Stimmung. Wie sich zeigte, hatte er schon vorgearbeitet.

»Also, ich konnte mit den ehemaligen Kollegen deines Vaters sprechen, Silke. Sie sind geneigt, 250.000 Euro auf ihr früheres Angebot draufzulegen.«

»Aha, und was bedeutet das für mich?«, fragte sie mäßig engagiert.

»Für dich bleiben nach Abzug aller Verbindlichkeiten gut 750.000 Euro über. Den Rest erhält die Bank.«

»Erlischt damit auch Ihre Bürgschaft?«, wandte Hilpert ein.

»Selbstverständlich. Die vier neuen Eigentümer müssen für eigene Sicherheiten sorgen. Ich gehe davon aus, dass deren Bonität reicht. Ich lasse die erforderlichen Prüfungen durch meine Hausbank durchführen. Mittlerweile hat sich die Klinik einen hervorragenden Ruf geschaffen. Es bestehen für gewisse Anwendungen inzwischen Wartelisten.«

Hilpert hörte sich die Ausführungen des Finanzmannes aufmerksam an.

»Eines interessiert mich. Weshalb waren Sie so großzügig und haben die Bürgschaft gegeben?«

»Aha, der Kriminalist bricht wieder durch. Die Antwort ist ganz einfach«, versicherte Bartels. »Dr. Volkert hat sich bei der Behandlung meiner Frau sehr aufgerieben. Ich fühlte mich irgendwie verpflichtet. Und ...«, er beugte seinen Oberkörper ein Stück vor, »ich habe an den ökonomischen Erfolg des Konzeptes geglaubt. Mit der Bürgschaft hätte ich bei Problemen die Klinik relativ günstig übernehmen können.« Er lehnte sich zurück. »Aber davon konnte nie die Rede sein. Wie Sie vermutlich nachgelesen haben, konnte Dr. Volkert nach nur vier Jahren eine Million Euro früher als geplant zurückführen. Im Übrigen erhielt ich pro Jahr eine nette Summe für meine Gefälligkeit. Der Zinssatz war nicht uninteressant.«

»Ich verstehe. Leider fand ich in den Unterlagen nichts darüber.«

»Das ist schwerlich möglich. Nur ich verfüge über eine Vertragskopie. Wir reden von sieben Prozent auf die Bürgschaftssumme.«

»Wie darf ich das verstehen?«

»Ich weiß nicht, ob ich darüber so offen reden sollte. Schließlich sind Sie Beamter. Und dann noch bei der Polizei.«

Langsam begann Hilpert zu verstehen. »Sie haben die Einnahmen an der Steuer vorbei in die Tasche gesteckt.«

»Das sagen Sie«, wich Bartels aus, ohne konkret zu werden.

»Fragen der Steuerehrlichkeit sollen andere stellen. Mir geht es hier und jetzt um die Verkäufe. Ansonsten interessiert mich ausschließlich die Aufklärung der Morde. Der Täter ist tot, die Hintermänner hingegen laufen nach wie vor unbehelligt durch die Gegend.«

Silke glänzte während der Unterredung durch Unbeteiligtsein. Bis das Gespräch auf das Haus an der Elbe kam.

»Herr Hilpert meinte, Sie würden es gerne für sich erwerben?«

»Das stimmt. Ich bin ein Junge aus dem Ruhrgebiet. Von solch einem Objekt habe ich schon immer geträumt.«

»Aber Sie haben doch ein schönes Haus in bester Lage.«

»Auch das ist richtig. Nur gehörte es meiner Frau, später hatte sie es auf Tom übertragen. Ich empfinde es nicht als mein Eigentum. Außerdem hätte ich gerne etwas Moderneres.«

»Klar, ich verstehe. Und was schlagen Sie für einen Preis vor?«

»Mein Vorschlag, ich steige in die Hypothekenverpflichtungen ein. Das gilt ebenfalls für die Sicherungshypotheken. Darüber hinaus zahle ich dir eine viertel Million. Ich halte diesen Vorschlag für fair.«

Erstmals blickte sie zu Hilpert herüber. Dieser nickte ihr zu.

»Ich bin einverstanden«, antwortete sie kurz entschlossen. »Am besten, Sie bereiten alles vor und ich unterschreibe. Sie würden mir einen Gefallen tun, könnten Sie die Abwicklung zügig vorantreiben. Ich habe konkrete Pläne, für einige Zeit ins Ausland zu gehen.«

Hilpert spürte bei ihren Worten ein dumpfes Gefühl in der Magengegend. Bartels hob zweifelnd die Hand.

»Willst du nicht wenigstens mein Angebot von dritter Seite prüfen lassen?«

»Nein, wenn ich Ihnen und dem da nicht vertrauen kann, wem dann?«

»Gut, soweit ich die Dinge überblicke, liegen die erforderlichen Unterlagen vollständig vor. Mitte nächster Woche können wir zum Notar. Du wirst über das Geld kurzfristig verfügen können, mein Wort darauf.«

»Gibt es Probleme, wenn ich mir einige Kleinigkeiten aus dem Haus nehme?«

»Selbstverständlich nicht. Ich lege weder Wert auf das Mobiliar noch auf die technischen Geräte. Von mir aus kannst du das gesamte Haus leer räumen.«

Sie winkte ab.

»Bloß das nicht. Es geht wirklich nur um ein paar Erinnerungsstücke an meine Eltern.«

Sie stand auf, reichte Bartels die Hand und bedankte sich. »Sie haben mir sehr geholfen.«

Hilpert folgte ihr. Schnippisch sprach sie ihn beim Hinausgehen von der Seite an: »Ich werde dir für deine Bemühungen fünf Prozent vom Gewinn als Vermittlungsprovision zahlen. Schreib mir eine Rechnung.«

Erschrocken blieb er stehen. »Spinnst du? Ich nehme von dir keinen Cent.«

»Wenn du meinst, dann eben nicht. Spar ich viel Geld.«

Zügig lief sie weiter. Er musste sich sputen, ihr zu folgen. So schnell würde sie ihm die letzte Nacht mit Alexandra nicht vergeben. Hatte sie ihm eigentlich etwas zu vergeben? Hatte er falsch gespielt, sie im Ungewissen gelassen? Er war sich unsicher und befürchtete schon, sie würde ihn auf der Straße stehen lassen. Da sollte er sich allerdings täuschen. Sie reichte ihm die Autoschlüssel.

»Wolltest du nicht schon immer mal Porsche fahren?«

»Essen wir irgendwo gemeinsam eine Kleinigkeit?«, fragte er vorsichtig.

Es arbeitet in ihr, bevor sie antwortete: »Von mir aus.«

Später saßen sie bei einem kleinen Italiener in der Nähe der Binnenalster. Sie nickte zu seiner Frage nach einem Glas Wein. Beide entschieden sie sich für einen offenen Weißen.

Übergangslos begann sie zu reden. »Die Klinik war von jeher der Traum meines Vaters gewesen. Meine Mutter wollte ein Leben lang auf die Elbe schauen können. Jetzt verscherbele ich ratzfatz deren Träume. Irgendwie fühle ich mich dabei beschissen.«

Er schwieg, froh darüber, dass sie mit ihm ein paar Worte wechselte.

»Ich gehe nach Paris«, fuhr sie fort. »Ich werde dort mein Studium fortsetzen. Du tätest mir einen Gefallen, wenn du die Wohnung behieltest. Vielleicht schaust du gelegentlich mal nach nebenan?«

Er nickte. »Sollte ich in Hamburg bleiben, ließe sich das einrichten.«

Überrascht blickte sie hoch. »Hast du bereits konkrete Pläne?«

»Nicht direkt, aber inzwischen gibt es auf der Welt ausreichend Alternativen. Deutschland ist dabei, für die Rolle des Weltpolizisten zu üben. Da greift man gerne auf Ledige zurück.«

Sie schluckte. »Du musst wissen, was für dich richtig ist.«

Er leerte sein Glas und orderte eine neue Karaffe. Dazu entschieden sie sich für einen reichlich bestückten Vorspeisenteller.

»Weißt du, Fabian«, setzte sie erneut an, »in den letzten Wochen sind so viele Träume zerstoben. Da muss man aufpassen, sich und sein Schicksal nicht zu ernst zu nehmen.«

»Immerhin wurden deine Eltern ermordet.«

»Ja, sicher. Nur wie eng standen wir zueinander?« Sie strafte ihre Worte Lügen und wischte sich eine verirrte Träne aus den Augen. »So gesehen haben sie gut für mich gesorgt. Mit dem Geld aus den Verkäufen kann ich 'ne ganze Zeit durchhalten.«

»Und länger«, ergänzte er. »Ich muss zugeben, Bartels' Angebote liegen beachtlich über dem, was ich erwartet hätte.«

»Da könntest du recht haben.« Abrupt wechselte sie das Thema. »Ich weiß, dass du mich nicht hintergehst. Du hast mir nie etwas versprochen. Diese Kommissarin wird dich so lange begleiten, wie du in ihrer Nähe lebst.«

»Das mag so sein. Ich vermisse sie nicht, wenn sie fort ist. Steht sie vor mir, endet es üblicherweise auf die gleiche Art.«

»Du bist wenigstens ehrlich. Ich möchte, dass du zumindest mein Freund bleibst. Und versprich mir, mich nie wieder anzurühren. Ich gebe zu leicht nach.«

Er griff nach ihrer Hand und küsste sie. »Versprochen.«

Sie lächelte ihn an. »Genau das meinte ich.«

Erschrocken ließ er los. Diesmal lachte sie hell auf. »Hier in der Öffentlichkeit ist das ungefährlich. Komm, lass uns bezahlen. Betrinken wir uns auf unsere neue Freundschaft in meiner Wohnung. Da riskieren wir wenigstens keinen Führerschein.«

Da saßen sie nun nebeneinander wie zwei Kumpel, die sich lange nicht gesehen hatten. Die zweite Flasche Wein neigte sich bereits einem bedenklichen Ende zu. Wie zu anderen Gelegenheiten musste Hilpert zur Kenntnis nehmen, dass Silke sich weniger stark von dem Alkohol beeindrucken ließ als er. Es war halt alles eine Frage der Gewöhnung. Als sie Anstalten unternahm, eine dritte Flasche zu organisieren, winkte er ab. Er scheiterte allerdings an ihrem erbitterten Widerstand. Also gab er nach. Zusehends wurde er müder. Nur mühsam wusste er ein Gähnen zu unterdrücken. Sie hakte sich unter seinen Arm.

»Komm, ich bringe dich ins Bett.«

Mit vereinten Kräften gelang es ihnen, gemeinsam hochzukommen. Zielgerichtet steuerte sie ihr Schlafzimmer an.

»Aber wollten wir nicht ...?«, fragte er.

»In deinem Zustand wirst du niemandem gefährlich«, antwortete sie. Energisch löste sie seinen Gürtel und zog seine Hose herunter. Danach knöpfte sie sein Hemd auf. »Das muss reichen.«

Mit schnellen Handgriffen entledigte sie sich ihrer Kleidung. Bald schliefen sie friedlich nebeneinander. Der Wein zeigte nun auch bei ihr seine Wirkung.

30

Am nächsten Morgen musste Hilpert mehrere Anläufe nehmen, bis er endlich aus dem Bett fand. Konzentriert versuchte er die Erlebnisse der Nacht nachzuvollziehen. Dies gelang ihm nur begrenzt. Der Geruch nach Gebratenem erreichte seine Nase und signalisierte ihm, dass Silke bereits vor ihm aufgestanden sein musste. Fertig angezogen stand sie vor dem Herd und wendete gerade die Eier, als er eintrat. Sie schaute ihn von oben bis unten an.

»Willst du so bleiben oder ziehst du es vor, erst einmal unter die Dusche zu verschwinden?«

Er zog Letzteres vor. Im Eiltempo ließ er das Wasser auf sich niederprasseln.

»Ich hab aus deiner Wohnung frische Sachen für dich geholt!«, rief sie ins Badezimmer hinein. »Sie liegen auf dem Stuhl neben der Dusche.«

Trotz des vorabendlichen Alkoholgenusses ließ er es sich anschließend schmecken. Erstaunt schüttelte Silke den Kopf. »Wie kann ein Mann, der so essen kann wie du, nur so schlank sein? Das ist einfach ungerecht.«

Beim Abschied erlaubte sie ihm gerade mal einen schnellen Kuss auf die Wange.

»Ich bin übrigens die nächsten beiden Tage nicht im Lande,

du musst dir dein Frühstück in der Zeit wieder selber machen«, informierte sie ihn mit dürftigen Worten.

Er verkniff sich, sie nach ihrem Ziel zu fragen. Das stand ihm wahrlich nicht zu. Selbst das unterschwellige Gefühl von Eifersucht musste er unzerkaut herunterschlucken. Bevor er ging, drückte sie ihm den Schlüsselbund für den Käfer in die Hand.

»Damit bist du wenigstens flexibel. Und ich brauch ihn momentan nicht.«

Sein Widerspruch blieb ungehört. Er war auch nicht sonderlich vehement.

Reichlich verschlafen erreichte er sein Büro. Weber empfing ihn dort grinsend. Offenbar hatte er auf ihn gewartet.

»Na, Herr Hauptkommissar, basteln wir uns inzwischen unsere eigenen Arbeitszeiten?«

»Ach Sie wissen doch«, antwortete er gelassen, »vor zehn Uhr passiert in unserer Stadt nichts Aufregendes. Die Kriminellen sind Langschläfer wie ich. Für Verkehrsunfälle sind andere zuständig.«

Weber reichte ihm einen Zettel mit einer Telefonnummer. »Diese junge Frau wünscht Sie dringend zu sprechen. Sie hat jegliche Form von Ersatzgesprächspartnern abgelehnt. Manchmal frage ich mich, ob wir Sie nicht speziell für weibliche Verdächtige einsetzen sollten.«

Verwundert blickte Hilpert auf den Zettel. Hinter der Nummer stand der Name Susi. »Das kann nur Susi Teichmann gewesen sein, die Exfreundin von Pöhlemann«, klärte er seinen Vorgesetzten auf.

»Das hab ich mir bereits gedacht. Manchmal blättere sogar ich in Ermittlungsakten. Wie soll man sonst seine Zeit totschlagen?« Energisch wies er auf Hilperts Schreibtisch. »Am besten, Sie klemmen sich gleich ans Telefon.«

Ihre Stimme klang angespannt. »Gut, dass du zurückrufst. Könntest du bei mir vorbeikommen?«

»Worum geht's denn?«

»Das sag ich dir, wenn du hier bist.«

»Na gut, ich mach mich auf die Socken.«

Weber schaute ihn fragend an.

»Sie schien nervös zu sein«, gab Hilpert Bescheid. »Mal sehen, worum es geht.«

»Nehmen Sie Tätzler mit.«

»Ich bin mir unsicher, ob sie dann plaudert.«

»Dann soll er wenigstens vor der Haustür aufpassen. Ich bestehe darauf, dass Sie im Dienst so wenig wie möglich allein unternehmen.«

Er verstand Webers Fürsorge nur zu gut. Wieder gingen ihm Pristic' Worte durch den Kopf. Dessen Warnungen verfügten über Gewicht. Allein stand er auf verlorenem Posten. Das Motto, alles ohne Unterstützung austragen zu wollen, hatte sich als falsch herausgestellt. Also stimmte er zu.

Susi hatte spürbar an Selbstbewusstsein gewonnen. Ihre Stimme klang fest, ihre Diktion war klar. Trotzdem spielte sie unruhig mit ihren Fingern.

»Da sind neue Typen in unserem Laden. Die wollen, dass ich zurückkomme. Ich möchte einen Schlussstrich unter diesen Teil meines Lebens ziehen. Bitte hilf mir.«

»Sollte ich den netten Leuten heute Abend mal meine Aufwartung machen?«

Aufgeregt begann sie an ihren Fingernägeln zu kauen. »Keine Ahnung. Ich hab Angst vor denen. Manuel stand mir immer zur Seite. Den Neuen bin ich völlig gleichgültig. Die diktieren und ich hab zu gehorchen.«

Mit verschränkten Armen stand er vor ihr. »Ich habe den Eindruck, du erzählst mir nur einen Teil der Wahrheit. Nun raus damit, worum dreht es sich?«

Sie schien in sich hineinzuhorchen, bevor sie zu einem Entschluss kam. »Na gut. Ich helf dir ebenfalls. Also damals, als Bartels bei uns war, ging es um mehr als nur um den Stoff.« Sie atmete tief durch, bevor sie weitersprach. »Bartels hatte eine Reihe an Leuten aus besten Familien beliefert. Na ja, eigentlich ging es weniger um Koks, sondern vielmehr um Erpressung in größerem Stil.«

»Die wollten ihre eigenen Abnehmer erpressen?«

»Du sagst es. Bartels hat die Übergaben mit einer Kamera aufnehmen lassen. So soll er unter anderem die Verlobte eines Freundes ins Bett gekriegt haben. Und das nicht nur einmal. Nachmittags sind sie hier angerückt. Und er hat sich über sie hergemacht. Er ist ein perverses Schwein gewesen.«

»Christina Werner!«, brach es aus ihm heraus. »Die bürgerliche Drogenhändlerin bumste mit dem besten Kumpel ihres Zukünftigen. Sieh mal einer an.«

»Das ist typisch Tom«, antwortete sie. »Alles was er freiwillig bekommt, interessiert ihn, wenn überhaupt, nur kurze Zeit. Ein Später gibt es für ihn nicht. Sie hat sich vor ihm geekelt, wenn er es mit ihr trieb. Das war deutlich zu spüren. Ihn hat das angemacht. Für mich hat er nicht mal einen Blick übrig gehabt.«

»So, so. Und wie lässt sich das beweisen?«

»Das ist ganz einfach. Ich weiß, wo Pöhlemann die Foto-CDs versteckt hatte.«

»Dann mal zu, rüber mit den Sachen.«

»Du beschützt mich dafür?«

»Die Hand darauf.«

Sie stand auf und ging an eine Schublade. Der entnahm sie einen Schlüssel.

»Es ist ein Schließfach bei der Commerzbank.«

»Gut, aber eine Frage hab ich noch.«

»Wer stand hinter der Kamera?«

»Na, die Kleine, mit der ich einen auf lesbisch gemacht habe. Die hat die meisten Fotos geschossen, soviel ich weiß.«

Also half ihm Silke bei seinen Erpressungen. Der Hieb saß. Er musste tief durchatmen, bevor er die nächste Frage loswurde. »Wie ist Pöhlemann an die Dinger gekommen?«

»Keine Ahnung. Zumindest besaß er sie. Er und Bartels wollten damit das ganz große Ding abziehen.«

»Vielleicht wollte er es auch nur alleine und hat seinen Partner erschießen lassen«, mutmaßte Hilpert. »Und was ist mit dir, Susi? Hat Bartels versucht, mit dir ins Bett zu gehen?«

»Nein, ich war wahrscheinlich nicht mehr gut genug für

ihn. Weißt du, er war mein erster Mann. Das hat ihn wohl angeturnt, meine Schmerzen fand er damals geil. Aber mit 'ner Nutte, die jeder haben konnte, der über das nötige Kleingeld verfügte ...« Sie ließ den Satz unvollendet, wandte sich ab und sprach leise weiter: »Jetzt tut es an anderen Stellen weh.«

Aufmerksam achtete er auf ihre Tonlage. Er vermeinte, die Verletzlichkeit des jungen Menschen herauszuhören. Hatte ihr Bartels trotz allem etwas bedeutet? Bevor er an diesem Punkt weitermachen konnte, klingelte sein Telefon. Er vernahm Tätzlers Stimme.

»Da kommen zwei düstere Herren die Treppe herauf, die den Eindruck machen, als wollten sie jemandem einen unfreundlichen Besuch abstatten. Ich kenne einen von denen. Der gehört zu solch einer Schlägertruppe, die für andere die dreckige Arbeit erledigen.«

»Danke für den Hinweis.«

»Ist es nicht besser, ich unterstütze dich?«

»Nein, stell dich an die Tür, falls einer von denen entkommen sollte. Mit zwei Mann werde ich allein fertig.« Er winkte Susi zu sich. »Da sind zwei Typen anscheinend auf dem Weg zu dir. Du öffnest denen freundlich die Tür und lässt mich den Rest machen.«

Sie antwortete mit einem Anflug von Hysterie: »Nein, die lass ich nicht rein!«

»Wenn du Pech hast, kommen sie wieder, wenn ich anderweitig beschäftigt bin.«

Nur zögerlich erklärte sie sich bereit, auf seinen Vorschlag einzugehen. Tatsächlich klingelte es kurz darauf an ihrer Wohnungstür. Mit zittrigen Fingern öffnete sie.

»Sieh da«, sprach einer der Männer auf sie ein. »Da haben wir also unsere widerspenstige Maus. Wir sind gebeten worden, dich zu deiner Arbeitsstätte zu begleiten.«

»Ich will nicht mehr«, wehrte sie wenig überzeugend ab.

Die beiden ließen sich nicht beirren und betraten die Wohnung. Der Wortführer grinste sie an. »Ich befürchtete schon, du kommst ohne Widerstand mit. Dann muss ich dir wohl zeigen, wer das Sagen hat.«

»Das würde mich auch interessieren«, erklang Hilperts Stimme hinter der Tür. Mit einem Ruck drückte er sie zu. »Ihr seid verhaftet.«

Er stand vor ihnen, die Arme auf dem Rücken verschränkt. Das missverstand der zweite Besucher. Er langte in seinen Hosenbund, um eine Waffe zu ziehen. Er kam nicht viel weiter. Hilpert riss eine Hand nach vorne und schoss seinem Gegenüber in die rechte Schulter. Dieser schrie auf und griff sich an die verletzte Stelle. Sein Partner war da sehr viel vorsichtiger. Mit weit aufgerissenen Augen starrte er den Polizisten an.

»Scheiße, das ist Hilpert! Der hat drei Albaner im Alleingang gekillt.« Demonstrativ langsam hob er die Hände. »Hier, ich bin unbewaffnet und leiste keinerlei Widerstand. Das siehst du doch ebenfalls«, flehte er Susi an.

Hilpert grinste ihn an. »Du scheinst der Intelligentere von euch zu sein. Komm rüber, damit ich dir Handfesseln anlegen kann. Mach keinen Blödsinn.«

Sie übergaben den unversehrten Schläger an eine Polizeistreife. Der Angeschossene fand Platz in einem Krankenwagen.

»Susi, du kommst mit ins Präsidium. Dort bist du am sichersten aufgehoben. Ist wohl besser, wir bringen dich vorübergehend anderweitig unter.«

Er wandte sich an den Leiter eines herbeigerufenen Mobilen Einsatzkommandos. »Wir haben ein Bordell zu räumen. Ich hoffe, Sie sind darauf eingestellt, meine Herren.«

Gegen zweiundzwanzig Uhr hatten sie das Geschäft geschlossen und vier weitere Verhaftungen vorgenommen. Abermals war ihnen Fortuna hold. Sie fanden etwa 500 Gramm Kokain. Damit mussten sie sich nicht nur auf die vagen Aussagen von Susi und die Lügen der Muskelmänner verlassen.

31

Früh an diesem Vormittag hatte Hilpert bereits die Filiale der Commerzbank aufgesucht. Tatsächlich lagen in dem Schließfach etwa ein halbes Dutzend CDs. Ansonsten war es leer.

»Wie weggeräumt«, murmelte er leise vor sich hin.

Nach eingehenden Gesprächen mit dem Filialleiter und einer Mitarbeiterin erhielt er die Beschreibung einer jungen Frau, die erst vor wenigen Tagen an dem Fach gewesen war. Er musste sich nicht sonderlich anstrengen, um zu begreifen, wer da gemeint war.

Im Präsidium legte er die CD ein und vergegenwärtigte sich die einzelnen Motive. Silke hatte eine ruhige Hand für ihren Job bewiesen. Alle wesentlichen Einzelheiten der Stoff- und Geldübergaben waren festgehalten. Sie fanden überwiegend in Bartels' Keller statt. Er saß prinzipiell mit dem Rücken zu seinen Abnehmern, während diese ihr volles Konterfei feilboten. Was Hilpert allerdings verwunderte, waren seine Opfer. Niemand schien so prominent oder wohlhabend zu sein, dass sich eine Erpressung gelohnt hätte. Oder waren das alles die Ableger des Hamburger Geldadels und er erkannte niemanden davon? So ganz wollte er nicht daran glauben. Er verschloss das Material in seinem Schreibtisch. Er würde Susi abermals aufzusuchen.

Sie fühlte sich in der sicheren Wohnung spürbar unwohl. Als Hilpert sie gegen Mittag traf, überschüttete sie ihn mit Vorwürfen. »Ich soll hier hoffentlich nicht bis ans Ende meiner Tage hausen! Hast du dir mal die Möbel angeschaut? Das nennt man tiefstes Mittelalter. Auf der Miniterrasse kann man ja kaum seine Beine ausstrecken, ohne mit den Füßen bei den Nachbarn zu landen.«

»Immer mit der Ruhe«, versuchte er sie zu besänftigen. »In kurzer Zeit haben wir die Gruppe ausgeräuchert, die dich bedroht. Dann kannst du tun und lassen, was du willst. Vorausgesetzt, du kooperierst.«

Ihre Stimme gewann deutlich an Schärfe. »Wie darf ich das verstehen?«

»Nun, ich weiß beispielsweise, dass du erst vor Kurzem an Pöhlemanns Schließfach gewesen bist. Willst du mir erzählen, dort nur eine kleine Inventur veranstaltet und nichts mitgenommen zu haben?«

Trotzig setzte sie sich auf die Couch, die Arme vor der Brust verschränkt. Mit verkniffenen Lippen stellte sie alle Systeme auf stur.

Er baute sich bedrohlich vor ihr auf. »Hör genau hin. Es geht mir nicht ums Geld. Wenn du das Fach geplündert haben solltest, betrachte ich das wie eine Abfindungszahlung an dich. Mich interessiert ausschließlich, ob du die eine oder andere CD hast mitgehen lassen?«

Sie schüttelte den Kopf. »Erpressung ist nicht mein Ding. Ich hab bis auf die angesprochenen Kleinigkeiten den Rest drin gelassen.«

»Ich habe gerade mal 'ne gute Handvoll an CDs mit zugegebenermaßen gestochen scharfen Bildern gefunden. Aber es handelte sich um relativ unbekannte Leute. Es ist kaum anzunehmen, dass das der gesamte Bestand war. Es müssen ganz andere Motive im Markt sein.«

»Davon kannst du ausgehen. Tom hat die finanziell interessanten Kunden bei sich gebunkert. Deshalb gab es mit Pöhlemann heftigen Streit. Irgendwo liegen die noch rum. Die CDs aus dem Schließfach sind im eigentlichen Sinn nutzlos gewesen. Die Leute darauf sind froh gewesen, wenn sie das Geld für ein paar Tütchen zusammenkratzen konnten. Das erzählte mir Pöhlemann und hat dabei wie ein Kesselflicker geflucht.«

»Könnte es sein, dass dein Ex deshalb Tom umlegen ließ?«

»Was weiß ich? Nur die CDs sollen richtig wertvoll sein. Wäre es da nicht logisch, er lässt Bartels nach der Übergabe töten? An die Dinger wäre er doch ohne ihn nie mehr rangekommen.«

»Da ist was dran.« Hilpert schaute sie ernst an. »Bleib die nächsten Tage hier und mach keinen Terz. Danach kannst du gehen, wohin du willst. Es sei denn, du hast Tom umlegen lassen.«

Wütend sprang sie auf. »Ich? Was behauptest du da für einen Scheiß?!«

»Vielleicht hast du beleidigte Leberwurst gespielt?«

Sie winkte entschlossen ab. »Sicher hätte ich mir unser Wiedersehen anders vorstellen können. Ignoriert hat er mich. Er hatte nicht mal 'ne Frage für mich über. In den letzten Jahren gab es einige, die richtig gemein zu mir waren. Sollte ich die alle erschießen lassen? Da hätte ich ja die halbe Meile abservieren müssen und wäre immer noch dabei.«

»Da ist was dran. Ich verschwinde jetzt besser.« Im Gehen wandte er sich ihr erneut zu. »Komm bloß nicht auf die Idee, von hier abzuhauen. Wer weiß, was Pöhlemanns Kumpel ausbrüten. Sein Fell wird verteilt. Du gehörst offensichtlich dazu.«

»Meinst du, ich bin lebensmüde? Nein, danke. Manchmal höre ich sogar auf Bullen.«

Lachend verließ er die junge Frau. Mit etwas Glück war in dem Schließfach genug Geld gewesen, dass sie sich in aller Gelassenheit lang gehegte Träume erfüllen konnte. Es war ihr vergönnt. Sie musste in ihrem jungen Leben genug leiden.

Auf der Fahrt nach Wellingsbüttel überdachte er das Gespräch. Glauben und Vermutungen waren die einzigen Ergebnisse seiner bisherigen Ermittlungen. Er wusste nichts, hatte keine konkrete Linie, an der er sich längshangeln konnte. Gelegentlich ertappte er sich dabei, sich ebenso wie seine Kollegen auf die Albaner als Hauptverdächtige festzulegen. Dann standen sie wieder ganz hintan. Auf ihm lastete kein politischer Druck. Er musste sich keine Täter schnitzen. Er wähnte sie letztlich an anderer Stelle. Exakt dort endete seine gesamte Weisheit. Er hatte keine Ahnung, wo.

Der Verkehr lief zäh voran. Es hatte den ersten ordentlichen Herbstschauer gegeben. Regen in Hamburg war immer automatisch mit Staus und Frust verbunden. Ungeduldig traktierte er das Lenkrad. Endlich hatte er sein Ziel erreicht. Christina Werner empfing ihn allein.

»Mein Verlobter wurde überraschend zur Uni gerufen. Da müssen Sie mit mir vorlieb nehmen.«

»Das trifft sich eigentlich ganz gut«, erwiderte er ungerührt. Ohne Umschweife kam er auf sein Anliegen zu sprechen. »Tom Bartels. Wie man hört, hat er sie erpresst?!«

Automatisch fasste sie mit einer Hand an den Kragen ihrer Bluse, als wollte sie diese vorsorglich vollends schließen. Ihre roten Wangen verrieten, dass der Schuss gesessen hatte.

»Sie haben es also herausgefunden. Klar, weshalb auch nicht? Bartels sprach zu halb Hamburg darüber.« Sie schaute mit hasserfüllten Augen zu ihm herüber. »Er war ein absolutes Schwein. Er bat mich eines Tages in seinen Keller, um mir etwas Wichtiges zu zeigen. Es waren diverse Bilder, hübsch vergrößert, die uns bei der Übernahme von Drogen und der Übergabe des Geldes zeigten. Von ihm sah man gerade mal den Rücken. Er drohte unverblümt mit deren Veröffentlichung. Ins Internet wollte er die Bilder stellen.«

»Und was geschah weiter?«

Ihre Stimme klang brüchig. »Ab da begann mein Martyrium. Er hat mich am selben Nachmittag mehrmals vergewaltigt. Mir blieb nichts anderes übrig als stillzuhalten. Danach bestellte er mich gelegentlich nachmittags in ein Bordell, wo er die scheußlichsten Dinge mit mir anstellte. Und glauben Sie mir, er hatte eine großartige Fantasie. Vermutlich hätte er irgendwann noch Freunde zur geflissentlichen Bedienung eingeladen. Gedroht hat er damit gelegentlich, wenn ich ihm zu inaktiv war.«

Sie erhob sich, ging benommen an einen Barschrank und schenkte sich einen Cognac ein. Sie nahm einen großen Schluck, bevor sie sich ihm wieder gegenübersetzte.

»Ich bin mir sicher, davon gibt es ebenfalls diverse Bilder. Aufgenommen nach dem Motto: Fortsetzung folgt. Jedes Mal, wenn er mich missbraucht hatte, geriet mein Kopf tiefer in die Schlinge. Zum Schluss hätte es nur die Möglichkeit gegeben, meinem Leben ein Ende zu setzen. Dazu war ich zu feige. Der liebe Gott war gnädig und schickte Tom einen Mörder.«

»Und die Aufnahmen, was ist damit geschehen?«

»Vor etwa zwei Wochen kam auf dem Campus ein Jugendlicher auf mich zu und übergab mir einen Umschlag. Darin war der gesamte Schund. Seitdem habe ich nichts mehr davon gehört.«

»Also keine erneuten Erpressungsversuche?«

»Nein, was will man uns denn nehmen? Unsere Schulden?«

»Wie steht es mit Ihrem Verlobten, weiß der Bescheid?«

»Sind Sie des Teufels? Hätte Stephan nur eine Silbe davon mitbekommen, alles wäre vorbei gewesen.«

Gefasst saß sie vor ihm, die Hände diszipliniert im Schoß liegend. Schaute man allerdings etwas genauer hin, sah man, dass sie ineinander verkrallt waren. Hilpert stand auf.

»Ich habe keine weiteren Fragen. Sollte sich zeigen, dass Sie unschuldig sind, werde ich von meinem Wissen keinen Gebrauch machen.«

Sie dankte ihm mit kleiner Stimme.

Hatte diese Frau das Recht, dass man sie bedauerte? Ohne Gewissensbisse verkaufte sie gemeinsam mit ihrem Partner Rauschgift, um sich ein besseres Leben leisten zu können. Das funktionierte solange, bis sie an jemanden geriet, der ihr in seiner Brutalität und Konsequenz überlegen war, der ihr seinen Egoismus aufzwang. Nein, sein Mitgefühl hatte denen zu gehören, die auf dieser Welt ohne Chance geschunden wurden. Denen niemand die Gelegenheit gab, in einem teuren Haus sein Elend zu beklagen. Mürrisch blickte er durch die Windschutzscheibe. Inzwischen hatte es sich eingeregnet. Zusätzlich begann der Feierabendverkehr seine Macht zu demonstrieren. Stop-and-go war angesagt. Er hasste diese Verkehrslage. Andererseits kannte er niemanden, der gerne im Verkehrschaos stand. So gesehen fuhren vor und hinter ihm vermutlich Hunderte an Autofahrern in der gleichen Gemütsverfassung.

Leidensgenossen, sinnierte er. Eigentlich müssten zu solchen Zeiten weitaus mehr Gewaltverbrechen stattfinden als an sonnigen Sommertagen. Ob es darüber eine Statistik gab?

Auf seiner Mailbox hörte er eine Nachricht von Alexandra ab. Sie teilte ihm lapidar mit, dass sie an diesem Abend Zeit für ihn hätte und ihn in ihrer Wohnung erwarte. Er entschied sich dagegen. Wie kam sie darauf, ihn wie einen Pizzafahrer zu behandeln, den man bei Bedarf anrief und zu sich bestellte und der sich mit einem Diener zu verabschieden hatte, wenn das Trinkgeld reichlich ausfiel?

Er beschloss, nach Hause zu fahren. Silke war zurück. Das traf sich gut. So konnte er wenigstens seinen Fragenmarathon fortsetzen. Überrascht ließ sie ihn herein, als er an ihrer Tür klopfte. Er spürte, dass es ihr nicht sonderlich gut ging und war sich darüber unsicher, ob das mit ihm zu tun hatte.

»Na, das war ja nur ein kurzer Ausflug, den du dir gegönnt hast.«

»Kann man so sagen. Ich musste einiges organisieren. Das ging zügiger als erwartet.«

Sie lud ihn ein, sich zu ihr an den Tisch zu setzen. Außer einem Salat entdeckte er dort nichts, was seine angespannten Magennerven beruhigen konnte. Sie übersetzte seine Gedanken richtig.

»Das ist wohl kaum nach deinem Geschmack. Aber ich bin nicht zum Einkaufen gekommen. Im Eisschrank liegen ein paar Eier und ein wenig Frühstücksspeck, wenn du möchtest?«

»Hör dir erst meine Fragen an und entscheide dann, ob du mich noch verköstigen möchtest.«

»Immer zu, frag mich, was dir in den Sinn kommt. Es ist dein Job.«

»Man spricht von Fotos, die du für Bartels aufgenommen haben sollst.«

»Du meinst die Aufnahmen der Stoff- und Geldübergabe?«

»Genau die.«

»Was ist damit? Tom meinte damals, wir würden mit diesen Bildern die Garantie dafür bekommen, von niemandem betrogen oder erpresst zu werden. Also habe ich im Nebenzimmer mein Bestes getan.«

»Und wie viele Treffen hast du mit der Digitalkamera begleitet?«

»Herrgott, ich hab nicht gezählt. Um die vierzig, fünfzig mögen es gewesen sein. An manchen Tagen habe ich mehrere nacheinander aufgenommen. Die Übergaben dauerten ja nur wenige Minuten.«

»Und was ist mit dem Material geschehen?«

»Keine Ahnung. Ich vermute, Tom hat die auf seinen PC gezogen und CDs davon hergestellt. Sozusagen für den Ernstfall. Ansonsten hat mich das wenig interessiert. Hinzu kam, wir benötigten keines der Bilder. Soviel ich weiß, hat es nie Probleme gegeben.«

»Da muss ich dich enttäuschen. Tom wollte damit wohl einige Leute erpressen. Ich weiß zumindest von einem Fall, in dem er erfolgreich war.«

»Das ist ja furchtbar! Da ist manch guter Bekannter bei gewesen.« Wütend trommelte sie mit ihren Fäusten auf den Tisch. »Er war ein durch und durch schlechter Mensch! Ich hätte das viel früher merken müssen. Hinweise gab es genügend.« Zusehends beruhigte sie sich und es siegte ihre Neugier. »Nun spuck es aus, wen hat es erwischt.«

»Du bist sicher, keine Ahnung zu haben?«

»Wenn ich es dir sage!«

»Es war Christina Werner.«

»Christina?«, fragte sie ihn überrascht. »Was wollte er denn von ihr? Sie und Stephan mussten doch regelmäßig ihr Geld zusammenkratzen, um ihren Lebensstil halten zu können.«

»Es ging um Sex. Er hat sie gezwungen, mit ihm zu schlafen und nicht nur dazu.«

Entsetzt hielt sie eine Hand vor den Mund. Langsam ließ sie sie wieder sinken. »So weit ist er gegangen? Gott, wie scheußlich! Das arme Mädchen! Du musst wissen, beide sind sehr konservativ. Sie legen Wert auf Treue und Ähnliches. Sie sind über viele Jahre gute Freunde gewesen.«

Für kurze Zeit war es still in der Küche. Schließlich beendete er das Schweigen, indem er das Thema wechselte. »Würdest du mir immer noch Eier und Speck machen?«

»Natürlich. Möchtest du Wasser, ein Bier oder lieber ein Glas Wein?«

Er entschied sich für gesundes Mineralwasser. Zum Ausgleich für seine Cholesterinbomben.

Eine Stunde später saß er in seiner Wohnung. Sie hatten einander nicht mehr so viel zu sagen wie bis vor Kurzem. Er kam ins Grübeln. Hatte er an diesem Tag mit einer der Frauen gesprochen, die möglicherweise diesen Mörder engagiert hatte? Er gestand sich widerwillig ein: Nur eine von denen verfügte über ein Motiv, Silkes Eltern zu töten. Silke selber. Der finanzielle Vorteil, den sie aus den Morden davontrug, war nicht von der Hand zu weisen. Und sie gab zu, keine sonderlich enge Beziehung zu ihnen gehabt zu haben. War sie tatsächlich so naiv, wie sie vorgab, und hatte Tom Bartels zur Seite gestanden, ohne zu begreifen, welche Interessen ihn trieben? Andererseits konnte sie den belgischen Killer nicht umgebracht haben. Zu der Zeit hielt sie sich wohl und unbescholten in der sicheren Wohnung auf. Wusste Stephan Schlage wirklich nicht, was ihm angetan wurde? Ganz offensichtlich war Bartels ein perverser Sadist, der sich voller Lust über dessen Verlobte hermachte. Dagegen stand allerdings die Behauptung, dass er brav den Liebhaber von Helga Lorenz gespielt habe, einer Frau, die ein gutes Dutzend Jahre älter war als er. Da stimmte wiederum etwas nicht. Das gesamte System Tom Bartels lief unrund. Er wollte am nächsten Tag die Lebensgefährtin von Bartels senior abermals aufsuchen. Wenn jemand dieses Dilemma auflösen konnte, dann sie. Hoffentlich war sie dazu auch bereit. Stets kam er auf sie zurück.

Er formulierte seine letzten Gedanken in den Computer und stellte das Gerät ab. Er war müde und fühlte sich zerschlagen. Er wollte nur noch ins Bett. Ein wütender Anruf von Alexandra sollte dieses Vorhaben vorerst unterbinden.

»Wenn du keinen Wert darauf legst, dich mit mir zu treffen, kann ich zumindest erwarten, dass du zurückrufst!«, bellte sie ihn an.

Wollte er aus diesem Gespräch ungeschoren davonkommen, half nur die totale Unterwerfung. In Ermangelung einer ordentlichen Ausrede gelobte er Besserung. Diese Taktik sollte funktionieren. Alexandra beruhigte sich allmählich und säuselte ihm bereits am Ende des Telefonats zu. Im Halbschlaf begriff er kurz darauf, zeitgleich mehr Probleme im zwischenmenschlichen Bereich zu haben als die meisten Ehemänner dieser Stadt in ihrem ganzen Leben. Vielleicht sollte er heiraten und ab sofort der Monogamie frönen. Mit weitem Abstand war dies eine seiner besten Ideen der letzten Zeit. Fragte sich nur, wen er davon überzeugen konnte, seine Frau zu werden. Die eine war verheiratet, die andere würde seinen Antrag in der Mülltonne ablegen. Das Beste war vermutlich, sich ins Internet einzuloggen. Dort konnte er seine Auswahl treffen, wenn es ihm passte. Er musste sich allerdings ebenfalls feilbieten, möglichst mit Bild. Mit diesem Gedanken schlief er vollends ein.

32

Am nächsten Morgen saß er in Gedanken versunken am Küchentisch. Er fühlte sich relativ frisch, da er ausreichend Schlaf bekommen hatte. Wenigstens hatte er an Erdbeermarmelade gedacht. Kombiniert mit Butter und einem Toastbrot, das sich noch nicht wellte, konnte man halbwegs von einem, wenn auch kargen, Frühstück reden. Selbst der Kaffee reichte für mehr als eine Tasse. Nur die Milch war sauer geworden. Damit konnte er leben. Mit einem halben Teelöffel Zucker mundete er ihm sogar schwarz. Tatsächlich aber interessierte ihn seine Ernährungssituation nur am Rande. Die Mordfälle dominierten seine Sinne, die Suche nach den Verantwortlichen, die Suche nach den Motiven. Kräftig fuhr er sich mit seinen Händen durchs Gesicht und rieb sich anschließend die Augen, bis sie zu brennen begannen. Kurzfristig würde er wie ein Albino aussehen. Dies sollte an diesem Morgen seine einzige gesicherte Erkenntnis bleiben.

Auf der Fahrt ins Büro hatte sich das Wetter weitgehend beruhigt. Laut Teletext war ein warmer Herbsttag angesagt.

Nur skeptisch folgte er dieser Prognose. Niemand log mehr als der Wetterfrosch. Vermutlich hatte er eine schlechte Jugend zu beklagen. Glücklicherweise lag vor ihm ein weiterer Arbeitstag. Bis er sich auf seinen kleinen Balkon setzen und den Seglern auf der Alster zuwinken konnte, würde die Abendkühle längst das Feld übernommen haben. Also verzichtete er darauf, sich nach Sonne und fröhlichen Menschen zu sehnen.

An diesem Morgen rief Weber, wie so häufig in letzter Zeit, nach ihm. Ohne große Begrüßungsfloskeln kam er auf sein Anliegen zu sprechen, als Hilpert dessen Büro betrat.

»Wie man hört, verfolgen Sie nach wie vor alternative Spuren in unseren Mordfällen. Sind Sie weiterhin der Meinung, dass wir mit den Albanern falsch liegen?«

»Schlecht zu sagen, Chef. Nur gelangen laufend Motive für andere Beteiligte in mein Blickfeld. Ich möchte keinesfalls, dass uns irgendwann einmal nachgesagt wird, wir würden nicht sorgfältig recherchieren.«

»Hört sich plausibel an«, ließ sich der Oberrat eine Art Lob entlocken. »Ich habe Sie eigentlich aus einem anderen Grund zu mir gebeten. Man munkelt, Sie liebäugeln mit einem weiteren Auslandseinsatz?«

»Das will ich nicht ausschließen. Obwohl ich da erst am Anfang meiner Überlegungen stehe.«

»Gut, geben Sie mir die Chance, mit Ihnen in nächster Zeit über eine berufliche Alternative zu reden. Ich würde es sehr begrüßen, Sie bei uns in Hamburg halten zu können.«

»Das hör ich gern. Und ich gebe zu, die Arbeit gefällt mir.«

»Ausgezeichnet. Übrigens zu Ihrer Information: Kollegin Roeder hat sich überraschend für ein Jahr beurlauben lassen. Man munkelt so etwas wie einen Babywunsch.«

»Na, da müssen wir ihr wohl alles Gute wünschen.«

»Sind Sie da ganz sicher? Auch über Sie beide ist geredet worden.«

Hilpert stöhnte gequält auf. »Ach, wissen Sie, in einem Laden wie dem unseren wird viel gequatscht.«

»Wem sagen Sie das? Aber selbst ich habe Augen im Kopf. Und auf dem Polterabend war es nur Ihrer Übersicht zu verdanken, dass es zu keinem Eklat gekommen ist. Da bin ich nicht der Einzige, der das mitbekommen hat.«

»Und genau so wird es bleiben. Alexandra ist verheiratet. Will sie naschen, muss sie sich ihre Töpfe anderweitig suchen. Meine Speisekammer ist verschlossen.«

»Sind Sie da ganz sicher? Sie ist eine überaus attraktive Frau.«

»Es ist ein schwieriger Vorsatz, doch ich arbeite dran.«

»Dann wünsche ich Ihnen viel Glück. In euer Privatleben werde ich mich nicht einmischen. Wir werden dafür bezahlt, den Menschen dieser Stadt zumindest das Gefühl von Sicherheit zu vermitteln. Wir sind nicht die moralische Instanz, die die Werte der Ehe oder der Familie hochzuhalten hat.« Er grinste zu Hilpert herüber. »Das überlassen wir anderen.«

Unbefriedigt suchte er sein Büro auf. Tätzler blickte kurz auf, als Hilpert das Zimmer betrat und konzentrierte sich voller Inbrunst auf die im PC gespeicherten Vernehmungsprotokolle.

»Interessante Alternativen, die sich daraus ableiten lassen, Fabian. Damit kommen wir ein ganzes Stück weg von den bösen Jungen aus dem Kosovo.«

Hilpert setzte sich auf die Schreibtischkante seines Partners. »Frag mich nicht warum, manchmal beschleicht mich das Gefühl, als hätten wir etwas sehr Wichtiges einfach übersehen.«

»Interessant, was du da von dir gibst. Aber halten wir uns vorerst an die Faktenlage. Danach erkenne ich durchaus eine Motivstruktur, die recht wenig mit gewerbsmäßigem Drogenhandel zu tun hat.«

»Wohl wahr. Fragt sich nur, wo wir ansetzen müssen, um erfolgreich zu sein? Mal sehen, vielleicht hilft mir eine reife Frau weiter.«

Hilpert griff nach dem Telefon und versuchte Helga Lorenz zu erreichen. Es meldete sich die Hausdame, die ihn ohne Umstände mit ihr verband.

»Selbstverständlich können Sie mich heute noch aufsuchen, Herr Hilpert«, ging Bartels' Lebensgefährtin auf seine Bitte nach einem Gesprächstermin ein. »Elf Uhr würde mir durchaus passen.«

Pünktlich suchte er sie auf. Sie empfing ihn so zuvorkommend, wie er es von ihr gewohnt war.

»Nein, ich habe nicht gewusst, dass Tom versucht haben soll, Leute aus seinem Abnehmerkreis zu erpressen«, beantwortete sie seine diesbezügliche Frage einigermaßen schockiert. »Mir ist da nichts zu Ohren gekommen.«

Sie wirkte fahrig und ihre Stimme zitterte. Er glaubte ihr kein Wort. Vielmehr spürte er, dass sie log. Das personifizierte schlechte Gewissen schien aus ihr zu sprechen. Warum tat sie das? Was beschäftigte sie? War sie etwa mit beteiligt an seinen dreckigen Geschäften? Er wollte es nicht glauben. Eigentlich aber ging es ihm vorrangig um eine weitere Durchsuchung seiner Räumlichkeiten. Bei der letzten Durchsuchung ging es um Rauschgift und Geld, weniger um Fotomaterial.

»Darf ich mich nochmals bei Tom umsehen? Nach Foto-CDs hab ich bislang nicht gesucht.«

»Das ist für mich schwer zu entscheiden, denn es steht mir in diesem Haus nicht zu, irgendjemandem etwas zu verbieten oder zu erlauben. Ich rufe vorsichtshalber Herrn Bartels an.«

Das Telefonat war nach wenigen Sätzen bereits beendet.

»Er ist einverstanden.«

»Sehr schön. Vorher hätte ich eine weitere Frage an Sie. Nach meinen neuesten Informationen soll Tom zu sadistischen Verhaltensweisen geneigt haben. Können Sie das bestätigen?«

»Sie wollen wissen, ob er mich geschlagen oder anderweitig gequält hat?«

»Nein, das weniger. Es scheint ihn erregt zu haben, quasi gewaltsam zum Ziel zu kommen. Nicht durch körperliche Gewalt, sondern beispielsweise durch Erpressung.«

»Nein, da muss ich Sie enttäuschen. Schließlich kannten wir einander seit Längerem. Irgendwann sprang der Funke über. Den Rest kennen Sie.«

»Und Bartels als Betroffener, wie nahm der ihr Verhältnis auf? Oder bekam er nichts davon mit?«

»Doch, doch. Er nahm es gelassen hin, wenn Tom hier eintraf, mich urplötzlich in den Arm nahm und mit mir in den Keller ging. Na ja, und dort haben wir uns dann geliebt. Perverse Neigungen habe ich bei ihm keine festgestellt. Andererseits bin ich kein Kind mehr. Ich weiß, was die Männer gern haben. Und ich weiß, was gut ist für mich.« Sie lächelte ihn traurig an. »Wir haben uns im Bett ausgezeichnet verstanden.«

»Und der Senior sah wie ein Unbeteiligter zur Seite, wenn Sie es im Keller miteinander trieben? Las seine Bildzeitung oder schaltete den Fernseher ein?«

»Müssen Sie sich so drastisch ausdrücken? Schwer zu sagen, was er empfand. Keine Ahnung, ob er darunter gelitten hat. Dazu geäußert hat er sich nie. Er hat mir zu keinem Zeitpunkt auch nur die Andeutung eines Vorwurfs gemacht. Soviel ich weiß, gab es mit Tom ebenso wenig Streit über dieses Thema. Er nahm es hin, basta.« Sie zuckte mit den Schultern. »Wir hatten uns irgendwie arrangiert, ohne jemals ein Wort darüber gewechselt zu haben.«

Hilpert ließ ihre Worte nachwirken. Irgendwie passte diese Verhaltensweise zu den Leuten, die er im Umfeld der Morde kennengelernt hatte. Hatten die überhaupt eine Seele? Steckten in ihnen Gefühle? Gab es irgendetwas, was sie betroffen machte?

Er versuchte es nochmals, die Frau aus der Reserve zu locken. »War es Ihnen nicht unangenehm? Schließlich hatten Sie vorher mit dem Vater ebenfalls eine Beziehung?«

»Ja, schon. Aber ich wollte Tom. Er gab mir das Gefühl, begehrt zu sein. Und ich habe niemandem zugemutet, mich ertragen zu müssen. Mein Vorschlag, zu gehen, wurde von seinem Stiefvater stets überhört.«

»Da Tom der Eigentümer des Hauses war, konnte sein Vater Sie schwerlich rausschmeißen.«

Sie nickte. »Darüber hab ich nie nachgedacht. Jetzt, wo Sie es sagen, klingt es logisch. Doch nach wie vor besteht er darauf, dass ich bleibe. Und glauben Sie mir, es gibt keinerlei Vorhaltungen von seiner Seite und ...«, sie schluckte, bevor sie weitersprach, »es gibt keinerlei Annäherungsversuche. Er ist ein absoluter Gentleman.«

Das Gespräch verlief zusehends im Sande. Ohne Zweifel rang sie um Fassung. War es Furcht, war es Trauer? Diese Fragen musste er offen lassen. Er ließ sich daher von ihr in den Keller führen und konzentrierte sich auf die CD- und DVD-Sammlung - ohne Erfolg. Seine Hoffnung platzte wie eine Seifenblase. Mit verschränkten Armen blieb sie im Eingang stehen und beobachtete sein Tun. Wenn er zu ihr herüberschaute, beschlich ihn das Gefühl, als würde sie mit sich ringen. Schließlich winkte sie ihm zu.

»Kommen Sie. Vermutlich weiß ich, wonach Sie suchen.«

Sie bat ihn, in der Diele zu verweilen. Kurz darauf stand sie mit einem Briefumschlag vor ihm.

»Hierin sind fünf CDs. Eine davon hab ich weitergegeben. Darauf waren scheußliche Sachen zu sehen.«

»Sie haben das mit Christina Werner mitbekommen?«

»Das war nicht zu vermeiden. Tom legte es geradezu darauf an. Ich bekam mit, wie sie ihn bat, sie zufriedenzulassen. Ich höre bis heute sein Lachen und ihre Schreie. Sie haben recht. Er war ein Sadist, er war ein Erpresser.« Sie wischte sich mit einer Hand die Tränen aus den Augen. »Trotzdem habe ich an ihm gehangen.«

Er ging, bepackt mit diversen potenziellen Mordverdächtigen auf einer Handvoll CDs. Nun standen Unmengen an Verhören an. Im Büro betrachtete er sich zum wiederholten Mal die Bilder über den PC. Erneut mussten sie eine Reihe an Verdächtigen abtelefonieren. Ob sie ihnen wohl mit der gleichen Gelassenheit begegnen würden wie bei ihrer vorherigen Telefonaktion? Bereits nach seinen ersten Anrufen zeigte sich, dass mit den geplanten Erpressungen anscheinend noch nicht begonnen worden war. Die Befragten zeigten sich überrascht und entsetzt über das Fotomaterial. Die neue Beweislage kam für alle überraschend. Vorbei war es mit deren selbstherrlichen Arroganz. Vermutlich wollte Bartels Pöhlemann die Dreckarbeit überlassen. Soweit er Leute wiedererkannte, begriff er, dass es sich garantiert für die beiden gelohnt hätte. Sie hatten die feine Gesellschaft ins Visier genommen - oder besser, deren Abkömmlinge.

Trotz der Eindeutigkeit der einzelnen Aufnahmen glaubte Hilpert nicht daran, damit den Schlüssel für die Mordfälle in Händen zu halten. Wie sollte einer dieser Leute den Belgier getroffen haben? Bis er auf einen Mann stieß, der zum weiten Umfeld der Verdächtigen gehörte. Ganz in Ruhe nahm dieser die Tütchen entgegen und blätterte anschließend die Euroscheine auf den Tisch. Es handelte sich eindeutig um Dr. Warncke, den Rechtsanwalt und Freund des Ermordeten. Hilpert ließ die Szene zurücklaufen, um sich zu vergewissern, ob er richtig lag. Es gab keine Zweifel. Die Bilder zeigten unbestritten den Anwalt. Er kramte in seinen Unterlagen und fand schließlich dessen Telefonnummer. Dieser freundliche Jurist hatte offensichtlich mehr zu sagen, als er ihm bisher Glauben machen wollte. Gelassen griff er nach dem Handy.

Man merkte dem Juristen an, dass ihm der Anruf ungelegen kam. »Ein Termin jetzt zum Wochenende?!«, antwortete er ungehalten. Vermutlich hatte er in seinem Terminkalender Besseres stehen als ein Gespräch mit der Polizei.

Hilpert blieb gelassen. »Ich möchte mich mit Ihnen nur ungern streiten, Dr. Warncke. Ich persönlich würde auf eine Vorladung verzichten wollen, kann allerdings nicht beurteilen, ob das meine Kollegen vom Drogendezernat genauso sehen.«

Für einen Moment herrschte Funkstille.

»Weshalb sollten sich die Drogenfahnder für mich interessieren?«, fragte er vorsichtig nach.

»Gerade darüber wollte ich mich mit Ihnen unterhalten«, musste er sich mit der ausweichenden Antwort zufriedengeben.

»Gut, ich kann Sie in einer Stunde empfangen. Ich muss nur einen Termin verschieben.«

»Ausgezeichnet, ich werde pünktlich sein.«

Warncke starrte leichenblass auf das Fotomaterial. »Es musste so weit kommen«, begann er zu reden. »Tom sprach mich vor etwa einem Vierteljahr auf diese CD an. Dieser kleine Wichser! Er verlangte doch tatsächlich, dass ich ihm meine Freundin zur Unterhaltung vorbeischicken sollte.«

»Und haben Sie seinen Wunsch erfüllt?«

»Sie kennen meine Freundin nicht. Die kommt aus einer ganz alten Reedereifamilie. Die siezen sich selbst im Schlaf. Hätte die erfahren, dass ich gelegentlich kokse, es bedeutete das Ende unserer Beziehung. Ansonsten wäre sie nur aus einem Grund zu Bartels gefahren: um ihm den Kopf abzureißen.«

»Also haben Sie seinen Wünschen nicht nachgegeben?«

»Nein.«

»Und hat er irgendwelche Konsequenzen angedeutet?«

»Nur sehr vage. Ich gebe zu, diese Drohung nicht sonderlich ernst genommen zu haben.«

»Verband Sie miteinander nicht so etwas wie eine Freundschaft?«

Er lachte auf. »Freundschaft? Tom verstand darunter etwas völlig anderes als Sie. Er kannte nur sich selber und machte vor niemandem Stopp. Er bumste die Freundin seines Stiefvaters und riss seine Witze darüber. Er griff sich die Verlobte des Freundes und trieb es mit ihr. Über mein Mädchen wäre er ebenso gerne hergefallen, um sich später über sie in großer Runde auszulassen.«

»Und was verband Sie mit ihm? Niemand hat Sie gezwungen, bei ihm mitzumachen.«

»Ganz einfach. Er tötete jegliche Form von Langeweile. Mit ihm blieb der Alltag mit all seinen Nickeligkeiten vor der Haustür. Man streifte ihn ab wie eine zu enge Haut. Ihm fiel ständig etwas Außergewöhnliches ein. Und glauben Sie mir, wir haben stets aus dem Vollen geschöpft.«

»Ich verstehe. Und so lange man nicht zum Opfer dieses Menschen auserkoren wurde, konnte man sich bedenkenlos an seinem Tisch laben.«

»Sie sagen es. Man musste einen Blick auf ihn haben.«

»Und trotzdem wäre das beinahe ins Auge gegangen.«

»Wo Sie recht haben, haben Sie recht.«

»Dann spielte Ihnen sein Tod geradezu in die Karten.«

Man sah, wie es in seinem Gesicht arbeitete. Ausrede und Wahrheit führten einen verbissenen, aber kurzen Kampf.

»Auch wenn es mir schadet. Ja, sein Tod war eine Art Erlösung für mich.«

»Haben Sie nie darüber nachgedacht, dieses Problem ein für allemal zu lösen?«

Nachdem er sich für die Wahrheit entschieden hatte, fiel ihm das Antworten leicht. Der coole Anwalt war verschwunden. Zurück blieb ein Verdächtiger mit mäßigen Karten.

»Das habe ich. Nicht einmal, sondern immer wieder. In meinen Träumen habe ich ihn erwürgt oder vor ein Auto gestoßen.«

»Was sprach dem entgegen?«

»Das ist ganz einfach. Ich war zu feige.«

»Und jemand anderen damit beauftragen?«

»Wissen Sie, ich beschäftige mich im Schwerpunkt mit Wirtschaftsrecht. Da trifft man relativ selten Auftragskiller.«

»Nie über 'ne Stippvisite übern Kiez nachgedacht?«

»Halten Sie mich für bescheuert? Da wäre ich doch auf Leute gestoßen, die mir erst recht gesagt hätten, wo es langging.« Er lächelte ihn gequält an. »Nein, ich habe nichts mit seinem Tod zu tun, obwohl ich das gelegentlich bedaure. Da hat mir eine freundliche Seele die Drecksarbeit abgenommen.«

»Das muss ich Ihnen vorerst so glauben. Wo wir gerade über seinen Stiefvater sprachen. Ist das wirklich so an ihm vorbeigegangen, dass ihm Tom die Lebensgefährtin ausspannte?«

»Schwer zu sagen. Wenigstens war der ebenfalls kein Kostverächter. Ein Auge auf andere Frauen hat er bereits zu

Lebzeiten seiner Ehefrau geworfen. Da ist er aber ausgesprochen vorsichtig gewesen. Schließlich saß sie auf der Kohle. Und es ist ein tiefer Absturz von einer Villa in Blankenese in eine Mietwohnung in Steilshoop. Nichts gegen einen VW-Golf. Ein Achtzylinder Daimler hat garantiert den größeren Charme. Soweit man hörte, neigte sie zur Eifersucht.« Er kratzte sich gedankenverloren am Kopf. »Nein, er machte stets einen relaxten Eindruck, wenn ich ihn traf.«

»So ist das mit den Frauengeschichten«, erwiderte Hilpert wissend. »Man muss höllisch aufpassen. Ansonsten verliert man am Ende alles und muss allein für seinen Unterhalt sorgen. War denn Frau Lorenz zu der Zeit schon die heimliche Favoritin?«

»Nein, die ist erst seit zwei oder drei Jahren in Hamburg. Sie soll längere Zeit im Ausland verbracht haben.«

»Ich verstehe.«

»Was ist denn nun mit dieser CD?«, kehrte Warncke zu ihrem eigentlichen Thema zurück. »Ist mit einer Anzeige zu rechnen? Ich muss wohl nicht besonders betonen, dass das für mich einer mittleren Katastrophe gleichkäme.«

»Das hätten Sie sich früher überlegen müssen, Herr Rechtsanwalt. Wobei es mir persönlich weniger um koksende Mitglieder der Hamburger Gesellschaft geht als mehr um den oder die Auftraggeber für diverse Morde. Vielleicht kommen Sie mit einem blauen Auge davon, sollten Sie unschuldig sein. Stecken Sie mittendrin, sehe ich eh schwarz für Ihre juristische Karriere. Aber das wäre dann sowieso das kleinere Übel.«

»In der Zeitung liest man so viel über die Kosovo-Albaner, die dahinterstecken sollen?!«

»Das kann durchaus der Fall sein. Aber wir müssen allen Verdachtsmomenten nachgehen. Schauen Sie in den Spiegel. Sie geben einen vorzüglichen Verdächtigen ab.«

»Wie sollte ich da widersprechen? Hätte Tom mein Mädchen vernascht wie das von Stephan Schlage, ich wäre garantiert dazwischengegangen.«

»Hat denn niemand versucht, ihm in den Arm zu fallen?«

»Wollen Sie eine ehrliche Antwort? Ich vermute es mal. Es war den anderen scheißegal. Wahrscheinlich dachte sich jeder, gut, dass er mich nicht zu fassen hat.«

»Es stimmt also, er hat es überall herumposaunt?«

»Worauf Sie einen lassen können. Das machte bei ihm erst den Kick aus, wenn man anderen davon erzählen konnte. Tom teilte es jedem mit, egal, ob es sie interessierte oder nicht. Je nach Tagesform gab es unterhaltsame Bildchen dazu. Er war ein absolutes Schwein. Doch wie bereits angemerkt, dabei sehr unterhaltsam.«

Hilpert runzelte die Stirn. In seinem Kopf blieb ein Gedanke haften. »Dann müsste Schlage ebenfalls davon wissen.«

»Gehen Sie davon aus, dass er der Erste gewesen ist, dem er die Bilder unter die Nase gehalten hat. Wie wäre er ansonsten auf seine Kosten gekommen?«

»Könnte es sein, dass der die Morde in Auftrag gegeben hat?«

Warncke begann wiehernd zu lachen. »Stephan Schlage?! Sie belieben zu scherzen. Das ist ein intellektueller Eierkopf. Der nimmt sich nichts. Der akzeptiert, was man ihm übrig lässt. Seine Verlobte hat ihn voll im Griff, seit sie zusammen sind. Der liebt es zu leiden. So gesehen ist er das Gegenmodell zu Tom Bartels gewesen. Sozusagen sein Alter Ego.«

Warncke vermochte ihm über das Gesagte hinaus nicht weiterzuhelfen. Hilpert tendierte dazu, dem Anwalt seine Geschichte abzunehmen. Er hielt ihn für zu abgebrüht, als jemanden aus emotionellen Gründen umbringen zu lassen. Andererseits ging es um seine künftige Karriere und um die Beziehung zu der reichen Reedertochter. Um dieses nicht zu gefährden, traute er ihm durchaus einen Mordauftrag zu. Wieder einmal hatte er jemanden zu fassen, den er je nach Tagesform zu verhaften oder zu vernachlässigen wünschte. Also beließ er ihn auf der Liste der Verdächtigen.

Mit einem Seufzer griff er nach seinem Handy. Diesmal hatte er Glück und er erreichte Schlage. Er ließ sich mit ihm auf keine weiteren Diskussionen ein, sondern beorderte ihn kurz und bündig für den Nachmittag ins Präsidium zum Verhör. Konsequenterweise wollte er sich selber seinen Heimvorteil gönnen.

Der junge Mann betrat sein Büro eher scheu.

»Kommen Sie«, lud Hilpert ihn ein. »Setzen Sie sich zu mir an den Schreibtisch.«

Schlage blickte sich unsicher um. Wirklich Bemerkenswertes, wo sein Blick hätte verweilen mögen, schien ihm nicht aufzufallen. Hilpert gönnte ihm ein paar Sekunden zum Durchschnaufen, bevor er mit seinen Fragen ansetzte.

»Ihre Verlobte hat Ihnen mitgeteilt, dass ich mich mit ihr unterhalten habe?«

»Allerdings.«

»Sie wissen, worüber wir gesprochen haben?«

»Ich kann es zumindest vermuten. Über ihre Beziehung zu Tom.«

»Richtig. Es stimmt also, dass Sie davon wussten, was er mit ihr angestellt hat?«

»Ja.«

Hilpert begriff, mit dieser Form der Befragung wenig zu erfahren.

»Können Sie mir sagen, weshalb mich Ihre Verlobte angelogen hat, als sie behauptete, Sie seien darüber nicht informiert gewesen?«

»Ich vermute, sie wollte mich schützen.«

»Sie schützen? Neigen Sie denn zu unkontrollierten Aktionen? Bislang eilte Ihnen eher der entgegengesetzte Ruf voraus.«

»Das stimmt schon. Eigentlich habe ich keine Erklärung dafür.«

Hilpert erhob seine Stimme. »Und Sie sind sich vollkommen sicher, mit den Morden nichts zu tun zu haben?«

»Wie kommen Sie darauf, dass es anders sein könnte?«

»Das fragen Sie noch? Ein Mann, der über Jahre in Drogengeschäfte verstrickt ist?«

»Nein, nein, wir haben niemanden ermorden lassen.«

»Aber?«

»Was aber?«

»So langsam bin ich verärgert, Schlage. Entweder Sie machen hier und heute reinen Tisch oder ich buchte Sie ein. Dafür werden mir garantiert triftige Gründe einfallen.«

Verängstigt wie ein Hund, den man schlagen wollte, stöhnte der Beschuldigte auf. »Nein, bloß das nicht. Es ist ohnehin alles schlimm genug.«

»So, was haben Sie mir zu erzählen?«

»Na ja, dieser Überfall mit den Schlägern auf St. Pauli, der war von uns initiiert. Bartels sollte vorübergehend außer Gefecht gesetzt werden.«

»Doch nicht etwa, weil er Ihre Verlobte missbraucht hatte?«

»Ja, nein, also ...«

Hilpert wurde zusehends ruhiger. Beinahe freundlich ermunterte er sein Gegenüber zu sprechen. »Spucken Sie's aus. Über kurz oder lang erfahren wir eh alles. Noch können Sie als wertvoller Zeuge Punkte gutmachen.«

»Wir wollten bis auf Weiteres Ruhe vor ihm haben, damit wir unseren Stoff ungestört loswerden konnten. Natürlich sollte er auch meine Verlobte endlich zufriedenlassen.«

»Und Ihrem Anschlag bin ich zuvorgekommen. Daher haben Sie die Leute in das Parkhaus geschickt und dort Tom Bartels erschießen lassen.«

»Blödsinn! Ich habe diesen Killer aus Belgien nie zuvor in meinem Leben gesehen. Und was hätte es gebracht, wenn wir ihn beauftragt hätten? Sie wissen selbst, dass wir wegen der Mordfälle laufend mit der Polizei zu tun haben. Das wäre eindeutig abzusehen gewesen. Unter diesen Bedingungen Drogen verkaufen zu wollen?! Nein, dazu hätten uns die Nerven gefehlt. Glauben Sie mir, ein Mordanschlag von unserer Seite wäre nur dumm gewesen.«

»Und es hat Sie unberührt gelassen, was Bartels mit Ihrer Verlobten angestellt hat?«

»Wie kommen Sie darauf?«

»Ihre kühle Reaktion. Sie machen auf mich nicht den Eindruck eines Menschen, der völlig frustriert ob seiner persönlichen Situation nicht in den Schlaf gekommen wäre.«

Schlage faltete in aller Ruhe seine Arme vor seinem Oberkörper und lehnte sich in seinem Stuhl zurück, so weit dieser es zuließ. Im Gegensatz zu seinem sonstigen Auftreten wirkte er entspannt, beinahe selbstbewusst.

»So war es nicht, gehen Sie davon aus, unsere gemeinsame Beziehung wurde in letzter Zeit nur noch durch unsere Drogengeschäfte und die Schulden für unser Haus zusammengehalten. Wir haben uns längst auseinandergelebt, ohne es uns bislang eingestanden zu haben. Wir hatten uns zu früh gefunden und sind zu lange zusammen gewesen. Unter normalen Umständen wären wir längst auseinandergegangen.« Er grinste ihn an, als habe er einen guten Witz erzählt. »Die Liebe ist längst den Bach hinuntergeflossen. Sie war es, die mit dem Erreichten nie zufrieden war. Verblieben ist ihr gegenüber die totale Gleichgültigkeit. Es war mir scheißegal, was sie mit Tom anstellte.«

Diese Antwort kam für Hilpert überraschend. Sagte Schlage die Wahrheit, war vor ihm gerade ein Motiv zerplatzt. Unter Garantie hätte er alle Möglichkeiten besessen, über seine Kontakte in der Drogenszene an den belgischen Auftragsmörder heranzukommen. Durfte er ihm glauben, dass er darüber nie nachgedacht hatte? Wieder einmal wurde ihm sein Dilemma deutlich. Wer sagte überhaupt die Wahrheit? Jeder seiner Verdächtigen belegte mit wohlfeilen Worten, weshalb gerade er unmöglich der Auftraggeber der Morde gewesen sein konnte. Jedes Argument erschien ihm, isoliert betrachtet, plausibel. Entweder log jemand so gut, dass er ihn nicht durchschaute, oder aber die Leute waren allesamt unschuldig und er musste sich an die Kosovo-Albaner halten. Entnervt beendete er das Verhör und ließ Schlage gehen.

Ohne große Motivation entschloss er sich, den Tag zu beschließen. Auf dem Rückweg wählte er Alexandras Telefonnummer. Sie reagierte auf ihn kurz angebunden. Also beendete er das Gespräch, ohne wirklich etwas von sich gegeben zu haben. Wenig später rief sie ihn an.

»Ich konnte leider nicht reden, als mich dein Anruf erreichte. Ich war nicht allein. Was gibt es?«

Er wollte ein wenig mit dem Feuer zu spielen. »Eigentlich hätte ich Lust, dich heute zu treffen. Ob in deiner oder meiner Wohnung ist mir egal.«

Er bekam mit, wie sie den Atem durch die Nase presste. »Du bist mir ein Heini. Habe ich Gelegenheit und Zeit, hält es der werte Herr für unnötig, sich zu melden. Und plötzlich ruft er aus dem Nichts an und erwartet, dass ich springe. Sorry, jetzt kann ich nicht.«

»Schade«, spöttelte er, »da werde ich mich anderweitig umsehen müssen.«

Sie verzichtete auf eine Antwort und unterbrach die Verbindung in gereizter Stimmung. Hilpert bog mit dem Wagen in die Parkbucht ein. Er musste einen Schlussstrich ziehen. Sie mauserten sich gegenseitig, jeweils zum Opfer des anderen zu werden. Mit trüben Gedanken ging er die Treppenstufen hoch. Er unterließ es, bei Silke zu klingeln, sondern suchte direkt seine Wohnung auf. Ihm fehlte jegliche Lust, sich selbst etwas zu essen zuzubereiten. Also bestellte er sich ein Nudelgericht beim Pizza-Service. Danach gönnte er sich eine Flasche Bier. Somit verfügte er über die erforderliche Bettschwere. Es war lange her, dass er so zeitig schlafen ging.

Es sollte für ihn keine gute Nacht werden. Ein weiteres Mal holten ihn die Bilder aus dem Kosovo ein. Vor ihm stand ein Unbekannter. Mit ausgestrecktem Zeigefinger wies er auf ihn und fauchte ihn an: »Ich will die ganze Wahrheit wissen!«

Bei genauerem Hinsehen erkannte er die Gesichtszüge seines Chefs. Zu ihm passte allerdings weniger das Sturmgewehr in seinen Händen und das aufgepflanzte Bajonett.

»Was verschweigen Sie mir?!«

Schweißnass wachte er auf, froh darüber, die Szene nur geträumt zu haben. Danach fiel es ihm schwer, wieder einzuschlafen. Er dachte an Silke. Irgendwie schien ihm, als habe sie ihm nur die halbe Wahrheit erzählt. Wo lag die Unlogik in ihren Aussagen? Ihm kam die Situation im Bordell in den

Sinn. Stimmte es, dass sie mehr oder minder dort hineingeschliddert war? Bei einem Mann wie Bartels, der sich nicht davor scheute, Freunde zu erpressen, sie zu missbrauchen, dem sollte sie auf den Leim gegangen sein? Er sollte andererseits bei ihr die Rolle des platonischen Freundes gespielt haben, der sich nicht für sie interessierte? In deren Beziehung musste mehr gelegen haben. Allen erzählte er, wie er es mit der Verlobten von Schlage getrieben hatte. Nur Silke war unwissend? Was verschwieg sie ihm? Bediente sie ihn ebenso wie alle anderen mit einem Gemisch aus Dichtung und Wahrheit? Er musste sich erneut mit ihr unterhalten. Er hasste es mittlerweile, ständig dieselben Leute befragen zu müssen, weil sie ihm etwas vorgegaukelt hatten. Aber er kam nicht drum herum.

33

Am nächsten Morgen schlurfte er abgespannt durch die Wohnung. Er fühlte sich wie ein alter Mann, der in seiner Stammkneipe mit anderen Gästen um die Wette getrunken hatte und nun begriff, dass Bier und Schnaps eine unheilvolle Liaison eingingen, wenn man zu viel davon trank. Im Badezimmer gönnte er sich einen Blick in den Spiegel. Er hätte besser darauf verzichtet und versucht, sich mit geschlossenen Augen zu rasieren. Er erblickte rot unterlaufene Augen. Eingefallene Wangen und stechende Kopfschmerzen läuteten einen schweren Tag ein. Er gönnte sich eine Kopfschmerztablette und als Alternative zum Frühstückstoast eine Tasse schwarzen Kaffee. Selbst diesen musste er hinunterquälen. In mäßiger Verfassung klingelte er bei seiner Vermieterin. Ein paar Fragen musste sie ihm gefälligst beantworten.

Überrascht blickte sie ihn an. »So früh am Morgen beehrst du mich mit deinem Besuch?! Du willst doch bestimmt wieder was von mir wissen. Komm rein, ich frühstücke gerade.« Sie gönnte ihm einen kurzen Blick. »Weißt du eigentlich, dass du scheiße aussiehst?«

»Danke für das Kompliment. Es tut mir gut. Ich hab mir heute bei der Morgentoilette besondere Mühe gegeben. Aber du hast recht, mir ist immer noch nicht alles klar, was dich betrifft. Du erzählst mir, was dir passt. Die Wahrheit sagst du nur, wenn du weißt, dass ich sie bereits kenne. Spuck es aus, wie war deine Beziehung zu Tom?«

Verständnisvoll nickend betrachtete sie ihre sorgfältig manikürten Fingernägel. »Du willst also wirklich wissen, wie es zwischen Tom und mir gewesen ist?!«

Sie setzten sich im Wohnzimmer einander gegenüber. Dafür dass er sie früh am Morgen aus dem Bett geklingelt hatte, sah sie im Gegensatz zu ihm wie das blühende Leben aus.

»Als wir uns nach mehreren Jahren zufällig am Jungfernstieg trafen, wäre ich für eine nähere Beziehung durchaus offen gewesen. Er war gebildet, sah gut aus, verfügte über das nötige Kleingeld. Was will man mehr? Er versuchte anfangs sein Glück bei mir und ich habe ihn ermutigt. Seltsamerweise ging er zu mir umso stärker auf Distanz, je deutlicher ich ihm signalisierte, dass er erfolgreich sein würde.« Sie lächelte in seine Richtung. »Du siehst, so richtig Glück hab ich keines mit den Männern.«

Er spürte, wie die Kopfschmerztablette zu wirken begann. Dafür drohte ihn eine bleierne Müdigkeit zu übermannen. Vergeblich versuchte er ein Gähnen zu unterdrücken.

»Wie ist es mit euch weitergegangen?«

»Es entwickelte sich tatsächlich so etwas wie eine freundschaftliche Bindung zwischen uns. Ohne Sex, ohne Verpflichtungen. Irgendwann trat er mit der Idee mit dem Koks auf mich zu. Ich erfüllte wohl alle Voraussetzungen für eine gemeinsame geschäftliche Beziehung.« Sie nippte an ihrem Kaffee. »Ich fand das lustig, irgendwie spannend. Und Geld kann man immer gebrauchen. Davon gab es dann anfangs reichlich. Später begriff ich, dass er das Bezahlen der Ware auf die leichte Schulter nahm.«

»Hat dich das nicht nervös gemacht?«

»Nicht wirklich. Irgendwie kam stets Geld in die Kasse.«

»Hattest du keine Angst, erwischt zu werden? Rauschgifthandel ist kein Kavaliersdelikt. Der Mundraubparagraf zieht da nicht.«

»Glaub mir, keiner von uns hat so weit gedacht. Wir sprachen Freunde und Bekannte an. Tom machte sich geradezu einen inneren Reichsparteitag daraus, wenn er Christina und Stephan Kunden abjagen konnte. Das plätscherte dahin, bis ja, bis ...« Sie stockte, als müsste sie nachdenken.

»Bis du die Sache mit Christina mitbekamst?«

Sie schüttelte entschieden den Kopf. »Nein, nein. Das hab ich tatsächlich nicht gewusst. Ich bin sogar davon überzeugt, dass sich Tom sehr genau darüber im Klaren war, weshalb er speziell mich darüber im Unklaren ließ.«

Sie hatte ihren Toast gerade mal angebissen. Entschieden ließ sie ihn auf ihren Teller fallen und schob diesen von sich weg, als habe sie genug gegessen.

»Er hatte es auf mich abgesehen.«

»Du sagtest vorhin, er habe kein weiteres Interesse an dir gezeigt.«

»Darum ging es auch nicht. Wenige Tage nach unserem denkwürdigen Abend im Bordell versuchte man mich zu erpressen. Man sprach von Aufnahmen, die man meinen Eltern zeigen wollte. Der Anrufer wusste sehr genau, was sich an dem Abend abgespielt hatte.«

»Ja, aber wie bist du auf Tom gekommen? In dem Umfeld, in dem ihr euch aufgehalten habt, liegt doch Erpressung durchaus nahe.«

»Richtig, nur hatte ich mir erst wenige Tage zuvor ein neues Handy mit neuer Nummer zugelegt. Mein altes war gestohlen worden, oder ich hatte es verloren. Diese Nummer kannten vielleicht eine Handvoll Menschen. Einer davon war er. Nein, mir war klar, dass Tom dahinterstehen musste.«

»Was forderte man von dir?«

»Darüber hat man sich nicht weiter ausgelassen.«

»Und wie hast du auf den Erpressungsversuch reagiert?«

»Ich hab dem Kerl gesagt, er könne sich gehackt legen und beendete das Gespräch.«

»Trotzdem hast du mit Tom weitergemacht, ohne ihn darauf anzusprechen?«

»An dem Abend, an dem er ermordet wurde, wollte ich mit ihm darüber reden. Wir hatten uns bei ihm verabredet. Doch dann kamen Christina und Stephan dazwischen, danach der Überfall und anschließend war er tot.«

»Was wollten die beiden?«

»Geld, sie benötigten Geld. Es war noch eine gehörige Rechnung für ihren Stoff offen. Tom sollte ihnen helfen. Zumindest wollten sie, dass er mit seinen eigenen Verkäufen kürzertrat. Sie hatten unheimlich Schiss und ich ebenso.«

»Und weshalb du?«

»Dieser Pöhlemann hatte uns vor geraumer Zeit gedroht. Unter anderem meinte er, er sähe uns als Bürgen für die beiden.«

»Wie stand Tom dazu?«

»Er tat regelrecht großspurig und meinte, er würde alle bald auslösen können.«

»Warum war das Pärchen so knapp bei Kasse?«

»Das war ganz einfach. Sie lebten ständig über ihre Verhältnisse, so, als müssten sie es uns allen zeigen.«

»Ich verstehe.«

»Was war mit der Erpressung? Hat Tom seine Drohung wahr gemacht und deine Eltern mit den Bildern konfrontiert?«

»Nein, sein Tod kam wohl dazwischen.«

Gedankenverloren massierte er seine Schläfen. Trotzdem wollte sich die erwünschte Form nicht einstellen.

»Du siehst echt schlecht aus«, sprach sie ihn unvermittelt an.

»Ich hatte bessere Nächte als die letzte«, erwiderte er kurz angebunden. »Und deine Eltern, wie hätten die sich dazu gestellt?«, kam er auf ihr Thema zurück.

»Das wär 'ne Katastrophe geworden. Insbesondere meine Mutter hätte mich aus der Stadt verbannt.«

»Ja, wenn die Jugendsünden einen einzuholen drohen.«

»Jugendsünde ist gut. Manchmal frage ich mich, ob Tom mir nicht irgendetwas ins Glas getan hat.«

»Nun gut, lass mich rekapitulieren. Wenn ich alles recht verstehe, so habt ihr euch bei Tom getroffen. Eigentlich mit schwergewichtigen Themen. Trotzdem seid ihr auf dem Kiez gelandet. Wie passt das zusammen?«

»Das stimmt«, antwortete sie zögerlich. Ihrer Miene war anzusehen, dass sie versuchte, sich die Bilder vor Augen zu holen. »Es waren Stephan und Christina, die völlig überraschend mit dem Vorschlag kamen. Tom war sofort Feuer und Flamme.«

Hilpert erinnerte sich an das letzte Gespräch mit Schlage. Diesmal passte Silkes Aussage. Seit Langem bekam er ein Puzzleteil in die Hand, das ihm half, sein Bild zu vervollständigen. Leider nur in einer eher unbedeutenden Ecke. Zweifelnd schaute er ihr in die Augen.

»Ist das nun wirklich alles, was du mir erzählen kannst? Oder sitze ich bald wieder vor dir und muss neue Fragen stellen?«

»Was weiß ich? Wir taten viel Unüberlegtes. Mag sein, etwas passt davon in dein Schema.«

Er stand auf und strich ihr über die Schulter. »Wir werden sehen.«

Sie blickte zu ihm herüber. »Wie geht es nun weiter?«

Hilflos hob er die Hände. »Ich habe keinen blassen Schimmer.«

»Du wirst doch irgendeine Idee haben. Nun sag schon, was glaubst du, könnte hinter allem stecken?«

»Im Augenblick bin ich sozusagen Atheist, was das Glauben angeht. Aber mich beschleicht zuweilen das dumme Gefühl, als wisse ich mehr, als ich mir klarmache.« Er tippte mit dem Zeigefinger gegen seine Stirn. »Dort drinnen gibt es eine Blockade. Ich schaffe es nicht, sie zu durchbrechen.«

Lachend stand sie auf. »Du Ärmster. Wenn ich Zeit habe, werde ich dich bedauern. Am besten, du fährst jetzt zur Arbeit und beschützt uns vor den bösen Menschen da draußen. Ich möchte mich gerne anziehen. Oder ...«, sie schaute ihn mit großen Augen an, »oder willst du mich verhaften?« Sie streckte ihre Hände nach vorn. »Was hältst du von Handschellen?«

Die Situation begann gefährlich zu werden. Also verabschiedete er sich vorsichtshalber von ihr. Er war gerade auf dem Weg zur Wohnungstür, als sie ihn zurückrief.

»Wenn du möchtest, kannst du gerne zum Abendessen bei mir vorbeischauen. Die Küche ist bis Mitternacht geöffnet, wie es sich für ein Spitzenlokal gehört.«

Er wollte es sich überlegen und verzichtete darauf, besondere Wünsche anzumelden.

Der Zeiger der altmodischen Wanduhr bewegte sich unbarmherzig nach vorne. Es ging auf 21 Uhr zu und Hilpert brütete in seinem Büro über den Ermittlungsakten. Trotz aller Müdigkeit konnte er sich nicht davon losreißen. Die meisten seiner Aufzeichnungen schlummerten im PC. Nur die letzten Aussagen lagen in Papierform vor ihm.

Ein Anruf von Silke unterbrach ihn in seiner Arbeit. »Na, ist mit dir überhaupt noch zu rechnen?«

Gedankenverloren hatte er abgenommen und musste einen Wimpernschlag lang nachdenken, was sie meinte. Das Abendessen! Sie hatte ihn am Morgen eingeladen. Tatsächlich spürte er keinen sonderlichen Appetit. Die Auseinandersetzung mit dem Material hielt ihn in Bann. Es verdeutlichte ihm zum wiederholten Mal, dass sie unendlich viel zusammengetragen hatten. Eigentlich mussten darin die Antworten auf seine Fragen stecken. Fragen! Hatte er wirklich alle gestellt? Und die Antworten! War er richtig mit ihnen umgegangen?

Geistesabwesend antwortete er ihr: »'ne weitere Stunde werde ich hier mit Sicherheit sitzen.«

»Alles klar, ich wollte nur wissen, ob du kommst. Bei dir muss man ja immer davon ausgehen, dass deine Kollegin um Unterstützung nachsucht oder jemand auf dich schießt.«

Schmunzelnd beendete er das Gespräch und konzentrierte sich erneut auf seine mühselige Arbeit. Als habe die Frage nach dem Abendbrot seine Magennerven aktiviert, spürte er zunehmend, wie der Hunger die Führungsposition in seinem Körper zu übernehmen begann. Ein Schokoriegel in der Schreibtischschublade leistete für eine kleine Weile Abhilfe. Zehn Minuten später unterbrach er seine Bemühungen. Neben dem Hunger machte sich die Müdigkeit breit. Er würde am nächsten Tag weitermachen. Diesen Abend wollte er die Einladung zu einem ordentlichen Essen wahrnehmen. Zuweilen fühlte er sich wie ein braver Ehemann, auf den die Frau mit einer Schürze um die Taille gebunden wartete. Zu seinem eigenen Entsetzen begann er dieser Idee etwas abzugewinnen. Anscheinend war es tatsächlich für ihn an der Zeit, sein Privatleben in eine anständige, bürgerliche Form zu bringen.

Silke überraschte ihn mit einem Käseauflauf, in den sich nicht die Spur von Fleisch verirrt hatte. Verwundert stellte er fest, dass man auch solche Nahrung mit Genuss zu sich nehmen konnte. Es hing nur am Koch. Dazu gab es einen leichten Landwein aus Sardinien, der das Gefühl des Wohlbefindens kurzfristig ins Unermessliche zu steigern schien. Erst nach Mitternacht verließ er sie. Er wäre gerne geblieben, traute sich allerdings nicht, sich selber einzuladen. Und Silke machte keinerlei Anstalten, ihn aufhalten zu wollen.

In seiner Wohnung las er im Teletext die letzten Nachrichten des Tages. Wirklich aufmuntern wollten sie ihn nicht. Fehlte nur noch, dass der HSV am Sonntag verlor. St. Pauli hatte es bereits vorgemacht. Nach wie vor taten sie sich schwer. Trotzdem nahm er sich vor, mal wieder am Millerntor vorbeizuschauen. Er durfte nur niemandem erzählen, dass sein Herz für beide Hamburger Vereine schlug. Totenkopf und Raute, beide standen ihm sehr nahe. In nächster Zeit würden sie nicht gegeneinander antreten. Im Pokal waren sie ebenfalls seit Längerem nicht als Gegner ausgelost worden. So musste er jedenfalls keine Farbe bekennen. Eigentlich ging es ihm wie mit Silke und Alexandra. Bloß keine endgültigen Entscheidungen treffen. Entschlossen schaltete er den Fernseher ab und verschwand im Badezimmer.

34

Am Tag darauf wiederholte sich das gleiche Spiel. Er vergrub sich hinter seinen Akten oder konzentrierte sich auf den Bildschirm vor ihm. Er versuchte, alle Beteiligten, egal, ob verdächtig oder nicht, zu kategorisieren. Gleichgültig, wen er unter die Lupe nahm. Bei niemandem stieß er auf so starke Verdachtsmomente, dass er meinte, zuschlagen zu müssen. Neben den Vernehmungsergebnissen fand er dicke Mappen, gefüllt mit Autopsieberichten, waffentechnischen Untersuchungen, Beobachtungsprotokollen, Bildern und Notizen von Gesprächen, die mit allen möglichen Spitzeln und Kriminellen aus dem Drogenmilieu geführt wurden. Mehr oder weniger drehten sie sich im Kreis und landeten ständig wieder an ihrem Ausgangspunkt. Es gab keine wirkliche Veranlassung für die Ermordung von Silkes Eltern, vor allem wenn man sie in Beziehung zu Tom Bartels setzte. Entschieden schob er die Computermaus zur Seite und verließ sein Zimmer.

Ein kurzes Treffen mit den Kollegen von der Sonderkommission blieb ebenso ergebnislos wie ein Mittagessen in der Kantine mit Weber. Man schaute ihn neugierig an und hoffte, mehr durch ihn zu erfahren, während er die gleiche Hoffnung gegenüber seinen Kollegen hegte.

Gähnend lehnte er sich am frühen Abend in seinem Sessel zurück und reckte die Arme. Die Fülle des Materials drohte ihn zu ersticken. Schließlich speicherte er in einem Anflug von Hilflosigkeit die eigenen Protokolle auf seinem Memory-Stick. Er würde sie sich zu Hause auf seinem eigenen Laptop vornehmen.

Gedanklich war er auf dem Weg zur S-Bahn-Station, bis ihm einfiel, dass Silkes Käfer auf dem Parkplatz stand. Je mehr sie sich ihm entsagte, desto intensiver dachte er über sie nach. Er setzte sich in den Wagen und fuhr an. Ob sie noch wach war? In einer Viertelstunde würde er es besser wissen. Vor der Haustür schaute er hinauf. In ihrer Wohnung war alles dunkel. Entweder schlief sie bereits oder sie war unterwegs. Irgendwo störte ihn dieser Gedanke. Mühevoll gestand er ihr zu, zu tun, was ihr in den Kopf kam.

Im Wohnzimmer setzte er sich an den kleinen Schreibtisch und stöpselte den Memory-Stick ein. Bald darauf erschien das gewünschte Material auf dem Bildschirm. Beinahe wäre er das Opfer der sich anschleichenden Müdigkeit geworden. Bis er auf eine Aussage stieß, die ihn hellwach werden ließ. Sie war eher am Rande gefallen und keineswegs neu für ihn. Doch nun sah er sie in einem anderen Licht. Die Dinge begannen einfacher zu werden. Erregt erhob er sich von seinem Stuhl. Sie waren das Opfer ihrer eigenen Hektik geworden. Ihre vorschnellen Verdächtigungen, insbesondere gegen die Albaner, hatten die Präzision ihrer Arbeit beeinträchtigt. Hinweise gab es überreichlich. Offensichtlich hatten sie die richtigen Fragen gestellt. Waren sie mit den vielen Antworten richtig umgegangen? Leise Zweifel begannen sich bei ihm einzustellen. Entnervt schaltete er den Computer aus. Nebenan hörte er es rumoren, Silke war zurück. Er gab sich einen Ruck und verließ seine Wohnung. Mutig klopfte er gegen ihre Eingangstür. Er bemerkte, wie sich der Spion verdunkelte. Dann öffnete sich die Tür.

»Bist du hungrig?«, fragte sie ihn.

»Nicht wirklich. Eigentlich wollte ich dich nur sehen. Sag Bescheid, wenn ich störe.«

»Warum solltest du stören?! Komm rein.« Er musste ihr nichts erklären. »Was ist los mit dir? Ich spüre es förmlich, dass etwas geschehen ist.«

»Geschehen ist gut. Ich fürchte, wir graben tatsächlich in die falsche Richtung.«

»Hast du neue Beweise oder wie kommst du darauf?«

»Nein, es ist alles fein säuberlich in unseren Computern abgelegt und gespeichert. Wir hätten schon seit geraumer Zeit mehr verstehen können, wären wir etwas klüger und unabhängiger gewesen.«

»Wie darf man das verstehen?«

»Es ist ganz einfach. Mitglieder der Hamburger Oberschicht werden ermordet. Es lastet auf den Ermittlungsbehörden ein gehöriger Aufklärungsdruck.«

Als würde sie verstehen, worauf er hinauswollte, nickte

sie zu seinen Worten. »Das hört sich doch großartig an. Die Polizei arbeitet an den Fällen mit Hochdampf. Weshalb sollte das ein Problem sein? Man hört wesentlich häufiger, dass vielerorten nur mit halber Kraft ermittelt wird.«

Er antwortete ihr mit einem verkniffenen Lächeln: »Nicht, wenn es um die Spitze der Gesellschaft geht. Leider trifft das nur bedingt den Kern unserer Probleme. Die Forderung von oben lautet: schnelle, besser passgenaue Ergebnisse. Fazit: Auf die bösen Ausländer werden rund um die Uhr Legionen an Mitgliedern von Sonderkommissionen angesetzt. Inzwischen kennen wir sogar deren bevorzugte private Vorlieben. Wissen, wer mit wem liiert ist. Nur in unseren Mordfällen kommen wir keinen Schritt weiter. Warum?« Traurig schaute er zu ihr herüber. »Weil diese Leute als Täter in jedes Konzept passen. Nur, meine Aufgabe ist es, nicht zu passen, sondern darauf aufzupassen, dass die wirklichen Täter herangezogen werden.«

Sie zog ihn sanft am Arm. »Komm, setz dich auf die Couch. Du fühlst dich ganz verkrampft an. Ich werde deinen Nacken massieren.«

»Du schmale Person und mich massieren?«, fragte er verwundert. »Da läufst du nur Gefahr, dir die Fingernägel abzubrechen. Eigentlich ist das meine Domäne.«

»Du vergisst, dass mein alter Herr Arzt gewesen ist. Ich habe viel von ihm gelernt. Wär es nach ihm gegangen, hätte ich es mit Medizin versucht. Zeitweise hab ich sogar darüber nachgedacht. Hab dann die Idee aber fallen lassen. Ist mit zu viel Arbeit verbunden.« Sie winkte ihm zu. »Los, setz dich, du Ignorant.«

Folgsam kam er ihrem Befehl nach und sollte es nicht bereuen. Sie verfügte über mehr Kraft und Ausdauer in ihren Händen, als er vermutet hätte. Er spürte, wie sich seine Verkrampfung im Nackenbereich zusehends auflöste.

Befreit stöhnte er auf. »Ich engagiere dich vom Fleck weg, sollte es mit deiner Dolmetscherei nichts werden.«

Sie gab ihm einen sanften Klaps gegen den Hinterkopf. »Das könnte dir so passen. Zum Schluss schneide ich dir noch die Fußnägel. Es ist besser, wir trennen uns jetzt, bevor wir unsere guten Vorsätze über Bord werfen.«

Resigniert erhob er sich. »Du bist das Mädchen. Du entscheidest.«

»Klug gesprochen, Sherlock Holmes. Ich erwarte dich zum Frühstück in meiner Küche. Du darfst mich gerne wieder am frühen Morgen aufsuchen, auch wenn ich lieber länger schlafe.«

An nächsten Tag gingen sie miteinander sachlich um. Silke kümmerte sich um die Toasts und den Aufschnitt. Je stärker ihre sexuelle Distanz wurde, die sie zueinander hielten, desto länger wurden ihre Röcke, desto höher blieb ihre Bluse geschlossen. Seine Gedanken verharrten bei ihrem Vater und deren Beziehung zu Toms Stiefvater.

»Hat Bartels eigentlich das Haus bereits erworben, oder bist du noch Eigentümerin?«, wollte er von ihr wissen.

»Der Kaufvertrag ist unterschrieben. Aber die Übergabe hat bisher nicht stattgefunden, da das Geld erst Anfang nächster Woche kommt. Liegt es auf meinem Konto, erhält er die Schlüssel. So hat es der Notar erklärt. Ich fand, das ging in Ordnung.«

»Sehr gut. Dann sollten wir dem Haus nach dem Frühstück einen Besuch abstatten. Ich muss unbedingt einen Blick in die älteren Krankenblätter deines Vaters werfen.«

»Was willst du denn damit? Verstehst du überhaupt, was darin festgehalten wird?«

»Was weiß ich? Bislang haben mich Krankenblätter herzlich wenig interessiert.«

»Dann sollte uns Dr. Wulff behilflich sein. Wir kommen gut miteinander aus. Er war so etwas wie die rechte Hand meines Vaters. Wenn du willst, ruf ich ihn an.«

»Du verstehst mich falsch. Ich meine die Blätter aus der Zeit davor. Ich nehme an, die liegen im Haus deiner Eltern.«

»Davon kann man vermutlich ausgehen. Obwohl es mich im eigentlichen Sinne nie interessiert hat. Vielleicht hat er die beim damaligen Umzug auch weggeworfen. Oder sie sind in der Klinik gelandet.«

»Starten wir in der Villa deiner Eltern. Wie kommen wir da hinein?«

»Schlüssel, man nennt diese Teile Schlüssel. Sie liegen hier in meiner Wohnung.«

»Sehr schön, ich rufe einen Amtsarzt hinzu. Das mit dem fehlenden Sachverstand gibt mir doch zu denken.«

»Was willst du denn Entscheidendes finden?«

»Lass dich überraschen.«

Innerhalb einer Stunde konnte er die erforderlichen Angelegenheiten regeln. Gegen elf standen sie vor dem Grundstück. Als sie das Schloss der Haustür öffnen wollten, mussten sie mehrmals ansetzen. Der Schlüssel verhielt sich sperrig. Hilpert schaute genauer hin und entdeckte Kratzer am Schließzylinder.

»Hier ist manipuliert worden. Möglicherweise hattest du ungebetene Besucher, Silke.«

»Von mir aus. Ich hab mir erlaubt, die wertvollen Kleinigkeiten, die mir am Herzen liegen, bereits entfernt zu haben. Mich interessieren nur noch ein paar sperrige Sachen.«

Verbrauchte Luft schlug ihnen entgegen, als sie die Diele betraten. Nirgendwo entdeckten sie Spuren, die unter Umständen auf einen Einbruch hindeuteten.

»Deine Eltern hatten sich stabile Schlösser gegönnt, mag sein, die sind nicht reingekommen«, bemerkte Hilpert.

Sie sollten enttäuscht werden. Im ehemaligen Arbeitszimmer fanden sie keinerlei medizinische Unterlagen, sah man von den Notizen für sein geplantes Buch ab. Entsprechend starrte sie an allen Ecken die verwendete Fachliteratur an.

»Mein Vater hatte sich die letzten Jahre auf die Mikrochirurgie gestürzt«, erläuterte Silke. »Jede freie Minute saß er am Schreibtisch, während meine Mutter sich um ihr Handicap kümmerte.«

Suchend blickte er sich um. »In diesem Raum scheinen keinerlei Patientenunterlagen abgelegt worden zu sein. Schauen wir im Keller nach.«

Dort mussten sie ebenfalls passen. »Wie sieht es mit dem Spitzboden aus?«

»Unwahrscheinlich«, winkte sie ab. »Dort sind zwei Gästezimmer eingerichtet worden.«

Sie sollte recht behalten. Egal, in welches Zimmer sie schauten, nirgendwo fand sich an, was Hilpert suchte. Gleiches galt für die Garage. Schließlich wurde es ihr zu bunt.

»Ich rufe jetzt in der Klinik an.«

Sie erreichte eine der Schwestern, die sie gut kannte.

»Patientendateien aus der Zeit vor Übernahme der Klinik durch Ihren Vater? Die finden Sie hier. Zu Hause hat er ausschließlich die Literatur aufbewahrt, die er für sein Buch benötigte.«

»Ich habe keine Ahnung, was du suchst, Fabian. Aber die gesuchten Unterlagen stehen anscheinend in der Klinik. Wollen wir dort hinfahren?«

Sie sah ihm an, dass ihm diese Antwort nicht ins Konzept passte. Trotzdem stimmte er ihr zu, die Klinik aufzusuchen.

Wie sich zeigen sollte, verhielt sich Dr. Wulff alles andere als kooperativ. »Verfügen Sie über einen richterlichen Erlass, der sie berechtigt, Einsicht in die Privatunterlagen von Dr. Volkert zu nehmen?«

Voller Erstaunen nahm Hilpert zur Kenntnis, welche Energie in Silke steckte.

»Sie machen Scherze, Dr. Wulff. Oder ist Ihnen nicht bekannt, dass ich den gesamten Nachlass meines Vaters einschließlich der Klinik geerbt habe? Herr Hilpert ist ausdrücklich ermächtigt, sich anzuschauen, was ihm beliebt. Schließlich soll er die Morde an meinen Eltern aufklären. Ich begreife nicht, weshalb Sie sich dagegen sperren.«

»Ich, ja also, so habe ich das nicht gemeint.«

Sie ließen einen verstörten Arzt zurück, der sich für einige Augenblicke sammeln musste, bevor er ihnen leicht verunsichert folgte. Schnell fand Hilpert, was er suchte. Er bat den Amtsarzt, sich den Patientenbericht anzusehen. Flüchtig überlas dieser die Eintragungen über Diagnose und Therapie.

»Auf die Schnelle sehe ich keinerlei Auffälligkeiten. Mir scheint, es ist alles in Ordnung.«

Hilpert kratzte sich nachdenklich am Kopf. »Schade, da muss ich mir was Neues einfallen lassen. Das wäre alles so schön gewesen. Vielen Dank für Ihre Kooperation.«

»Gern geschehen, sagen Sie mir Bescheid, sollte ich Ihnen behilflich sein können. Ich komme gern mal raus aus meinen vier Wänden. Man kann das gerichtsmedizinische Institut kaum als prickelnde Arbeitsstätte bezeichnen.«

Man sah Hilpert die Enttäuschung über seinen Misserfolg an. Die beiden Sprechstundengehilfinnen blickten verängstigt in seine Richtung, als befürchteten sie, er könne auf jemanden schießen. Zu seinem Glück öffnete sich die Tür und ein Mann im weißen Kittel betrat den Raum. Er übergab einer der Frauen seinen Handbericht.

»Bitte übertragen Sie die Daten in die Patientenkartei.« Dann fiel sein Blick auf die ungewohnten Gäste. »Kann ich Ihnen behilflich sein?«

Erst jetzt schien er Silke zu erkennen. »Oh, Frau Volkert, sind Sie hier, um eine Prüfung der Klinik vornehmen zu lassen? Ich glaubte bislang, dafür sei Herr Bartels zuständig.«

»Bloß das nicht. Nein, ich versuche nur der Mordkommission bei der Aufklärung der Morde an meinen Eltern behilflich zu sein.«

»Natürlich, selbstverständlich. Aber meint die Polizei wirklich, die Verantwortlichen ausgerechnet bei uns zu finden?«

»Mitnichten«, übernahm Hilpert die Antwort. »Manchmal verfolgt man Fährten, die leider im Nichts enden. Ich möchte nicht weiter stören. Mit Ihnen hatte es allerdings nichts zu tun.«

»Ich muss einen anderen Weg finden«, murmelte er vor sich hin, als sie das moderne Gebäude verließen.

»Fabian, träumst du?«

Er erschrak leise, als Silkes Stimme ihn erreichte. Freundschaftlich legte er seinen Arm um ihre Schultern.

»Ich hatte tatsächlich für Augenblicke gehofft, den Mord an deinen Eltern und an Tom aufgeklärt zu haben. Nun stehe ich genauso dumm da wie vorher. Es sei denn ...« Aufgeregt klatschte er in die Hände. »Man muss die Dinge nur zu Ende denken. Ich muss schleunigst zurück ins Präsidium. Silke, würdest du mit mir heute Abend erneut ins Haus deiner Eltern fahren?«

»Von mir aus. Allerdings erwarte ich dann, dass du mir beim Tragen behilflich bist. Dort liegen immer noch ein paar Stücke, die ich gern mitnehmen möchte.«

Er warf einen Blick auf die Uhr. »Es ist zwei Uhr vorbei. Ich schätze, wir könnten uns gegen sechs treffen. Ich hole dich auf jeden Fall ab.«

Wie so häufig in letzter Zeit wurde es später. Das Sinnieren über die ungeklärten Fragen hielt ihn ebenso auf wie das Telefon. Er bastelte an einer Idee herum, von der er hoffte, dass sie ihn näher an sein Ziel bringen könnte.

35

Silke begrüßte Hilpert mit gerunzelter Stirn. »Abgesehen davon, dass du zu spät dran bist und es keinen Sinn macht, noch Sachen abzuholen: Was hast du seit dem Frühstück gegessen?«

Bis auf einen Müsliriegel, den er Tätzler abgeschwatzt hatte, fiel ihm nichts ein.

Sie ließ ihn in ihre Wohnung ein. »Ohne mich würdest du verhungern.«

Auf dem Küchentisch stand ein Teller mit zwei Stullen, dick mit Wurst und Schinken belegt. Wohlwollend beobachtete sie, wie er sich über das Abendbrot hermachte. Kopfschüttelnd schmierte sie ihm eine weitere Scheibe, die mit gleicher Geschwindigkeit ihr irdisches Dasein beendete. Halbwegs gesättigt wischte er sich mit einer Serviette den Mund ab. Solange man sich unter Druck setzte, konnte man die Magennerven bändigen. Kaum ging man dazu über, etwas zu essen, überkam einen neben dem sich automatisch einstellenden Hunger der Appetit. Er hätte gut und gerne die doppelte

Menge zu sich nehmen können, ohne mit der Wimper zu zucken. Trotzdem erhob er sich geschäftig.

»Könnten wir nun zum Haus deiner Eltern fahren?« Er war nach wie vor davon überzeugt, dort zu finden, was er suchte.

Achselzuckend griff sie nach ihrem Schlüsselbund. »Was hältst du davon, wieder Porsche zu fahren?«

»Eine ganze Menge.«

Abermals standen sie in Volkerts Arbeitszimmer.

»Wie viele PCs hatte dein Vater hier im Haus in Gebrauch?«

»Nun, seinen Arbeitscomputer, ein ziemlich neues Monsterteil für seine Forschungen, und seinen Laptop für Privates.«

Bereits beim Arbeitscomputer versagten ihre Fähigkeiten. Ohne Codewort kamen sie nicht ins Programm. Gleiches galt für das andere Gerät.

Wütend fauchte er Silke an: »Warum kann in diesem beschissenen Haus nicht einmal etwas rundlaufen?«

Sie stieß ihm wie ein Specht einen Zeigefinger aufs Brustbein. »Spinnst du?! Der einzige Dank, den du mir dafür entgegenbringst, dass ich mit dir spätabends durch das Haus meiner Eltern geistere, ist dieser Wutausbruch? Langsam kannst du mich mal!«

Betroffen nahm er sie in den Arm. »Entschuldige, ich hab dich gar nicht gemeint.«

Für eine winzige Weile schmiegte sie sich an ihn. Energisch löste sie sich danach von ihm.

»Ich kenne das Passwort für den Laptop. Ich hab es zufällig vor geraumer Zeit mitbekommen.«

»Da musst du ein tolles Gedächtnis haben.«

Lächelnd winkte sie ab. »Das Kompliment kannst du dir schenken, es ist mein Vorname.«

Tatsächlich funktionierte es, nur half es ihm nicht weiter. Es fanden sich persönliche Notizen und Briefe an, keine Krankenberichte.

»Bleibt nur noch der andere übrig«, stellte Hilpert entnervt fest.

Silke kramte in einem Ablagekorb herum. »Wer weiß, vielleicht habe ich eine Idee.«

In einem lederbezogenen schwarzen Kästchen fand sie schließlich, was sie suchte.

»Ich hab's!«, rief sie triumphierend aus und wedelte dabei mit einer Visitenkarte. »Die Telefonnummer von Frau Krämer!«

»Frau Krämer?«, fragte er konsterniert. »Womit kann uns diese Dame helfen?«

»Sie war die Sprechstundenhilfe meines Vaters. Vor sechs Jahren ist sie in Pension gegangen. Den ganzen Umzug in die Klinik hat sie nicht mehr mitgemacht.«

Silke vernahm eine müde weibliche Stimme, nachdem sie die Nummer gewählt hatte.

»Ach du bist es, Silke. So spät rufst du an? Es ist doch hoffentlich nichts passiert?«

»Nein, es geht nur um eine Kleinigkeit.«

»Ach so, wie geht es dir Kleine? Ich wäre gern zur Beerdigung deiner Eltern gekommen, aber meine Hüfte spielt wieder mal verrückt. Ich hab mich entschieden, mir eine neue einsetzen zu lassen. Hast du meine Beileidskarte bekommen?«

»Natürlich, Frau Krämer. Das hatte ich mir gedacht, dass die Gesundheit Ihnen einen Strich durch die Rechnung gemacht hat.«

»Ja, wenn man ins Alter kommt, lassen einen die Wehwehchen nicht mehr los.«

Hilpert begann die Zeit unter den Nägeln zu brennen. Er gab Zeichen in Silkes Richtung, sich zu sputen. Sie winkte gelassen ab. Wenn man von jemandem etwas wollte, war Hektik der falsche Lehrmeister.

»Also, Frau Krämer, Sie waren ja für die Praxis meines Vaters bis zu Ihrem Ausscheiden zuständig und haben die Krankenberichte geführt. Wurden die eigentlich in den PC übernommen?«

»Selbstverständlich. Damit hatten wir bereits vor fünfzehn Jahren begonnen. Die letzten Jahre hatte dein Vater die direkt in den Computer eingegeben.«

»Handschriftliche Akten gab es keine mehr?«

»Schon lange nicht mehr.«

»Ich bräuchte da ein paar Informationen. Erinnern Sie sich noch an das Passwort? Wir haben die Anfrage eines Patienten.«

»Worum geht es denn? Vielleicht kann ich helfen?«

»Nein, es reicht, wenn Sie mir das Wort mitteilen.«

»Du weißt, dass die Berichte seit der Klinikzeit im Computer zu Hause nicht enthalten sind?«

»Natürlich.« Langsam wurde sie ebenfalls ungeduldiger. »Bitte, wie komme ich in den Computer hinein?«

»Es ist der Vorname deines Vaters, kombiniert mit dem Jahr seiner Geburt.«

»Ich bedanke mich für die Information.«

»Besuch mich doch mal. Ich würde mich sehr freuen.«

»Gute Idee, ich ruf Sie vorher an.«

»Das ist unnötig. Ich bin fast immer zu Hause. Du weißt, meine Hüfte. Allerdings werde ich im November operiert.«

Endlich schafften sie es, sich um den PC zu kümmern. Der Zugangscode funktionierte, Hilpert fand, was er suchte. Erleichtert druckte er sich den gesuchten Bericht aus. Er würde ihn am nächsten Vormittag an den Amtsarzt weiterreichen.

Hilpert saß am folgenden Morgen wie so häufig in letzter Zeit bereits kurz nach sieben in seinem Büro. Er versuchte den Krankenberichten etwas abzugewinnen, scheiterte jedoch an seinem mangelnden Sachverstand. Gegen halb neun erreichte er schließlich den Amtsarzt.

»Doc, vor mir liegen die Computerauszüge des Patientenberichts aus dem privaten PC des Ermordeten. Würden Sie bitte einen Blick darauf werfen?«

»Wo ist das Problem? Um die Mittagszeit hab ich eh auf euren Gängen zu tun. Ich schau bei Ihnen vorbei.«

Der Arzt hielt Wort. Er setzte seine Halbbrille auf und studierte die Auszüge akribisch. Nach gut einer halben Stunde ließ er das letzte Blatt fallen.

»Ohne mich endgültig festlegen zu wollen, scheint mir,

sind diese Unterlagen identisch mit denen, die ich gestern in der Hand hielt. Derselbe Patient, dieselbe Diagnose, dieselbe Therapie, dieselben Medikamente.«

Langsam zerbarsten Hilperts letzten Hoffnungsblasen auf eine baldige Lösung des Falles. Er hatte erwartet, dass die Eintragungen manipuliert worden waren und nun das Original in Händen zu halten.

Enttäuscht verabschiedete er sich von dem Mediziner. »Trotzdem schönen Dank.«

»Eines vielleicht. Darauf habe ich gestern nicht so geachtet. Die Texte kamen mir von der Diktion her sehr fließend vor. So als seien sie an einem Stück geschrieben worden.«

Hilpert hörte plötzlich sehr aufmerksam hin, während sein Gesprächspartner fortfuhr: »Diesmal habe ich auf die Formulierungen geachtet. Irgendwie gehen die sehr harmonisch ineinander über. Normalerweise werden solche kurzen Berichte nach jeder Untersuchung in die Krankenakte aufgenommen. Feinheiten der deutschen Sprache bleiben da auf der Strecke.«

Genervt versuchte Hilpert die Ausführungen des Arztes auf das absolute Minimum zu reduzieren. »Ist es hier nicht ebenso gewesen?«

»Jein«, erwiderte der Amtsarzt. »Schauen Sie sich einfach die Texte an. Sind sie authentisch, wurden sie über einen Zeitraum von etwa zwei Jahren unabhängig voneinander nach jeder Untersuchung des Patienten formuliert. Verstehen Sie mich nicht falsch. Es sind winzige Details, die mir auffallen. Verben, Adjektive, die sich kaum wiederholen, als habe man über die Formulierungen nachgedacht.«

Die vorherige Enttäuschung wandelte sich bei Hilpert in Euphorie. »Das heißt, die Berichte sind nachträglich im Urtext manipuliert worden?«

»Vorsicht, Vorsicht, lieber Hauptkommissar!«, versuchte ihn der Arzt zu bremsen. »Ich kann mich ebenso täuschen. Es ist eine reine Vermutung. Vor Gericht werden Sie Probleme mit dieser dürftigen Beweisführung bekommen.«

Hilpert starrte auf den schwarzen Bildschirm. Hoch motiviert versuchte er, seine Verdachtsmomente auf eine Linie zu bekommen. Dann wieder fühlte er sich bemüßigt, seine Erkenntnisschnipsel zu verwerfen. Es wäre nach wie vor einfacher für ihn, der Mehrheitsmeinung zu folgen und die flüchtigen Kosovo-Albaner als Auftraggeber für die Morde zu halten. Es passte ins Klischee. Die bösen Männer aus dem Osten, die die unschuldigen Menschen aus dem Westen umbringen lassen. Er hatte nur ein einziges Problem mit dieser These: Er glaubte nicht daran. Lief er einem Phantom hinterher? Seit Tagen belastete ihn eine Ungereimtheit, auf der sich alles andere aufbaute. Eine schwer krebskranke Frau regelt kalt und professionell eine Abtreibung, um den eigenen Sohn aus der Schusslinie zu bekommen. Die Betroffenen, die mit ihr zu tun hatten, schildern sie als arrogant und durchsetzungsstark. Wenige Monate später erliegt sie dem Krebsleiden. Die Krankenberichte sind eindeutig, erwecken allerdings den Eindruck, als seien sie manipuliert worden. Dies passte nahtlos in seine weiteren Überlegungen. Kein Jahr später erwirbt der Arzt, der sie behandelte, eine Villa an der Elbe und eine Privatklinik ebenfalls in bester Lage. Der Ehemann der Verstorbenen steht beim Erwerb mit Bürgschaften zur Verfügung. Aus reiner Freundschaft oder Dankbarkeit? Oder als Honorar für eine legale Todesursache und einen Totenschein für eine illegale Tat? Als Todesursache wurde Herzversagen festgestellt. Die war nachträglich nicht mehr zu korrigieren. An dieser Stelle blieb er stecken. Mit dieser Konstruktion und den dürftigen Beweisen käme er nicht weit. Der Staatsanwalt würde ihn damit gleich wieder nach Hause schicken. Denn eine Fragestellung blieb völlig ungeklärt: Warum werden das Arztehepaar und der Stiefsohn Jahre später umgebracht? Wie gelangte Bartels an einen ehemaligen belgischen Fremdenlegionär als Auftragsmörder? Er überlegte. Eigentlich konnte nur eine Rosskur helfen. Er müsste den Verdächtigen mit seinen Vorwürfen konfrontieren.

Spät schaffte er es in die Kantine zum Mittagessen. Das

Kotelett hatte zu lange in der Pfanne gelegen. Glücklicherweise verfügte er noch über seine zweiten Zähne.

Als er in sein Büro zurückgekehrt war, meldete sich das Telefon, als habe es nur auf seine Ankunft gewartet. Er vernahm die Stimme eines Kollegen vom Empfang. »Hauptkommissar, hier unten steht eine Dame, die zu Ihnen möchte. Ihr Name ist Christina Werner.«

»Das ist in Ordnung. Schicken Sie sie zu mir hoch.«

»Ihr Besuch überrascht mich einigermaßen«, begrüßte er die junge Frau.

»Der Entschluss ist mir nicht leichtgefallen. Aber vermutlich ist es besser so. Ich möchte meine bisherige Aussage in einem, wie ich meine, wichtigen Punkt präzisieren.«

Diese Entwicklung überraschte Hilpert. Bislang gehörte es keineswegs zu den Markenzeichen der Dame, ihn bei seinen Ermittlungen freiwillig zu unterstützen.

»Ach wirklich?«

Sie blieb unbeirrt. »Also, es geht um meine Beziehung zu Tom.« Nervös spielte sie mit ihren Fingern. »Das mit der Vergewaltigung ist schlichtweg gelogen. Er versuchte zwar mich zu erpressen, doch er rannte bei mir offene Türen ein. Da war keine Gewalt erforderlich, mich ins Bett zu bekommen. Um ihn aufzustacheln, habe ich mich ein wenig geziert. Ich wusste, er stand darauf.« Sie schluckte. »Die Dinge, die er mir abverlangte, die Umstände, unter denen wir uns trafen, waren aufregend und hatten wenig zu tun mit dem Einerlei meiner Partnerschaft mit Stephan. Wir sind seit meinem siebzehnten Lebensjahr zusammen. Er ist einerseits lieb, andererseits leider schrecklich langweilig. Da gibt es keine echten Emotionen mehr.« Sie sah mit feuchten Augen zu ihm herüber. »Tom war garantiert ein Charakterschwein, aber er hatte Feuer. Bei ihm war Leben in der Bude.«

Hilpert nickte zu ihren Worten. »So weit, so gut. Das hab ich bereits des Öfteren gehört. Nur warum diese plötzliche Offenheit? Hat man Ihnen ein Wahrheitsserum eingeflößt?«

Ergeben faltete sie die Hände. »Die Fotos. Spätestens wenn Sie weitere davon in die Hand bekommen, werden Sie begreifen, dass mir niemand Gewalt angetan hat, sondern ganz im Gegenteil ...« Den Rest ließ sie unausgesprochen.

»Und Ihr Freund, weiß er von Ihrer Vorliebe?«

»Nein. Er darf das nicht erfahren. Darum muss ich Sie bitten.«

»Sollte er nicht in die Morde verwickelt sein, sehe ich keinen Grund, ihn darüber schlauzumachen. Im anderen Fall wäre es eh gleichgültig.«

»Stephan in die Morde verwickelt? Sie belieben zu scherzen.«

»Wenn ich mir Ihre Aussage auf der Zunge zergehen lasse, gäbe es zumindest für den Mord an Tom gute Argumente.«

»Dann eher ich«, widersprach sie mit heiserer Stimme. »Er hatte keine Lust mehr auf unsere Treffen. Unser Miteinander begann ihn zu langweilen. Vermutlich hätte ich mich weiter heftig wehren sollen.«

Nachdem sie gegangen war, überdachte er die Situation aufs Neue. Schlage herzubestellen, würde wenig Sinn machen. Er behauptete zumindest, innerlich auf Distanz zu seiner Verlobten gegangen zu sein. Stimmte diese Behauptung, würde ihn ihre Beichte wohl kaum sonderlich beeindrucken. Und sie?! War es vorstellbar, dass sie einen Auftragskiller bestellte, weil Bartels junior keine Lust mehr auf sie hatte? Unwahrscheinlich. Bei so dünner Motivlage gäbe es in Deutschland eine Welle an Massenmorden, würde sie Anlass für Verbrechen dieser Art geben. Er wollte die Aussage gleichwohl im Hinterkopf behalten. Bartels, der Name drängte sich wieder auf. Er würde Toms Stiefvater zu einem erneuten Gespräch bitten. Hilpert blickte auf die Uhr. Diesen Termin wollte er gleich am nächsten Vormittag machen. Für heute hatte er genug. Er vermeinte fast zu spüren, wie sich der Staub der Unterlagen in seinen Bronchien festsetzte.

An diesem Abend fand er keine Ruhe. Kurz nach zwanzig Uhr stand Alexandra vor seiner Haustür.

»Ich hoffe, du bittest mich wenigstens herein«, reagierte sie biestig auf seinen erstaunten Gesichtsausdruck.

»Natürlich«, antwortete er verlegen.

»Also, was hab ich verbrochen, dass du mich so von oben herab behandelst?«, ging sie gleich zum Angriff über, kaum dass sie einander gegenübersaßen.

Einigermaßen verwirrt versuchte er, sich zu sammeln. »Wie kommst gerade du darauf, mir Arroganz vorzuwerfen?«

»Das muss ich dir nicht erklären.«

»Alexandra, was erwartest du von mir? Du pfeifst und ich springe? Was treiben wir miteinander? Du bist verheiratet. Wie man hört, willst du Mutter werden. In dieses Spiel passe ich nicht mehr hinein.«

»Das zu entscheiden, lass meine Sorge sein«, erwiderte sie ungerührt. »Es ist verboten, mit zwei Männern verheiratet zu sein. Aber niemand untersagt mir, mit zwei Männern zu schlafen.«

»Und ich? Wo stehe ich in dieser Konstellation? Was ist mit deinem Mann?«

»Du bist der Nutznießer oder hast du keinen Spaß mit mir? Und seit wann interessierst du dich für meinen Mann? Er erfährt nichts von uns beiden. Und das war's.«

»So? Für wie dumm hältst du ihn? Glaubst du, er hat auf deinem Polterabend nichts mitbekommen?«

»Meinst du unseren kleinen Streit? Der hatte nichts mit dir zu tun. Er befürchtete an diesem Abend, ich würde zu viel trinken. Und lag da ziemlich richtig.«

»Er hat sich nicht über dein Verhalten beschwert?«

»Warum sollte er? Ich habe ihm nie Anlass zur Eifersucht gegeben. Du bist der erste und einzige Mensch, mit dem ich ihn jemals betrogen habe.«

Ihm fielen keine neuen Argumente ein. Wollte er mit Moral kommen? Bislang hatte er sich nicht getraut, diesen Begriff in die Diskussion einzuführen. Die Lust hatte ihr Miteinander bestimmt. Als sie aufstand und mit glitzernden Augen auf ihn zukam, wusste er, sie würde auch an diesem Abend die Oberhand gewinnen. Sie drückte sich an ihn.

»Hilfst du mir beim Kleid?«

Mit geübten Fingern öffnete sie seine Hose. Er spürte ihre Hand und reagierte erwartungsgemäß. Sie hatte wieder einmal gewonnen.

36

Inwieweit Silke seine abendliche Begegnung mit Alexandra akustisch mit verfolgen durfte, ließ sie offen. Gleichwohl wartete sie an diesem Morgen mit einer für ihn überraschenden Mitteilung auf: »Ich habe es so lang wie möglich für mich behalten. Aber dies ist vorerst mein letzter Tag in Hamburg. Ich fliege heute Nachmittag.«

»Du fliegst?«, fragte er erstaunt. »Wohin soll es denn gehen?«

»Hast du es bereits vergessen? Ich werde meine Studien in Paris weiterführen. Die wesentlichen finanziellen Fragen sind geregelt. Ich kann mich ganz in Ruhe um meine persönlichen Probleme kümmern.«

»Also wenn ich ...«

Sie ließ ihn nicht weiterreden, sondern legte ihm eine Hand auf den Mund. »Niemand erwartet von dir, dass du dich erklärst. Alles ist so in Ordnung, wie es ist. Du willst mir nicht wehtun und tust es trotzdem ständig. Ich gehe zusehends daran kaputt. Das kann unmöglich in meinem Sinn sein. Vermutlich willst du das ebenso wenig.«

Er kapitulierte. »Ich bringe dich zum Flughafen.«

»Bitte keinen dramatischen Abschied«, bat sie ihn. »Meine Verfassung ist eh beschissen genug. Setz nicht noch einen drauf.«

Er warf alle Pläne und Termine für den Vormittag über den Haufen. Erstmals konfrontierte ihn Silke mit einer Situation, die er nicht beherrschte. Er vermeinte zu fühlen, dass sie ihm näherstand, als er sich bislang eingestehen wollte. Er war ihr mit dem Gepäck behilflich und wuchtete es in den Käfer. Auf der Fahrt nach Fuhlsbüttel schwiegen sie sich beredt an.

Er schaute ihr mit gemischten Gefühlen hinterher, als sie ihre Koffer zum Counter schob. Sie war gerade fünf Meter von ihm entfernt, als er mit schnellen Schritten auf sie zuging und ihr eine Hand auf die Schulter legte.

Erstaunt wandte sie sich ihm zu. »Hast du etwas vergessen?«

»Allerdings.«

Er nahm sie in den Arm und küsste sie sanft auf den Mund. Gleichzeitig drückte er sie mit beiden Händen fest an sich. Energisch löste sie sich von ihm.

»Es geht weiter in der Schlange.«

Er drehte ihren Kopf liebevoll zu sich. »Willst du wirklich gehen?«

Sie schmiegte sich an ihn und löste sich einen Wimpernschlag später von ihm. »Glaub mir, es ist für mich besser, zu gehen.«

Erst jetzt gewahrte er, dass sie direkt vor dem Schalter standen, an dem sie einchecken wollte.

Erstaunt blickte er sie an. »Das ist die KLM. Die fliegt nicht von Hamburg nach Paris.«

»Das stimmt. Ich bin gezwungen, einen kleinen Abstecher nach Amsterdam zu unternehmen.«

»Bist du etwa schwanger?«

»Es sieht so aus.«

Er ging einen Schritt zurück und beäugte sie aufmerksam. »Mir war schon aufgefallen, dass du etwas fraulicher geworden bist. Meinst du nicht, wir sollten uns gemeinsam auf das Kind freuen?«

»Gemeinsam jederzeit. Aber du wirst es nicht schaffen, dich von dieser Alexandra zu trennen. Nein, bevor ich in Hamburg verrecke, gib mir die Chance auf ein neues Leben in Paris. Der Umweg über Amsterdam sei mir gegönnt.« Sie streichelte ihm mit beiden Händen über die Wangen. »Bitte kümmer dich um die beiden Wohnungen. Der Porsche wird auf dich überschrieben. Er gehört bald dir. Mein Anwalt wird dir in den nächsten Tagen die erforderlichen Papiere zuschicken.«

»Und das Kind?«

»Es passt nicht in unsere Lebensplanung. Lass es gut sein.«

Sie löste sich von ihm, griff nach den Koffern und zog sie endgültig an den Counter. Wie im Zeitraffer verfolgte er, wie sie eincheckte und in schnellen Schritten auf die Sperre zueilte, durch die sie in den Abflugbereich gelangen würde. Nur zögernd löste sich seine Starre. Dieses Spiel hatte er auf ganzer Linie verloren. Und die entscheidenden Fehler waren ihm unterlaufen. Ganz ohne gegnerische Einwirkung. Er sah nichts mehr von ihr. Als habe jemand einen Zauberstab betätigt, war sie verschwunden. Am Ende reichte es nicht einmal für ein kurzes Winken zum Abschied. Er wusste, es war besser so.

Traurig wandte er sich ab. Jetzt brauchte er ein kräftiges Getränk. Glücklicherweise gab es hierfür ausreichend Gelegenheiten im Flughafen. Er fühlte sich verlassen, als er durch die Abflughalle ging. Der Traum des jungen Mannes, von zwei attraktiven Frauen begehrt zu werden, hatte sich für ihn zum Horror entwickelt. Die eine genoss den Wohlstand, den ihr ihr Ehemann garantierte, und bediente sich seiner bei Bedarf. Die andere war nicht bereit, bei ihm zu bleiben und mit ihm künftig das gemeinsame Kind großzuziehen, weil sie zu Recht seinen Gefühlen misstraute. Ganz im Gegenteil würde sie das aufkeimende Leben abtöten lassen. Er fühlte sich wie ein Fußballspieler, dessen Team bis kurz vor Schluss klar führte und dennoch am Ende den Platz als Verlierer verließ. Silkes Entschluss ließ zumindest kein Wiederholungsspiel oder ein Elfmeterschießen zu. Wollte er es ihr verdenken?

Ein Tresen im Erdgeschoss verriet ihm für eine kurze Weile die Lösung seiner Probleme. Er setzte sich auf einen der Barhocker und ließ sich einen Cognac einschenken. Er konnte dem Alkohol wenig abgewinnen. Vielleicht weil er wusste, dass man damit seine Probleme letztlich nur vergrößern, sie aber keineswegs aus seinem Leben räumen konnte. Also bezahlte er, bevor er sich auf den Weg zur absoluten Inkompetenz begab, und ging, die Hände in den Taschen versenkt, auf die Drehtür zu. In dieser Sekunde war er entschieden, sich an den weitesten Punkt auf dem Globus versetzen zu lassen, an dem deutsche Polizisten gebraucht wurden. Afghanistan oder ein Platz in Afrika, nur weg von Deutschland.

Vor dem Gebäude orientierte er sich zu den Kurzzeitparkplätzen hin, um zu seinem Wagen zu gelangen, als er eine Stimme in seinem Rücken vernahm. »Hilpert! Fabian Hilpert!«

Ohne sich umzusehen war ihm klar, den größten Fehler seines Lebens gemacht zu haben, als er ohne Rückendeckung zum Flughafen gefahren war. Der schneidende Tonfall, der deutlich zu vernehmende Akzent verrieten ihm, was ihn erwartete. Diesmal trug er keine schützende Weste. Er vernahm den Schuss mehr im Unterbewusstsein. Langsam sackte er in die Knie, bevor er gänzlich auf den Boden fiel. Das Stakkato der Maschinenpistole des Bundespolizisten, der halb rechts von ihm stand, erreichte ihn nicht mehr. So entging ihm, dass der Attentäter wenige Schritte entfernt von ihm ebenfalls zusammenbrach. Das Geschrei der Menschen, deren Hysterie, rauschten an ihm vorbei wie ein zufälliger Windhauch. Sanft tauchte er ins Nichts ein. Er spürte keinen Schmerz, seine Probleme hatten sich verflüchtigt.

Pristic legte beunruhigt die Bildzeitung zur Seite. Da hatte es Hilpert also doch erwischt. Er hoffte, dass er den Anschlag überleben würde. Diesmal hatten seine Feinde drauf verzichtet, eigene Leute aus dem Kosovo zu entsenden. Vielmehr griffen sie auf jemanden zurück, der sich bereits im Land aufhielt. Hätte Hilpert in Deutschland generell eine Überlebenschance gehabt? Pristic war sich unsicher. Für ihn zumindest gab es keine Möglichkeiten mehr, sich zu kümmern. Die Behörden jagten ihn. Die Konkurrenz war hellwach und schickte sich an, die neu entstandenen Freiräume für sich zu nutzen. Da mussten sie gegenhalten, ohne gleich einen Bandenkrieg zu initiieren. Er blickte sich in dem einfachen Wohnzimmer um. War es überhaupt sinnvoll, sich in diesen Räumlichkeiten aufzuhalten? Standen seine eigenen Leute noch auf seiner Seite? Auf wen musste er ansonsten mehr achten: auf die Polizei oder seine freundlichen Konkurrenten? Vermutlich war es besser, sich ein weiteres Stück zurückzuziehen. Er packte eine kleine Reisetasche und rief einen Namen. Kurz darauf stand einer seiner Leute vor ihm.

»Wir verziehen uns. Ich benötige eine neue Bleibe.«

»Du bist der Boss. Wo soll es hingehen?«

»Lass dich überraschen. Mach den Wagen klar.«

Er hatte klug gehandelt. Einen halben Tag später standen mehrere Männer vor der Eingangstür der Wohnung, in der er sich aufgehalten hatte. Ihre ausgebeulten Jacketts wiesen darauf hin, dass sie ihm garantiert keine Versicherung verkaufen wollten.

* * *

»Hilpert öffnet angestrengt die Augen!« Wie durch eine Flüstertüte gesprochen, erreichte ihn eine weibliche Stimme. Sie kam ihm irgendwie bekannt vor. Doch fühlte er sich zu schwach, die Augenlider mehr als einen Wimpernschlag lang zu öffnen. Die Dunkelheit umhüllte ihn abermals.

Einen Tag später ging es ihm spürbar besser. Das Gewicht der Augenlider erschien ihm inzwischen erträglich. Zögerlich öffnete er sie. Vor sich erkannte er Alexandra, die pausenlos seine Hand streichelte. Erfreut nahm sie seine Reaktion wahr.

»Na, du großer Held, was machst du nur für Geschichten?«, raunte sie ihm zu.

»Durst«, brachte er heraus. »Ich habe Durst.«

Sie führte eine Schnabeltasse an seine Lippen. Er versuchte mit seiner rechten Hand danach zu greifen. Ein stechender Schmerz hielt ihn davon ab. Also ließ er sich wie ein Kind die Tasse an den Mund führen. Nach zwei winzigen Schlucken setzte sie sie ab.

»Du darfst nicht so viel trinken.«

Ohne Erfolg bemühte er sich zu widersprechen.

»Keine Angst, du wirst schon nicht verdursten«, beruhigte sie ihn. »Du hängst am Tropf.«

Wieder ergriff ihn das Gefühl von tiefer Müdigkeit. Doch diesmal stemmte er sich dem erfolgreich entgegen.

»Was ist geschehen?«, fragte er mit leiser Stimme.

»Deine Freunde aus dem Kosovo haben dich offensichtlich nicht vergessen. Und du bist denen völlig ungeschützt in die Arme gelaufen, wie Rotkäppchen dem bösen Wolf.«

»Ja, richtig«, begann er sich zu erinnern. »Ich hatte Silke zum Flughafen gebracht.«

Er schaute auf den Tropf, der am Ständer neben ihm baumelte. »Wie lange liege ich hier?«

»Eine gute Woche. Du bist dem Tod knapp von der Schippe gesprungen. Sei froh, dass du so gut in Form bist. Man denkt darüber nach, deinen Krankenbericht auf der nächsten Weltausstellung als Sonderdruck in mehreren Sprachen herauszugeben.«

»Da hab ich wohl Glück gehabt.«

Mit Tränen in den Augen griff sie nach seiner unbelasteten Hand. »Dein Leichtsinn hätte beinahe dein Leben gekostet, du dummer Kerl.«

Sie spürte, wie er ihr wieder entschwand.

Alexandra stand auf und ging ans Fenster. Sie war hier zu seiner Bewachung. Sie konnte ihm jetzt nicht ihre Gefühle offenbaren, derer sie sich erst durch das Attentat endgültig bewusst geworden war. Wie ging ihr Leben weiter, wenn er starb? Mit Macht versuchte sie, diese Gedanken zu verscheuchen. Ohne Erfolg.

Er hielt durch. Mit jedem Tag, den er im Krankenhaus verbrachte, erholte er sich zusehends. Seine vorzügliche Konstitution beschleunigte den Heilungsprozess. Zehn Tage später lief er bereits in kleinen Schritten durch sein Krankenzimmer und schrie nach Rehabilitationsmaßnahmen. Je ungnädiger er sich verhielt, desto besser fühlte er sich. Alexandra versuchte es so gut wie möglich, sich zu seiner Bewachung einteilen zu lassen. Ihre Kollegen akzeptierten es und verzichteten sogar auf dumme Witze. In dem einen oder anderen wachen Moment fiel ihm ein, dass sie sich für ein Jahr beurlauben lassen wollte. Wieso saß sie an seiner Seite? Um diese Frage eingehend zu erörtern, fehlte es ihm anfangs an Kraft, danach an Mut.

Mit dem Drängen nach körperlicher Fitness bahnte sich bei Hilpert wieder die Frage nach der Lösung der Morde einen Weg ins Bewusstsein. Viele Stunden diskutierte er mit Alexandra oder anderen Kollegen den Fall, ohne wirklich weiterzukommen. Nach zähem Ringen brachte man ihm wenigstens seinen Laptop ins Krankenhaus. Mit jedem Schritt, den er ohne Unterstützung gehen konnte, verstärkte sich seine Unduldsamkeit. Die nach wie vor ruhig gestellte rechte Schulter wollte ihn schier zur Verzweiflung treiben.

Später lag er auf seinem weißen Laken und dachte über die Hinweise nach, die er vor geraumer Zeit aus dem Computer gezogen hatte. Er erinnerte sich an die möglicherweise manipulierten Krankenbelege. Den sich daraus ergebenden Verdacht musste er vorerst aufgegeben. Er fand keine Motive, die zu mehrfachen Morden Anlass gegeben hätten. Folgerichtig verzichtete er darauf, Namen preiszugeben. Egal, von welcher Seite er seine mageren Ergebnisse betrachtete, er blieb in dem gleichen Flaschenhals stecken wie vor dem Attentat.

Mittlerweile war es in seinem Zimmer ruhig geworden. Alexandra kam ihren Pflichten als Ehefrau nach. Vor seiner Tür standen uniformierte Kollegen, die mit dem Fall nicht befasst waren. Somit blieb ihm nichts anderes übrig, als sich allein zu langweilen. In Ermangelung besserer Alternativen griff er nach dem Wirtschaftsmagazin, das ihm ein Freund aus alten Tagen statt der üblichen Blumen oder Früchte mitgebracht hatte. Eher gelangweilt blätterte er die Seiten durch, bis er auf einen Artikel stieß, in dem es um eine Spekulation auf die Übernahme einer renommierten Geschäftsbank ging. Ein außerordentlich vermögender Geschäftsmann hatte alles auf die Karte steigender Kurse gesetzt. Dabei verpfändete er ein gewaltiges Milliardenvermögen, da er zusätzlich Kredite für den Erwerb von Aktien dieses Kreditinstituts aufgenommen hatte. Er sollte auf ganzer Linie scheitern. Der weiße

Prinz erschien nicht auf der Bildfläche. Der Aktienkurs explodierte nicht in ungeahnte Sphären, sondern brach gehörig ein. Innerhalb kürzester Zeit wurde aus einem ehemals reichen Mann ein relativ mittelloser Spekulant. Man konnte nur hoffen, dass er bei seiner Frau früh genug Geldnester angelegt hatte. Kein Vermögen war groß genug, dass man es nicht doch verlieren konnte. Hilpert begriff, Ökonomie lebte von Werten, die einem ständigen Wandel unterlagen. Weshalb hatte die Aktie eines Unternehmens zu Monatsbeginn einen Wert von fünfzig und an deren Ende einen von fünfunddreißig oder siebzig Euro, obwohl sich innerhalb von vier Wochen nichts Nennenswertes ereignet hatte, die Marktbedingungen die gleichen geblieben waren? Spekulation nannte man es. Diesem Begriff sollte er wieder begegnen.

Er hielt es nicht mehr im Krankenhaus aus, sondern ließ sich eine Woche später auf eigene Gefahr entlassen. Gegen den vehementen Widerstand seiner Ärzte, begab er sich auf den Weg nach Hause. Seine Wohnung kam ihm seltsam fremd vor. Aus alter Gewohnheit wollte er bereits an Silkes Tür klingeln. Bis ihm einfiel, dass dies ein vergebliches Unterfangen sein würde. Nach wie vor stellte man ihm einen Personenschützer zur Seite. An diesem Tag hatte Tätzler das Vergnügen. Sie nutzten den angenehmen Herbsttag zu einem gemeinsamen Spaziergang. In gemessenem Schritt umrundeten sie einen Teil der Alster. Nachmittags musste Hilpert seine rechte Schulter trainieren. Die Physiotherapeutin durfte sich geflissentlich um ihren Lieblingspatienten kümmern. Er gehörte zu den wenigen, die eher zu viel als zu wenig taten und keinen Termin verpassten.

Auf dem Rückweg begegneten sie Silkes Cousine, die sich gelegentlich um deren Wohnung kümmerte.

»Ach, der Polizist«, begrüßte sie ihn. »Lange nicht gesehen. Waren Sie auf Reisen?«

»Kann man so sagen«, antwortete er wortkarg.

Sie warf ihm einen langen Blick zu. »Sie sind schmal geworden und blass sehen Sie aus. Kann es sein, dass ich Ihr Bild vor Kurzem in der Zeitung bewundern durfte?«

»Man hatte mir einen Orden verliehen, vielleicht meinen Sie die Berichte?«

»Nein, nein, da ging es um anderes. Richtig, man hat auf Sie geschossen. Jetzt sehe ich auch, dass Sie Probleme mit Ihrem rechten Arm haben.«

»War alles weniger schlimm, als es die Presse gemacht hat«, versuchte er das Thema herunterzuspielen.

»Blödsinn!«, vernahm er seinen Kollegen, der mit einer Hand zum Himmel wies. »Es ist nur seinen guten Kontakten nach oben zu verdanken, dass er noch lebt.«

Sie ließen eine verunsicherte Frau zurück, die gut und gerne auf zwanzig Kilo hätte verzichten können. Ob es sie glücklicher machen würde?

37

Im Gegensatz zu anderen Teilen seines Körpers funktionierte sein Kopf in alter Qualität. Dies bekamen seine Kollegen zu spüren, denen er seit seiner Rückkehr an seinen Schreibtisch diverse Rechercheaufträge erteilte. Waren sie anfangs über seine Wünsche verwundert, entwickelte sich bei ihnen das gleiche Jagdfieber wie bei ihm, als sie mit ersten Ergebnissen aufwarteten. Ständig vervollständigte sich sein Puzzle und seine Kollegen begriffen, wie er auf einem erfolgreichen Weg zu sein schien. Derweil brütete Hilpert in seiner Wohnung über die Daten, die ihm zugespielt wurden.

Am Freitag saß er Weber gegenüber, der sich eingehend mit ihm unterhielt.

»Haben Sie 'ne Idee, wann wir zugreifen können?«

Hilpert winkte energisch ab. »Wir sollten abwarten. Noch ist es zu früh.«

Am Wochenende traute er sich erstmals in Silkes Wohnung. Er entdeckte an vielen Stellen Spuren von ihr, die ihn an konkrete Erlebnisse mit ihr erinnerten. Sie hatte nichts von sich hören lassen. Ihn erreichte kein Telefonat, keine Mail oder

SMS. Selbst zu einer Postkarte ließ sie sich nicht hinreißen. Und er? Ihm ging es ebenso. Was hätte er ihr schreiben sollen? Dass er sie vermisste? Der Wagen, den sie ihm großzügig überlassen hatte, stand vor der Haustür. Er hatte den Schlüssel auf ihren Küchentisch gelegt. Ohne sie brachte das Gefährt einfach keinen Spaß. Er litt unter der alten menschlichen Erfahrung. Man vermisste, was man verloren hatte, sehnte sich nach dem Menschen, der gegangen war, schätzte zu gering ein, worüber man problemlos verfügen konnte.

Anfang der darauffolgenden Woche lud er Schlage zu einem Gespräch ein. Das Thema Eifersucht hing nach wie vor im Raum. Und er wollte sich nicht vorwerfen lassen, nur auf einer Spur zu lustwandeln.

Genervt reagierte der junge Mann auf seine Fragen. »Ich habe Ihnen doch alles erzählt, was Sie wissen wollten.«

Hilpert ließ nicht locker. »Mich interessiert Ihre großartige Freundschaft zu Bartels, die so weit ging, dass er Ihre Verlobte je nach Bedarf flachlegen durfte.«

»Das war halt seine Art. Alles, was sich ihm verschloss, wollte er besitzen.«

»Und Sie haben das so hingenommen?«

»Was blieb mir anderes übrig? Hätte ich ihn schlagen sollen? Er war kräftiger als ich.«

»Nun, als es um die Sicherung Ihrer geschäftlichen Interessen ging, entschlossen Sie sich gegenzuhalten.«

»Wäre es nach mir gegangen, die Schläger hätten sich früher um ihn gekümmert. Meine Verlobte wollte anfangs nichts davon wissen.«

»Und was waren Ihre Motive?«

Wütend fuhr Schlage ihn an: »Hören Sie auf mit Ihrem Rumgeseire. Wir wissen beide, dass es ihr Spaß gebracht hat, sich mit Bartels im Bett zu vergnügen. Von jeher hatte sie ein Auge auf ihn geworfen. Mir konnte sie nichts vormachen. Ich kenne sie so gut wie mich selber.«

»Sie haben das so hingenommen?«

»Was sollte ich machen? Außerdem konnte ich mich hervorragend revanchieren. Silke hielt ihn auf Distanz. Aber mich ließ sie durchaus mal schnuppern.«

Erstaunt horchte Hilpert auf. Diese Version war ihm bislang nicht untergekommen.

»Sie und Silke haben ...?«

»Allerdings.«

Bartels fragte sich für einen kurzen Moment, was er mit dem aufkeimenden Gefühl der Eifersucht anfangen sollte. Er zwang sich zur Ruhe und fragte weiter: »Sie erzählten mir vor einiger Zeit, dass Bartels Ihnen zunehmend ins Gehege Ihrer Koksgeschäfte kam. Wie darf man sich das konkret vorstellen?«

»Man hatte das Gefühl, als würde er ständig das Volumen steigern wollen. Zuerst ging er an die Interessenten heran, die ihn besser kannten als uns. Dann versuchte er sein Glück auch dort, wo es sich eindeutig um unsere persönlichen Kontakte, zum Beispiel von der Uni, handelte.«

»Warum hätten zumindest diese eher bei ihm kaufen sollen als bei Ihnen?«

»Ganz einfach, er unterbot uns. Bis wir das bemerkten, waren schon eine ganze Reihe unserer Leute abgesprungen.«

»Das hört sich ganz nach Dumping an.«

Er lachte bitter auf. »Sie sagen es. Das mussten wir versuchen zu unterbinden. Deshalb hatten wir die Schläger engagiert. Leider funkten Sie uns ja dazwischen. Und dann war er tot.«

»Das passt zu unseren Ermittlungen«, bemerkte Hilpert. »Er wollte seinen Abnehmerstamm vergrößern. Nicht etwa, um mehr Drogen an den Mann zu bringen, sondern um seine geplanten Erpressungen auf eine breitere Basis zu stellen. Ich behaupte, das sollte ein ganz dickes Ding werden.«

Konsterniert fuhr sich Schlage durchs schüttere Haar. »Meinen Sie wirklich?«

»Haben Sie eine bessere Erklärung? Letztlich ging es bei den Kokain-Verkäufen um kleines Geld. Sein Bildmaterial reichte bis ans Ende seiner Tage. Dort konnte er ohne Wareneinsatz in Ruhe abkochen. Immer und immer wieder bei geringem Risiko. Und in Pöhlemann hatte er den richtigen Erfüllungsgehilfen.«

»Und Sie meinen, einer der Erpressten könnte zurückgeschlagen haben?«

Hilpert zuckte die Achseln. »Zumindest wäre es eine denkbare Alternative.«

»Und weshalb mussten Silkes Eltern daran glauben?«

»Gute Frage. An der Antwort arbeite ich noch.«

Schlage hatte genau den Punkt getroffen. Ansonsten brachte ihn das Gespräch nicht weiter. Gegen die kriminelle Energie des Ermordeten waren er und seine Freundin blutige Anfänger geblieben. War sein Tod die letzte Möglichkeit, sich gegen ihn durchzusetzen? Mit dieser These ließ sich allerdings wenig anfangen. Der Staatsanwalt schrie nach Beweisen, nicht nach Vermutungen.

Wenig später durfte er gehen. Hilpert glaubte nicht, dem Initiator der Morde gegenübergesessen zu haben. Er ließ das Gespräch nachwirken. Silke hatte also Schlage dicht an sich herankommen lassen. Er spürte in sich Wut aufsteigen. Wut auf sich, weil er sich gegen das Gefühl der Eifersucht wehren musste. Wut auf Silke, weil er sie wieder einmal dabei ertappte, dass sie es mit der Wahrheit nicht ganz genau genommen hatte. Nur konnte er sie nicht befragen, weil sie ausgeflogen war. Irgendwo in Paris würde sie ein angenehmes Leben führen. Möglicherweise sogar das eine oder andere Seminar besuchen. Andererseits, was hätte es ihm geholfen, wäre sie völlig ehrlich mit ihm gewesen? Es war ihr gutes Recht, sich ihm gegenüber über ihr Sexualleben auszuschweigen. Und trotzdem tobte dieses Gefühl in ihm und es gelang ihm nicht, sich erfolgreich dagegenzustemmen.

* * *

Nachdem Susi einige Tage im sicheren Haus zugebracht hatte, wusste sie die Vorteile eines eigenen Heims zu schätzen. Ihr war klar, dass sie hier über kurz oder lang die Zelte abbrechen müsste. Mit ihrem Schatz, den ihr Pöhlemann ungewollt hinterlassen hatte, und ihren eigenen Ersparnissen würde sie bei vernünftiger Lebensart lange Zeit auskommen. Aber bis ans Ende ihrer Tage reichte das Geld nicht. Für eine ordentliche Altersversorgung musste sie Kreativität entwickeln.

Sie zog eine der Schubladen des Wohnzimmerschranks auf und kramte darin herum. Schließlich entdeckte sie ihr kleines Notizbuch. Sie nahm es heraus und begann darin zu blättern. Schnell fand sie, was sie suchte: einen Namen und eine Telefonnummer. Einmal tief durchatmen, schon drückte sie die Tasten ihres Handys.

»Spreche ich mit dem Büro Dr. Warncke?«, meldete sie sich, als sie am anderen Ende eine weibliche Stimme vernahm.

»Um welche Angelegenheit handelt es sich?«, kam die postwendende Frage anstelle einer Antwort.

»Ich möchte mich von ihm vertreten lassen.«

»Können Sie etwas konkreter werden?«, erreichte sie die nächste penetrante Frage der gut ausgebildeten Sekretärin.

»Das möchte ich Dr. Warncke lieber selber mitteilen«, entgegnete sie genervt.

»Wenn Sie meinen, ich verbinde.«

Endlich war der Anwalt am Apparat.

»Sie sind doch mit dem ermordeten Tom Bartels befreundet gewesen?«, fragte sie ihn direkt.

»Wenn Sie den Begriff weit genug dehnen, liegen Sie richtig mit Ihrer Vermutung«, antwortete er knapp. »Was kann ich für Sie tun?«

»Was halten Sie davon, die Interessen seiner Tochter zu vertreten?«

Warncke holte tief Luft, bevor er etwas erwidern konnte. »Sie müssen diese Susi sein, die in sehr jungen Jahren von ihm schwanger wurde. Hatte man damals nicht eine Abtreibung vereinbart?«

»Mit mir hat niemand gesprochen. Nur meinen Eltern gönnte man das Wort. Ich habe getan, was ich für richtig hielt.«

Vorsichtig fasste der Anwalt nach: »Ich verstehe Sie richtig, es ist nicht zu der Abtreibung gekommen?«

»Genau. Ich bin damals aus der Abtreibungsklinik abgehauen und zu Hause ausgezogen. Mein Kind habe ich nach der Geburt zu Pflegeeltern gegeben. Dort lebt es noch heute und zwar auf meine Kosten.«

»Ich verstehe. Und was soll ich für Sie tun?«

»Nach Toms Tod muss doch was für seinen Abkömmling abfallen. Irgendwas wird er wohl zu vererben haben.«

»Mit Sicherheit. Am besten, Sie besuchen mich in meiner Kanzlei. Dort können wir die Formalitäten klären.«

»Es wär mir lieber, Sie kommen zu mir in meine Wohnung. Ich soll mich die nächste Zeit nicht so viel in der Öffentlichkeit aufhalten. Die Polizei riet mir, mich etwas zurückzuhalten.«

»Ist mir recht. Wenn Sie mir Ihre Adresse geben wollen?«

»Die können Sie haben.«

Verunsichert spielte Warncke anschließend mit seinem Kugelschreiber. Wie sollte man taktisch am klügsten vorgehen? Erbschaftsangelegenheiten konnten durchaus unangenehm werden. Andererseits ließ sich damit anständig Geld verdienen. Nutznießer von Toms Vermögen, soweit vorhanden, musste Bartels sein. Es sei denn, er hatte ein Testament mit anderen Verfügungen aufgesetzt. Er beschloss, vorab ein informelles Gespräch mit ihm zu führen, bevor er zu viel Zeit und Kraft in die Sache investierte.

Toms Stiefvater stimmte einem Termin noch am selben Tag zu. Seine Stimme klang freundlich distanziert.

»Bringen Sie die Mutter am besten gleich mit«, schlug er leicht gereizt vor. »Da können wir Nägel mit Köpfen machen.«

»Das ist momentan so gut wie unmöglich. Sie steht wohl unter Polizeischutz. Anscheinend geht es um Streitereien im Milieu. Sie wissen vielleicht, die junge Frau verdient sich ihr Geld eher in der waagerechten Position.«

Lachend gab ihm Bartels einen Termin. »Ich verstehe. Also sagen wir 20 Uhr in meinem Büro. Da stört uns niemand mehr.«

Zufrieden rieb sich Warncke die Hände. Unter Umständen würde er sein Geld endlich mal leicht und schnell verdienen.

Spontan rief er Susi an. »Ich habe heute Abend einen Termin mit Bartels gemacht. Wäre gut, man träfe sich vorab.«

»Sie sind ja von der schnellen Sorte. Ich erwarte Sie in einer Stunde bei mir.«

Susi trommelte mit ihren Fingern nervös auf der Tischplatte, nachdem Warncke ihre Wohnung betreten und sich zu ihr gesetzt hatte.

»Kann ich mich darauf verlassen, dass Sie meine Interessen mit der gegebenen Power verfolgen? Schließlich kennen Sie ja alle und sind miteinander irgendwie verbandelt.«

»Es macht keinen Sinn, mir zu misstrauen, bevor ich überhaupt gestartet bin«, erwiderte Warncke gereizt. »Gehen Sie davon aus, je mehr Geld wir aus der Sache rausholen, desto höher fällt mein Honorar aus. Weshalb sollte ich da jemandem was schenken?«

Sie nickte zu seinen Worten. »Das hört sich gut an. Diese Sprache verstehe ich. Also, Sie kennen meine Forderung. Kommen Sie mir nicht mit Kleingeld ins Haus. Ich verlange wenigstens eine Million.«

»Um dorthin zu kommen, müssen wir hoch ansetzen. Ich bin mal gespannt, wie Bartels sich dazu stellt.«

»Geben Sie sich Mühe. Sonst nehme ich mir einen anderen Anwalt. Davon gibt es schließlich genug in dieser schönen Stadt.«

»Keine Angst, ich versuche mein Bestes. Wie sieht es mit Beweisen für Ihre Behauptung aus? Bilder des Kindes, eine Geburtsurkunde?«

»Alles zu seiner Zeit«, wehrte sie cool ab wie in einem amerikanischen B-Movie. »Ich rücke mit diesen Sachen raus, wenn wir uns einig sind.«

Sie besprachen eine Reihe weiterer unbedeutender Details, bevor sie sich trennten.

Warncke suchte Bartels pünktlich auf. Verstohlen musterte er den Geschäftsmann, den er stets geschätzt hatte.

»Nun, haben Sie mit Ihrer Klientin gesprochen?«, wollte

er wissen. »Meinen Sie, sie sagt die Wahrheit oder will sie nur abkochen?«

Wie ein Wanderprediger hob der Anwalt die Hände. »Fragen Sie mich was Leichteres. Ich habe nur ihr Wort. Sie hat mir keine Urkunden, keine Bilder des Kindes oder Adressen überlassen. Nur so viel: Sie will das Kind irgendwo in Süddeutschland bekommen haben. Dort soll es auch bei Pflegeeltern leben.«

»Hält es sich dort momentan auf?«

»Keine Ahnung. Aber ich nehme es mal an.«

Bartels blieb sachlich, als würde ihn die Angelegenheit nur am Rande berühren. »Ich wette darauf, dass sie abkassieren will. Als Prostituierte dürfte sie über ausreichend kriminelle Energie verfügen. Ihr Zuhälter ist im Gefängnis umgebracht worden. Vermutlich will sie sich absetzen und sammelt dafür schnell das nötige Kleingeld ein.«

»Da kann was dran sein«, stimmte Warncke zu. »Nur was wird, wenn sie die Wahrheit sagt?«

Bartels ließ seine Bedenken im Raum stehen. »Hat diese Susi Ihnen eine Summe genannt?«

Warncke schluckte. Zu frisch war die Erinnerung an das Gespräch mit dem Mädchen. Er erinnerte sich an seine Zusage, die er nassforsch gegeben hatte und marschierte mutig voran.

»Also sie nannte zwei Millionen. Aber ich sehe durchaus Spielraum nach unten.«

Bartels lachte hell auf, als habe er einen guten Witz vernommen. Eher belustigt, als vor den Kopf gestoßen, antwortete er auf die Forderung: »Die spinnt doch! Sagen Sie ihr das. Von solch einem Betrag kann sie allenfalls träumen. Selbst wenn sie Drillinge von Tom vorweisen könnte, läge diese Summe außerhalb jeglicher Diskussion.«

Warncke versuchte zu retten, was zu retten war. »Ich habe versucht, ihr klarzumachen, dass sie mit ihrer Forderung weit übers Ziel hinausschießt. Sie meinte da nur, wenn ich nicht funktioniere, würde sie halt einen anderen Anwalt nehmen. Ich habe den Eindruck, als würde sie von irgendwelchen Hinterleuten unterstützt.«

»Mann, verhindern Sie bloß, dass sich da ein neuer Rechtsverdreher einmischt! Ich habe keine Lust auf jahrelange Auseinandersetzungen. Das ist auch der Grund, weshalb ich bereit bin, mit der Dame zu verhandeln.«

»Das verstehe ich. Gibt es denn so etwas wie ein Testament von Tom?«

»Nicht dass ich wüsste. Überlegen Sie, er ist gerade fünfundzwanzig gewesen, war unverheiratet und im Glauben, keine Kinder zu haben. Was wollte er da mit einem Testament anfangen? So wie es aussieht, bin ich sein einziger nächster Verwandter.«

Warncke verstand. »Vermutlich hätte er es eh bei mir ausfertigen lassen«

Zweifelnd blickte Bartels zu ihm herüber. »Sind Sie da ganz sicher? Tom kannte keine Loyalitäten, das wissen Sie so gut wie ich.«

»Sie meinen?«

»Ja, ich habe ein paar Bilder gesehen. Tom zeigte sie mir, als ich Sie vor einigen Monaten als glühendes Vorbild zitierte. Einer der wenigen Saubermänner aus seinem Verein kokst. Was sagt eigentlich Ihre Verlobte dazu? Ich kenne ihren Vater gut.«

»Bitte behalten Sie das bloß für sich!«, stieß Warncke hervor. »Bekommt da jemand was von mit, geht die Beziehung in die Brüche. Und ein wichtiger Teil meiner Klienten verlässt mich gleich mit.«

»Mich interessiert das nicht sonderlich«, erwiderte Bartels. »Aber sich bei einem Drogendeal ablichten zu lassen, zeugt nicht gerade von höchster Cleverness.«

»Mensch, Herr Bartels, Tom hat mir den Stoff bei sich im Keller übergeben. Wer denkt daran, dass er nebenan einen Fotografen hat? Dass er so weit gehen würde, hätte ich mir nie erträumt.«

»Ich muss zugeben, bei ihm lagen die Dinge besonders extrem. Er war schwer zu berechnen. Sollten Sie nach dem Erfinder des absoluten Egoismus fahnden, können Sie Ihre Suche beenden. Es war Ihr Freund Tom.«

»Verstanden, nur hilft uns das in der augenblicklichen Situation kaum weiter. Er ist tot, es geht um die Frage, ob sein Kind lebt oder man bei Ihnen abkochen will.«

»Genau. Man müsste sich mit der jungen Frau unterhalten«, schlug Bartels vor.

»Einverstanden, nur in dieser Woche dürfte das schwierig werden. Momentan wird sie noch bewacht. Das Auto vor ihrer Haustür war nicht zu übersehen. Garantiert wird jeder fotografiert, der sie besucht. Was wollen Sie der Polizei erzählen, wenn Sie bei ihr aufkreuzen? Dass sie Hausbesuche empfängt? Ab der nächsten Woche wird die Bewachung laut ihrer Aussage wohl eingestellt. Die Typen, die sie bedrohen, sind anscheinend in Haft.«

»Ich mache einen Vorschlag zur Güte: Eine Viertelmillion und Sie verzichtet für sich beziehungsweise für das Kind auf jegliche Ansprüche. Vorausgesetzt, es existiert tatsächlich.«

»Das ist viel Geld.«

»Sie sagen es. Sie erhalten zehn Prozent der Summe direkt von mir, wenn es klappt.«

»Das ist mehr als großzügig.«

»Nur eines: Es wird nicht nachgekobert. Will sie mehr, muss sie sich mit mir vor Gericht streiten.«

»Ich werde es ihr in geeigneter Form unterbreiten.«

»Sehr schön«, lobte ihn Bartels. »Ich wusste, ich kann mich auf Sie verlassen.«

»Und die Sache mit dem Koks?«

»Ist schon vergessen. Mein Stiefsohn war ein Erpresser. Ich habe solche Leute stets abgelehnt.«

Im Gegensatz zu diesem Gespräch fiel Warnckes Unterhaltung mit Susi weniger harmonisch aus.

»Was bietet der mir an, 250.000 Euro? Da kann es sich doch nur um einen schlechten Witz handeln! Los, bestehen Sie darauf, dass alle Vermögensteile aufgedeckt werden! Der will mich bescheißen! Ich kenn mich da aus!«

»Das dürfte problematisch werden«, widersprach Warncke. »Ohne einen Beweis für die Existenz Ihres Kindes wird

Bartels einen Scheißdreck tun. Dann gibt es nur den Rechtsweg und das kann dauern.«

Sie griff nach einem Briefumschlag, der vor ihr auf dem Tisch lag und schob ihn zum Anwalt herüber. »Zeigen Sie ihm das Foto, vielleicht überzeugt ihn das.«

Er blickte auf ein etwa sechsjähriges lachendes Mädchen, das von ihr den Anschwung auf einer Schaukel bekam.

»Das sollte für den Anfang reichen.«

Sie grinste ihn zufrieden an. »So will ich das haben. Und sagen Sie ihm, unter einer Million geht nichts.«

Warncke war im Begriff, sich zu erheben, als sie ihn aufforderte, sitzen zu bleiben. »Da ist noch etwas, das Sie wissen sollten. Mein Polizeischutz wird früher als geplant aufgehoben. Ich hab keinen Bock darauf, mich mit Pöhlemanns Nachfolgern zu fetzen. Ich will die Kohle schnell, damit ich mich mit meinem Kind aus dem Staub machen kann. Wenn Sie's anständig durchziehen, geb ich Ihnen 50.000 ab.«

Die Zahl durchzuckte ihn wie ein heißer Strahl. Damit würde er ein ganzes Stück weiterkommen. Sein Kokaingenuss, schnelle Autos und die eine oder andere Frauengeschichte hatten seine Reserven mächtig angegriffen. Zufrieden verließ er sie. Dieses Mandat lag ganz auf seiner Linie. Vor allem aber gab es bei Susi weitaus mehr zu holen als bei Bartels. Man würde sich auf unangenehme Verhandlungen einstellen müssen. Susi wusste, was sie wollte, und vertrat ihre Interessen konsequent. Wen wollte es verwundern bei dem Lebenslauf? Was ihn darüber hinaus beeindruckte, war die klare Ansage, mit der sie ihre Forderungen formulierte. Das Mädchen war alles andere als dumm. Sie wusste genau, was sie wollte. Leider galt das auch für Bartels.

Es sollte dennoch anders kommen als erhofft. Bartels verwendete gerade fünf Minuten seiner Zeit, um ihm in aller Deutlichkeit klarzumachen, dass er keinen Gedanken auf die angesagte Größenordnung verschwenden würde.

»Erklären Sie Ihrer Mandantin, sie könne sich gehackt legen. Ich ziehe mein Angebot zurück. Sie soll sehen, wie sie zu ihrem Geld kommt.«

Peinlich berührt verließ der Anwalt das Büro. Er kannte Bartels gut genug, um zu wissen, dass er keineswegs bluffte. Dieser Mann stand in der Vergangenheit garantiert Gegnern ganz anderen Kalibers gegenüber. Susi würde ihm da keine Magenschmerzen bereiten, egal, ob mit oder ohne Kind. Und er? War er als Jurist gut genug, es mit den Leuten aufzunehmen, die Bartels vermutlich im Dutzend auffahren würde? Verunsichert startete er den Motor seines Wagens. Zwischen den beiden Extrempositionen gab es auf den ersten Blick keinen Kompromiss. Das schöne Geld würde vermutlich an ihm vorbeiziehen, wenn ihm keine Lösung einfiel, wie ein D-Zug, der nicht an seiner Station hielt. Unentschlossen über seine weitere Vorgehensweise schlug er den Weg zu seiner Mandantin ein.

Eine Stunde später saß ihm Susi mit rotem Kopf gegenüber.

»Er zieht alles zurück und ist nicht einmal bereit, meine Forderung zu prüfen? Unglaublich! Sind Sie völlig sicher, ihm richtig erklärt zu haben, worum es sich dreht? Dass Toms legitime Erbin lebt und sich bester Gesundheit erfreut?«

Warncke hatte Probleme, sich aus seiner Verteidigungsstellung herauszuwühlen. »Sie sehen das falsch. Es ist Bartels völlig gleichgültig, ob das Kind existiert oder von Ihnen nur eine Fiktion aufgebaut wurde. Freiwillig kommt von ihm kein weiterer Cent. Er hat selbst dieses Angebot zurückgezogen. Wenn Sie Geld von ihm wollen, müssen Sie klagen.«

Wütend schlug sie in ihrem Sessel die Beine übereinander, sodass der knapp bemessene Rock gerade noch einen Hauch ihrer schlanken Oberschenkel bedeckte. Trotzdem blieb sie überraschend ruhig. In ihrem kurzen Leben hatte sie sich mit ganz anderen Problemen auseinandergesetzt.

»Ich werde mir was überlegen«, fuhr sie kurz entschlossen fort. »Ich komme wieder auf Sie zu. Schönen Dank.«

Begleitet von diesen kargen Worten, befand er sich kurz darauf im Hausflur. Dieses Mädchen war clever. Irgendwo war er in seinem Inneren davon überzeugt, dass sie sich als ernst zu nehmende Gegnerin für Bartels herauskristallisieren könnte.

Susi überdachte ihre Situation. Sie hatte das Geld bereits verplant. Vor ihr und ihrem Kind lag eine lange Wegstrecke. Sie hatte keineswegs die Absicht, bis ans Ende ihrer Tage auf engstem Raum zu leben, Dosensuppen zu verzehren oder bei C&A ihre Kleidung einzukaufen. Was stand an, wenn das Vermögen aufgebraucht war? Sie sah sich künftig nicht mit einem Einkaufszettel bei Aldi stehen, sorgfältig drauf bedacht, ihre wenigen Euros zusammenzuhalten. Sie war jung. Sie wollte anständig leben. Es musste einen anderen Weg geben, sich Bartels zu greifen. Fragte sich nur, welchen. Die Alternative, es über Warncke zu versuchen, strich sie. Er orientierte sich am Machbaren. Vermutlich war er viel zu dicht an Bartels dran. Sie dagegen wollte das Unmögliche erreichen. Sie musste versuchen, selbst an ihn heranzutreten. Für einen langjährigen Prozess mangelte es ihr an Zeit und den richtigen Kontakten. Sie konnte ihrer Vergangenheit nicht ausweichen. Am Ende würden diese Typen ihr alles genommen haben, was sie zusammengekratzt hatte. Oder sie landete in irgendeinem Bordell im arabischen Raum, aus dem es kein Zurück gab. Was wurde dann aus ihrem Kind?

38

Mit gerunzelter Stirn stierte Hilpert auf den Stoß Unterlagen, der sich auf seinem Schreibtisch auftürmte. In den letzten Tagen war so viel zusammengekommen, dass sie es kaum noch schafften, alles in den PC einzugeben. Und in den wenigen Stunden, die ihm der Arzt gestattete, war es ihm unmöglich, Ordnung zu schaffen. Trotzdem hatte sich vor seinem geistigen Auge ein sehr konkreter Verdacht aufgebaut. Eigentlicher Nutznießer von Toms Tod war dessen Stiefvater. Er verfügte nunmehr über das gesamte Familienvermögen einschließlich der Prachtvilla in Blankenese. Es gab niemanden, der es ihm streitig machen könnte. Stimmte seine Vermutung, dass seine Ehefrau vor Jahren keines natürlichen Todes gestorben war, ergab sich auch das Motiv für die Ermordung des Arztehepaares. Vielleicht hatte Volkert es nach Toms Tod mit der Angst bekommen und wollte sich mit der Polizei arrangieren. Hilpert drohte, in der Flut der ständig wechselnden Motive zu ertrinken. Also galt es, den Stöpsel zu ziehen. Er musste mit ihm abermals sprechen. Seine Samthandschuhe konnte er getrost zu Hause lassen. Er hatte das Telefon bereits in der Hand, um sich bei Bartels anzumelden. Wie in Zeitlupe legte er es zurück. Nein, er wollte ihn überraschen.

Erstaunt blickte Bartels ihm entgegen, als sich sein ungebetener Besuch vor ihm aufbaute, begleitet von einer wild gestikulierenden, gleichwohl hilflosen Sekretärin. Ruhig schob er die Liste zurück, über die er bislang gebrütet hatte, winkte beruhigend ab und beorderte seine überforderte Mitarbeiterin wieder ins Vorzimmer.

»Das schaff ich allein. Kümmern Sie sich ums Telefon.« Konzentriert wandte er sich Hilpert zu. »Ich gehe davon aus, dass es gute Gründe gibt, die Sie dazu veranlasst haben, auf das kleine Einmaleins aus dem Knigge für Normalsterbliche zu verzichten, Herr Hauptkommissar.«

Er wies mit einer Hand auf einen Besuchersessel, der vor seinem Schreibtisch stand. »Sie wären auch mit Anmeldung jederzeit bei mir gelandet. Kommen Sie, setzen Sie sich zu mir an den Schreibtisch. Je schneller wir beginnen, desto früher sind wir durch. Wünschen Sie einen Kaffee?«

Hilpert blieb durch die Jovialität seines Gegenübers unberührt. Vielmehr herrschte er ihn in scharfem Ton an: »Ich bin hier, weil ich Sie für den Auftraggeber der Morde halte.«

»Mich?«, fragte Bartels völlig konsterniert. »Wie kommen Sie auf diese blöde Idee?« Für einen Augenblick verschwand der Eindruck des gut erzogenen Hanseaten. »Wissen eigentlich Ihre Vorgesetzten, welchen Mist Sie verzapfen? Sie sind gerade dabei, den bisherigen guten Eindruck, den Sie bei mir hinterlassen haben, voll in die Grütze zu hauen.«

»Damit muss ich leben.«

Bartels blieb gelassen. Er blickte von seinem Schreibtisch aus zu ihm hoch. »Oder sind das die Auswirkungen des Attentats auf Sie? Wie man hörte, hatte man Sie schwer verletzt.«

Unbeirrt fuhr Hilpert fort: »Es stimmt doch, dass Ihre Haushälterin entweder aus Frankreich oder Belgien kommt. Ihr Akzent, ihr Name Henin sprechen eine eindeutige Sprache.«

Der Angesprochene lehnte sich ruhig zurück, als unterhielte man sich über das Wetter. Seine Hand griff wie eingeübt an den Krawattenknoten, als gäbe es für einen besonderen Anlass etwas zu richten. Danach zog er die Doppelmanschetten seines Hemdes sorgfältig nach vorne, sodass die goldenen Manschettenknöpfe sichtbar wurden.

Gelassen bequemte er sich zu einer Antwort. »Also daher weht der Wind. Es ist korrekt, was Sie da von sich geben. Madame Henin kommt aus der Nähe von Brüssel. Sie hatte bereits einige Jahre für mich in Aachen gearbeitet. Meine Frau fand damals die Idee gut, sie als Hausdame anzustellen.«

»Es entspricht doch den Tatsachen, dass Sie beide seit Jahren ein Verhältnis miteinander haben?«

»Warum fragen Sie, wenn Sie alles wissen?«

»Ist es ebenfalls korrekt, dass Ihre verstorbene Frau sich hiermit nicht abfinden und sich von Ihnen trennen wollte?«

»Wer hat Ihnen denn diesen Mist erzählt?«

»Dann ist es wohl falsch, dass Sie zum Zeitpunkt des Todes Ihrer Frau nur über geringe eigene finanzielle Mittel verfügten?«

»Nein, das entspricht wiederum der Wahrheit.«

»Das heißt, der Tod Ihrer Frau kam Ihnen sehr gelegen, um sozusagen auf dem kleinen Dienstweg an ihr Geld zu kommen?«

»Sie irren, ich bin nicht an ihr Geld gekommen.«

Erstmals war es an Hilpert zu schlucken. Seine sorgfältig

aufgebaute Argumentationskette bekam ihren ersten kleinen Riss.

»Ach ja, wer war denn Nutznießer des Vermögens?«

»Ganz allein Tom. Ich durfte das Geld ausschließlich verwalten. Dafür steht mir ein Honorar zu. Das war's. Ich muss zugeben, das war damals tatsächlich ein Schock für mich, dass sie mir kaum etwas hinterließ. Ein Ehevertrag steckte den Rahmen eindeutig ab. Aber lassen Sie es sich gesagt sein. In den Jahren gelang es mir, mein eigenes Polster anzulegen.«

»Das heißt, zumindest indirekt kam Ihnen der Tod Ihrer Frau gelegen!«

Bartels lachte hell auf. »Mann, ich war verantwortlich für die Vermögensanlagen. Zu Lebzeiten meiner Frau und bis zu Toms fünfundzwanzigsten Geburtstag. Ich gebe zu, den hat er um Millimeter verpasst. Und ich verstehe, dass man mir daraus einen Strick drehen will. Aber Ihre Vorwürfe gehen ins Leere.« Er beugte sich vor, als suche er Hilperts Nähe. »Mal unter uns. Zur Wahrung meiner eigenen Interessen wäre es damals besser gewesen, meine Frau wäre nicht verstorben. Selbst wenn sie hundert Jahre alt geworden wäre und ich gleichzeitig fünf Freundinnen froh gestimmt hätte. Schließlich war ich für das Vermögen zuständig.« Er begann, sich in Rage zu reden. »Ich habe es verwaltet, ich habe es vermehrt. Diese Aufgabe hätte sie mir nie entzogen. In den Jahren fiel genug für mich ab. Auf dem Trittbrett kommt man ebenfalls weiter, nicht so komfortabel, allerdings genauso schnell. Wäre Tom nicht ermordet worden, hätte ich Ende dieses Jahres die Verwaltung abgeben müssen. So gesehen war der Tod meiner Frau materiell für mich von Nachteil.«

»Das heißt, Tom hätte über sein eigenes Vermögen verfügt?«

»Worauf Sie einen lassen können. Das hätte er allein schon getan, um mir eins auszuwischen.«

»Haben Sie sich denn so schlecht verstanden?«

»Ganz und gar nicht. Er war so.«

»Haben Sie deshalb einen Killer auf ihn angesetzt?«

»Ich einen Killer auf Tom angesetzt? Sie belieben zu scherzen. Dafür gab es keine Veranlassung. Ich werde Ihre haltlosen Verdächtigungen einfach ignorieren und darauf verzichten, mich an Ihre Vorgesetzten zu wenden.«

»Ach ja? Sie sprechen von haltlosen Verdächtigungen, wo Sie selbst zugegeben haben, dass es Ende dieses Jahres vorbei gewesen wäre mit Ihrer Vermögensverwaltung. Sie hätten eine lange Nase gemacht.«

»Sie irren erneut, Herr Hauptkommissar. Es ist bereits jetzt vorbei. Sieht man von einem Notgroschen ab, der Frau Henin gehört, sind wir seit gut einem halben Jahr gelinde gesagt pleite.« Theatralisch hob er die Hände. »Es ist alles weg. Das Vermögen meiner verstorbenen Frau ebenso wie mein eigenes. Unterm Strich sind nur Schulden geblieben.«

Hilpert rang nach Fassung. Da hatten sie in alle Richtungen recherchiert und trotzdem war eine der wichtigsten Informationen an ihnen vorbeigegangen.

»Aber Sie haben doch von Silke das Haus an der Elbe erworben?«

»Das stimmt nur begrenzt, die eigentliche Eigentümerin ist Frau Henin. Mit etwas Glück lässt sie mich mit einziehen. Sonst müsste ich in einer Sozialwohnung hausen.«

»Und wo ist das Geld geblieben?«

»Verspekuliert, ich habe es verspekuliert. Mein Vermögen, Toms Vermögen. Und es sind erhebliche Schulden übrig geblieben. Wäre besser gewesen, ich hätte nur das Eigenkapital eingesetzt und darauf verzichtet, Darlehen aufzunehmen. So kann es kommen, wenn man zu viel will.« Er zuckte mit den Achseln. »Alles ist weg.«

Wie ein Blitz schoss es Hilpert durch den Kopf. »Haben Sie sich etwa auch an der Spekulation über die Übernahme der Gärtner Geschäftsbank beteiligt?«

»Oh, Sie kennen sich anscheinend aus. So gesehen bin ich bei diesem Poker ein kleiner Fisch gewesen. Aber es stimmt. Ich saß auf einem Berg Aktien, deren Wert sich innerhalb kürzester Zeit mehr als halbiert hat. Die aktuelle Tendenz weist weiterhin nach unten. Bedingt durch Bilanzmanipulationen im Immobilienbereich der Bank wird mittelfristig kein neuer Investor die Bühne betreten. Der Rest wurde Opfer der Lehmann-Pleite. Sie wissen ja, wie das so ist. Ein großer Fußball-Prophet hat einmal gesagt: ›Erst hat man kein Glück und dann kommt das Pech hinzu.‹ Der Satz ist aus dem Leben gegriffen. Ich hatte alles verpfändet, selbst Toms Elternhaus. Glauben Sie mir, theoretisch hätte er allen Grund gehabt, mich zu hassen. Aber umgekehrt ich ihn?«

Schulterzuckend ließ er den Satz im Raum stehen. Nur langsam fand Hilpert zu seinen Worten. »Weshalb theoretisch?«

»Ganz einfach, er wusste nichts von seinem Glück. Mit dieser Überraschung hätte ich ihn zu seinem Geburtstag konfrontiert. Er hatte durch und durch einen miesen Charakter. Ich konnte den Tag gar nicht schnell genug herbeisehnen. Diese Freude ist mir bedauerlicherweise durch seinen Tod entgangen.«

»Und trotzdem wollen Sie, dass die Auftraggeber für die Morde dingfest gemacht werden?!«

»So ist es.«

Er musste erst einmal schlucken. Diese Beichte hatte es in sich. Sagte Bartels die Wahrheit, musste er von vorne beginnen.

»Und wie sieht es mit dem Verkauf der Klinik aus?«

»Da gibt es ebenfalls Probleme. Zwei der Interessenten bekommen ihren Teil des Kaufpreises nicht finanziert. Die vergangene Finanzkrise macht die Banken bei Kreditvergaben sehr sensibel. Sie lassen sich mit Stapeln an Unterlagen versorgen, nur um gute Argumente für ihre Absagen zu finden. Es sind immer die Unschuldigen, die leiden müssen.«

»Verdammt, das wird Silke wenig erfreuen.«

»Sie sagen es. Haben Sie eine Adresse von ihr? Ich versuche, sie seit geraumer Zeit zu erreichen.«

Leider konnte er seinem Gesprächspartner nicht weiterhelfen.

»Wie steht es eigentlich um Ihre offizielle Lebensgefährtin, Frau Lorenz?«

»Sieh da, Sie haben auch hier Ihre Hausaufgaben nicht sorgfältig genug gemacht. Ich kenne sie aus meinen wilden Tagen in Köln. Sie war einmal das, was man ein Callgirl nennt. Ich kannte Tom und wusste, er würde alles daransetzen, meine Lebensgefährtin für sich zu gewinnen. Da dachte ich, es könnte eine geeignete Maßnahme sein, ihn sozusagen an die Kette zu legen. Wenn ich Helga einen traurigen Blick zuwarf, war es für ihn umgehend ein Signal, es mir zu zeigen. Er biss an. Trotzdem konnten wir die verdammten Drogengeschäfte nicht verhindern.«

»Frau Lorenz erweckte bei mir den Eindruck, als habe sie sich in Ihren Stiefsohn verliebt.«

»Das mochte so gewesen sein. Tom war ein attraktiver Mann.«

Hilpert versuchte es mit der Überrumplungstaktik. »Und Ihre ehemalige Frau, woran ist sie tatsächlich gestorben?«

»Am Alkohol, sie war schwere Alkoholikerin. Und um Ihre Frage gleich zu beantworten, Dr. Volkert stand mir freundschaftlich zur Seite, die eigentliche Todesursache, sagen wir mal, zu verschleiern. Er war ein feiner Mensch. Keinen Cent wollte er dafür haben. Später konnte ich mich beim Erwerb der Klinik revanchieren.«

Hilpert fühlte sich hilflos. Bartels hatte seinen Vorstoß aufgerieben. Seine akkurat ermittelten Verdachtsmomente zerstreuten sich wie Flugsand im Wind. Er litt beinahe körperlich darunter, dass er Bartels' Argumente nachvollziehen konnte. Lag er mit seinem Verdacht tatsächlich so daneben? Oder erlebte er gerade eine schauspielerische Glanzleistung? Verlegen fuhr er sich durchs Haar. Für den Augenblick war es vermutlich besser, er brach das Verhör ab, bevor er weiter von Bartels vorgeführt wurde. Zu seinem Erstaunen brachte ihm der Mann keine greifbare Ablehnung entgegen. Ihm schien, als wollte er ihm noch etwas mitteilen.

Bartels stand auf und trat ans Fenster. Draußen fand das klassische Novemberwetter statt. Das Sonnenlicht ließ sich den ganzen Tag über gerade mal erahnen. Gelegentliche Regenfälle, gemischt mit einem unangenehmen heftigen Wind, fegten den Menschen auf der Straße jegliche Spur guter Laune aus den Gesichtern. Dieses Wetter setzte sich gerne bis über die Weihnachtsfeiertage fort. Wer Hamburg ausschließlich an einem dieser Novembertage kennenlernte, würde die Stadt nur unter Androhung körperlicher Gewalt ein zweites Mal besuchen wollen. Glücklicherweise gab es zu anderen Jahreszeiten die strahlenden Tage an der Alster, an den Fleeten oder am Hafen. Kaum jemand verließ dann Hamburg ohne eine Träne im Knopfloch.

Bartels wandte sich ihm wieder zu. »Vielleicht interessiert es Sie, dass es jemanden gibt, der durch die kalte Küche an Toms Hinterlassenschaft herankommen möchte.«

»Werden Sie erpresst?«, hakte Hilpert sofort nach.

»Erpressung ist ein hässliches Wort«, erwiderte Bartels ungerührt. »Man erwartet eher so etwas wie eine Abstandszahlung von mir.«

»Und wer bereitet Ihnen das Vergnügen?«

»Eine junge Prostituierte, die behauptet, ein Kind von Tom bekommen zu haben.«

»Susi!«, entfuhr es Hilpert.

»Das trifft sich gut, dass Sie die Dame kennen. Was halten Sie davon, wenn Sie mal überprüften, ob diese Behauptung den Tatsachen entspricht?«

Hilpert erhob sich wie vom Donner gerührt. »Das werde ich tun, worauf Sie einen lassen können.«

Dieser Fall war dabei, ihn vollends zu zermalmen. Kaum warf er einen Schneeball, schon rollte auf ihn eine saftige Lawine zu. Leider ließ sich die Richtung nicht vorhersagen. Aber mit traumhafter Sicherheit erreichten ihn die Schneemassen und versuchten, ihn nach unten zu drücken.

Bartels gab ihm zum Abschied die Hand. »Egal, ob Sie es mir abnehmen. Ich will die Auftraggeber für die Morde an Tom und an Familie Volkert auf der Anklagebank sehen. Beharken Sie mich, wie Sie es für richtig halten. Solange Sie gegenüber anderen Verdächtigen ebenso unerbittlich sind wie gegen mich, stehe ich auf Ihrer Seite. Diesen Quark mit den Albanern glaube ich ebenso wenig wie Sie.«

Hilpert war bereits an der Zimmertür, als Bartels ihn zurückrief.

»Übrigens ...«, er griff in seine Jackettinnentasche und reichte Hilpert ein Foto, »das soll das Kind sein. Es handelt es sich um ein hübsches kleines Mädchen. Und ich meine, in ihren Gesichtszügen eine deutliche Ähnlichkeit mit Tom zu entdecken. Wer weiß, vielleicht bin ich eine Art Stiefgroßvater, ohne es über die Jahre gewusst zu haben.«

Er warf einen Blick auf das Foto und konnte Bartels nur zustimmen. Beeindruckt verließ Hilpert das Büro. Format konnte man seinem Gesprächspartner nicht absprechen. Und sollte er der Auftraggeber der Morde gewesen sein, würde es schwer werden, ihn zu überführen. Er atmete tief durch. Susi! Er musste sie unbedingt aufsuchen. Vorher wollte er sich allerdings mit einem Juristen unterhalten.

»Verdammte Lügner!«, fluchte er vor sich hin, als er zum Telefon griff. Beinahe jeder, mit dem er in diesem Fall zu tun hatte, nahm es mit der Wahrheit nicht so genau. Die Erfahrungen, die er mit diesem Fall sammeln durfte, bewogen ihn, nichts mehr unkontrolliert hinzunehmen. Da musste ihm die Staatsanwaltschaft behilflich sein.

»Schwer zu sagen«, bekannte Oberstaatsanwalt Reinke. »Bartels war für die Verwaltung des Vermögens verantwortlich. Ließ das Testament seiner Frau diese Form der Spekulation zu? Das müsste man überprüfen. Gegebenenfalls haben wir es mit einer spezifischen Form von Veruntreuung zu tun.«

»Und wie steht es um die Vermögensteile, die er seiner belgischen Freundin übertragen hat?«

»Da kommt es drauf an. Wie lange liegt die Übertragung zurück? Hat er eigenes Geld verwendet oder das seiner verstorbenen Frau? Vielleicht kann man steuerlich was drehen. Ich denke da an die Schenkungssteuer. Mehr kann ich dazu nicht sagen. Ich werde einen Wirtschaftsprüfer ansetzen. Ich fürchte nur, der Mann war so clever, all diese Aspekte in Betracht gezogen zu haben.«

»Davon gehe ich ebenfalls aus«, stimmte Hilpert den Aussagen des Staatsanwaltes zu. »Trotz seiner Verluste an der

Börse ist er ein ausgeschlafener Typ. Schönen Dank für Ihre Kooperation.«

»Sie können gerne über mich verfügen. Nur der Druck auf uns nimmt zu, Hauptkommissar. Man schreit nach den Hintermännern der Morde. Wir dilettieren bereits seit Monaten herum.«

Betroffen beendete Hilpert das Gespräch. Leider hatte der Staatsanwalt recht. Sie verfügten über ausreichend Verdachtsmomente gegen Kohorten an Leuten. Aber so richtig fruchten wollte keiner davon. Hatte er sich seinen Job bei der Mordkommission so aufreibend vorgestellt? Hatte er sich überhaupt eine Vorstellung gebildet?

Auf dem Weg zu Susi überlegte er die Faktenlage. Bis vor ein paar Stunden war er von Bartels' Schuld völlig überzeugt gewesen und hätte Wetten darauf angenommen, mit ihm den geheimnisvollen Unbekannten gefunden zu haben. Er hielt ihn für einen ausgekochten Geschäftsmann, der auch vor einem Mord nicht zurückschrecken würde, wenn es darum ging, den eigenen Vorteil zu sichern. Stimmte seine Aussage zu den finanziellen Verlusten, sah er bei ihm keinerlei Mordmotive. Sie hatten sich aufgelöst wie der Morgennebel. Es war die mangelnde Logik seiner eigenen Recherchen. Sie ließen ihn am Ziel vorbeischießen. Irgendwo war er auf die falsche Fährte gelangt. Er musste an den Anfang seiner Überlegungen zurück. Nur, wo war dieser? Er spielte nicht Monopoly, wo man ihn an den Start zurückbeorderte und er erneut loslegen konnte.

Wieder kamen ihm die Albaner in den Sinn. Er hatte sie eigentlich als Auftraggeber ad acta gelegt. Zu Recht? Wäre es besser gewesen, sie weiter im Auge zu behalten und sich mit ihnen auseinanderzusetzen? Unzufrieden mit sich und der Welt setzte er sich in den Porsche und betätigte die Zündung. Mit schlechtem Gewissen vernahm er das Röhren des starken Motors. Er gab vorsichtig Gas, konnte es dennoch nicht vermeiden, übergangslos im roten Bereich zu landen. Wie ein ertappter Sünder ging er vom Pedal herunter. Bei seinem Glück würde sich umgehend ein aufmerksamer uniformierter Kollege um ihn kümmern. Er dachte zu angestrengt nach, als dass ihn der Sound des Motors wirklich erfreute.

39

Hilpert spürte, wie seine Kräfte nachließen. Glücklicherweise war kein Arzt in der Nähe, der sich ihn hätte vorknöpfen können. Verärgert über seine Schwäche wollte er noch Susi aufsuchen und anschließend nach Hause fahren. Er benötigte dringend Ruhe und sehnte sich danach, die Beine auszustrecken. Als sie ihm die Haustür öffnete, blickte sie ihm erschrocken ins Gesicht.

»Herrgott, wie siehst du denn aus? Hast du 'nen Nebenjob bei einer Geisterbahn angenommen und trainierst dafür? Oder trinkst du neuerdings? Komm bloß rein.«

Verwundert fuhr er sich mit einer Hand übers Gesicht. »Wieso, was ist denn? Sollte mein Make-up versagt haben?«

»Make-up ist gut, man möchte meinen, du bist gerade aus Draculas Sarg entflohen. In deine Augenhöhlen passt meine Faust hinein.«

Er folgte ihrer Aufforderung und trat ein. Fürsorglich bugsierte sie ihn auf die Couch.

»Ich werde dir einen Tee kochen.«

Seinen Protest ignorierend ging sie in die Küche. Wenig später vernahm er, wie sie Wasser in einen Kessel ließ. Er lehnte sich zurück und spürte, wie er schläfrig wurde. Jetzt fehlte ihm ein freundlicher Busen zum Anlehnen. Er wäre übergangslos eingeschlafen. Wie sich zeigte, funktionierte es auch ohne weibliche Unterstützung. Er träumte von einem sanften Regen, der über sein Gesicht plätscherte. Eine leise Stimme schien zu ihm zu sprechen. Obwohl er sich konzentrierte, verstand er die Worte nicht. Langsam fand er in die Realität zurück. Susi hatte seinen Kopf in ihren Arm genommen und im Flüsterton zu ihm gesprochen. Ohne eigene Anstrengung war er zu seinem Busen gekommen.

»Wie lange habe ich geschlafen?«, fragte er sie peinlich berührt.

»Zehn, vielleicht fünfzehn Minuten. Es hat dir gutgetan. Du siehst besser aus.«

Er drehte ihr den Kopf vollends zu. »Daran könnte ich mich gewöhnen. Zärtliche Frauenhände sind durch nichts zu überbieten.«

»Ich habe dir schon ganz andere Angebote gemacht. Du hast bislang stets abgewinkt.«

»Da hab ich wohl einen Fehler gemacht.«

»Siehst du es endlich ein? Aber willst du mir wirklich weismachen, dass du nur gekommen bist, um die Nacht bei mir zu verbringen?«

»Nein, eher nicht. Eigentlich wollte ich dir ein paar Fragen stellen.«

»Was willst du wissen?«

»Ich hätte da ein paar Fragen zu deinem Kind.«

»Du weißt?!«

»Allerdings.«

»Hat Warncke geplaudert?«

»Du meinst den Anwalt? Nein, diese Leute halten da eher die Klappe. Es war Bartels, der es mir mitgeteilt hat.«

»Bartels, dieser Schuft!«, reagierte sie empört. »Er will meinem Kind sein Erbteil vorenthalten. Meiner Nina gehört von Rechts wegen das Vermögen, das Tom von seiner Mutter geerbt hat. Da ist er mit meiner Forderung von einer Million gut bedient.«

»Eine Million?«, erwiderte er belustigt. »Da hat er dir wohl den Stinkefinger gezeigt.«

»Ich verklage dieses Schwein. Verlass dich darauf.«

»Vermutlich wirst du da nicht weit kommen.«

»Wieso, glaubst du, ich kann Toms Vaterschaft nicht beweisen?«

»Wenn's nur das wäre. Bartels ist ziemlich pleite. Über Geld verfügt nur seine Geliebte.«

»Was!«, schrie sie auf. »Es ist alles weg?«

»Sieht ganz so aus.«

»Aber das Haus, sein Büro, die dicken Autos?«

»Das gehört inzwischen wohl alles den Banken. Noch lassen sie ihn gewähren. Vermutlich hoffen sie, er kann zumindest Teile der Schulden zurückzahlen.«

»Schulden? Er hat nicht nur alles auf den Kopf gehauen, sondern hat zusätzlich Schulden gemacht? Ich kann's nicht fassen!« Ungläubig schüttelte sie den Kopf. »Er hatte 250.000 angeboten. Und ich hab es abgelehnt. Scheiße! Den Spatz in der Hand könnte ich jetzt gut gebrauchen.«

»Das war ja wohl 'ne mittelprächtige goldene Gans, die du da hast fliegen lassen.«

»Verdammt, da könntest du richtigliegen!« Als habe sie eine plötzliche Erleuchtung, schaute sie auf. »Wenn er Schulden hat, kann er mir selbst das Geld nicht zahlen.«

»Er nicht, höchstens seine Freundin. Die scheint über Reserven zu verfügen.«

Wie erschöpft lehnte sie sich zurück. Er vernahm nur ihr heftiges Atmen.

»Susi, wie ist es dazu gekommen, dass das Kind nicht abgetrieben wurde?«

Sie lachte bitter auf. »Meine Eltern ließen mich allein in der Klinik zurück. Sie meinten, Ärzte und Schwestern würden sich um den Rest kümmern. Da hab ich denen einen Strich durch die Rechnung gemacht. Ich bin in derselben Nacht abgehauen. Hab mich zu guten Freunden in Deutschland durchgeschlagen. Die wollten das Kind wie ich. Die haben dann meine Nina aufgenommen. Da war sie sicher vor meinen Erzeugern.«

»Und die?«

»Die müssen das mitbekommen haben. Garantiert hat sich die Klinik an sie gewandt.«

»Aber sie haben nichts unternommen?!«

»Kann man so sehen. Vermutlich hatten sie Angst, man könnte von ihnen die Kohle zurückfordern.«

»Und du bist nie auf die Idee gekommen, Tom als Vater des Kindes zur Kasse zu bitten?«

»Wie käme ich dazu?! Er wollte den Tod meines Mädchens. Von diesem Scheißkerl hätte ich keinen Cent angenommen.«

»Warum bist du zurück nach Hamburg gegangen?«

»Geld verdienen. Ich musste Geld verdienen. Ich war jung. Da fiel mir nur eine Lösung ein. Das hätte ich unmöglich vor den Augen meiner Freunde und meines Kindes machen können. Unter der Woche habe ich rangeklotzt. Jedes zweite Wochenende bin ich nach Süddeutschland gefahren. Pöhlemann hat das respektiert.«

Hilpert erhob sich von seinem Platz. »Danke für die Auskunft. Ist wohl besser, ich hau ab.«

»Ja, ich muss mich erst von dem Schock erholen, dass bei Bartels so wenig abzustauben ist.«

Er nahm sie in die Arme. »Finde ich großartig, dass du dein Kind behalten hast.«

»Das könntest du noch besser verstehen, wenn du sie sehen würdest. Sie ist ein Schatz.«

»Bei solch einer bezaubernden Mutter.«

An diesem Abend fiel er wie tot ins Bett. Trotzdem wurde es eine unruhige Nacht für ihn. Die Ereignisse des Tages hatten sich bei ihm festgekrallt und blieben an ihm haften, als würden sie durch einen starken Magneten gehalten. Dafür ließen ihn die Bilder aus dem Kosovo in Frieden. Seine Schwächeperiode schien er vorerst überwunden zu haben.

* * *

Am Tag darauf erreichte ihn ein Anruf von Bartels. »Sie haben anscheinend mit Susi gesprochen. Urplötzlich ist sie auf meinen ersten Vorschlag eingegangen. Ich denke drüber nach, ihr das Geld zu geben. Meinen Sie, das Kind existiert tatsächlich?«

»Es hat den Anschein«, antwortete Hilpert lapidar.

»Ich werde mit meiner Frau darüber sprechen. Für uns ist der Zug mit eigenen Kindern längst abgefahren. Das Kind auf dem Bild ist Tom wie aus dem Gesicht geschnitten. So gesehen ist es vermutlich mein Enkelkind.«

»Ihre Frau? Sie sind verheiratet?«

»Ach richtig, ich vergaß Ihnen zu erzählen, dass Madame Henin seit drei Jahren Frau Bartels ist. Wir hielten es für besser, es für uns zu behalten. Selbst Tom hatte keine Ahnung davon.«

»Wo ich Sie gerade an der Strippe habe, Herr Bartels, könnten Sie Ihrem Anwalt auf dem kleinen Dienstweg die Erlaubnis erteilen, mir Einblick in das Testament Ihrer verstorbenen Frau zu gewähren?«

»Das ist unnötig. Geben Sie mir Ihre private Mailadresse. Dann verfügen sie darüber in den nächsten 60 Minuten.«

Er sollte Wort halten. Trotzdem half Hilpert das Dokument kaum weiter. Im Wesentlichen bestätigte es Bartels' Aussagen. Vor allem aber würde es schwierig werden, ihm Veruntreuung vorzuwerfen. Faktisch stellte ihm seine Exfrau einen Freibrief bei der Verwaltung des Vermögens aus. Um das zu begreifen, benötigte er keine anwaltliche Unterstützung.

Nach wie vor spürte Hilpert, dass er noch meilenweit von seiner alten Konstitution entfernt war. Ein kurzer Aufenthalt beim Amtsarzt und er durfte sich auf einen frühen Feierabend und ein langes Wochenende freuen. Der Arzt nahm ihn aus dem laufenden Betrieb heraus.

»Sie turnen am Abgrund herum, als seien Sie nicht erst vor Kurzem ganz knapp am Exitus vorbeigeschrammt. Ich werde Ihre Vorgesetzten informieren, dass Sie bis auf Weiteres einem kategorischen Berufsausübungsverbot unterliegen.«

Er meinte es bitterernst. In seinem Beisein telefonierte er mit Weber. Zähneknirschend akzeptierte Hilpert die ärztliche Anordnung. Ihm blieb auch keine andere Wahl. Der Oberrat verbot ihm, sein Büro zu betreten.

In Ermangelung einer besseren Alternative fuhr er in seine Wohnung. Er wusste, dass der Arzt recht hatte und beileibe nicht wie eine übervorsichtige Mutter handelte. Er würde seine Gelenke und die Muskulatur eine ganze Weile trainieren müssen, um die alte Leistungsfähigkeit wieder zu erreichen. Glücklicherweise standen augenblicklich keine Ringkämpfe an, bei denen er sich bestätigen musste. Er griff in die Schublade seines Schreibtisches und zog ein Schreiben heraus. Er kannte den Inhalt. Es ging diesmal nicht um Leben und Tod. Vielmehr hielt er eine Einladung zum 12-jährigen Abiturtreffen in Händen. Sein ehemaliger Klassensprecher, Jürgen Neumann, der in Buchholz als Lehrer gelandet war, hatte die Organisation übernommen. Sie wollten in einem renovierten ehemaligen Bauernhaus feiern. Er war sich bislang unsicher gewesen, ob er der Einladung wirklich folgen sollte. Was hatte man sich nach mehr als zehn Jahren zu sagen? Die wichtigen Kontakte funktionierten nach wie vor. Auf die anderen legte man keinen Wert. Vermutlich faselten sie über die alten Zeiten und redete sie sich schön. Selbstredend wurden die trüben Stunden einfach ignoriert. Anschließend schaute man, was aus den Einzelnen geworden war und tratschte über die, die es nicht so gut getroffen hatten. Hoffentlich musste er nicht zu viele Fotos vom eigenen Heim und von niedlichen Kleinkindern begutachten. Andererseits würde ihm ein wenig Abwechslung nicht schaden. Also sagte er kurzfristig zu.

Seine Mutter war begeistert, als er sich bei ihr für eine Übernachtung am Wochenende anmeldete. Endlich konnte sie ihn wieder in die Arme nehmen. Er benötigte eine ganze Weile, bis es ihm gelang ihr auszureden, all seine Leibgerichte zu kochen. Seit seiner Schussverletzung hätte sie sich am liebsten bei ihm eingemietet.

Für seine Verhältnisse landete er zeitig im Bett. Es würde ihm garantiert guttun. Den nächsten Morgen begann er relaxt. Inzwischen hatte er sich daran gewöhnt, seinen Eisschrank eigenständig zu füllen, sodass es für ein ordentliches Frühstück reichte. Anschließend packte er eine kleine Reisetasche und verließ das Haus. Diesmal verzichtete er darauf, den Porsche zu nehmen, den ihm Silke großzügig überlassen hatte, sondern entschied sich für den Zug. Der Metronom benötigte vom Hauptbahnhof aus eine knappe halbe Stunde. Nur Fliegen wäre schneller gewesen. In Buchholz konnte er ein Taxi nehmen. Am Bahnsteig erreichte ihn Alexandra auf seinem Handy.

»Wo bist du heute? Auf einem Klassenfest?«, fragte sie entgeistert. »Hast du nichts Besseres zu tun?«

»Was hättest du denn vorzuschlagen?«

»Nun, zum Beispiel mit mir den Abend zu verbringen.«

»Da bist du zu spät dran. Macht dein werter Gatte Überstunden?«

»Nein, er ist nur zum Golfen nach Teneriffa gefahren.«

»Und du? Wollte er dich nicht mitnehmen?«

»Doch, aber ich habe andere Pläne.«

»Wann ist er zurück?«

»Am Sonntag.«

»Dann könnten wir uns morgen treffen. Hol mich vom Dammtorbahnhof gegen 15 Uhr ab, wenn du Lust hast.«

»Das bekomme ich gerade noch gebacken. Sauf nicht so viel. Du wirst in ordentlicher Verfassung gebraucht.«

40

Er überstand die erdrückende Begrüßung seiner Mutter besser als befürchtet. Selbstverständlich hatte es sich sein Vater nicht nehmen lassen, ihn vom Bahnhof abzuholen. Das Geld fürs Taxi konnte er geflissentlich sparen.

Die Feier entwickelte sich wie vorhergesehen. Nach dem gehaltvollen Abendessen ging man zum gemütlichen Teil über. Schnell erwies sich, dass man sich auch nach einem Jahrzehnt mit denen am besten unterhalten konnte, mit denen man sich bereits während der Schulzeit gut verstand. Warum sollte sich daran in den vergangenen Jahren etwas geändert haben? Gerne hätte er Svenja gesprochen, auf die er in der zwölften Klasse mehr als nur ein Auge geworfen hatte. Die glänzte leider durch Abwesenheit. Wie es hieß, war sie schwanger. Dafür hatte es Christoph Büter geschafft zu kommen. Er wirkte nicht gerade wie ein Gewinner auf ihn. Er besorgte zwei Gläser Bier vom Tresen und drückte ihm eines davon in die Hand.

»Na, Alter, du siehst so aus, als hättest du in den Schlund eines Drachen geschaut«, begrüßte ihn Hilpert.

»Wir wollen nicht übertreiben, aber es geht mir tatsächlich nicht sonderlich gut.«

»Die Gesundheit?«

»Gott bewahre, nein, körperlich hab ich keine Probleme.«

»Was ist es dann? Spuck's aus.«

»Ich musste vor Kurzem gezwungenermaßen mein Haus verkaufen. Darüber ist meine Ehe in die Brüche gegangen. Meine Frau hat sich unser Kind geschnappt und ist zurück nach Frankfurt.«

»Hattest du dich so übernommen?«

»Du kennst es ja. Finanzkrise, schlecht laufende Geschäfte. Probleme zu Hause. Da findet man oft auch nicht den richtigen Ton bei den Banken.«

»Wenn ich mich recht entsinne, sind deine Eltern doch gespickt. Haben die euch nicht unter die Arme gegriffen?«

»Einen Scheißdreck haben die getan. Wenn ich nur an die denke, bekomme ich rote Pusteln im Gesicht. Die könnten vor meinen Füßen liegen und verrecken, ich würde keine Hand rühren, um denen aufzuhelfen.«

Hilpert bedauerte, nach der Befindlichkeit des ehemaligen Klassenkameraden gefragt zu haben. Vorsichtig bewegte er das Gespräch in eine andere Richtung. Er war gekommen, um sich von seinen eigenen Problemen abzulenken, nicht um sich andere anzuhören. Trotzdem begriff er wieder einmal, wie großartig seine Eltern waren. Die würden sich für ihn vierteilen lassen.

Wider Erwarten wurde es ein vergnüglicher Abend. Paarte man alte Geschichten mit der geeigneten Menge Alkohol, erhielten sie durchaus einen gewissen Charme. Diesmal fuhr er mit einem Taxi zurück. Sein Vater hatte ihm zwar angeboten, ihn abzuholen, darauf verzichtete er aber gern. Trotzdem waren beide noch wach, als er eintraf. Einmal Kind, immer Kind.

Der nächste Vormittag begann mit einer Enttäuschung. Alexandras Ehemann kam einen Tag früher als geplant zurück, da ihnen das Wetter einen Strich durch die Rechnung machte. Sie klang am Telefon enttäuschter als er. Er nutzte diese Vorlage, um ihr deutlich zu machen, dass sie letztlich exakt die Früchte erntete, die sie ausgesät hatte. Ihre Erwiderung brachte keine neuen Argumente.

»Ich möchte das Jetzt und Heute genießen. Ich will nicht auf das gute Leben warten müssen, wenn ich es mir in dieser Minute greifen kann.«

»Mein Gott, dazu gehört doch nicht nur Geld.«

»Ich weiß. Warum liegen wir zusammen im Bett, während mein Mann unterwegs ist? Ich nehme mir, was ich will. Schlecht leben kann ich später, wenn ich alt bin.«

Das Ergebnis ihres Gesprächs endete letztlich damit, dass er sich wohl oder übel eine eigene Rückfahrgelegenheit vom Bahnhof aus organisieren musste. Es gab Schlimmeres auf dieser Welt. Obwohl er sich dagegen sträubte, gewann er ihrer Logik etwas ab. Ihre Sicht der Dinge vermischte sich mit einer anderen Äußerung, die ihm gegenüber auf dem Klassenfest getan wurde. Er bekam die Teile noch nicht richtig zusammengesetzt, aber er wollte sich darüber seine Gedanken machen.

Gegen halb vier war er wieder zu Hause und durfte sich über eine Überraschung freuen. Vor der Wohnungstür erwartete ihn Silke.

»Als ich neben dir wohnte, bist du nie so früh zu Hause gewesen«, begrüßte sie ihn. »Da warst du auch an Sonntagen beschäftigt.«

»Du weißt selbst, mit zunehmendem Alter wird man ruhiger. Mit Anfang vierzig verzichte ich darauf, überhaupt ins Büro zu fahren.«

»Wer's glaubt.« Sie schlang ihre Arme um seinen Hals. »Was machst du für Sachen? Meine Cousine erzählte mir, dass man auf dich geschossen hat. Seltsame Freunde, die du dir im Kosovo gemacht hast.«

Er legte einen Arm um ihre Taille und ging mit ihr in seine Wohnung. »Das ist längst Geschichte. Ansonsten ist es hier wenig aufregend gewesen. Komm, erzähl mir von deinen Erlebnissen in Paris. Wie ist es dir in Amsterdam ergangen?«

»Fangen wir mit dem Letzten an«, erwiderte sie. »Es war blinder Alarm. Man musste mir nichts entfernen. Ja und Paris? Die Stadt ist immer eine Reise wert.«

»Das ist nichts Neues. Ich dachte eher an dein Studium.«

»Das hat noch gar nicht richtig begonnen.« Sie setzte sich in einen Sessel und betrachtete ihn mit sorgenvoller Miene. »Du hast abgenommen. Mir scheint, du hast deine Arbeit viel zu früh aufgenommen.«

»Ach, ich bin wie ein Rennpferd. Je weniger Bewegung ich habe, desto schlechter geht es mir. Läge ich ausschließlich auf meiner Couch und würde mich von einer Pflegerin verwöhnen lassen, es ginge mir weitaus beschissener.«

»Du Spinner!«, schimpfte sie mit ihm. »Dein Körper benötigt Ruhe. Meiner Meinung nach betreibst du mit ihm Raubbau.« Resigniert winkte sie ab. »Ob man dir das erzählt oder in Nashville stimmt jemand seine Gitarre, der Effekt ist derselbe.«

Er versuchte abzuwiegeln. »Du übertreibst ein wenig.«

Statt einer Erwiderung klopfte sie auf das Kissen neben sich. »Komm, setz dich zu mir. Ich benötige deine Unterstützung. Leider bin ich nicht nur deinetwegen gekommen. Mich erreichte vor Kurzem die Information von Bartels, dass es Probleme beim Verkauf der Klinik gäbe. Würdest du mich morgen zu ihm begleiten?«

»Klar doch.«

Es wurde ein langer Abend mit den beiden. Erstmals seit sie sich kannten, versorgten sie sich aus seinen Vorräten. Gegen Mitternacht verließ sie ihn. Silke hatte sich augenscheinlich während der Zeit in Paris von ihm abgenabelt. Erst ihre Abwesenheit machte ihm klar, dass sie ihm mehr bedeutete als nur die Summe der flüchtigen Begegnungen. Wie so häufig im Leben begriff man die eigenen Fehler erst, wenn es keine Gelegenheit gab, diese zu korrigieren. Da musste er durch, er war erwachsen.

Bartels hob am Tag darauf bedauernd die Hände. »Das hat leider mit dem Erwerb der Klinik nur bis zur Hälfte geklappt. Die finanzierende Bank ging davon aus, dass meine Bürgschaft aufrechterhalten bliebe. Dazu wäre ich auch bereit gewesen. Leider haben sich meine finanziellen Möglichkeiten verbraucht, sodass diese eine Ware ohne Wert geworden sind.«

»Was bedeutet das für mich?«, fragte Silke mit belegter Stimme.

»Der Kaufvertrag wird vermutlich rückabgewickelt, da die Herren Doktoren keine eigene Finanzierung auf die Beine gestellt bekommen.«

»Und die Klinik?«

»Nun, die wird weitergeführt oder dichtgemacht.«

»Und wer entscheidet das?«

»Du, ganz allein nur du.«

»Ich dachte, der Laden läuft?«

»Tut er auch.«

»Gut.« Eine steile Falte baute sich über ihrer Nasenwurzel auf. »Soweit ich weiß, hat mein Vater bislang ein festes Gehalt bezogen.«

»Allerdings.«

»Wenn erst mal alles so weiterläuft, könnte ich doch sein monatliches Einkommen beziehen.«

»Das ist leider richtig und falsch zugleich. Dein Vater hat einen wichtigen Part als Arzt und Geschäftsführer der Klinik geleistet. Um ihn zu ersetzen, müssen vermutlich eineinhalb Leute eingestellt werden. Und die arbeiten ebenfalls nur für Geld. Da bleibt für dich kaum was übrig. Ganz im Gegenteil, ich fürchte, du musst draufzahlen.«

»Und wenn wir mit der bisherigen Mannschaft weiter arbeiteten, ohne Neueinstellungen?«

»Dann können wir an fünf Fingern abzählen, wann alles den Bach runtergeht. Wir benötigen für deinen Vater einen qualifizierten Ersatz. Da beißt die Maus keinen Faden ab.«

»Ich verstehe. Nur wovon lebe ich künftig?«

»Nun, dir verbleibt der Überschuss aus dem Verkauf des Hauses an mich und das Bargeld, das du von deiner Mutter geerbt hast.«

»Fein, in absehbarer Zeit ist das verbraten und was kommt dann? Paris ist nicht wirklich billig.«

»Bis dahin habe ich hoffentlich neue Investoren aufgetan, die bereit sind, einen angemessenen Preis zu zahlen. Aber du kennst die Probleme in der deutschen Gesundheitsvorsorge. So leicht finden wir keine ordentlichen Alternativen.«

Hilpert, der bislang geschwiegen hatte, mischte sich in die Diskussion ein. »Irgendwann wirst du ja dein Studium beendet haben und verdienst eigenes Geld.«

Sie schaute zu ihm herüber, als habe er sich über sie lustig gemacht. »Ich fürchte, das dauert«, bequemte sie sich zu einer Antwort. Mit leicht aggressivem Unterton wandte sie sich wieder Bartels zu. »Wenn Sie pleite sind, wie haben Sie dann das Haus in Blankenese bezahlen können?«

»Keine Angst, ich hab es nur treuhänderisch erworben. Eigentümerin ist meine Frau. Im Übrigen würde ich vorerst kostenlos die kaufmännische Leitung der Klinik übernehmen. Ich schätze, dadurch verbleiben dir 2.500 bis 3.000 Euro im Monat.«

»Danke für das Angebot. Das nehme ich gerne an.«

Auf der Straße versuchte Hilpert, ihr Mut zuzusprechen: »Verkauf als Erstes den Porsche, damit Kleingeld in die Kasse kommt. Wie man liest, verfügen die über einen anständigen Marktwert.«

»Da werde ich wohl kaum drum herumkommen, obwohl er eigentlich dir gehört. Nur löst das auf Dauer keines meiner Probleme.«

Sachte widersprach er: »Nun komm, mit den Einnahmen aus der Klinik und der anderen Kohle solltest du längere

Zeit über die Runden kommen. Am besten, du erhöhst mir gleich die Miete.«

Sie grinste matt. »Du bist und bleibst ein netter Kerl. Gehen wir ein Glas Wein trinken.«

Die beiden hatten sich der Erkenntnis zu beugen, dass ein Glas Alkohol selten solo blieb. Folglich erreichten sie erst nach zehn Uhr abends ihr Domizil an der Alster.

»Vermutlich wäre es das Beste, zumindest die große Wohnung zu verkaufen«, informierte sie ihn unvermittelt auf dem Weg nach oben. »Aber selbst das kann ich mir momentan abschminken. Mein Vater hatte sie wegen des Kaufs der Klinik hoch beliehen. Durch den geplatzten Klinikverkauf hat leider die Entschuldung nicht geklappt.«

»Du übertreibst. Von dem was dir monatlich verbleibt, ernähren andere ganze Familien.«

»Schweig still!«, herrschte sie ihn an. »Du weißt nicht, welchen Blödsinn du gerade verzapfst! Meinst du, ich will wie eine Hartz-IV-Empfängerin leben?«

Sie reagierte auf ihn in einer Schärfe, die ihm kurzfristig den Atem und den Mut zu einer Antwort nahm. Sie hatte Vorstellungen vom Leben, die mit seinen eher bescheidenen Wünschen nur sehr unzulänglich zu vereinbaren waren. So gesehen erinnerte sie ihn an Alexandra, die ebenfalls beschlossen hatte, auf ein Stück vom Butterkuchen zu verzichten und lieber nach der Sachertorte im Ganzen zu greifen. Er war in der Erwartungswelt beider Frauen ein Fremdkörper. Sie hatten ihn längst aussortiert. Trotz aller Bemühungen wollte zwischen ihnen im Hausflur nicht mehr die rechte Stimmung aufkommen. Also trennten sie sich vor ihren Wohnungstüren. Jeder übernachtete in seinem eigenen Bett. Jeder durfte sich auf seine eigenen Probleme stürzen, ohne Hoffnung auf Unterstützung durch den anderen.

Wie so häufig seit seiner Rückkehr vom Balkan fiel es ihm schwer einzuschlafen. Vermutlich würde man ihn aufs Altenteil schicken, käme er auf die Idee, darüber mit einem Psychiater zu reden. Es schien ihm, als habe er in all der

Aufregung der letzten Zeit tatsächlich den Absprung zur Lösung des Falles verpasst. Je mehr er sein Hirn zermarterte, desto geringer wurde die Wahrscheinlichkeit, gerade in dieser Nacht die richtigen Antworten zu finden. Sie hatten an allen Ecken und Enden gebohrt und waren auf keine nachhaltigen Ergebnisse gestoßen. Daneben gestand er sich ein, dass er gerne Silke im Arm neben sich liegen gesehen hätte. Während ihrer Abwesenheit hatte er sich nach ihr gesehnt. Jetzt schlief sie in der Wohnung neben ihm und er hatte sich nicht getraut, sie zu sich zu bitten oder bei ihr zu bleiben. Was erwartete er von ihr? Dass sie sich in ihrem Appartement in Paris voller Sehnsucht nach ihm verzehrt hatte? Eigentlich war er feige im Umgang mit Frauen. Tief in ihm steckte die Angst vor der Gretchenfrage, Angst vor einer ablehnenden Antwort. Aufgewühlt versuchte er es mit einer stabilen Seitenlage. Erst als er sich entschied, sich auf den Rücken zu legen, wurde er ruhiger. Seine Schulter ließ ihn zumindest zufrieden. Die vielen Figuren und Informationen, mit denen er die letzten Wochen zu tun hatte, verschwanden zunehmend in einem diffusen Gemisch aus Formen und Farbe. Endlich schlief er ein.

41

An diesem Morgen traf er auf einen leicht gereizten Weber. Seine Begrüßung fiel knapp aus. Als sie sich die Hände reichten, sah er ihn mit hochgezogener Augenbraue an. Ihm schwante nichts Gutes. Sooft er sich in diesem Zimmer aufgehalten hatte, so wenig hatte es ihn interessiert. Erstmals ließ er seinen Blick bewusst schweifen. Ihn erreichte eine sachliche, unpersönliche Atmosphäre. Sie mutete an, als habe Weber es abgelehnt, seiner Arbeitsumgebung auch nur den Anflug einer persönlichen Note zu geben. An der Wand in seinem Rücken hing eine Magnettafel. Sie war bestückt mit Gesetzesblättern und Tabellen, deren Funktion er nicht begriff. Selbstverständlich durfte der unvermeidliche Kalender nicht fehlen. Mehrere nichtssagende Bilder an den Wänden übernahmen eher die Funktion von Farbtupfern, als dass sie etwas über seinen Kunstgeschmack verrieten. Auf dem Schreibtisch vermisste er die Merkmale des glücklichen Familienvaters. Zumindest entdeckte er keine Fotos einer ernst blickenden Ehefrau oder glücklich lachender Kinder. War sein Chef überhaupt verheiratet? Erst in diesem Moment begriff er, dass er sich für ihn als Menschen nie interessiert und mit Kollegen nie über ihn geredet hatte. Man akzeptierte, man respektierte ihn. Brachte man ihm Sympathie entgegen? Hasste man ihn? Er hätte auf die Fragen keine endgültige Antwort geben können. Gleichzeitig aber wusste er, dass sie Weber nicht gleichgültig waren. Als wollte er dies nachdrücklich bestätigen, eröffnete er das Gespräch mit einer deutlichen Ermahnung.

»Lieber Hilpert, Sie gehen längst an die Grenzen Ihres Körpers und darüber hinaus. Der Amtsarzt hat mir nochmals dringendst angeraten, auf Sie zu achten. Eigentlich müsste man Ihnen eine Kur verpassen.« Er rückte seine Brille zurecht und fuhr fort: »Und das mindestens sechs Wochen. Niemandem ist geholfen, wenn Sie uns zusammenbrechen. Außerdem schleicht sich bei Ihnen schon wieder der alte Schlendrian ein. Man hat das Gefühl, als würden Sie nicht mal mehr über die Schulter blicken, wenn Sie sich draußen bewegen. Eins, zwei, drei steht der nächste Killer vor der Haustür und ballert Ihnen einen vor den Latz. Das Glück, das Sie bisher hatten, reicht für zwei Leben.«

Entschieden schlug er mit der Faust auf den Tisch. »Sie arbeiten ab sofort enger mit Tätzler zusammen.« Er blickte ihn streng an. »Das ist eine Anweisung! Ich hoffe, wir haben uns richtig verstanden. Sollten Sie hiergegen verstoßen, werden Sie endgültig suspendiert!«

Vollmundig gelobte Hilpert Besserung.

Weber ließ es bei der Ermahnung nicht bewenden. Wie der Lehrer aus Max und Moritz erhob er den Zeigefinger. »Die Albaner sind gefährlich. Vor allem, wenn man bedenkt, dass sie im Verdacht stehen, die Morde an Tom Bartels und dem Arztehepaar in Auftrag gegeben zu haben. Trotz Ihrer großartigen Hilfe für die Kinder hassen eine Reihe dieser Leute Sie.«

Hilpert widersprach heftig: »Glauben Sie mir, ich habe dort unten eine Menge Freunde.«

»Von mir aus, aber ein gewisser Teil setzt halt alles daran, Ihnen das Lebenslicht auszublasen. Wie wollen Sie sich künftig darauf einstellen, sollte demnächst solch ein Typ auf Sie zukommen? Wie wollen Sie herausfinden, zu welcher Gruppe er gehört? Hält er einen Orden oder eine Kugel für Sie parat?«

»Richtig«, murmelte Hilpert nachdenklich. »Genau, das ist mein Problem. Zu erkennen, von welcher Seite mir Ungemach droht.«

Der Oberrat ging ernsthaft auf ihn ein: »Wenn Sie Pech haben, treffen Sie auf einen, der von beiden Seiten gespickt wurde.«

»Unwahrscheinlich«, winkte Hilpert ab. »Solch ein Typ müsste sich anschließend in Luft auflösen können. Er hätte keine Heimat mehr. Doppelagenten kennen die in ihren Auseinandersetzungen nicht. Für die gilt hopp oder topp.«

»Ihr Wort in Gottes Gehörgang.«

Wie so häufig in letzter Zeit verbrachte Hilpert den Nachmittag grübelnd am Schreibtisch. Er nahm das Flimmern des Bildschirms nur am Rande wahr. Das gelegentlich aufbrausende Gebläse seines PCs drang nicht bis an seine Ohren. Es stellte sich bei ihm wieder das altbekannte Gefühl ein, als sei ihm etwas entgangen. Vermutlich hatte er alle Fakten mindestens ein halbes Dutzend Mal überprüft und hin und her gewendet. Hatte er sie korrekt gewürdigt? Ein älterer Kollege warnte ihn vor Jahren davor, zu schnell und übereilt zu agieren. Seine Devise war, sammeln, kategorisieren, einschätzen. Nur wann war der rechte Zeitpunkt gekommen, eigene Schlüsse zu ziehen? Oder hatte er den Absprung längst verpasst und war nicht mehr in der Lage, das Material passend zuzuordnen? Sein erster Versuch in Richtung Bartels war kläglich gescheitert. Bei ihm war er zu ungeduldig gewesen und eindeutig zu früh losgesprungen. Warum war ihm dieser Fehler unterlaufen? Richtig, die Faktenlage war unstimmig. Bartels hatte ihm zu Recht vorgeworfen, zu nachlässig recherchiert zu haben. Stand er jetzt besser da? Ihm kam das Gespräch mit Weber erneut in den Sinn. Seine Warnung vor dem Attentäter, der möglicherweise mehreren Herren diente. Schlage fiel ihm ebenso ein wie dessen Freundin. Die beiden hatte er mehrmals dabei überrascht, dass sie gerade so viel zugaben, wie er im Lauf seiner Ermittlungen auch ohne deren Hilfe herausgefunden hatte. Selbst Silke nahm es mit der Wahrheit nicht so genau. Manchmal schien es ihm, als hingen sie alle miteinander zusammen. Abermals dachte er an Bartels. War er wirklich aus dem Schneider? Oder hatte er es nur geschickt verstanden, den Verdacht von sich abzulenken? Der belgische Killer hätte hervorragend zu ihm gepasst. Er betrachtete das Bild des Mannes eingehender. Er hatte ein schmales asketisches Gesicht. Er versprühte zu Lebzeiten vermutlich den Charme einer schwarzen Mamba. Als Frauentyp vermochte man ihn wahrlich nicht einzuordnen. Unzufrieden ließ er das Foto fallen. Schließlich nahm er es wieder auf. Wo amüsierte sich ein Ausländer, der davon lebte, andere Menschen ins Jenseits zu befördern, wenn ihn seine Bedürfnisse einholten? Ein Mann, der selbst als einziges männliches Wesen in einem Mädchenpensionat vergeblich nach einer Begleitung Ausschau halten würde? Vermutlich im Bordell. Susi kam ihm in den Sinn. Vielleicht hatte sie ihn kennengelernt. Er erinnerte sich an eines der vielen Gespräche mit ihr. Sprach sie nicht französisch? Er würde es überprüfen müssen.

Ein Blick auf die Uhr gemahnte ihn, sich langsam nach Hause zu begeben. Er dachte an Webers eindringliche Worte. Ihn plagten Schmerzen im rechten Schulterbereich. Er hatte Schwierigkeiten, den Arm zu bewegen. Er horchte in sich hinein. Vernahm er ein Pochen? Eine Entzündung in seiner Schulter fehlte ihm gerade noch zu seinem Glück. Die würde ihn um Wochen zurückwerfen. Er spürte, wie sich in ihm ein

Anflug von Panik breitmachte. Susi würde er am nächsten Tag aufsuchen. In seiner augenblicklichen Verfassung war er alles andere als ein gebrauchsfähiger Ermittler.

* * *

Susi saß ähnlich wie Hilpert nachdenklich in ihrem Wohnzimmer. Sie fragte sich, ob es sinnvoll sein könnte, Bartels zu treffen. Möglicherweise hatte er gelogen und verfügte doch über eigenes Geld? Sein erstes und einziges Angebot lag bei einer Viertelmillion. Ob er bereit war, es zu erhöhen? Davon unabhängig, fügte sie die Summe ihrem eigenen kleinen Vermögen hinzu, würde sie über manche Durststrecke hinwegkommen. Sie musste nicht nur für sich sorgen, sondern ebenso für ihre Tochter. Mit etwas Glück reichte es. Außerdem konnte sie ja Geld hinzuverdienen. Vielleicht sogar an der Kasse eines Supermarktes? War es die bessere Idee, vorerst auf das neue Coupé zu verzichten und das Golf-Cabrio weiterzufahren? Bei der letzten Inspektion äußerte sich der Werkstattmeister ausgesprochen positiv über den Wagen. Wild entschlossen griff sie zum Telefon. Sie hatte Glück, sie erwischte Bartels direkt. Er war bereit, mit ihr zu reden. Schnell kam sie auf den Punkt. Er hörte ihr ruhig zu.

»Ich bin mit meiner Frau noch nicht im Reinen. Ohne sie gibt es keinen Cent.« Er legte eine kurze Kunstpause ein. »Ich werde bei ihr Druck machen. Rufen Sie mich morgen um diese Zeit an. Bis dahin steht eine Entscheidung.«

Ungeduldig versuchte sie ihn zur Eile zu bewegen. »Ginge es nicht bereits heute? Ich möchte Hamburg so schnell wie möglich verlassen und mit meinem Kind woanders neu beginnen. Hier laufe ich ständig Gefahr, von meiner Vergangenheit eingeholt zu werden.«

Seine Antwort klang eher belustigt. »Sie überschätzen meine Möglichkeiten, junge Frau. Mal unterstellt, ich kann das Geld organisieren. Eine kleine Weile müssten Sie schon abwarten. 'ne Viertelmillion zieht man nicht einfach aus dem Geldautomaten. Davon abgesehen will ich definitiv wissen, ob Tom tatsächlich der Vater Ihres Kindes ist. Also rufen Sie mich morgen um diese Zeit wieder an. Bis dahin sehen wir weiter.«

Er unterbrach die Verbindung und ließ sie voller Zweifel zurück. Sie würde warten müssen, da gab es keine zwei Meinungen. Sie überlegte, ob es andere Wege gäbe, an das Geld oder an mehr zu gelangen. Vielleicht sollte sie ein paar alte Freunde anrufen. Hatte sie überhaupt welche? Was würden die von ihr für einen Gefallen verlangen? Schnell verwarf sie den Gedanken. Dieser Abend nahm ihr manche Entscheidung ab.

Ihr Telefon meldete sich. Sie vernahm abermals Bartels' Stimme. »Meine Frau und ich sind zu einer Entscheidung gelangt. Ich will das Kind sehen und die original Geburtsurkunde. Sollten Sie die Wahrheit sagen, erhalten Sie das Geld unmittelbar von mir.«

»Da müssen wir nach Süddeutschland.«

»Wo ist das Problem? Ich habe ein schnelles Auto. Wenn wir zeitig losfahren, sind wir zeitig da. Das ist eine alte Regel.«

»Einverstanden.«

»Morgen früh Punkt drei Uhr stehen Sie bei Ihrer U-Bahn-Station um die Ecke. Ich hole Sie dort ab. Reden Sie zu niemandem über unsere Reise.«

Sie spürte, wie ihr Herz erwartungsvoll pochte. »Ich werde pünktlich sein. Sie können sich darauf verlassen.«

Nachdenklich legte sie auf. Hoffentlich stolperte sie nicht blind in eine Falle. Dann beruhigte sie sich wieder. Bartels war Kaufmann. Er kannte sich mit Zahlen aus. Sie hielt ihn nicht für einen Killer. Trotzdem zauberte sie aus den Tiefen einer Küchenschublade ein Klappmesser hervor. Vorsicht war die Mutter der Porzellankiste. Man konnte niemandem in den Kopf schauen. Und sie konnte damit umgehen. Pöhlemann war ihr in mancherlei Hinsicht ein guter Lehrmeister gewesen.

42

Er hatte die Nacht überraschend gut überstanden und weitgehend durchgeschlafen. Die Schmerzen waren auch ohne das Medikament, das ihm der behandelnde Arzt verordnet hatte, abgeklungen. Seine Befürchtung, es könnte sich etwas entzündet haben, bestätigte sich glücklicherweise nicht. Er fühlte sich einigermaßen fit. Die Drohung der Mediziner, dass er sehr lange unter den Folgen der Schussverletzung würde leiden müssen, bewahrheitete sich dennoch. Was ihm früher mit links gelang, schaffte er in seiner augenblicklichen Verfassung mehr schlecht als recht mit beiden Händen. Und das in gut der doppelten Zeit. Selbst unbedeutende Kleinigkeiten, wie der Gang unter die Dusche oder sich eine Socke überzuziehen, gerieten zu zeitaufwendigen Aktionen. Er hasste sich wegen seiner Unzulänglichkeit und musste gleichwohl damit leben. Er fühlte sich wie im Stau vor dem Elbtunnel, wenn er voller Ungeduld am liebsten den vor ihm stehenden Vordermann ins Heck gefahren wäre. Er musste abwarten und lernen, einen Meter Bodengewinn als großartigen Erfolg zu bejubeln. Heute Vormittag war Reha angesagt. Dort durfte er sich mit seiner Therapeutin zum wiederholten Mal über das Thema Erfolg streiten. Sie war hochzufrieden mit ihm und er? Ihn quälte die Unzufriedenheit mit seiner Situation.

Erst am späten Vormittag fiel ihm Susi ein. Er musste unbedingt mit ihr über den Killer aus Belgien sprechen. Dummerweise blieb sein Anruf bei ihr ohne Erfolg. Stand sie nicht unter Personenschutz? Selbst dieses Telefonat brachte ihn nicht wirklich weiter. Die Kollegen waren bereits vor Tagen abgezogen worden. Eine gute Stunde später war sie immer noch nicht zu erreichen. Als er auch nach dem Essen keinen Erfolg verbuchte, orderte er für sich einen Dienstwagen. Mit Tätzler überließ man ihm gleich einen Chauffeur.

»Da könnte was dran sein«, nickte er zu seiner Idee hinsichtlich des Belgiers. »Hoffentlich war der nicht schwul. So etwas soll es in reinen Männergesellschaften wie der Fremdenlegion häufiger geben, als man vermuten möchte.«

Erst nach längerem Läuten öffnete ihnen ein gnädiger Nachbar die Haustür.

»Ach, Sie wollen zu Frau Teichmann? Da werden Sie kein Glück haben, die hat ihre Wohnung heute am frühen Morgen verlassen.«

»Wissen Sie die genaue Zeit?«, fragte Tätzler nach.

»Es war etwa Viertel vor drei.«

»Wurde sie von jemandem draußen erwartet?«, wollte Hilpert wissen.

»Nein, sie ging allein die Straße hoch, ich meine hin zur U-Bahn-Station.«

»Die fährt doch gar nicht zu der Zeit«, äußerte sich Tätzler leicht beunruhigt. »Wieso wissen Sie das alles so genau?«

»Ich ging mit meinem Hund um den Block. Wir hatten heute einen Preisskat. Da war er zu lange in der Wohnung. Und ich war eh zu aufgekratzt.«

Nun realisierte Tätzler die leichte Bierfahne. »Und gewonnen?«

»Klar, eine gefrorene Ente. Das Weihnachtsessen ist gesichert. Nächste Woche hole ich mir im Sparverein einen ordentlichen Schinken ab.«

»Guten Appetit. Sie scheinen ja ein echter Profi zu sein.«

Der ältere Herr machte eine wegwerfende Handbewegung. »Die jungen Leute spielen ja heutzutage kaum. Die meisten sind gerade mal in der Lage zu bedienen. Die Trümpfe mitzuzählen überfordert die bereits. Oft genug vergessen sie zu drücken.«

Hilpert konnte sich ein Grinsen nicht verkneifen. Wenn sein Vater und dessen bester Freund ihn früher als dritten Mann mit in ihre Stammkneipe genommen hatten, durfte er ebenfalls gegen die beiden Veteranen des Skatspiels sein Lehrgeld bezahlen. Meist kannten sie sein Blatt besser als er selbst. Glücklicherweise spielten sie ausschließlich um die Ehre. Ansonsten hätte er schon in jungen Jahren Insolvenz anmelden müssen. Wieder meldete sich die Sorge um Susi.

»Und haben Sie sonst noch irgendetwas mitbekommen?«

»Mir war, als sei ihr ein Auto entgegengekommen. Aber so genau weiß ich das nicht. Die frische Luft hatte mir gut getan. Ich war müde geworden und wollte ins Bett.«

Hilpert bedankte sich für die Auskunft und winkte seinem Kollegen zu. »Los, wir fahren zu Susis Eltern. Ich will die kurz interviewen.«

Das Paar verstand es perfekt, die Trostlosigkeit der eigenen Situation zu konservieren. Die Komposition aus rauchgeschwängerter Luft, leeren Bierflaschen auf dem Wohnzimmertisch und ungepflegter Kleidung der Wohnungsinhaber verriet alles über sie, ohne dass ein Wort hätte gewechselt werden müssen.

»Woher sollten wir wissen, wo sich unsere Tochter aufhält?«, beantwortete der Herr des Hauses Tätzlers Frage. »Ihnen ist doch bekannt, dass sie seit Jahren ihr Elternhaus meidet.«

»Gibt es Freunde, Verwandte, denen sie sich anvertrauen könnte?«, fuhr Tätzler fort.

»Was weiß ich?«, entgegnete Teichmann lapidar. »Ich hab 'ne Schwester in Berlin. Aber die hat Susi höchstens zwei-, dreimal in ihrem Leben gesehen.«

»Vielleicht die Schneiders?«, ergänzte seine Frau. »Bei denen ist Susi früher immer gern gewesen.«

»Schneider?«, wiederholte Hilpert. »Was sind das für Leute?«

»Ehemalige Nachbarn. Die sind kinderlos gewesen. Susi war bei denen oft als Kind«, erklärte Teichmann. »Die wohnen seit Jahren irgendwo in Süddeutschland. Ich meine in Kempten.«

»Irgendwelche Vornamen?«

»Irene und Lothar.«

»Wie wär's mit 'ner Adresse?«

Ein Schulterzucken musste als Antwort reichen.

Hilpert nahm das Ehepaar stärker ins Visier. »Man erzählt, es sei damals gar nicht zu einer Abtreibung gekommen. Das Kind soll wohl und munter leben.«

Wie auf ein unhörbares Kommando verschlossen die beiden ihre Münder, als würde es sie vor der Wahrheit schützen.

Hilpert ließ nicht locker. »Reden Sie! Wir haben nicht ewig Zeit.«

»Wir sind da unsicher«, bequemte sich der Ehemann zu einer Aussage. »Wir haben Susi vor einigen Jahren zufällig am Neuen Jungfernstieg gesehen. Sie kam aus einem Laden für Kinderkleidung. Mehr wissen wir nicht.«

Wütend hob Hilpert die Stimme. »Mensch, Teichmann, die Leute, denen Sie die Kohle zurückzahlen müssten, sind längst tot. Ihre Mäuse können Sie behalten. Ich will ausschließlich die Wahrheit wissen!«

Couragiert griff die Ehefrau ein. »Wir hatten unsere Tochter damals in die Klinik gebracht und hatten dann ein Hotel genommen. Am nächsten Morgen erhielten wir einen Anruf am Ort, dass Susi verschwunden sei. Ich bin sicher, sie hat ihr Kind ausgetragen. So jung sie war, so entschlossen war sie, es zu bekommen.«

Wütend wandte sich ihr Mann ihr zu. »Das höre ich heute zum ersten Mal. Deshalb wolltest du, dass wir vor der Operation gehen.«

Völlig überraschend brach es aus der Frau heraus: »Sie sollte ihre Chance zur eigenen Entscheidung bekommen. Du hast ihr keine Sekunde zugehört. Du wolltest ausschließlich das Geld. Deine Tochter war dir völlig gleichgültig. Und so ist es bis heute geblieben.«

Betroffen starrte er auf seine abgewetzten Hausschuhe. Als sei ihm jetzt erst klar geworden, sein Kind für ein paar Silberlinge verkauft zu haben. Hilpert gab Tätzler ein Zeichen und sie standen auf. Wenigstens die Mutter hatte sich ein Stück Herz bewahrt. Als sie im Treppenhaus standen, erreichten sie die lauten Stimmen des Ehepaars. Anscheinend gab es Kommunikationsbedarf zwischen den Partnern.

Vom Auto aus versuchten sie, ihre Kollegen im Präsidium auf die Spur der Familie Schneider aus Kempten zu setzen. Sie sollten kein Glück haben. Nervös trommelte Hilpert auf seinen Oberschenkeln, bis er zu einem Entschluss kam.

»Ich lade dich auf ein Abendessen ein. Danach suchen wir das Bordell auf, in dem Susi tätig war.«

»Soviel ich weiß, ist das geschlossen worden«, wandte Tätzler ein.

»Nur für 'ne Woche. Die Damen sind bereits wieder unter neuer Führung fleißig bei der Arbeit.«

Nach neun Uhr tauchten sie in dem Etablissement auf. Hilpert hielt der Bardame das Foto des ermordeten Auftragmörders unter die Nase. Außer fleißig kauenden Backenzähnen und einer abwinkenden Hand brachte sie für die beiden Kriminalbeamten wenig Entgegenkommen auf.

»Schau wenigstens mal hin«, versuchte Tätzler sie zur Zusammenarbeit zu bewegen.

Ihre Antwort bestand in einer platzenden Kaugummiblase und einem ablehnenden Grinsen. »Leck mich, Bulle.«

Wie von der Tarantel gestochen sprang Hilpert auf.

»Sie sind verhaftet! Los, Tätzler, nimm sie fest!«

Wütend schrie sie auf. »Was wollt ihr von mir? Verpisst euch, bevor meine Leute euch nach draußen prügeln.«

»Beamtenbeleidigung in Tateinheit mit Bedrohung. Das reicht erst einmal. Ich hoffe, Sie sind nicht vorbestraft, junge Frau.«

Der Lärm hatte zwei Männer auf den Plan gerufen. Bedrohlich näherten sie sich dem Tresen. Einer von ihnen stoppte und knurrte seinem Kollegen zu: »Das sind Bullen. Den einen kenne ich aus der Zeitung.«

Vorsichtig gingen sie einen Schritt weiter. »Was ist passiert? Weshalb führt sich Lily so auf?«

»Ich fürchte, sie weiß sich nicht zu benehmen«, informierte Hilpert sie mit einer Spur Ironie in der Stimme.

»Haut diesen Scheißkerlen einen in die Fresse!«, fauchte sie die beiden Männer an.

Der größere von ihnen ging hinter den Tresen und griff nach dem Arm der tobenden Frau. »Bist du vollständig abgedreht? Was führst du dich so auf?«

»Unser ganzes Geschäft haben die kaputt gemacht. Guck in die Runde. Jeder zweite Stammgast fehlt.«

Wütend schüttelte er sie mit beiden Händen. »Du tickst doch nicht sauber! Sollen die den Laden ganz dichtmachen? Los entschuldige dich bei den Herren. Aber plötzlich!«

Sie beruhigte sich nur zögerlich. Hilpert winkte ab.

»Wir wollen nichts von euch. Uns interessiert nur, ob ihr diesen Knaben kennt. Er ist vor geraumer Zeit umgelegt worden. Wir meinen, er könnte bei euch Gast gewesen sein.«

Er studierte das Foto eingehend. »Nie gesehen.«

Er reichte das Bild zu seinem Kollegen herüber. Der schüttelte ebenfalls den Kopf und gab der Bardame das Foto weiter.

»Du bist länger hier als wir. Kennst du den Knaben?«

Diesmal schaute sie hin. »Ja, jetzt erinnere ich mich. Der ist ein paar Mal bei uns gewesen. Er kam immer mit Pöhlemann. Der sprach kaum Deutsch. Er war wohl Franzose.«

»Und ist er mit einem der Mädchen aufs Zimmer gegangen?«

»Klar. Das war ein Fall für Susi. Die konnte sich richtig mit ihm unterhalten.«

Hilpert erhob sich von seinem Hocker. »Na großartig, mehr wollten wir gar nicht wissen. Wir wünschen noch gute Geschäfte.«

Auf der Straße fluchte er wie ein Rohrspatz. »Verdammte Scheiße! Mich beschleicht das Gefühl, die liebe Susi weiß mehr, als sie mir bislang erzählt hat! Und ich Blödmann habe mich mit unbedeutenden Informationen von ihr abwimmeln lassen!«

Wütend auf sich griff er zum Telefon und versuchte vergeblich, eine Verbindung zu ihr herzustellen. Dafür erreichte ihn kurz darauf Susis Mutter. »Ich habe die Adresse von Familie Schneider gefunden. Sie hatten uns nach ihrem Umzug geschrieben. Sie wohnen in Passau.«

Da hätten sie in Kempten lange suchen können. Hektisch wählte er das Präsidium an. Zehn Minuten später hatte er Frau Schneider am anderen Ende.

»Ja, Sie haben richtig vermutet, Susi ist bei uns gewesen. Sie hat die Kleine abgeholt und ist dann mit dem netten Herrn aus Hamburg bereits gegen Mittag wieder abgefahren.«

Aufgeregt nahm er die Mitteilung zur Kenntnis. »Können Sie den Mann beschreiben?«

»Bartels«, murmelte er, als sie fertig war.

Tätzler hatte während der Gespräche geschwiegen. Nun meldete er sich zu Wort. »Unter normalen Umständen müsste der längst zurück sein.«

Hilpert warf einen Blick auf seine Armbanduhr. »Anzunehmen, mit seinem Jaguar ist die Strecke ein Klacks. Und jetzt unter der Woche ist kaum mit Staus auf der Autobahn zu rechnen.«

Hilpert gab nicht auf. Erneut wählte er Susis Nummer. Vergeblich. Bei Bartels waren sie ebenso erfolglos. Es meldete sich seine Ehefrau. Mit leichtem französischem Akzent teilte sie ihnen mit, dass der Hausherr erst am nächsten Tag zurückerwartet würde. Hilflos gaben sie für diesen Tag auf. Egal, was Bartels plante. Die Karten würden ab morgen neu gemischt. Erst dann durften sie wieder mitspielen. Wütend ließ sich Hilpert zu seiner Wohnung bringen. Er spürte den langen Tag in den Knochen. Aber die Schulter hielt. Hoffentlich war Susi nichts geschehen.

Erst nach zehn Uhr machte er sich am nächsten Morgen auf den Weg zu seinem Arbeitsplatz. Er versuchte, den vorangegangenen Tag Revue passieren zu lassen. Was blieb, war die Wut. Am Nachmittag vermeldete ein extra abgestellter Mitarbeiter der Mordkommission Bartels' Rückkehr. Er war auf sein Grundstück gefahren, als sei er von einem Ausflug zurückgekehrt. Hilpert überlegte, ob er ihn unangemeldet aufsuchen sollte, als ihm sein Telefon das Problem abnahm.

»Meine Frau teilte mir mit, dass Sie gestern zu nachtschlafender Zeit versucht hätten, mich zu sprechen. Ich gehe davon aus, dass Sie gute Gründe dafür haben.«

Hilpert vermochte keine Verärgerung bei Bartels auszumachen. Er klang gelassen.

»Es geht um Susi und inzwischen wohl auch um ihr Kind.«

»Aha. Ich schlage vor, wir treffen uns in meinem Haus.«

Diesmal widersprach Hilpert. »Ich glaube, es wäre vorteilhafter, wir sehen uns im Präsidium.«

»Ist mir ebenso recht. Ich mache mich auf den Weg.«

Bartels betrat sein Büro eine knappe Stunde später. Erkennbar gut gelaunt setzte er sich Hilpert gegenüber. Man sah ihm an, dass ihm die schlichte Ausstattung des Raumes wenig zusagte.

»Wie kann man in solch einem unpersönlichen Umfeld kreativ werden, Herr Hauptkommissar?«, eröffnete er überraschend offen das Gespräch.

»Man nennt es Gewöhnung«, ging Hilpert auf ihn ein. »Davon abgesehen hätte man eh keine Chance, etwas zu ändern. Die öffentliche Hand hat kein Geld.«

»Ich verstehe.«

»Weshalb ich Sie hierher gebeten habe: Susi und ihre Tochter sind verschwunden. Und Sie wurden zuletzt mit ihnen gesehen.«

»Das entspricht den Tatsachen«, gab er unumwunden zu.

»Und wo halten sich Mutter und Kind augenblicklich auf?«

Schulterzuckend hob Bartels die Hände. »Keine Ahnung. Frau Teichmann ist gestern mit unbekanntem Reiseziel abgedampft. Ich habe mir erlaubt, ihre Reisekasse mit 300.000 Euro aufzubessern. Möge Gott geben, dass sie mit ihrem Geld die nächsten Jahre gut überstehen und sie auf niemanden treffen, der ihre Vergangenheit kennt.«

»Das heißt, ich kann davon ausgehen, dass das Paar Deutschland bereits verlassen hat?«

»Das setze ich voraus. Das Ziel ihrer Reise ist mir unbekannt. Ich könnte Ihnen nicht einmal sagen, mit welchem Verkehrsmittel sie unterwegs sind.«

»Schaun wir mal«, erwiderte Hilpert ungerührt. »Am schnellsten kommt man mit dem Flieger voran.«

Er griff zum Telefon und beorderte einen Mitarbeiter mit Bild zum Flughafen.

»Nun mal ehrlich, Hilpert, Sie nehmen an, dass ich einen unliebsamen Miterben aus dem Weg geräumt habe.«

»Ich dachte, es gibt nichts mehr zu erben.«

»Genau, aber gelegentlich kommt bei mir das Gefühl hoch, dass Sie mich für einen Lügner halten.«

Bartels lehnte sich in dem Stuhl zurück, bis dieser nur noch auf den beiden hinteren Beinen stand und verschränkte die Arme vor der Brust.

»Ich habe das Kind kennengelernt. So gesehen bin ich dessen Großvater. Es ist bezaubernd und ich werde jederzeit meine Hilfe andienen, sollte sie erwünscht sein.«

»Dazu müssten Sie in Erfahrung bringen, wo sich Susi und ihre Tochter aufhalten.«

»Die wissen mich zu erreichen.« Vorsichtig wippte Bartels auf den Hinterbeinen seines Stuhls. »Was wollen Sie sonst von mir wissen? Ich habe keineswegs die Absicht, den gesamten Tag bei Ihnen zu verbringen.«

»Sie haben mit Susi eine längere Autofahrt unternommen. Vielleicht hat sie Ihnen in der Zeit etwas mitgeteilt, das für diesen Fall von Belang wäre.«

»Worauf wollen Sie konkret hinaus?«

»Nun, wie wir herausgefunden haben, kannte sie Toms Mörder aus dem Bordell, in dem sie tätig war.«

»Tatsächlich?«, murmelte er betroffen. »Das hätte ich früher wissen müssen. Dazu hätte ich gerne etwas von ihr gehört. Ansonsten ist es korrekt, sie hat mir eine ganze Menge erzählt.«

Das Gespräch dümpelte zusehends dahin. Bartels blieb oberflächlich und vor allem wortkarg. Er ließ sich nichts entlocken. Hilpert war verunsichert, ob und was er ihm glauben durfte oder nicht. Er hatte keine Handhabe, den Mann festzuhalten. Und Bartels war sich dessen durchaus bewusst. Also entließ er ihn schließlich zähneknirschend. Vor dem Präsidium griff er zum Handy und führte mehrere Telefonate. Danach stieg er in seine Luxuslimousine und war kurz darauf verschwunden.

Hilpert kehrte an diesem Abend zeitiger als sonst in seine Wohnung zurück. Gerne hätte er bei Silke vorbeigeschaut. Doch er traute sich nicht. Sie verzichtete ebenso darauf, sich bei ihm zu melden und ihn auf ein Abendbrot oder ein Glas Wein einzuladen. Wie ein Video spulte er das Verhör mit Bartels ab. Musste er sich um Susi Gedanken machen oder war sie mit ihrem Kind auf dem Weg zu einem besseren Leben? Er hatte versucht, die Familie Schneider zu erreichen. Dort lief nur das Band. Er hoffte, sie waren unterwegs zu Susi, die sie irgendwo gesund und munter erwartete. Er verbrachte eine unruhige Nacht. Wie auf einen leisen Befehl hin spürte er Schmerzen in der verletzten Schulter. Abermals verzichtete er auf ein Medikament. Vielmehr stand er auf und setzte sich an seinen Schreibtisch. Diesmal unterließ er es, seinen PC einzuschalten und sich mit den Fakten zum Fall zu befassen. Was ihm unerheblich schien, würde er ohnehin überlesen. Was er für wichtig hielt, hatte er abrufbereit im Kopf. Gegen drei Uhr klackte es an Silkes Wohnungstür. Offensichtlich war sie auf leisen Sohlen die Treppe heraufgekommen, um niemanden zu wecken. Für eine kurze Weile war er versucht, sie anzurufen. Ebenso schnell verwarf er den Gedanken. Susi kam ihm in den Sinn. Was hätte sie ihm über den ehemaligen Fremdenlegionär erzählen können? Und plötzlich war er bei den Albanern, die er längst von der Liste gestrichen hatte. Und bei Pöhlemann, der enge Kontakte zu ihnen hatte. Er kannte den ermordeten Belgier. Hatten sie es doch mit Auftragsmorden aus dem Drogenmilieu zu tun? Er drehte sich wie so häufig in den letzten Wochen im Kreis. Bis er sich an das letzte Gespräch mit Weber erinnerte. Eine Bemerkung hatte sich bei ihm eingenistet, deren Bedeutung er bislang nicht richtig zuzuordnen verstand. Es ging um den Mörder, der mehreren Herren diente. Was sagte ihm dieses? Er stand auf und ging in die Küche. Dort schenkte er sich ein Glas Wasser ein. Wieder schmerzte seine Schulter. Entschlossen öffnete er eine Schublade und zog das Medikament heraus, das ihm verschrieben worden war. Er nahm die verordnete Menge ein und spülte mit dem Wasser nach. Als er die Packung zurücklegen wollte, fiel ihm die Einladung zum Klassenfest in die Hand. Müde lächelnd schaute er darauf. Er erinnerte sich an das Gespräch mit seinem ehemaligen Klassenkameraden, der seine Last mit den lieben Eltern hatte. Zunehmend überfiel ihn die Müdigkeit in wellenförmigen Schüben. Seine Konzentrationsfähigkeit verließ ihn stetig. Das Medikament begann zu wirken. Also unternahm er einen erneuten Anlauf, seinen Schlaf zu finden. Würde er verdient sein? Es misslang ihm, eine Antwort auf diese Frage zu finden. Diesmal tauchte er in ein tiefes Nichts ein, in dem Gegenwart und Vergangenheit verschwammen. Der Körper verlangte sein Recht.

43

Dieser Morgen wartete mit einer bösen Überraschung auf. Seine Kollegen saßen hektisch hinter ihren Schreibtischen, telefonierten oder machten Notizen. Tätzler empfing ihn mit schuldbewusster Miene.

»Sorry, Weber hat darauf bestanden, dich schlafen zu lassen.«

»Was genau ist geschehen?«

»Bartels ist tot. Er wurde vermutlich vergiftet. Voraussichtlicher Todeszeitpunkt zwischen ein und zwei Uhr.«

Bestürzt nahm er Platz. Was traf ihn stärker, der überraschende Tod seines Lieblingsverdächtigen oder die Tatsache, dass man ihn mit Samthandschuhen anfasste? Er entschied sich dagegen, seine Kollegen mit sauertöpfischer Miene zu quälen. Resigniert ließ er sich berichten.

»Bartels forderte gestern Abend seine beiden Mitbewohnerinnen auf, sich einen netten Abend zu machen und nicht vor zwei Uhr zurückzukehren.«

»Gab er dafür einen Grund an?«

»Nein. Nach Aussage seiner Frau war es in seinem Haus unüblich, seine Entscheidungen groß zu hinterfragen.«

»Wann sind sie zurückgekehrt?«

»Gegen halb drei. Wie sie erzählten, waren sie zuerst im Kino. Danach wollen sie sich ein paar Gläser Wein gegönnt haben. Sie machten allerdings keinen angetrunkenen Eindruck auf uns.«

»Und dann?«

»In seinem Arbeitszimmer brannte noch Licht. Sie sind hineingegangen und fanden ihn zusammengesunken an seinem Schreibtisch. Davor musste ihm jemand gegenüber gesessen haben. Wir haben auf der Platte Ränder von Gläsern gefunden. Vermutlich haben sie gemeinsam etwas getrunken.«

Er breitete hilflos die Hände aus. »Das war's dann auch schon. Die Gläser sind verschwunden. In der Vitrine fehlen zwei Exemplare. Nach der Obduktion wissen wir hoffentlich mehr über seinen Tod. Wir gehen davon aus, dass er vergiftet wurde.«

»Scheiße!«, fluchte Hilpert vor sich hin. »Hätte man diesen Mord verhindern können?« Hilflos zuckte er mit den Achseln.

Tätzler verließ ihn wieder, während er grübelnd auf seinem Stuhl saß. Und dann fielen ihm die Puzzleteile in die Hände, nach denen er die ganze Zeit gesucht hatte. Es war Alexandras Bemerkung am Telefon, die die fehlende Verbindung herstellte. Ihre Devise, in jungen Jahren zu genießen, was einem im Alter gleichgültig wurde. Seine Gedanken waren schrecklich und doch zwingend logisch. Er griff zum Telefon und bat Tätzler zu sich.

Mühsam wie ein alter Mann erhob er sich aus seinem Sessel, als der Kollege ihn aufsuchte.

»Komm, wir wollen jemandem einen Besuch abstatten.«

Silke öffnete den Männern im Morgenmantel. Leicht verschlafen blinzelte sie die Beamten an. »Zu zweit, so früh am Morgen?«

»Früh ist gut«, bemerkte Hilpert, »es ist elf Uhr durch.«

Sie nahm ihre Hand vor den Mund und gähnte herzhaft. »Es ist gestern recht spät geworden.«

»Ich weiß«, antwortete Hilpert. »Ich hab dich kommen hören.«

»Warst du ebenfalls unterwegs?«

»Nein, ich konnte nicht einschlafen.«

»Und was kann ich für euch tun?«, fragte sie unvermittelt.

»Wir wollten dich bitten, uns zum Präsidium zu begleiten.«

»Weshalb, wenn ich fragen darf?«

»Ich bin überzeugt, dass du Bartels ermordet hast. Und nicht nur ihn«, erwiderte er unverbindlich.

Für einen kurzen Moment schwieg sie die Männer an. »Kommt herein, ich ziehe mich an.«

Voller Erstaunen blickte Tätzler auf einen der Abstelltische im Wohnzimmer. »Ob die beiden Gläser in diesen Haushalt gehören?«

»Frag mich was Leichteres«, murmelte Hilpert. »Pack sie vorsichtig ein. Das Labor wird uns mehr verraten.«

Silke trat zehn Minuten später fertig angezogen zu ihnen. Auf Schminke hatte sie völlig verzichtet. Sie wies auf die Gläser. »Die hätte ich wohl wegwerfen sollen.«

»Warum hast du ihn vergiftet?«, fragte Hilpert.

»Susi hat ihm auf der Fahrt nach Passau alles erzählt. Er wollte mich überreden, mich zu stellen. Das konnte ich doch so nicht hinnehmen. Ich habe alles versucht, ihn von dieser Idee abzubringen. Leider war er durch nichts zu überzeugen. Da habe ich ihm ein Beruhigungsmittel ins Glas geschüttet und anschließend eine ordentliche Portion Insulin gespritzt.«

»Genau wie bei dem Belgier.«

»Ja, manchmal hat es Vorteile, einen Arzt zum Vater zu haben. Nur hatte Susi diesen Job übernommen. Ich saß ja in der sicheren Wohnung fest.«

»Klar, ich verstehe.«

Auf der Fahrt ins Präsidium schwieg sie, als hinge sie eigenen Gedanken nach.

Silke bestand darauf, ausschließlich von Hilpert vernommen zu werden.

»Ansonsten können Sie sich mit meinem Anwalt über das weitere Procedere einigen«, erklärte sie Weber überraschend energisch.

Dieser zuckte mit den Achseln. »Wo ist das Problem?«

Hilpert schien es, als sei sich Silke der Schwere ihrer Situation nicht bewusst.

»Wie seid ihr auf diese schrecklichen Morde gekommen?«

»Irgendwie ergab es sich. Ich habe gerne am Limit gelebt. Das Ganze machte allerdings insoweit Probleme, als man dafür Geld benötigt.« Gelassen fuhr sie fort, als erzählte sie eine Anekdote aus ihrer bewegten Jugend. »Meine Eltern ließen zu Lebzeiten im Monat zwei Tausender rüberwachsen. Je nach Lust und Laune steckte mein Vater mir mal was zu. Einen Hunderter oder auch zwei. Gelegentlich einen Fünfhunderter.« Verächtlich zog sie die Mundwinkel herunter. »Als ob mir das weitergeholfen hätte.« Hysterisch lachend blickte sie auf Hilpert. »Meine Mutter war Finanzminister in der Familie. Und die saß auf der Kohle wie die Henne auf dem Ei. Mein Vater war vor allem Arzt und Wissenschaftler. Was interessierten den meine Interessen? Ich stand bereits kurz davor, mein Studium wieder systematisch zu betreiben, um mir künftig meinen Lebensunterhalt selbst zu verdienen. Was für eine schreckliche Vision!« Sie schüttelte sich, als habe man ihr eine Spinne auf den Hamburger drapiert. »Da kam Tom auf die glorreiche Idee mit dem Koks. Er hatte sich gelegentlich bei Schlage für den Eigenbedarf und vor allem für seine Partys eingedeckt. Schnell bekamen wir mit, wen sie mit dem Stoff versorgten. Dort sind wir eingebrochen. Schließlich handelte es sich vor allem um unseren Bekanntenkreis.«

Ruhig fuhr sie sich durchs Haar und lächelte ihn an. »Der Mist war nur, Tom war gegen mich eine Geldvernichtungsmaschine. Wir hatten regelmäßig Probleme, den Stoff zu bezahlen, weil wir ständig an die Portokasse gingen.«

Für Momente schien sie in der Vergangenheit zu schwelgen. Sie schloss die Augen und lehnte sich zurück. Dann beugte sie sich vor und erzählte weiter: »Ich begann mich zu wundern, dass Pöhlemann unsere Nachlässigkeit beim Bezahlen so einfach hinnahm. Es kamen keine Ermahnungen, er übte keinen nennenswerten Druck aus. Zuerst glaubte ich, er sei daran interessiert, über uns neue Kunden zu gewinnen. Das mochte durchaus eine Überlegung gewesen sein.« Sie stockte.

Erstmals hielt es Hilpert für erforderlich nachzuhaken: »Und lag es daran?«

Sie schüttelte den Kopf, die Augen geschlossen. »Nein, dahinter standen ganz andere Interessen. An Toms vierundzwanzigstem Geburtstag erfuhr ich die volle Wahrheit über seine Erbschaft, die er erwartete.« Aufmerksam blickte Hilpert auf, während Silke weitersprach: »Er meinte, noch ein Jahr und er würde im Geld nur so schwimmen. Sein Stiefvater könnte danach eine lange Nase machen.«

Wütend hieb sie mit ihrer kleinen Faust auf den Tisch. »Sein gemeiner Unterton machte mir klar, er würde mich nach Übernahme der Erbschaft ebenso links liegen lassen wie alle anderen. Er war ein böser Mensch. Ich habe erlebt, wie er ohne triftigen Anlass beste Freunde erniedrigte. Am schlimmsten traf es Schlage. Um ihn wieder aufzubauen, habe ich ihn mal anfassen lassen und erzählt, dass Tom bei mir keine Chancen hätte.« Sie lachte hysterisch auf. »Er hat das aufgesogen wie ein trockener Schwamm das Wasser.«

Armer Schlage, dachte Hilpert. Er steht tatsächlich am absoluten Ende der Wertschöpfungskette dieser seltsamen Freunde, die sich um Tom Bartels versammelt hatten.

Nach dem längeren Monolog machte Silke auf ihn einen ausgebrannten Eindruck. Er schaltete das Mikrofon aus und sprach auf sie ein: »Wollen wir eine kleine Pause einlegen? Möchtest du einen Kaffee oder etwas anderes zu trinken?«

»Nein, lass mich. Ich will reinen Tisch machen. Wer weiß, ob ich dazu in einer Stunde noch den Mut aufbringe.«

»Na gut, dann erzähl weiter.«

»Mit dieser Erkenntnis lief ich bestimmt ein halbes Jahr durch die Gegend. Immer wieder hämmerte ich mir ein, dass Tom mich an seinem fünfundzwanzigsten Geburtstag im Regen stehen lassen würde.«

Sie schluckte, verzichtete allerdings auf seinen Vorschlag, ein Glas Wasser zu ordern. Es schien, als wollte sie sich selber malträtieren.

»In dieser Phase beging er seinen größten Fehler. Er besuchte mit mir ein Bordell und erwartete diese Lesbennummer von mir. Dadurch lernte ich Susi kennen und ihre Leidensgeschichte. Irgendwann beichtete sie mir, dass Toms

Kind lebte. Ich machte ihr klar, dass ihr Kind Alleinerbe wäre, würde er sterben. Ihr Hass war so groß auf ihn, dass sie sich an dieser Idee geradezu berauschte. Einen Killer hatte sie ebenfalls zur Hand. Dieser Belgier arbeitete mit Pöhlemann zusammen. Er ging voll auf sie ab. Beide konnten wir uns auf Französisch mit ihm unterhalten. Und ich konnte ihn mit Koks versorgen. Das wusste er sehr zu schätzen.«

»Wie passen deine Eltern hier hinein? Warum hast du die umbringen lassen?«

Ihre Augen bekamen bei der Antwort einen fiebrigen Glanz. »Pöhlemann drängte wie aus heiterem Himmel darauf, dass wir unsere Schulden bezahlen sollten. Erst spät begriff ich, dass er und Tom mich in die Zange nehmen wollten. Ich sollte für sie anschaffen gehen. Pöhlemann wollte mich als seine Gespielin. Sozusagen in Ergänzung zu Susi. Da hatte ich keinen Bock drauf.«

»Ich verstehe.«

Nervös drehte sie an ihrem Brillantring. »Es ging um eine Gesamtkonzeption. Susi hatte einen Killer zur Hand, der ihre Tochter zur Alleinerbin machen konnte. Ich brauchte einen Killer, um überhaupt erben zu können. Die einzige Einnahmequelle, die ich hatte, waren meine Eltern. Da kam ich ohne Gewalt nicht heran. Es ist immer Teil meines Plans gewesen, sie mir vom Hals zu schaffen. In den Immobilien und in der Klinik steckte das Geld, das ich unbedingt benötigte. So glaubte ich zumindest. Sie hätten es zu Lebzeiten nie herausgerückt.«

»Das heißt ...«, setzte er an.

»Jeder hat für sich versucht, an seine Kohle zu kommen. Es zeigte sich, dass das zusammen besser funktionierte als allein«, beendete sie seinen Satz. »Wir sind nicht in der Schule, wo man das Pausenbrot miteinander teilt. Deshalb sitze ich hier und Susi hat sich abgeseilt.«

»So kann das Leben spielen. Bartels entdeckt seine Liebe zu seinem Enkelkind und verhilft Susi zu einem anständigen Abgang. Mal sehen, ob sie sich in Luft auflösen kann. - Und weshalb wolltet ihr mich umlegen lassen?«

»Muss ich dir das wirklich erklären?«

»Man immer zu.«

»Du bist der Einzige gewesen, der neben der offiziellen Spur gegraben hat. Es stand zu befürchten, dass du irgendwann bei uns landen würdest. Aber es zeigte sich, du hast mehr Leben als eine Katze.«

»Schönen Dank für die Blumen. Selbst eure unfreiwilligen Helfer aus dem Kosovo sind zu deinem Leidwesen gescheitert.«

Wie befreit saß sie vor ihm. »Nun kennst du die ganze Wahrheit. Tut mir ja leid, dass dein Selbstbewusstsein als aufregender Liebhaber einen Knacks bekommen hat.«

Lächelnd schaltete er abermals das Aufnahmegerät aus. »Da mach dir keine Sorgen. Mich hat die Dreierbeziehung mehr belastet, als dass sie mein Ego gestärkt hätte.«

Sie griff nach seiner Hand und streichelte sie sanft. »Ich weiß, im Grunde deines Herzens bist du ein typischer Moralist. Vielleicht hätte man sich früher kennenlernen sollen. Ich war gern mit dir zusammen.«

»Unter normalen Umständen hättest du auf die Schuhe des Bullen gespuckt, aber nicht in sein Herz geschaut.«

Sie nickte zustimmend. »Da mag was dran sein. Vermutlich liegst du richtig.«

Er stützte sich schwer vom Tisch ab und stand auf. »Eine nette Kollegin wird sich gleich um dich kümmern. Leb wohl.«

Sie schaute ihm hinterher, als habe sie seine Worte nicht richtig wahrgenommen. Er musste in Ruhe durchatmen.

Im Vorraum des Vernehmungszimmers nahmen ihn Alexandra und Weber in Empfang.

»Großartiger Job, Hilpert«, lobte ihn sein Vorgesetzter. »Sie sind ein talentierter Ermittler. Ich hoffe, Sie bleiben uns recht viele Jahre erhalten. Bevor Sie sich für einen weiteren Auslandsaufenthalt entscheiden, geben Sie mir die Chance, Ihnen ein ordentliches Angebot bei uns in Hamburg unterbreiten zu können.«

Anstelle einer Antwort nickte er zu Webers Worten. An diesem Tag hatte er keinerlei Interesse, über seine berufliche

Zukunft nachzudenken. Stattdessen ging er auf Silkes Verhalten ein.

»Schicken Sie ihr einen Psychiater, Chef. Das Mädchen steht mehr als neben sich. In ihrer jetzigen Verfassung gehört sie weder unter Menschen noch ins Gefängnis.«

»Ich kümmer mich darum, versprochen.« Weber legte ihm die Hand auf die Schulter. »Eines möchte ich wissen: Wie sind Sie auf Silke Volkert und Susi Teichmann gekommen?«

»Es ist die reine Logik gewesen. Aber den eigentlichen Auslöser habe ich in unserem letzten Gespräch zu fassen bekommen, als wir uns über die Gefahr unterhielten, die mir durch meine Gegner aus dem Kosovo droht.«

Man sah Weber die Neugier an der Nasenspitze an, die ihn ergriffen hatte. »Tatsächlich? Ich kann mich an nichts Weltbewegendes erinnern.«

»Sie meinten, es würde mir schwerfallen, Freund und Feind zu unterscheiden. Sie befürchteten, jemand könnte beiden Herren dienen.«

»Ja, daran erinnere ich mich.«

»Dieser Fall bereitete mir zwei Probleme. Zum einen ging es um den Zusammenhang zwischen den Morden an Tom, an dem Arztehepaar und um den Killer aus Belgien.«

»Genau, hierin lag die Problematik.«

»Wir hatten es mit einem Täter zu tun und mit zwei unterschiedlichen Opfergruppen. Worauf wir nicht kamen, war, ebenso nach zwei Auftraggebern zu suchen, die einander kannten und sich zusammengetan hatten. Und mindestens einer von ihnen musste Beziehungen zu dem Belgier haben. Als ich mich zu diesem Gedankengang durchrang, lag die Antwort frei Haus auf der Hand. Es kam ausschließlich die Konstellation mit den beiden Mädchen infrage. Tja, und dann gibt es da noch einen Klassenkameraden, der seine Eltern hasst, und eine Kollegin, die ihr Leben in jungen Jahren genießen will. Damit war Silke eingekreist.«

»Hätten wir früher drauf kommen müssen.«

»Ja, eindeutig. Aber ich war blockiert, hatte mich an Silke gewöhnt, wurde von ihr verwöhnt. Susi tat mir leid. Sie ist gerade mal 20 Jahre alt und musste so viel erdulden.«

»Ich verstehe«, stimmte Weber zu. »Wir ließen uns alle auf verschiedene Art einlullen. Wir haben uns lieber auf die bösen Buben aus dem Kosovo konzentriert, als mal genauer hinzuschauen. Da gab es für uns wenigstens was zum Anfassen. Und der Öffentlichkeit gefiel es ebenfalls. Die Hamburger Mordkommission im gnadenlosen Kampf gegen das organisierte Verbrechen.«

»Sie wissen, ich stand diesem Verdacht von Anfang an eher kritisch gegenüber. Trotzdem hätte ich mehr Distanz halten müssen.«

»Hören Sie bloß auf mit diesen Selbstzweifeln«, wies ihn Weber zurecht. »Ohne Sie liefen wir noch immer dumm herum auf der Jagd nach den Falschen.«

Hilpert ersparte sich eine Erwiderung. Erst jetzt nahm er Alexandra bewusst wahr, die sich bislang im Hintergrund aufgehalten hatte. Sie ging einen Schritt auf ihn zu und zupfte an seinem Ärmel.

»Das war für dich ein schweres Verhör. Komm, du hast dir deinen Feierabend verdient.«

Weber nickte verständig zu ihren Worten.

Vor dem Präsidium hakte sie sich bei ihm ein. »Ich nehme dich mit zu mir. Wir werden diese Nacht gemeinsam verbringen. Es ist an der Zeit, dich aufzupäppeln.«

»Und dein Mann?«

»Der spielt in diesem Moment keine Rolle. Außerdem holt er seinen Golftermin nach. Auf den Kanaren.«

Er konnte sich ein herzhaftes Lachen nicht verkneifen. »Hoffen wir, dass er von unserer Beziehung nie etwas erfahren wird.«

Sie knuffte ihm mit der Faust sanft gegen den Oberarm. »Der Einzige, der ihm etwas erzählen könnte, wärest du. Und so etwas Übles würdest du dich nie getrauen.«

»Du kennst mich viel zu gut.«

Sie benötigten eine längere Anlaufzeit, bis sie liebevoll zueinanderkamen. Er entdeckte mit ihr eine neue Form gemeinsamer Zärtlichkeit, die bislang in ungestümen sexuellen Duellen verblasst war. Sie half ihm, seine Traurigkeit zu unterdrücken, ohne sie gänzlich zu überwinden. Erst weit nach Mitternacht ließen sie voneinander ab. Vielleicht wäre es für ihn besser gewesen, auf seinen Schlaf zu verzichten. Wieder tauchten Gesichter vor ihm auf. Weit aufgerissene Augen schienen ihn anzuklagen. Er riss die Hände vors Gesicht.

»Lasst mich zufrieden!«, schrie er verzweifelt auf.

Sanft rüttelte sie an seiner gesunden Schulter, sodass er vollends erwachte.

»Was ist los mit dir?«, fragte sie betroffen. »Du musst Schreckliches geträumt haben.«

Sein Herz schlug bis zum Hals und er befürchtete für einen Moment, es könnte ihn zerreißen. Nur zögernd beruhigte sich sein Atem.

»Es sind die Erinnerungen, die mich im Schlaf bestrafen.«

»Dich bestrafen? Wofür?«

»Für meinen Rachefeldzug im Kosovo.«

»Du meinst die Attentäter. Ich finde, sie haben ihre gerechte Strafe erhalten.«

»Meinst du wirklich? Bin ich Gott?«

Er setzte sich auf und starrte auf eine imaginäre Stelle im dunklen Schlafzimmer. »Auch die Täter waren halbe Kinder. Der älteste einundzwanzig, der jüngste siebzehn. Wir haben sie überrumpelt und erschossen, ehe sie wussten, wie ihnen geschah, bevor wir begriffen, wie jung sie waren. Nein, wir waren nicht im Recht. Niemand war es.«

Jörg von Bargen
Heidjer Blut

Mehrere Kriminalromane hat der Henning Mankell der Nordheide bereits erfolgreich veröffentlicht. Überregional ist cr mit der Veröffentlichung seiner „Gastro-Krimi-Serie“ im Magazin „Schönes Leben“ bekannt geworden.

Sein Kommissar Wallander heißt Günther Pauly und löst als Hauptkommissar der Buchholzer Kripo knifflige Verbrechen in der regionalen Gastronomie. Ein besonderes Highlight in diesem Gastro-Krimi-Buch ist Jörg von Bargens neuester Thriller „Spuren der Vergangenheit“.

Wellcon Verlag, 2008; 459 S.; Pb.
ISBN 978-3-00-025987-6

Jörg von Bargen
Wo das Licht sich bricht

Gerade dem Teenageralter entwachsen, stellen Jenny Mandry, Steve Garnett, Roy Baker und Pierre Marat außerordentliche Fähigkeiten an sich fest. Ihre Wege kreuzen sich in London, wo sie zu einer verschworenen Gemeinschaft zusammenwachsen. Sie sind einander vorher nie begegnet und wurden dennoch in ihren Heimatländern, USA, Frankreich und England auserwählt, als Wächter der Kraft zu dienen. Die ihr innewohnende Gewalt sprengt alle menschlichen Maßstäbe und Vorstellungen. Sie wurde der Menschheit zu ihrem Schutz übergeben und kann in falschen Händen gleichermaßen zu ihrem Untergang beitragen. Schließlich liegt in ihr der Schlüssel zur Herrschaft über den gesamten Erdball und darüber hinaus.

Die Chancen der Akteure, die sich auf ihre besonderen Kräfte verlassen, halten sich in Grenzen. Materielle Verlockungen fordern sie ebenso heraus wie die Versuchung, die Kraft sich selber zu Eigen zu machen.

Über allem zieht ein Wesen die Fäden, das trotz aller Macht an der Unberechenbarkeit menschlicher Individualität zu scheitern droht.

Principal Verlag, 2004; 498 S.; Pb.
ISBN 3-89969-019-2

Jörg von Bargen
No Regrets

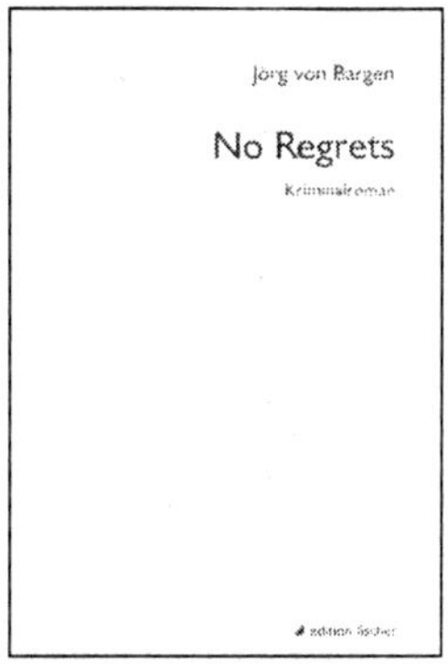

Frank Payton, zwischenzeitlich zum obersten Polizeichef der amerikanischen Landeshauptstadt Clanston City avanciert, gibt nach einem Regierungswechsel seinen Posten auf. Er will jedoch kein geruhsames Leben führen, sondern setzt seine bisherige Tätigkeit als privater Ermittler fort. In der Nähe seines bisherigen Wohnortes Brisburne soll er den Mord an einem jungen Anwalt aufklären. Er muß sich dort mit der Inkompetenz, Korruption und Gleichgültigkeit der örtlichen Polizei auseinandersetzen. Ein mehrere Jahre zurückliegender, unaufgeklärter Sexualmord an einem jungen Mädchen bringt ihn der Aufklärung des Falles näher.
Bis zu dessen Lösung macht er überraschende Entdeckungen, die nicht nur sein Leben, sondern auch seine junge Ehe in Gefahr bringen. Korruption begegnet ihm auch bei der Polizei in der Hauptstadt, als er beauftragt wird, einen Zeugen gegen die Mafia bis zum Prozess zu beschützen.

edition fischer; 2001; 288 S.; Pb.
ISBN 3-8301-0233-X

Jörg von Bargen
All or Nothing

Frank Payton, erfolgreicher Wirtschaftsanwalt in Brisburne, einer amerikanischen Provinzstadt, wird nach Jahren der selbstgewählten Isolation von seiner Vergangenheit eingeholt. Sein ehemaliger Kommandeur im Vietnamkrieg, heute Gouverneur eines Bundesstaates, bittet ihn, dessen erneute Kandidatur mit dem Aufbau einer Sondereinheit der Polizei zur Bekämpfung der organisierten Kriminalität zu unterstützen. Payten sagt zu, da er begriffen hat, persönlich in einer Sackgasse zu stecken. Schnell gerät er in Auseinandersetzungen mit der ortsansässigen Drogenmafia, in deren Verlauf er nur knapp einem Mordanschlag entgeht. Die Ereignisse spitzen sich zu, als er von einem geplanten Anschlag auf eine alteingesessene Industriellenfamilie erfährt. Nebenbei gerät er in die Fänge zweier Frauen aus allerbestem Haus.
Mitr Frank Payton betritt ein Detektiv neuer Prägung das Parkett, der neben seinen physischen Fähigkeiten von seinem juristisch-wirtschaftlichen Sachverstand profitiert und mit seiner Pistole ebenso gut umzugehen versteht wie mit dem Notebook.

edition fischer; 2. Aufl. 2000; 288 S.; Pb.
ISBN 3-89501-909-7